BESTSELLER

Barbara Wood, inglesa de nacimiento y afincada en Estados Unidos, ejerció de ayudante de quirófano antes de dedicarse plenamente a la literatura, campo en el que ha cosechado innumerables éxitos. Su obra se caracteriza por la riqueza argumental, en la que nunca faltan representantes de su antigua profesión, una sugestiva y documentada ambientación y una atrayente combinación de amor e intriga. Entre sus obras destacan *Perros y chacales*, *Los manuscritos de Magdala*, *Domina*, *Bajo el sol de Kenia*, *El sueño de Joanna*, *Las Vírgenes del Paraíso*, *La profetisa*, *Tierra sagrada*, *El amuleto*, *La estrella de Babilonia*, *La mujer de los mil secretos*, *La tierra dorada*, *La adivina*, *La serpiente y el báculo* y *Bajo la luna de Hawái*.

Para más información, visita la página web de la autora:
www.barbarawood.com

También puedes seguir a Barbara Wood en Facebook:
🅕 Barbara Wood

Biblioteca
BARBARA WOOD

Bajo la luna de Hawái

Traducción de
Sheila Espinosa

DEBOLS!LLO

Título original: *Rainbows on the Moon*

Primera edición en Debolsillo: noviembre, 2016

© 2014, Barbara Wood
Publicado por acuerdo con Lennart Sane Agency AB
© 2015, Penguin Random House Grupo Editorial, S. A. U.
Travessera de Gràcia, 47-49. 08021 Barcelona
© 2015, Sheila Espinosa Arribas, por la traducción

Printed in Spain – Impreso en España

ISBN: 978-84-663-3486-0 (vol. 458/24)
Depósito legal: B-19.705-2016

Compuesto en La Nueva Edimac, S. L.

Impreso en Novoprint
Sant Andreu de la Barca (Barcelona)

P 334860

Penguin
Random House
Grupo Editorial

Para mi marido, Walt, con amor

PREMIÈRE PARTIE

Hilo, isla de Hawái

1820

1

Lo primero que Emily vio mientras el *Triton* se acercaba a tierra fue una especie de velo blanco, alargado y diáfano, en medio del radiante cielo azul a un kilómetro y medio sobre la isla aproximadamente.

—Es una ilusión óptica —dijo el señor Hamstead, de pie junto a Emily en la proa del barco—. Lo que ve es el Mauna Loa, un volcán activo. Es casi del mismo color que el cielo, y eso que parece flotar sobre él no es más que su cima nevada.

Emily estaba fascinada. Llevaba mucho tiempo fantaseando con ese momento y ahora, por fin, estaba a punto de desembarcar en la tierra de las palmeras y la nieve.

Más cerca, a los pies de la montaña, vio acantilados de un intenso verde esmeralda, una exuberante planicie salpicada de cabañas hechas con ramaje y una playa de arena fina flanqueada por una hilera de palmeras que el viento mecía lentamente. Mientras algunos miembros de la tripulación del *Triton* echaban el ancla y otros se encaramaban a los palos para recoger el velamen, el capitán gritaba órdenes y los pasajeros esperaban, ansiosos y emocionados, en cubierta, Emily observó a los nativos, que corrían hacia la playa, se quitaban la ropa y se zambullían en el agua.

Le sorprendió la nitidez y la claridad de la luz del sol. No recordaba haber visto nunca semejante luminosidad en los cielos de Nueva Inglaterra. Los colores que se desplegaban ante sus ojos eran intensos y brillantes. El mar refulgía, cubierto de un sinfín de destellos. Las olas se elevaban, arqueándose en su esplendor verde lima para luego desintegrarse en una espuma de un blanco espectacular. Emily observó a los nativos que nadaban entre ellas. Podía oír sus risas. Se lo habían advertido: «Tanto las mujeres adultas como las jóvenes nadan sin ropa hasta los barcos para dar la bienvenida a los marineros. Es una costumbre que estamos tratando de erradicar, aunque sin demasiado éxito por el momento. Confiamos en que la influencia civilizadora de los misioneros cristianos nos sirva de ayuda». Esas habían sido las palabras del señor Alcott, presidente del Comité Misionero para las Islas Sandwich, la víspera de la partida de Emily desde New Haven siete meses atrás.

Las mujeres se subieron al *Triton* ayudándose de los cabos y las escalas que la marinería, poseída por un repentino entusiasmo, se había apresurado a lanzarles, y saltaron a cubierta desnudas, relucientes y sin dejar de reír. Los sonrientes tripulantes las esperaban a bordo para abrazarlas mientras ellas iban de un lado a otro obsequiando a los recién llegados con collares de flores. Emily se volvió hacia la costa y vio un grupo de canoas que surcaba las aguas. Cada una de ellas era impulsada por treinta remeros, hombres fuertes de piel morena, con guirnaldas alrededor del cuello y coronas de ramas en la cabeza. Cuando estuvieron al costado del *Triton* comenzaron a hablarles a voces al tiempo que les sonreían. Emily evitó bajar la mirada, pero por suerte pronto descubrió con alivio que ellos sí llevaban algo de ropa, aunque solo fueran unos exiguos taparrabos que apenas cubrían sus partes pudendas.

A lo lejos las verdes montañas con sus profundas simas se elevaban hasta confundirse con las nubes. Emily nunca había contemplado una visión tan hermosa como esa. Las cascadas dibujaban estelas nacaradas que se precipitaban hasta el fondo de precipicios cubiertos de un espeso bosque tropical. Los arcoíris se recortaban majestuosos sobre la neblina. Emily sabía que allí vivían algunos hombres blancos, marineros retirados o que habían ido para explorar y habían decidido quedarse. No había, sin embargo, ninguna mujer blanca. Emily Stone, una joven recién casada de veinte años, sería la primera.

—Estamos listos para llevarla a tierra, señora Stone —dijo el capitán O'Brien, un corpulento y barbudo lobo de mar de modales un tanto toscos y con la cara rubicunda de quienes solían beber demasiado brandy durante la cena.

Emily recorrió con la mirada la atestada cubierta. Ocho misioneros habían hecho el duro viaje desde New Haven, además de los pasajeros que continuarían hasta Honolulú, en la isla de Oahu. Al igual que Emily, parecía que se habían vestido para una reunión vespertina en el jardín: las mujeres, con vestidos a la moda de cuello alto, mangas largas estilo Imperio, esclavinas, sombreros y guantes, pequeñas bolsas de mano y parasoles; los hombres, ataviados con cómodos pantalones, camisas de lino, pañuelos anudados perfectamente al cuello, chaquetas negras con faldones, sombreros de copa y botas.

Viendo aquel grupo, pensó Emily, hombres y mujeres sonrientes y vestidos de domingo, nadie diría que habían pasado las últimas semanas bajo cubierta gimiendo en sus literas, vomitando en baldes y suplicando al Todopoderoso que pusiera fin a su sufrimiento. Sin embargo, eran gentes de Nueva Inglaterra. Las miserias eran cosa del pasado; lo que querían era llegar a las islas Sandwich haciendo gala de la elegancia que les era propia.

Y allí, entre todos ellos, estaba el reverendo Isaac Stone, su esposo.

«Esposo solo de nombre», se recordó Emily. Tras la boda, que había sido un tanto precipitada, no habían tenido tiempo de consumar la unión pues debían ocuparse de los preparativos para un viaje tan largo como el que estaban a punto de emprender, además de cumplir con la ronda de visitas a familiares y amigos a fin de despedirse de ellos, y es que seguramente ni Emily ni Isaac regresarían a New Haven. Durante aquellos días durmieron en habitaciones separadas; ella creía que la noche de bodas llegaría por fin cuando estuvieran a bordo del *Triton*, y la idea se le antojaba incluso romántica. No había tardado en descubrir el limitado espacio del que disponían a bordo de la embarcación, compartido, por si fuera poco, con desconocidos, por lo que todos oían lo que hacían los demás, sin un solo instante de privacidad. Luego habían llegado los mareos y el vaivén del oleaje, así como la lucha desesperada por superar el cabo de Hornos con la pérdida de dos marineros que se habían precipitado por la borda. Un viaje arduo y penoso que Emily juró no volver a sufrir jamás.

Sin embargo, incluso después, cuando ya navegaban por las aguas relativamente tranquilas del Pacífico con la ayuda de los vientos alisios, la falta de privacidad impidió que Isaac se acercara a su mujer. Y ahora por fin estaban a punto de pisar tierra por primera vez desde hacía ciento veinte días. «Los nativos tendrán una casa lista para ustedes —les había asegurado el señor Alcott antes de que partieran con todas sus posesiones, además de libros de oraciones y biblias—. Están deseosos de escuchar la Palabra de Dios.»

«De modo que será esta noche», pensó Emily mientras observaba a su desgarbado esposo, que se dirigía con semblante serio a dos hombres de adusta vestimenta, tan decididos a llevar el Evangelio a los paganos que apenas quedaba espacio en sus personalidades para nada más.

El reverendo Isaac Stone, que había cursado estudios en el Seminario Teológico de Andover, era un hombre de veintiséis años, complexión enjuta, manos finas y suaves, y un rostro más bien delicado. Alto pero encorvado, como si se disculpara por su altura. Necesitaba lentes para leer, algo que hacía a todas horas, y carraspeaba a menudo como si deseara llamar la atención de quienes lo rodeaban. A pesar de su apariencia, su voz no era queda. Isaac gritaba. Vociferaba, bramaba, atronaba. «¿Es necesario que levantes tanto la voz?», solía decirle su madre, y él le respondía: «¡El Señor en su misericordia nos concedió el don del habla y espera que le demos un buen uso!».

Emily sospechaba que aquella costumbre suya se debía a que, estuviera donde estuviese, su esposo siempre se encontraba en el púlpito y, cualquiera que fuese el tema de conversación, sus palabras eran un sermón.

Ella e Isaac eran primos lejanos. Un hermano de la madre de Emily se había casado con una prima segunda de ambos; Isaac había sido el fruto de esa unión. Así pues, con el paso de los años habían acabado coincidiendo. Un sábado, durante una reunión de la congregación a la que ambos habían acudido, un hawaiano se dirigió a los presentes. Iba bien vestido y sabía hablar; había aprendido inglés y las maneras civilizadas de los capitanes de los barcos mercantes que fondeaban cerca de las islas para proveerse de agua fresca y suministros. Aquel joven de piel oscura les habló de las costumbres impías y de las prácticas atroces y arcaicas que aún se realizaban en su tierra, y cuando el señor Alcott pidió desde su púlpito hombres y mujeres valientes y dispuestos a vivir entre salvajes para difundir el mensaje de la salvación, Emily se presentó voluntaria. El problema era que solo podían ir aquellos misioneros que estuvieran casados. Por suerte, Isaac respondió a la llamada con el mismo entusiasmo que ella, de modo que las dos familias se reunieron y acordaron el matrimonio. Dos semanas más tarde ambos partían a bordo del *Triton* rumbo a un futuro incierto pero prometedor.

Emily sabía que la soberbia era pecado, pero no podía evitar sentirse orgullosa de sí misma, orgullosa de no ser como su madre, sus hermanas o sus amigas, quienes no mostraban el menor interés por la aventura. La prueba era que allí estaba, surcando los mares a bordo de una embarcación frágil como el *Triton* con rumbo desconocido. ¿Cuántas mujeres de New Haven podían decir lo mismo? La mayoría necesitaba de los convencionalismos, vivía según las normas, el decoro y la etiqueta. Se comportaban como generaciones de mujeres lo habían hecho antes que ellas.

«¡Pero yo no! —exclamó para sí Emily, dirigiéndose a un cielo más vasto que cualquiera que hubiera visto jamás sobre Nueva Inglaterra—. Yo he nacido para la aventura. Me río de las convenciones. Soy una Mujer Nueva con una misión sagrada.»

Durante el té de despedida, antes de la partida de los misioneros, uno de sus allegados dijo a Emily:

—Eres tan valiente... Siempre fuiste la más fuerte de todos nosotros.

—Dios me da valor —respondió ella con humildad, si bien por dentro estaba pensando: «Sí, soy increíblemente valiente, ¿verdad?».

Los hawaianos parecían gente interesante y amigable, con un pasado belicoso ya olvidado. Emily recordó un viaje que había hecho con su familia cuando era pequeña para visitar a unos familiares en Uncasville, al este de Connecticut. Durante el trayecto se habían cruzado con un pequeño grupo de indios moheganos que vendían cestos de tiras de madera. También ellos le habían parecido interesantes, con su piel bronceada, aquellas cintas que ceñían sus frentes, bordadas con cuentas y con una o dos plumas, y aquellos mocasines; las mujeres ataviadas con faldas hasta las rodillas y los hombres con ceñidos pantalones de ante. Se habían mostrado tímidos y dóciles, corteses y completamente mansos. Emily los encontró pintorescos. Lo mismo le sucedería en breve con los hawaianos, estaba convencida de ello.

«Seré tolerante con sus costumbres. De hecho, mostraré interés por todo lo que hagan y quizá incluso participaré en algunas de sus actividades para hacerles patente mi amistad. Soy tolerante con toda la humanidad, tal como nos enseña el Todopoderoso. Acepto a cualquier hombre como mi hermano, sin importarme la raza.»

Mientras observaba a los nativos que seguían acercándose al barco a toda velocidad a bordo de sus canoas, tembló de la emoción y pensó: «Tejerán pequeños cestos de madera, como los mohegano, y yo me sentaré con ellos mientras lo hacen y aprenderé la técnica al tiempo que les hablo de Dios y de Jesús. Será perfecto y maravilloso».

Ella y sus compañeros de viaje fueron acomodados por turnos en una especie de sillas sujetas con cuerdas y los bajaron hasta los botes para llevarlos a la costa a remo, rodeados tanto de nadadores sonrientes que los acompañaban como de otras canoas que avanzaban en paralelo. Luego los recibió un grupo de hawaianos entusiastas que se adentraron en el mar para remolcar las embarcaciones hasta tierra firme. Una vez allí, los fornidos marineros los acarrearon en brazos hasta la arena seca, donde fueron acogidos por una multitud de nativos que los recibió con saludos de «*aloha*» y regalos en forma de guirnaldas de flores que fueron colgando del cuello de los recién llegados.

Por un momento Emily creyó que iba a desmayarse por culpa de la presión de tantas personas, todas semidesnudas, hasta que el gentío se abrió y a través de él avanzó un hombre de aspecto altivo. Era corpulento y vestía un chaqué de color ciruela con cola, chaleco a rayas y un pañuelo al cuello con un nudo tan grande y elaborado que por poco no le hacía inclinar la cabeza hacia atrás. Se notaba que el sombrero de copa, de piel de castor, había conocido tiempos mejores.

—¡Saludos! —exclamó conforme se acercaba para estrechar la mano de cada uno de los recién llegados—. William Clarkson, agente portuario, a su servicio. Bienvenidos a las islas Sandwich.

A medida que se aproximaba a ellos, Emily reparó en su barbilla sin afeitar, en sus ojos inyectados en sangre. No se sorprendió al percibir el olor a ron que desprendía.

—Adelante, el jefe está deseando conocerlos —dijo Clarkson después de que todos se presentaran—. ¡Los nativos llevan días emocionados esperando este momento!

Sin embargo, Isaac Stone, con la cabeza descubierta, agarró su libro de plegarias y exclamó:

—¡Primero demos gracias! —Se dejó caer de rodillas sobre la arena y ofreció la mano a Emily para ayudarla a arrodillarse a su lado. Los misioneros los imitaron mientras los demás pasajeros, hambrientos y cansados, tardaron más en unirse a ellos. Cuando todos estuvieron postrados, Isaac gritó al cielo, de un azul inmaculado—: ¡Dios Todopoderoso, te damos las gracias por habernos traído hasta nuestro destino sanos y salvos! Así podremos empezar cuanto antes la ardua tarea de traer luz a tan oscuras costas, reuniremos más almas que reflejen Tu gloria y llevaremos la palabra de Jesucristo hasta aquellos que solo conocen la del mal. Nos ponemos humildemente en tus manos, vigilantes y misericordiosas. Amén.

Se abrieron paso por la playa, llena de redes listas para la pesca y de canoas tumbadas sobre la arena como peces recién capturados, y luego subieron por las dunas cubiertas de hierba. Un poco más adelante Emily vio un conjunto de cabañas agrupadas que parecían formar una aldea. Eran construcciones de tamaños y formas distintas, pero todas hechas de ramaje. Le recordaron grandes bestias peludas que en cualquier momento podían despertar de su sueño, erguirse sobre las patas, gruesas como troncos, y alejarse lentamente.

Los nativos se arremolinaron alrededor de los recién llegados en cuanto entraron en la aldea y les tiraron de las ropas.

—Son como niños —dijo el señor Clarkson—. Necesitan desesperadamente que los blancos les organicemos la vida.

Isaac clavó su mirada en él.

—No hemos venido aquí a ser sus amos, señor Clarkson, sino a guiarlos como a iguales lejos de la oscuridad y la depravación en que viven sumidos y a educarlos para que puedan leer por sí mismos la Palabra del Señor, un derecho al que todo hombre debería tener acceso.

Clarkson se secó el sudor de la cara con un pañuelo lleno de lamparones. El día, a pesar de los vientos alisios, era cálido y húmedo.

—Nos llaman *haole*, que significa «sin aliento». Nos ven tan pálidos que no creen que seamos personas auténticas. He de advertirle, señor Stone, que estas gentes no saben nada del alma. Y a buen seguro también desconocen la existencia del cielo y del infierno.

—En ese caso, nuestra obligación es iluminarlos con la verdad para que puedan encontrar la salvación en la gracia divina del Señor.

—Señor Clarkson —intervino Emily mientras caminaba junto al agente portuario—, si no creen en la existencia del cielo y del infierno, ¿adónde van cuando mueren, según ellos?

—Sus almas transmutan en animales y en árboles. Veneran a los tiburones porque están convencidos de que sus antepasados se transformaron en dichas criaturas. Todo tiene alma en estas islas.

De pronto, un grupo de mujeres y niñas rodeó a Emily y empezaron a tirarle de la ropa entre risas.

—Nunca habían visto a una mujer blanca —dijo Clarkson—. Y su atuendo es toda una novedad para ellas.

—Al igual que su desnudez lo es para mí —replicó Emily.

—¿Nos lleva a ver al rey? —preguntó uno de los pasajeros, un comerciante de Rhode Island que pretendía abrir un negocio de artículos textiles.

—Ahora mismo Kamehameha II se encuentra de visita por las islas en compañía de su esposa, que además también es su hermana. La unificación del archipiélago es bastante reciente; antes de que ocurriera, los nativos lucharon entre sí durante siglos, así que el nuevo rey tiene que dejarse ver, por así decirlo. Y apenas tiene veintitrés años, de modo que es vital que le muestren la misma lealtad que a su padre, el rey Kamehameha I.

—¿Cuánto tiempo hace que vive aquí, señor Clarkson?

—Llegué diez años atrás como proveedor de navío en un barco de exploración. Me enamoré del lugar y decidí quedarme. El primer Kamehameha ya había conquistado todas las islas con sus mil canoas de guerra y sus diez mil guerreros, así que hasta un ciego podía ver que este lugar en el que por fin reinaba la paz iba a convertirse en una ciruela madura que los occidentales no tardarían en desear. Cualquier blanco con un poco de iniciativa puede ganarse la vida muy bien aquí. Yo mismo me ocupo de recaudar para el rey las tasas de la aduana de los barcos que fondean en nuestras costas y, por supuesto, me quedo con una comisión. Muchos blancos con visión de futuro empiezan a darse cuenta del valor de este reino a medio camino entre América y China. Mi hermano, sin ir más lejos, se ha establecido en la población de Honolulú, donde vende comida y agua fresca a los balleneros y otros navíos mercantes.

En los límites de la aldea, orientado hacia el mar para que la escena tuviera como telón de fondo los magníficos picos, riscos y valles de la isla, de un verde exuberante, se levantaba un gran pabellón hecho con postes clavados en la arena y una techumbre de paja. Bajo esa suerte de cobertizo se hallaba un grupo de personas de aspecto imponente, sin duda la aristocracia de las islas puesto que, cuando los visitantes se acercaron a ellos, los nativos que formaban el resto de la comitiva se detuvieron a una distancia prudencial. Aquella suerte de élite estaba sentada en una plataforma elevada, con las piernas cruzadas sobre esterillas tejidas y grandes retazos de tela de colores. Los hombres adornaban sus cuerpos con coronas de hojas verdes y puntiagudas, collares hechos con nueces y guirnaldas vegetales sobre el torso desnudo. Algunos lucían símbolos pintados sobre la piel, formas geométricas que Emily supuso que hacían alusión a su rango dentro de la comunidad. También había mujeres, ataviadas con una especie de falda cruzada que les cubría las piernas, con los pechos al aire y flores en el cabello, el cuello, los tobillos y las muñecas.

—Son los *ali'i* —explicó Clarkson—. La más alta de las castas del sistema social hawaiano, el equivalente a la realeza y a la aristocracia europeas —concretó mientras estos observaban a sus visitantes con curiosidad y expectación, especialmente a Emily y a las tres mujeres que habían llegado con ella desde Nueva Inglaterra.

Clarkson les dijo que el trío que ocupaba el centro del grupo eran el jefe Holokai; su hijo, un guerrero de nombre Kekoa; y su hija, Pua.

Holokai era un hombre alto y corpulento, un noble apuesto, con el cabello blanco, muy corto, y adornado con hojas verdes. Alrededor de su ancho cuello lucía un collar hecho también de hojas, así como pulseras a juego en muñecas y tobillos. Sobre el torso desnudo portaba otro collar, este de dientes de tiburón, y llevaba un bastón largo coronado por una flor. Vestía un pareo de tela marrón, y el cordón de plumas amarillas que le rodeaba la cintura era el símbolo de su gran autoridad, les explicó Clarkson. La piel de Holokai era oscura y brillaba como el bronce bajo los rayos del sol. Tenía la frente amplia y una mirada penetrante.

Clarkson dijo que el hijo del jefe, Kekoa, que aparentaba unos treinta años y se parecía considerablemente a su padre, era un *kahuna kilo 'ouli*, un intérprete de personalidades, preparado desde la niñez para «leer» a los demás. La hija, Pua, era sanadora.

Intercambiaron *alohas* y presentaciones, y luego Holokai se dirigió a Isaac. Clarkson hizo las veces de traductor.

—Quiere saber si, creyendo en Cristo, él también conseguirá barcos más grandes. —Antes de que Isaac pudiera responder, Clarkson explicó—: Cuando los nativos vieron por primera vez el barco de Cook y su potencia de fuego, hace ya cuarenta años, pensaron que los dioses de los blancos eran más poderosos que los suyos. Creen que si se convierten al cristianismo tendrán acceso a todo el esplendor de la cultura occidental.

—Jesucristo —respondió Isaac con su voz atronadora— trae consigo la promesa de la redención, la salvación y la vida eterna. Es al amor y a la piedad de Dios a lo que el rey debe aspirar, señor, no a los bienes materiales.

Clarkson tradujo las palabras del reverendo Stone y el jefe asintió con una sonrisa en los labios. Isaac sospechó entonces que el significado de su respuesta se había perdido en la traducción, pero poco importaba puesto que no tardaría en ponerle remedio.

La mujer que se sentaba junto a Holokai habló mientras gesticulaba en dirección a Emily.

—Pua pertenece al rango más alto de los *ali'i*. Es gran jefa y *kahuna lapa'au* o maestra de sanación. Su linaje se remonta muchas generaciones, según ella hasta los Primeros, y por ello la suya es la línea más noble. Gánese su amistad y habrá dado un paso muy importante para llegar a los corazones de estos salvajes.

Emily subió a la tarima, titubeante. Pua era hermosa; de tez morena, fuerte y voluptuosa, con una melena larga y negra. Una guirnalda de flores escarlatas descansaba sobre sus pechos, desnudos y generosos. También ella debía de rondar la treintena, se dijo Emily. Tenía los ojos oscuros y redondos, con la leve turgencia en el párpado inferior que parecía ser la marca distintiva de la raza polinesia. Su sonrisa era radiante como el amanecer, y cuando levantó una mano para rozar la cara a Emily con los dedos, el contacto le resultó a esta sumamente delicado.

—*Aloha* —dijo arrastrando la segunda sílaba, y la palabra sonó casi como una canción.

Le acarició las mejillas, la nariz, la frente, tocó el ala ancha de su sombrero y luego golpeó con suavidad a Emily en los hombros mientras le hablaba en su lengua. Clarkson tradujo:

—Pua dice que es usted muy bella. Como una flor. Dice que quiere que sea amiga suya. Dice que quiere aprender cuanto usted sabe.

—Dígale que me honra con sus palabras.

Emily regresó junto a Isaac y el diálogo siguió. Holokai interrogó uno a uno a los visitantes con todo tipo de preguntas, hasta que Emily tuvo que apoyarse en el brazo de su esposo para no desplomarse en el suelo.

Por fin el jefe se puso en pie sobre la tarima, imponiéndose sobre la multitud gracias a su gran estatura, e hizo un anuncio con una voz tan potente que sus palabras alcanzaron la arena y más allá, hasta las olas que rompían en la orilla.

—Que empiece el banquete de bienvenida —tradujo Clarkson.

Los invitados ocuparon los puestos de honor, cerca de la tarima, sobre esterillas limpias mientras que los nobles de menor rango se acomodaban en una zona más alejada del jefe Holokai, y los plebeyos, fuera del círculo que formaba la élite, donde les apetecía.

Cuando se sirvió la comida, el sol ya había empezado a descender sobre el océano. Emily se escandalizó al ver que los nativos cavaban un hoyo en la tierra y sacaban de él un enorme jabalí ya cocinado. Un sacerdote entonó un cántico al tiempo que los hombres trinchaban la carne asada con gran ceremonia; Clarkson les explicó que cualquier actividad que un hawaiano llevara a cabo iba siempre acompañada de una bendición. En una ocasión tan memorable como esa, los sacerdotes entonarían sus cánticos hasta que terminara el festín.

Además del jabalí, también habían asado en aquella suerte de horno cavado en el suelo, al que llamaban *imu*, pollos y perros, boniatos, ñames y fruta del pan. Sobre un lecho enorme de brasas asaron mújoles, gambas y cangrejos. Había leche de coco para beber. A Emily se le hizo extraño comer sentada en el suelo, pero se dijo que se asemejaba a un picnic en el campo. Aun así, no había platos, cuchillos ni tenedores. Los trozos de carne eran servidos en grandes hojas verdes y tenían que utilizar los dedos para llevárselos a la boca. Deseó fervientemente poder desembalar algunas de las servilletas que había traído consigo de casa. Y también le apetecía una buena taza de té.

Sin embargo, todo aquello era parte de la gran aventura en la que se había embarcado y por eso estaba dispuesta a adaptarse con agrado a lo desconocido.

—Por cierto, reverendo —dijo Clarkson—, este espectáculo es para usted y sus amigos.

—¿Por qué lo dice?

—Hace solo seis meses imperaba aquí un sistema muy rígido de leyes llamado *kapu*, que significa «prohibido», leyes bajo las cuales los nativos habían vivido durante siglos hasta que una poderosa reina dijo que ya había tenido suficiente. Una de las leyes *kapu* prohibía que los hombres y las mujeres comieran juntos y dictaba que los hombres recibieran una alimentación mejor que ellas. Ahora esa ley ha sido abolida, y el jefe Holokai quiere demostrar lo tolerante que es su pueblo, tanto como los occidentales.

Después de la comida llegaron las actuaciones, consistentes en cánticos acompañados de tambores, y una danza sincronizada que horrorizó a los americanos por su impudicia. Las jóvenes de New

Haven intentaron no mirar, mientras que sus esposos fruncieron el ceño en señal de desagrado. El señor Clarkson, sin poder apartar los ojos de las bailarinas que, con los pechos al aire y ataviadas con faldas hechas de algún material vegetal, movían sinuosamente las caderas, les explicó que aquella danza se llamaba *hula* y que existía en muchas formas diferentes, unas con fines festivos, otras para rituales sagrados y algunas para «otros menesteres».

Los hombres también bailaban, todos ellos musculados y con faldas hechas de hojas largas y puntiagudas. A Emily sus movimientos le parecieron más propios de la rutina de un guerrero: pateaban el suelo al unísono, se golpeaban el pecho y cantaban con una sola voz. Quizá su objetivo era infundir miedo en el enemigo, pensó, y es que ciertamente resultaban imponentes con la fuerza y el vigor que transmitían.

Emily guardaba un pañuelo en una de las largas mangas de su vestido y lo sacaba a menudo para enjugarse las mejillas; hacía mucho calor y la humedad resultaba asfixiante. Empezaba a pensar que no podría aguantar ni un segundo más sentada en el suelo, con el sonido de los tambores retumbando en sus oídos y exhausta como estaba a causa del viaje y las emociones de su nueva vida, cuando de pronto el jefe Holokai se puso en pie para hacer otro anuncio ante la concurrencia.

—Los llevan a su nueva casa —dijo Clarkson, poniéndose en pie con un quejido.

—Ah, ¡gracias a Dios! —exclamó Emily mientras él la ayudaba a levantarse—. Estoy deseando pasar un rato a solas. En el barco estábamos hacinados.

—Les han construido una casa espléndida a usted y a su marido —añadió el agente portuario.

Avanzaba junto a ella tras la comitiva de personajes nobles y seguidos de los plebeyos, que formaban una solemne procesión a lo largo de un camino que delimitaba lo que, a juicio de Emily, parecían ser campos de cultivo. Más allá, una cascada se precipitaba desde lo alto de la montaña hasta un río centelleante que desembocaba en el mar. Allí no había más cabañas como las que había visto a su llegada a la aldea, aunque sí divisaba algunas casuchas en la playa, que presumiblemente era donde vivían los marineros extranjeros.

Llegaron a la orilla de una hermosa laguna junto a la que crecían árboles enormes cuyas hojas proyectaban su sombra sobre un prado adyacente. Y en el centro de aquel retazo de tierra…

Otra cabaña de ramaje.

Se levantaba sobre una plataforma de piedra y estaba construida a partir de un armazón de postes unidos entre sí, a la vista, con gruesos fardos de hierbas secas atados a ellos. El tejado tenía una inclinación muy pronunciada y estaba cubierto de paja. Había un acceso en la parte frontal oculto tras un retazo de la misma tela estampada que los hawaianos usaban para cubrirse que colgaba de una vara de madera. En todas las paredes una abertura cuadrada hacía las veces de ventana. Emily e Isaac entraron en su casa. Al alzar la vista vieron las vigas, una serie de troncos sobre los cuales se advertía la hierba de la techumbre. No había habitaciones ni separación alguna. Isaac recorrió la estancia de extremo a extremo y de lado a lado; contó cuarenta pies de largo y veinte de ancho. Según él, era un palacio.

Emily estaba horrorizada.

Sin embargo, no tardó en recordarse a sí misma que aquello era algo bueno. Que estaba preparada para probar cosas nuevas. Que lo que soportase un hawaiano también podía sobrellevarlo una mujer de Nueva Inglaterra como ella. Es más, se moría de ganas de escribir la primera carta a su familia: «Querida mamá, no creerá lo que voy a contarle. ¡El señor Stone y yo acabamos de instalarnos en una cabaña hecha de hierba! Vivimos como los nativos y es un cambio más que bienvenido».

—La carta que su Comité Misionero envió desde Boston a bordo del ballenero llegó hace dos semanas —dijo Clarkson—. En ella se informaba al rey Kamehameha de su decisión de venir. Así pues, el monarca hizo llamar a un sacerdote especial para que inspeccionara la zona y encontrara el punto más propicio para levantar su residencia. El hombre rezó, suplicó a los dioses y recurrió a todo tipo de jerigonzas hasta dar con el lugar exacto. Fue entonces cuando el jefe Holokai puso a sus hombres a trabajar, quisieran estos o no. Aquí no saben lo que es la voluntariedad. La palabra del jefe es la ley. Quien la desobedece es castigado duramente, a veces incluso ejecutado. La construcción fue amenizada con plegarias y cánticos, con el repiqueteo de todo tipo de objetos sagrados y con el agua sagrada con la que se bendice cada fardo de hierba seca. Me atrevo a aventurar que incluso enterraron un cordón umbilical en los cimientos de la casa para que les trajera buena suerte. Lo que quiero decir es que esperan que aprecien sus esfuerzos.

Uno de los acompañantes del jefe, un anciano enjuto ataviado con una capa de tela y cargado con un manojo de hojas verdes, se acercó al grupo, elevó sus cánticos sobre las cabezas de Emily e Isaac y luego agitó las hojas en dirección a la casa. Cuando terminó, Holokai sonrió y habló señalando hacia el interior de la casa. Clarkson tradujo sus palabras.

—El jefe les recuerda que no olviden orinar a lo largo de las paredes para mantener alejados a los malos espíritus. Y añade que espera que esta noche resulte en la concepción de su primer hijo.

El sol ya había desaparecido en las profundidades del Pacífico cuando los Stone se despidieron de sus compañeros de viaje y les desearon suerte en sus nuevas casas, estuvieran allí, en la isla de Hawái o en Oahu. El jefe y su séquito, Clarkson y la escolta de plebeyos también se dispersaron, y el reverendo Stone y su esposa por fin se quedaron a solas.

Emily estaba exhausta. Ansiaba sumergirse en una bañera y descansar en una gran cama con un colchón de plumas. Sin embargo, la bañera resultó ser un cubo que alguien había tenido el detalle de dejar allí y la cama, al fondo de la cabaña, un montón de esterillas apiladas.

Los marineros del *Triton* habían transportado hasta allí los baúles con todos sus enseres. Mientras ella se preparaba para acostarse, haciendo lo que podía con lo poco que tenía a su alcance, Isaac anunció que quería inspeccionar la propiedad antes de que fuera noche cerrada.

Emily sacó de uno de los baúles una lámpara de aceite, que había guardado con sumo cuidado, junto con el pedernal necesario para encenderla. Alumbrándose con su luz, encontró la ropa de noche que la falta de privacidad no les había permitido usar ni a ella ni a su esposo a bordo del *Triton*. El corazón le latía desbocado mientras se desnudaba, se lavaba, cepillaba su larga melena y se ponía el camisón deslizándoselo por la cabeza. Aquella iba a ser su noche de bodas.

No sabía qué más hacer, de modo que trató de acomodarse en la cama de esterilla y esperó pacientemente en la oscuridad. La brisa entraba a través de las ventanas, arrastrando consigo el aroma de exóticas flores. Emily deseó poder quitarse el camisón y sentir aquel soplo de aire nocturno sobre la piel. Cerró los ojos y dio gracias a Dios por aquella cama que ya no se bamboleaba al ritmo de las olas. Rezó para que nunca más tuviera que volver a poner un pie en un barco.

Cuando por fin empezaba a quedarse dormida, Isaac se acercó al lecho. Se había puesto un camisón largo y un gorro de dormir.

—Señora Stone —le dijo solemne—, hay cierto deber desagradable con el que debo cumplir. Perdóneme, pero lo hemos pospuesto demasiado tiempo. Como deferencia a su casto estado, intentaré ser tan rápido como me sea posible.

Apagó la lámpara, se arrodilló sobre la cama, le levantó a tientas el camisón, hizo lo propio con el suyo y luego se tumbó encima de ella.

A Emily le había advertido su madre que sería doloroso, y no se había equivocado. Isaac enterró el rostro en el cuello de su esposa y ella lo rodeó con los brazos mientras la penetraba. Intentó ponerse cómoda bajo su peso, pero Isaac se mostró impasible. Cuando se disponía a abrir la boca para pedirle que se apartara, él gritó «¡Bendito sea el Señor!», y se desplomó sobre ella.

Permaneció inmóvil un instante, jadeando, luego rodó sobre la cama y anunció:

—No la molestaré más hasta dentro de siete días. Buenas noches.

Emily, con los ojos muy abiertos y la mirada fija en las oscuras vigas del techo, no tardó en oír los ronquidos de su esposo.

Un día, mientras recogía agua en el riachuelo que alimentaba la laguna, el viento le trajo el sonido de unas risas. Se volvió hacia la costa y vio a un grupo de jóvenes nativas que retozaban desnudas entre las olas. Los hawaianos, tal como Emily ya había descubierto, se pasaban la mitad de la vida en el agua.

Durante los últimos siete días también había tenido tiempo de aprender unas cuantas cosas más; la más importante de todas guardaba relación con la insistencia del Comité Misionero en que todos los desplazados fueran parejas casadas. El puñado de hombres blancos que habitaban la zona se habían juntado con mujeres nativas sin la mediación de un sacerdote. ¡El mismo señor Clarkson se jactaba de tener tres esposas! Por mucho que Isaac les recordara que vivían en pecado y que estaban condenando sus almas a la perdición, a ellos parecía no importarles. Emily era consciente de la fascinación que ejercían esas islas y las hermosas mujeres que las habitaban, que no conocían el recato ni el pudor y se mostraban abiertamente. En semejantes circunstancias, hasta el cristiano más devoto se sentiría tentado. De ahí que solo se hubiera permitido viajar a quienes ya estuvieran casados.

Se detuvo para observar a Isaac mientras este ayudaba en la construcción de la iglesia. Al día siguiente celebrarían el primer servicio religioso en ella. Ya habían pasado siete días, así que esa noche cumpliría de nuevo con su deber marital en la oscuridad de la cabaña.

Isaac era un trabajador incansable que con su ejemplo enseñaba el valor del esfuerzo a los nativos, y estos se sentían fascinados por su poder y su presencia. A Emily le recordaba a su padre, un hombre estricto y temeroso del Señor. Cuando los nativos le preguntaron qué aspecto tenía Dios, ella respondió: «El Todopoderoso no tiene forma definida, es un espíritu». Sin embargo, mientras pronunciaba esas palabras, en su mente se materializó la imagen de su padre, un hombre frío que creía que no debía mostrar afecto por sus hijos porque, de hacerlo, estos acabarían perdiéndole el respeto.

Empezaba a darse cuenta de que Isaac estaba cortado por el mismo patrón. No habían compartido ni un solo beso, ni una sola caricia, ni siquiera la noche en que había cumplido con su deber marital por primera vez; al terminar, su esposo le había dado la espalda y se había quedado dormido. Su madre le había asegurado que el amor acabaría por llegar, a pesar de que Emily jamás había visto una sola muestra de cariño entre sus padres. Fuera del lecho conyugal, Isaac raramente la tocaba, así que cuando era testigo del afecto tan intenso que los hawaianos se demostraban entre sí —roces, abrazos, caricias—, sentía una punzada de envidia. Había crecido en un hogar en el que el amor se reservaba para el Todopoderoso y ahora, en cambio, vivía en un lugar en el que hasta el saludo, *aloha*, era sinónimo de amor. Aquel era un reino en el que las familias dormían juntas en pequeños refugios y se regalaban flores y comida los unos a los otros como muestra del cariño que se tenían.

Entró en casa para retomar la ardua tarea de convertir la humilde choza en un hogar, empezando por las cortinas confeccionadas con las telas que usaban los isleños y que fabricaban a partir de la corteza de la morera. De pronto, una sombra bloqueó la entrada. Emily ya estaba acostumbrada, y es que los nativos, intrigados por la presencia de aquella mujer blanca de extrañas costumbres, no eran capaces de mantenerse alejados de allí. A menudo se sabía observada e intentaba tomárselo con calma.

—*Aloha* —dijo en voz alta sin darse la vuelta.

—*Aloha* también a usted —respondió una voz grave.

Emily volvió la cabeza y vio a un desconocido en el vano de la puerta. Vestía pantalones blancos ajustados a la caña de unas botas altas y negras. La chaqueta, de color azul oscuro con varias hileras de botones metálicos, era estrecha en la cintura, a la última moda, pero le llegaba a los muslos y no tenía cola. El chaleco, a juego con los pantalones, se abotonaba sobre una camisa de muselina blanca y el pañuelo, del mismo color y elegantemente anudado, le caía sobre el pecho con sus dos extremos alineados al milímetro.

El desconocido dejó al descubierto su cabello corto, castaño y ondulado cuando se quitó la gorra que lo identificaba, supuso Emily, como capitán de un navío. Se trataba de una gorra de plato azul oscura, plana en su parte superior y con visera, con un galón dorado alrededor. Tres décadas atrás, pensó Emily, el capitán habría llevado una peluca blanca y un sofisticado tricornio en lugar de esa gorra.

A sus ojos, tenía la piel curtida de los hombres que pasan su vida en alta mar. También le pareció muy apuesto e, inexplicablemente, cuando le sonrió se le hizo un nudo en la garganta.

La observó con detenimiento y, de pronto, se le heló la sonrisa en los labios.

—¡Que me aspen! —exclamó sorprendido—. Cuando el viejo Clarkie me dijo que había llegado una mujer blanca a la isla, la esposa de un predicador, me imaginé algo muy diferente. Mayor, ajada por el trabajo de la granja, seguramente con un montón de niños correteando a su alrededor. ¡No esperaba encontrarme con una criatura tan hermosa, más propia de un salón de baile!

—El agente portuario debería haberle advertido que somos cuatro —lo corrigió Emily, repentinamente cohibida por su aspecto desaliñado y tratando de recordar si el vestido que llevaba era uno de los mejores que tenía—. Hay otra señora en Waimea y dos más en Kona.

—Pero me atrevo a asegurar que usted es la más guapa.

—Y casada —replicó Emily, recalcando sus palabras.

Para su sorpresa, la sonrisa del desconocido no hizo más que ensancharse.

—Eso dice Clarkie. Y con un predicador, ni más ni menos. —De pronto le ofreció su mano con un rápido movimiento—. MacKenzie Farrow, a su servicio.

Emily se percató de que no había cruzado el umbral. Al menos sabía cómo comportarse. Aun así, la escena no le pareció correcta.

—¿Me acompaña afuera, señor Farrow?

Él se hizo a un lado, y Emily sintió un alivio inmediato al estar en el exterior y no en la intimidad de la cabaña.

—Emily Stone —se presentó, y le estrechó la mano. La tenía áspera. También se dio cuenta de que no apartaba los ojos de ella—. Le ofrecería una taza de té, señor Farrow. Por desgracia, cuando me dijeron que los nativos tendrían una casa preparada para nosotros, esperaba algo un poco más habitable. No hay muebles. Ni siquiera un hogar en el que cocinar.

—Los hawaianos no viven en sus casas, solo las usan para dormir. Prefieren pasar el tiempo al aire libre.

—Aquel de allí es mi esposo. —Emily señaló hacia el otro lado del prado—. Está construyendo el que dentro de poco será nuestro local de culto. Al lado se levantará la escuela.

Farrow observó los trabajos con los ojos entornados. Doce postes altos y fuertes emergían del suelo, clavados en la tierra; sobre el tejado, un grupo de nativos se dedicaba a la labor de fijar los fardos de hierba que lo cubrirían. El centro de culto sería un pabellón abierto, tal como había decidido Isaac, para mostrar así a los isleños que todos eran bienvenidos y que no había paredes ni puertas entre ellos y Dios. Al día siguiente tanto el reverendo Stone como Emily esperaban ver hasta el último centímetro de su suelo cubierto de esterillas repleto de nativos deseosos de escuchar el Evangelio.

Justo en aquel momento Isaac levantó la mirada de lo que estaba haciendo y, al ver a un desconocido en la puerta de su casa, sonrió. Se dirigió hacia él, saludándolo a gritos:

—¡Bienvenido sea! Isaac Stone, a su servicio. Veo que ya conoce a mi esposa.

Se dieron la mano, y Farrow explicó que acababa de fondear en la bahía su clíper, el rápido y ligero *Krestel*, y que aún tenía que supervisar el desembarco de la carga. A pesar de ello, se había apresurado a ver con sus propios ojos a los nuevos americanos de Hilo.

—En ese caso, ¡regrese esta noche! —exclamó Isaac—. ¡Quédese a cenar con nosotros!

El capitán Farrow miró a Emily, escrutó su rostro durante un instante, se puso la gorra y se marchó, no sin antes prometerles que volvería cuando se pusiera el sol.

—Es una lástima que no hayan podido conocer al gran rey Kamehameha que unificó estas islas —dijo el capitán Farrow a sus anfitriones—. Cuando murió, el año pasado, sus amigos más cercanos lo ocultaron siguiendo una costumbre ancestral llamada *hunakele*, que significa «esconder en secreto». Creen que el *mana*, el poder de una persona, es algo sagrado, de modo que su cuerpo fue enterrado donde nadie pueda robárselo. Nadie conocerá nunca el lugar de reposo de los restos de Kamehameha.

Estaban cenando dentro de la choza, alumbrados por las tres lámparas de aceite y las velas que Emily había traído consigo desde New Haven. Podían oír a los nativos, no muy lejos de allí, cocinando y comiendo en plena noche, contando historias, riendo y participando en todo tipo de actividades al aire libre y bajo la luz de las antorchas *tiki*, puesto que no conocían ningún tipo de artilugios para la iluminación interior. Emily hizo cuanto pudo con lo que tenían: convirtió los tres baúles en tres sillas improvisadas en las que sentarse y cubrió con un mantel la caja forrada de piel de uno de sus sombreros, transformándola así en una mesa que dispuso en el centro del pequeño círculo que formaban los tres comensales.

Se había empleado a fondo para hacer unos cojines con su ropa de invierno y la de Isaac, pero sus esfuerzos habían sido en vano: los dos hombres no dejaban de removerse en sus asientos y de cruzar y descruzar las piernas. Aun así, tampoco se quejaban, y es que eran conscientes de lo mucho que se había esforzado para que se sintieran como en casa.

Emily había pedido a Isaac que colgara de una de las vigas unos retazos de tela para separar la zona de descanso del resto de la estancia. No le parecía correcto que aquel desconocido, el primer invitado en su nueva casa, pudiera ver su lecho marital.

El jefe Holokai le había enviado dos esclavas para que la ayudaran, pero Emily había insistido en compensarlas con un sueldo. Tanto ella como su esposo eran abolicionistas convencidos y habían apoyado el movimiento antiesclavista cuando vivían en New Haven. No les pagaban mucho dinero, pero al menos eso era mejor que la esclavitud. Las dos mujeres habían preparado la cena en el exterior y luego la habían servido en los platos de porcelana traídos desde New Haven; antes, sin embargo, los habían observado largo y tendido hasta que finalmente se habían decidido a servir el pescado frío y los boniatos asados. El capitán Farrow y sus anfitriones comieron con la cena sobre las rodillas, no sin que antes Emily se preocupara de que todos tuvieran una servilleta limpia sobre el regazo. Utilizaron cuchillo y tenedor, y bebieron agua fresca del arroyo en vasos de peltre.

La situación resultaba un tanto incómoda, pero los tres, incluido el veterano capitán, estuvieron de acuerdo en que habrían estado peor a bordo de un barco que se bamboleaba al capricho de las olas.

—¿De dónde es usted, señor Farrow? —quiso saber Isaac, que se había vestido para la ocasión con la chaqueta negra con cola que normalmente reservaba para el oficio del sábado.

—Soy de Savannah, reverendo Stone, en el estado de Georgia —respondió el capitán, y su profunda voz resonó en toda la cabaña. Emily no pudo evitar pensar que poseía un timbre natural para dar órdenes, mientras que su esposo tenía que gritar si quería hacerse oír—. Mi padre es dueño de una plantación de algodón, pero yo anhelaba conocer mundo. Soy el más joven de siete hermanos y no tenía intención de pasarme la vida anclado a tierra firme. Él y yo discutíamos a menudo hasta que un día decidí hacerme a la mar. Empecé como grumete y luego como marinero de cubierta. Un buen día, un capitán mercante se dio cuenta de que llevaba el mar en la sangre. Me acogió bajo su protección y me enseñó todo lo que tenía que saber hasta que consiguiera mi propio título de capitán. Pero yo no quería navegar por el Atlántico. Ansiaba horizontes mucho más lejanos. Un trampero canadiense me habló de las nuevas rutas comerciales en las que cualquiera podía ganar una fortuna si contaba con la visión y la fortaleza necesarias. Así pues, me vine hacia el oeste y firmé con una pequeña compañía dispuesta a compartir conmigo una parte de los beneficios si yo aceptaba los riesgos. El comercio de seda y pieles entre América y China es un negocio muy lucrativo, así que no tardé mucho tiempo en comprarme mi propio barco, el *Krestel*, y convertirme en mi propio jefe.

—Debe de echar de menos su hogar, capitán —dijo Emily, y el modo en que la miró la cogió por sorpresa.

—Apenas había pensado en regresar a casa… hasta ahora. Señora Stone, me ha recordado usted… —Guardó silencio y, con la ayuda de una cuchara, se dedicó a la ardua tarea de servirse sal de un pequeño cuenco que descansaba sobre la improvisada mesa para condimentar sus boniatos—. Tengo entendido que han venido a cristianizar a los nativos, ¿es así, reverendo Stone?

—Nuestro primer deber, capitán, es enseñar a estas gentes a leer y escribir. Algunos de los capitanes que visitan el puerto en busca de agua fresca y provisiones los estafan. El jefe Holokai me ha enseñado un supuesto contrato que ha firmado con el capitán de un ballenero en el que le cede una parte de sus cosechas, más cerdos y pollos, además de hombres fuertes con los que completar la tripulación del ballenero. Como bien sabrá, los tripulantes de los balleneros son conocidos por su inclinación a la deserción. A cambio, el jefe Holokai se convierte en copropietario del barco y se le garantiza una parte de los beneficios, que recibirá en forma de monedas con las que poder comprar bienes procedentes de Occidente. Él mismo me mostró el contrato y era un auténtico galimatías. El jefe está regalando provisiones y mano de obra a cambio de nada y, cuando se dé cuenta de que lo han engañado y que no verá ni un solo penique del capitán del ballenero, no podrá recurrir el contrato legalmente, en el supuesto de que decida llevar el caso ante el rey.

Farrow asintió.

—Por desgracia, algunos canallas se están aprovechando del analfabetismo de los jefes de las islas.

—Mis hermanos y yo pretendemos poner remedio a semejante ultraje. Los hawaianos han de ser tratados con respeto, como iguales.

Farrow observó detenidamente al reverendo Stone.

—Es usted el primer occidental al que oigo expresarse en esos términos.

—Juan Calvino predicó que todas las almas son iguales ante Dios, sin que importe el color de su piel. En este sentido, mis hermanos y yo nos ocuparemos de que todo hombre comprenda esta verdad tan básica: los nativos y los blancos son iguales. —Bebió un sorbo de té sin dejar de mirar a su invitado por encima del borde de la taza—. Espero, capitán Farrow, que usted no sea uno de esos miserables.

—Soy cristiano como usted, reverendo Stone, y no creo en el engaño a mis semejantes. Educar a los nativos es una misión muy noble.

Emily observaba la conversación en silencio. Lo cierto era que no podían ser más diferentes. De pronto le sorprendió que, por sus modales y el tono de su voz, Isaac pareciera el mayor de los dos, y eso que Farrow aparentaba tener al menos ocho o nueve años más que su esposo.

—Cuando hayan aprendido a leer y escribir en inglés, les enseñaremos a hacer lo propio en su idioma, para lo cual tendremos que crear un alfabeto puesto que los hawaianos no tienen un sistema establecido de comunicación escrita.

—Le deseo suerte con eso —dijo Farrow—. El idioma hawaiano tiene doce letras y muchos sonidos vocálicos a los que no se les puede asignar una letra.

—En ese caso, utilizaremos otros símbolos.

—Capitán Farrow, hay algo que me intriga —intervino Emily—. ¿Qué ansía el jefe Holokai tan desesperadamente para estar dispuesto a pagar un precio tan alto por ello?

—¡Guantes! —saltó Isaac antes de que Farrow pudiera responder—. ¡Y botas! ¡Calzones! ¡Catalejos! ¡Portavelas de peltre! ¡Sombreros de copa y bastones! ¡Relojes de bolsillo! Se han pasado los últimos cuarenta años a bordo de navíos europeos y americanos, contemplando objetos que nunca antes habían visto, y ahora los quieren para sí mismos.

—Pero ¿qué utilidad tienen esos objetos para los jefes? —preguntó Emily.

—Señora Stone —dijo Farrow—, ¿qué sabe de la historia de este pueblo?

—La verdad es que nada.

Isaac carraspeó, dispuesto a responder, pero el capitán se le adelantó:

—Reverendo, ¿me permite? Nadie sabe con seguridad cuándo llegaron los primeros pobladores a estas islas, pero la tradición oral de los hawaianos se remonta muchas generaciones, quizá un millar de años. Durante las cuatro últimas décadas hombres de ciencia, de naturaleza curiosa, han venido hasta aquí para desvelar los misterios de las islas y han descubierto muchas cosas. Gracias a la unión de ciencia y tradición oral sabemos que nada de lo que ve a su alrededor es originario de estas islas, que en realidad no son más que las cimas de volcanes marinos muy profundos.

Emily escuchó atentamente, sin tocar la comida del plato. La atmósfera en el interior de la cabaña era íntima y cercana. Las lámparas proyectaban una tenue luz sobre los hermosos rasgos del capitán y el parpadeo de las velas arrancaba destellos cobrizos a su cabello ondulado. Todo él transmitía un aura de hombre aventurero, a pesar de que su navío transportaba pieles de Alaska y sándalo hawaiano hasta China y de allí regresaba con seda, especias y jade. De buena presencia y mejor verbo, el capitán Farrow era el prototipo del marinero civilizado, y sin embargo en su presencia Emily no podía evitar pensar en peligrosos piratas y corsarios, hombres que vivían la vida al límite y que se reían de la muerte.

Se preguntó si estaría casado.

—Hace aproximadamente mil años, quizá más —continuó Farrow—, una raza de piel oscura se hizo a la mar desde una isla del Pacífico Sur a bordo de canoas de casco doble para enfrentarse a un océano hostil y desconocido. Buscaban un nuevo hogar.

»Cuenta la leyenda que navegaron miles de millas guiándose únicamente por las estrellas y fijándose en el vuelo de las aves de alta mar, sin reparar en la existencia de otros continentes o razas y llevando consigo a sus mujeres y a sus hijos, a sus cerdos, perros y gallinas, los ídolos que representaban a sus dioses y tallos y semillas de las plantas que habían dejado atrás. Nadie sabe cuántos meses duró la travesía o cuántos de ellos perecieron en ella. Se ignora también quiénes eran, cuáles eran sus nombres y, mucho menos, qué razones los impulsaron a dejar atrás sus hogares.

»Sin embargo, en una fecha que nunca será recordada, los viajeros divisaron una cadena de islas en el horizonte… las más aisladas del mundo, ahora lo sabemos, y dirigieron las canoas, maltrechas por el viaje, hacia sus playas vírgenes. Clavaron en la arena los estandartes de sus dioses y bautizaron su nuevo hogar con el nombre de Havaiki.

Emily estaba absorta en la historia; Isaac, por su parte, masticaba ruidosamente mientras rebañaba el plato con un trozo de pan.

—Dice la leyenda que estas eran islas inhóspitas —continuó Farrow, con sus ojos castaños fijos en Emily, manteniéndola prisionera del relato—. No había frutos ni plantas comestibles. Lo que sí había era pesca y unas cuantas especies de aves, aunque se requería mucha habilidad para cazarlas. Tampoco crecían palmeras ni bambú con el que fabricar refugios. No había flores ni orquídeas o hibiscos con los que alegrarse la vista. Aun así, los recién llegados hicieron de estas islas su hogar. Por suerte, habían traído consigo lo indispensable para sobrevivir: plantaron cocoteros, bambú y moreras con cuyas fibras fabricar telas, así como boniatos, plátanos, mangos y piñas. También plantaron las flores que traían hasta que los picos volcánicos se convirtieron en un paraíso.

Farrow guardó silencio. La brisa nocturna se había colado en el interior de la cabaña y mecía las telas que colgaban de las vigas. Recorrió con la mirada el rostro de Emily hasta detenerse en su cuello, justo donde ella era consciente de que algunos rizos escapados de la cofia blanca con la que se recogía el cabello le acariciaban la piel. Era casi de noche, de modo que ya no se cubría con un cuello alto sino con uno de corte cuadrado que dejaba al descubierto la línea de sus clavículas y la pequeña depresión que se abría entre ellas. Casi notó los ojos del capitán Farrow recorriendo cada centímetro de su rostro, su cuello, incluso su cabello, pero nunca más abajo, mostrándose respetuoso en todo momento. Le ardía la piel. De pronto oyó que su marido rellenaba ruidosamente el vaso del capitán.

—Los recién llegados establecieron un sistema monárquico y nobiliario —dijo Farrow, retomando su relato—, los *ali'i*, para gobernar a los plebeyos. También idearon un conjunto de leyes llamadas *kapu* cuyo castigo máximo era la muerte. Temían a sus dioses y practicaban el sacrificio de humanos. Sin embargo, vivían en una tierra que los bendecía con sol, lluvia abundante y alimentos, además de suaves vientos alisios, de modo que cuando no estaban cosechando raíz de ñame o pescando en las lagunas, se divertían comiendo, bailando o impulsándose sobre las olas en largas tablas de madera.

»Como en aquel paraíso no había serpientes venenosas, mosquitos, fiebres, plagas o enfermedades devastadoras, ni tampoco depredadores o aves rapaces (a su llegada solo habían encontrado dos mamíferos: la foca monje y una especie de murciélago), los isleños se multiplicaron en aquel reino aislado del resto del mundo. Mantuvieron su cultura intacta durante mil años o quizá más, siempre respetando estrictamente las leyes *kapu* y venerando a Pele, la diosa de los volcanes, puesto que las islas se estremecían y escupían lava de forma regular. Habían encontrado Havaiki y no iban a abandonarla jamás. Nunca realizaron expediciones de exploración, nunca buscaron un nuevo hogar. Aquí eran felices.

Farrow sonrió y Emily soltó el aliento que había estado conteniendo.

—Una historia interesante —dijo Isaac en voz más alta de lo necesario—. Gracias por la lección.

—Pues no es la mejor parte —replicó el capitán Farrow mientras dejaba el plato sobre la esterilla que cubría el suelo y se limpiaba los labios con la servilleta—. Lo realmente interesante es que los isleños desconocían la existencia de otras razas, razas que florecían y se multiplicaban como ellos, culturas que evolucionaban de las costumbres ancestrales a las modernas; pueblos nacidos para explorar y expandirse: españoles, franceses, ingleses, alemanes y americanos. Finalmente llegó el día en que los blancos subieron a bordo de sus enormes barcos propulsados por gigantescas velas y tropezaron con estas islas remotas y «sin descubrir», echaron el ancla y remaron hasta la orilla montados en botes.

»Apenas han pasado cuarenta y dos años desde que un capitán inglés llamado James Cook anunció el descubrimiento de una raza salvaje que vivía desnuda en un paraíso terrenal.

MacKenzie Farrow se dirigió a Emily.

—Y ahora, señora Stone, llegamos a la pregunta que me formuló hace un rato: ¿por qué el jefe Holokai está dispuesto a pagar un precio tan alto a cambio de bienes que en realidad no necesita? Imagine un pueblo que no conoce la rueda ni el arco y la flecha, que no posee metales de ningún tipo ni piedras preciosas, tampoco animales de presa o bestias de carga; que elabora sus tejidos a partir de la corteza de un arbusto y cuyos únicos adornos están hechos con flores, plumas y conchas; que nada sabe de la cerámica o del vidrio, del algodón o de la lana; que nunca ha probado el vino, el queso o la carne de vacuno; que no posee alfabeto, libros o escritura de ningún tipo; que ignora qué son los relojes y los juegos de té, los cuellos almidonados y los violines. Y es entonces cuando de pronto, aún en este estado primitivo y lleno de carencias, aparecen en escena actores nuevos, hombres de piel blanca con botones brillantes que portan espadas y pistolas, que hablan de un mundo tan vasto y poblado, tan lleno de maravillas, que ¡solo pueden ser dioses!

»Los isleños únicamente quieren parecerse a esos hombres. No los culpe por ello.

Farrow guardó silencio, y los sonidos del exterior se colaron a través de las ventanas y el vano de la puerta: dos muchachas, dos sirvientas hablando y riendo fuera; el débil rugido de una cascada cercana; voces y risas procedentes del pueblo del jefe Holokai; perros ladrando, niños chillando.

Mientras tanto, en el interior de la cabaña, el reverendo Stone permanecía sentado y meditabundo, con los labios fruncidos a causa de un problema cuya solución se le antojaba inalcanzable, mientras su esposa se sabía atrapada por la mirada hipnótica de aquel hombre prácticamente desconocido que le resultaba tan fascinante.

Por fin Isaac habló de nuevo; había logrado atrapar la escurridiza idea que le rondaba la cabeza.

—Capitán Farrow, desde que llegué he descubierto que los nativos parecen ansiosos por saber de Jesús. Nos habían advertido que nos costaría mucho acercar al Señor a estas gentes, que primero tendríamos que demostrarles que sus dioses son falsos y no existen, y que solo entonces podríamos hablarles del Todopoderoso. Sin embargo, por el momento no he percibido ningún tipo de resistencia.

Farrow, a todas luces incómodo ya sobre el barril, irguió la espalda y alineó los hombros.

—Eso es porque algo muy extraño ocurrió durante su viaje, reverendo —dijo—. Algo inesperado y bastante sorprendente. En cuanto el capitán Cook informó sobre su arribada a las islas se abrió la veda para la llegada de más hombres blancos. Durante los últimos cuarenta años los nativos han estado expuestos a la influencia occidental y, a pesar de que han procurado preservar sus costumbres ancestrales, la influencia de Occidente ha resultado ser demasiado poderosa. Hace seis meses, mientras usted y su grupo navegaban hacia aquí, la reina Ka'ahumanu, madrastra del nuevo rey y soberana como él, decidió que estaba cansada del viejo sistema *kapu* y sorprendió a propios y extraños sentándose en un banquete y comiendo con los hombres. Su hijastro, el príncipe Liholiho, que había adoptado el nombre de Kamehameha II, cedió a la presión y declaró el sistema de leyes *kapu* obsoleto.

—¿Tan sencillo le resultó eliminar un código legal que existía desde hacía siglos? —preguntó Emily.

Farrow sonrió.

—La razón es simple. Con el sistema *kapu* se decía a los isleños que si quebrantaban alguna de las normas los dioses los castigarían. Y ellos lo creían. Pero entonces repararon en que los hombres blancos violaban las leyes hawaianas continuamente y no caía sobre ellos castigo divino alguno. La reina Ka'ahumanu decidió que esa era la prueba de que los viejos dioses no tenían poder. Ordenó a su gente que destruyera los ídolos. Así que ya ve, reverendo, puede que su trabajo aquí no le resulte tan arduo como esperaba. Los nativos son como vasijas vacías esperando que alguien las llene de una nueva fe.

Mientras sus anfitriones sopesaban aquella revelación tan inesperada, el capitán Farrow sacó su reloj de bolsillo del chaleco.

—Creo que es hora de que regrese a mi barco. —Se puso en pie y cogió su gorra—. Señora Stone, no sabe cuánto le agradezco su amable hospitalidad.

—Vuelva otro día —dijo ella.

—Me temo que el *Krestel* zarpará por la mañana. Con rumbo a China, un viaje de unos cuantos meses.

Lo acompañaron hasta la salida, donde los recibió una brisa suave y agradable. Sobre las estrellas lucía una luna blanca como el marfil. En el extremo opuesto de la propiedad de los Stone, alquilada a la Corona de Hawái por el Comité Misionero, empezaba la aldea, que se extendía a lo largo de un espacio considerable, iluminada por las antorchas *tiki* y repleta de vida, con sus sonidos y el aroma de la comida.

—Gracias de nuevo por su hospitalidad —insistió el capitán Farrow, y se puso la gorra.

Tendió una mano a Emily para despedirse, gesto que ella correspondió ofreciéndole la suya, pero en lugar de estrechársela el capitán Farrow la sujetó y la cubrió con su mano izquierda, acariciándole los dedos con una intimidad alarmante. Emily se estremeció al notar la calidez y sentir la delicadeza con las que la sostenía. Era como si el capitán estuviera estrechando todo su cuerpo entre sus brazos.

Un gesto tan nimio y, sin embargo, con un significado tan profundo.

E Isaac ni siquiera se había percatado de lo sucedido, pensó con alivio Emily.

—Buena suerte —gritó el reverendo Stone—. ¡Que el Todopoderoso hinche sus velas con Su aliento divino y lo mantenga a salvo de los mares!

Ambos siguieron con la mirada a Farrow mientras desaparecía entre los árboles.

Sobre la bahía de Hilo de alzaba un escarpado promontorio originado siglos atrás por un viejo río de lava. La roca fundida había fluido como un torrente de aguas rojas desde una antigua chimenea volcánica ahora inactiva. Se había calentado y se había vuelto a enfriar, una y otra vez, capa a capa, hasta que aquel acantilado de rocas negras hubo alcanzado la altura suficiente para que una mujer casada de New Haven pudiera contemplar desde allí los barcos anclados en la bahía, ver que uno de los barcos, el *Krestel*, se elevaba sobre el mar, desplegaba las velas, viraba empujado por el viento y se deslizaba lentamente sobre las aguas bañadas por el sol, llevándose consigo al capitán MacKenzie Farrow hacia climas más exóticos.

Emily no comprendía los sentimientos que se arremolinaban en su corazón. Lo que sí sabía era que cuando el *Krestel* se hizo más y más pequeño, hasta desaparecer más allá de la línea del horizonte, una parte de ella se fue con él, una parte de sí misma que no regresaría hasta que lo hiciera el capitán Farrow.

2

—¿De veras tiene que ir, Isaac? Apenas llevamos aquí cuatro meses.

—Muchas otras almas ansían su salvación, Emily —respondió el reverendo Stone mientras guardaba metódicamente sus enseres en una bolsa de piel—. No puedo quedarme en un único lugar. El Señor envió a sus discípulos a recorrer el mundo para que su red fuese lo más amplia posible.

Emily se retorció las manos. Nadie le había dicho que tendría que permanecer allí sin su esposo. Cuando solo un día antes de su partida Isaac le había informado de su intención de visitar las aldeas de la costa norte, había recibido la noticia con tal estupefacción que desde entonces apenas había probado bocado o conciliado el sueño. Y ahora era un manojo de nervios.

¿Qué había pasado con su espíritu aventurero? ¿Se había esfumado? Emily había descubierto que le aterrorizaba la idea de quedarse sola con los nativos, aunque no era capaz de explicar por qué. El problema era su... exotismo. Los hawaianos eran amables y generosos, y siempre estaban sonriendo. Sin embargo, cuando el señor Alcott se había dirigido a la congregación para hablarles de un reino formado por varias islas y repleto de almas condenadas a la perdición, había olvidado mencionar que había más obstáculos, además de la cuestión religiosa. Los niños corrían de un lado a otro sin ninguna clase de disciplina. Pero ¿cómo iban a conocer la disciplina si los adultos carecían por completo de ella? Su vida social se basaba en el impulso y el capricho. En cuanto el océano se erizaba, todos abandonaban sus labores, cogían sus tablas y se dirigían mar adentro dispuestos a impulsarse sobre las olas. Lo mismo ocurría con la escuela. Durante los primeros días de clase en el nuevo pabellón que Isaac había construido, Emily enseñó el alfabeto a una numerosa concurrencia, niños y adultos por igual. Todos aparecían a primera hora y se mostraban deseosos de manejar las tizas y las pizarras. Ella estaba encantada. No obstante, no mucho tiempo después ya no se presentaba nadie voluntariamente, y tenía que recorrer la aldea y reunir a los niños, mucho más rebeldes.

Por si fuera poco, era incapaz de sacarse ciertas ideas de la cabeza, pensamientos que el odioso señor Clarkson se había ocupado de inculcarle, como cuando les había explicado, a Isaac y a ella, cierta vez que se había pasado por su cabaña para tomar un té con pastas, que apenas cuarenta años atrás aquellas gentes practicaban el sacrificio humano. A pesar de que el jefe Holokai había asegurado a Isaac que aquel ritual aborrecible había quedado atrás, el impulso de matar seguramente aún les corría por las venas. ¿Y si era la presencia de Isaac lo que los mantenía a raya, pero en cuanto de alejara de Hilo...?

—He oído hablar de casos de fornicación flagrante en la isla —dijo Isaac mientras cerraba la bolsa—. El concepto «matrimonio» les es ajeno. Pasan de un compañero a otro según les apetece. Y los que sí están casados realizan prácticas sexuales delante de sus hijos. Toda la familia duerme junta, y esa es una tradición que estoy decidido a erradicar.

Salieron de la cabaña y, una vez en el exterior, Isaac se dio la vuelta y apoyó las manos en los hombros de su esposa.

—Recuerde que Dios está con nosotros, Emily. No hay nada que temer. Y ya era hora de que llevara la luz del Señor al resto de las almas descarriadas de la isla. La dejo aquí para que se haga cargo de la congregación, para que corrija a nuestra gente cuando se desvíe del camino y para que la anime a creer en el Todopoderoso y en el amor infinito que siente por ellos.

La fe de Emily no brillaba en el cielo, resplandeciente como la de su esposo. Su relación con el Todopoderoso era más apacible, más agradable. Sin embargo, sí creía en el demonio, en la existencia del mal en el mundo y en que la única salvación posible era a través del conocimiento del Altísimo. Por eso estaba allí, por eso había encontrado una tierra de una luz tan brillante y una belleza tan sublime que se preguntaba cómo era posible que la oscuridad reinara en semejante lugar. Aunque ¿acaso el Edén no era hermoso? ¿No había sido en el Paraíso donde un hombre y una mujer habían morado completamente ajenos al mal? ¿Ajenos incluso a su propia desnudez, al igual que los habitantes de aquellas islas? Hasta que una serpiente los había alejado de la gracia del Señor.

Se protegió los ojos con una mano y miró a su alrededor, a los árboles *lehua ohia*, a las enredaderas y a las abundantes flores, a las ruidosas cascadas y los chispeantes arroyos, a las lagunas profundas y verdes, y pensó: «Sí, la Serpiente está aquí, observando, esperando…».

—Ha de ser fuerte en su fe, Emily —continuó su esposo con el tono de voz que empleaba en los sermones—. Dios aborrece la debilidad.

Pero Isaac no comprendía sus sentimientos de aislamiento y soledad. De vez en cuando disfrutaban de la compañía de otros blancos, puesto que los barcos seguían fondeando en la bahía y hombres de todo tipo desembarcaban en la costa. Casi siempre eran capitanes, navegantes y exploradores, todos ellos educados y civilizados; los marineros sin rango tenían prohibido abandonar las embarcaciones para no perturbar la paz. Entre los visitantes también había escritores y artistas, científicos y naturalistas que acudían a las islas para ver con sus propios ojos aquel mundo exótico y puro, todavía no corrompido por el ser humano. Cuando desembarcaban en la playa siempre se les decía que tenían un plato de comida y un buen rato de conversación inglesa en casa del reverendo Stone y su esposa.

Sin embargo, nunca había mujeres blancas entre ellos. Y Emily añoraba la compañía de alguien de su mismo sexo.

Mientras Isaac montaba en su caballo, le tocó una pierna.

—He estado pensando, Isaac —le dijo—. Quizá deberíamos tener una casa de verdad. Ya hemos construido la iglesia y la escuela. Ahora necesitamos un hogar definitivo. Una cabaña cubierta de hierba no es un lugar adecuado para recibir a las visitas.

Llevaba días dando vueltas a la idea. Había llegado a aquellas costas convencida de que estaba abierta a nuevas experiencias, creyendo que fuera lo que fuese lo que los nativos soportaran, una mujer de Nueva Inglaterra como ella podría aguantarlo. Y, sin embargo, había acabado odiando esa cabaña.

Y más cosas…

Desde el primer día, cuando el barco había echado anclas y las nativas habían subido a bordo desnudas, Emily había tratado de convencerse de que aquella era una costumbre más y que, de todas formas, si Isaac y ella estaban allí era precisamente para cambiar dichos hábitos. Aun así, por mucho que se esforzara en ser tolerante, no podía evitar escandalizarse por todo lo que veía. Los nativos no eran en absoluto como ella había imaginado. Su forma de vestirse, de comer, de tocarse los unos a los otros, la ausencia de autocontrol o recato…

Emily procedía de un mundo en el que las muestras de afecto en público eran consideradas inadecuadas. Los hawaianos eran un pueblo muy emotivo y nunca se guardaban nada para sí mismos. Ya fuera ira o dolor, incluso felicidad extrema, expresaban sus sentimientos a los cuatro vientos, lloraban a mares o se reían a carcajadas hasta que les dolía la barriga. ¿Cómo hacerles entender que las personas bien educadas controlaban sus sentimientos, sus reacciones físicas, su forma de hablar?

Y el problema no eran solo los hawaianos; también estaba el intolerable señor Clarkson. Emily nunca se había considerado una esnob. Había llegado dispuesta a entablar amistad con los habitantes de las islas, incluidos los marineros retirados y los expatriados que habían establecido su residencia allí. Pero, por mucho que lo intentara, no era capaz de mirar al agente portuario como a un amigo o un igual. Le habían enseñado que un trato gélido pero cordial era la mejor arma que una mujer educada tenía a su disposición para poner en su sitio a los tipos vulgares como William Clarkson.

—Quizá —continuó, dirigiéndose a Isaac— no deberíamos vivir como los nativos. ¿Cómo civilizar a estas gentes sino a través del ejemplo?

No obstante, mientras pronunciaba esas palabras tan razonables y cargadas de lógica, no pudo evitar sentirse decepcionada consigo misma.

—¡Por supuesto! —exclamó Isaac con una sonrisa entusiasta, sorprendiéndola—. No le falta a usted razón, querida esposa. En cuanto regrese nos pondremos manos a la obra con la construcción de la nueva casa. ¡Que Dios la bendiga, Emily!

Estuvo mirándolo mientras se alejaba hasta desaparecer en el interior del bosque y luego dio media vuelta. Vio a un hombre que ascendía desde el puerto. Era un marinero ya entrado en años y un tanto descuidado que vivía en una barraca junto a la playa y que, de vez en cuando, trabajaba para el señor Clarkson.

—Una carta para usted, señora —anunció al tiempo que se limpiaba el sudor de la cara.

—¿Una carta?

El corazón le dio un vuelco. ¡De casa, seguro! ¡Una carta de sus padres! Qué coincidencia tan oportuna. Y qué rápido había llegado.

Sin embargo, resultó que no había sido enviada desde New Haven sino, extrañamente, desde algún punto del océano. Los capitanes, le explicó el viejo lobo de mar, cuando se cruzaban con barcos amigos que navegaban en sentido opuesto al suyo, a menudo les confiaban su correspondencia y cualquier noticia importante que necesitaran hacer llegar, de modo que lo que el anciano traía consigo era un pequeño hatillo de cartas dirigidas al reverendo Stone y a su esposa de parte del capitán MacKenzie Farrow.

Súbitamente emocionada, las apretó contra su pecho y se apresuró al interior de su cabaña.

Emily canturreaba mientras se ataba la cofia bajo la barbilla y luego revisaba su aspecto en el pequeño espejo que había traído de casa.

Hacía días que no estaba tan contenta.

El capitán Farrow había escrito cinco cartas, cada una continuación de la anterior, en las que tocaba una gran variedad de temas. Entre otras cosas, expresaba el placer que le suponía saber que a su regreso a Hilo lo esperaba la compañía de cristianos ilustrados y también mostraba interés por conocer los progresos de la misión del reverendo Stone. Farrow hablaba de sí mismo con gran detalle, de su familia en Georgia y de sus viajes por el Pacífico Noroeste, donde disfrutaba de los encuentros con los distintos pueblos indígenas que vivían de una forma del todo diferente a como lo hacían los habitantes de las islas Sandwich.

Era una narración larga e interesante, pero Emily no podía evitar preguntarse por qué había enviado aquellas cartas tan personales a un matrimonio de completos desconocidos. Pensó que quizá, al igual que le ocurría a ella, MacKenzie Farrow se sentía solo en alta mar, en sus encuentros con razas y culturas extranjeras, y que la oportunidad de llenar tantas horas de soledad manteniendo esa suerte de diálogo con sus nuevos amigos americanos le suponía un alivio más que bienvenido.

Pero entonces llegó al final de la última carta, en la que el capitán había escrito:

Querida señora Stone:

Me ha causado usted una honda impresión. Me ha recordado a mi hogar, a las damas sureñas que formaban parte

49

del círculo social de mi familia. Llevo tanto tiempo en el mar que había olvidado recuerdos que me son muy queridos y que usted con su presencia ha traído de vuelta a mi memoria. Por culpa de una disputa con mi padre, había dejado que las vivencias de una adolescencia feliz cayeran en el olvido. Sin embargo, usted ha hecho que los recupere, señora Stone, y por ello siempre tendrá mi eterna gratitud.

Dichos recuerdos, que ahora se me antojan un regalo de su parte, me han impulsado a escribir a mi padre, a reconciliarme con él. Los hawaianos realizan un rito ancestral llamado *ho'oponopono*. Implica confesión, penitencia y perdón, y normalmente se lleva a cabo en el seno de las familias para curar enfermedades y ahuyentar la mala suerte. La carta para mi padre, que le ruego entregue en un barco que parta hacia el Atlántico, es mi intento de *ho'oponopono* con la esperanza de que tanto él como yo podamos cerrar las heridas que están abiertas entre nosotros y nos separan.

Emily vio que el destinatario de la última misiva era un tal coronel Beauregard Farrow, con domicilio en Savannah, Georgia.

Se llevó el hatillo de cartas al pecho y prometió en silencio que bajaría todos los días al puerto y se aseguraría de que aquella carta tan valiosa acabara en las manos de un capitán responsable. Y mientras hacía esa promesa, se preguntó si habría más cartas del capitán Farrow de camino. Ahora por fin tenía algo que anhelar en silencio hasta que su marido regresara.

Isaac ya llevaba tres días fuera. Ese sería el primer sábado que no pronunciaría su sermón frente a la congregación. Pero Emily estaba preparada. Con su libro de oraciones sujeto con firmeza entre las manos enguantadas partió desde la asfixiante cabaña. Llevaba una sombrilla porque había descubierto que el tiempo en Hilo era impredecible: podía estar tranquilamente al sol y, diez minutos más tarde, acabar empapada por una lluvia repentina.

Cruzó la verde pradera —un paisaje natural salpicado de arbustos floridos y enormes árboles cuyo follaje proporcionaba sombra— hasta la iglesia sin paredes. Estaba repleta, como era habitual. Desde el primer servicio de Isaac, hacía ya cuatro meses, la asistencia había sido muy numerosa. Los miembros de la congregación, sentados sobre las esterillas que cubrían el suelo, ocupaban hasta el último centímetro libre, mientras que otros debían ocupar los laterales y la parte de atrás. El traductor de Isaac era un campesino taro de nombre Kumu, que no era más que un niño cuando llegaron los primeros hombres blancos a Hilo. Inteligente y con una gran capacidad para el aprendizaje, Kumu había aprendido a hablar inglés y ahora se mostraba ansioso por aprender a leerlo. En la escuela en la que Emily enseñaba, Kumu era uno de los adultos que se sentaba todos los días con una cartilla y una pizarra y se esmeraba en escribir el alfabeto.

Emily sonrió y saludó a los congregados con un *aloha*. Era un grupo muy variopinto, desde niños hasta ancianos. Las mujeres iban ataviadas con pareos de diseños alegres y lucían en el cuello *leis*, las guirnaldas hawaianas de flores; los hombres, por su parte, vestían pantalones de las donaciones que Emily había traído desde New Haven. Por desgracia, muchos todavía llevaban el *malo*, un minúsculo taparrabos hecho con una estrecha tira de corteza que apenas les cubría nada. Alguien había contado a Emily que aquellas dos prendas, el pareo y el *malo*, no eran una muestra de pudor, sino una forma de evitar que los espíritus se colaran en los genitales.

Isaac había predicado en multitud de ocasiones sobre la necesidad de cubrirse con ropas. También se había pronunciado contrario a la práctica habitual de defecar y orinar en público, algo que los isleños no acababan de comprender porque para ellos no era un comportamiento inaceptable. Emily decidió que su sermón de ese sábado se centraría en el recato en las mujeres y en la necesidad de cubrirse.

Los sermones de Isaac siempre se dividían en dos partes: la primera trataba la cuestión de cómo deberían comportarse las personas, mientras que la segunda versaba sobre cómo encontrar el camino a la salvación. Extrañamente, los nativos siempre se mostraban más interesados por la segunda parte. Isaac había descubierto, para su regocijo, que contrariamente a las afirmaciones del señor Clarkson, no todos los hawaianos codiciaban poder y cosas materiales. Después de que la reina Ka'ahumanu demostrara que los antiguos dioses no existían, muchos se habían quedado sin nada en lo que creer. Les entusiasmaba la idea de que un dios invisible, todopoderoso y misericordioso cuidara de ellos. Tal como el capitán Farrow explicaba en su carta, los conceptos de «perdón» y «redención» no eran nuevos para los hawaianos.

De momento, no había conversos, al menos no de forma oficial. Isaac aún no había bautizado a nadie en la nueva fe, a pesar de que eran muchos los que declaraban su amor hacia Dios con entusiasmo. «Hasta que no comprendan el concepto de "alma" —solía decir Isaac—, y la diferencia entre perdición y salvación, no puedo llamarlos cristianos.»

Emily se situó al frente de la congregación, abrió su Biblia, carraspeó y dijo:

—Hoy voy a leerles un pasaje de la Segunda Carta a los Tesalonicenses, en el que el apóstol Pablo escribió: «Pero os ordenamos, hermanos, en el nombre de nuestro Señor Jesucristo, que os apartéis de todo hermano que ande desordenadamente, y no según la enseñanza que recibisteis de nosotros…».

—¿Dónde Mika Kalono? —preguntó una voz desde el fondo de la iglesia.

Emily levantó la mirada.

—¿Disculpe?

—Usted no Mika Kalono —dijo una segunda voz.

Los hawaianos no sabían pronunciar algunas consonantes como la «ese» y la «te», así que las sustituían, y «míster Stone» sonaba un tanto diferente.

—El reverendo Stone ha ido a visitar otras aldeas por la costa. Va a llevar la palabra de Dios a otros. Yo me…

Kumu, el granjero taro, de pie junto a ella, tradujo para quienes no entendían el inglés y, de pronto, la multitud se mostró inquieta.

—¿No Mika Kalono? —preguntó otro.

—Bueno, no, lo siento, pero…

Para sorpresa de Emily, los asistentes se levantaron uno a uno y abandonaron el lugar, dejándola, en cuestión de segundos, a solas en el pabellón desierto. Kumu le dedicó una sonrisa desdentada y dijo:

—¿Yo voy?

Una semana más tarde, mientras se ponía el vestido que solía llevar durante el día, con las mangas largas y ajustadas y el cuello alto, y se preguntaba si el cielo encapotado anunciaba otro día de lluvia, Emily decidió probar un acercamiento distinto al sermón. En lugar de leer de un libro caminaría entre los fieles y se dirigiría a ellos directamente, de tú a tú. La mayoría de ellos no hablaban inglés, pero sí conocían algunas frases y palabras, y ante todo querían aprender. «Lo convertiré en un juego —pensó al tiempo que se ataba las cintas de la cofia—. Quizá incluso utilice premios de algún tipo.»

Salió de la cabaña henchida de esperanza y complacida con su ingenuidad, pero a medio camino se detuvo. La casa de oración estaba desierta. Ni siquiera Kumu la esperaba.

¿Cómo era posible, si había recorrido la aldea el día anterior, recordándoles que al día siguiente era sábado y que esperaba verlos allí, y todos habían asentido y con una sonrisa le habían prometido que acudirían?

Ahora por fin sabía la verdad: Isaac era la fuerza sobre la que se sostenía la misión. Emily nunca se había sentido tan insignificante e inútil.

—¿Hay alguna carta para nosotros, señor Clarkson?

Emily aborrecía bajar todos los días hasta el muelle en el que el agente tenía su oficina de aduanas, además de un comercio bien surtido, pero esperaba impaciente la llegada de más cartas, de casa, del Comité Misionero y, ante todo, del capitán Farrow. Había barcos nuevos en la bahía, lo cual implicaba la posibilidad de que hubiera llegado correo.

William Clarkson sonrió mientras hurgaba entre sus dientes amarillentos.

—Lo siento, señora, nada nuevo.

Emily despreciaba la forma en que la miraba de arriba abajo, una ofensa que aquel individuo nunca había osado cometer antes de que Isaac se marchara. Sin embargo, su esposo llevaba tres semanas lejos del hogar y ella se sentía cada vez más vulnerable e indefensa.

Por lo menos le quedaba el consuelo de haber podido entregar la carta del capitán Farrow al capitán de un clíper que se dirigía hacia el Atlántico, quien le había asegurado que se ocuparía personalmente de que la misiva llegara al puerto de Savannah.

Mientras recorría fatigosamente el muelle, donde los nativos se afanaban cargando en barcas los maderos de sándalo que previamente habían talado de los bosques más altos de la isla, Emily levantó la mirada hacia las montañas, verdes y exuberantes, que se elevaban sobre el pequeño asentamiento que era Hilo. Las nubes tenían la misteriosa habilidad de materializarse repentinamente de la nada, oscurecer el cielo y descargar una suave llovizna, transformarse en niebla alrededor de las escarpadas cimas y dar a luz magníficos arcoíris. Hilo era un lugar de clima siempre húmedo, pero también poseía una belleza imposible de describir.

Siguió el camino que bordeaba la laguna, pasó de largo al llegar a su casa y continuó hasta la aldea de los nativos.

Tenía una misión.

Se le había ocurrido la noche anterior mientras rezaba. A solas en su cabaña, de rodillas a la luz de la lámpara de aceite, tratando de que el miedo y la soledad no debilitaran su fe en los planes que el Todopoderoso tenía para ella, había hablado a su Padre celestial en voz alta. La respuesta había llegado en forma de idea: «Céntrate en Pua. Convierte a la gran jefa y el resto la seguirá».

Pua, la hermosa hija del jefe Holokai, era una mujer inteligente y una alumna entregada, pero no se podía contar con ella. Como *kahuna lapa'au*, su presencia era requerida por toda la isla para diagnosticar enfermedades, administrar plantas curativas, tratar heridas y erupciones, asistir a partos y, en términos generales, ocuparse de la salud y la fertilidad de su gente. Además, como gran jefa y *ali'i*, debía estar presente en todos los rituales, ceremonias y festividades. Y, como aún no se había convertido al cristianismo, y a pesar de que el sistema *kapu* había sido abolido y los dioses declarados inexistentes, Pua y miles de hawaianos como ella seguían participando en ritos religiosos que en ocasiones podían durar días. Así pues, el tiempo que le quedaba libre para aprender a leer y escribir era muy limitado.

Por si fuera poco, Emily no conocía los horarios de Pua, que simplemente desaparecía sin decir palabra y volvía transcurridos varios días sin previo aviso y esperando recibir una nueva lección.

Sin embargo, su hermano Kekoa sí se dejaba ver a menudo por la aldea. Muy influyente entre su gente, había luchado junto al viejo Kamehameha, de modo que los nativos hacían lo que él decía.

«Pediré a Isaac que se centre en convertir a Kekoa», se dijo Emily.

Conocía bien la aldea, sabía por dónde podía ir y por dónde no, y qué cabaña pertenecía a cada familia. En total había una treintena, algunas grandes, otras más pequeñas, dispuestas siguiendo un patrón caótico.

Muchos la recibieron con un *aloha*, la saludaron con la mano y le sonrieron mientras se ocupaban de sus quehaceres. Las mujeres se sentaban frente a sus chozas y confeccionaban guirnaldas con flores, o atendían pequeñas parcelas de huerto o amamantaban a sus bebés. Los perros campaban a sus anchas, al igual que los niños, y las gallinas picoteaban el suelo.

Las cabañas junto a las que Emily pasó tenían funciones muy concretas: una era la casa en la que todos los miembros de la familia dormían juntos; otra, cuyo acceso estaba prohibido a las mujeres, la usaban los hombres para sus reuniones; también estaba la que hacía las veces de cocina, en la que las mujeres tampoco podían entrar. Allí se levantaba el pabellón donde se fabricaba el tejido de corteza, un espacio vetado a los hombres, y el complejo donde se ahuecaban las canoas y se les añadía el estabilizador lateral, prohibido para las mujeres. En las afueras de la aldea se amontonaban las chozas más sencillas de los parias y los esclavos, mientras que las de los pescadores y los constructores de canoas estaban más cerca de la playa. En el extremo opuesto del poblado, que era hacia donde Emily se dirigía, se levantaban las casas lujosas de los *ali'i*, construidas sobre cimientos de basalto, y, por último, algo a lo que se referían como el sagrado *heiau*, el recinto de los antiguos dioses, rodeado por una cerca y guardado por ídolos de aspecto salvaje que flanqueaban las puertas.

Un poco más allá, y apartada del asentamiento principal, estaba la choza menstrual a la que las mujeres se retiraban una vez al mes. Aquel era un tema del que hablaban tan abiertamente, los hombres incluidos, que cuando una mujer tenía el período llevaba sobre sí una flecha especial con el fin de alertar de su condición a los demás. Era *kapu* por la sangre, a la que ellos llamaban «lágrimas de Lehua». Durante esos días la mujer no podía tocar ni objetos ni personas. Lo que en Nueva Inglaterra se escondía con la mayor corrección y disimulo posibles, en esa cultura salvaje era pregonado a los cuatro vientos, y Emily sospechaba lo difícil que resultaría convencerlos para que abandonaran semejante costumbre.

Sin embargo, no era la única tradición fuertemente arraigada entre los nativos. Tanto ella como los otros misioneros de las islas estaban decididos a erradicar otras muchas costumbres, principalmente la promiscuidad sexual y el incesto.

Mientras pasaba junto a grupos de mujeres que cogían flores y con ellas confeccionaban guirnaldas, coronas y brazaletes, y luego frente al pabellón donde tejían con fibras de corteza, a Emily se le ocurrió de repente que los adornos que usaban, excepto las conchas, eran todos perecederos. El tejido que creaban a partir de la corteza de la morera no duraba demasiado y tenía que ser continuamente sustituido. Incluso las casas acababan por pudrirse o eran arrastradas por las tormentas. Todo tenía que ser renovado o reemplazado una y otra vez. Para un oriundo de Nueva Inglaterra acostumbrado a la permanencia del ladrillo, el hierro y el vidrio, la forma de vida de los hawaianos era algo efímero, temporal. Nada de lo que hacían era perdurable. A pesar de todo… vivían más cerca de la naturaleza. Trabajaban con lo que tenían, no fabricaban nada cuyo origen no estuviera en el mundo que los rodeaba. Y la constante renovación de sus posesiones les hacía pensar en las estaciones y en el insistente renacer de la tierra.

El *heiau* era la versión hawaiana del templo, el lugar donde los sacerdotes hacían sus ofrendas a los dioses. Construido con rocas de lava apiladas, el *heiau* del jefe Holokai era un espacio cuadrado de unos cien pies de lado a lado, cuyas paredes tenían ocho pies de altura y cuatro de grosor. En la pared norte se abría una puerta, a través de la cual Emily vio grandes plataformas de piedra con varias estructuras de ramaje sobre ellas. Le habían contado que allí era donde vivían los sacerdotes y también donde se guardaban los objetos sagrados. En el centro del complejo se levantaba un altar rodeado de los ídolos que representaban a los dioses.

Enseguida reconoció a la gran jefa Pua junto al altar. Estaba dejando una ofrenda de frutas y flores mientras cantaba a la enorme piedra situada en el centro del mismo.

—*Aloha* —dijo una niña que esperaba junto a la puerta.

—*Aloha*, querida —replicó Emily, que ya conocía a la hija de Pua.

Mahina tenía trece años, era delgada y guapa, con el pelo negro, largo y ondulado, y llevaba un colorido pareo alrededor de la cintura. Era una joven tímida y risueña que sabía hablar algo de inglés. De repente, Emily cayó en la cuenta de que Mahina pronto tendría la edad necesaria para unirse a las otras chicas y nadar hasta los barcos donde gozaban en compañía de los marineros, que llevaban meses y meses en alta mar.

Emily no podía detener a las otras muchachas, pero juró que intentaría que Mahina nunca se uniera a ellas.

—Mi madre dar ofrenda a Lono —dijo Mahina en su inglés imperfecto.

—¿Qué significado tiene la piedra del altar?

—Es *piko ma'i* de Lono.

—No te entiendo.

Mahina rió con timidez y, valiéndose de gestos, trató de explicarse. Emily la miró fijamente y luego volvió los ojos nuevamente hacia el altar. Ahora que veía la piedra en otro contexto, se dijo que era imposible errar en su simbolismo: el «ídolo» era cilíndrico, de unos cuatro pies de altura, tallado en lava negra y con una especie de caperuza en la punta.

«¡Por todos los santos! —pensó estupefacta—. ¿Adoran al miembro viril?»

Incapaz de pronunciar una sola palabra, recordó lo que el doctor Franks, un médico que se encontraba de visita por las islas, le había dicho un día que Emily lo invitó a su casa para tomar el té.

—Quizá su fe y la nuestra tengan algunas cosas en común —había comentado ella acerca de la religión hawaiana—. Por ejemplo, nos han contado que practican la circuncisión. A partir de dicha afinidad, podemos establecer un paralelismo con el pacto de Dios con Moisés.

—Sí, eso es cierto —asintió el doctor tras dar un sorbo de té oolong y coger una pasta—, la circuncisión es algo que se practica entre estas gentes, pero no es la circuncisión de Abraham y Moisés. De hecho, técnicamente no es una circuncisión sino algo llamado «subincisión». No se retira el prepucio como señal del compromiso con Dios, sino que se deforma para que el placer del hombre durante la procreación sea más intenso.

El doctor Franks le había hablado con tanta naturalidad que Emily había estado a punto de atragantarse con el té.

Las relaciones íntimas parecían ser un tema de especial interés entre los hombres blancos de la isla. Por el señor Clarkson había sabido de otra práctica que ella habría preferido ignorar, pero como el único comercio de todo Hilo era suyo y en él se vendían cosas tan necesarias como agujas de coser y telas, Emily no había tenido más remedio que encontrarse en las inmediaciones durante tan desagradable charla.

—Era costumbre que las mujeres mayores llevaran a los muchachos a la playa de noche para enseñarles a hacer el amor. Y lo mismo ocurría con los hombres, que adoctrinaban lascivamente a las niñas y les decían que lo que pasa entre un hombre y una mujer dentro de su casa es sagrado. Esas prácticas sexuales, señora Stone, han sido ilegalizadas, prohibidas por la propia monarquía, pero todo el mundo sabe que fuera de las ciudades, en el campo, en las aldeas, en la oscuridad, esas costumbres tan reprobables siguen vigentes.

Por fin, Pua terminó su cántico y salió del *heiau*.

—*Aloha* —saludó a Emily, encantada de verla.

Añadió algo más, muy deprisa, y Mahina tradujo:

—Mi madre reza a Lono por tú y Mika Kalona.

—¿Reza por nosotros? ¿Por qué?

Mahina se dirigió a su madre, que dijo con una sonrisa:

—Tú y Mika Kalona... ¿doce mes?

Emily frunció el ceño.

—Ah, sí. Llevamos un año casados, es cierto.

—¿Y no bebé?

—Bueno, no.

Emily carraspeó. No tenía intención de explicar las circunstancias de su matrimonio, que a efectos prácticos había empezado hacía solo cuatro meses. Eso sí, desde entonces Isaac había sido diligente y regular, una vez cada siete días.

De pronto comprendió el verdadero significado de lo que Mahina acababa de decirle. Pua rezaba a una efigie de piedra con forma de pene... ¡y pedía por Isaac y por ella!

Se sintió repentinamente sucia, como si alguien le hubiera

echado encima algo pútrido y desagradable. El instinto le hizo dar un paso atrás antes de mirar fijamente a Pua con una expresión de horror en la mirada.

—¡No debe hacer eso, Pua!

No sabía cómo expresarlo con palabras. Rezar ante ídolos de piedra era una abominación, sí, pero hasta entonces esa práctica nunca le había resultado repulsiva. En ese momento, no obstante, sí se lo parecía porque se había convertido en algo personal. En contra de su voluntad, Isaac y ella misma se habían visto involucrados en una práctica pagana de las más depravadas.

Sintió ganas de vomitar.

¿Qué problema tenían aquellas gentes? ¿Es que no se daban cuenta de que ritos como ese suponían una afrenta a Dios? Pua había pedido a Isaac en varias ocasiones que la «hiciera cristiana» y él le había explicado que hasta que no renunciara a sus costumbres paganas no podría recibir el bautismo. ¿Cómo hacerles entender que, para ver la luz divina del Señor, antes tenían que abandonar las prácticas del pasado?

Recordó el día en que el rey Kamehameha II se había presentado en Hilo para visitar a sus súbditos y recibir noticias del jefe Holokai. Había llegado con un séquito de asesores extranjeros, uno de los cuales era el presidente del Comité Misionero en Honolulú, un hombre procedente de New Hampshire llamado Jameson, quien presentó al reverendo Stone y a ella misma al monarca.

A Emily se le hizo extraño ver a un joven de piel tan oscura y con rasgos polinesios tan marcados ataviado con una guerrera militar con botones metálicos, medallas y hasta un fajín, además de un casco con un penacho de plumas. Su esposa, la reina Kamamalu, una joven de tan solo dieciocho años, lucía un hermoso vestido estilo Imperio, con el cabello recogido en un moño y tirabuzones sobre las orejas según la moda imperante en Europa. «Si no fuera por el color de su piel —pensó Emily—, Kamamalu pasaría desapercibida en cualquier corte del Viejo Continente.»

Le pareció que formaban una pareja encantadora, hasta que Isaac le explicó que la esposa del rey era también su hermana.

Y ahora por fin comprendía la verdad, y es que a diferencia de lo que había dicho el capitán Farrow sobre lo sencillo que resultaría atraer a aquellas gentes hacia la cristiandad, lo cierto era que sería sin duda una ardua tarea. Mientras la realeza practicara el incesto y otras costumbres igualmente deleznables, Pua y sus semejantes nunca conocerían el amor del Señor.

Cuando se marchó de la aldea aún no se había recuperado del impacto sufrido por el descubrimiento del ídolo de piedra en el *heiau*. Había planeado pasar la tarde cosiendo y remendando, pero una oscuridad opresiva se había apoderado de su corazón. «¡Este no es mi sitio! ¡He sido una ingenua y una estúpida al creer que podría hacer algo positivo por estas gentes primitivas!»

Siguió caminando, sin pensar, más allá de la cabaña y de la laguna, siguiendo el erosionado sendero que llevaba hasta la playa flanqueado por palmeras que el viento mecía.

Avanzó dando traspiés por la arena blanca, junto a la orilla, al tiempo que sujetaba con fuerza el chal que le cubría los hombros, con la mirada perdida en el océano sin saber qué esperaba encontrar allí. La única certeza que tenía era que ese era un lugar horrible, que ella no encajaba en ese entorno y que, desde su llegada, nunca se había sentido más sola y aislada que en aquel momento.

Mientras contemplaba el lejano horizonte pensó en los miles de kilómetros que la separaban de sus seres queridos y de todo lo que le era conocido. «¡Me encuentro sola y echo de menos mi hogar!», exclamó en silencio, con la esperanza de que el viento y las olas del océano llevaran su plegaria de vuelta a New Haven.

«¡Madre, padre, mis queridas hermanas! —se lamentó—. Estoy rodeada de cientos de amigables nativos, y aun así sigo siendo una extraña en esta tierra. La añoranza que siento por mi hogar es como una enfermedad que me oprime y me provoca el llanto. ¡Querida familia, ayudadme!»

Echó a andar de nuevo, tambaleándose, sin rumbo fijo, tropezando sin cesar con las algas y los maderos que las olas habían abandonado en la playa, asustando a los andarríos que correteaban por la arena. Quería borrar de su mente la obscenidad que había presenciado ante el altar. Se llevó las manos al vientre y rezó para no acabar vomitando. Los nativos la llamaban, hombres jóvenes con sus tablas de madera, algunos mayores que remendaban redes de pescar, mujeres que inspeccionaban la hierba que crecía bajo las palmeras en busca de cocos. Todos la saludaban y le sonreían, y aunque Emily les devolvía el gesto, la suya era una sonrisa forzada, como si tuviera el rostro de madera. No importaba lo amigables que fueran; tenían la piel oscura, iban casi desnudos, se pintaban la piel y adornaban sus cuerpos con huesos, conchas y flores.

No existía un mundo más extraño que aquel.

El viento le tiraba del largo vestido. La arena encontraba la forma de colarse en sus zapatos. Emily quería irse a casa. No a la cabaña de hierba, sino a su casa…

«Paseos dominicales por el parque Green a la salida de misa en la iglesia de la calle Temple. Un picnic en el bosque junto al río Quinnipiac. Montar en trineo en invierno. Los colores cambiantes de las hojas en otoño… ¡Ah, sus tonos dorados, rojizos y anaranjados!»

De pronto, se le encogió el corazón y ya no pudo reprimir un sollozo de amargura.

Recordó la casa en la que había nacido, un edificio de dos plantas típico de Nueva Inglaterra y construido hacía más de cien años, aunque aún conservaba la fuerza y la solidez de antaño. ¡No como las cabañas de aquel lugar, que se desmoronaban durante las tormentas o se pudrían por la humedad y tenían que reconstruirse todos los años!

Emily se detuvo a observar las olas que llegaban hasta la orilla y se iban, dejando tras de sí algas y espuma. Los pájaros correteaban de aquí para allá, hundiendo el pico en la arena todavía húmeda. La marea volvía otra vez, levantaba las algas viejas, que ya se pudrían sobre la arena, y las hacía girar para luego abandonarlas de nuevo cuando el agua se retiraba. La escena resultaba hipnótica.

Aquello le recordó las salidas familiares cuando aún era una niña al puerto de New Haven, donde la gente se reunía para ver la construcción de un faro en la punta de la península de Little Necke. Allí también se había dejado seducir por el reflujo y el movimiento del mar, que a veces depositaba objetos sobre la arena o se los llevaba hacia las profundidades en un eterno vaivén.

Una vez había encontrado una pequeña concha. No recordaba qué había hecho con ella.

Dejó escapar un suspiro entrecortado. Los recuerdos de su hogar no le aliviarían la melancolía. De hecho, agravaban su nostalgia. Decidió regresar a la cabaña a la que nunca llamaría hogar, o eso temía, y con la mente ocupada por las agujas y los hilos que allí la esperaban, retomó la caminata por la playa.

A medio camino de las dunas tropezó con algo duro. Bajó la mirada y vio un trozo de madera enterrado. Se agachó, tiró de él y con una mano lo limpió de arena para ver qué era. Era un tablón liso pintado de amarillo, seguramente procedente de algún naufragio que el mar había traído de vuelta hasta la costa.

Lo dejó caer de nuevo, pero la tabla se dio la vuelta antes de tocar el suelo y aterrizó finalmente sobre el lado opuesto. Emily se quedó petrificada. Allí, a sus pies, vio la palabra ROSE pintada en negro.

—Cielo santo —dijo en un susurro al tiempo que se apretaba una mano contra el pecho.

Rose debía de ser el nombre de una embarcación que había naufragado. Pero también era el nombre de su madre.

—Cielo santo —repitió, esta vez más alto, sintiendo el sol sobre la cabeza y los hombros, el viento en la cara, el sonido de las risas de los nativos y las olas rompiendo sobre la arena, los gritos de los marineros en sus barcos echando las anclas.

Cogió de nuevo el tablón, lo apretó contra su pecho y cerró los ojos. Contuvo la respiración; estaba temblando.

«No —se dijo—, este trozo de madera no procede de los restos de un naufragio. Salió del astillero de New Haven donde el barco estaba siendo reparado. El nombre estaba equivocado o quizá lo cambiaron. Los trabajadores lo arrancaron y lo lanzaron al agua.

»Las corrientes marinas y los vientos lo trajeron por toda la costa atlántica hasta el cabo de Hornos donde, cruzando mares embravecidos, las gélidas olas empujaron este pequeño mensaje procedente de mi hogar hasta que encontró una corriente que lo acercó al Pacífico y luego se dejó llevar por las dóciles aguas hawaianas hasta aquí, en los confines de la tierra, y quedar depositado en esta arena para que yo lo encontrara, como una carta en un buzón.

»Este trozo de madera ha viajado hasta aquí para hacerme saber que Dios no ignora la añoranza que me atenaza el corazón y me ha mandado una prueba para que sepa que nadie me ha olvidado, que los océanos, por vastos que sean, no son una barrera entre mis seres queridos y yo, sino un vínculo que me une a ellos.»

Con lágrimas de alegría, Emily desanduvo corriendo el camino que descendía desde la laguna. Poco después, ya dentro de la cabaña, colocó el madero con el nombre de su madre en la estantería que Isaac había construido para los platos y las tazas. Y, mientras lo hacía, dijo en voz alta:

—Esta tabla me la ha enviado Dios desde New Haven para hacerme saber que, a pesar de la distancia y el paso del tiempo, Nueva Inglaterra sigue siendo mi hogar.

Y sintió que el dolor de la soledad, de la añoranza, se mitigaba.

Cuando se apartó de su tesoro recién encontrado le pareció que su espíritu se fortalecía, y pensó en el golpe emocional que había recibido en el *heiau*. Sin embargo, ahora sabía que no debía sentir repulsión. Tenía que encontrar el valor que hasta ahora le había faltado. De repente su voluntad de acabar con el pecado en las islas Sandwich se vio reforzada, y prometió que a partir de entonces el objetivo personal de su vida sería sacar a la gran jefa Pua de la oscuridad y mostrarle la luz divina.

Pua se movía bajo el resplandor de la luna llena con pasos quedos.

La gran jefa dio varias vueltas alrededor de la cabaña en la que Emily Stone dormía ajena a su presencia, entonando en plena noche sortilegios que no precisaban palabras. Agitó hojas de *ti* humedecidas en agua sagrada hasta que las gotas brillaron en las paredes de hierba de la casa, susurró cánticos y dibujó signos sagrados con las manos. Y cuando terminó, sonrió satisfecha.

Había usado un hechizo especialmente poderoso.

Cuando regresó a su cabaña dispuesta a dormir, se encontró con su apuesto guerrero. Pua no tenía esposo. El padre de Mahina había sido uno de los Altos Sacerdotes del primer Kamehameha con el que había compartido cuatro meses de placer. El hermano de Mahina era el resultado de su unión con un hombre de sangre noble en Waimea, donde Pua había asistido a un festival. Muchos otros hombres habían probado las artes amatorias de Pua y, a cambio, la habían agasajado con las suyas propias.

Con todo, últimamente su corazón pertenecía a un solo hombre, y fue a su esterilla a la que acudió esa noche, donde él la recibió con los brazos abiertos. Se quitó el pareo, se tumbó junto a su amado y rozó con su nariz la de él de lado a lado, asegurándose de que sus labios no se rozasen puesto que era *kapu*.

Mientras se acariciaban y murmuraban palabras de amor, Pua le tocó el *piko ma'i* hasta que este se irguió tan firme como el de Lono, y él hizo lo propio con su *'amo hulu* hasta que estuvo húmedo como los bosques pluviales de las colinas de Kilauea. Solo entonces Pua montó a horcajadas sobre el guerrero y fue descendiendo lentamente sobre su falo. Como todas las mujeres de su raza, había aprendido a una edad temprana a controlar los músculos vaginales para dar más placer a su amante.

Ella también se deleitó con su miembro, despacio, disfrutándolo, mientras le hablaba del ritual mágico que acababa de hacer a la esposa del predicador *haole*.

—Necesita bebés. No tiene nada en que ocuparse, nadie a quien amar. Su esposo es frío, no tiene aliento, es *haole*. Pero ella tiene fuego en el vientre. Rezaré todos los días, pronunciaré hechizos y colocaré hojas de *ti* alrededor de su casa. Pediré a los dioses que le den un hijo, y así, cuando tenga a alguien a quien querer, dejará de intentar cambiarnos diciéndonos cómo tenemos que vivir.

Pua ralentizó sus movimientos para acrecentar el placer de su amante, el hombre al que quería con todo su corazón: Kekoa, su hermano.

3

La carta había llegado hacía una semana.

Había viajado miles de millas náuticas desde Savannah, Georgia, de un capitán de barco a otro, e iba dirigida a MacKenzie Farrow «al cuidado del reverendo Stone y su esposa, Hilo, Hawái».

Emily no podía dejar de observar esas palabras: «Al cuidado de…». El capitán Farrow se había puesto a sí mismo y a su padre, así como su desafortunado distanciamiento, a su cuidado.

Recordó lo que él había escrito en una de sus cartas sobre Hawái y aquel ritual llamado *ho'oponopono* que aunaba los conceptos cristianos de la confesión, la penitencia, el perdón y la reconciliación. Le había enviado una misiva a su padre a modo de *ho'oponopono* con la esperanza de que ambos pudieran cicatrizar las heridas que los distanciaban.

Y ahora Emily sostenía la respuesta del padre de MacKenzie Farrow entre sus manos.

Durante los últimos siete días había acudido sin falta hasta el promontorio para vigilar la llegada de nuevos barcos. El señor Clarkson, que estaba familiarizado con la ruta y el calendario de Farrow, sostenía que no tardaría en regresar de China con un cargamento de jade, té, seda y especias para vender en Honolulú a los capitanes mercantes que se ocuparían de llevar tan preciadas mercancías a la costa atlántica de Norteamérica y hasta el otro extremo del océano, a Europa, donde había una gran demanda de artículos de lujo procedentes de Asia.

Casi había pasado un año desde su único encuentro con el apuesto capitán, pero las primeras cartas de este y sus amables palabras habían hecho mella en Emily. Luego habían llegado más misivas desde China, entregadas a capitanes de embarcaciones más veloces que fondeaban brevemente en Hilo para cargar las bodegas de provisiones, cartas que habían entretenido a Emily con historias del exótico Oriente, que recitaba en su mente con la voz grave de Farrow cada vez que las releía y que le hacían sentirse como si hubiera cenado con ella y su esposo la noche anterior.

Aún sentía la calidez de su piel mientras le sujetaba la mano entre las suyas.

El viento soplaba desde el Pacífico, empujando las enormes nubes blancas y agitando las aguas, donde los jóvenes disfrutaban de las olas sobre sus tablas de madera. Emily los conocía. Deberían estar en la escuela. El día anterior había enseñado el alfabeto y unas lecturas simples a treinta y un alumnos entusiastas. Aquella mañana, sin embargo, nadie se había presentado en la escuela. Claro que ella tampoco quería estar allí, aunque por una razón bien distinta.

Desvió la atención del lejano horizonte hacia las enormes palmeras de la playa, a las que un grupo de muchachos se habían encaramado para practicar uno de sus pasatiempos favoritos: jugar a ver quién avistaba antes las velas de los barcos que se acercaban.

De pronto rompieron a gritar y a agitar los brazos, y Emily vio que el señor Clarkson salía bamboleándose de su casucha en el muelle y dirigía un catalejo hacia el mar.

Contuvo la respiración.

A veces creía que el señor Clarkson prolongaba a propósito aquella maniobra porque sabía lo ansiosa que estaba por recibir nuevas cartas y volver a ver al capitán MacKenzie. Pero esa vez no tardó en bajar el catalejo, levantó la mirada hacia el promontorio en el que sabía que la encontraría y, con las manos alrededor de la boca, gritó:

—¡Barco a la vista, señora Stone! ¡Es el *Krestel* dirigiéndose a puerto!

Emily no había sido consciente hasta aquel momento de cuánto deseaba volver a ver a MacKenzie Farrow, y es que a punto estuvo de desmayarse de la alegría. Tuvo que echar mano de toda su fuerza de voluntad para no correr hacia el muelle. Con toda la determinación que fue capaz de reunir, dio la espalda al mar y a las diminutas velas henchidas en el horizonte y regresó a su cabaña, donde esperaría la eternidad que tuviera que esperar hasta que el capitán Farrow la visitara.

Apareció con la puesta de sol.

Emily había elegido para la ocasión uno de sus vestidos de sábado, de delicada muselina y con un estampado de diminutas flores azules. El cuello era bastante abierto y le habría dejado visible el escote si no fuera por el añadido de un pañuelo que otorgaba más recato al conjunto. Había decidido renunciar a la cofia de interior, de modo que el cabello, limpio, brillante y recogido en un moño griego, le quedaba al descubierto.

Se dijo que llevar sus mejores ropas para la visita de un invitado de honor era lo correcto. Sin embargo, en el fondo esperaba que su aspecto resultara agradable al capitán.

Y al parecer así fue, porque cuando oyó pasos fuera de la cabaña y levantó la mirada, descubrió en los ojos de Farrow un brillo de placer absoluto. Acababa de preparar la mesa que Isaac había construido con madera de la isla. También tenían cuatro sillas, pero seguía siendo una cabaña de ramaje, y Emily nunca había sido más consciente de la tosquedad de su hogar como lo fue en ese preciso instante.

—Buenas noches, señora Stone —dijo Farrow al tiempo que se quitaba la gorra con ribete dorado.

—Buenas noches, capitán —le deseó ella.

Estaba muy atractivo con su chaqueta azul marino, estrecha en la cintura y con dos hileras de botones metálicos. Vestía unos pantalones ajustados de color blanco y calzaba unas botas altas y relucientes.

—Espero no molestarla…

MacKenzie Farrow dirigió la mirada hacia la mesa ya preparada con el mantel y la cubertería.

—En absoluto. Me alegra verle de nuevo.

Él miró a su alrededor.

—¿Dónde está el reverendo Stone?

—En uno de sus numerosos recorridos por la isla. Nunca descansa en su afán por salvar hasta la última alma de Hawái.

La atención del capitán se dirigió de nuevo hacia la mesa, dispuesta para dos.

—En tal caso, seguro que la estoy molestando.

—El señor Clarkson ha tenido la amabilidad de informarme de su inminente llegada. Esperaba que cenara conmigo.

—Nada me complacería más.

Farrow le sostuvo la mirada hasta que, de repente, Emily se sintió incómoda.

—¿Le apetece que nos sentemos fuera? Hace demasiado calor en la casa.

Antes de dar media vuelta y salir, el capitán Farrow se detuvo y observó la estantería en la que se acumulaban curiosidades que solo podían proceder de la playa: trozos de coral, fragmentos de cristal que el mar había pulido y redondeado, incluso un madero con el nombre de un barco pintado: *Rose*.

—Cuando la nostalgia se apodera de mí —explicó Emily— bajo a la playa y siempre encuentro algo que me reconforta. El mes pasado hallé este trozo tan grande y liso de cristal ambarino. Lo levanté hacia el sol y vi cálidos destellos de colores en él. Enseguida supe que había formado parte de una botella de cerveza. Era igual que las que bebía mi tío Caleb. Me dije: «Este cristal no es de un naufragio, sino que fue lanzado por la borda en alta mar en un momento de júbilo y regocijo. Y el océano lo ha traído hasta aquí para recordarme que los míos siguen pensando en mí y que cuando quiera puedo volver a casa». —Se volvió hacia MacKenzie Farrow—. ¿Le parece una estupidez que piense así?

Él la miró fijamente a los ojos.

—No si a usted le sirve de consuelo.

Isaac había fabricado sillas para el exterior, puesto que los Stone habían adoptado la costumbre hawaiana de pasar muy poco tiempo dentro de su cabaña. Las dos muchachas nativas que ayudaban a Emily estaban cocinando sobre un fuego abierto, dando vueltas al espetón donde se asaba un pollo y vigilando las hortalizas dispuestas sobre las brasas. Las dos miraron al visitante y se echaron a reír.

—¿Té, capitán Farrow? —preguntó Emily levantando la tetera.

—Sí, por favor, no me importaría tomarme una taza. —Mientras observaba cómo se la servía, preguntó—: ¿Su esposo la deja sola a menudo?

—Viene el tiempo suficiente para visitar a su parroquia de Hilo, que no deja de crecer —respondió ella con una sonrisa, pero para sus adentros añadió: «Y para cumplir con sus obligaciones maritales».

—La soledad… —dijo MacKenzie—. ¿Lo sabe su marido?

—Isaac sabe que me exige mucho cuando me deja aquí sola. Lo entiendo, y le agradezco que, a su manera, se esfuerce por hacerlo lo mejor que puede. Él también tiene sus problemas. No sería justo que yo le cargara también con los míos. Cuando estoy con Isaac, intento poner mi mejor cara. Mi esposo necesita una mujer fuerte a su lado. Pero le confieso, capitán, que mi espíritu es débil. Y que me he decepcionado a mí misma.

—¿Se puede saber por qué lo dice?

Emily le ofreció el azucarero.

—Creía que estaba hecha de un material más duro, pero resulta que no soy la aventurera que imaginaba ser. A veces este lugar me asusta tanto que recurro a aquellas convenciones que me son familiares. De ese modo, supongo, mantengo el control y me digo que lo estoy haciendo bien. Cada día a las cuatro en punto tomo té en una taza de porcelana blanca. Me aseguro de tener manteles limpios y un vestido apropiado para la cena. Si tuviéramos vecinos blancos, les enviaría mensajes por la mañana y les adjuntaría mi tarjeta. Antes de venir, creía que dejaría todo eso atrás.

—Por favor, no se subestime, señora Stone. Me sorprende lo bien que se ha adaptado y la facilidad con la que sobrelleva las rarezas de la vida aquí. No debe ser fácil para usted. Una mujer menos fuerte habría subido al primer barco de vuelta a New Haven.

Había más, pero Emily no sabía cómo expresarlo con palabras. Tenía que ver con los hawaianos. Cuando estaba con ellos sentía un extraño desasosiego. Sus defectos le parecían mayores, como si los *kanaka* se los revelaran y le hicieran ver lo que era en realidad: una mujer más de Nueva Inglaterra, como cualquier otra, necesitada de los formalismos y las costumbres familiares. Era como si la hubieran puesto frente a un espejo y le decepcionara la imagen reflejada en él, la persona en la que se había convertido.

Le desilusionaba, en definitiva, el hecho de que, a pesar de estar unida a Isaac en sagrado matrimonio, corriera el peligro de enamorarse de un hombre, de un aventurero, que le estaba prohibido.

—Tal vez tenga usted razón, capitán —dijo—. Quizá necesitemos ciertas comodidades y, sí, debemos actuar siempre según nuestras costumbres civilizadas. Al fin y al cabo, ¿no enseñamos con el ejemplo?

Pero cada vez que echaba un terrón de azúcar en su taza, Emily observaba cómo se deshacía lentamente y, con él, la confianza en sí misma que siempre había sentido.

Bebieron de sus respectivas tazas, té oolong procedente de China, mientras en la aldea se encendían las primeras antorchas *tiki*, los tambores retumbaban en el silencio de la noche y el aire se volvía más cálido y sofocante. Farrow era perfectamente consciente de la tensión que había entre Emily Stone y él, así que se aclaró la garganta.

—Su esposo debe de estar consiguiendo grandes avances en la isla, señora Stone.

De pronto se dio cuenta de que había dicho aquellas palabras no para romper el silencio, sino para recordarse a sí mismo que aquella criatura encantadora estaba casada.

—Las misiones de Kona y Waimea, capitán Farrow, precisan de la ayuda de Isaac, que se entrega en cuerpo y alma con gran sacrificio para su propia comodidad. Está trabajando, con dos pastores más, en la creación de un alfabeto hawaiano a partir de la lengua inglesa para así poder imprimir biblias en el idioma de los isleños. Estoy orgullosa de mi esposo, capitán Farrow. Hay quince mil nativos en el distrito, e Isaac debe recorrer cientos de kilómetros para visitarlos a todos. A algunas zonas solo se puede llegar poniendo en peligro las extremidades e incluso la vida. Cuando no es factible viajar a caballo lo hace a pie, en ocasiones descendiendo por profundos barrancos, o escalando o siendo arriado con cuerdas de un árbol a otro. Y si llueve copiosamente cruza a nado las aguas embravecidas de los ríos, atado a una soga para que la corriente no lo arrastre. A menudo predica bajo los aguaceros y el viento, con las ropas empapadas. Es un milagro que no haya cogido una neumonía.

Farrow reparó en el brillo cautivador de su cabello bajo la luz parpadeante de la antorcha *tiki*. Emily Stone era exactamente como la había recordado durante los últimos y solitarios meses de viaje. Por primera vez desde que tenía uso de razón, había deseado que la ruta en barco hasta su destino tocara a su fin, aunque su estancia en tierra firme fuera breve, puesto que en cuestión de días partiría de nuevo hacia aguas más septentrionales para recoger un cargamento de marfil y pieles de los esquimales y los tramperos canadienses.

—He traído unos obsequios para usted y para su marido. —MacKenzie se agachó para coger un pequeño cofre que había dejado junto a su silla. Se lo entregó a Emily y añadió—: Espero que al reverendo Stone no le moleste mi atrevimiento.

Ella levantó la tapa y descubrió auténticos tesoros traídos de Oriente: un pañuelo de seda roja, un juego de té de porcelana blanca decorado con delicadas flores, paquetes de té y una pequeña figura que parecía un conejo rollizo tallado en jade rosa.

—El señor Stone estará muy complacido con sus regalos —dijo, a pesar de que no había visto nada que fuese específicamente para Isaac, a excepción quizá del té. Cerró el cofre e introdujo la mano en el bolsillo de su falda—. Yo también tengo un presente para usted —anunció, y le entregó la carta que había llegado desde Savannah, Georgia—. Aunque el mérito no es mío. Este es un regalo que le envía su padre.

Farrow se quedó mirando la misiva durante un buen rato. Cuando levantó la mirada tenía los ojos húmedos.

—Se equivoca, señora Stone —le dijo en voz baja—. Este regalo me lo hace usted. Son pocas las probabilidades de que una carta consiga llegar a su destino desde una ruta tan lejana y peligrosa como la que une China con la costa Atlántica. Se necesita alguien responsable en un punto intermedio que se preocupe de que pase solo por manos seguras y que luego esté atento a la llegada de la posible respuesta, puesto que dudo que este pequeño trozo de papel hubiera sido capaz de recorrer el tramo final hasta China, con los tifones que hemos sufrido últimamente y la cantidad de barcos perdidos.

Contempló nuevamente la carta, y Emily sintió que sus emociones flotaban en el aire como si hubieran escapado de su cuerpo, espíritus en busca de la libertad.

—¿No va a leerla? —le preguntó.

Farrow sonrió y se la guardó en el bolsillo de la chaqueta.

—Lo haré en el barco, cuando esté a solas. No se me ocurriría malgastar ni un segundo de su valioso tiempo, señora Stone, aburriéndola con noticias de mi familia.

Se enfrascaron en una agradable conversación. El capitán le habló del Lejano Oriente, y Emily se sinceró y le relató los retos de la misión, la dificultad por la que pasaban para que los nativos escucharan el mensaje de su esposo. Las dos jóvenes que ayudaban a Emily sirvieron la cena, y la mujer casada de Nueva Inglaterra y el capitán sureño disfrutaron de ella como si estuvieran en cualquier hogar norteamericano. Sin embargo, todavía se oían los tambores y los cánticos, los gritos y las risas procedentes de las profundidades del bosque; sentían la humedad y el calor sofocante de la noche, que les recordaba lo lejos que estaban de casa.

Mientras escuchaba embelesada las historias que MacKenzie le contaba sobre el misterioso Oriente, Emily pensó: «Hábleme de todos los lugares exóticos que no puedo visitar. Que sus palabras sean el barco que me lleve a vivir tan lejanas aventuras».

Y, de pronto, supo que se había enamorado.

Ninguno de los dos quería que aquella velada terminara, pero el capitán tenía que regresar a su barco y Emily era consciente de que, por el bien de los nativos, tenía que guardar las apariencias. Se dieron la mano y se desearon buenas noches, pero Farrow le prometió que volvería al día siguiente, a lo que Emily respondió que lo esperaría encantada.

Aquella noche ninguno de los dos concilió el sueño.

MacKenzie Farrow observaba desde el fondo de la gran cabaña abierta que hacía las veces de escuela mientras los niños recitaban versos bajo la dirección de Emily Stone. Seguramente no sabían quién era la Madre Hubbard ni qué eran un «armario» o un «ataúd», pero repetían las palabras en inglés al unísono y con una pronunciación excelente.

Cuando terminaron, Emily anunció el fin de la clase con unas palmadas y los niños salieron corriendo a toda prisa, felices y cargados con sus cartillas y sus pizarras. Farrow se unió entonces a ella, que estaba ordenando las esterillas y recogiendo trozos de tiza y de comida.

—He tenido la impresión de estar presenciando un milagro, señora Stone. Posee usted un poder de persuasión impresionante.

Emily se incorporó y lo miró largamente. Llevaba la gorra de capitán, a pesar de que no estaban al aire libre, pero esa vez no vestía la guerrera de marino. Había llegado en mangas de camisa y chaleco, cargado con un misterioso paquete. Ella no supo qué responder; no estaba acostumbrada a los elogios. Nunca los había recibido de sus padres y mucho menos de Isaac. Una vez le habló de la cantidad de niños que asistían a clase y él exclamó: «¡Alabado sea Dios!», como si todo el mérito fuera del Señor. Y Emily había dado por sentado que su esposo tenía razón. Hasta ese momento.

—No siempre ha ido tan bien. Al principio puse esterillas en el suelo separadas entre sí, con una pizarra y una cartilla para cada alumno. Un niño en cada esterilla, prestando atención a la maestra, de pie frente a la clase. Los primeros días fueron todo un éxito, pero al quinto no se presentó nadie. Bajé a la playa y ¡allí estaban, sobre las olas con sus tablas de madera!

Farrow se echó a reír.

—¿Qué esperaba? ¡Son hawaianos!

—Pensé que quizá estaban incómodos cuando escribían. «Necesitan pupitres de verdad. Eso es lo que les falta», me dije. Aguardé pacientemente mientras los observaba impulsarse sobre las olas. Al final salieron del agua, cansados y hambrientos. Clavaron las tablas en la arena y corrieron a sus cabañas en busca de pescado y un poco de *poi* para comer. Yo había llevado conmigo a dos nativos fornidos y les dije lo que tenían que hacer.

»A la mañana siguiente vinieron todos a clase porque alguien les había robado las tablas y no tenían otra cosa que hacer, y pensaron que otro día de historias con la Mika Emily les resultaría entretenido. Se detuvieron en seco al ver los nuevos pupitres… ¡Sus tablas apoyadas sobre sólidas piedras!

Farrow sonrió.

—Diría que ese día aprendieron dos lecciones.

—Los niños son como esponjas y los adultos tienen muchas ganas de aprender… cuando les apetece venir a la escuela. Sin embargo, hay dos a los que estoy decidida a salvar: a la gran jefa Pua y a su hermano Kekoa. Adoran a dioses un tanto… inquietantes.

—¿Y el jefe Holokai?

—Se niega a renunciar a la práctica de la poligamia y, hasta que no lo haga, Isaac no lo bautizará.

—Señora Stone, me preguntaba…

—Por favor, llámeme Emily.

Caminaron sobre la hierba hacia la cabaña de Emily, en cuyo jardín las flores lucían en una explosión de colores. Frente a ellos se abría la bahía de Hilo, donde los barcos estaban fondeados. A la izquierda la laguna azul refulgía bajo el sol y a la derecha la aldea del jefe Holokai rebosaba vida. A sus espaldas el bosque tropical, tupido y fértil, trepaba lentamente por la ladera del Kilauea, que, según le habían contado, era un volcán activo y a veces mostraba la ira de Pele. Desde su llegada, por suerte la montaña no había despertado.

—Capitán Farrow —dijo Emily—, ¿la carta de su padre contenía buenas noticias?

—Así es —respondió él risueño—. El buen hombre a duras penas ha sido capaz de expresar en ella el alivio que sintió al saber que había llegado una carta mía a la plantación. Toda la familia se alegró de saber de mí y de mi voluntad de reconciliarme con él. —Se detuvo bajo la sombra de un baniano y la miró—. He venido a darle las gracias por su ayuda, sin ella este acercamiento habría sido imposible. Gracias a usted vuelvo a estar conectado a mi familia, y quería mostrarle mi agradecimiento con un detalle.

Emily bajó la mirada hasta la pequeña caja que él sostenía entre las manos.

—Si tiene un rato libre esta tarde, me gustaría mostrarle un divertimento que he traído de China.

Ella dudó. Tenía que trabajar, hacer la colada y zurcir, buscar a Pua, que se había perdido una lección, arrancar las malas hierbas del jardín o dedicarse a cualquiera de las múltiples tareas que reclamaban su atención. ¿Y no estaba su esposo trabajando duro en una de las aldeas más remotas de la isla para llevar a los nativos la luz del Señor?

—Por supuesto, capitán Farrow —respondió finalmente.

—Llámeme MacKenzie.

La misteriosa caja que portaba resultó contener las piezas necesarias para construir una cometa de seda china. La playa era el mejor sitio para hacerla volar; una vez allí, se les unió un grupo de hawaianos, otro de marineros retirados y algún que otro blanco ocioso con curiosidad por ver qué hacía el americano. No era la primera vez que Emily veía cometas. Había ayudado a su hermano a hacerlas volar, pero las suyas eran de tela normal montada sobre una estructura con forma de diamante. ¡El capitán Farrow había llevado a Hilo un auténtico espectáculo!

La multitud, cada vez más numerosa, no dejaba de hacer comentarios y de lanzar exclamaciones de admiración mientras ante sus ojos se materializaba una criatura mítica. Farrow extendió sobre el armazón de bambú la tela escarlata decorada con brillantes motivos amarillos y negros, y poco a poco el enorme pájaro de alas desplegadas y fauces temibles fue cogiendo forma.

—¡Un ave con colmillos! —exclamó entre carcajadas un viejo marinero ataviado con un andrajoso uniforme de la marina de la que había desertado.

Cuando el sorprendente artilugio estuvo por fin acabado y el capitán Farrow lo sostuvo en alto, con los brazos abiertos y sujetando las alas, algunos de los presentes se ofrecieron a gritos para ser el primero en hacer volar la cometa. Pero él miró a Emily y sonrió.

—Quizá la esposa del reverendo Stone sería tan amable de hacer los honores.

Ante el desafío, ella sintió una sensación indescriptible en el pecho, como si el corazón le hubiera dado un vuelco, y una opresión en los pulmones: el deseo repentino de hacer algo, lo que fuera, con aquel hombre.

—¡Acepto el reto, capitán! —respondió levantando la voz por encima del rugido de las olas, del viento y de los comentarios de los presentes.

Farrow le puso el carrete de cuerda entre las manos, le recordó que mantuviera siempre el viento a su espalda y luego fue retrocediendo, de cara a ella y sujetando la aparatosa cometa. La multitud se apartó para abrirle paso. Observaban la escena anonadados.

Emily recorrió unos veinticinco metros a lo largo de la playa, procurando que el cordel no estuviera demasiado tenso. Luego se detuvo y gritó:

—¡Avíseme cuando quiera que la suelte!

Hacía muchos años que Emily no hacía volar una cometa, pero no tardó en recordar cómo se hacía. En cuanto notó a su espalda la primera ráfaga fuerte de viento, tensó la cuerda y gritó:

—¡Déjela ir!

Farrow asintió, y la mítica ave roja, amarilla y negra, con sus colmillos y sus enormes alas, planeó majestuosa en el aire. La multitud aplaudió y vitoreó emocionada. En cuestión de segundos Emily hizo que se elevara más y más. Reía sin parar, con la mirada fija en aquel extraño pájaro que surcaba las nubes. Todos los presentes contemplaban emocionados la cometa. Todos menos MacKenzie Farrow, que no quitaba los ojos de Emily.

¡Ah, qué visión tan maravillosa! Emily reía con la misma libertad de los hawaianos, olvidándose del recato que toda mujer debía mostrar. Corrió con la cometa, haciendo que subiera cada vez más. Contempló la hermosa criatura recortada sobre el azul del cielo y pensó: «¡Soy yo, la de ahí arriba soy yo! Es mi alma que asciende a alturas inimaginables. Veo el mundo a mis pies, pero sigo atada a la tierra por un hilo. Si lo soltara, ¿adónde me llevaría?».

El viento sopló con más fuerza, y Farrow corrió al lado de Emily al percatarse de que estaba a punto de perder el control.

—¡Es demasiado intenso! —gritó Emily.

Se colocó detrás de ella y, rodeándola con los brazos, sujetó el hilo de modo que ahora eran dos los que controlaban aquella criatura voladora procedente de una tierra que muy pocos hombres blancos habían visto. Juntos, Emily y MacKenzie hicieron bailar al ave fénix, elevarse y realizar giros y piruetas para regocijo de los presentes, mientras en un muelle cercano el señor Clarkson observaba la escena sin perder detalle.

Vestía de nuevo la guerrera de marino y la gorra de ribete dorado, y tenía una mirada solemne en el rostro. Cogió las manos de Emily entre las suyas y la miró a los ojos de nuevo.

—No recuerdo haberme divertido tanto en tierra. Y, por primera vez, no me apetece irme, pero Alaska me espera y tengo un largo viaje por delante.

Emily apenas podía hablar. Los últimos cinco días con Mac-Kenzie habían sido un sueño. Habían dado largos paseos, visitado lagunas y cascadas, la había invitado a subir a su barco y le había contado historias maravillosas a las que ella había correspondido con recuerdos de su infancia en New Haven. Su comportamiento había sido intachable, y él expresó en numerosas ocasiones la decepción que sentía por no haber tenido ocasión de charlar con el reverendo Stone.

—Les escribiré, a usted y a su esposo —dijo MacKenzie—, y les haré llegar las cartas por medio de los capitanes con los que me cruce.

—Isaac y yo estaremos encantados de leerlas.

Lo cierto era que el predicador no había mostrado interés alguno por las primeras cartas del capitán Farrow que habían llegado seis meses atrás, y Emily dudaba que las encontrara dignas de su atención en el futuro.

Ella, en cambio, sí sabría valorarlas.

Una vez más subió hasta el promontorio para ver partir al *Krestel* y desdibujarse en el horizonte. En esa ocasión, no obstante, sintió que todo su ser y no solo una parte se alejaba a bordo de aquel barco y que no volvería a estar completa hasta que este regresara.

—Hemos llegado justo a tiempo, Emily, y es que estas gentes tan depravadas precisan de la gracia de Dios para redimirse. Intentamos inculcarles que las personas como ellos son incapaces moral y espiritualmente de seguir al Señor o de redimirse, que nos necesitan para que les mostremos el camino. Muchos están deseosos de convertirse en cristianos. Acuden en tropel a la casa de la oración y suplican a gritos ser salvados. Tenemos que hacerles ver que para conseguirlo antes deben creer en el Evangelio y arrepentirse, además de participar en el sacramento del bautizo y en la eucaristía, que son símbolos que sellan la alianza con el Todopoderoso.

Emily probó la sopa que hervía sobre el fuego al aire libre. Añadió sal y siguió removiéndola. Isaac había regresado aquella misma tarde y estaba tan lleno de energía, tan exaltado, que se preguntó si acabaría cenando de pie.

—¡Y luego está el acto marital! —exclamó mientras caminaba de un lado a otro bajo la luz de las antorchas—. ¡Los isleños lo consideran un pasatiempo! Realizan el acto de procrear en multitud de posturas. Cuando les expliqué que su fin no es obtener placer sino traer más niños al mundo para regocijo del Señor, no lo comprendieron. Intenté prohibir ciertas posiciones, pero ¡entonces creyeron que las otras sí eran aceptables! Al final les dije que la postura cara a cara es la única permisible a ojos de Dios. Se quejaron porque, según ellos, es la menos favorable para el placer de la mujer, pero les aseguré que el Todopoderoso está mucho más interesado en la fecundidad de las mujeres que en su placer. Me han contado que la llaman «postura del misionero», y creo que el nombre es muy apropiado.

Emily dejó de remover la sopa para dirigir la mirada por encima de la pradera, hacia los árboles y la bahía que se abría más allá. Desde la cabaña del reverendo Stone no podía verse la playa que había bajo el acantilado, pero ella la percibía igualmente. Aún podía sentir el viento acariciándole el cabello, la luz del sol sobre el mar, el contacto en la cintura de los brazos fuertes de un hombre mientras entre los dos controlaban los movimientos del enorme pájaro mitológico rojo, amarillo y negro que surcaba los cielos. Ese había sido el momento más emocionante de su vida y ansiaba sentirse así de nuevo.

La cometa, desmontada y guardada entre sus objetos personales, era el secreto de Emily. Nunca se la mostraría a Isaac, quien a buen seguro diría que era una pérdida de tiempo y de materiales, un artilugio frívolo e inútil creado para distraer la mente de los hombres de lo verdaderamente importante: Dios.

Había regresado de su visita por la isla imbuido de un celo evangélico aún más intenso; su cuerpo, delgado y ligeramente encorvado, henchido de entusiasmo. Emily no pudo evitar compararlo con MacKenzie, que también estaba lleno de vida y de pasión. Isaac, sin embargo, solo se mostraba exaltado cuando se trataba del pecado ajeno.

Sirvió la sopa en silencio y pidió a su esposo que se sentara. Le puso un cuenco entre las manos y dejó varias rebanadas de pan sobre el taburete que hacía las veces de mesa de exterior.

Sabía que no debía tener secretos con su marido, pero no podía evitarlo, impelida por razones que ni siquiera era capaz de nombrar. También le había ocultado la existencia del conejo de jade rosa, que solo sacaba de donde lo mantenía escondido, junto con la cometa roja, para acariciarlo y sostenerlo entre sus manos cuando Isaac no estaba. En ocasiones le parecía tener una segunda vida, y en cierto modo así era. Su esposo pasaba tanto tiempo fuera del hogar que a veces creía estar viuda. Incluso en momentos como aquel, cuando él regresaba a casa y su único tema de conversación eran los nativos, Emily sentía que no era su mujer. Tampoco cuando se metía en la cama con ella una vez cada siete días, ni siquiera en una situación tan íntima como esa.

—¡Y luego está esa otra costumbre, el *haina*! —Isaac continuaba a voz en cuello, como de costumbre, a pesar de que estaban solos—. ¡Entregan sus hijos a otras familias para que los críen! Dicen que es una forma de mantener la población equilibrada: los que tienen muchos hijos los comparten con los que carecen de ellos. Pero voy a acabar con ese hábito, Emily. ¡Les he explicado que Dios quiere que los niños crezcan con sus padres en lugar de ser regalados como si fueran gallinas!

Emily lo observaba mientras comía. Vio que se derramaba la sopa sobre la camisa blanca que ella tendría que hervir más tarde a fin de hacer desaparecer esas manchas. Apenas tragó una cucharada, el reverendo Stone ya inició otra de sus diatribas.

—Isaac —lo interrumpió Emily con la mirada fija en las nubes que se desplazaban por el cielo nocturno, e iban ocultando las estrellas. ¿Llovería aquella noche?—. Isaac, hay una gotera en el techo.

Él se detuvo a media frase y la miró con el ceño fruncido.

—¿Qué?

—Hay una gotera en el techo. Cuando llueve tengo que poner cubos y palanganas en el suelo.

Él agitó una mano, restando importancia al asunto.

—Haré que los nativos refuercen la techumbre.

Y retomó su sermón.

—Isaac, quiero una casa de verdad.

El predicador dejó la cuchara en el cuenco y dijo:

—Lo entiendo, Emily, de verdad que sí. Y le prometo que cuando vuelva del distrito de Kau nos pondremos a ello enseguida. Se merece una casa de verdad, no se lo niego.

—¿Cuándo se marcha a Kau?

—¡Mañana! El reverendo Michaels dice que hay muchas almas allí…

—¿Tan pronto? —exclamó Emily—. Isaac, lleva un año prometiéndome una casa de verdad.

Se le aceleró el pulso. La casa era importante, no solo un refugio más resistente sino un símbolo, un ancla a la que aferrarse a la civilización. MacKenzie Farrow la había hecho despertar y ahora anhelaba de nuevo vivir aventuras, pero eso significaba volverse más como los nativos y la sola idea la aterrorizaba. No, la casa era imprescindible para mantener la cordura.

Su esposo la reprendió con la mirada.

—¡Nuestro trabajo aquí es convertir almas para el Señor, no crearnos una vida de lujos y comodidades para nosotros!

Aquella misma noche Isaac se aproximó a la pila de esterillas que hacía las veces de cama, pero Emily lo detuvo.

—No le daré permiso hasta que tenga una casa como debe ser. Mientras siga en esta cabaña, no permitiré que se me acerque.

—¡Mujer! —exclamó él, airado—. ¡El deber de toda esposa es satisfacer las necesidades de su marido y darle hijos!

—Y el deber de todo marido es satisfacer las necesidades de su esposa y darle una casa en condiciones. No voy a cambiar de opinión.

La construcción empezó al día siguiente.

La casa nueva, que tardaron en levantar seis meses, era de una planta y estaba hecha con bloques de coral que los nativos habían extraído de un arrecife cercano. Tenía cuatro habitaciones y suelos de madera, y contaba con una pequeña chimenea y ventanas. El tejado, sellado con brea y alquitrán, soportaba perfectamente las lluvias. Los muebles eran muy básicos y rudimentarios, fabricados por Isaac: mesas y sillas de madera, una estantería y una cama elevada. Aun así, la nueva casa no tenía nada que ver con la vieja cabaña, y Emily estaba encantada con ella.

Cuando el *Krestel* apareció en el horizonte se apresuró a frotar los suelos hasta hacerlos brillar, alisó las cortinas, sacó brillo a los pocos objetos de plata y latón que había traído consigo desde New Haven, dispuso flores por todas partes y, por último, se puso su vestido favorito y añadió al conjunto un camafeo para el cuello.

Recibió al capitán Farrow en la puerta principal y se alegró al ver la expresión de su rostro.

—Buenos días tenga usted, Emily —dijo él—. Veo que su marido por fin le ha construido una casa en condiciones.

Ella apenas podía hablar. Había pasado medio año desde la última vez que se habían visto. Seis meses desde que la había rodeado con sus brazos y había cubierto sus manos con las suyas para hacer volar juntos la cometa china.

—Solo hacía falta un poco de paciencia y de persuasión —respondió.

Un marinero llegó caminando con dificultad detrás de él, y Emily reparó en que iba cargado con una pesada caja de madera. La dejó caer a sus pies sin demasiados miramientos, la saludó con una inclinación de la cabeza, dio media vuelta y se marchó.

—Me he tomado la libertad —dijo Farrow— de traerle algunos suministros que creo que puede necesitar. Los comercios en el noroeste están sorprendentemente bien abastecidos. Además, también he hecho trueque con otros capitanes.

Emily vio que el marinero bajaba por el camino que llevaba de vuelta al puerto y, que al llegar allí, el señor Clarkson le hacía un gesto con la mano para que se acercara y entablaba conversación con él. Turbada, centró la mirada de nuevo en la caja, que el capitán Farrow se disponía a abrir.

—Había pensado traerle pieles y marfil de colmillo de morsa —dijo mientras arrancaba las lamas de la tapa—, pero ¿para qué le servirían esas cosas en estas islas?

Emily, con los ojos como platos, vio sacar al capitán rollos de algodón y muselina, mantequilla enlatada, alfileres y agujas de coser.

—¡Oh! —exclamó—. Las velas son una bendición. No sé cómo darle las gracias, capitán Farrow.

Él la miró detenidamente.

—¿Va todo bien, Emily?

Ella desvió la mirada hacia el puerto.

—Me temo que no. Después de su última visita, el señor Clarkson empezó a hacer comentarios desagradables en mi presencia.

Farrow arqueó las cejas.

—Clarkson es un ser odioso, un elemento inevitable propio de islas lejanas como estas, carentes de leyes y de autoridad. ¿Qué clase de comentarios le ha hecho?

—Soy incapaz de repetirlos, pero por lo visto cree que usted y yo…

Dejó la frase inacabada. Farrow la miró fijamente.

—¡Cómo se ha atrevido! —dijo incrédulo—. Ni siquiera alguien tan grosero como Clarkson caería tan bajo. Mancillar el buen nombre de la esposa de un predicador… —Guardó silencio un instante para recuperar la compostura—. Hablaré con él. No se preocupe, Emily.

Al día siguiente el agente portuario amaneció con un ojo morado y se negó a hablar de ello.

Esa vez solo tenían cuatro días, el tiempo justo para que los hombres de Holokai talaran algunos árboles de sándalo y los llevaran hasta el puerto, donde serían cargados en botes y transportados hasta el *Krestel*. Emily y MacKenzie ocuparon las pocas horas que podían pasar juntos dando largos paseos y explorando los bosques, las cascadas y las lagunas cercanas, manteniendo siempre la compostura pero sintiendo un anhelo mutuo que se les hacía insoportable por momentos.

El las cascadas de Mo'o, un lugar encantado donde vivía, según la leyenda, un espíritu dragón al que los nativos llevaban ofrendas para los dioses, subieron a lo alto de un barranco para ver la caída del agua hasta la laguna.

—Supongo que los locales no saben qué pensar de su casa —dijo Farrow.

Quería llenar el silencio que reinaba entre los dos, y es que se estaban acostumbrando a caminar uno al lado del otro sin decir nada, preguntándose si compartían los mismos pensamientos prohibidos, y en momentos como ese no podía evitar ponerse nervioso. Emily era una mujer casada, y él tenía que levantar una barrera de palabras entre ella y los peligrosos sentimientos que albergaba su corazón.

—Durante la construcción —explicó ella—, cuando los hombres traían los bloques de coral desde la playa e Isaac les enseñaba a colocarlos en su sitio, alinearlos y unirlos con mortero, la gente se acercaba a mirar. La gran jefa Pua aparecía más a menudo de lo que yo esperaba. Parecía especialmente interesada en la nueva casa.

Una vez, me preguntó dónde iba a dormir. Le señalé la ubicación del dormitorio, y se colocó sobre el punto que acababa de indicarle y se pasó casi toda la tarde entonando sus cánticos. No tengo la menor idea de qué pretendía con aquello.

MacKenzie disimuló una sonrisa. Sabía perfectamente qué se traía entre manos la sacerdotisa de las curaciones y de la fertilidad.

—Pua tiene unas provisiones considerables de curas y remedios varios —continuó Emily. La brisa, que acababa de cambiar de dirección, levantó multitud de pequeñas gotas de agua en su dirección y creó un arcoíris al mismo tiempo—. Vi cómo trataba las heridas de los trabajadores con una habilidad extraordinaria. No hubo ni una sola infección, ni fiebres.

—Los hawaianos acumulan siglos de conocimientos sobre las plantas. Supongo que un largo proceso de ensayos y errores ha dado como resultado una farmacopea que a los médicos europeos les encantaría estudiar. Aunque dudo que Pua esté dispuesta a compartir sus conocimientos.

—A mí me gustaría aprender de ella, pero el problema es que su medicina tiene conexiones con la magia pagana y la brujería. Un día me quejé de dolor de cabeza y me dio una planta. Me habría preparado una infusión con ella, pero Pua me dijo que tenía que rezar a Lono mientras me la bebía o el remedio no funcionaría.

Emily guardó silencio y MacKenzie también. Estaban juntos, uno al lado del otro, en aquel Edén secreto donde nadie podía verlos. Pero él era un hombre de honor y Emily sabía que Dios los estaba observando.

Dos días antes de su partida el capitán Farrow llevó a Emily a ver la lava. Habían llegado noticias a Hilo de que se había abierto una nueva chimenea volcánica y que por ella manaba la «sangre» de Pele.

—Desde mi barco —dijo el capitán— se ve la columna de humo. No es una erupción demasiado importante. Ni siquiera ha habido terremotos. Si le apetece, podemos subir hasta allí y echar un vistazo. No correremos peligro.

Fueron a caballo. En lo más profundo del bosque tuvieron que desmontar y atar los animales a un árbol. Allí el aire estaba cargado de humo y su olor era acre. La caminata duró algo más de una hora, una travesía complicada hasta que salieron del bosque y pudieron avanzar, no sin ciertas dificultades, sobre la lava negra solidificada que, según MacKenzie, tenía cientos de años de antigüedad.

Llegaron al borde de lo que parecía ser un estrecho río carmesí. A su derecha se extendía un desierto inhóspito que ascendía gradualmente hasta el lejano Kilauea. A la izquierda, a kilómetros de distancia de allí, se levantaban nubes de vapor donde la lava y desaparecían en el océano. El aire era sofocante y negruzco. Emily no podía apartar la mirada del flujo de color rojo intenso que se abría paso entre las piedras grises. Era como sangre saliendo disparada de una arteria. Una corriente furiosa y violenta. «La isla está viva —se dijo Emily—. Pele está despertándose de un largo sueño.»

—Viendo esto, uno entiende que un pueblo que no conoce a Jehová, que nunca ha oído hablar de Moisés o de Abraham, crea ver a su dios en esta lava. Mire a su alrededor, Emily, la tierra aún se está creando.

A los pies de Emily una boca negra y ancha escupía un material rojo y viscoso que se expandía y oscurecía al enfriarse, creando formas fascinantes. Podía sentir el poder de Pele, el poder de Hawái.

Y, de pie junto a ella, el poder de MacKenzie Farrow.

La noche antes de su partida lloró. Él la sujetó torpemente entre sus brazos (nunca se sabía quién podía estar cerca, observando, o cuándo podía aparecer de repente en la aldea el reverendo Isaac Stone) e intentó consolarla.

—La soledad es el peor de los dolores —sollozó Emily—. Incluso cuando Isaac está aquí, se enfrasca en su trabajo de traducir el Evangelio al hawaiano. No hay ninguna mujer blanca excepto las que están de paso, camino a las otras misiones. En Kona hay tres familias misioneras y un total de siete mujeres blancas. Las envidio. He solicitado al Comité Misionero que asigne otra familia a Hilo, pero hasta ahora han ignorado mi petición.

No le confesó la verdadera razón por la que lloraba, aunque MacKenzie ya la conocía. También él habría llorado por lo mismo.

—Están demasiado enfermos, Mika Kalono —explicó Kumu, el campesino taro.

Isaac se había adentrado en una zona en la que muy pocos nativos habían tenido encuentros con hombres blancos, y se había llevado a Kumu con él para que le hiciera de traductor. Estaban a casi cien kilómetros de Hilo, en la región más meridional de las islas, el lugar al que, según la leyenda, habían llegado muchas generaciones atrás los primeros nativos procedentes de una isla llamada Kahiki. Aquel era un bosque sagrado y Kumu tenía que recordar al señor Stone constantemente que tuviera cuidado por dónde pisaba.

—Muchos dioses aquí, Mika Kalono. Muchos espíritus. Ellos enfadan, *haole* camina aquí.

—Tonterías, mi querido amigo —replicó Isaac—. Todo en este mundo es tierra del Señor. Y ningún hombre, sea moreno o blanco, tiene prohibida la entrada en ella.

Habían pasado los últimos días en una aldea sin nombre, donde los nativos habían compartido generosamente con ellos comida, refugio y esposas (esto último Isaac lo había rechazado). Les había explicado cuál era su misión divina en aquellas islas y el jefe había respondido que a su gente quizá le resultaría más beneficioso rezar a un dios todopoderoso cuyo único trabajo era, al parecer, salvar a personas. Los habitantes del valle contiguo estaban muy enfermos.

Isaac no podía cruzarse de brazos mientras los paganos morían sin la posibilidad de ir al cielo.

Pero Kumu tenía miedo de aquella parte de la isla donde Pele, una diosa conocida por su veleidad y su ira, dormía bajo la tierra. Conforme se adentraban en el bosque bajo los helechos y el tupido follaje podían ver cada vez mejor a su alrededor las viejas chimeneas volcánicas que representaban el testamento frío y oscuro de las tormentas de fuego y los ríos de lava que Pele había enviado en el pasado.

Y, sin embargo, aquello no bastaba para disuadir a Isaac. Su misión en la vida era salvar almas de la perdición, y si para ello tenía que verse en apuros, que así fuera.

Mientras se abrían paso a machetazos a través de la espesa vegetación Isaac pensaba en Emily. La echaba de menos. A veces deseaba que Dios no lo enviara tan a menudo a salvar a sus siervos y a tanta distancia. Le agradaba la presencia silenciosa de su esposa, su forma sosegada de hablar. ¡Y cuánta razón tenía con lo de la casa! Ahora era un hogar de verdad; entre sus paredes, uno creía estar de vuelta en Nueva Inglaterra. Extrañamente, cuando estaba en su nueva vivienda se sentía más próximo al Señor. Añoraba las iglesias hechas de madera y piedra, con torres para las campanas. Echaba de menos un escritorio en el que sentarse a escribir, con sus plumas y sus tinteros.

Pero sobre todo echaba de menos a Emily, por la que cada día sentía más cariño. A menudo rezaba para que empezaran a llegar niños cuanto antes. Últimamente parecía un poco preocupada, quizá un tanto ausente. Un hijo la haría reaccionar y la acercaría más a Dios.

—Allí hay una aldea —dijo Kumu al tiempo que señalaba entre los gruesos troncos de unos árboles *lehua ohia*.

Les pareció que estaba deshabitada, pero de pronto escucharon llantos no muy lejos. Por allí había pasado la enfermedad. Quizá ya estaban enterrando a los muertos, pensó Isaac. ¿habría llegado demasiado tarde?

Los nativos agitaban los brazos y lloraban alrededor de un claro del bosque. Algunos metros más adelante Isaac vio un agujero en el suelo. Kumu le preguntó a uno de los aldeanos qué había ocurrido y tradujo la respuesta para el reverendo Stone.

—Un niño alejado del pueblo y venido aquí. Entonces suelo cede bajo sus pies. Toda este sitio, Mika Kalono, muchos tubos de lava. Viejos lechos de lava, cuevas vacías debajo.

Isaac se acercó al agujero lentamente, vigilando dónde pisaba, y cuando llegó al borde del cráter se asomó y vio en el fondo a un pequeño que gimoteaba.

—¿Por qué demonios están ahí quietos? ¿Por qué no intentan rescatarlo?

—No pueden. Suelo sagrado. Tienen miedo de dioses.

—En ese caso, yo iré a por el niño.

Se quitó la mochila, la chaqueta y el sombrero.

—No, Mika Kalono. Demasiado peligroso. Agujero cede. Tú mueres.

—No dejaré que ese crío muera ahí abajo. Mientras quede aliento en su cuerpecito, hallaré la forma de salvarlo. Su alma inmortal está en peligro.

Isaac buscó por los alrededores hasta que encontró una rama gruesa de enredadera.

—¡Kumu, ven a ayudarme!

—No, no, Mika Kalono. Suelo sagrado. *Kapu.*

—Kumu, hace tiempo que insistes en que te bautice. Ahora ha llegado el momento de probar tu fe en el Señor. ¡Demuéstrame que estás dispuesto a dar la espalda a las viejas costumbres y que reniegas de los dioses paganos, y serás recompensado con la vida eterna!

Kumu miró a su alrededor, nervioso, y lentamente dio un paso al frente. Los aldeanos retrocedieron entre gritos de *Auwe!*

—Sujeta la enredadera —le ordenó el predicador mientras la ataba con fuerza alrededor de su cintura—. La he asegurado a aquel árbol, pero tú serás un segundo punto de anclaje por si se rompe. Bajaré al fondo del agujero a medida que vayas soltándola.

Los nativos guardaron silencio mientras el desconocido se sentaba en el suelo y se descolgaba hacia el interior de la cavidad. Isaac encontró puntos de apoyo en las paredes rocosas del interior. Deseó llevar un par de guantes consigo; la lava estaba muy dura y le arañaba la piel. Todos observaron la escena asombrados mientras su cabeza de cabello castaño claro desaparecía y Kumu ponía todo su empeño en no perder el control de la enredadera. Oyeron el impacto de varios fragmentos de roca que se desprendieron y cayeron en cascada hasta el fondo del profundo agujero. Oyeron la respiración entrecortada de Isaac hasta que, de pronto, ya no se oyó nada. Kumu se acercó más y más al enorme socavón, con el cuerpo cubierto de un sudor frío mientras esperaba a que los dioses lo fulminaran allí mismo por haber puesto un pie en el suelo prohibido.

Sin embargo, no solo no cayó fulminado sino que le llegó una voz procedente del interior de la cavidad.

—¡Sácanos, Kumu!

Pesaban mucho, y Kumu apenas avanzaba. Tres nativos, manteniéndose siempre fuera de la tierra *kapu*, tiraron de la enredadera desde un punto más cercano al árbol. Aquello facilitó considerablemente el trabajo de Kumu y el peso que colgaba del extremo de la rama fue ascendiendo poco a poco hacia la superficie. Mientras los nativos sujetaban la enredadera, Kumu corrió junto a Isaac, cogió al niño, que colgaba de sus hombros, y lo llevó hasta los nerviosos espectadores, que rieron y gritaron y se pasaron al pequeño los unos a los otros.

Los tres hombres que habían ayudado en el rescate estaban tan emocionados al ver que el crío no estaba herido que, sin pensar en las consecuencias de sus actos, soltaron la enredadera para unirse a la celebración. Isaac gritó y se oyó un golpe seco.

Kumu les ordenó a voces que cogieran de nuevo la enredadera y entre los cuatro izaron a Isaac del fondo de la cavidad. Kumu lo ayudó a salir y le preguntó si estaba bien.

—Es una fractura sin importancia, se curará —respondió el

predicador, pero Kumu vio horrorizado que la tibia derecha del señor Stone sobresalía por entre la carne ensangrentada de su pierna.

Habían enviado a un mensajero para avisar a la esposa del reverendo Stone, de modo que esta estaba preparada para recibir a Isaac cuando lo vio aparecer entre los árboles en compañía de seis nativos. La agradecida familia del niño rescatado lo había acogido en su cabaña mientras iban a buscar a quien llamaban «sanador de huesos», que vivía en uno de los asentamientos de la costa. Isaac había permitido que el *kahuna* le inmovilizara la pierna con dos tablillas y a continuación se la envolviera con hojas verdes, pero se había negado a beber el mejunje de hierbas que el hombre le ofreció, y también prohibió terminantemente al sacerdote local que entonara cánticos en su presencia. Luego había pedido que lo llevaran a casa.

Tan grande era la alegría de la familia por haber recuperado a su hijo (y sin recibir castigo alguno de los dioses por haber caído en un agujero en tierra sagrada) que construyeron una litera con dos varas largas, enredaderas y algunas hojas de pandanus y, turnándose entre los seis, lo llevaron durante los muchos kilómetros de terreno accidentado que separaba su aldea de Hilo.

Emily corrió a recibirlos, al igual que la mitad de la aldea. Descubrió, consternada, que Isaac ardía de fiebre y cuando levantó el vendaje de hojas lo que se encontró fue una herida supurante.

—Llévenlo adentro, por favor, y déjenlo sobre la cama.

Kumu tradujo e Isaac fue transportado hasta su lecho. Los aldeanos se agolparon en la puerta de la casa, preocupados por el estado de Mika Kalono, mientras su esposa se retorcía las manos con los ojos fijos en la herida infectada.

Emily hirvió agua y cortó en tiras una de sus enaguas. Mientras limpiaba la herida, Isaac le contó entre jadeos la historia de su travesía, dejando el accidente para el final y quitándole importancia.

—En una aldea cerca de Kalapana prediqué durante cinco días. Al final de la última jornada los nativos quemaron sus ídolos en una hoguera y les dejé las primeras páginas de la nueva Biblia hawaiana que el reverendo Michaels y yo estamos escribiendo. Cuando aprendan a leer, esas gentes podrán conocer el Génesis, los primeros capítulos.

—Le ha salvado la vida a un niño, Kumu me lo ha contado.

—Fue Dios quien salvó al pequeño. Yo no soy más que un instrumento en Sus manos.

—Isaac, la herida tiene mal aspecto. Está sucia. Déjeme que traiga a Pua. Tiene unos polvos especiales y unas hojas que curan la infección.

—No permitiré que se me aplique nada que sea de origen pagano. Recemos, Emily. El Señor no me ha traído a esta tierra para morir. Aún tiene planes para mí, pero debemos pedirle ayuda.

Al día siguiente la fiebre aún no había bajado.

—El Todopoderoso me curará la pierna para que pueda ponerme cuanto antes a Su servicio. Arrodíllese y rece conmigo, Emily.

Emily durmió sobre las esterillas de la sala de estar y durante la noche se levantó a menudo para ver cómo estaba su esposo. Al cuarto día supo por el olor que desprendía el vendaje que bajo él se ocultaba algo terrible. La herida se había gangrenado.

—Por favor, déjeme que mande a buscar a Pua.

De nuevo Isaac dijo que no.

Su salud empeoró rápidamente. Los nativos montaron guardia alrededor de la casa. El jefe Holokai lo visitó e Isaac se lo agradeció, pero cuando entonó uno de sus cánticos no dudó en echarlo. La gran jefa Pua también le hizo una visita, le habló con dulzura y le puso una guirnalda de flores sobre el pecho. Se inclinó sobre él como lo haría una madre, a pesar de que solo tenía cuatro años más que él. Le acarició el cabello y le dijo palabras tiernas, pero cuando sacó un hatillo de hojas *ti* y empezó a agitarlas por toda la estancia, Isaac le pidió que se marchara.

Por segunda vez Emily le suplicó que permitiera que Pua le aplicara una cura en la herida gangrenada, y por segunda vez Isaac dijo que el Señor no lo dejaría morir.

La muerte se lo llevó antes del amanecer del décimo día. Cuando Emily se despertó se encontró a su marido frío, sin vida.

Una tormenta azotaba la costa este de la Isla Grande. Doblaba las palmeras casi hasta un ángulo horizontal, arrancaba los techos de las construcciones más sólidas y se llevaba volando las cabañas de ramaje. Emily salió corriendo de su casa, dejando en la cama el cuerpo sin vida de su esposo, y se adentró en aquella lluvia torrencial. No sabía qué estaba haciendo ni por qué. Odiaba la isla, odiaba a los nativos, odiaba a Isaac por morirse.

Se le soltó el pelo mientras corría por el camino cubierto de barro hacia la bahía, donde los clípers y las goletas eran zarandeados por el viento como barquitos de juguete en un estanque. La lluvia apenas le dejaba ver nada. Corrió hacia el muelle. Necesitaba contar a alguien que Isaac había fallecido. Necesitaba decírselo a cualquiera que fuese blanco, incluso al odioso señor Clarkson. Golpeó su puerta, gritando su nombre, las lágrimas y la lluvia confundiéndose en sus mejillas.

De pronto se percató de que unas manos poderosas la sujetaban por los brazos y la obligaban a darse la vuelta. Cuando levantó la mirada unos ojos conocidos la observaban bajo la visera de una gorra con ribete dorado.

—¡Está muerto! —gritó Emily.

MacKenzie la atrajo hacia su pecho y tiró abajo la puerta de la oficina del señor Clarkson.

—Nos dirigíamos hacia el este desde Honolulú con rumbo a China —le dijo una vez dentro— cuando, de repente, supe que algo iba mal. Sentí que me necesitaba, así que hice virar el *Krestel* y regresé.

—No me deje, MacKenzie —sollozó Emily contra la chaqueta empapada del capitán.

Él le acarició el cabello mojado.

—Mi primer oficial, el señor Riordon, acaba de conseguir su título de capitán. Es un hombre muy competente y le atrae la idea de gobernar su propio barco. Haré que lleve el *Krestel* a China y yo me quedaré aquí con usted, mi querida Emily, el tiempo que precise de mí.

4

La carta del Comité Misionero en Honolulú era breve y no se andaba con circunloquios:

> Sentimos su pérdida, señora Stone, pero debemos recordarle que una mujer que no esté casada no puede servir en nuestra misión. Mientras dure el duelo, puede quedarse en la casa que ocupa los terrenos que el Comité Misionero le alquila a la Corona, tras lo cual le recomendamos encarecidamente que regrese a New Haven y tome esposo entre los miembros de su congregación. De ese modo, con la ayuda del Señor, algún día podrá reanudar la excelsa labor que ha venido realizando en las islas.

Emily sintió que se le partía el alma. Había enviado una misiva al comité para informarse acerca de su situación, con la esperanza de que su condición de viuda le bastara para seguir trabajando en Hilo, pero el comité le había dejado bien claro que si quería seguir formando parte de la misión tenía que casarse con otro miembro de la Iglesia. Pero ¿cómo podía hacer algo semejante si había entregado su corazón al capitán Farrow?

Fiel a su palabra, MacKenzie había dejado el timón del *Krestel* en las competentes manos de su primer oficial y no se había movido de Hilo. Últimamente él y Emily habían pasado mucho tiempo haciéndose compañía, y el anhelo que sentían el uno por el otro era más que evidente. Con todo, ni siquiera se habían dado la mano desde que Isaac había muerto, seis meses atrás. En aquella noche tormentosa, después de que un presentimiento le hiciera virar su barco para regresar a Hilo, MacKenzie la había reconfortado. Pero no se habían besado. No habría estado bien. También le había ayudado a enterrar a su esposo en una parcela de terreno seco hacia el corazón de la isla, con una valla protectora alrededor de la tumba y una losa de coral en la que habían grabado toscamente una cruz y el nombre completo del reverendo Isaac Stone.

Desde aquel día Emily sentía que daba bandazos sin rumbo fijo. Isaac era la columna vertebral de aquella misión, el arquitecto de la salvación entre los nativos, el espíritu que los guiaba. Sin él, le parecía ir a la deriva, como la cometa roja que en cualquier momento podía salir volando y desaparecer.

Cuando MacKenzie estaba con ella, sentía que algo la anclaba al suelo, pero eran cuidadosos y se veían lo mínimo para evitar que los chismorreos se extendieran como la pólvora. Si eso llegara a ocurrir, el Comité Misionero acabaría por descubrir su amistad y enviarían a Emily de vuelta a casa de inmediato, siguiera o no de luto.

Sabía que, llegado el caso, podría apelar ante los directores de la misión en New Haven, pero las cartas tardarían meses en llegar hasta allí, más otro tanto hasta que tuviera en sus manos la respuesta. Posiblemente pasarían dos años antes de que conociera su respuesta, y en ese tiempo se vería obligada a abandonar su casa para que pudieran ocuparla los nuevos misioneros.

Cuando vio a MacKenzie subiendo por el camino desde los muelles se guardó la carta en el bolsillo. Tenía que pensar en lo que el comité le decía en ella antes de comentárselo.

Sabía que el capitán albergaba sentimientos hacia ella. Lo advertía en sus ojos y lo notaba en los largos silencios que compartían cuando les fallaban las palabras y simplemente se miraban el uno al otro. Sin embargo, no había cruzado ninguna línea. Emily sabía que tenía que cumplir con su papel de viuda y seguir las convenciones. Pero ahora el Comité Misionero la obligaba a tomar una decisión desesperada. Había desembarcado en aquellas islas para llevar la salvación a sus habitantes, pero solo podía cumplir con su cometido si se casaba con otro misionero.

—¡Buenos días tenga! —la saludó MacKenzie.

—Buenos días tenga usted también, capitán.

Como estaba temporalmente sin barco, Farrow se había construido una cabaña de ramaje cerca de la laguna, no muy lejos de la casa de Emily, pero sí lo suficiente para no provocar a las malas lenguas. A pesar de que le había transmitido un doloroso mensaje a Clarkson, el indiscreto agente portuario, sabía que la gente aún los vigilaba.

Emily quería correr a su encuentro, pero permaneció frente a la puerta de su pequeña casa de coral. Había dedicado la soleada mañana a cocinar y remendar ropa. Ahora sus dos sirvientas estaban colgando la colada.

Eran las únicas nativas que Emily había sido capaz de cristianizar. Por desgracia, eran esclavas y eso significaba que no tenían influencia alguna sobre los aldeanos. No estaba segura de cuáles habían sido sus delitos, pero en la estructura jerárquica de los hawaianos solo estaban un peldaño por encima de los parias, gente que había infringido *kapus* graves y ya no podían estar en contacto con el resto de la población. Las dos hermanas les habían sido entregadas a Isaac y a ella, pero Emily las trataba con respeto. Durante la última visita del reverendo Michaels para predicar y distribuir literatura cristiana impresa en la lengua de los hawaianos, él mismo había bautizado a ambas muchachas, y ahora se llamaban Mary y Hannah, nombres que eran capaces de pronunciar.

Emily también les estaba enseñando modales. No utilizaban vestidos, pero habían aprendido a anudarse el pareo por debajo de los brazos de forma que les cubriera el pecho. Comían en platos, con tenedor y cuchillo. Las adiestró en tareas como planchar o coser, pero donde realmente destacaban era cocinando. Les mostró cómo hacer pan, cómo trabajar la masa de pasteles y tartas, cómo cocinar un asado perfecto y hasta cómo preparar una salsa de nabo, que no preparaban nada mal. Con los pocos recursos que tenía a su disposición, Emily era capaz de organizar una comida típica de Nueva Inglaterra y sorprendentemente buena, o eso decían aquellos que disfrutaban de vez en cuando de su hospitalidad. Echaba de menos cocinar con manzanas y queso, la carne de cordero, el helado y el sirope de arce. A cambio, había aprendido a apreciar la piña y el mango, además del abundante marisco que era el alimento básico de las islas.

Sabía que el capitán Farrow la visitaría en cuanto se ocupara de unos asuntos en el puerto, de modo que se había pasado toda la mañana supervisando personalmente una bandeja de pastelitos de gelatina que ya estaban fuera del horno, partidos a cuadrados y listos para saborear. Había usado toda la mantequilla y la leche que le quedaba, y ¿quién sabía cuándo encontraría más? Podía comprar carne de vacuno cada vez que el jefe Holokai enviaba a sus hombres a capturar y sacrificar algunas cabezas del ganado salvaje que campaba a sus anchas por la isla, pero vacas domesticadas había muy pocas, la mayoría en Kona, así que los lácteos escaseaban y eran muy caros. Aun así, dado que los pastelitos de gelatina eran para MacKenzie, Emily estaba dispuesta a usar sus reservas, tan preciadas y cada vez más escasas, para contentarlo.

El corazón le dio un vuelco al ver que avanzaba hacia ella bajo el sol tropical; alto, apuesto, imponente. Temía el momento en que el capitán tuviera que embarcarse de nuevo en el *Krestel*, algo que ambos sabían que acabaría pasando. Mientras tanto, se mantenía ocupado. Pasaba el día en compañía de los capitanes que recalaban en la bahía para cargar sus bodegas de provisiones. MacKenzie se había iniciado en una suerte de mercadeo: compraba cargamentos a los barcos que hacían parada en Hilo, los guardaba en el almacén que había construido junto a los muelles y luego los vendía a los capitanes que necesitaran de su mercancía. Era un negocio muy rentable, cuyas ganancias pretendía invertir en la compra de un segundo barco.

Un marinero avanzaba junto a él, cargado con una caja de madera. Emily no lo conocía, aunque cada vez eran más los tripulantes que abandonaban su embarcación para quedarse en la isla y «casarse» con una nativa. Poco a poco, a lo largo de la playa había empezado a formarse una pequeña colonia de blancos, desperdigados y sin relación entre ellos. Eran hombres que tenían las más diversas ocupaciones (naturalistas, geólogos, artistas y exploradores) que desembarcaban en la isla para pasar unos meses en ella y luego escribir la crónica de sus hallazgos.

—Le he traído algo —dijo Farrow mientras se acercaba, sonriendo al ver a Emily con un vestido de color rosa palo y su sempiterna cofia de encaje blanca cubriéndole el cabello.

Tras la muerte de su esposo, había guardado luto durante tres meses, pero el bombasí negro había resultado excesivamente grueso para el calor y la humedad de la isla. Después de la insistencia por parte del capitán, e incluso de algunos compañeros misioneros que la habían visitado, Emily recuperó sus ropas habituales.

—¿Más regalos? —preguntó entre risas.

Su pequeña casa cada día estaba más llena gracias a la generosidad de MacKenzie Farrow.

—Este es más práctico. —Hizo un gesto al marinero y este dejó caer la caja sobre la hierba y abrió la tapa. Estaba repleta de rollos de tela—. De los campos de algodón de Georgia —explicó a la vez que señalaba con orgullo el tesoro que se ocultaba en la caja— a las fábricas de Nueva Inglaterra, y ahora a Hawái antes de seguir su camino hacia California y la costa Oeste. Las he conseguido a cambio de jade.

Emily se quedó asombrada viendo las coloridas cretonas, las pálidas muselinas y el algodón blanco.

—¡Oh, gracias, capitán! Por favor, venga y tome asiento. Acabo de preparar unos pastelillos de gelatina y una jarra de zumo de mango.

Pero él no se movió de donde estaba, al parecer perdido en sus pensamientos. Excusó al marinero con un gesto de la mano y, cuando estuvieron a solas, su rostro cambió y su expresión se tornó seria.

—Emily, han pasado seis meses desde que murió su esposo. Es mucho tiempo para que una mujer viva sola.

—No estoy sola —replicó ella con forzada alegría—. Tengo a Mary y a Hannah. Me visita mucha gente. Pua y Mahina vienen a verme de vez en cuando. Y —añadió, esta vez en voz baja— le tengo a usted, capitán.

—Esa es la cuestión, Emily —dijo él. Se acercó a ella y se quitó la gorra en señal de respeto—. No me tiene de verdad. Y a mí me gustaría que nuestra relación fuera más permanente.

—¡Ah! —exclamó ella—. Capitán, me ha cogido usted por sorpresa. —Se llevó una mano al pecho y sintió el latido desbocado de su corazón. De pronto, un arrebato de alegría se apoderó de ella y a punto estuvo de responder con un «sí», pero entonces recordó la carta que tenía en el bolsillo. Se la enseñó y, tras darle unos minutos para leerla, dijo—: Si quiero continuar con mi trabajo aquí, he de atenerme a las reglas del comité.

Para su sorpresa, MacKenzie la sujetó por los hombros y acercó su rostro al de ella.

—Cásese conmigo, Emily. Puede seguir con su trabajo, no importa lo que diga el comité.

—MacKenzie —protestó ella—, ¡me echarán de mi hogar! No podré predicar en la casa de oraciones. Enviarán a otra maestra para que ocupe mi lugar en la escuela.

—Yo le construiré otra casa, Emily, y un pabellón para que continúe con sus clases. Puede seguir llevando la misma vida que hasta ahora.

—No es tan sencillo. No tendré ninguna autoridad. Los nativos no entenderán la situación, creerán que estoy siendo castigada. Pensarán que mi propia gente me ha expulsado… y en cierto modo será verdad. Si me convierto en una marginada, los isleños no querrán saber nada de mí.

—¡Quiero que sea mi esposa, Emily!

—Y yo quiero que usted sea mi marido, pero también quiero servir a Dios y continuar con el trabajo que Isaac empezó ¡y por el que perdió la vida! Oh, MacKenzie —se lamentó—, me casé con Isaac para convertirme en misionera. Si me quitan mi trabajo, ¿cuál es mi propósito en la vida? ¿Para qué he surcado los mares hasta aquí?

—Para estar conmigo —replicó él, y apartó las manos de sus hombros—. Pero supongo que eso no es suficiente. No la culpo, Emily; de hecho la entiendo. Pero podemos encontrar la manera, estoy seguro.

Ella agachó la cabeza y se retorció las manos.

—El Comité Misionero me ha ofrecido otra opción —dijo con un hilo de voz.

La mirada del capitán se endureció, ofuscada por las sospechas.

—¿Y qué opción es esa?

Emily levantó la cabeza y lo miró a los ojos.

—Dicen que puedo quedarme en esta casa y retomar el trabajo con los nativos como misionera… si los autorizo a enviarme un nuevo esposo.

MacKenzie la miró fijamente hasta que, de repente, se apartó.

—¡Por Dios, no! —exclamó, y se volvió de nuevo hacia ella con el rostro desencajado—. ¿Un matrimonio por poderes? ¿Están dispuestos a entregarla a un completo desconocido? ¡No lo permitiré, Emily! ¿Dónde están esos estúpidos santurrones que se creen con el derecho de decirle cómo tiene que vivir su vida? ¿En Honolulú? Porque si es ahí donde están, iré a verlos personalmente ¡y los mandaré al infierno!

—MacKenzie —le suplicó Emily sujetándolo por el brazo—, espere. Tenemos que ser razonables. Racionales… Si se presenta allí, me enviarán de vuelta a New Haven y será un escándalo. Por favor… Tiene que haber una solución que nos satisfaga a todos. Deme tiempo para pensar.

El capitán accedió a regañadientes y enfiló el camino de vuelta al muelle, deteniéndose de pronto para volverse un instante hacia la casa.

Tras perderlo de vista, Emily cogió el chal de su colgador y se dirigió hacia la playa.

Aquel día era especialmente luminoso, y el colorido de la isla era aún más intenso de lo habitual. Las montañas que se elevaban más allá de la aldea de Hilo, escarpadas y abrumadoras en su esplendor, parecían grandes esmeraldas talladas. Las cascadas, blancas y majestuosas, que se precipitaban al vacío desde alturas de vértigo, levantaban brillantes brumas y bellos arcoíris. Las puntas de los helechos, iluminados por los rayos del sol, refulgían como diamantes.

Sin embargo, Emily no prestaba atención al paraíso tropical que la rodeaba. Sus pensamientos eran más oscuros, más turbulentos. Tenía el corazón lleno de tristeza y de confusión, y también de amor hacia el hombre del que nunca debería haberse enamorado.

«Me entiende», se dijo mientras caminaba por la arena mojada sobre la que correteaban las aves para escapar de las olas y las algas se secaban al sol. Un poco más allá, los nativos trabajaban en sus tablas y sus canoas.

«MacKenzie comprende la necesidad que siento de ayudar a estas gentes, sabe que sirvo para ello, me valora por mi empeño. ¡El Comité Misionero, en cambio, se niega a escucharme porque no estoy casada con un predicador de la congregación! ¿Por qué necesito un esposo misionero que valide mi trabajo, que les haga ver lo que valgo? Nos llamamos "hermano" y "hermana" los unos a los otros, predicamos la igualdad con los nativos, y, sin embargo, a mí no se me reconoce como misionera de pleno derecho.»

Se detuvo y dirigió la mirada hacia el mar, donde tres barcos, separados entre ellos por una distancia considerable, acababan de aparecer en el horizonte. ¿Se dirigían hacia Hilo o pasarían de largo y fondearían en Honolulú? Cualquier otro día se habría emocionado con la llegada y se habría unido a los demás en el muelle para ver quién arribaba, qué cargamento había en sus bodegas (necesitaba desesperadamente agujas de coser y harina) y si traían cartas, periódicos o libros desde Nueva Inglaterra.

Sin embargo, solo le preocupaba una cosa: ¿cómo satisfacer al Comité Misionero sin renunciar a MacKenzie y a su propia valía?

—¡Mika Kalona! —Un niño que agitaba algo sobre su cabeza apareció corriendo por las dunas. Emily sonrió. Su nombre era 'Olina, que significaba «feliz», y era uno de los estudiantes más brillantes de la clase, eso cuando iba a la escuela—. ¡Encontrado a Mika! —exclamó con una sonrisa radiante en la cara, y cuando llegó junto a ella, Emily vio que lo que sostenía era una preciosa caracola, grande, brillante y perfecta.

—¿Para mí? —le preguntó. El pequeño se la ofreció y Emily la cogió de entre sus manos—. *Mahalo*, gracias —le dijo, y el niño echó a correr de nuevo para ir a jugar con sus amigos.

Pasó los dedos por la superficie interior de la caracola, lisa, pulida, y volvió a enfrascarse en su problema. Tal vez si de algún modo consiguiera que el Comité Misionero se percatara de que MacKenzie era cristiano, además de un hombre de honor…

Sintió que se hundía bajo el peso de la realidad. No funcionaría, estaba convencida. Torcerían el gesto y dirían que el capitán Farrow era un comerciante, un aventurero, no un misionero dedicado a su labor y que, por tanto, no era el esposo apropiado para ella.

Contempló la hermosa caracola y recordó que esa tonalidad de rosa era el color favorito de su hermana. «La añadiré a mi colección —pensó— para que me recuerde a mi casa.»

Frunció el ceño, con las palabras aún resonando en su cabeza. Había algo más en aquel objeto que atraía su atención, aunque no acertaba a identificarlo. Mientras intentaba centrar la mente en aquel pensamiento huidizo vio que los jóvenes de la aldea corrían hacia la orilla con las tablas bajo el brazo y se adentraban en el océano para ir al encuentro de las olas más grandes. Por un momento envidió su suerte. Eran como la cometa roja de MacKenzie. Había deseado con todas sus fuerzas tener su misma libertad, romper la cuerda que la unía a la tierra. Durante un instante quiso tener el coraje suficiente para quitarse el vestido, coger una tabla y adentrarse en las aguas.

«Pero las jóvenes de New Haven no nadan en el mar.»

De pronto una idea le vino a la mente: «No nadan en el mar, pero sí pueden demostrar que tienen agallas y fuerza de voluntad, pueden contribuir como miembros de la comunidad a pesar de no estar casadas con un misionero».

¡Eso era! Pediría al Comité Misionero que hiciera una excepción en su caso. Invitaría a sus representantes a Hilo y les presentaría a los nativos, al jefe Holokai y a sus hijos, Kekoa y Pua, también a Mahina y a 'Olina, y haría que cantaran himnos cristianos para demostrarles el gran trabajo que había hecho allí. Y cuando conocieran a MacKenzie repararían en que era un buen hombre y harían una excepción con respecto a las normas de matrimonio.

Sonrió, visiblemente aliviada. Llegarían a un acuerdo, seguro. Al dar media vuelta para regresar a casa se dio cuenta de que aún tenía la caracola entre las manos y de nuevo la asaltó el pensamiento de antes que le rondaba la cabeza y que no acababa de identificar. Se detuvo y la observó. Era exactamente de la misma tonalidad de rosa que su hermana siempre buscaba en las telas y los tejidos de las cofias.

Pensar en su hermana la llevó a acordarse de su padre y de un recuerdo precioso que Emily atesoraba. Durante toda su infancia y los primeros años de su juventud, su padre nunca la había abrazado o besado, ni siquiera le había dedicado una palabra de ánimo o de cariño. Sin embargo, el día que se casó con Isaac, no por amor sino para servir al Todopoderoso, su padre le puso una mano en el hombro, sonrió y dijo:

—Estoy orgulloso de ti, querida hija.

Aquel recuerdo hizo sonreír a Emily.

Y luego…

¡Por todos los santos!

Soltó la caracola y se llevó las manos a la boca. ¡Su familia! Con toda la confusión mental y el problema de cómo convencer al Comité Misionero para que le otorgaran una dispensa y casarse con MacKenzie, no se le había ocurrido pensar ni una sola vez en la reacción de su familia.

Se quedó petrificada sobre la arena como una estatua azotada por el viento, el corazón latiéndole desbocado en el pecho. De repente imaginó la escena: la ira de su padre, la vergüenza de sus hermanas, su madre retirándose a su diván. «¡Emily deja la misión para casarse con el capitán de un barco!»

El escándalo sería mayúsculo. En cuanto la noticia llegara a New Haven, y acabaría llegando, su familia no volvería a caminar con la frente alta. No le dirigirían nunca más la palabra. Su padre la repudiaría. Su hija casada con un aventurero que se dedicaba a recorrer el mundo y fondear en puertos conocidos por ser nidos de vicio e inmoralidad. ¡Los antros del libertinaje de Oriente!

Se pasó los brazos alrededor del pecho para no echarse a temblar. Las lágrimas le nublaron la vista. ¿Cómo había podido olvidarse de ellos?

Y también de los demás misioneros de la isla. Emily tampoco los había tenido en cuenta. ¿Qué opinarían de que se «juntara» con el capitán de un velero? La condenarían al ostracismo, y acabaría más sola y aislada que nunca.

«¿Cómo puede ser que no haya reparado antes en ello? ¿Tanto me ciega el amor que siento por MacKenzie, tan egoísta soy que ni siquiera he pensado en mis amigos y en mis seres queridos? ¡Solo he pensado en mí misma!»

Bajó la mirada hacia la caracola que descansaba sobre la arena. Creía que era un mensaje llegado desde New Haven para recordarle sus orígenes, como el resto de los «tesoros» que guardaba. Pero esa vez el mensaje contenía algo más. Era un augurio divino llegado justo a tiempo, un recordatorio de cuál era su deber y su responsabilidad, de cuáles debían ser sus prioridades.

Recogió la caracola y retomó el camino de regreso, triste pero convencida de lo que debía hacer.

Lo encontró en la oficina de Clarkson revisando las nuevas cartas náuticas que acababan de llegar a bordo de un barco.

—¡Emily! —exclamó al verla, incapaz de contenerse.

—Capitán Farrow, ¿puedo hablar un momento con usted?

Abandonaron la oficina, seguidos por la mirada taimada de Clarkson, y tomaron el camino que llevaba a lo alto del acantilado, a los asentamientos que se elevaban sobre la bahía.

Emily se detuvo junto a un enorme baniano y miró a su alrededor para asegurarse de que nadie los oiría.

—MacKenzie, a pesar de que lo amo con todo mi corazón, no puedo anteponer los sentimientos a la razón. Quizá me he dejado influir por los hawaianos, que son gente muy emotiva. Pero no debo olvidar quién soy y cómo he de comportarme en esta tierra extraña. MacKenzie, mi deber en la vida es primero con Dios, luego con mi familia y, por último, con el Comité Misionero. Yo misma o mis deseos somos lo último de la lista. No puedo casarme con usted.

Él contempló su semblante demudado y vio el dolor en sus ojos. Emily había dedicado la última hora a examinar profundamente su alma y su conciencia, y al capitán no le gustaron las conclusiones a las que había llegado.

—No pienso aceptarlo —replicó, con la voz tensa por la emoción—. No lo haré, Emily. Seguiré luchando por usted.

Ella irguió los hombros y la espalda.

—Voy a comprometerme con el Comité Misionero. Les escribiré para decirles que estoy dispuesta a aceptar un matrimonio por poderes, pero con la condición de que sea mi padre quien escoja a mi futuro esposo. Es mi decisión, y no volveré a hablar de ello… —Se le quebró la voz y las lágrimas empezaron a rodar por sus mejillas—. Adiós, MacKenzie, y que Dios lo bendiga.

—Mika Emily —le dijeron las hermanas, emocionadas y entre risas—, ¿tú hace vestidos? ¿Nosotras miramos?

Estaba en el porche revisando las telas que MacKenzie le había regalado hacía ya una semana. Desde entonces no había sido capaz de mirarlas, eran un recordatorio demasiado doloroso de lo que había perdido. Ese día, sin embargo, consideró que las manos ociosas son instrumentos del diablo y que regodearse en la autocompasión era pecado, así que decidió enterrar el dolor a base de fuerza de voluntad y trabajo duro.

Miró a Hannah y a Mary, mujeres ambas de unos cuarenta años, solteras y sin hijos por culpa de un error incomprensible que habían cometido mucho tiempo atrás; personas agradables y sonrientes que parecían aceptar la vida tal como les llegaba. Había intentado convencerlas para que llevaran vestidos, al igual que a las demás mujeres de la aldea (ropa donada por las congregaciones de New Haven), pero no les gustaba. Acostumbradas a cubrirse únicamente con pareos y con flores, los corpiños y las faldas largas de Nueva Inglaterra les parecían engorrosas y demasiado apretadas.

Emily contempló los rollos de tela que pronto se convertirían en prendas y tuvo una idea. Diseñaría un vestido específicamente para ser usado en las islas. Un proyecto que consumiría sus pensamientos, su energía y las horas, una empresa que sepultaría el dolor de haber perdido a MacKenzie, el dolor y todas las emociones, y es que estaba cansada de la tristeza y la ira, del resentimiento y de todos los altibajos que acababan con la energía vital de cualquier mujer.

«A partir de ahora ignoraré mis sentimientos y me dedicaré exclusivamente a hacer vestidos», se dijo.

Se preguntó, no obstante, si con eso bastaría. Al principio había creído que enseñar con el ejemplo sería la clave, pero ahora comprendía que llevar un vestido delante de los nativos no bastaba. Tenía que encontrar la manera de que ellos también quisieran cubrirse con ropa.

Decidida a no perder tiempo, empezó su campaña secreta en aquel preciso instante. Con la ayuda de Mary reunió todo lo que necesitaría y partió hacia el grupo de cabañas que se levantaban junto a la casa de oración.

Cuando llegó a la entrada de la aldea, flanqueada por dos enormes efigies talladas en lava, dos dioses de ojos grandes y bocas iracundas, dejó su taburete en el suelo, se sentó e invitó a Mary a que hiciera lo propio junto a ella. La entrada del poblado era el punto estratégico perfecto puesto que las muchachas tenían que pasar por allí cuando regresaran del baño del mediodía en la laguna.

Una vez instaladas, Emily se dedicó a vaciar metódicamente las cestas y los hatillos que Mary y ella habían traído consigo, extendiendo a su alrededor todo un surtido de telas, hilos, tijeras, agujas y alfileres, así como una cinta de medir. También había llevado dos sombrillas, tres pares de guantes y dos pequeñas bolsas de mano con cierre.

—Debemos combinar los colores —explicó a Mary, sin prestar atención a los pocos nativos que se habían detenido a mirar—. No es adecuado llevar guantes negros con un vestido blanco.

Había cortado retazos de tela de los rollos que MacKenzie le había dado: percal rojo y blanco, guinga de cuadros verdes, algodón salmón y un nuevo tipo de tejido llamado sirsaca, especialmente ligero, que a Emily le pareció perfecto para los trópicos. Mientras Mary y ella desdoblaban las telas, las mostraban con orgullo, las alzaban y se maravillaban del modo en que ondeaban con la brisa, las jóvenes de la laguna regresaron de su baño diario, y en sus cuerpos aún se apreciaban brillantes gotas de agua. Llevaban flores recién cortadas en el pelo y no dejaban de reírse. Cuando vieron la curiosa escena en la entrada de la aldea se detuvieron a mirar.

—Buenas tardes —las saludó Emily. Las conocía a casi todas por sus nombres. La hija de Pua, Mahina, que estaba entre ellas, observó los objetos que cubrían la hierba con gran interés—. Por favor —las animó al tiempo que señalaba los artículos—, echen un vistazo.

Era la primera vez que invitaba a alguien a inspeccionar sus efectos personales, pero ahora las instó a que lo hicieran y cuando una de las jóvenes cogió con timidez una de las sombrillas del suelo, Emily le mostró cómo abrirla y sostenerla por encima de la cabeza.

En cuestión de minutos las chicas empezaron a pasarse entre risas los guantes, las bolsas de mano y las sombrillas mientras iban caminando de un lado a otro como si desfilaran, muchachas medio desnudas ataviadas con guantes y con pequeñas bolsas de mano. Sabía que la imitaban a ella, pero no de un modo ofensivo. De pronto Mahina se agachó y acarició los rollos de tela. Cogió unas tijeras y las inspeccionó con el ceño fruncido, luego revisó una caja de alfileres y los dejó de nuevo en el suelo. Levantó la cinta de medir, y la observó de arriba abajo.

—¿Qué hacer Mika Emily? —preguntó.

—Voy a hacer un vestido. Pueden mirar si les apetece.

Las chicas se sentaron en círculo a su alrededor, toda vez que algunos aldeanos presenciaban, intrigados, la escena. Eran artesanos, de modo que valoraban la habilidad de quien sabía confeccionar algo con las manos. Emily no tardó en ganarse su atención mientras medía la tela, la marcaba, la cortaba, unía las piezas con alfileres y daba las primeras puntadas.

Mary y ella recogieron sus cosas al ponerse el sol y se despidieron de los aldeanos.

Regresaron al día siguiente, y al otro. Los nativos fueron testigos de cómo la prenda iba cobrando forma. Cuando estuvo terminada, Emily se levantó del taburete y sostuvo el vestido en alto para que todos pudieran verlo. Lo miraron un buen rato con expresión de sorpresa en la cara, se acercaron y tiraron de la tela mientras hablaban entre ellos, porque aquello no se parecía en nada a lo que Mika Emily solía llevar.

Y es que Emily había sacado el patrón de uno de los libros de nanas de la Madre Hubbard y el resultado era un vestido holgado, hasta los pies, con el cuello alto de canesú y las mangas largas.

—Es para ti, Mahina —dijo, y se lo ofreció.

Sabía que Mahina, la hija de la gran jefa Pua, era una líder entre los muchachos de su edad. La quinceañera aceptó el vestido con gesto tímido y, con la ayuda de Emily, se lo deslizó por la cabeza e introdujo los brazos en las mangas. El algodón de color salmón envolvía su figura, alta y esbelta, como una cascada rodeada de bruma. Sus amigas la alabaron, y Mahina dio vueltas y vueltas agitando la falda, sin ser consciente de que ya no tenía los pechos y el cuello desnudos, llevaba los brazos cubiertos y ni siquiera se le veían los tobillos.

Las otras muchachas no tardaron en probarse el vestido por turnos y, con él puesto, enseñaban la prenda a los otros aldeanos entre risas y comentarios. Al ver a Mahina y las demás jóvenes, Emily se percató de algo en lo que no había reparado hasta ese momento: eran realmente inocentes. Reían a todas horas. Eran amables y generosas. Y, por extraño que pareciera, a pesar de su desnudez eran tan recatadas como cualquier muchachita de Nueva Inglaterra. Ignoraban que mostrar el cuerpo era pecado.

Emily se cepillaba la larga melena poco antes de acostarse. A través de la ventana le llegaban las risas masculinas de un grupo de hombres. MacKenzie estaba sentado frente a su cabaña, acompañado de otro capitán y sus oficiales.

La habían invitado a la cena, pero tanto para MacKenzie como para ella el encuentro aún habría sido doloroso, de modo que optó por tomar algo en su casa, asistida por Hannah y Mary.

Cuando se disponía a trenzarse el cabello, la brisa nocturna le llevó el sonido de un lamento lejano. Una mujer lloraba; su quejido era agudo y desesperado. *«Auwe! Auwe!»*

Emily se puso en pie de un salto. Los llantos procedían de la aldea. Unos segundos más tarde alguien golpeó la puerta de su casa. Se puso unas zapatillas y, cubierta con un camisón y una bata, fue a ver quién era.

Quien llamaba era Hannah, muy nerviosa y con una mirada angustiada en los ojos.

—¡Venir, Mika Emily!

—¿Por qué? ¿Qué ha pasado?

Hannah señaló con un brazo el bosque tras la aldea de los nativos.

—¡Ellos enterrado bebé!

—¿Qué? Llévame hasta allí cuanto antes.

Emily había oído hablar de la vieja costumbre de enterrar recién nacidos vivos, pero le habían dicho que estaba erradicada. Siguió a Hannah más allá del poblado, a oscuras, hasta que se adentraron en la espesura y encontraron a un grupo de mujeres que pisoteaban la tierra de una minúscula tumba. Las apartó, se arrodilló y empezó a retirarla rápidamente.

—¡Ayúdame, Señor! —suplicó mientras introducía las manos en el suelo húmedo.

Sacó puñados de tierra tan deprisa como pudo, procurando no lastimar al bebé que había debajo. Aún podía oír el llanto a lo lejos y, de pronto, comprendió el motivo de esos lamentos.

Hundió los dedos más y más, hasta que notó algo suave y tibio. Siguió extrayendo tierra, y finalmente desenterró al bebé, con el cordón umbilical colgando aún del vientre. Estaba inerte.

—Padre Todopoderoso, por favor, no permitas que esta criatura muera —susurró mientras la sujetaba contra su pecho y le sacaba con cuidado la tierra que le había entrado en la boca.

Le succionó la naricita para limpiársela también y luego le insufló a través de los labios bocanadas rápidas y breves. Al final el bebé gimoteó y su cuerpo tembló lleno de vida. Emily se levantó del suelo, lo puso en los brazos de Hannah y le ordenó que se lo entregara a su madre. Luego se encaró con el grupo de mujeres que lo había enterrado.

—¡Lo que acaban de hacer está mal! ¡La vida es sagrada! Solo Dios tiene derecho a decidir sobre ella. ¿Es que no lo entienden?

Pero aquellas nativas no solo no se arrepentían de lo que habían hecho, sino que parecían desconcertadas por su diatriba. Emily las conocía. Dos de ellas llevaban sus vestidos de la Madre Hubbard y acudían a la iglesia todos los domingos a escuchar sus sermones.

—¡Préstenme atención! —les gritó, y en ese momento apareció MacKenzie entre los árboles.

—¿Qué está pasando aquí? Emily, la he visto salir corriendo de casa. ¿Qué ocurre?

Las mujeres se dirigieron a él en hawaiano, hablando muy deprisa y todas al mismo tiempo, y él las hizo callar con un gesto y les dijo que volvieran a su hogar.

—¡Han enterrado a un pobre bebé, MacKenzie! —exclamó Emily con los ojos arrasados en lágrimas y la mirada cargada de ira—. ¿Qué le pasa a esta gente? ¿Por qué no consigo que lo comprendan? ¿Por qué no logro entenderlos yo a ellos? Cada vez que pienso que me he ganado su amistad, al minuto siguiente se me antojan tan extraños que casi me dan miedo.

MacKenzie la sujetó por el brazo y, cuando se dio cuenta de la violencia con la que temblaba, le dijo:

—Vámonos de este sitio.

Le pasó un brazo alrededor de los hombros y la guió hasta su cabaña. Una vez allí, la sentó junto a la puerta, entró en la casa y salió con una botella y un vaso en el que sirvió apenas unos sorbos de la bebida que contenía.

—Tómeselo.

Le ofreció el vaso.

—Es…

—Usted bébaselo —insistió MacKenzie con dulzura, y la obligó a aceptarlo.

Emily dio un pequeño trago, hizo una mueca y bebió de nuevo. El líquido le quemó en la garganta. Después del tercer sorbo dejó el vaso y notó que empezaba a tranquilizarse.

—Los hawaianos llevan siglos practicando el infanticidio —le explicó MacKenzie, y su voz resultaba reconfortante en el calor de la noche—. Es un mecanismo de control de la población. Así no hay pobreza ni hambre. Cuando hay pocos hombres, matan a las niñas. Cuando hay pocas mujeres, matan a los niños. Ahora mismo, por ejemplo, hay más mujeres que hombres por culpa de las sangrientas batallas del reinado del primer Kamehameha, durante las cuales murieron muchos guerreros.

Emily negó con la cabeza.

—Está mal. Solo Dios tiene derecho a decidir sobre el equilibrio de la población. —Se volvió hacia él con mirada desconsolada—. MacKenzie, pensé que, si me centraba en el trabajo, sería capaz de ignorar lo que siento por ti, que aceptaría las reglas del Comité Misionero, pero no puedo ser una criatura sin sentimientos. ¡Solo la mujer que entierra bebés vivos carece de sentimientos! ¡Te necesito, MacKenzie! Necesito tu fuerza, tu amor y tu confianza. Constrúyeme una casa, amor mío, y un pabellón que haga las veces de escuela. Estableceré mi propia misión aquí, en Hilo. Me ocuparé de que los nativos sepan que continúo en la aldea para ayudarlos y que, aunque ya no reciba la aprobación de los demás misioneros, sigo siendo su amiga. Y trabajaré aún más para convencerlos de que no soy una paria.

El capitán quiso gritar de alegría, pero antes necesitaba confirmar que Emily estaba segura de su decisión.

—¿Y tu familia? ¿Qué pasará con ellos?

—No puedo preocuparme más por lo que piensen. Ellos no conocen este mundo extraño y terrible en el que vivo, ignoran que necesito un hombre a mi lado que conozca a los nativos y me ayude con ellos. Pero sobre todo… no puedo vivir más sin ti.

A MacKenzie lo embargó el deseo, pero era incapaz de moverse. Se fijó en la forma en que la larga melena de Emily reflejaba la luz de las antorchas *tiki*. Reinaba un silencio absoluto, a excepción del sonido de las olas que rompían en la playa. Ya no se oían los *auwe*, los alaridos de dolor, por lo que supo que el bebé estaba de nuevo con su madre. Comprendía los sentimientos de Emily y hasta los compartía, pues a veces también se sentía frustrado al intentar entender a aquellas gentes; sin embargo, él no había ido allí para cambiarlos.

De repente ya no pensó más en los hawaianos, sino en aquella hermosa mujer que se había quedado sola en una tierra extraña sin ayuda alguna ni apoyo, que se esforzaba tanto como podía por conservar la alegría y el optimismo y que lo había ayudado a reanudar la relación con su padre.

—Dios mío, Emily —le dijo con voz grave—. Dios mío…

Ella alzó la mirada y lo contempló. Llevaba la cabeza descubierta y la brisa nocturna le mecía el cabello ondulado. Iba sin afeitar, sin chaqueta y con el chaleco abierto. Se había desanudado el pañuelo en algún momento de la noche y el botón abierto del cuello de la camisa blanca dejaba entrever un retazo de piel quemada por el sol. Por un instante, Emily pensó que iba a morir de deseo.

Cuando MacKenzie levantó una mano para acariciarla no se movió. La atrajo hacia sí y ella se dejó llevar. Y cuando sus labios se posaron en los suyos, se apretó contra su boca y le rodeó la espalda, fuerte y poderoso, ella se sujetó a él como si ya nunca fuese a soltarlo. La cogió en brazos, la llevó adentro, con la boca aún sobre la de ella, y la dejó suavemente en las esterillas que hacían las veces de cama.

A Emily le sorprendió la lentitud de sus movimientos. Cerró los ojos y saboreó cada caricia, cada beso. Se atrevió a explorar el cuerpo del capitán, y descubrió una piel curtida por el mar y una musculatura firme. Él le quitó despacio el camisón y lo tiró a un lado, y Emily se sorprendió al darse cuenta de que no le daba vergüenza estar desnuda frente a aquel hombre mientras también él se despojaba de la ropa.

Cuando volvió junto a ella, el roce de su piel le resultó tan grato como desconcertante. Y de pronto comprendió algo nuevo sobre los hawaianos: tenían razón al creer que el acto sexual era bueno y natural, que obtener placer en la intimidad del hombre y la mujer no era pecado.

Lloró cuando terminaron. Lloró sobre el pecho del capitán y dejó que las lágrimas lo arrastraran todo, la añoranza del hogar, la trágica muerte de Isaac, la frustración con los nativos, el deseo de amarlos y entenderlos. También lloró porque iba a abandonar la misión que tanto quería.

Tumbada entre los brazos de MacKenzie pensó en los progresos que había hecho con Mahina y los vestidos y en la influencia que ejercía sobre Mary y Hannah, y se dio cuenta de que él estaba en lo cierto: no tenía por qué pertenecer a la misión para continuar con su trabajo en la isla.

Pero por encima de todo, después de haber saboreado el amor de MacKenzie, sabía que nunca podría dejarlo. Dios la había llevado hasta allí, y ese era su sitio. La decisión estaba tomada. Se convertiría en la esposa del capitán MacKenzie Farrow.

5

La gran jefa Pua, de pie bajo un árbol lehua en flor, observaba a la mujer del capitán *haole* mientras esta tendía la ropa recién lavada.

A Pua le gustaba Mika Emily. Era amable con la gente de la aldea, les enseñaba a leer y a confeccionar vestidos. Mika Kalono llevaba dos años muerto, y ningún predicador había ido a reclamar su puesto. Para Pua, aquello era un buen augurio. Se acabó decir a los *kanaka* cómo tenían que vivir. Además, el nuevo hombre de Mika Emily era una buena persona. Comía con los *kanaka*, trataba a los nativos como amigos y nunca les decía que deberían rezar al dios *haole*.

Y aquel no era el único augurio positivo. Mika Emily esperaba un hijo. El bebé llegaría en cualquier momento. Un niño especial. El primer blanco nacido en aquella tierra sagrada. Un nacimiento propicio. Pua sabía que los misioneros de Kona y Waimea también habían traído criaturas blancas al mundo, pero ninguna de las dos aldeas era tan especial como Hilo, Puna y Kau. La zona sudeste de la isla era el lugar en el que los Primeros habían desembarcado muchas generaciones atrás. Los bebés blancos nacidos en otras partes de la isla eran especiales, sí, pero el de Mika Emily era el más especial de todos.

Pua abandonó la sombra del árbol lehua y se dirigió hacia el *heiau* sagrado, al final de la aldea, para dejar mangos y bananas en la base del Pene de Lono. Alzó los brazos y entonó un cántico dirigido al enorme falo para pedir al dios de la sanación y de la fertilidad que hiciera más bebés entre los *kanaka* y así mantener fuerte la población.

Cogió el cuchillo de piedra que llevaba atado alrededor de la cintura, partió un mango por la mitad y observó la semilla. Para un ojo inexperto, no era más que un hueso alargado, húmedo y amarillento, pero Pua podía ver las formas que recorrían su superficie ondulante, comprendía el significado de los frágiles hilillos que lo unían a la pulpa del fruto.

El mensaje era una profecía.

Desde la muerte de Mika Kalono ningún misionero se había establecido de forma permanente en Hilo, solo pasaban por allí de camino a otras aldeas. De vez en cuando, un predicador se presentaba en Kona para pasar unos cuantos días con las gentes del jefe Holokai y, mientras estaba allí, la asistencia al oficio del sábado era impresionante. Sin embargo, en cuanto se marchaba todos regresaban a su vida de siempre.

A Pua eso la complacía. Su hermano Kekoa y ella se esforzaban mucho para que los aldeanos no olvidaran su cultura y sus tradiciones, les recordaban que no debían dar la espalda a los antiguos dioses porque de lo contrario algo terrible sucedería. El hombre de Kona había ido a predicar hacía ya un mes. Se había pasado todo el servicio tosiendo y estornudando y, tras su marcha, muchos aldeanos habían enfermado de un mal contra el que Pua, con toda su magia, sus plegarias y sus hierbas, no podía luchar. Algunos habían muerto. Mika Emily lo había llamado «catarro», algo que, según ella, no mataba al hombre blanco.

Los sermones del reverendo Michaels asustaron a su gente. Les gritó que el dios todopoderoso del hombre blanco tenía más poder que mil dioses hawaianos juntos y que los isleños morirían si no obedecían sus mandamientos. Les enumeró las normas, y el pueblo de Pua escuchó. Les dijo que la promiscuidad sexual era un pecado y que Dios los castigaría por ello. Les habló de fuegos eternos en un lugar llamado infierno, y los aldeanos imaginaron los fuegos de Pele cuando la diosa enfurecía y escupía ríos de lava hacia el cielo. Temían a los fuegos de la diosa, de modo que la mención del infierno causó el mismo efecto en ellos, a tal punto que intentaron comportarse según las reglas del predicador.

Pua leyó el mensaje en la semilla del mango. Decía que aquel año nacerían pocos *kanaka*, menos bebés de los habituales para reemplazar a aquellos que habían muerto de «catarro». En años venideros serían menos *kanaka* en las islas de Havaiki. Pua era consciente de que el objetivo de su existencia era evitar que esa profecía se hiciera realidad.

Sabía lo que tenía que hacer. Entregaría al hijo de Mika Emily a Lono a modo de ofrenda.

Mientras tendía la colada, Emily no apartaba la mirada de la bahía. Había enviado un mensaje a Kona para el señor Michaels diciéndole que se acercaba la fecha. Meses atrás, cierta vez que predicaba en la isla, él le había dicho que su mujer iría a ayudarla en el parto. Todos los días, Emily observaba la costa en busca de las canoas de mayor tamaño que los isleños, hawaianos o no, utilizaban para viajar a los asentamientos de la costa y que se impulsaban por medio de una característica vela triangular hecha con un tejido vegetal amarillo.

También esperaba la llegada del *Krestel*.

Durante los primeros seis meses de su matrimonio, oficiado por un predicador que pasaba por la isla, MacKenzie subía hasta el promontorio y dirigía la mirada hacia el mar. Emily lo observaba y pensaba: «Como con la cometa, soy la cuerda que lo mantiene unido a tierra mientras su corazón anhela regresar al mar».

Un día habló con él y le pidió que se embarcara en un nuevo viaje. Él protestó. La amaba, declaró, y quería estar con ella, pero Emily había tomado una resolución: si no era capaz de superar sus propios miedos, al menos no debía permitir que MacKenzie se convirtiera en prisionero de ellos.

Así pues, le dijo:

—Márchate, amor mío, y tráeme historias de los lugares que nunca podré conocer.

Él la sorprendió al pedirle que fuera con él.

—Muchos capitanes llevan consigo a sus esposas. Haré que preparen un camarote especial para que estés más cómoda. Pasaremos muchos meses juntos en el mar, mi amor, y podrás visitar islas y lugares exóticos.

Emily deseaba con toda su alma decir que sí, pero le preocupaba lo que pudiera pasarles a los nativos sin su vigilancia y su influencia constantes. ¡Quizá enterrasen vivos a más bebés!

Sin embargo, tras la partida del capitán su estado emocional había empeorado. Los viajes por mar eran peligrosos; a menudo desaparecían barcos enteros con todo lo que llevaban a bordo. Cuando Isaac se marchaba, Emily siempre sabía que su esposo seguía en la isla. En cambio, cuando MacKenzie partía, se adentraba en el océano, donde estaba a merced de corrientes, tifones y piratas. Emily no podía estar segura de su regreso y la preocupación la consumía.

«Podría haber ido con él —pensaba cuando se sentía sola—, pero los nativos me necesitan. Si partiera con mi amado esposo, volverían a sus costumbres salvajes.»

Por si fuera poco, aún no había recibido ni una sola carta de su familia. No sabía cómo se habían tomado la noticia de su matrimonio con el capitán Farrow. Y había sucumbido a la necesidad de bajar a la playa, donde pasaba horas y horas rebuscando en la arena, entre las dunas, entre los maderos que el mar arrastraba a la orilla en busca de alguna señal que le indicara que su familia y sus amigos de New Haven no se habían olvidado de ella. Y, sobre todo, que la habían perdonado por casarse con el capitán de un barco.

Quizá las buenas noticias mitigaran el disgusto.

Tiempo atrás, cuando hacía una semana que MacKenzie había partido hacia Alaska, Emily se despertó una mañana aquejada de náuseas y se percató de que tenía los pechos especialmente sensibles. Estaba embarazada. Sus padres se alegrarían al saberlo.

Dejó un instante su labor para estirar la espalda y contempló con orgullo su nuevo hogar.

En cuanto recibió la comunicación del Comité Misionero en la que se le informaba de que ya no formaba parte de la congregación, Emily abandonó la pequeña casa que Isaac había hecho y MacKenzie inició los trabajos de construcción de otra más grande para los dos. Organizó a los nativos y, con la ayuda de algunos marineros de los barcos fondeados en la bahía para aprovisionarse de agua y comida, levantaron una casa de bloques de coral tallados de los arrecifes del litoral. La edificación tenía dos plantas, buhardilla y sótano. Las ventanas eran grandes, numerosas y con contraventanas para protegerse del sol. MacKenzie quería añadir un porche cubierto y un balcón. Muchos de los elementos que la decoraban (la repisa de la chimenea, los paneles de cristal de las ventanas, los pasadores de las puertas) los habían ido añadiendo gradualmente a medida que llegaban desde Nueva Inglaterra. Los muebles también habían llegado poco a poco, pero ahora la nueva casa de Emily lucía suelos pulidos cubiertos por alfombras, un diván con varias sillas tapizadas a juego, un perchero, un armario, una mesa de comedor con otras sillas de respaldo alto y un aparador, una cama grande y un baúl para la ropa del hogar, un escritorio y un reloj de pared.

Durante el tiempo que MacKenzie había compartido con Emily tras la muerte de Isaac, el capitán había estrechado lazos y firmado contratos con la realeza, los granjeros y los nuevos ganaderos. También había comprado dos barcos más con sus respectivos capitanes para transportar las mercancías con las que comerciaba. Y entonces Emily había dicho a su amado MacKenzie que podía regresar a la mar, le había asegurado que ella estaría bien, y había rezado en secreto para que la casa que Isaac había construido no permaneciera vacía demasiado tiempo, para que el Comité Misionero enviara a la isla a otra pareja que predicara entre las gentes del jefe Holokai.

A pesar de que ya no era misionera, Emily estaba más decidida que nunca a llevar la palabra de Cristo a los isleños. Habían pasado casi cuatro años desde su llegada y sentía que, aparte de convencer a las mujeres para que cubrieran su desnudez con vestidos, no había logrado grandes avances. Se culpaba por la muerte prematura de Isaac. Si Pua hubiera sido cristiana cuando su difunto esposo cayó enfermo, lo más probable es que lo hubiera curado con su medicina y sus ungüentos. Por desgracia, Isaac no estaba dispuesto a permitir que se entonaran cánticos paganos bajo su techo y había muerto.

Con el paso de los años Emily había conseguido entender mejor la visión de los hawaianos. Creían en el poder de las palabras, aunque no como los occidentales concebían el poder de la plegaria, en la que estas o los rezos no tenían valor por sí mismos sino por el hecho de que iban dirigidos a Dios, que tenía todo el poder. Para los hawaianos, en cambio, las palabras poseían el poder de sanar o de hacer daño, y por ello siempre eran muy cuidadosos con lo que decían. Así se explicaba que Pua no pudiera administrar una medicina sin las palabras adecuadas, ya que eran estas las que tenían la capacidad de curar.

Emily estaba resuelta a liberar al pueblo de Pua del yugo de la superstición y de la creencia en la magia que les impedía aplicar la medicina de una forma positiva.

Cuando vio a Pua subiendo por el camino que llevaba a su casa dejó caer en la cesta las prendas húmedas que le quedaban por tender, se llevó las manos a la baja espalda y se estiró.

—*Aloha* —la saludó alegremente Pua.

—Buenos días, Pua.

Emily se alegraba de ver a la gran jefa, y es que la sonrisa de la nativa bastaba para levantarle el ánimo. No sabía mucho acerca de la vida personal de la sanadora. Pua pasaba poco tiempo en la aldea, casi menos que Emily. Sus servicios eran requeridos por toda la isla, sobre todo últimamente con los continuos brotes que se propagaban entre los isleños, enfermedades traídas por el hombre blanco ante las que los nativos no tenían apenas resistencia. Emily se preguntaba por qué Pua no estaba casada. Aún era joven y hermosa. Por lo poco que sabía de ella, Mahina era su única hija.

—¿Cómo estar Mika Emily? —le preguntó Pua posando una de sus oscuras manos sobre el abultado vientre de Emily.

—Lista para tener al bebé. Será cualquier día de estos. Con un poco de suerte, la señora Michaels ya estará de camino.

—Pua ayuda.

—Gracias, pero la señora Michaels tiene experiencia trayendo niños al mundo.

Lo cierto era que Emily no sabía cuál era exactamente la experiencia de Charlotte Michaels, pero Pua se había ofrecido muchas veces durante los últimos meses a hacer de comadrona, y ella no quería bajo ningún concepto que la gran jefa trajera a su hijo al mundo. El proceso implicaría magia, estaba convencida, y toda suerte de rituales paganos. Emily no sabía cómo afectaría todo aquello al alma inmortal de su recién nacido y no tenía intención de arriesgarse. Si era preciso, daría a luz ella sola.

Pua le ofreció un pequeño hatillo envuelto con una hoja grande y verde, que Emily observó con recelo.

—¡Comida buena! —exclamó Pua entre risas.

Emily lo cogió, retiró la hoja y descubrió varios trozos de mango de un espectacular color amarillo.

—Vaya, parece delicioso, Pua. *Mahalo*.

Se dejó caer en una de las sillas que había a la puerta de la casa e invitó a Pua a que se sentara con ella, pero la sanadora dijo que tenía pacientes que visitar.

El mango era dulce y refrescante, y Emily cerró los ojos mientras saboreaba cada mordisco. Solo cuando ya se había comido el último trozo se dio cuenta del extraño regusto de la fruta.

Una hora después empezaron los dolores del parto.

Se levantó como pudo de la silla y, apoyándose en el muro de la casa, avanzó hasta el extremo del porche desde donde podía ver el puerto. No divisó ninguna vela amarilla. Intentó concentrarse y pensar. Había albergado la esperanza de que Charlotte Michaels llegara a tiempo. No había más mujeres blancas en la zona y, obviamente, ya no había tiempo de hacer venir a una.

Dio media vuelta y dirigió la mirada hacia la aldea de los nativos. Mientras otra punzada de dolor afilada como un cuchillo la atravesaba, pensó en el bebé. Necesitaba que alguien la ayudara con el parto, sabía que no podía hacerlo sola.

«¡Pua no! —se dijo—. Utilizará su brujería con mi hijo.»

Pero no tenía a nadie más a quien acudir. Y Pua se aseguraría de que el bebé sobreviviera.

Elevó a Dios una plegaria desesperada: «¡Envíame ayuda! Si MacKenzie estuviera aquí… ¡O algún misionero! ¡Estoy sola, dando a luz a mi primer hijo! ¡Dame fuerzas, Señor!».

Sintió que otra punzada de dolor la recorría. Cuando por fin empezó a retroceder vio a la gran jefa Pua y a su hija Mahina subiendo por el camino en dirección a su casa. Una tercera contracción la obligó a doblarse y ya no pudo pensar con claridad. ¿Eran las dos nativas la respuesta de Dios a sus plegarias? ¿Era aquella Su voluntad? ¿O quizá se trataba de un engaño de Satanás, que le enviaba a aquellas dos paganas para que se apoderaran del recién nacido?

«¡Dime qué debo hacer, oh, Señor!»

Pua y Mahina sonreían mientras se acercaban. Iban medio desnudas, con la piel morena apenas cubierta por sendos pareos floreados anudados alrededor del cuello. Adoraban piedras de formas obscenas, fornicaban, practicaban el incesto y estaban condenadas a la perdición por sus pecados y su ignorancia.

Emily se dirigió hacia ellas con las manos bajo el vientre, tambaleándose. La gran jefa y su hija corrieron a su encuentro y la sujetaron cada una por un brazo.

—Viene —le dijo Mahina con dulzura—. Nosotras ayudamos.

—¿Qué…?

La guiaron por el camino, lejos de la casa.

—No, esperad. Llevadme adentro.

Pero le flaqueaban las piernas a causa del dolor y ya solo podía mantenerse erguida gracias a la ayuda de Pua y de Mahina.

—Tú viene —la apremió la joven—. Mika Emily tiene bebé especial. Nosotras ocupamos de bebé especial.

—¿Especial? —repitió Emily sin aliento mientras avanzaba confusa hacia la aldea—. ¿Qué quieres decir…?

A medida que pasaban entre las cabañas, los aldeanos salían a mirar y las seguían. Cuando por fin llegaron al otro extremo del asentamiento una multitud acompañaba a Mika Emily.

—Cabaña de partos —anunció Mahina con una sonrisa al aproximarse a una cabaña de ramaje grande y diáfana cuya entrada custodiaban varias efigies de dioses talladas en madera.

—No —dijo Emily intentando resistirse.

Prefería tener a su hijo a la intemperie que en una cabaña pagana, pero estaba débil, quería que su bebé naciera sano y sabía que Pua era una experimentada comadrona.

Sin embargo, no era cristiana. Y mientras la ayudaban a entrar en aquella suerte de refugio, Emily vio horrorizada que la cabaña estaba a escasa distancia de la entrada del *heiau* en el que había visto el obsceno falo sobre el altar pagano. Allí esperaban los dos sacerdotes ataviados con capas y pareos que custodiaban el ídolo sin dejar de observarla.

—¡No!

Madre e hija la ayudaron a estirarse sobre la esterilla, que estaba cubierta con un retazo limpio de tejido de corteza. Pua le habló dulcemente en hawaiano mientras Mahina le acariciaba la frente y el cabello y le decía:

—Ahora tú bien. Tenemos bebé especial. Lono ayuda. Ahora rezamos a Lono.

—Por favor, no…

Le dieron agua y le enjugaron el sudor de la cara. Mahina permaneció a su lado mientras Pua se colocaba en posición para recibir al bebé. Emily oyó el sonido de los tambores seguidos de los cánticos, lamentos rítmicos y fuertes. Jadeó e intentó contenerse, pero su hijo tenía ganas de nacer. El dolor la rompió por dentro. Perdió la noción del tiempo. No sabía si llevaba minutos u horas de parto; solo era consciente de las contracciones y de la voz dulce y reconfortante de Mahina.

Aterrorizada, pensó en los sacerdotes que esperaban junto al altar. ¿A qué?

Por fin, tras una eternidad de dolor y de agotamiento, llegó el bebé.

—¡Tienes hijo! —exclamó Mahina, emocionada, mientras Pua se apresuraba a separar al recién nacido de su madre.

—Dámelo —suplicó Emily casi sin aliento a la vez que extendía los brazos.

Pero Pua se puso en pie y acunó en sus brazos al niño, ensangrentado y quejumbroso, y sin mediar palabra salió a toda prisa de la cabaña.

Emily gritó y lloró mientras Mahina la sujetaba y con una sonrisa le decía una y otra vez que Lono sería feliz con su regalo. Intentó mirar a través de la puerta de la cabaña y vio a Pua frente al altar pagano, delante del ídolo depravado, levantando al bebé en alto mientras los sacerdotes entonaban cánticos y agitaban manojos de hojas *ti*. De repente la gran jefa dejó al pequeño en el altar, sobre un lecho de flores, y alzó los brazos para entonar también ella los cánticos que quebraban el silencio de la noche mientras en la aldea resonaban los tambores y decenas de voces humanas recitaban las palabras de una canción pagana.

Emily estaba suplicando a Mahina entre sollozos que perdonaran la vida a su hijo cuando, de pronto, Pua regresó y, con los ojos nublados, vio al bebé en los brazos de la sacerdotisa. Estaba cubierto de pétalos. La gran jefa se arrodilló junto a ella y le colocó al niño sobre el pecho. Luego, sin dejar de acariciarlo, le pasó la mano por el cabello a ella.

—Bebé ahora hijo de Lono. Niño mucha suerte —le dijo con una sonrisa en los labios.

De pronto las lágrimas de Emily se transformaron en alegría al ver que el pequeño movía los brazos y las piernas, que volvía la carita arrugada hacia un lado y otro, y un amor como nunca había creído posible la colmó de paz y felicidad.

Cuatro semanas después del nacimiento de su hijo, al que Emily bautizó como Robert Gideon, llegaron los nuevos misioneros.

Dos familias fueron cordialmente recibidas en la playa por el señor Clarkson, quien las escoltó, junto con una bulliciosa multitud de nativos, a conocer al jefe Holokai y a sus queridos hijo e hija, Kekoa y Pua. Los recién llegados fueron convenientemente interrogados y luego obsequiados con un fabuloso banquete con espectáculo, tras el cual los acompañaron a través de la aldea hasta la laguna, junto a la cual los aldeanos habían levantado una nueva cabaña de ramaje especialmente para ellos. Emily observó la escena desde la puerta de su casa de dos plantas, con Robert entre sus brazos. No había querido asistir al *luau*. Jamás perdonaría a Pua lo que había hecho.

Mientras los cuatro misioneros deliberaban sobre quién viviría en la cabaña y quién en la casa que ocupaba la tierra que la Junta Misionera alquilaba a la Corona, los nativos abrieron las cajas de madera que los *haole* habían traído consigo y descubrieron cientos de biblias y libros de plegarias, así como cartillas y pizarras, papel y plumas.

Emily sintió la emoción que embargaba las voces de los nuevos predicadores y la energía que desprendían, y reconoció en ellos el celo que había descubierto en Isaac hacía ya cuatro años. Aquellos dos hombres, con una visión y una convicción tan firmes, se ocuparían de que los nativos se convirtieran al cristianismo. No dudaba de ello.

Tampoco dudaba de que, a partir de aquel día, los nativos de Hilo nunca volverían a ser los mismos.

6

Emily observó a su esposo mientras este subía por el camino acompañado de un joven caballero de California, un geólogo de nombre August Tidyman. Había ido a la isla de Hawái para estudiar el volcán y cartografiar los flujos de lava. El capitán Farrow lo escoltaría por la zona de Kilauea y le mostraría los viejos lechos de lava negra, los más recientes, que aún estaban calientes, y los más antiguos de todos, cubiertos por una frondosa vegetación. Los nativos recordaban cuándo se habían formado aquellos flujos y el señor Tidyman aprovecharía esa información para dibujar un mapa detallado de la zona.

Con ellos iban los dos hijos de Emily, Robert, de seis años, y Peter, de cuatro. Siempre que volvía a puerto, MacKenzie desembarcaba rápidamente y corría a ver a su familia, dejando que la tripulación y los oficiales de a bordo se ocuparan de los pasajeros y del cargamento. Tras el feliz reencuentro, en el que se intercambiaban palabras a toda prisa y sobre todo muchos abrazos, iba de nuevo al barco. Esa vez se había llevado a sus hijos con él. Robert volvió emocionado y le contaba a su madre que cuando fuera mayor sería capitán, pero Peter no dejaba de llorar.

—No le ha gustado nada el barco —dijo MacKenzie—. Supongo que no todos llevamos el mar en la sangre.

Partió hacia la aldea con el señor Tidyman, seguidos de cerca por el pequeño Robert. Emily cogió a Peter en brazos hasta que el llanto remitió y observó a su marido desde la galería de la casa mientras este se alejaba sin dejar de hablar con el visitante.

Le complacía que la ruta de navegación de MacKenzie hubiera cambiado. A pesar de que sus otros barcos seguían haciendo el recorrido entre Alaska y China, él prefería capitanear el *Krestel* hasta Sudamérica y México, por lo cual sus viajes eran más cortos. Aquella variación en su rutina había sucedido por accidente.

Treinta años atrás, el capitán George Vancouver había obsequiado al rey Kamehameha I con cinco reses negras de larga cornamenta. Los animales estaban en malas condiciones tras el largo viaje y Kamehameha enseguida los protegió con las leyes *kapu* y los liberó para que camparan a sus anchas por la isla. Sin embargo, como las reses salvajes no tardaron en multiplicarse, se convirtieron en una molestia y un peligro, puesto que pisoteaban huertas y jardines y aterrorizaban a los nativos.

Así fue hasta que un consejero norteamericano del rey de nombre John Palmer Parker recibió ochenta hectáreas de tierra y un permiso para subyugar a las vacas rebeldes. Con la ayuda de trabajadores hawaianos, Parker no tardó en levantar un lucrativo negocio de ganado, sebo y cuero. El capitán Farrow había llegado a un acuerdo con Parker y se ocupaba del transporte de sus mercancías hasta las colonias españolas en Chile, Perú y Centroamérica.

No había sido el único cambio en Hawái: tenían nuevo rey, por ejemplo. Cinco años atrás, en 1824, Kamehameha II, al que Emily e Isaac habían tenido el honor de conocer, había viajado a Londres acompañado de su hermana y esposa. Tras visitar la abadía de Westminster, la Royal Opera House en Covent Garden y el Teatro Real en Drury Lane, ambos contrajeron el sarampión y murieron. Al joven rey le sucedió en el trono un hijo de Kamehameha el Grande, un niño de once años de nombre Kauikeaouli que se convirtió en Kamehameha III, aunque el auténtico poder político estaba en manos de su rígida madrastra y regente, la reina Ka'ahumanu, que había abolido el sistema *kapu* hacía ya diez años y se convirtió al cristianismo.

Emily observó el pequeño asentamiento que se extendía a su alrededor y se percató de todos los cambios que se habían sucedido en los últimos tiempos.

Los dos predicadores llegados hacía ya seis años habían creado una comunidad próspera y floreciente. Ahora que por fin la lengua de Hawái contaba con un alfabeto estándar, gracias a los esfuerzos de los compañeros de misión de Isaac, la Biblia y los libros de plegarias habían sido traducidos a la lengua nativa y repartidos entre el pueblo.

Los nuevos misioneros también eran menos intransigentes con la cuestión del bautismo de lo que Isaac lo había sido. Para ellos, el auténtico valor de su labor como misioneros residía en atraer a los infieles hasta el redil y solo entonces iluminar sus almas con la verdad. Como resultado, la asistencia al servicio del sábado siempre era numerosa. A los hawaianos que habían sido bautizados, que cada vez eran más, les gustaba formar parte de la «familia de Jesús» y sentían que sus nuevos nombres (John, Mary, Joseph, Hannah) les otorgaban un estatus superior en la aldea.

Emily también disfrutaba a su manera de un estatus superior, y es que los recién llegados habían acudido a ella en busca de ayuda. Le hacían todo tipo de preguntas, solicitaban su consejo y la utilizaban como intermediaria diplomática entre ellos y el pueblo del jefe Holokai. Como consecuencia, a los nuevos misioneros les había costado mucho menos adaptarse de lo que le había costado a la propia Emily y, en cierto modo, los envidiaba por ello. Aun así, estaba encantada de tener mujeres blancas como vecinas y niños blancos con los que Robert y Peter podían jugar.

La demanda del vestido de la Madre Hubbard no dejaba de crecer entre las nativas, de modo que Emily impartía todas las semanas clases de costura para mujeres, muchas de las cuales viajaban varios kilómetros para aprender a confeccionarlo. Los hawaianos tenían un dicho: «La desnudez es el atuendo de los dioses». Emily, en cambio, insistía en que Dios ordenaba a sus hijos que cubrieran su cuerpo.

El nacimiento de Robert había traído consigo la evolución de una extraña relación. Emily no lograba encontrar en su corazón la compasión necesaria para perdonar a Pua por haber puesto a su hijo en un altar pagano, a pesar de que la gran jefa la había ayudado a superar un parto difícil. Pua también se había distanciado de ella, como si algo no hubiera ido bien o según el plan. Emily desconocía de qué se trataba, pero sospechaba que tenía algo que ver con el bebé y el ídolo obsceno. Cada vez que se encontraba con Pua reinaba entre ambas la amabilidad de antaño, y Emily tenía que confesar que añoraba la calidez y la sonrisa de la sacerdotisa.

Entró en casa, consoló a Peter con leche y galletas y luego regresó al salón. Antes de preparar los trozos de tela, los cestos de agujas y el hilo para el grupo de costura de aquella tarde, se detuvo frente a las puertas acristaladas de la vitrina (una Chippendale traída desde Boston en una enorme caja llena de paja) y contempló con ternura la colección de «tesoros» recogidos en la playa. El número de piezas no dejaba de crecer. La semana anterior, por ejemplo, mientras esperaba el regreso de MacKenzie y observaba todos los días el horizonte con la esperanza de divisar por fin su barco, había bajado a la playa con Robert y Peter en busca de recuerdos. Entre los tres encontraron el corcho de flotación de una red de pesca, lo llevaron a casa y lo colocaron ceremoniosamente en la vitrina con los otros tesoros mientras Emily decía unas palabras.

—Nunca olvidéis de dónde venís, queridos míos. Habéis nacido aquí, en estas islas, pero vuestras raíces están muy lejos, en Nueva Inglaterra. Vuestra sangre está allí, vuestro corazón está allí. Este corcho ha recorrido un largo viaje desde Nueva Inglaterra para recordarnos que los que dejamos allí siguen pensando en nosotros. —Señaló el resto de los objetos y dijo a sus hijos, Robert y Peter—: Este trozo de madera es de mi madre, Rose, vuestra abuela. Este trozo de cristal procede de una botella de la que mi tío, tío abuelo vuestro, bebió. Esta concha la envió mi hermana, vuestra tía.

Mientras escuchaba a sus hijos recitando las palabras que les había enseñado («New Haven es nuestro verdadero hogar»), cerró los ojos y pensó: «Sí, todas estas cosas fueron elegidas especialmente por mi madre, mi tío y mi hermana, y depositadas en el mar para que las corrientes marinas las trajeran aquí, más allá del cabo de Hornos y hasta Hilo, para que yo las encontrara».

También formaba parte de la colección la carta que finalmente había recibido de su familia, hacía ya cuatro años, en la que su madre había escrito: «Ser capitán de un buen navío es una profesión respetable que requiere valor, integridad y fortaleza. Estamos convencidos de que MacKenzie Farrow es un buen hombre».

Dio la espalda a la colección de recuerdos que la unían a su familia y preparó los materiales de costura. También repartió los panfletos que el reverendo Michaels había impreso para ella en su pequeña imprenta de Kona. Contenían un breve texto en el que se resumía el plan del Señor para con Sus hijos. Al igual que Isaac Stone, los dos predicadores de Hilo predicaban fuego y azufre. Creían que la mejor manera de cosechar más almas para Dios era a través del miedo. La fe de Emily, en cambio, se basaba en el amor y por ello los grupos de costura, más que una clase práctica sobre vestimenta, eran su forma de hacer llegar a los nativos un sermón más amable y mucho más positivo.

Comprendía la visión hawaiana del poder de la palabra hablada. Los habían convencido de la existencia del infierno, que querían evitar a toda costa, pero también deberían haberles hablado del amor que Dios sentía por ellos. Ella les hablaba de un Padre que habitaba en el cielo y se preocupaba de sus hijos, y del hijo al que Él había enviado a la tierra para que muriera por sus pecados y los salvara. Poco a poco iba convenciendo a su pequeña concurrencia de feligreses para que vieran la nueva fe bajo una luz más positiva.

Si solo pudiera convencer a Kekoa y a Pua de sus buenas intenciones… Cuanto más fuertes se hacían los misioneros y más calaba su mensaje entre los isleños, más se aferraban Pua y su hermano a las viejas costumbres.

Por suerte, Emily progresaba con Mahina.

La hija de veintidós años de la gran jefa, que había ayudado a Emily a traer a Robert al mundo, se había acercado a ella en secreto para hacerle preguntas. Había oído de boca de sus amigos y de las mujeres de la aldea que Jesús los amaba y que el dios *haole* era en realidad un padre que se preocupaba por su gente, en lugar de castigarla. La joven quería saber si aquello era verdad y si, rezando a aquel padre amantísimo, podía detener la enfermedad que no dejaba de cobrarse vidas entre los suyos.

Aquella misma tarde en el grupo de costura Emily explicaría a Mahina y a las demás asistentes la historia de la Crucifixión y de cómo Jesús pidió a su padre celestial que perdonara a los soldados, incluso mientras lo clavaban a la cruz. Estaba convencida de que con aquello acabaría de ganarse la confianza de Mahina.

En una cueva secreta a unos cuantos kilómetros de la costa de Hilo, una canoa de grandes dimensiones, equipada con una vela y veinte remeros, esperaba a Mahina, la hija de la gran jefa. Tenían que llevarla a Honolulú.

Pua y su hija siguieron un viejo sendero que recorría el viejo acantilado de lava hasta llegar a una pequeña playa. Una vez allí, Pua se dio la vuelta para despedirse. Le dolía sobremanera separarse de Mahina, pero no tenía otra elección. Demasiados hawaianos estaban acogiendo al dios *haole*. Si no hacía nada para evitarlo, las viejas tradiciones no tardarían en desaparecer. Creía que complacería a los dioses si presentaba al nuevo hijo de Mika Emily ante Lono.

Pero no había sido así.

Ahora tenía que salvar a su hija.

Casi todos los aldeanos se habían convertido. Algunas mujeres habían acortado sus largos vestidos *haole* para que les resultara más fácil trabajar en el campo o recoger algas y conchas en las marismas. Los llamaban *muumuu*, que quería decir «cortar». Los sermones del sábado se daban en inglés y en hawaiano, al igual que las plegarias y los himnos. Para Pua aquello no era nada bueno: cuando un sermón *haole* se pronunciaba en el idioma del pueblo, este solía tomarse en serio las palabras del predicador. En la escuela, a la que cada vez asistían más niños y adultos, las clases de lectura, escritura y aritmética se daban en inglés y en hawaiano.

Pua había presenciado el cambio gradual en su gente, del mismo modo que se había percatado del descenso continuo de la población. Los suyos morían de enfermedades que no afectaban a los *haole*. También nacían menos niños. Por ello había decidido mandar a Mahina lejos de allí, a una aldea a las afueras de Honolulú, en el valle Nu'uanu, donde apenas se notaba el impacto del hombre blanco. Luego Pua rezaría a los dioses, les ofrecería sacrificios y utilizaría su magia para que su gente retomara las viejas costumbres.

—Los *haole* nos dicen que nuestras tradiciones ancestrales están mal —explicó a Mahina—. Dicen que un hermano ya no puede desposar a su hermana ni una hermana a su hermano. Una mujer ya no puede tener muchos maridos ni un marido muchas esposas. Una mujer ya no puede nadar hasta los barcos y disfrutar del placer de los marineros extranjeros. Ya no podemos circuncidar el *piko ma'i* de nuestros hijos para aumentar su placer sexual. Ya no podemos formar el *kohe lepelepe* de niñas para que cuando sean mujeres su placer también sea mayor. El *haole* nos dice que debemos mantener nuestras partes escondidas y no hablar de ellas, a pesar de que para nosotros son sagradas. Han colmado a mi gente de vergüenza hacia las viejas tradiciones, las mismas de nuestros ancestros y nuestros dioses. —Mahina se echó a llorar, y Pua le dijo—: Los dioses de nuestros ancestros velan por ti. Nunca olvides las plegarias de Lono, los cánticos sagrados de Pele. Recuerda los días sagrados y los festivales sagrados. No dejes de bailar el *hula* o algún día nadie lo recordará. Sé respetuosa con los espíritus dondequiera que vayas. Recuerda que eres una *ali'i*, una descendiente directa del gran rey Umi. *Aloha nui*, hija mía.

Se quitó de los hombros un *lei* hecho de heliconias rojas y orquídeas blancas y lo colocó sobre la cabeza de Mahina cuando esta iba a subir a la canoa. Luego, mientras los remeros impulsaban la embarcación mar adentro entre cánticos que acompañaban el ritmo de las palas en el agua, rezó y entonó su cántico particular, potente y lastimero.

No se movió de la playa hasta que la canoa desapareció a lo lejos.

7

—Ha hecho usted un trabajo magnífico, señora Farrow. —El reverendo Michaels se detuvo para sonarse la nariz—. Discúlpeme, pero es que hace días que arrastro un catarro y no consigo quitármelo de encima. —Se guardó el pañuelo en el bolsillo—. Ciertamente magnífico. Isaac estaría orgulloso. Me temo que no hemos tenido tanto éxito en Kona.

—He intentado enseñar a las mujeres a través del ejemplo, reverendo Michaels —respondió Emily. Reparó en que el predicador tenía el rostro enrojecido y brillante. Se preguntó si tendría fiebre. Quizá debería aconsejarle que se quedara en la habitación de invitados hasta que se sintiera mejor y pudiera viajar—. No basta con decirles que no deben realizar sus danzas nativas. Descubrí que era mucho más efectivo informarles de que Jesús no quiere que bailen el *hula*. De hecho, fueron las mujeres quienes destruyeron con sus propias manos las faldas y todos los accesorios necesarios para el baile, del mismo modo que los hombres se ocuparon de retirar de la aldea las tallas de sus ídolos. Les resulta más fácil percatarse de lo ofensivo de las viejas costumbres si se les educa en el amor y la compasión de Jesús.

El reverendo Michaels estornudó de nuevo y volvió a sacar el pañuelo.

Era un hombre corpulento, con un vientre que se iba ensanchando más y más hasta la cintura. Michaels y su esposa habían llegado a las islas hacía ya diez años a bordo del *Triton*, con Emily e Isaac, y ahora estaban al frente de una próspera misión en Kona. Se habían adaptado mejor que Emily a la vida en Hawái. Mientras ella intentaba conservar las costumbres de Nueva Inglaterra en su hogar, incluida la carne de buey magra, hervida, con nabos y repollo, el reverendo Michaels se había acostumbrado a la comida hawaiana, que consistía básicamente en patatas dulces, cerdo grasiento, bananas y ñame en cantidades tan generosas que había engordado hasta la obesidad.

Sin embargo, seguía siendo hijo de Nueva Inglaterra, al menos en apariencia, e iba vestido a la última según los cánones de la moda masculina. La chaqueta con cola por encima de los pantalones ajustados había dado paso a la levita negra casi hasta la rodilla y a los pantalones más holgados. Los pañuelos al cuello ahora eran más estrechos y modestos, y también menos elegantes. Además lucía un sombrero de paja de ala ancha y copa plana, más apropiado para los trópicos que las chisteras de piel de castor.

—Ha sido sin duda una década muy provechosa para todos nosotros —dijo—. Los nativos van ataviados con ropas decentes, ya no entierran recién nacidos ni practican el sacrificio humano. Asisten al servicio principal del sábado y obedecen los Mandamientos del Señor. Ya no bailan el *hula* ni practican la brujería de antaño. Muchos saben leer y escribir, tanto en inglés como en hawaiano. Estoy muy orgulloso de todo lo que mis hermanos y hermanas han logrado hacer aquí.

—El señor Clarkson, el agente portuario —explicó Emily—, pretende que creamos que las viejas costumbres no han sido erradicadas, sino que sencillamente se han retirado a lo más profundo de la jungla.

—El señor Clarkson es un borracho y su palabra carece de valor.

—En eso estoy de acuerdo.

Sin embargo, Emily no podía compartir la inmensa satisfacción del reverendo Michaels con respecto al trabajo realizado en la isla de Hawái. Aún había tradicionalistas que se negaban a aceptar a Dios como única vía a la salvación. En concreto, estaba especialmente decepcionada consigo misma por no haber podido inculcar la fe en la joven Mahina. Por razones que le eran desconocidas, la hija de Pua se había marchado a la isla de Oahu y todavía no había regresado. Había oído que, en el año que había transcurrido desde su partida, Mahina se había casado con el hijo de un *ali'i* y había traído al mundo a su primera hija, a la que habían llamado Leilani.

—Gracias por su hospitalidad, señora Farrow —dijo el reverendo Michaels mientras se levantaba de la silla y se sonaba la nariz una última vez—. Debo reunirme con mi compañero de viaje, August Tidyman, ya lo conoce. Ha vuelto para retomar la cartografía de los flujos de lava de la isla, aunque, si le soy sincero, ignoró con qué finalidad. ¡Que tenga un buen día!

Emily permaneció en el porche, a la sombra, siguiendo al reverendo Michaels con la mirada mientras este arrastraba los pies en dirección al caballo que esperaba atado a un árbol. El geólogo salía de la aldea, donde se había dedicado a hacer preguntas a los nativos acerca de la historia de la región. Los hawaianos no habían tenido acceso a ninguna forma de escritura durante más de mil años, por lo que habían creado una extraordinaria historia oral que pasaba de generación a generación para que los isleños pudiesen relatar con detalle los sucesos de un pasado ya lejano.

Parecía satisfecho, y Emily supuso que su mapa empezaba a llenarse de líneas y de fechas. Lo saludó con la mano y vio que el predicador y él se alejaban a lomos de su respectivo caballo.

Levantó la mirada hacia los verdes acantilados que se elevaban sobre el asentamiento, hacia la neblina que empezaba a formarse sobre las pendientes de vegetación exuberante, creando arcoíris. En los diez años que llevaba allí no se había cansado de aquella vista. A continuación volvió los ojos hacia la laguna cercana donde sus dos hijos, Robert de siete años y Peter de cinco, jugaban con los hijos de los otros misioneros.

Hilo estaba creciendo y prosperando. Por momentos se asemejaba a un pequeño pueblo. La gente hablaba de erigir una iglesia de verdad, con su campanario y sus bancos alienados a lo largo de la nave. El puerto tenía más atracaderos y más almacenes, y el señor Clarkson debía competir con otros comerciantes. La suya era una vida agradable, pensó Emily, pero sería aún más perfecta si consiguiera persuadir a MacKenzie para que se quedara en casa y dejara que los otros capitanes se ocuparan de su flota de ocho navíos. Estaba convencida de que las cosas podrían irle muy bien si dirigiera su pequeña empresa de transporte marítimo desde Hilo. Por desgracia, su esposo era incapaz de desoír la llamada del mar.

Dio media vuelta para regresar al interior de la casa y vio en el suelo el pañuelo del reverendo Michaels; debía de habérsele caído sin que se diera cuenta. Lo recogió y entró con él en la mano para añadirlo a la colada de la semana.

Emily abrió los ojos sin saber qué la había despertado.

Observó la oscuridad que cubría el techo. Le dolía la garganta. Tenía la piel ardiendo. Y un extraño zumbido palpitaba en sus oídos.

Se incorporó, y la estancia dio vueltas a su alrededor. Nunca había sentido tanta sed como en aquel momento. Se dirigió tambaleándose hacia el lavamanos, llenó la palangana con agua de la jarra, introdujo las manos ahuecadas en ella y bebió. Luego se mojó la cara.

Se detuvo un instante. Un extraño ruido retumbaba sobre el pueblo. ¿Lluvia?

Se acercó a la ventana y miró a través del cristal. Podía ver las estrellas en el cielo y la bahía, oscura, silenciosa y en calma.

Los truenos no se detuvieron. ¿De dónde procedían?

Salió del dormitorio apoyándose en las paredes y se asomó al cuarto de Robert y Peter. Sus hijos dormían como dos angelitos.

Se dirigió de nuevo a su habitación, pero se detuvo antes de llegar. Sabía que los truenos no le dejarían conciliar el sueño, así que, olvidándose de las zapatillas, bajó con sumo cuidado la escalera y fue a la puerta principal. ¿Por qué le ardía la piel? De pronto lo recordó: había tenido dolor de garganta durante dos días, congestión nasal y tos. Se había metido en la cama pensando que por la mañana estaría mejor.

Abrió la puerta y el aire frío de la noche la alivió. Al atravesar el porche el camisón revoloteó a su alrededor mecido por la brisa, y miró en torno a sí. Vio el puñado de cabañas que se levantaban junto a la bahía, pero en ninguna de ellas había luz. Las casas de los misioneros también estaban en silencio y a oscuras. Todos dormían.

¿De dónde procedían los truenos?

Se dirigió hacia la aldea de los nativos, avanzando a trompicones con los pies descalzos sobre la hierba y la gravilla, ajena al dolor que sentía en los pies. Tampoco allí vio luces, no había nadie fuera. Fue a la cabaña de las mujeres y miró en su interior, pero también la encontró desierta.

¿Dónde estaba todo el mundo?

Bajo la luz de la luna llena anduvo de un lado a otro con la piel ardiéndole y la cabeza a punto de estallarle, tratando de localizar el origen de aquel ruido infernal.

Y de pronto lo supo: procedía de las profundidades del bosque.

Se adentró en la espesura. Tenía la boca seca y estaba mareada, pero se había empeñado en averiguar qué ocurría. Se le enredaba el camisón en los matorrales, las ramas le tiraban del pelo, las hojas le laceraban la cara. El bosque era más denso por momentos. Ya no podía ver la luz de la luna entre las copas de los árboles, pero los restallidos se oían cada vez más cerca.

Sabía que estaba aproximándose.

De pronto se encontró en un claro. Allí sí brillaban la luna y las estrellas. Y decenas de antorchas *tiki*.

Se detuvo y, una vez más, se tambaleó. El sudor le nublaba la visión. No era capaz de identificar lo que tenía delante. Los truenos retumbaban dentro de su cabeza, doblándola de dolor. La garganta le ardía como si hubiera tragado fuego. Y tenía una sed insoportable.

Y entonces fue cuando los vio…

Gritó con todas sus fuerzas y estuvo a punto de desmayarse.

Demonios. Espíritus malvados. Siervos de Satán. Las palabras revoloteaban en su cabeza como murciélagos hambrientos. Belcebú. Lucifer. Asmodeo. Azazel.

«Sodoma y Gomorra…»

Los recuerdos estallaron en su mente febril como relámpagos en la tormenta: el ídolo obsceno, Isaac en su lecho de muerte, su bebé sobre el altar pagano, el recién nacido enterrado vivo…

Los recuerdos, enterrados en el pasado, volaban raudos, libres al fin, supurantes.

«¡Podría haber embarcado con MacKenzie! Podría haber visitado puertos exóticos y visto el mundo entero con mi amado esposo. Pero ¡tenía que quedarme aquí por vosotros! ¡Sufrí una soledad extrema por vuestra culpa!

»Eché de menos mi casa, permití que se me rompiera el corazón por vosotros. Quería ser vuestra amiga, que esto fuera una aventura. Quería ser valiente, pero hicisteis que me sintiera débil y cobarde. Me recordasteis que esta no es mi casa, que no pertenezco a este lugar. Que soy una mujer de Nueva Inglaterra, nacida y criada allí. Por todo ello, os odio. Me robasteis mi único sueño y me escupisteis mis propios defectos en la cara.»

Emily echó la cabeza hacia atrás y gritó.

Gritó una y otra vez.

—Bienvenida, querida —dijo una voz alegre y familiar.

Emily parpadeó y levantó la mirada hacia el techo, iluminado por la luz del sol. Volvió la cabeza a un lado y vio a Cynthia Graham, la esposa del reverendo Keath Graham, que había llegado a Hilo hacía siete años y desde entonces vivía en la casa que Isaac había construido. Cynthia se levantó de la silla y se acercó a la cama.

—¿Cómo se encuentra?

—¿Qué ha pasado?

—La encontraron hace tres días vagando por los alrededores del bosque. Ha estado inconsciente desde entonces, ardiendo de fiebre. La señora Millner y yo nos hemos turnado para cuidarla. —Posó una mano gélida sobre la frente de Emily y sonrió—. La fiebre ha desaparecido. ¿Cómo se siente?

—Hambrienta. —Emily trató de incorporarse. Le sorprendió lo débil que estaba. Y le dolían los pies—. No recuerdo nada —dijo apretándose los ojos con los dedos—. Solo que desperté de madrugada y oí truenos a lo lejos. Procedían del bosque… —Sacudió la cabeza.

—Bueno, no importa, querida. Está usted convaleciente. Le traeré un poco de sopa. Sus chicos se alegrarán al saber que está mejor. Han estado bastante preocupados por su madre.

Emily se reclinó sobre las almohadas, cerró los ojos e intentó recordar qué había pasado aquella noche en el bosque, pero no lo consiguió.

Emily estaba tranquilamente sentada en el porche de su casa observando a Robert y a Peter, que jugaban en el prado. Aún no se había recuperado de la horrible experiencia en el bosque. El capitán Hawthorne, que había recibido formación en medicina, arribó a puerto el día después de que la fiebre remitiera y, cuando fue de visita a su casa, le dijo que había sufrido un brote de gripe especialmente virulento. Las gentes de Kona también lo habían padecido, pero por el momento Hilo se había librado de la peor parte. Le aconsejó que se tomara las cosas con calma durante unos días, y era lo que estaba haciendo, con la esperanza de que MacKenzie regresara a casa cuanto antes.

Caer enferma sola y con dos niños pequeños era algo que esperaba no volver a experimentar jamás. Sin embargo, había algo aún más preocupante que eso, y es que la tierra llevaba temblando varios días y la gente decía que el Kilauea estaba preparándose para entrar en erupción.

—¡Buenos días!

Levantó la mirada de la labor que tenía entre las manos y vio al reverendo Graham subiendo por el camino. Era un hombre atractivo, de unos cuarenta años de edad, responsable de gran parte del bien que se había hecho en la zona de Hilo. Había ayudado a los nativos a construir cabañas más resistentes, les había enseñado a cazar aves salvajes y a mejorar sus técnicas agrícolas, un tanto anticuadas. Fuerte y lleno de vitalidad, Keath Graham se estaba labrando un nombre en las islas y se rumoreaba que iba directo a ocupar la dirección del Comité Misionero.

—Buenos días tenga usted también, reverendo Graham.

—Voy al muelle —dijo él—, así que no puedo entretenerme. —Se quitó el sombrero de paja de ala ancha. Al igual que el reverendo Michaels, había adoptado la nueva moda de la levita larga—. Solo quería comunicarle que algo inquietante está sucediendo en la aldea de los nativos.

Emily dirigió la mirada camino abajo, hacia el asentamiento de los isleños. Lo cierto era que le había sorprendido que, durante toda su convalecencia, ni un solo nativo la hubiera visitado para llevarle comida y flores, como era costumbre.

—¿Inquietante? —repitió.

—Los hawaianos se mueren, señora MacKenzie. Y no logramos averiguar por qué.

—¡Se mueren! ¿Cuáles son los síntomas?

—Ninguno. Es como si se hubieran rendido. Se tumban sobre sus esterillas, gimiendo. Se niegan a comer o a beber.

—¿Será la gripe?

—No, soy incapaz de determinar el origen. Ni siquiera la *kahuna lapa'au* puede ayudarles.

¿Una enfermedad que ni siquiera Pua podía curar?

—En fin, tengo que bajar al muelle. Espero que el capitán Hawthorne siga en el puerto. Quizá él pueda sernos de ayuda. Ya han muerto diez aldeanos y muchos más están a punto de sucumbir a la enfermedad.

Emily lo vio desaparecer camino abajo a toda prisa y luego volvió la mirada de nuevo hacia el asentamiento del jefe Holokai. ¿Qué podía estar enfermando a los nativos con tanta virulencia? Frunció el ceño. Quizá debería ir a la aldea y ver si podía hacer algo.

De repente gritó y se puso en pie de un salto, enviando las lanas y las agujas al otro lado del porche. Se llevó las manos a las sienes y por un momento se tambaleó.

—¡Ay, Dios! —exclamó—. ¡Ay, Dios misericordioso!

Lo recordaba todo.

Las imágenes se precipitaron en su mente con la fuerza de una avalancha: sus pasos adentrándose en el bosque, el claro, las imágenes demoníacas y un ritual brutal.

Se desplomó sobre una silla con el rostro entre las manos y se echó a llorar. Los sollozos, amargos y desconsolados, hicieron temblar su cuerpo menudo mientras las lágrimas brotaban desde lo más profundo de su corazón. Santo Dios, ¿qué había hecho? Los hawaianos se morían sin que se supiera cuál era la causa de la desgracia...

«¿Lo habré provocado yo?»

Rezó y lloró un rato más hasta que por fin logró calmarse. De pronto una frialdad sobrecogedora se había apoderado de su alma, un torrente de remordimientos y culpabilidad oscuro y peligroso que nunca más la abandonaría.

No era lo único de lo que estaba segura. También sabía que jamás explicaría a nadie lo que había sucedido aquella noche horrible en el bosque. Ni siquiera podía contárselo a MacKenzie, así que juró ante Dios que, hasta el último de sus días, viviría con esa carga y nunca hablaría de ello.

Ese sería su castigo.

A Mahina le habría gustado detenerse en la aldea y visitar a sus antiguos amigos, pero su madre le había hecho llegar un mensaje hasta Honolulú para que acudiera cuanto antes y no podía demorarse.

En el mensaje, la gran jefa había sido muy explícita al indicarle el lugar de la reunión, al principio de un viejo sendero que se adentraba en el bosque. Las ruinas de un viejo *heiau* aún se levantaban en aquel lugar. Y, efectivamente, allí estaba Pua, esperándola.

No se veían desde hacía un año, pero Mahina no tardó en percatarse del dolor que atenazaba el rostro de su madre y, por tanto, de la gravedad de la situación. Se abrazaron y a continuación Pua dijo a su hija que se desnudara. Mientras ella se despojaba del pareo, Mahina se quitó el *muumuu* y se preguntó qué estaban a punto de hacer.

Ya sin prendas, madre e hija se adentraron en el bosque, frondoso y reverdecido por la primavera. Mahina comprendió que iban desnudas para mostrarse humildes ante Pele, la diosa del fuego y de los volcanes. Únicamente llevaban guirnaldas alrededor del cuello y más flores en el cabello en señal de respeto hacia la diosa. De algo sí estaba segura: iban a llevarle un regalo a Pele.

El Pene de Lono.

Caminaron durante toda la noche entre árboles *koa* y *ohia* bajo enormes doseles de ramas y hojas, encima de rocas escupidas por el volcán cientos de años atrás, frías y duras por fin, cubiertas de hierba, helechos y flores. El aire apestaba a azufre y a humo. El Kilauea llevaba días vomitando lava, expulsando enormes penachos de vapor hacia el cielo y haciendo temblar el suelo. La gente huía para intentar salvarse. En los pueblos de Hilo y Kona los nativos y los blancos rezaban al Todopoderoso y a Jesucristo para que los protegiera.

Pero solo una persona sabía cómo apaciguar la ira de Pele. La gran jefa Pua, *ali'i* de la nobleza hawaiana y *kahuna lapa'au*, además de sacerdotisa de la sanación, que se disponía a llevar la piedra sagrada hasta la Vagina de Pele. Pua sabía que la erección del dios

Lono, introducida en la Vagina de Pele, tranquilizaría a la diosa y haría que detuviera los temblores y los ríos de lava.

Sin embargo, la piedra no sería el único sacrificio a la diosa Pele en aquella noche tan solemne. La hermosa hija de Pua, Mahina, de veintitrés años, voluptuosa y de piel cobriza, caminaba detrás de su madre aterrorizada y en silencio.

Por fin llegaron a una zona del bosque especialmente calurosa y llena de humo. La tierra temblaba. Los chorros de vapor que salían del suelo estallaban a su alrededor con tanta fuerza que Mahina supo que la lava no tardaría en llegar. Por un momento creyó que se habían perdido, pero su madre apartó el tupido matorral que ocultaba la entrada a un antiguo tubo de lava.

Mahina esperó fuera mientras Pua llevaba el pene de piedra al interior. Una vez asegurado contra una pared de roca, la sacerdotisa levantó los brazos y exclamó:

—Oh, Pele, mi señora, los *haole* nos dicen que está mal que un hombre dé placer a una mujer y que una mujer haga lo propio con un hombre. Han provocado que mi pueblo se avergüence de los viejos ritos, de las costumbres de nuestros ancestros y nuestros dioses. Y ahora la gente se muere. Sus espíritus no pueden luchar contra la enfermedad del hombre blanco. Oh, Pele, mi señora, acepta este regalo llegado de muy lejos y muestra compasión con tu pueblo, que tanto te quiere. *E h'oi, e Pele, i ke kuahiwi, ua na ko lili… ko inaina…* Regresa, oh, Pele, a la montaña. Tus celos, tu ira, han sido apaciguados.

Esperó a escuchar la respuesta de la diosa.

Mientras Mahina aguardaba fuera, el suelo se estremeció con violencia y el aire se tornó más caliente y seco. La joven sintió que el terror se apoderaba de ella. Por un momento creyó que los árboles estaban a punto de quemarse, que ella misma podía arder.

Pua pasó tanto tiempo en la cueva que su hija temió que Pele enviara otro temblor y su madre quedara sepultada dentro.

Pero la gran jefa salió.

—Hija, los días de los *kanaka* tocan a su fin —anunció—. Dentro de cien lunas los bebés serán arrancados de los brazos de sus madres. El hermano será separado de la hermana y la hija del padre. ¡Cruzarán las aguas y ya no volveremos a verlos! *Auwe!* Será entonces cuando Pele destruya a su pueblo. Ese será el fin de Hawai'i Nui.

Sujetó a su hija por los hombros, apretó la nariz contra la suya, la movió a ambos lados como en el beso tradicional, y le susurró: Aloha.

Durante un instante tomó entre las manos el hermoso rostro de Mahina. Las lágrimas brotaban como torrentes de sus ojos. Pensó en el día en que, hacía ya diez años, los *haole* habían traído consigo a su dios hasta Hawái. Ella los había recibido con los brazos abiertos, había tratado a Mika Emily como a una hermana. Le había dado su *aloha nui*, su verdadero *aloha*. Y, sin embargo, ahora su gente se moría.

Dio media vuelta y se dirigió ladera arriba hacia el río de lava.

Mahina la siguió y vio que su madre se acercaba demasiado a la sangre de Pele, cuyo brillo, rojo y amarillo, destacaba bajo el oscuro cielo. El aire estaba cargado de humo y de un hedor que le impedía respirar. Se detuvo a una distancia prudencial y observó horrorizada a Pua, que se había detenido frente al lento flujo de lava y había empezado a cantar con los brazos en alto y la cabeza inclinada hacia atrás para que su larga cabellera negra se meciera por efecto de la brisa nocturna. Mahina abrió los ojos de par en par al ver que su madre no retrocedía, no se apartaba del río de lava sino que permanecía inmóvil, como anclada al suelo, sin dejar de cantar y con la mirada perdida en las estrellas. Cuando la lava le lamió los pies desnudos no se inmutó. Y siguió cantando cuando la rodeó y ascendió lentamente por sus pantorrillas. Mahina podía ver el brillo de la lava reflejado en el sudor que cubría la piel de su madre.

De pronto su larga melena se incendió. En cuestión de segundos toda ella se convirtió en una estatua llameante y sus cánticos se transformaron en un lamento desgarrador.

—*Auwe!* —gritó Mahina.

Rompió de nuevo a llorar y sus sollozos se elevaron hacia el cielo. Dio media vuelta y regresó a toda prisa a la cueva. Corrió entre sollozos, desbordada por el miedo. Cuando llegó a la gruta entró a toda prisa como si la lava pudiera alcanzarla, cuando en realidad avanzaba en otra dirección, lejos de aquel lugar sagrado. Lloró y se cubrió el rostro, golpeó las frías paredes de lava de la cueva con la frente hasta que algo se apoderó de ella. Un sentimiento. Una sensación.

Le estaba prohibido adentrarse más en aquella caverna vaginal, pero no pudo resistirse. Quería saber si Pele había aceptado el regalo sexual, quería presenciar el placer de la diosa con la hombría de Lono. La luz de la luna iluminaba las estrechas paredes de la cavidad. Vio el pene de piedra, pero enseguida vio algo más dentro de aquella suerte de tubo. Podía sentirlo…

Siguió avanzando. Cuando por fin se detuvo y sus ojos se acostumbraron a la oscuridad divisó una forma indeterminada.

—*Auwe* —susurró cubriéndose la boca con las manos.

Retrocedió lentamente, con los ojos muy abiertos, la expresión de auténtico terror. Lo que acababa de ver era la *kapu* suprema. Los dioses la fulminarían por haber sido testigo de aquello. Sabía que no debía contárselo a nadie. Nunca explicaría la *kapu* que había visto en la Vagina de Pele.

Mientras iniciaba la penosa caminata de vuelta a Hilo, Mahina pensó en la Piedra de Lono, que llevaba generaciones entre su gente y que los había mantenido sanos y fértiles. ¿Qué pasaría con su pueblo ahora que la piedra sagrada había sido enterrada para siempre?

SEGUNDA PARTE

Valle de Willamette, territorio de Oregón

1851

8

Anna corría sobre la hierba tan rápido como se lo permitían las piernas, con las manos apretadas contra el pecho y gritando: «¡Mamá! ¡Mamá!».

Pero la cabaña estaba demasiado lejos. Su madre no podía oírla. Presa del pánico, Anna corrió aún más deprisa.

La granja Barnett del valle de Willamette, en el territorio de Oregón, era una hermosa extensión de tierra con cultivos, corrales y un espléndido granero. Las montañas, altas y teñidas de lavanda, completaban el paisaje. Anna, que tenía diez años, pasaba sus días junto al arroyo mientras que su madre pasaba los suyos preocupándose por su pequeña.

—Anna es como un animalillo salvaje —se quejaba Rachel a su marido—. En cuanto sale de casa se quita los zapatos y la cofia para poder corretear como una criatura del bosque. ¡Y siempre tiene la cabeza en las nubes! Soy yo quien debe ocuparse de la colada, la plancha y la cocina. Ni siquiera consigo que quite las malas hierbas del jardín porque, en cuanto me doy la vuelta, sus ensoñaciones la guían nuevamente hacia las praderas. Tienes que obligarla a ser más responsable, Mallory, aunque sea por la fuerza. ¡No puedo vivir así!

Sin embargo, el señor Barnett nunca tuvo la oportunidad de enderezar a su hija. Seducido por la fiebre del oro, partió hacia California junto con la mitad de los granjeros del valle de Willamette. La madre de Anna se debatió entre la ira y el llanto, además de vivir con un omnipresente miedo. Aquello había ocurrido hacía un año, en 1849. Llevaban seis en aquella hacienda, tras su llegada a través de la ruta de Oregón en 1843. Habían sido de los primeros blancos en asentarse en el territorio de Oregón. Aparte de su pequeño grupo, solo había franceses que se dedicaban al comercio de pieles e indios. La madre de Anna solía decir que los misioneros metodistas habían llegado justo a tiempo.

—¡Mamá!

Anna irrumpió en casa como una exhalación y sorprendió a su madre, a quien estuvo a punto de caérsele al suelo el molde con el pastel que tenía en las manos.

—¡Por todos los santos, hija! ¿Es que no te he enseñado a…?

Anna levantó las manos en alto.

—Está herido.

—Ay, Dios —susurró Rachel Barnett al ver el pajarillo que su hija sostenía.

La pequeña iba descalza, cómo no, y sin cofia.

—Lo he encontrado junto al arroyo —explicó con las mejillas cubiertas de lágrimas—. Tiene un ala rota. Debemos curársela.

Rachel dejó el molde y la cuchara sobre la mesa hecha de troncos, rústica como toda la cabaña, y extendió las manos.

—Dámelo, hija.

Rachel había trabajado en una fábrica de algodón en Massachusetts en la que Mallory Barnett era el supervisor. Las *mill girls*, que era como se denominaba a estas jóvenes, trabajaban ochenta horas a la semana y sus jornadas se regían por rutinas muy estrictas. Se levantaban a las cuatro de la madrugada con la sirena de la fábrica, a las cinco ya estaban en su puesto, a las siete desayunaban en media hora, luego disponían de otra media para comer y ya no se detenían hasta las siete de la tarde, cuando la fábrica cerraba sus puertas y los trabajadores regresaban a sus casas, que eran de la empresa. El horario se repetía seis días a la semana, con los domingos libres.

Era un trabajo muy duro. En cada sala trabajaban ochenta mujeres, cada una en uno de los enormes telares mecánicos. El ruido era ensordecedor y siempre hacía calor, pero las ventanas permanecían cerradas durante todo el verano para proteger los hilos, que eran muy delicados. La empresa tenía casas de huéspedes cerca de las naves, pero había que compartir habitación, en ocasiones hasta con seis chicas más. Era una vida agotadora e incómoda de la que Rachel esperaba poder escapar.

Había echado el ojo al supervisor, Mallory Barnett. Salieron juntos, se enamoraron y se confiaron el uno al otro el deseo secreto de alejarse de aquella vida tan estricta y con tanta gente a su alrededor a todas horas. Habían oído hablar de las tierras desocupadas del Oeste, en Oregón y en el territorio mexicano de Baja California. Algunos decían que pertenecían a los indios, que habían vivido en ellas durante miles de años. Otros, en cambio, argumentaban enérgicamente que los indios no hacían uso de la tierra, no construían ni plantaban nada en ella, de modo que cualquiera podía reclamarla. Cuando los Barnett oyeron aquello vieron la oportunidad de empezar una vida nueva.

Tenían doce hectáreas, pero la madre de Anna codiciaba las tierras desocupadas que rodeaban su granja, a lo que su marido solía decirle: «¿Es que no tenemos ya suficientes?». Rachel Barnett había empezado a trabajar en los telares cuando tenía nueve años y no lo había dejado hasta los veintidós, así que Mallory culpaba de aquella necesidad imperiosa de espacio a los trece años que su esposa había trabajado y vivido hacinada entre telares, y se lo perdonaba.

«Los más pequeños éramos mudadores —había explicado en cierta ocasión a su hija—, es decir, "mudábamos" o retirábamos las bobinas llenas de las lanzaderas volantes y las sustituíamos por otras vacías. Nos pagaban dos dólares a la semana y trabajábamos catorce horas al día. Creo que mi necesidad de tener más espacio no guarda relación con la existencia o no de paredes, sino con el tiempo. Y con la libertad, que podría ser lo mismo. Vinimos al Oeste para que nuestros hijos no fueran esclavos de los relojes, de las sirenas ni de las normas de nadie.»

—¿Puedes curarlo? —preguntó Anna con los ojos arrasados en lágrimas.

Rachel suspiró. ¿De dónde había sacado aquella niña su obsesión por curar a todos los animalillos? Incluso una vez había llevado a casa una mariposa con la esperanza de que pudieran ayudarla a volar de nuevo. La criatura se estaba muriendo. Era parte de la vida, había contado a su hija, y había intentado explicarle que no todas las heridas ni las enfermedades tenían cura. Algunas había que aceptarlas y aprender a vivir con ellas. En ocasiones, era Dios quien las aliviaba; si no, te morías, sin más.

—Hija —dijo Rachel—, no podemos hacer nada por este pajarillo. A veces la naturaleza es así. Ha resultado herido para que otro animal se alimente con él. Los designios de Dios son incontestables. No debemos inmiscuirnos en sus decisiones.

—Pero cuando el señor Miller se rompió la pierna papá se la curó. Y cuando la señora Odum tuvo la gripe tú y las demás mujeres le disteis medicinas y le aplicasteis emplastos, y se puso bien.

—Sí, el buen Señor creyó conveniente dejar esos problemas en nuestras manos, nos dio las soluciones. Pero en otros casos, bueno, no sé.

Dejó al tembloroso gorrión en el suelo y lo aplastó con la bota.

Anna gritó.

—No pasa nada, hija —dijo Rachel. Levantó al animal del suelo por un ala y lo lanzó bien lejos—. No podíamos salvarlo, así que al menos le hemos ahorrado el sufrimiento. —Se inclinó hasta ponerse a la altura de Anna—. A veces, cuando no queda más remedio, matar es un acto de compasión. Venga, cómete un pastelito, regresa al arroyo y recoge tus cosas. Puedes rezar por el pájaro si quieres.

Anna salió de la cabaña con los ojos llenos de lágrimas, miró hacia atrás y vio a su madre negando con la cabeza.

Desde que era muy pequeña sabía que no era como los otros

niños. Para empezar, no había nacido en una auténtica casa sino en un carromato, en 1841. A su madre le gustaba contar que los indios les habían disparado con arcos y flechas mientras ella daba a luz a su hija. Anna no podía evitar sentir la necesidad de enmendar todo lo que no estaba bien. Cuando su hermano pequeño, Eli, enfermó de sarampión, ella permaneció a su lado día y noche aplicándole bálsamo sobre el sarpullido, y le complacía comprobar que con ello le aliviaba el tormento. No era más que eso, quería arreglar las cosas.

Su padre la entendería. Una vez había oído que decía a su madre: «Tiene un corazón sensible, Rachel. Déjala tranquila».

Pero, por desgracia, su padre ya no estaba. Se había marchado a buscar oro a un lugar llamado Sacramento, así que ahora su madre, Eli y ella se encontraban solos. Recibían alguna que otra carta de él, y en todas ellas les describía la dureza y las decepciones en los campos de oro, lo peligrosa que era la vida allí, cómo los hombres se robaban los unos a los otros y hasta llegaban a matarse por el preciado mineral al tiempo que las enfermedades se llevaban muchas otras vidas por delante. Cada vez que llegaba una misiva, su madre se pasaba días enteros llorando.

Mallory Barnett seguía prometiéndoles que volvería en cuanto acumulara una fortuna gracias al oro. Y lo había encontrado; en sus cartas solía dibujar las pepitas que iba encontrando. «Compraremos la finca contigua», escribió en una de aquellas cartas que Rachel leía a sus hijos después de la cena, sentados los tres junto al fuego en su cabaña de madera. «Construiremos una casa como Dios manda y quizá traeremos a una mujer para que nos ayude con la colada. Contrataré a unos cuantos hombres y criaremos ganado. Convertiremos nuestra finca en una gran hacienda de la que todos hablarán en kilómetros a la redonda.»

Mientras tanto, Rachel tenía que confiar en la ayuda de los vecinos cuando llegaba el momento de recolectar el maíz o cuando nacían los corderos. Lo más duro era el invierno. En la cabaña hacía frío, el viento se colaba por las rendijas y las noches se les hacían interminables.

Por suerte, Anna había encontrado su lugar al aire libre, bajo el sol. Junto al arroyo, donde su madre siempre le decía que no fuera. No podía evitarlo. Era como si el borboteo del agua la llamara. Anna había sido bendecida con una hermosa melena de cabellos fuertes y ondulados, de un pelirrojo casi dorado que reflejaba la luz del sol como si fuera de fuego. Era fácil localizarla desde la distancia, corriendo descalza sobre la hierba o sentada sobre su roca favorita, pulida y con forma de silla. Solía levantar la mirada hacia las hojas y las ramas de los árboles y dejar que su mente revoloteara libre con los halcones. Metía los pies en el agua y notaba el calor del sol a través de la tela del vestido. Cuando estallaba una tormenta en el valle, escuchaba los truenos a lo lejos y percibía el ruido a través de la roca sobre la que estaba sentada. Disfrutaba de la lluvia que caía sobre el arroyo y lo hacía crecer. La corriente ganaba velocidad y saltaba por encima de las piedras: la naturaleza representaba una gloriosa danza. Y la pequeña Anna Barnett se hallaba en el centro de todo aquello.

Le gustaba imaginar qué había al otro lado de las montañas. ¿Dónde nacía el río? ¿Cómo era la gente que vivía allí? Leía libros de geografía y consultaba mapas, pero no eran más que una representación árida y silenciosa de un mundo colorido y lleno de sonidos que intentaba atraer la atención de la niña. Era inquieta, quería crecer cuanto antes para aprender muchas cosas, para ver el resto del mundo.

La educación la recibía a través de su madre y de una caja de libros que esta había comprado a un vendedor ambulante que iba de casa en casa en un carromato repleto de enseres domésticos. Anna aprendió el abecedario y a sumar. Rachel le dijo que algún día aprendería a escribir con el estilo grácil y fluido que, según ella, distinguía a una dama, pero la pequeña no sabía por qué debería ser una dama si vivía en una granja. Sin embargo, su madre se mostraba inflexible en lo que a modales se refería y siempre se aseguraba de que llevara un pañuelo en el bolsillo y dijera «por favor» y «gracias», y en que fuera amable con los desconocidos.

Anna estaba triste. Encontró al gorrión muerto y decidió darle sepultura, pero mientras cavaba un agujero el cielo se cubrió de nubes de tormenta que avanzaban hacia el valle a una velocidad alarmante. De pronto se levantó un viento muy fuerte y Anna oyó la voz de un hombre en la lejanía. Era el señor Turner que, a dos granjas de la suya, detenía su carromato. Recogió los zapatos y la cofia del suelo y regresó corriendo a la cabaña, donde Rachel esperaba frente a la puerta con algo en las manos.

Era una carta. Anna estaba convencida de que era de su padre. ¡Por fin volvía a casa!

Sabía que su madre pensaba lo mismo que ella porque sonreía sin apartar los ojos del sobre. En la última misiva Mallory Barnett decía que estaba cansado de buscar oro y que tenía ganas de regresar.

Anna estaba emocionada. Hacía tres años que no lo veía. Aún recordaba lo mucho que le gustaba su olor a tabaco, el sonido de su risa profunda, la calidez que desprendía cuando la sentaba en su regazo y la llamaba «Huevo».

Entró en la cabaña corriendo con las primeras gotas de lluvia. Rachel hizo esperar a sus hijos deliberadamente mientras ponía una tetera al fuego, removía las brasas de la lumbre y utilizaba un poco del preciado aceite de ballena para iluminar la estancia. Usaban muchas cosas con frugalidad porque la suya era una «granja pobre», decía.

Después del té con pastas y de que cada uno buscara un sitio calentito junto al hogar, Eli y Anna permanecieron inmóviles, dispuestos a escuchar emocionados las noticias de su padre.

Anna se percató del halo de luz que la lámpara de aceite proyectaba alrededor del cabello de su madre. La gente de los alrededores solía comentar lo bella que era la esposa de Mallory y se preguntaban por qué la había dejado sola de semejante manera. Rachel les decía que a ella no le importaba porque había ido en busca de oro por ella y por sus hijos. Y cuando regresara a casa, repetía, ampliarían la granja y tendrían más espacio que nunca.

Sin embargo, a medida que leía la carta iba bajando los hombros.

—Nos reunimos con vuestro padre en San Francisco —les dijo con un hilo de voz—. Ha puesto la granja a la venta. Mandará a un hombre para que nos ayude a cargarlo todo en el carromato y nos lleve a Oregón City, donde compraremos un pasaje para uno de los barcos de vapor de la bahía del Hudson. —Levantó la cabeza para mirar a sus hijos, y Anna vio que el brillo de la esperanza y de los planes futuros se desvanecía de sus ojos—. Niños, vamos a vivir en una ciudad.

Inclinó la cabeza e hizo una extraña promesa:

—Te lo aseguro, Mallory, allí nunca seré feliz…

Llegaron a San Francisco tras pasar varias semanas hacinados en un barco que se dedicaba principalmente al transporte de pieles a China. Para Eli y para Anna fue toda una aventura. Les encantó el mar y los marineros, pero su madre se pasó la mayor parte del tiempo inclinada sobre la borda. El reencuentro con Mallory Barnett fue muy feliz, colmado de risas, lágrimas y abrazos sinceros (aunque Rachel estaba un tanto callada y con una expresión pétrea en el rostro). Mallory los cubrió de regalos, muchos de los cuales eran cosas que Anna no había visto hasta entonces, como perfume, una tela llamada «seda» o bombones de chocolate importados de un lugar llamado Holanda. Luego se montaron en un carromato cubierto, como tenía que ser, y recorrieron calles flanqueadas por enormes edificios de ladrillo que obligaban a Eli y a Anna a dirigir la mirada hacia el cielo.

Su nuevo hogar, que Mallory Barnett había hecho levantar mientras esperaba la llegada de su familia y cuya construcción justo acababa de terminar, se encontraba en Rincon Hill.

Conforme se alejaban del puerto les contó que lo que acabó por denominarse Fiebre del Oro de 1849 había aumentado la población de San Francisco de una forma espectacular. Toda la ciudad se había elevado desde el suelo como por arte de magia, dijo. En menos de un año, que era el tiempo que había pasado desde que dejó atrás los campos de oro y se estableció allí para hacer fortuna, la ciudad había pasado de doscientos habitantes a veinticinco mil. «Los del cuarenta y nueve», que era como se hacían llamar, plantaron tiendas de campaña o construyeron refugios cubiertos por lonas en las laderas menos pronunciadas de Telegraph, Russian y Nob Hills, así como en las dunas de arena que había junto al puerto. Sin embargo, cuando llegaron Rachel y los niños en 1852 aquella suerte de campo minero sobredimensionado ya había desaparecido. Las cifras oficiales situaban la población de San Francisco sobre los cincuenta mil habitantes, de los cuales ocho mil eran mujeres.

Muchas familias vivían en casitas de tres y cuatro habitaciones diseminadas a lo largo de calles cubiertas de suciedad, pero los sanfranciscanos adinerados como el padre de Anna querían casas mejores en barrios distinguidos donde poder presumir de su fortuna. Los ricos se decantaban por Rincon Hill, les contó Mallory mientras se dirigían hacia allí, porque, al estar por encima de la tierra llana, el tiempo en las colinas era más cálido y soleado que en los bloques al norte de Market Street. Desde allí se divisaba la bahía y toda la ciudad, y además estaban lejos de los inconvenientes de la urbe como las cantinas, las casas de apuestas y, en palabras de Mallory, las casas de mala reputación (Anna y Eli no tenían la menor idea de qué quería decir aquello).

Pasaron frente a decenas de casas grandes y confortables rodeadas de jardín, con solares vacíos entre ellas y alguna que otra edificación aún en construcción. La suya estaba en Harrison Street, hacia la cima de la colina, cerca de Second Street. Mientras el carro ascendía por la suave pendiente, avanzando lentamente frente a construcciones espectaculares con árboles y césped, Rachel se negaba a mirar a su alrededor. Estaba cansada, furiosa y decidida a odiar con todas sus fuerzas aquella nueva vida. De hecho, ya odiaba San Francisco a partir de lo que había visto hasta entonces.

—Esta ciudad ha sido erigida por hombres y para hombres. ¡Casas de apuestas y tabernas! Disparos en las calles. Es un lugar sin ley no apto para mujeres y niños. ¡Y tú nos has traído aquí, Mallory! Siempre lo llevarás en la conciencia. En Oregón éramos felices y estábamos a salvo.

Sin embargo, cuando el carromato se detuvo frente a una casa de tres plantas con balcones y galerías, hierro forjado por todas partes, agujas en lo alto, un tejado a varias aguas y una torre vigía como si fuera un palacio y Barnett exclamó: «¡Ya hemos llegado!», Rachel abrió desmesuradamente los ojos, y Eli y Anna no pudieron contener un grito de alegría.

Tenía razón con respecto a las vistas. Vieron el puerto y los barcos con sus cientos de mástiles formando un bosque, y más al norte, no muy lejos de allí, un grupo de edificios especialmente altos de ladrillo y piedra en lo que Mallory definió como el distrito comercial y de negocios. Incluso alcanzaban a ver al fondo de la bahía una isla que se llamaba Alcatraz.

—¡Cuesta creer —exclamó Mallory mientras el viento amenazaba con arrancar bombines y cofias de sus cabezas— que hace solo cuatro años este lugar fuera una aldea de adobe en la que solo vivían mexicanos! El oro siempre es impredecible.

Entraron en la casa y Anna se percató enseguida de la sorpresa de su madre al ver la opulencia del interior. Aun así, insistía en fruncir los labios y mostrarse decepcionada.

—Necesitaré ayuda. Como mínimo, doncellas.

—También tendremos cocinero y mayordomo —replicó Mallory, y sonrió con orgullo.

Las cosas le habían ido bien en San Francisco y quería recompensarse a sí mismo y a su familia por el trabajo duro y la inteligencia demostrada hasta ese momento.

Todo había sido gracias a los barcos.

Había hecho fortuna en los campos de oro, pero estos no tardaron en llenarse de gente y la vida allí se volvió peligrosa. En cuanto supo de las oportunidades que había en otros lugares partió rumbo a San Francisco con la intención de aumentar su fortuna, y no tardó en encontrar la respuesta en la bahía. El panorama era espectacular, les explicó. Hasta donde alcanzaba la vista, decenas de barcos abandonados se amontonaban en el canal, tan juntos que no se veía el agua. Embarcaciones chinas, australianas y de las islas Sandwich, todas cargadas de mercancías con las que comerciar pudriéndose en el puerto con las bodegas llenas porque el capitán y la tripulación habían abandonado el barco para unirse a la búsqueda de oro.

Barnett había invertido todo su oro en la compra y el transporte de uno de esos cargamentos abandonados que debía ser enviado río arriba hasta Sacramento. Contenía camisas y pantalones, botas y sombreros, hachas y palas, linternas y aceite de ballena, azúcar, café y, lo más interesante de todo, licores de todas las clases. Lo que sobró lo guardó en un almacén. Lo vendía todo diez veces más caro de lo que le había costado, y la demanda no dejaba de crecer.

—Carruaje propio y caballo —les dijo en su nuevo salón, que olía a pintura reciente—. Todo lo que desees, querida mía.

Rachel extendió la mirada por las cortinas de terciopelo, el papel de las paredes, la tapicería de raso, las lámparas de cristal y la elegante chimenea de mármol.

—Doncellas, eso seguro —repitió mientras se quitaba la cofia—. Y una institutriz para los niños, por supuesto. Tendremos que guardar las apariencias, ahora que somos ricos. Ropa nueva para Anna y Eli en cuanto sea posible. Vestidos nuevos también para mí. Mandaré buscar a una modista, la mejor que haya en San Francisco.

A Anna le sorprendió la capacidad de adaptación de su madre y lo rápido que había olvidado su promesa de ser infeliz en aquella nueva ciudad.

—En cuanto a la institutriz, no me conformaré con nadie que no tenga una buena educación, además de clase y distinción. Si he de traerla desde Boston…

—Creo que es suficiente por hoy, *chérie* —dijo Cosette a Anna—. ¡Apenas queda espacio para los paquetes! Y no sé si cabe el perro.

—Pero tiene hambre —protestó Anna—, y creo que está enfermo. Voy a cuidar de él.

—Su madre no le dejará meter en casa a un animal callejero.

—Ya lo veremos —dijo Anna al tiempo que sujetaba al escuálido chucho sobre el regazo.

Las dos jóvenes iban sentadas en su carruaje privado, un landó con la capota bajada para poder gozar de su paseo al aire libre.

Cosette era la institutriz de Anna desde hacía dos años. A Rachel Barnett le encantaba la nueva casa y se había adaptado a ella en un santiamén. Había comprado ropa para todos y también había contratado al servicio (incluida la institutriz francesa). A pesar de que el solar sobre el que se levantaba la casa era, según ella, «no mucho más grande que un plato de té», eso no bastaba para amilanarla. Lo que le faltaba en hectáreas lo compensaba con más y más vestidos. No tardó en hacerse amiga de las damas ricas de la zona. Juntas formaban la élite social de la ciudad, constituida por las familias más adineradas de San Francisco. Rachel Barnett, hasta hacía poco esposa de un granjero, organizó elegantes reuniones para tomar el té o distinguidas cenas en el comedor de su casa, a las que invitaba a escritores y poetas. Celebró encuentros literarios en su salón y rápidamente se vio inmersa en un mundo glamuroso con el que hasta entonces ni siquiera había soñado.

Sin embargo, mientras su madre prosperaba y florecía en aspectos que nadie habría imaginado, Anna empezó a echar de menos la granja y los animales, el arroyo y la roca donde solía pasar el tiempo. La emoción del primer momento se había desvanecido; además, apenas había naturaleza en aquella nueva ciudad, tan salvaje y anárquica que se formó un Comité de Vigilancia y había ahorcamientos públicos cada día.

A Anna la casa se le antojaba, a pesar de su tamaño, opresiva. Las calles con sus tablones a cada lado para los viandantes y los edificios de ladrillo, piedra y madera; el intenso tránsito de caballos, carruajes, carretas y personas; todo la agobiaba. Lo peor, no obstante, era la ropa que su madre la obligaba a llevar. Se acabaron los vestidos de percal, los pies descalzos y la melena al viento. Rachel Barnett se había formado una nueva imagen de su familia que debía adaptarse a la espectacularidad de la casa y a su reciente fortuna.

Así pues, la inquietud de siempre, la necesidad de saber qué había más allá del horizonte, invadió de nuevo la mente de Anna.

Cuando el cochero dobló la esquina para subir por la colina en la que se encontraba su casa, el chucho que Anna sujetaba entre los brazos soltó un aullido y, antes de que tuviera tiempo de reaccionar, saltó del carruaje y echó a correr calle abajo.

—¡Espera! —le gritó ella—. Vuelve.

—Persigue a un gato, ¿lo ve? No, no, espere, *chérie*, no puede ir tras él.

Pero Anna ya había ordenado al cochero que detuviera el vehículo. Bajó de un salto y echó a correr detrás del perro con un ímpetu impropio de una dama.

De repente el gato cambió de dirección y subió a toda prisa los escalones de piedra de un enorme edificio que había entre dos solares vacíos. El perro fue tras él, seguido de cerca por Anna y, detrás de esta, Cosette, que no dejaba de preguntarse qué pensaría la gente de aquella escena.

El gato se refugió al otro lado de la gigantesca puerta que se abría en lo alto de la escalera y el chucho lo siguió.

—Espere —dijo Cosette en cuanto alcanzó a Anna y logró sujetarla por el brazo—. No puede entrar ahí.

—¿Por qué no?

—Es un hospital, *chérie*. Será mejor que no pase.

Anna, que había crecido entre cabañas de madera y tipis, aún estaba adaptándose a la gran ciudad. Levantó la mirada hacia la fachada del edificio. Era de ladrillo, de dos plantas con estrechas ventanas abiertas en los muros a intervalos regulares. Leyó la inscripción del dintel: HOSPITAL MARINER.

—¿Qué es un hospital?

—Es el lugar adonde van a morir los pobres. En Nueva Orleans también hay uno. Cuando las personas sin recursos enferman van a un sitio como este.

A pesar de las protestas de Cosette, Anna no pudo reprimir el impulso de ver qué había dentro. La entrada se abría a un vestíbulo central con puertas a ambos lados que llevaban a salas comunes, estrechas y alargadas. Vio hileras de camas cuyos ocupantes, hombres adultos, gemían o gritaban de dolor. Algunos vomitaban ruidosamente. El hedor era insoportable. Las dos muchachas se cubrieron la boca y la nariz con su respectivo manguito de piel.

—Venga, *chérie*, marchémonos de aquí.

Anna observó fascinada a un hombre que, ataviado con una especie de hábito ensangrentado, iba de una cama a otra. En una se detuvo para cubrir la cara del paciente que la ocupaba con la sábana. Lo seguía una mujer mayor con la espalda encorvada cuyo cabello canoso asomaba bajo una sucia cofia de calle. El vestido y el delantal que llevaba estaban igualmente mugrientos. Cargaba con un cubo en el que el hombre tiraba los vendajes manchados de los enfermos.

—¿Quiénes son esos dos? —Anna los señaló.

—El hombre es el médico. La anciana es la enfermera.

Anna frunció el ceño.

—¿Qué es una enfermera?

—Una mujer que no encuentra trabajo en ningún otro sitio. ¿Cómo era? La escoria de la sociedad. Cuando necesitan dinero y nadie las contrata, vienen aquí a fregar suelos y dar de comer a los moribundos. O se dedican a la prostitución. A veces, a ambas cosas. No cobran mucho. En Nueva Orleans ni siquiera se les paga. Se ganan la vida quedándose con las pertenencias de los pacientes que son recogidos en la calle y, la verdad, no es que sea demasiado.

—¿Y por qué las familias de estos hombres no se hacen cargo de ellos?

—No tienen familia. Ni casa.

Anna abrió los ojos. No podía ser, siempre había alguien a quien acudir. Una madre, una esposa, una hija que cuidara de aquellos pobres hombres. Eran como pájaros heridos, pensó, como perros cojos. Nadie cuidaba de ellos, solo los desconocidos.

Y, al menos en el caso de aquellos enfermos, ¡era una desconocida borracha quien los cuidaba!, se dijo Anna al ver que la enfermera sacaba una botella de entre los pliegues de su falda, la destapaba, bebía un buen trago, se limpiaba la boca con la mano y volvía a esconderla.

Era incapaz de moverse de donde estaba, a pesar de que Cosette no dejaba de tirarle de la manga. De pronto al otro lado del vestíbulo se abrió una puerta y aparecieron dos hombres que transportaban en una camilla a un marinero inconsciente.

—¡Buenas! ¡Hemos encontrado otro!

De una sala contigua emergieron dos mujeres, vestidas con el mismo desaliño que la anciana.

—Se ha caído de lo alto del palo de un barco —explicó uno de los camilleros—. No se ha despertado desde entonces.

Las mujeres se dirigieron a toda prisa hacia el nuevo paciente y le revisaron la ropa, vaciaron los bolsillos y le quitaron los zapatos.

—No lleva nada encima —protestó una de ellas—. Está bien, queda una cama libre por aquí.

Anna vio que llevaban al pobre diablo al interior de otra sala y lo dejaban sobre una cama que, a todas luces, acababa de quedar libre puesto que las sábanas estaban arrugadas y manchadas de sangre. Las enfermeras desaparecieron y los dos hombres volvieron por donde habían venido.

—Venga, *chérie*, será mejor que nadie nos vea en un sitio como este. ¡Seguro que tenemos que fumigar nuestra ropa!

—Pero no pueden dejar a ese pobre hombre así.

—Vamos, su madre se estará preguntando dónde está.

Anna obedeció de mala gana, profundamente afectada por lo que acababa de ver. Hombres tumbados sobre sus propias heces, suplicando una ayuda que nunca recibirían, muriendo solos.

Un hospital era un lugar horrible.

—Solo una parada más, *chérie* —dijo Cosette a Anna mientras ambas entregaban los paquetes al cochero, quien esperaba pacientemente a un lado de la calzada mientras su joven señora iba de compras—. Necesito ir al boticario.

San Francisco acababa de recuperarse de una devastadora epidemia de cólera asiático y era la primera vez que salían de casa en semanas. Anna, que ya había cumplido quince años, había ido con su institutriz al barrio comercial con una lista de cosas por comprar, y estaban aprovechando la salida al máximo, visitando tiendas, observando a la gente, preguntándose si podían tomar un té en el comedor del hotel Claridge, pues hacía poco que permitían la entrada de mujeres a la hora de la merienda aunque no fueran acompañadas de un hombre.

La última parada había sido en Gleeson's Book Emporium, una librería en la que Anna había comprado la última obra del señor Nathaniel Hawthorne, *La casa de los siete tejados*, y ahora se dirigían diligentes hacia la botica.

Para aquella salida por Montgomery Street, Anna y Cosette se habían hecho acompañar de un criado y una doncella que se ocupaban de cargar con los paquetes. El criado también hacía las veces de guardaespaldas, puesto que saltaba a la vista que las dos jóvenes eran de buena familia. Llevaban faldas ahuecadas, modernas capas sobre los hombros y unos manguitos a juego bajo los que ocultaban las manos enguantadas. Además lucían bonetes decorados con cintas y flores agrupadas a un lado, lo más *chic* según los cánones de la moda de la época.

Rachel solía recordar a su hija lo afortunada que era. Ya había empezado a planear su presentación en sociedad para el año siguiente. Para entonces, Anna habría cumplido dieciséis años, y en la fiesta conocería a los hijos de las familias más ricas de la ciudad. Sin duda su hija sería «un partido excelente», como gustaba decir a Rachel.

Se dirigieron a toda prisa a Schott's and Colby's, químicos-farmacéuticos que se dedicaban a la venta de drogas, medicinas, perfumes, jabones de tocador y aguas minerales, así como a la preparación y dispensación de fórmulas magistrales. Se anunciaban en los periódicos: «Venta, al por mayor y al por menor, de quinina francesa, opio, morfina, zarzaparrilla del doctor Bull, aceite inglés de hígado de bacalao, extracto de coloquíntida y muchos artículos más».

Anna no sabía por qué, pero le encantaba acudir a la botica. No era por nada en concreto, tampoco se creía capaz de expresarlo con palabras. Notaba una sensación intensa y cálida cada vez que atravesaba la puerta y veía los estantes que cubrían las paredes repletos de tarros, frascos, cajas y libros. Si no tuviera más remedio que describir lo que sentía, diría: «Siento que es lo correcto, nada más. Estar aquí, rodeada de tantas curas y remedios maravillosos. La botica, con sus armarios y sus estantes llenos de medicamentos, polvos y tónicos, es un lugar para la esperanza. De algún modo —concluiría—, el dolor y la enfermedad mejoran un poco simplemente por estar aquí».

Habían ido a la botica por Cosette, que sufría unos intensos dolores menstruales y buscaba un remedio que los aliviara. Había visitado a tres médicos distintos. El primero le aconsejó que dejara de leer novelas románticas; el segundo, que se abstuviera de usar demasiado perfume, y el tercero le había recomendado que buscara marido y se quedara embarazada lo antes posible.

—El problema —dijo Cosette a Anna mientras esperaban su turno— es que los hombres no entienden los problemas de las mujeres y por eso no pueden ayudarnos.

—Pero una doctora sí podría, ¿verdad?

—No hay mujeres doctoras.

—¿Por qué no?

Cosette se encogió de hombros.

—No nos está permitido.

Anna pensó que aquello no estaba bien. Las mujeres podrían beneficiarse de la existencia de otras mujeres doctoras. Y además, ¿quién tenía la potestad para impedirlo? Inmersa en sus pensamientos, se disponía a coger el tarro de cristal que contenía los bastones de menta cuando, de pronto, la campanilla que colgaba sobre la puerta tintineó y entró la criatura más extraordinaria que había visto en su vida.

Anna, con la boca abierta, ahogó una exclamación de sorpresa.

—No mire tan fijamente, es de mala educación —le susurró Cosette.

Pero Anna no podía apartar la mirada. Allí, en medio de la botica, avanzando por el pasillo directamente hacia ella, estaba aquella mujer, ataviada con una túnica que ondeaba al ritmo de sus pasos y un velo negro con una tela blanca que le enmarcaba el rostro igual que a la madre de Jesús en la *Biblia ilustrada para niños*.

—¿Es una actriz? —preguntó a su institutriz, aunque no tenía ni idea de en qué clase de obra podría participar una dama como aquella, ataviada con múltiples capas de tela negra y el rostro comprimido por aquel extraño y almidonado retazo blanco que, si no estaba equivocada, recibía el nombre de toca.

—Es una religiosa. En Nueva Orleans también las hay.

Cosette Renaud era una muchacha de ascendencia francesa, culta e instruida. Su esposo había contraído la «fiebre del oro» y ella lo había acompañado en el viaje desde Nueva Orleans hasta la bahía de San Francisco. Llevaban poco tiempo en los campos de mineral cuando Pierre Renaud sufrió una desgraciada caída desde lo alto de una carreta y perdió la vida. Su viuda se quedó sola, sin nadie que la protegiera. Muchas mujeres en circunstancias similares a la de Cosette buscaban un trabajo como cocineras, lavanderas o prostitutas que les permitiera sobrevivir. Sin embargo, Cosette Renaud era una joven de buena familia, así que con la pequeña cantidad de oro que Pierre había encontrado cogió un barco de vapor que la llevó río de los Americanos abajo. Cuando llegó a San Francisco y descubrió que aquella era una ciudad dura, con tablones de madera para sortear el barro de las calles y hombres por todas partes, y consciente de que no encontraría ningún hotel que aceptara a una mujer sola, paró un carruaje y pidió al cochero que la llevara a la iglesia católica más cercana.

El pastor era el padre Riley, quien, al saber del aprieto en el que Cosette se encontraba, le consiguió alojamiento aquel mismo día con una familia católica que de buen grado aceptó las pepitas de oro a cambio de cama y comida. Cosette se anunció como institutriz en varios periódicos de San Francisco y en cuestión de días recibió más ofertas de las que esperaba. En una ciudad como aquella, llena de nuevos ricos, no eran pocos los que querían añadir una «institutriz francesa de verdad» al resto de los símbolos que determinaban su estatus. Le gustó la espaciosa casa de los Barnett en Rincon Hill, y más adelante confesó a Anna que enseguida les había cogido cariño a Eli y a ella, y que por eso había aceptado el trabajo.

En los cinco años que habían pasado desde entonces, Anna había aprendido mucho de la refinada Cosette, y ese día en la botica también aprendería una valiosa lección, esa vez sobre las mujeres que se unían a sociedades religiosas, adoptaban extraños atuendos y dedicaban la vida a servir a la Iglesia.

—Hacen manteles para altares y vestiduras para los sacerdotes —le explicó Cosette en voz baja—, y también hostias para la Comunión. La hermana a la que mira con tanto descaro forma parte de la comunidad de las Hermanas de la Buena Esperanza, que se dedican al cuidado de enfermos. Casi todas ellas son monjas —añadió Cosette al ver el ceño fruncido de Anna—. Significa que viven tras los muros de un convento y nunca salen de él. Por eso no es muy habitual verlas, ni siquiera en Nueva Orleans, que es una ciudad muy católica. Pero estas son lo que llamamos «monjas itinerantes», es decir, que trabajan fuera del convento. Visitan hospitales y casas privadas para cuidar de los enfermos y los moribundos.

Anna estaba estupefacta.

—¿Esa mujer trabaja en el hospital? Parece tan respetable…

—Precisamente por eso visita a los enfermos allí, porque necesitan de su ayuda más que ningún otro. Ya vio lo inútiles que son las enfermeras.

La hermana llevaba una bolsa de mano de cuero negro y un delgado cordón alrededor de la cintura del que pendía una curiosa sarta de cuentas. Cuando llegó su turno, entregó una lista a uno de los dependientes de la botica y Anna, que observaba la escena con evidente interés, oyó que le preguntaba con voz dulce y suave si habían recibido el arsénico. El dependiente fue colocando sobre el mostrador los artículos que iba cogiendo de los estantes; ella se los guardó en la bolsa, le pagó y luego le dio las gracias.

Después de que la hermana se marchara, con el largo velo y la falda negros ondeando con el viento que se coló por la puerta que daba a la calle cuando la abrió, Anna permaneció inmóvil, como hechizada, súbitamente poseída por la curiosidad más intensa que jamás había experimentado.

Quería saber más.

—¡Sigámosla! —exclamó, dejándose llevar por un impulso.

Antes de que Cosette tuviera tiempo de protestar, salió corriendo de la botica prestando tan poca atención a la corrección de sus modales que, si su madre la hubiera visto, se habría ganado una buena reprimenda. El carruaje seguía frente a la puerta, con la doncella y el criado esperando pacientemente. Anna miró a la derecha, calle abajo, y vio que la hermana montaba en un pequeño carruaje, cogía las riendas y se alejaba.

—¡Señorita Anna! —la llamó Cosette casi sin aliento, al tiempo que se sujetaba el sombrero mientras trataba de alcanzarla.

—Rápido —la urgió ella, y subió a su carruaje.

La doncella y el criado ocuparon sus asientos y el cochero hizo andar a los caballos. Anna mantuvo la mirada al frente mientras Cosette protestaba y los dos sirvientes intercambiaban miradas de sorpresa. Observó la pequeña calesa alejándose por Montgomery Street, abriéndose paso entre el tráfico como si la hermana fuera una cochera experimentada. «¡Qué valiente!», pensó.

La calesa dobló la esquina en California Street y el carruaje de Anna hizo lo propio. Las ruedas emitieron un sonoro chirrido provocado por los tablones que habían empezado a instalar por toda la ciudad para evitar los lodazales que se formaban en las calles cada vez que llovía. Cosette protestó porque estaban alejándose de casa, pero Anna solo tenía ojos para la hermana.

Giraron de nuevo en la esquina de California con Stockton, y finalmente la calesa se detuvo frente a un enorme edificio de piedra de dos plantas de altura y con muchas ventanas.

—¡Santo Dios! —exclamó Anna al reconocer aquel lugar. Era el horrible hospital Mariner. Frunció el ceño. La inscripción del dintel lo identificaba como el hospital de la Buena Esperanza—. Por favor, deténgase aquí —indicó al cochero, y vio que la mujer de negro se apeaba de la calesa, cargada con su bolsa de cuero negro, y subía la escalera que llevaba a la entrada del edificio.

Miró fijamente las puertas, altas e imponentes, a cuya derecha se erguía la estatua de una mujer con un atuendo semejante al que llevaba la hermana. Anna se preguntó quién era. Tres años antes, aquella estatua no estaba allí.

Mientras el cochero recuperaba su postura habitual, la espalda encorvada, y los dos sirvientes miraban a Anna expectantes, Cosette dijo:

—Deberíamos irnos. Su madre estará preguntándose dónde estamos. Y yo aún tengo que regresar a la botica para comprar mi medicina.

—Lo siento, Cosette —se disculpó Anna con un arrepentimiento sincero, consciente de que había actuado egoístamente—. Volveremos, no te preocupes. Pero antes tengo que echar un vistazo.

—*Sacré bleu!* —exclamó Cosette.

—Ha cambiado, Cosette. Quiero ver cómo es ahora. Solo será un momento —dijo Anna, y se apeó del carruaje.

Cosette la siguió. Subieron juntas la escalera y Anna tiró de la enorme manija de hierro de la puerta.

Estaban en el mismo vestíbulo de la otra vez, pero el interior del edificio se había transformado. El hedor reinante era menos intenso y los dos hombres con levita, sombrero de copa, bigote y expresión severa en el rostro que parecían conversar sobre alguna cuestión médica estaban aseados. Las paredes estaban cubiertas de frescos que, según Cosette, representaban a san Pedro y san Pablo. Frente a ellas pasó un grupo de hombres, ayudantes, al parecer, ataviados con guantes y delantales de goma y con cubos y brazadas de mantas en las manos.

—Debemos irnos —susurró Cosette, y sujetó a su joven señora por el brazo.

Pero Anna quería ver qué más había cambiado en el hospital. Atravesó la puerta de una de las salas y esperó a que sus ojos se adaptaran a la penumbra. Al igual que tres años atrás, el interior era oscuro. Las ventanas estaban cerradas y las cortinas corridas. Junto a cada una de las camas ardía una lámpara de aceite. Sin embargo, ahora los pacientes dormían entre sábanas limpias y ya nadie los ignoraba. Los trabajadores retiraban cuñas, empujaban carros cargados de material y servían bandejas de comida a los pacientes. Además, había una cruz sobre cada lecho, en la pared, y las hermanas, con sus ropajes negros, realizaban todo tipo de tareas desagradables como quien cogiera rosas, inclinándose sobre los enfermos y agitando sus velos negros como si fueran espíritus de otro mundo.

Anna no sabía contar pulsaciones ni medir la fiebre, como tampoco conocía ni una sola de la infinidad de labores técnicas que las hermanas llevaban a cabo en aquella sala. Solo podía observarlas como si estuviera hechizada mientras una extraña sensación, una felicidad absoluta, la colmaba. No podía explicarlo.

—¡Este lugar es horrible! —susurró Cosette.

Pero el corazón de Anna le decía: «No, este lugar es maravilloso».

Su mirada se desvió hacia el paciente que tenía más cerca, un niño de unos diez años echado en una cama limpia al que le costaba respirar. Tenía la cara cubierta de sudor y las mejillas coloradas. Los ojos, grandes y muy abiertos, estaban hundidos y rodeados por unas profundas ojeras. Sus brazos, estirados sobre las sábanas, eran como dos ramitas de un árbol.

Anna se acercó a la cama.

—*Sacré bleu!* —repitió en un susurro Cosette—. Señorita Anna, ¿es que está usted loca?

Pero ella no le hizo caso. Se colocó junto al lecho del pequeño y le sonrió.

—Hola —le dijo.

El niño posó los ojos en ella. Durante unos segundos se miraron fijamente hasta que él separó los labios, resecos por la enfermedad.

—Agua, por favor —pidió con un hilo de voz.

Junto al cabecero de la cama había una mesita y en ella una jarra y un vaso. Anna lo llenó, deslizó un brazo bajo la almohada del pequeño, lo ayudó a incorporarse y le acercó el agua a los labios.

—Gracias —dijo él, y cerró los ojos tras beber un poco.

Anna permaneció inmóvil. No podía apartarse de allí. Aún tenía el brazo bajo la almohada del crío y el vaso seguía apoyado en sus labios agrietados. Sintió en su pecho una especie de caricia dulce y suave. Una oleada de ternura se apoderó de ella. Aquel ser era tan frágil y estaba tan indefenso, como un gorrión, que el corazón de Anna se llenó de tal compasión que comenzó a llorar sobre el rostro del niño.

Pensó: «No tienes madre, por eso estás aquí. Todas estas personas enfermas no tienen adónde ir ni nadie que cuide de ellas. Una vez, no hace mucho tiempo, fuiste un bebé y seguro que tu madre besaba tu cabecita rosada y te decía que eras un niño precioso. ¿Dónde está esa mujer? ¿Ha muerto? ¿Qué enfermedad es la que sufres, pequeño? Eres como una cría de pájaro que se ha caído del nido. Puedo notar tus infelices huesos a través de la piel. No te preocupes, tranquilo. Las hermanas se ocuparán de ti con sus delicadas manos y sus sonrisas beatíficas».

De pronto notó que algo cambiaba en su interior y por fin lo comprendió. Aquel lugar era la explicación de por qué sentía la necesidad de llevar gorriones heridos y perros abandonados a casa. Aquel hospital era su lugar en el mundo.

Cosette la sujetó por el brazo mientras una de las hermanas se dirigía hacia ellas con una mirada reprobatoria en los ojos. Llevaba una escoba en la mano, como si pensara usarla para barrerlas hasta la calle. Anna no se resistió y dejó que Cosette la guiara afuera porque sabía que no tardaría en volver.

9

—Su madre no lo aprobará, *chérie* —le dijo Cosette mientras seguían el estrecho camino de ladrillos que llevaba hasta la casita blanca que se levantaba frente al hospital de la Buena Esperanza. Un modesto cartel identificaba la residencia como el convento de las Hermanas de la Buena Esperanza. En la placa de latón que había junto al timbre se leía: «Esperanza para los que la necesitan»—. ¡Ya habla de mandar a alguien a París en busca de un traje de novia para usted! Si solo tiene quince años, y madame Barnett pensando en casarla. No le gustará lo más mínimo. Las religiosas no tienen marido ni hijos. Y la membresía es de por vida. Una vez se toman los hábitos, ya no se puede dar marcha atrás.

—Ya me lo has explicado todo, Cosette.

La puerta principal se abrió y por ella apareció una joven no mucho mayor que Anna y con un hábito diferente: estaba hecho de la misma sarga negra que los hábitos completos, pero era más corto. El velo era blanco y no tan largo, sin cofia ni toca.

—Tenemos una cita con la madre superiora —anunció Cosette.

Anna había necesitado una semana entera para convencer a su institutriz de que la ayudara a averiguar más sobre aquellas religiosas que cuidaban de los enfermos. Siendo Cosette católica como era, conocía el tema y había solicitado una cita con la superiora del convento, aun en contra de su propio parecer.

Las guiaron por un estrecho pasillo repleto de fragancias y aromas distintos: allí olía a sebo y a cera de abejas, a ropa limpia y a desinfectante, a pan cociéndose en el horno, a tela bajo el calor de la plancha; los olores del trabajo manual duro.

Desembocaron en un salón sorprendentemente bonito, sorprendente porque el exterior de la casa era sencillo y muy modesto. Las paredes estaban cubiertas de paneles oscuros, con librerías de obra repletas de libros. Sobre la chimenea colgaba un cuadro. Mostraba la imagen de una joven monja en un jardín cuajado de flores. En la mano izquierda sujetaba un libro de plegarias abierto por una página con ilustraciones; en la derecha, una pequeña flor. La túnica que vestía caía con tanta gracia sobre su esbelto cuerpo que parecía que formaba cascadas.

—Veo que les gusta nuestra nueva adquisición —dijo una voz. Al oírla, Anna y Cosette se dieron la vuelta y vieron entrar en el salón a una mujer rolliza de mediana edad. Vestía un hábito negro por completo, el rostro aprisionado por la toca blanca almidonada. Le colgaba un rosario del cinturón, largo y con las cuentas de madera, que repiqueteaba con cada paso que daba hacia ellas, la mano extendida—. Soy la madre Matilda. Bienvenidas a nuestra casa.

Daba la mano con energía y le brillaban los ojos, que transmitían inteligencia y humor.

—Es hermosa —comentó Cosette, que aún miraba el cuadro—. ¿Quién es?

—Es un regalo de un hombre cuya hija cuidamos cuando enfermó de cólera. En agradecimiento a nuestra labor, encargó a un pintor que plasmara lo que él llamó «la esencia de nuestra orden».

La madre Matilda tomó asiento detrás de su mesa. En la pared que tenía a su espalda colgaba un bordado en el que Anna leyó: «Ante todo y sobre todo ha de atenderse a los enfermos. San Benito, 480 d. C.». Las invitó a sentarse en sendas sillas de respaldo recto y las miró fijamente, primero a una y luego a la otra.

—Imagino que tienen preguntas sobre nuestra orden.

Cosette se dispuso a hablar, pero Anna la interrumpió.

—Quiero unirme a su comunidad, reverenda madre.

Matilda sonrió y entrelazó las manos sobre la mesa.

—Ya veo. ¿Tiene usted vocación?

—¿Que si tengo qué?

—¿Ha sentido la llamada de Dios?

—Ah, sí. Cuando tenía diez años —respondió, y cayó en la cuenta de que era verdad.

¿Cómo explicar sino el impulso que la alejaba de la cabaña y de las tareas de la casa y que la llevaba a rodearse de la creación del Señor? ¿Acaso no decía la Biblia que Dios cuidaba también de los gorriones?

—Deseo cuidar de los demás, reverenda madre. Me gustaría ayudar en su hospital y aliviar el dolor a los enfermos.

—Ha de saber que las hermanas de nuestra orden cumplen con unas exigencias mucho más elevadas que las enfermeras profesionales, que, estoy segura de que ya lo sabe, suelen ser mujeres de moral escasa y que a menudo se dan a la bebida. Los hospitales públicos son lugares abominables.

—Ah, sí, madre —corroboró Anna. Estaba tan emocionada que olvidó llamarla «madre superiora», como debía—. Hace tres años estuve en el hospital Mariner y me pareció un sitio horrible, pero el otro día volví a entrar y todo había cambiado.

La madre Matilda la miró sorprendida.

—¿Se ha dado cuenta? Cuando llegamos a San Francisco, hace ya cinco años, nos limitamos a hacer visitas a domicilio. Pero entonces vimos cuánto se nos necesitaba en el hospital y acordamos con el condado ocuparnos de su dirección. Sí, hemos hecho unos cuantos cambios.

»Nuestra orden se fundó en Inglaterra hace quinientos años. Con la disolución de los monasterios bajo la Reforma protestante nos vimos obligadas a viajar a otros países, donde seguimos creciendo y prosperando. Nuestra fundadora escribió dos libros muy famosos de medicina, *Herbarius* y *Causae et curae*, y también experimentó visiones de Jesús y de los santos…

Cuando el tema viró hacia la religión, la atención de Anna no tardó en disiparse. No podía dejar de pensar en los dos libros sobre medicina que la madre Matilda acababa de mencionar y en los conocimientos que debían de contener. Esperaba que le permitieran leerlos.

La superiora miró a Anna de arriba abajo con gesto serio, y se fijó en su ropa cara y en su cabello, rojizo con reflejos dorados y recogido en dos largas trenzas.

—Aplaudo una ambición tan desinteresada como la suya, señorita Barnett, pero he de advertirle que se le exigirán muchos sacrificios. Debe estar preparada para renunciar a los bienes materiales de este mundo. Y aquí no somos perezosas precisamente. Las hermanas pasan gran parte de su tiempo en el jardín de las hierbas medicinales y elaborando remedios naturales. ¿Cree que estaría preparada para ello?

—Donde vivíamos antes no había médico, así que las mujeres de las granjas de la zona compartían entre ellas los remedios caseros de sus familias. Nosotros nos hacíamos nuestro propio jarabe para la tos machacando cebollas con azúcar. La pólvora disuelta en agua era un excelente colirio para los ojos. El zumo de cebolla y las hojas de tabaco calientes curan el dolor de oído. Y un remedio esencial para las enfermedades del pecho es la grasa de ganso y la trementina. Me encantaría trabajar en su jardín medicinal.

La madre Matilda lo consideró en silencio mientras alisaba los papeles que tenía encima de la mesa, que ya estaban perfectamente alisados.

—Somos una casa autosuficiente, señorita Barnett. No dependemos de la ayuda externa. Hacemos muchas más cosas, además del trabajo en el jardín.

—Mi familia no siempre ha sido rica, reverenda madre —dijo Anna muy seria—. Eso vino después. En la granja en la que crecí no teníamos bonitas tiendas como aquí en San Francisco. Nos hacíamos nuestro propio jabón con grasa animal y sosa cáustica, tinte para la ropa con plantas y cortezas. Si queríamos mermelada, hervíamos zanahorias con sirope de azúcar. Creo que no hay nada en esta casa que no sea capaz de hacer. Quizá cree que tiene ante usted a una niña consentida de ciudad, reverenda madre, pero soy una chica de campo, que es donde nací y crecí.

La madre Matilda sonrió.

—Muy bien, veo que no le da miedo el trabajo duro, pero para entrar en esta orden no basta con arremangarse. Deberá hacer sacrificios, renunciar a cosas que de otro modo tendría en el mundo exterior. Por ejemplo, todas hacemos voto de castidad. ¿Sabe lo que significa eso?

Anna vaciló. Sabía que la castidad implicaba renunciar a la posibilidad de ser madre, pero el trabajo de la hermandad era mucho más importante.

—Estoy preparada para hacer sacrificios —dijo.

—Hay una cosa más, Anna. Para poder unirse a nuestra comunidad ha de convertirse al catolicismo.

Parecía fácil. Anna ya creía en Dios y en Jesús. Había leído el Nuevo Testamento y asistido puntualmente a la misa dominical en la iglesia metodista donde los misioneros convertían a los indios.

—Con mucho gusto —afirmó.

Pero la madre Matilda no se dio por vencida.

—Quiero que venga a misa este domingo antes de tomar una decisión.

—Yo me ocuparé de traerla —intervino Cosette con una sonrisa, imbuida por el espíritu del nuevo objetivo de Anna y recordando el amor que ella misma sentía por su religión, que era la fe más hermosa del mundo.

—Si se le concediera el ingreso en esta casa —dijo la madre Matilda—, pasará por tres años de intenso estudio. No solo será instruida en el catecismo, sino que deberá aprender la historia de la Iglesia y leerá las vidas de los santos y los mártires. Estudiará a los filósofos y los teólogos latinos como san Agustín o san Jerónimo. Además de los estudios religiosos, aprenderá matemáticas y química, anatomía humana y fisiología. Seguirá un curso completo y, además, asumirá sus obligaciones aquí en el convento, donde ayudará con la cocina y la limpieza, la lavandería y la costura. Cuando esté preparada, saldrá a la ciudad con las hermanas a visitar a los enfermos. ¿Está lista para semejante reto, hija mía?

—¡Por supuesto, reverenda madre, lo estoy!

La superiora inclinó la cabeza a un lado.

—Quiero que dedique los próximos días a pensar en todo lo que echará de menos. No tendrá esposo ni hijos. La hermandad será su familia.

—Parece una familia maravillosa de la que formar parte.

—Necesitaré el permiso por escrito de sus padres. Cuando lo tenga, la aceptaremos en el seno de nuestra pequeña familia y su formación empezará cuanto antes.

—Usted sígame la corriente —le dijo Cosette mientras subían los escalones de la iglesia y se unían a una multitud ecléctica de ricos y pobres, blancos y mexicanos—. Hay que arrodillarse, levantarse y sentarse, y repetir las palabras del cura. Ya sabe santiguarse. Eso lo ha aprendido deprisa.

Los padres de Anna nunca habían sido feligreses devotos. Asistían a los servicios de la misión metodista en Oregón por la parte más social de las reuniones, y en San Francisco acudían los domingos de vez en cuando al servicio de una iglesia luterana de California Street. No se opusieron a que su hija acompañara a su institutriz «por curiosidad», tal como les había dicho Anna, y además era verdad. Aún no les había hablado de su intención de unirse a una orden religiosa.

Hizo todo lo que Cosette hacía: se puso en pie como todos los demás, se arrodilló y tomó asiento de nuevo para escuchar el sermón, pero cuando la institutriz se unió a la fila que esperaba la Sagrada Comunión frente al altar ella no se movió del banco. El latín no significaba nada para ella, pero sonaba exótico y misterioso. Le encantaba el olor del incienso y la profusión de flores. El suave sonido de las campanillas del altar. Los coloridos rayos de sol que se colaban a través de las vidrieras tintadas. El catolicismo, se dijo, era una religión de los sentidos que se deleitaba en las imágenes, los sonidos y los olores.

La joven y tierna Anna sonrió para sus adentros y pensó: «Creo que me gustará ser católica».

Llovía. El día era frío y oscuro, pero el señor Barnett entró por la puerta gritando sus nombres con la voz emocionada de las ocasiones en que tenía algo especial para ellos. «Generoso como nadie», solía decir Rachel Barnett de su esposo.

—¡Esperad a ver lo que he traído a casa para mis mujercitas! —exclamó mientras entraba en el salón donde Anna y su madre permanecían sentadas en silencio. No se percató de que su mujer no se levantaba para recibirlo como solía hacer ni de que su hija ni siquiera lo había saludado. Gritó por encima del hombro—: ¡Chicos, traedlo! —Y esbozó una sonrisa tan genuina que parecía imposible que nada ni nadie se la borrara.

Anna y su madre observaron a los dos hombres que entraban en el salón cargados con un pesado baúl. Lo dejaron sobre la alfombra y se tocaron la gorra en señal de respeto antes de desaparecer por donde habían llegado.

—Esta mañana he bajado al puerto —explicó Mallory mientras abría la tapa del baúl—. ¡Las he comprado por una suma irrisoria! El capitán tenía prisa por partir hacia Vancouver y me las ha vendido por la mitad de su precio —explicó, y se volvió hacia ellas con su gran sonrisa en los labios—. ¿Y bien? ¿Qué os parecen? —Cogió un rollo de tela y lo sostuvo en alto. Era brillante y de un verde que reflejaba las llamas de la chimenea en destellos de color esmeralda—. ¡Recién llegadas de China! ¡La mejor seda que se fabrica allí! ¿Alguna vez habíais visto amarillos y rojos como estos? Mirad esta, está bordada. Imaginad los vestidos que os haréis con ella. ¡Seréis la envidia de todas las mujeres de California! —De pronto guardó silencio y la sonrisa desapareció de su rostro—. ¿Qué ocurre? Creía que os pondríais a bailar y me cubriríais de besos. ¿Ni siquiera una sonrisa?

—Anna tiene algo que decirte, Mallory —le anunció Rachel sin levantarse y con las manos firmemente apretadas en el regazo—. Será mejor que te sientes.

Reparó en lo pálida que estaba su mujer, en la rigidez de su postura.

—Dios mío —dijo abalanzándose hacia su hija—. ¿Te encuentras bien, Anna? ¿Estás enferma?

—No, papá, estoy perfectamente. Tengo una noticia que darte.

Él frunció el ceño.

—¿Una noticia? ¿Qué noticia?

Anna estaba nerviosa. No sabía cómo se lo tomaría.

No quería hacer daño a sus padres. Sabía que su madre era una mujer cargada de buenas intenciones que lo único que quería era lo mejor para sus hijos y que su padre trabajaba muy duro para darles una buena vida. Ya suponía que no estarían de acuerdo con su decisión, pero era tan inocente y se sentía tan feliz de haber encontrado por fin su lugar en el mundo que la reacción de su madre la cogió desprevenida.

Vaciló un instante, y Rachel aprovechó para adelantársele.

—¡Nuestra hija quiere convertirse al catolicismo!

El señor Barnett arrugó la nariz.

—¿Qué? ¿Al catolicismo? ¿Te refieres a la gente de san Urbano? Son todos mexicanos e irlandeses, ¿verdad?

—¡Pretende hacerse monja!

La perplejidad de Mallory Barnett aumentaba por momentos.

—¿Monja… como las de Boston? ¿Esas mujeres que van por ahí todas cubiertas con túnicas? ¿Por qué desearía Anna ser como ellas?

—Tienen una orden de enfermeras aquí en la ciudad —le explicó Rachel, la voz tensa como si estuviera comunicando a alguien la peor noticia posible—. Trabajan en el hospital de la Buena Esperanza. Tu hija… quiere ser enfermera.

El padre de Anna frunció el ceño y luego arqueó las cejas.

—¿Eh? —exclamó—. ¿De qué estás hablando? ¿Monjas? ¿Enfermeras? Nuestra Anna va a casarse con el mejor partido de toda la ciudad. De hecho, Harry Connor, el dueño de la siderurgia, que es bastante más rico que nosotros, y yo ya hemos hablado alguna vez de la buena pareja que harán su Edward y mi Anna cuando llegue el momento. —Agitó la mano como si hubiera entrado un mosquito en el salón y regresó junto al baúl lleno de telas—. Mirad esta seda blanca de aquí y decidme que no es perfecta para un vestido de novia…

—Papá —lo interrumpió Anna—, quiero unirme a las Hermanas de la Buena Esperanza. Pretendo hacer algo importante con mi vida.

Mallory se dio la vuelta con las manos en la cintura. La cadena de oro del reloj le colgaba como una guirnalda sobre el vientre y reflejaba las llamas de la chimenea.

—Escúchame bien, niña: ya puedes empezar ahora mismo a quitarte esa tontería de la cabeza. Cásate y dame nietos. No hay nada más importante en la vida de una mujer que eso.

—Padre —replicó ella levantándose de la silla—, quiero cuidar de los enfermos.

—¡Las enfermeras no son mucho mejores que las putas! Es una profesión para mujeres desesperadas, no para señoritas respetables.

—Las Hermanas de la Buena Esperanza son mujeres respetables, padre.

—¡He visitado un hospital y no hay un sitio peor sobre la faz de la tierra!

—Pero el hospital de la Buena Esperanza es distinto.

Mallory Barnett era un hombre de cabello, bigote y patillas pelirrojos; incluso tenía los ojos de un tenue castaño anaranjado. Cuando se sentaba junto al fuego, parecía un duende salido de los cuentos ilustrados de su infancia. Además era grueso como ellos.

Gracias a su carácter alegre tenía muchos amigos. Era muy trabajador, y nadie podía culparlo por visitar de vez en cuando las tabernas y las salas de apuestas (aunque Anna a veces oía llorar a su madre cuando su padre volvía a casa oliendo a perfume).Tenía una habilidad especial para entenderse con todo el mundo y al mismo tiempo defender la postura contraria, lo cual lo convertía en una persona especialmente agradable.

Desde que Anna tenía uso de razón su padre la había llamado Huevo. Cuando aún vivían en Oregón solía abrirse paso entre la hierba alta hasta donde ella estuviera jugando, se plantaba delante de su hija con los brazos en jarra y le decía: «Pero ¿qué es esto? Parece que un pájaro ha puesto un huevo en mis tierras». Se inclinaba sobre la chiquilla y la llevaba de vuelta a casa subida a los hombros, mientras llamaba a su madre: «¿Rachel? ¡He encontrado un huevo enorme! ¡Podemos cocinarlo para cenar!». Y Anna reía a carcajadas.

Ojalá ahora la llamara Huevo. Ojalá frunciera las cejas pelirrojas y fingiera estar meditando profundamente la cuestión de las hermanas enfermeras para acabar diciendo: «Huevo, si es lo que quieres, que así sea».

Pero tenía una mirada extraña, como si se hubiera encerrado en sí mismo. No parecía el mismo hombre extrovertido que invitaba a cerveza a los desconocidos y regalaba pepitas de oro a los mendigos, que adoraba a su hija con toda su alma y cuyo sueño de hacerse rico no tenía nada que ver con su propia comodidad, sino con la de ella, su querida Huevo, su pequeña trotamundos perdida entre la hierba dorada de los campos de Oregón.

Nada podría haber preparado a Anna para el dolor que transmitían los ojos de su padre, la incredulidad al saberse traicionado de aquella manera por su propia hija. Se quedó allí de pie, inmóvil en el centro de la alfombra, como un viejo impotente. De pronto dio media vuelta y desapareció por la puerta del salón, no sin antes propinar una patada al baúl lleno de rollos de seda como si suya fuera la culpa de haberlo convertido en el tonto más tonto del mundo.

Tras una semana de silencios incómodos durante la cual el señor Barnett salía de casa todos los días al amanecer y no regresaba hasta que se había puesto el sol, Anna consiguió reunir el valor suficiente para enfrentarse a su padre, que, sentado tras la mesa de su despacho, estudiaba con el ceño fruncido los libros de contabilidad que había sobre el escritorio. El fuego ardía en el hogar, las lámparas emitían un suave brillo y la lluvia repiqueteaba contra las ventanas. En aquella casa ya no reinaba la felicidad. Anna sabía que su júbilo lo había arruinado todo.

—Padre —dijo—, hay algo dentro de mí que me impulsa a cuidar de los demás. No puedo evitarlo. Y tampoco puedo ignorar ese sentimiento. Lo he intentado, pero lo único que consigo es que crezca aún más.

Su padre no apartó los ojos de las columnas de números.

—Puedes cuidar de tu esposo y de tus hijos.

—No es suficiente.

Barnett levantó por fin la mirada. El dolor seguía allí, ni siquiera había empezado a desvanecerse de sus ojos. Anna deseó más que nunca que la llamara Huevo.

—Cuando eras pequeña siempre traías a casa pájaros con las alas rotas. Llorabas desconsoladamente cada vez que se moría un ternero recién nacido. Si alguna enfermedad se llevaba por delante a las gallinas, no había quien te confortara. —Negó con la cabeza—. Solía decirte que una chica de campo no puede encariñarse de aquello que acabará convirtiéndose en su cena.

Anna se echó a llorar y se estremeció a causa de los sollozos. La frustración le impedía encontrar las palabras adecuadas, o haber sido capaz de pintar el cuadro o componer la sinfonía que habría hecho que su padre la comprendiera.

Él suspiró, y fue un sonido triste, como si el alma le abandonara el cuerpo por momentos.

—Quieres renunciar al amor, al romance, a la maternidad. Quieres ser pobre y casta y obedecer toda clase de normas antinaturales.

—Es el precio que tengo que pagar —replicó Anna con un hilo de voz mientras las lágrimas rodaban por sus mejillas porque, en lo más profundo de su corazón, no deseaba renunciar a nada. Quería ser normal y tener una vida normal, quería tener hijos, pero también ser enfermera—. El precio que estoy dispuesta a pagar —aclaró con la voz rota.

El dolor que transmitían los ojos de su padre se convirtió en decepción, que era mucho peor que la ira. Sacudió la cabeza y dirigió de nuevo su atención a los libros de contabilidad.

Pasaron las semanas y el desgarro del corazón de Anna no hacía más que crecer. La sensación de plenitud que había experimentado en el hospital desapareció, dejando tras de sí un vacío frío e insoportable. Rachel la llevó de paseo al parque, a la playa. Barnett la colmó de vestidos y sombreros, pero Anna sentía que estaba vacía. Echaba de menos Oregón, quería ir al convento. Intentó olvidarlo todo, pero por mucho que se esforzara en cumplir los deseos de sus padres, por mucho que intentara ser la hija con la que soñaban, no podía hacerlo.

Rachel hizo que la visitaran varios doctores. Uno dijo que Anna sufría de melancolía. Otro aseguró que el problema era en realidad un caso de histeria. Culparon a su matriz. Le recetaron pastillas y tónicos. Su madre la regañaba a menudo. Ella lloraba. Rachel le preguntaba una y otra vez por qué. Incluso intentó hacer que se sintiera culpable.

—Te da igual que yo sufriera para traerte al mundo en un carromato en medio de territorio indio y hostil. Durante veinticinco largas y agonizantes horas sufrí dolores terribles, sentí que la piel se me rasgaba y que la sangre brotaba de mi cuerpo hasta que creí que iba a morir. No importa que tu padre temiera perderme ese día y que no pudiera hacer nada para ayudarme hasta que tú llegaste al mundo llorando, empapada, fría e indefensa como él. Me incorporé, agotada como estaba, y te acerqué a mi pecho en cuanto retomamos el camino, a pesar de que me dolía todo y aún estaba sangrando, pero teníamos que alejarnos de los indios. No importa el infierno y la tortura por la que tuve que pasar para encontrar una vida mejor lejos de las fábricas de algodón y que mis hijos tuvieran un futuro más afortunado que el mío.

Pero al final no le quedó más remedio que claudicar.

—Siempre ha sido diferente, Mallory —dijo un día a su esposo—. Lo sabes tan bien como yo. Cuando era pequeña ya era una niña salvaje y ahora es una jovencita decidida y obstinada. No concilio el sueño, Mallory; no podemos seguir así. Deja que ingrese en el convento. Sabes que las cosas no mejorarán. Y tenemos que pensar en Eli. El estado mental de su hermana le está afectando, y es una lástima porque es un niño muy bueno. Deja que se vaya —añadió con amargura—, a ver si le gusta vivir como vivíamos en las fábricas, apiñadas y siempre esclavas de las campanas, los silbatos y las normas ajenas.

Pero Barnett se negaba.

—Mi hija no será monja. Y no se hable más.

No obstante, un buen día Mallory Barnett regresó a casa convertido en un hombre nuevo.

Llamó a Rachel y a Anna al salón, se colocó frente a la chimenea y dijo:

—Esta mañana estaba en el puerto, revisando un cargamento de naranjas y café de las islas Sandwich, cuando una de las cajas cayó de la carreta y aterrizó sobre un hombre; le aplastó una pierna. Unos cuantos de los presentes propusimos llevarlo a su casa, pero dijo que no tenía porque acababa de llegar a San Francisco. También nos contó que su nombre era Barney Northcote y añadió que estaba solo en el mundo, así que finalmente lo llevamos al hospital de Stockton Street, ese al que llaman de la Buena Esperanza. Nos despedimos de él porque sabíamos que tenía las horas contadas, pero el miedo hizo que se aferrara a mi mano y me suplicara que me quedara con él hasta el último momento. Y eso hice.

»Llegó un médico para examinarlo. Dijo que era especialista en huesos y allí mismo le limpió la herida, recortó la piel y la carne que habían quedado maltrechas, le colocó bien los huesos y le inmovilizó la pierna entre dos tablones. Después de eso se lo llevaron a una sala de recuperación y lo metieron en la cama. Yo sabía que una fractura como esa equivale a una sentencia de muerte, así que me despedí de él y le pregunté si había alguien con quien pudiera contactar en relación con sus posesiones.

»Pero antes de que pudiera responder, una de esas religiosas que visten completamente de negro con un delantal blanco se acercó a mí y me dijo que el señor Northcote necesitaba reposo. Era una mujer limpia, joven y educada, me pareció. Tenía un rostro hermoso, aunque aprisionado por esa cosa blanca que llevan en la cabeza. Mientras le ahuecaba la almohada y alisaba las mantas, me fijé en que sus manos parecían suaves y delicadas. Me dijo que le administraría morfina y que se aseguraría de que la herida no se le infectara. Me invitó a que lo visitara mañana, puesto que él seguramente querría ver a sus amigos.

»Miré a un lado y a otro a lo largo de la sala y solo vi camas limpias y ocupadas por hombres que dormían. Tampoco olía mal. Las hermanas, mujeres extraordinarias sin duda, iban de un lado a otro sin hacer ruido y ocupándose de sus quehaceres. Por un momento pensé que eran ángeles venidos del cielo… No me preguntéis cómo, pero sé que Barney Northcote acabará recuperándose y que lo que he presenciado allí esta mañana ha sido poco menos que un milagro. —Se llevó un pañuelo a los ojos y añadió—: ¿Qué hombre no estaría orgulloso de saber que su hija dedica su vida a una causa tan noble y altruista? Así pues, Huevo, puedes unirte a las hermanas con mis bendiciones.

Anna tenía dieciséis años el día que se convirtió a la fe católica. Había dedicado los últimos doce meses al estudio religioso bajo la tutela de una profesora laica llamada señorita Sánchez. Una vez a la semana Anna iba a su casa, donde, junto con otros que también querían convertirse al catolicismo, aprendía el catecismo y la liturgia de la misa, así como los pecados y los sacramentos. El padre Riley fue quien la bautizó, quien escuchó su primera confesión y le administró la primera Santa Comunión.

El día de su confirmación, en la que el obispo le dio una palmadita en la mejilla y el padre Riley sonrió orgulloso al verlo, Mallory Barnett celebró una gran fiesta en honor de su hija e hizo una importante donación a la Iglesia, presumiendo ante todo el mundo de que su hija se había convertido en una «santa hermana».

Su madre hacía tiempo que se había resignado a perderla, como decía ella, pero para entonces había tenido otro hijo, una niña, de modo que entre su hijo mediano, Eli, y la pequeña Helen seguía teniendo la familia perfecta.

Aun así, el día que Mallory Barnett llevó a Anna al convento, donde viviría primero como postulante y luego como novicia hasta que tomara los votos definitivos tres años más tarde, Rachel prefirió quedarse en casa.

Barnett besó a su hija en la frente y la dejó sola para que llamara al timbre y entrara en el edificio. Anna lloró, de alegría pero también de tristeza. Se disponía a ocupar su lugar en el mundo, pero al mismo tiempo dejaba atrás tanto la niñez como los placeres y los lujos de la vida que había conocido hasta entonces.

Con ella ingresaron dos chicas más, Alice y Louisa, y las tres fueron acogidas bajo el ala protectora de la hermana Agnes, que había cumplido ya cuarenta años y era una de las monjas de más edad. Fueron escoltadas al dormitorio de las postulantes, una estancia con seis modestas camas con estructura de hierro separadas entre sí por cortinas que colgaban del techo.

Anna estaba ahora limitada por más normas que nunca, además de confinada entre las paredes del convento. Sin embargo, aceptaba la falta de libertad personal porque era el precio que debía pagar a cambio de la vida que tanto anhelaba. Así pues, no solo no le molestaban las ropas de postulante, el velo, los pesados zapatos y las medias apretadas, sino que las agradecía puesto que eran un recordatorio del gran servicio que pronto empezaría a prestar.

Hizo todo lo posible por imitar a sus compañeras, las piadosas novicias Alice y Louisa, y a las otras monjas, ya profesas. Todas cantaban en la capilla con una serenidad encomiable, se sentaban completamente inmóviles para meditar y se arrodillaban de la misma manera, sin mostrar el menor desasosiego. Anna, por su parte, no podía evitar dejarse llevar por la impaciencia. Durante los rezos su mente imaginaba la próxima lección, la siguiente visita al hospital, donde se le permitía ayudar a servir la sopa y el pan a los pacientes. Mientras sus compañeras entonaban el Ave María imaginaba el día en que recibiría su propia bolsa de mano de cuero negro y podría empezar a cuidar de los enfermos.

Pronto supo que la orden no cobraba por sus servicios. Sus miembros hacían voto de pobreza y por ello dependían de la generosidad de los demás para sustentar la misión. El convento, que había empezado como una modesta casita pero que ya contaba con una capilla, varios dormitorios, una cocina, un comedor, un salón y un aula, les había sido donado por un hombre adinerado de San Francisco que poseía viñedos en Napa y Sonoma. La comida la recibían de los agricultores católicos de la zona, mexicanos que habían decidido no irse después de que su país perdiera la guerra con el país vecino y parte de California pasara a ser territorio estadounidense. Las hermanas hacían su propia colada y cosían, pero la tela de los hábitos la recibían de Weston and Sons, en Montgomery Street, cuyo propietario era otro hombre de negocios católico. Y cuando tenían que aventurarse al exterior, más allá de donde sus pies podían llevarlas, alquilaban un carruaje en unas caballerizas de Sansome.

Anna descubrió que en San Francisco había muchos católicos. Hacía tres siglos que los exploradores y comerciantes españoles habían traído consigo el catolicismo. Más tarde, de eso hacía alrededor de cien años, los padres franciscanos establecieron misiones a lo largo de la costa, veintiuna en total, para la conversión y la protección de los nativos americanos.

Anna se hizo amiga de Louisa. La ayudó con las lecciones, puesto que su compañera era un poco lenta. Louisa le contó que de pequeña se había caído de los brazos de su madre y que quizá por eso aprender y memorizar le resultaba tan difícil. Le preocupaba no llegar a los votos finales, pero Anna le dijo que sería una monja maravillosa.

Todas las noches antes de irse a dormir Louisa se sentaba en el borde de la cama de Anna y le decía lo hermosa que le parecía y lo contenta que estaba de que fueran amigas. Su familia no era rica. Su padre alternaba la bebida con el trabajo, por lo que su madre tenía que coser sudarios para un fabricante de ataúdes. Eran seis hermanas, y Louisa la más callada y la que menos se quejaba.

Durante el primer año que Anna pasó entre las hermanas se percató de que la gente las trataba con un respeto distinto al que por lo general recibían las mujeres. Al fin y al cabo, las monjas eran importantes de una manera que nadie más lo era. Todos, si bien los católicos en especial, se mostraban respetuosos y corteses con ellas, y a las que vestían el hábito completo las miraban con una mezcla de temor y reverencia. De sus bocas salían las palabras: «Buenas tardes, hermana», pero sus ojos decían: «Usted no es normal. Trabaja directamente para Dios. Tiene poderes sobrenaturales».

—Al entrar en la habitación del enfermo —dijo la hermana Agnes, de pie frente a su reducida clase y con la pequeña pizarra negra tras ella— lo primero que hay que hacer es asegurarse de que las ventanas están cerradas y las cortinas corridas. No deben permitir que entre aire ni luz del exterior. Los enfermos necesitan oscuridad y aire inmóvil.

Las tres postulantes, sentadas en sus respectivos escritorios y provistas de papel y pluma, anotaban todo lo que la hermana Agnes decía.

—Ahora mírenme, jovencitas: así es como determinamos si un paciente tiene fiebre o frío. Apriétense una mejilla con el dorso de una mano así… No, Louisa, la frente no. Recuerden que cuando hayan profesado llevarán la frente cubierta. Eso es, en la mejilla. Esto nos indica cuál es la temperatura normal del cuerpo. Ahora presionen la mejilla del paciente con el dorso de la mano. ¿Pueden decirme si la piel está más fría o más caliente que la suya? Esta es una habilidad que adquirirán con la práctica.

Dedicaron unos minutos a palparse la cara entre ellas, hasta que la hermana Agnes retomó la lección.

—A veces, si no hay un médico disponible, se les pedirá que suturen una herida. No necesitan que les enseñe a hacerlo puesto que todas han aprendido a coser con sus madres. —La hermana Agnes levantó la barbilla—. Los varones que estudian medicina pasan horas aprendiendo a coser, por lo que en esto ustedes les llevan ventaja.

A Louisa se le escapó la risa, que Agnes silenció con una mirada.

—Cuando se dispongan a salir de la habitación y dejen medicación para el enfermo asegúrense de explicarle cómo tomarla. La mayoría de nuestros pacientes son pobres, analfabetos y simples. Una vez dejé una botella de tónico a un hombre y le expliqué que debía tomar una cucharada tres veces al día. Cuando volví a visitarlo me percaté de que la botella estaba llena. Le pregunté por qué y él respondió que era incapaz de meter la cuchara en la botella.

Las tres postulantes pasaron de estudiar en el aula a trabajar como internas en el hospital. Al principio hervían las sábanas para matar los piojos, fregaban los suelos con sosa y desinfectante, daban de comer a los enfermos y rezaban con aquellos que estaban a su cargo. No tardaron en ocuparse de sus propios pacientes y también les permitieron ayudar a las otras hermanas en las tareas más técnicas: tomar el pulso, comprobar el color de la piel, revisar las heridas, escuchar el latido del corazón, administrar morfina, asistir a los médicos en sus rondas y, al final del proceso, ver salir a los internos, ya fuera por la puerta principal o por la trasera en un coche fúnebre.

Anna se retiraba todas las noches a su cama increíblemente satisfecha con el trabajo que realizaba durante el día. Estaban demostrando al mundo que la profesión de enfermera podía ser civilizada. Imaginaba su vida como una sucesión de días llenos de plegarias, hermandad, pías bendiciones y, sobre todo, pacientes curados y agradecidos.

—La madre superiora desea verla.

Anna, sorprendida, levantó la mirada de las sábanas que estaba doblando y la dirigió hacia a la hermana Bethany.

—¿Desea verme? ¿Por qué?

—No lo sé, querida. A mí solo me han pedido que la avisara.

Se puso nerviosa porque cuando la madre Matilda requería la presencia de una de las hermanas solía ser para reprenderla. Se secó el sudor de las manos en la falda, se acercó a la puerta del despacho y llamó.

—Adelante.

—*Benedicite*, reverenda madre —dijo Anna, utilizando la fórmula de saludo que se usaba en el convento y que también era una bendición—. ¿Desea verme?

Anna tenía diecisiete años y ya era novicia, pero aún tenía que aprender a relajarse en presencia de la madre superiora.

—Sí, hija. Voy a mandarte a tu primera visita a domicilio.

Anna la miró fijamente.

—¿Qué? —dijo sin pensar, y rápidamente se corrigió añadiendo—: ¡Ah, gracias, reverenda madre!

—Acompañarás a la hermana Agnes.

Un pensamiento poco caritativo se coló en la mente de Anna. No le gustaba la hermana Agnes, que nunca sonreía y actuaba como si estuviera más cerca de Dios que nadie.

—¿Podría ir con la hermana Margaret? —preguntó—. Perdóneme —se corrigió enseguida, retractándose de sus palabras.

—Irá con la hermana Agnes, querida. *Benedicite.*

Partieron una hora más tarde, caminando en silencio por las calles abarrotadas de gente, ignorando las miradas y los comentarios, hasta que llegaron a una pequeña casa de madera en Kearny Street.

No llamaron a la puerta, la abrieron ellas directamente, y es que la hermana Agnes visitaba aquel hogar con regularidad. Entraron en un vestíbulo con arcadas a ambos lados que se abrían a otras tantas estancias y una escalera justo delante de ellas. Anna creyó ver algo por el rabillo del ojo que le llamó la atención. Miró hacia el salón y vio a dos personas sentadas en un sofá. Estaban desnudas, la mujer tumbada sobre su espalda con las piernas levantadas en alto, y el hombre encima de ella, su trasero pálido y rollizo subiendo y bajando sin cesar.

Anna se quedó petrificada, pero la hermana Agnes ni se inmutó. Le tiró de la manga y señaló con el dedo la escalera para recordarle cuál era su deber. Fueron a las habitaciones de la planta superior, acompañadas por los estertores del sexo enérgico, y se dirigieron hacia una estancia pobremente iluminada en la que una mujer mayor descansaba bajo las mantas de su cama.

Sonrió al verlas llegar. En esa ocasión Anna solo tenía permitido mirar mientras la hermana Agnes tomaba el pulso a la anciana, le revisaba los ojos, la lengua y el color de la piel. Luego retiró las mantas, le levantó el camisón e inspeccionó discretamente el trasero de la mujer, donde Anna detectó tres úlceras que parecían estar en proceso de curación.

—¿Su hija le da la vuelta cuatro veces al día como le indique? —preguntó la hermana Agnes con una dulzura de la que Anna nunca la habría creído capaz.

—Sí. Hace todo lo que usted le manda.

«Y algunas cosas más», pensó Anna al oír los gemidos que se colaban a través de los maderos del suelo.

Mientras la hermana Agnes le aplicaba una crema y le administraba una medicina oral, Anna miró a su alrededor. Aquella familia era pobre, a juzgar por la sencillez del mobiliario, la alfombra harapienta y las raídas cortinas por las que entraba la luz a través de decenas de agujeros. Las Hermanas de la Buena Esperanza a veces trataban a pacientes ricos, pero su devoción era para los pobres y los que carecían de hogar. Sus pacientes eran todos católicos, no porque discriminaran a los protestantes sino por estos no querían que un católico los tocara.

Sobre el tocador de madera colgaba un espejo de grandes dimensiones. De pronto Anna vio su imagen reflejada. Ya era novicia, lo cual significaba que llevaba un velo más largo, si bien todavía blanco, y una capa negra más corta sobre los hombros. El vestido era del mismo color, con un canesú «de día» pero sin enaguas ni crinolina, de modo que la falda caía recta y no ahuecada. Cada vez se acercaba más a la imagen de la monja con el hábito completo, y lo cierto era que le gustaba lo que veía.

Rezaron una plegaria con la anciana, bajo el gran crucifijo que había sobre la cabecera de la cama, y antes de marcharse la hermana Agnes mojó la frente a la mujer con agua bendita e hizo la señal de la cruz. Cuando bajaron Anna vio que el salón de la planta inferior estaba vacío. Se preguntó qué habría pasado con la pareja, quiénes eran y adónde habían ido. Se dio cuenta de que aquello de visitar a los pacientes en su domicilio iba a gustarle. Entraría en su casa, se inmiscuiría en su intimidad, vería cómo vivían, conocería sus secretos. En cierto modo le recordaba a sus días de infancia, cuando aún se preguntaba qué habría más allá del horizonte o cómo era la gente de los demás países.

Intentó no pensar en la escena de sexo que había presenciado. Aquello también formaba parte de la vida que nunca experimentaría en primera persona. Quería pronunciar lo antes posible los votos definitivos porque sabía que, en cuanto hubiera profesado, nunca más volvería a tener pensamientos carnales.

El día de la Solemne Profesión solo quedaban dos candidatas, Anna y Louisa. La otra chica, Alice, se había enamorado del carpintero que trabajaba para las monjas y se habían fugado para casarse.

Mallory y Rachel Barnett asistieron a la ceremonia, acompañados de Eli, que se había convertido en un muchacho alto y apuesto, y de la pequeña Helen. Cosette también estaba allí. El acto se celebraba en la iglesia de San Urbano en lugar de en la capilla del convento e incluía el tránsito de varias postulantes a novicias, por lo que allí se había dado cita una gran congregación dispuesta a compartir la alegría y la sagrada consagración de las siete jóvenes.

Anna y Louisa, cubiertas con velos blancos, entonaron salmos y portaron cirios. Por encima del velo llevaban sendas coronas de espinas porque las Novias de Cristo debían parecerse a su Esposo y aceptar los sufrimientos que el Señor les impusiera. Aquellas espinas que recibían en un día tan feliz como el de su Solemne Profesión no eran más que un anticipo de los sacrificios que Dios esperaba de ellas en los años venideros. La madre Matilda les aseguró que cuando por fin se deshicieran de la última espina en su lugar sentirían la presencia de un halo divino.

Se arrodillaron ante el obispo, quien se dirigió a ellas por turnos.

—Hija, habiendo completado el período de la primera profesión requerida por las normas de vuestra orden, ¿cuál es tu deseo?

—Pido que se me permita hacer profesión perpetua en esta comunidad de hermanas por la gloria de Dios y al servicio de la Iglesia —respondió cada una en su momento.

El obispo introdujo el pulgar en el santo óleo y trazó la señal de la cruz sobre la frente de las jóvenes.

—Que Dios, que ha iniciado el buen trabajo en vosotras, lo culmine antes del día del Cristo Jesús.

Todas recibieron nombres nuevos. Anna se convirtió en Theresa y Louisa en Verónica. Luego las llevaron a un pequeño cuarto que había junto al altar donde la madre superiora y la hermana Agnes les cortaron el pelo utilizando unas pesadas tijeras. Los mechones caían uno tras otro en la cesta que habían puesto en el suelo. Anna vio sus rizos pelirrojos precipitarse como florecillas y pensó que era un precio a pagar pequeño a cambio de una vida tan distinta como maravillosa.

La madre superiora cubrió la cabeza de las nuevas hermanas con sendas cofias bien prietas, les ató las cintas alrededor del cuello y añadió las tocas almidonadas y el velo negro que las obligaría a mirar siempre hacia delante, nunca a los lados, puesto que ese era el camino que habían escogido.

Luego se arrodillaron frente al altar y se tumbaron boca abajo formando una cruz con sus cuerpos, con la cara contra el suelo para demostrar su humildad ante Dios.

Fue el día más feliz que Anna había vivido desde hacía nueve años, cuando aún estaba en su adorada granja de Oregón. Por fin volvía a estar donde debía.

El padre Halloran era un hombre joven y desgarbado con el cabello del color del fuego y el rostro pálido y cubierto de pecas. Tenía una mirada agradable, pero sus palabras eran duras e iban directas al corazón de cada hermana, de cada novicia y postulante que escuchaba su sermón en la capilla. La orden crecía rápido, tanto que ya casi eran veinte.

Era pastor en la iglesia católica de un pueblo llamado Honolulú, en las islas Sandwich, y les estaba hablando de las terribles circunstancias que habían sufrido los nativos del lugar.

—La primera epidemia de viruela azotó las islas de Hawái hace siete años —exclamó desde el púlpito—. Duró un año y se cobró las vidas de una sexta parte de la población. El rey Kamehameha IV y su esposa, la reina Emma, están muy preocupados por la alarmante merma de sus súbditos. En palabras del rey: «Debemos detener la mano demoledora que está destruyendo a nuestro pueblo».

Las hermanas escuchaban en absoluto silencio mientras el sacerdote les hablaba de aquella raza salvaje de las islas del Pacífico, de aquellos «infieles miserables» que estaban sufriendo lo indecible por culpa de su ignorancia y de las enfermedades. Cuando les explicó que el sarampión acababa de asolar el archipiélago de punta a punta y que por su causa habían fallecido diez mil nativos, las hermanas exclamaron horrorizadas. Ya había protestantes en las islas asistiendo a los nativos (el padre Halloran los llamaba «seudomisioneros»), pero por desgracia los católicos eran minoría y los pocos que había eran franceses, así que la ayuda era realmente urgente. Cuando les preguntó cuántas estaban dispuestas a soportar adversidades y sacrificios para ayudar a aquellas pobres gentes, Anna y sus hermanas se pusieron en pie como una sola, ofreciéndose en bloque.

Anna no sabía con exactitud dónde estaban las islas Sandwich ni qué podía esperar de un lugar como aquel. El padre Halloran les habló de la depravación de los nativos y de la decadencia en la que habían vivido sumidos hasta hacía apenas dos generaciones, cuando el hombre blanco había llegado a las islas y había encontrado a sus habitantes caminando desnudos y rezando a piedras y a árboles. Anna sintió la necesidad de ir allí cuanto antes y rescatarlos.

Seis hermanas resultaron escogidas. La madre Matilda les advirtió que el convento de Honolulú debía ser autosuficiente, que no recibiría ayuda financiera ni de ningún tipo de la Iglesia o de la Casa Madre en San Francisco. Podían rezar pidiendo generosas donaciones, pero aparte de eso tenían que encontrar la forma de mantenerse en funcionamiento.

Partirían a la semana siguiente bajo la protección del padre Halloran, y para Anna Barnett, ahora hermana Theresa, suponía la materialización de un sueño largamente anhelado.

Partieron el 29 de abril de 1860 a bordo del *Syren*, clíper de tres mástiles conocido por ser especialmente veloz.

Su familia fue al puerto a despedirla.

Esperaron entre la gente que se apiñaba en el muelle a que acabaran de cargar los últimos baúles en el barco. Llevaban biblias para los nativos, además de catecismos, rosarios, cirios, hostias, material médico y una estatua de cerámica prácticamente de tamaño real de Nuestra Señora de la Esperanza, embalada entre paja con esmero en una caja. El padre de Anna le obsequió un pequeño reloj que le sería de utilidad en su trabajo como enfermera y que podía sujetarse al hábito con un alfiler.

—Pregunté a la madre superiora qué podía regalarte y ella me recomendó que fuera algo práctico.

Se abrazaron una última vez. Mallory Barnett apretó tanto a su hija que a punto estuvo de dejarla sin respiración. Anna hubo de confiar en la fuerza de su padre, y se aferró a su pecho mientras le hablaba.

—Cuídate, Huevo. No sabes lo orgulloso que estoy de ti.

Anna no era capaz de soltarse de él. Al empezar la formación en el hospital había sentido curiosidad por el hombre de la pierna aplastada, Barney Northcode, a quien su padre había acompañado hasta allí para que lo curasen. Su ingreso no constaba en ningún sitio, y cuando la hermana Agnes le dijo que allí no había ningún especialista de los huesos, Anna fue consciente de que su padre se lo había inventado todo para salir airoso de su negativa a que Anna entrara en la orden religiosa porque ni él ni su hija tenían intención de dar el brazo a torcer. Así pues, al final el amor que sentía por Anna y el deseo de concederle cualquier cosa que ella quisiera lo llevaron a convencerse de que la castidad, la pobreza y la obediencia, así como una vida de servicio a los enfermos, eran mucho más valiosas para su hija que todos los rubíes y las esmeraldas del mundo. Nunca la vería con un vestido de fiesta, ni siendo cortejada por un hombre; no la llevaría del brazo hasta el altar ni acunaría a su primer hijo. Aquellos eran sus sueños, no los de ella, así que prefirió sacrificarlos por la felicidad de Anna y, de ese modo, le concedió el mejor regalo de todos.

—Me alegro de que viajes a esas islas tropicales —le dijo Rachel Barnett entre lágrimas—, de que al final acabes librándote de la vida de esclava que tu madre sufrió de pequeña. Parecen un lugar muy agradable. Rezaré para que tengas tiempo de disfrutar de la vida al aire libre.

Cosette también había ido a despedirla.

—¿Cómo lo va a hacer, *chérie*? —le dijo con tono burlón—. He oído que las islas Sandwich están llenas de palmeras y de lagunas azules y que siempre brilla el sol. ¡Debe de ser muy difícil tener presentes los votos en un paraíso así!

Anna sonrió.

—No habrá seducción posible allí. Además, estando en el paraíso seguro que es más fácil no olvidar los votos.

Se abrazaron y entre lágrimas se dijeron adiós, puesto que Cosette pronto regresaría a Nueva Orleans.

Anna se reunió con las demás hermanas para recibir la bendición del padre Riley y para rezar una última vez junto a la madre superiora. La hermana Agnes, por su parte, recibió oficialmente el título de «reverenda madre», puesto que sería la nueva superiora del convento de las islas.

Mientras seguía a sus compañeras por la pasarela que subía hasta el barco, Anna sintió la calidez del sol del Pacífico atravesando la oscura tela de su hábito, el calor que la calaba no solo hasta los huesos sino hasta el alma. Estaba convencida de que el *Syren* la llevaría al destino que le había sido encomendado.

TERCERA PARTE

Honolulú, Oahu

1860

10

—Hay una isla en Pearl Harbor —dijo el señor Marks sobre la cubierta del barco, desde donde observaban la actividad frenética del puerto— llamada Moku'ume'ume, que significa «isla de los Juegos Sexuales». Antes de la llegada del hombre blanco, si una pareja tenía problemas para concebir un hijo iba allí y se sentaba alrededor de una hoguera con otras parejas en su misma situación, un *kahuna* seleccionaba a un hombre y a una mujer al azar, que no estuvieran casados entre ellos, obviamente, y los enviaba a los matorrales a toquetearse un rato. Si la mujer se quedaba embarazada, el niño era considerado hijo del esposo, no del hombre que lo había engendrado. Si no había bebé, regresaban a la isla y ¡vuelta a empezar! Una solución bastante agradable, ¿eh, padre Halloran?

Mientras el aludido murmuraba una respuesta que los demás no llegaron a oír, la hermana Theresa intentó no imaginarse una isla en la que se llevaran a cabo actividades licenciosas como aquella. Le ardían las orejas, a ella y al resto de las hermanas, de la cantidad de historias que habían oído ya sobre los nativos de Hawái. El señor Marks, que era corresponsal de un periódico y estaba familiarizado con el archipiélago, se dedicaba a obsequiar a sus compañeros de viaje con relatos coloridos pero a veces también escandalosos.

—Antiguamente, cuando una embarcación arribaba a las islas

—continuó el señor Marks mientras el *Syren* se deslizaba sobre las aguas— era costumbre que las jóvenes se quitaran la ropa y nadaran hasta ella para mantener relaciones con los marineros. Los misioneros protestantes pusieron fin a esa tradición.

La hermana Theresa se apartó del grupo y se unió a sus iguales que, desde la barandilla del barco, se maravillaban con cuanto contemplaban.

Aquella mañana, nada más avistar tierra, había subido a cubierta para ver que las montañas parecían crecer lentamente en el horizonte. A medida que el *Syren* fue avanzando la hermana Theresa abrió los ojos cada vez más ante la espectacularidad de las vistas: picos de un verde esmeralda rodeados de neblina y arcoíris, la costa poblada de palmeras que se mecían al viento, el cielo infinito y de un azul intenso salpicado de nubes blancas. Aquel era su nuevo hogar.

—¡Allí está Honolulú! —exclamó el capitán.

Ahora ya podían divisar las cabañas de madera y de ramaje con porche en la entrada, levantadas al cobijo de las palmeras y los banianos, las agujas de la iglesia y unos cuantos tejados grises más allá de los árboles.

También vieron muchas embarcaciones, algunas navegando y otras fondeadas. Grandes edificios de planta cuadrada, seguramente almacenes y oficinas de transporte, se sucedían en primera línea de mar. Por todas partes, desde los tejados de las casas hasta los mástiles de barcos, ondeaban banderas de varios países, aunque la que dominaba sobre las otras era la estadounidense. «Qué curioso —pensó la hermana Theresa—, venir hasta tan lejos, a una tierra tan extraña, y seguir viendo las conocidas barras y estrellas, igual que en casa.»

Algo más alejados de la costa se levantaban los edificios que formaban los asentamientos de la isla y que proliferaban como las setas. Eran de piedra blanca, con tres o cuatro plantas; iglesias modestas con agujas realmente altas; casas particulares, algunas humildes, otras no tanto, alineadas a lo largo de las calles. Un poco más allá, una llanura verde y frondosa se perdía en la lejanía hasta unirse con la falda de las montañas en una grácil sinuosidad.

El día había amanecido caluroso. El padre Halloran, ataviado con su sotana negra y su sombrero de ala ancha, ya había empezado a sudar bajo el cuello blanco de la camisa. La hermana Theresa y sus compañeras también sudaban bajo la blanca toca almidonada, y los rayos de sol calentaban su cuerpo a través de la gruesa tela de sus hábitos. Anna volvió la cabeza hacia un lado y hacia el otro, buscando un poco de alivio en la brisa marina. Se puso de cara al viento y una extraña visión captó su atención en una playa lejana: un hombre parecía caminar sobre el agua. Parpadeó. Entornó la mirada. Sí, varios hombres estaban de pie sobre las crestas de las olas, como viejos dioses marinos procedentes de lo más profundo del océano. Y, de pronto, recordó que el padre Halloran les había hablado de la pasión que sentían los nativos por deslizarse sobre las olas con una especie de tablas de madera. Era un pasatiempo muy antiguo que los protestantes no habían sido capaces de hacerles abandonar.

Mientras el *Syren* atravesaba un estrecho canal pudieron ver el bosque de coral bajo las aguas y las criaturas que vivían en él entrando y saliendo de los arrecifes con una serenidad envidiable. Alrededor del barco los hombres impulsaban las canoas con sus remos y avanzaban hacia ellos con una precisión increíble, gritándoles *Aloha!* a modo de cálida bienvenida. En los muelles una banda tocaba *Dios salve a la reina*, a pesar de que los recién llegados eran norteamericanos, y una multitud de lo más variopinta jaleaba emocionada mientras el barco era conducido hacia su atracadero.

El puerto estaba lleno de embarcaciones de todos los tipos, desde goletas hasta balleneros, pasando por lanchas y barcas de remo. Dos pequeños botes con palas accionadas por vapor que escupían humo por sus largas chimeneas remolcaban al *Syren*. A pesar de su reducido tamaño, ambos lo guiaron entre todas ellas sin problemas. Los tripulantes lanzaron un cabo a tierra y los trabajadores portuarios se apresuraron a asegurarlo a su amarre.

El padre Halloran reunió a su rebaño para entonar una plegaria de agradecimiento. Las seis monjas se arrodillaron frente a él en la cubierta, inclinaron la cabeza para la bendición y dieron gracias a Dios por haberlos llevado sanos y salvos hasta su destino.

Dijeron amén, y cuando acababan de levantarse del suelo subió a bordo un grupo de muchachas de piel morena ataviadas con los vestidos anchos que los estadounidenses llamaban *muumuus*, en todos los colores del arcoíris. Sin dejar de reír se arremolinaron alrededor de los recién llegados, los saludaron con un *aloha* y les pusieron en el cuello guirnaldas de flores.

La madre Agnes dio unas palmadas para llamar la atención de sus compañeras.

—No nos separemos, hermanas. Estamos en un territorio desconocido en el que sin duda habrá dificultades y peligros que desconocemos. Recuerden lo que nos ha dicho el padre Halloran, que para llegar al convento hay que pasar por una zona de la ciudad no demasiado recomendable.

Todas sabían que estaba refiriéndose a las calles aledañas a los muelles, donde se concentraban la mayoría de las tabernas y tiendas de grog de la isla. El padre Halloran les había explicado que en un puerto con tanto tráfico como el de Honolulú podían llegar a desembarcar hasta cuatro mil marineros en un solo día.

Aun así, la hermana Theresa no veía el momento de pisar tierra. Llevaba semanas en alta mar, sin un solo instante de quietud, luchando contra el mareo y temiendo que una ola los arrastrara a todos por encima de la borda. Así pues, cogió su bolsa de mano de cuero negro, se dirigió hacia la barandilla y miró ansiosa la estrecha pasarela. Sabía que debería esperar a los demás, pero la tentaba pisar el sólido embarcadero. Se recogió los bajos de la túnica, puso un pie en la pasarela y la bajó a toda prisa, haciendo ondear los velos negros de su hábito como si fueran las velas de un barco.

En cuanto notó bajo sus pies la firmeza y la estabilidad de los tablones del muelle cerró los ojos y volvió a dar gracias a Dios por haberle permitido llegar sana y salva, y de paso aprovechó para rogarle que nunca más la hiciera subir a bordo de un barco.

De pronto sus rezos se vieron interrumpidos por un gran estruendo. Miró a su alrededor y vio que se había precipitado al suelo una de las cajas que estaban siendo descargadas de un bergantín cercano tras soltarse del arnés que la sujetaba. Los trabajadores se echaron la culpa los unos a los otros y se insultaron mientras la gente paseaba como si nada a su alrededor o formaba corrillos. Un poco más allá, dos hombres parecían enzarzados en una discusión amistosa frente a una oficina con las ventanas de cristal y un cartel en la puerta en el que leyó: «Comerciantes de esperma, grasa y aceite». Uno de ellos, el más bajito y corpulento, hablaba a su compañero, que era bastante más alto que él, agitando un dedo en alto.

—¡Créame, Farrow, no sabe el error que está cometiendo dejando pasar una oportunidad como esta!

—En breve el aceite de ballena será cosa del pasado —escuchó Theresa que le respondía el otro—, sería estúpido llevarlo en mis barcos.

La hermana Theresa notó un tirón en el velo. Pensó que se le habría enganchado en algo, pero al darse la vuelta se encontró cara a cara con un hombre de aspecto tosco que sujetaba la oscura tela con uno de sus fornidos puños.

Se acercó aún más y le dedicó una sonrisa teñida de desconfianza. Apestaba a ron y tenía los ojos inyectados en sangre.

—¿Y tú qué se supone que eres? —gruñó.

Ella estaba tan estupefacta que no atinaba a responder.

Otro hombre que se tambaleaba visiblemente se unió al primero, sucio y sin afeitar como él.

—¡Vaya! —exclamó mostrando una boca en la que no quedaba un solo diente—. Parece que necesita que le remuevan el estofado… ¡Y yo tengo la cuchara perfecta para hacerlo!

Se echaron a reír, y el primero volvió a tirarle del velo, agarrando aún más tela entre los dedos como si estuviera recogiendo un sedal.

—Seguro que vas a comportarte como una buena chica —le dijo—. Abrir el paquete ya será suficientemente divertido. ¿Qué crees tú que hay debajo, Frank?

—Por favor —suplicó la hermana Theresa, al tiempo que trataba de retroceder—. Dejen que me vaya.

Un tercer hombre se unió al grupo. Iba ataviado como los otros dos, con unos pantalones raídos y una chaqueta harapienta sobre una camisa a rayas de marinero. Olían a alcohol y no dejaban de acercarse a ella mientras la gente a su alrededor pasaba de largo, cada cual concentrado en sus asuntos.

—Por favor…

Intentó gritar, pero se había quedado sin aliento. ¿Dónde estaba el padre Halloran? ¿Dónde estaban sus hermanas?

El tercer hombre levantó una mano para tocarle la cara y arrugó la nariz.

—¿Qué es esta cosa en la que estás metida? Una vez vi una momia egipcia. ¿Eso eres?

Sin embargo, antes de que pudiera tocarla, un bastón apareció de la nada y golpeó al hombre en el brazo. El marinero gritó y retrocedió de un salto.

—Volved a vuestros barcos —dijo el recién llegado con la voz autoritaria de alguien acostumbrado a dar órdenes—. Estáis estorbando en el muelle.

Dos de los hombres se dieron la vuelta y desaparecieron a toda prisa mientras que el otro, el que había sido el primero en abordar a la hermana Theresa, agachó la cabeza y, antes de seguir a sus compañeros, murmuró:

—Sí, señor. Discúlpenos, capitán Farrow, señor.

—Gracias, señor —dijo Theresa a su rescatador a la vez que se colocaba bien el velo.

Él la observó con el ceño fruncido.

—Este lugar es peligroso para una mujer sola. —La miró de

arriba abajo con extrañeza, deteniéndose en la bolsa de mano de cuero y en el rosario que colgaba del cinturón de la monja—. No debería salir sin la compañía de un hombre.

Ella señaló hacia la pasarela del *Syren*, donde el padre Halloran se despedía del capitán. De pronto se percató de su propia mano desnuda asomando por el extremo de la manga; la bajó rápidamente y, sujetando con ambas la bolsa, devolvió la piel expuesta al abrigo de las mangas del hábito.

—Ah… —El desconocido reparó en el padre Halloran—. Ya veo.

Era un hombre apuesto, de unos treinta años, calculó la hermana Theresa. Llevaba una levita blanca de lino sobre unos pantalones del mismo color, un chaleco de seda verde pálido y una camisa blanca. Un sombrero de paja, de ala ancha y con una banda a juego con el resto del atuendo, le protegía del sol la cabeza y la cara. La hermana Theresa se detuvo un instante en sus ojos, oscuros y penetrantes, semiocultos bajo el ala del sombrero; la observaba con una mirada intensa. De pronto el caballero dio media vuelta y se alejó muelle arriba, y por un momento ella fue incapaz de apartar la vista de sus anchos hombros y su espalda imponente.

—¡Ya estamos listos para partir! —dijo el padre Halloran, que acababa de bajar por la pasarela del *Syren*—. He visto lo que le ha pasado, hermana Theresa. No debería haber desembarcado sola. —Siguió la dirección de su mirada y añadió—: El capitán Farrow es un hombre decente, aunque protestante. Una familia muy desgraciada, la suya. Su madre fue una de las primeras misioneras en llegar a las islas. Oirá hablar de ella a menudo. Emily Farrow. Dicen que un buen día perdió la cabeza, hará unos treinta años, y nadie sabe por qué. El capitán tiene un hijo muy enfermizo, los médicos no saben qué le pasa. Ah, veamos, el equipaje ya está cargado… Partamos hacia el convento, ¿le parece bien?

El padre Halloran guió al grupo de monjas a través del puerto. La hermana Theresa pensó que debían formar una curiosa proce-

sión, puesto que atraían las miradas de la gente, ya fueran marineros, estibadores, porteadores, trabajadores del puerto o personas
que visitaban el lugar o estaban a punto de partir. Las hermanas
siguieron al padre Halloran de dos en dos, seguidas por un carro
tirado por mulas y cargado con su equipaje y las cajas de suministros que habían traído consigo desde San Francisco.

Pasaron frente a edificios de madera de dos plantas, con grandes ventanales de cristal y carteles que anunciaban: «Folsom, proveedor naval», «Geary e hijos, veleros» o «Trementina, brea y alquitrán al mejor precio».

Fort Street discurría en paralelo a la línea de la costa. Había
tablones de madera dispuestos a ambos lados de la calle para los
viandantes así como toldos para protegerlos del sol y, para sorpresa de la hermana Theresa, también farolas de gas.

—¡Lo que ven, hermanas —dijo mientras caminaban el padre
Halloran con su voz de decir misa—, es la prueba palpable del
trabajo del Señor en estas islas! Hace apenas cuarenta años, las colinas, los llanos y los valles estaban ocupados por salvajes desnudos
e ignorantes que cometían sacrificios humanos en sus templos
paganos. ¡Miren ahora! ¡Solo en esta ciudad, donde no hace mucho la gente se postraba antes horribles ídolos de piedra, se levan-
tan seis templos de oración cristianos! En la isla vecina de Hawái,
la misma en la que los nativos rodearon a un capitán Cook desar-
mado e indefenso y lo apalearon hasta darle muerte, ¡en el presente los descendientes de aquella turba acuden todos los domingos a
la iglesia!

Las personas con las que se cruzaban se detenían a mirar: mujeres con falda ahuecada y bonete, caballeros con levita y sombrero de copa, marineros ataviados con el atuendo de su navío, nativas
con vestido largo y nativos con toda clase de prendas desparejadas
(desechadas previamente por los blancos, supuso la hermana Theresa).

—Hay cuatro iglesias congregacionalistas —les explicó el padre Halloran—, de cuyos ministros y miembros se dice que son

quienes controlan el gobierno hawaiano. No solo conforman la mayoría de la Asamblea Legislativa y del Gabinete del rey, sino que el monarca actual ha dedicado mucho tiempo a la traducción del libro de oraciones al hawaiano, por lo que la influencia de los puritanos de Nueva Inglaterra es muy importante. Ya ven, mis queridas hermanas, que buena parte del trabajo ya está hecho. Nosotros solo tenemos que defender la fe católica, ocuparnos de que la Fe Verdadera perdure, se refuerce y goce de influencia en las islas.

Estaban preparados. Durante el viaje habían estudiado el catecismo en hawaiano para familiarizarse con él. A pesar de que el objetivo era que todos los nativos hablaran inglés y erradicar así su lengua materna (en las escuelas los niños tenían prohibido emplearla), muchos de ellos seguían sin dominar la nueva lengua, por lo que la madre Theresa y sus hermanas habían memorizado las plegarias.

—Hace diecisiete años —continuó el padre Halloran cuando ya se acercaban a la iglesia, una espléndida construcción de piedra blanca— de la consagración de la catedral de Nuestra Señora de la Paz.

Les señaló el archivo eclesiástico, un pequeño edificio de madera desde el cual el obispo de Honolulú gobernaba su diócesis. Junto a él se levantaba la rectoría, que era la oficina y a la vez la residencia del rector y de los demás sacerdotes que servían en la catedral, y un poco más allá estaban el convento y la escuela, erigidos por una orden de monjas francesas.

—El año pasado llegaron desde Francia diez hermanas de la congregación del Sagrado Corazón. Dos meses más tarde inauguraron el convento, que también es internado y escuela. Por desgracia, son hermanas maestras y raramente salen del convento o de sus aulas. Ustedes, en cambio, servirán a la comunidad; cuidarán de los enfermos y ofrecerán asistencia espiritual a aquellos que se encuentren confinados en sus casas.

Al pasar junto a la iglesia Theresa oyó a través de la ventana abierta de un aula un coro de voces femeninas que entonaba una canción. Pensó en aquellas hermanas francesas, qué vida debían de llevar, cuáles eran sus costumbres. Habían llegado desde Europa, lo cual significaba que habían hecho el horrible viaje de varios meses que incluía rodear el cabo de Hornos, una travesía en la que a menudo se producían víctimas mortales.

—Gracias a la generosidad de algunos de nuestros benefactores —añadió el padre Halloran mientras se aproximaban a una casa de dos plantas con porche en la inferior y galería en la superior—, la archidiócesis ha comprado esta pensión. Hará las veces de convento hasta que dispongamos de la sede definitiva.

Los recibió la señora Jackson, la gobernanta, que a pesar de su apellido no era norteamericana ni por asomo, según el padre Halloran, sino medio mexicana, medio hawaiana. Se había enamorado de un aventurero estadounidense llamado Jackson y se había casado con él. Su esposo había partido hacia los campos de oro hacía diez años y nunca más había vuelto a saber de él.

La casa tenía dos dormitorios, cada uno compartimentado en tres pequeños cubículos mediante cortinas sujetas al techo, todos ellos con un camastro, un crucifijo sobre él y una mesita de noche. Las tres hermanas de cada estancia compartirían un aguamanil con una palangana y las toallas. La modesta oficina de la madre Agnes estaba en la planta baja, junto con la cocina y la sala donde se reunirían para rezar, coser y cantar.

La señora Jackson se ocupaba de las tareas del hogar y de preparar las comidas, y una vez a la semana dos chicas de la zona la ayudaban con la colada, la plancha y el almidonado de la ropa. Las hermanas traían consigo una pequeña asignación para la compra de alimentos y otras necesidades, pero aun así debían empezar a trabajar cuanto antes en un jardín medicinal. Detrás de la casa había una terraza cubierta a la que se accedía por la puerta trasera, protegida del sol y de la lluvia con estores de paja y amueblada con algunas mesas y dos lámparas de alcohol. Allí sería donde elaborarían las medicinas.

Tras cenar chuletas de cerdo, patatas y ensalada se instalaron en su nuevo hogar, rezaron y cantaron himnos antes de pasar su primera noche bajo la espectacular luna de Hawái.

La hermana Theresa, tumbada en su camastro, a oscuras y deseando que llegara su primer día de servicio a la comunidad, disfrutó de aquella cama que no se movía. También del silencio, que era toda una bendición, sobre todo comparado con el rugido constante de las olas que golpeaban el casco del *Syren*, los latigazos del velamen y los constantes crujidos del barco que había tenido que soportar durante la travesía. Tampoco debía temer ya al profundo océano en alta mar. Allí solo reinaba la quietud, y una cama que no se movía.

Le dolían los huesos. Nunca había estado tan cansada. Aquella aventura que estaba a punto de vivir hacía que se sintiera, a sus diecinueve años, mucho más madura de lo que en realidad era, más mundana, más sabia. Pensó en sus padres, en su hermano y en su hermana. Ojalá pudieran verla ahora que estaba a punto de iniciarse en aquella vocación cuyo propósito se le antojaba glorioso. Pensó en Cosette, que ya estaría de vuelta en Nueva Orleans, y en las hermanas y las novicias que había dejado atrás.

Luego volvió la mirada hacia el futuro ¡y lo que vio fue esperanza y un devenir prometedor en aquella maravillosa tierra! Su alma se expandió hacia las estrellas. Su corazón abrazó el cosmos con una alegría que nunca antes había experimentado. El día de mañana y todos los días que lo siguieran conformarían cuando menos un destino radiante. ¡Y qué ganas tenía de empezar!

Sin embargo, cuando comenzaba a conciliar el sueño, la alegría se disipó por la inesperada irrupción de aquel desconocido de ojos oscuros y penetrantes que la había mirado fijamente con… ¿Con qué? ¿Sorpresa? ¿Descontento?

¿Por qué perturbaba sus pensamientos ahora que estaba a punto de quedarse dormida? Por mucho que lo intentara, no podía quitarse al capitán Farrow de la cabeza.

«Este lugar es peligroso para una mujer sola», le había dicho.

¿Qué significaba aquello? ¿A qué se refería? ¿Al puerto? ¿A Honolulú? ¿A Hawái?

¿Y por qué era peligroso?, le habría gustado preguntarle. Cuando finalmente se rindió al sueño se imaginó a sí misma en el puerto, llamándolo por su nombre, pidiéndole explicaciones. «Siga —pedía al apuesto capitán que la había rescatado de aquellos marineros borrachos—, hábleme del peligro, capitán Farrow...»

11

—Esa es la casa del capitán Farrow —les explicó el padre Halloran mientras esperaban a un lado de la calle a que pasara la comitiva real—. Los nativos lo llaman Ka Hale Pallo. No saben pronunciar «Farrow», así que lo llaman Kapena Pallo.

Estaban en la esquina de King Street cuando, de pronto, apareció el carruaje del rey Kamehameha con todo su séquito, y el tráfico y los transeúntes no tuvieron más remedio que detenerse y aguardar. A la hermana Theresa le pareció fascinante que la realeza, a pesar de ser nativos de las islas y tener la piel cobriza, el rostro redondeado típico de la Polinesia y el cabello recio y rizado, se envolviera en aquel boato más propio de las monarquías europeas. El rey Kamehameha IV, que tenía veintiséis años, era un hombre barbilampiño; iba montado en un carruaje abierto, y vestía un uniforme militar repleto de medallas y un casco con penacho que llevaba en la mano. A su lado la hermosa y muy querida reina Emma lucía un vestido de seda azul como los de las mujeres adineradas de San Francisco, con un sombrero a juego que le cubría el cabello recogido.

La pareja real estaba tan enamorada de todo lo que fuera británico que su hijo de dos años se llamaba Príncipe Albert.

La hermana Theresa volvió la cabeza para ver la residencia a la que se refería el padre Halloran. En el centro de una de las parcelas que hacía esquina, rodeada de césped verde por los cuatro costados, se levantaba una casa blanca de madera de dos plantas, con amplias galerías protegidas por la sombra de unos tamarindos y el tejado rojo a dos aguas. Saltaba a la vista que aquel era el hogar de una familia adinerada.

—Los Farrow llevan aquí cuarenta años —dijo el padre Halloran—. Prácticamente no hay un solo negocio en la isla en el que no participen de alguna manera. Hicieron fortuna gracias al comercio de la madera de sándalo, transportándolo hasta China en sus propias embarcaciones. No me sorprendería lo más mínimo que el barco en el que hemos venido desde San Francisco sea de los Farrow. El capitán forma parte de la Asamblea Legislativa.

Theresa sabía que el gobierno de Hawái era una monarquía hereditaria y constitucional, con una Cámara de los Nobles y otra de los Representantes. También había un Gabinete Ministerial, una Corte Suprema presidida por el jefe de Justicia, jueces de circuito y de distrito en las islas más grandes, además de alguaciles y agente de policía. La mayoría de los cargos eran ostentados por norteamericanos e ingleses, todos ellos protestantes que ejercían una enorme influencia sobre la monarquía.

Observó la imponente casa y se preguntó si estaría por allí su propietario. No había vuelto a ver al capitán Farrow desde su llegada, hacía ya tres meses, cuando la había rescatado de aquellos marineros borrachos, pero había oído hablar mucho de él y también había leído sobre sus actividades políticas en los periódicos. El *Honolulu Star* traía un retrato suyo, ejecutado por un artista que había conseguido plasmar los atractivos rasgos del señor Farrow.

—Hay otro hermano que se llama Peter —dijo el padre Halloran mientras un contingente de soldados a caballo, hawaianos todos ellos con uniformes europeos, avanzaban a medio galope tras el carruaje real—. Tiene un rancho de ganado al nordeste de la isla, en Waialua. Allí es donde vive la madre, Emily, que llegó a las islas de los años veinte. Dicen que Peter la tiene encerrada, lejos de las miradas de la gente. —A pesar de que solía predicar contra las habladurías frente a la congregación, Halloran era bastante dado al chismorreo—. Pero Robert vive aquí —continuó— y dirige su compañía naviera desde Honolulú. Antes navegaba a menudo, pero ahora no se mueve de tierra. Aun así, lo verá todos los mediodías en la galería de la segunda planta, mirando hacia el mar con su famoso catalejo de latón.

En el césped que se abría frente a la galería había un niño de unos diez años tumbado en una hamaca de mimbre y tapado con una manta, a pesar del calor que hacía. Tenía una espesa mata de cabello negro y era de piel morena, lo cual hizo sospechar a Theresa que sería italiano o portugués. A su lado, una mujer joven, sentada en una silla, leía un libro en voz alta.

—Qué crío tan guapo —observó Theresa dirigiéndose al padre Halloran—. ¿Es un pupilo del capitán Farrow?

—Es su hijo. Se llama Jamie. —Al ver su mirada sorprendida, el padre Halloran añadió—: Es *hapa haole*, es decir, medio blanco. La esposa de Farrow era hawaiana.

La hermana Theresa sabía que los nativos llamaban a los europeos *haole*, mientras que se referían a sí mismos con el término *kanaka*, que significaba «persona» o «ser humano».

—¿Era? —preguntó.

—Murió hace algunos años.

—Me pregunto qué le ocurre al chico.

—Siempre ha sido un niño enfermizo. —El padre Halloran frunció el ceño—. Aunque parece que últimamente su estado está empeorando. Los médicos de la isla no saben qué le pasa, pero ahora tienen un doctor nuevo, un inglés que llegó a Honolulú un poco antes que nosotros.

La mujer no parecía mucho mayor que ella, como mucho tendría veintidós años, y a juzgar por su vestido, gris y muy sencillo, la recatada cofia con la que se cubría el cabello y la forma en que leía, debía de ser la institutriz del pequeño.

El padre Halloran y la hermana Theresa tuvieron que esperar a que pasara toda la comitiva real. Iban de camino a la casa de una familia cuyo patriarca había enfermado.

Los últimos tres meses no habían sido fáciles para Theresa y sus hermanas. Hawái sufría una severa crisis económica. El dinero escaseaba y tenían que encontrar nuevas formas de generar ingresos. Sus vecinas, las hermanas francesas, se mantenían gracias a las cuotas de los estudiantes, pero las Hermanas de la Buena Esperanza aún no tenían pacientes y, por tanto, no habían empezado a desempeñar su labor de enfermeras.

Por suerte, la madre Agnes había convencido a uno de los feligreses para que donara una vaca lechera y, con los pocos huevos que habían conseguido comprar en el mercado tras mucho regateo, empezaron a elaborar las natillas por las que eran conocidas en todo San Francisco. Después habían bastado unas palabras del padre Halloran desde el púlpito de la iglesia para que la congregación empezara a comprar natillas todos los domingos después de misa.

No era suficiente, desde luego, pero al menos obtenían algo de dinero con las ventas.

Con la mejor de las intenciones, el padre Halloran había informado a la congregación de la llegada de las hermanas y de los cuidados de enfermería a domicilio que ofrecían. Cualquier familia necesitada de ayuda debía enviar una solicitud a la residencia de las religiosas dirigida a la madre Agnes. La hermana Theresa esperaba un aluvión de peticiones, pero no llegó ni una.

—Desconfían de la medicina occidental —explicó el padre Halloran refiriéndose a los hawaianos; en cuanto a los europeos, preferían que los visitara un doctor.

Esperaron mientras acababa de pasar la procesión de carruajes reales y la guardia montada. La hermana Theresa intentó contener su impaciencia, no por la comitiva, sino por la nula aprobación que habían recibido las hermanas y su trabajo.

«Se supone que debemos ser invisibles, pero al mismo tiempo tenemos que hacernos visibles. No podemos atraer la atención sobre nosotras pero sí sobre nuestro trabajo. ¿Cómo lograrlo?»

La idea de acompañar al padre Halloran había sido suya. El

párroco hacía rondas entre los feligreses para visitar a los enfermos y a los moribundos; era la ocasión perfecta para dar a conocer la misión de las hermanas. Así pues, allí estaba Theresa, en su primera salida con aquel sacerdote tan conocido entre los católicos de Honolulú.

Un hombre lo saludó con una mano en alto y una afectuosa bienvenida proferida con una voz atronadora.

—Menudo sinsentido, ¿eh? —exclamó—. ¡Detener todo el comercio y la industria para dar un paseo en carruaje!

El desconocido hablaba con acento británico, por lo que la hermana Theresa supuso que era uno de los prósperos extranjeros que vivían en Honolulú.

Mientras los dos hombres se enzarzaban en una conversación sobre política («Aquí estamos, en plena depresión económica, ¡y la reina Emma con otro carruaje nuevo!»), ella dirigió otra vez su atención hacia el niño que descansaba en la hamaca.

Su acompañante se levantó de la silla y entró en la casa, momento que la hermana Theresa aprovechó para acercarse al chico, puesto que el padre Halloran seguía ocupado.

—Buenos días —lo saludó mientras cruzaba el césped, y el pequeño abrió los ojos al verla—. Mi nombre es hermana Theresa. ¿Cómo te llamas tú?

—Jamie —respondió él con un hilo de voz al tiempo que contenía un gesto de dolor.

—¿Te encuentras mal, Jamie?

—El doctor Edgeware dice que tengo el estómago hiperactivo.

—Vaya, apuesto a que no es agradable. ¿Te puedo tocar la frente?

El niño tenía la piel fría y seca. Theresa pensó en silencio un instante y luego le preguntó:

—¿Sueles vomitar?

El pequeño asintió.

—¿Cuándo?

—Después de comer.

—¿Qué cree que está haciendo?

La hermana Theresa volvió la cabeza y vio a la joven institutriz con un vaso de leche en una mano y un plato con queso en la otra.

—¿Qué está haciendo? —repitió, esta vez con aires de superioridad.

Theresa percibió la hostilidad, la actitud defensiva que transmitía su mirada. Estaba protegiendo su territorio, como lo había hecho Cosette con los dos niños a los que cuidaba.

—Solo quería saber qué enfermedad sufre y si puedo ayudar en algo.

La joven posó la mirada deliberadamente en el rosario que colgaba del cinturón de Theresa y se dirigió a ella con un desprecio evidente.

—No necesitamos su ayuda.

En los tres meses que llevaba en Honolulú Theresa había sido testigo del rechazo que los protestantes sentían por los católicos. Apenas habían pasado veintinueve años desde que los congregacionalistas de Nueva Inglaterra convencieran a los monarcas hawaianos para que prohibieran el catolicismo en las islas, expulsaran a los sacerdotes y los obligaran a abandonar las islas cuanto antes. Ocho años más tarde, Francia, como defensora de la Iglesia católica, había enviado un navío de guerra a Honolulú. El capitán portaba órdenes de su gobierno de usar la fuerza necesaria para reparar los agravios recibidos y asegurarse de que el gobierno hawaiano no volviera a insultar a la Iglesia. Para consternación de los protestantes, el rey Kamehameha III, temiendo un ataque, firmó en 1839 el Edicto de Tolerancia en el que declaraba la libertad de culto para los católicos en todas las islas del archipiélago.

Habían pasado veintiún años desde entonces, pero el resentimiento seguía intacto.

La hermana Theresa deseó un buen día al niño y a su institutriz y regresó junto al padre Halloran, no sin antes mirar por encima del hombro y ver que la mujer obligaba al chico a beberse la leche.

Finalmente la familia real siguió su camino y se reemprendió el tráfico, tanto a pie como a caballo.

No había un solo paseo por Honolulú del que Theresa no disfrutara. Las calles, a pesar de no estar pavimentadas, parecían arregladas. Al parecer, se debía a la composición del propio suelo: sobre la firme base de coral marino que era la isla se habían ido depositando capas de ceniza y de lava expulsadas a la atmósfera por un volcán extinguido hacía tiempo.

Las residencias privadas y los edificios comerciales presentaban una variedad ciertamente interesante. A diferencia de las de San Francisco, que eran de ladrillo, las tiendas en Honolulú eran de coral blanco extraído en bloques de los arrecifes cercanos. Las casas eran cabañas diáfanas, pulcras y blancas también, construidas sobre solares espaciosos, con césped por los cuatro costados y tamarindos y mangos enormes que proyectaban sombra sobre ellas y las protegían.

No había dos iguales, y de vez en cuando podía verse una de las chozas de ramaje de los nativos. Eran estructuras idénticas a las cabañas más modestas, pero de color gris, con tejados pronunciados construidos con fardos de hierba firmemente atados. Alrededor de aquellas viviendas más tradicionales, las familias cultivaban pequeños huertos para vender luego la cosecha en el mercado. Uno no tenía que ir muy lejos para encontrar un lugar donde proveerse de hortalizas. Había un vendedor en cada esquina.

Uno de los productos omnipresentes era el *poi*. Los nativos lo vendían de cuclillas en el suelo, vigilando grandes recipientes repletos del plato nacional de Hawái. El *poi* se preparaba con raíz de ñame hervida; con ella hacían un puré que dejaban fermentar hasta que era comestible. No se vendía en tazas. El cliente, tras pagar su ración, introducía el dedo directamente en el recipiente y removía la espesa mezcla durante varios minutos hasta que la masa lo cubría por completo. Entonces echaba la cabeza hacia atrás y se metía el dedo en la boca hasta dejarlo bien limpio. Todos los clientes participaban del proceso al mismo tiempo, y podían repetir dos e incluso tres veces.

La hermana Theresa aún no lo había probado, aunque pensaba hacerlo, siempre que fuera bajo circunstancias sanitarias más estrictas. En cualquier caso, los nativos defendían a ultranza los beneficios nutritivos del *poi*, y también juraban y perjuraban que, con algunas enfermedades y cuando todos los medicamentos a su alcance fallaban, contribuía a la recuperación del enfermo.

Por desgracia, la hermana Theresa no tenía dinero de sobra para experimentos culinarios. Además, el sistema monetario de las islas le resultaba desconcertante.

El único papel moneda de curso legal eran los billetes que imprimía el Tesoro, todos de valor elevado y muy poco prácticos. El sistema de monedas era básicamente el mismo que en Estados Unidos, pero con dólares mexicanos o piezas de cinco francos franceses. El centavo o los diez céntimos eran la moneda con un valor más bajo y no había piezas de cobre en circulación. Un sobre, un bote de tinta, un lápiz o un carrete de hilo costaban diez céntimos; los sellos postales, dos, pero había que comprarlos de cinco en cinco, por lo que los centavos desaparecían rápidamente. Asimismo había medias coronas inglesas, chelines y monedas de seis y dos peniques.

En las esquinas también se vendían, además de *poi* y pescado fresco, bananas, fresas, mangos y guayabas. Las manzanas de las islas, en cambio, se importaban desde Oregón, por lo que Theresa se privaba del placer de saborearlas. Sabía que cada mordisco sería un amargo recordatorio del hogar que había dejado atrás que la dejaría el resto del día sumida en una insoportable melancolía.

No había comentado con nadie la intensa nostalgia que la embargaba últimamente. No es que añorara San Francisco o incluso Oregón, es que echaba de menos la libertad de su infancia, cuando podía correr libremente por los prados.

Durante su estancia en el convento de California Street le había resultado sencillo impedir que los recuerdos perturbasen su corazón. Sin embargo, en aquella isla los valles eran atravesados por corrientes de agua fresca y el viento era como el que aullaba en el valle de Willamette, con tanta fuerza que la pequeña Anna levantaba los brazos convencida de que podía volar.

Pero aquella Anna ya no existía. Su lugar lo ocupaba la hermana Theresa, que nunca podía quitarse los zapatos o los calcetines, que ni siquiera tenía permitido liberarse de la cofia almidonada, de la toca opresiva, del mandil ni de los pesados velos que le impedían mover la cabeza a derecha e izquierda. Ni siquiera sus manos podían recibir la bendición del sol puesto que debía mantenerlas siempre bajo las mangas.

—Casi hemos llegado —anunció el padre Halloran.

Estaban lejos del centro de la ciudad, en un camino de tierra flanqueado por árboles de tupido follaje que proporcionaban una sombra excelente: mangos, *kukuis*, cocoteros, bambú y árboles pulpo, todos de especies exóticas muy comunes en los mares del Sur. En el aire flotaban las embriagadoras fragancias de las gardenias, las rosas y los lirios. Los porches de las casas estaban adornados con pasionarias y buganvillas. De hecho, todas las residencias, fueran humildes o lujosas, construidas con ramaje o con coral, estaban rodeadas por la perenne vegetación hawaiana, con celosías y balaustradas sepultadas bajo frondosas enredaderas.

Cuando ya se acercaban a su destino el padre Halloran señaló hacia un grupo de cabañas rodeadas de campos de cultivo en las que la hermana Theresa apenas había reparado. Las casas, a pesar de estar construidas con ramaje, parecían grandes y proporcionadas, casi señoriales. Resultaba evidente que sus moradores no eran pobres.

—El jerarca de esa aldea es un viejo jefe llamado Kekoa que se niega a tener nada que ver con cristianos u occidentales. Es un guerrero muy poderoso y lidera una amplia facción de opositores. ¡No hay razonamiento ni soborno que valga cuando se trata de convencer a ese tozudo anciano para que aprenda a leer, a vestirse con ropa de verdad y a acudir a la iglesia como cualquier otro de los nativos! Hace cuarenta años, cuando otros *ali'i* abrazaron la cultura occidental, cuando los príncipes y las princesas de Hawái tomaron por esposos y esposas a americanos e ingleses, el viejo Kekoa se negó en redondo a integrarse. Gobierna sobre este valle junto con su sobrina Mahina, hija de una *kahuna* legendaria de nombre Pua que desapareció de manera misteriosa hace mucho tiempo. ¡No encontrará faldas ahuecadas y chisteras en esas casas, se lo aseguro!

Dejaron atrás la carretera principal y tomaron un desvío, estrecho y embarrado, hacia una cabaña solitaria. El padre Halloran le explicó que la gente que vivía allí era católica, aunque raramente iba a misa. Aun así, el párroco sentía que tenía la necesidad de acudir a su casa, rezar con ellos y permitirles comulgar. En esa ocasión el fin de la visita era conocer el estado del abuelo, que estaba enfermo.

—¿Qué le ocurre?

El sacerdote se quitó el sombrero, negro con una banda blanca, y se pasó un pañuelo por el pelo.

—Aunque se niega a admitirlo, sospecho que el viejo Michael ha tenido el vicio del alcohol toda su vida. Como bien sabe, la destilación de bebidas es ilegal en las islas, y los extranjeros son multados con grandes sumas si se les descubre dando alcohol a un nativo. Por desgracia los hawaianos saben destilar un licor muy potente a partir de la raíz del *ti*. Siento decir, hermana, que a pesar del notorio efecto negativo causado por el alcohol en los trópicos aquí a la gente le gusta beber y mucho, sobre todo a los marineros. El número de muertes relacionadas con la bebida es bastante alarmante. Me temo que usted y las demás hermanas se encontrarán con muchos casos de este tipo. —Se puso de nuevo el sombrero y añadió—: Una última advertencia: en la casa a la que nos dirigimos no hay ventanas, así que el olor será intenso. Además, como los hawaianos creen que la orina mantiene alejados a los espíritus malignos, hacen sus necesidades en las esquinas de su vivienda y alrededor de la cama de los enfermos. Incluso los lavan con orín.

Para llegar a la casa tuvieron que atravesar un campo embarrado. La hermana Theresa se recogió la falda para no arrastrar el lodo hasta el interior de la cabaña, pero cuando entraron vio que sus esfuerzos habían sido inútiles. El suelo estaba asqueroso.

Y el aire allí dentro, tal como le había advertido el padre Halloran, tenía un olor nauseabundo. Había ropa colgando del techo, ollas y platos apilados en el suelo, sandalias amontonadas junto a la puerta, mantas tiradas de cualquier forma y cajas de madera llenas de raíces de ñame, cebollas, mazorcas de maíz y pescado seco.

El sacerdote la presentó formalmente ante la familia, que estaba sentada en el suelo en la penumbra, todos hawaianos con la piel cobriza y el cabello tan negro que se confundían con la oscuridad.

—Esta es Miriam, la nieta. Jonathan, su esposo. Samuel, hermano de él. Y Lucy, la hermana pequeña.

Como la mayoría de los hawaianos que se convertían al catolicismo, habían adoptado nombres occidentales.

—¿Puedo echar un vistazo a Michael, padre?

—Si a él no le importa… No permite que los médicos le pongan un solo dedo encima.

Theresa se arrodilló junto al anciano y observó los rasgos arrugados de su rostro, coronados por una mata de pelo blanco. Tenía los ojos cerrados y le costaba respirar. Abrió su bolsa de mano y sacó un estetoscopio. La cofia y la toca del hábito impedían utilizar a las monjas el nuevo modelo fabricado con dos tubos de goma flexible que se adaptaban a ambas orejas, así que las Hermanas de la Buena Esperanza seguían confiando en el tradicional tubo de madera rematado en una trompetilla. Colocó la boca más ancha sobre el pecho huesudo del anciano y lo auscultó mientras la familia observaba la escena en silencio.

—Tiene los pulmones muy congestionados —dijo finalmente a la vez que alzaba la mirada hacia el padre Halloran—. ¿Cuánto tiempo hace que está así?

—Semanas.

—¿Tumbado boca arriba? Padre, ¿podríamos ponerlo de lado, por favor?

El sacerdote pidió a los familiares del enfermo que lo pusieran de costado, y lo que Theresa descubrió la dejó sin palabras. Tenía tres úlceras, enormes y supurantes, en las nalgas, una de ellas tan profunda que podía ver el color blanquecino del hueso de la cadera.

—Este pobre hombre necesita que lo cambien de posición cada pocas horas —dijo en voz baja— o las heridas empeorarán. Tienes más posibilidades de morir de una infección que a causa de la enfermedad que le afecta a los pulmones. ¿Puede decirles que le den la vuelta, padre? Primero del lado izquierdo, luego del derecho, y así sucesivamente, cada seis horas.

—Hablan y entienden inglés. Puede decírselo usted misma, aunque le advierto que el concepto del tiempo que tiene esta gente es diferente del nuestro. No encontrará un solo reloj en esta casa.

Theresa pensó un instante. De pronto se dirigió hacia la nieta y le dijo:

—Por la mañana coloque a su abuelo de costado, hacia el sol naciente. A mediodía puede tumbarlo boca arriba, mirando al techo, y por la tarde dele la vuelta hacia el otro lado para que pueda ver el sol poniéndose sobre el océano. Por la noche tiene que dormir de costado. Deben ponerle algo detrás de la espalda para que mantenga la posición siempre.

La joven sonrió y respondió algo, pero la hermana Theresa no entendió una sola palabra.

—Le costará un poco de tiempo acostumbrarse a su inglés, hermana —intervino el padre Halloran—. Acaba de llamarla «Kika Keleka», para ella «*sister* Theresa». Es la única forma en que pueden pronunciar su nombre. Con el tiempo los entenderá. Miriam le ha dicho que le pondrán al abuelo su cerdo favorito contra la espalda para que no ruede.

Antes de marcharse entonaron una plegaria por la salud del anciano, a la que se unió toda la familia.

—Volveré mañana con un ungüento para las llagas —dijo la hermana Theresa a Miriam— y una medicina a base de alcanfor y eucalipto para la congestión.

Durante el camino de vuelta al convento trató de pensar en un tratamiento más específico para el anciano, pero su mente regresaba una y otra vez a Jamie Farrow, el niño enfermizo que había conocido aquella mañana. Se preguntaba si podría hacer algo por él.

—Hermana Theresa, ¿se puede saber qué pasó ayer?

Theresa levantó la mirada del suelo del jardín y vio a la madre Agnes frente a ella, visiblemente alterada.

—Ya se lo dije, reverenda madre. Acompañé al padre Halloran a visitar a una familia *kanaka*.

—Bueno, pues parece que ha iniciado usted algo. Venga conmigo.

Había una multitud congregada frente a la casa: ancianos con muletas, jóvenes con vendajes sucios en los brazos o las piernas, madres con su bebé en brazos, niños llorando; todos hawaianos ataviados con *muumuus* o con pantalones y camisas occidentales de tallas que no eran las suyas. Algunos hombres lucían incluso sombreros de copa que habían conocido tiempos mejores.

El padre Halloran estaba intentando hacerlos callar y poner cierto orden entre la muchedumbre. Los transeúntes se detenían para ver qué ocurría, entre sorprendidos y movidos por la curiosidad. Theresa oyó que un marinero preguntaba a otro: «¿Qué crees que regalan las monjas?».

La hermana Verónica llevó pluma, tinta y una libreta por estrenar y se sentó en el porche para tomar nota de los nombres y las direcciones que el padre Halloran le iba dictando. Junto a cada entrada, apuntaba la enfermedad o la herida de cada visitante para que luego la madre Agnes pudiera organizar las visitas.

Una nativa ataviada con un *muumuu* un tanto suelto sujetaba en brazos a un niño visiblemente débil. Conmovida por sus lágrimas, la hermana Theresa entró en casa y salió de nuevo con una taza de leche, pero cuando se la ofreció al pequeño la madre negó con la cabeza y retrocedió como si se tratara de veneno. Mientras sopesaba la extraña reacción de la mujer recordó las visitas al mercado local en el que compraban las frutas y las hortalizas. Recordó al señor Van Dusen de Merchant Street, el quesero danés al que compraban la ración semanal de cheddar. Pensó en los feligreses que adquirían las natillas de los domingos mientras los parroquianos de origen nativo pasaban a su lado.

Y de pronto se le ocurrió la solución ideal.

Al día siguiente a cada una de las hermanas se le asignó una tarea. Theresa haría una visita de seguimiento al anciano de los pulmones congestionados acompañada por la hermana Verónica. Cuando pasaron junto a la casa de los Farrow vio al niño de nuevo tumbado al sol y acompañado de su institutriz. Dijo a la hermana Verónica que volvía enseguida, cruzó el jardín y se arrodilló junto a la hamaca.

—Hola, ¿te acuerdas de mí?

—¡Otra vez! —exclamó la institutriz al tiempo que se ponía en pie de un salto—. Esto no puede repetirse.

Dio media vuelta y se dirigió hacia la casa con paso decidido.

—Dime cómo te sientes —pidió Theresa al pequeño.

Él le habló de los dolores abdominales que sufría a la vez que ella le sujetaba una de las minúsculas muñecas y le tomaba el pulso. Luego apartó la manta que lo cubría, bajo la cual vio que iba vestido con una camisa blanca remetida en unos pantalones cortos de tweed. Le preguntó si podía tocarle la barriga. Tenía el abdomen muy blando; mientras lo palpaba, Jamie expulsó una buena cantidad de gases. Incluso sin la ayuda del estetoscopio, Theresa podía oír perfectamente los borborigmos del intestino del pequeño.

—¿Se puede saber qué demonios está haciendo?

El capitán Farrow se dirigía a toda prisa hacia ella con una expresión airada en el rostro. Iba sin chaqueta y con las mangas de la camisa remangadas, pero sí llevaba su característico sombrero de ala ancha.

—Soy la hermana Theresa —se presentó ella levantándose del suelo—. Nos conocimos hace tres meses y…

—Sé quién es usted. ¿Qué está haciendo con mi hijo? Su institutriz dice que lo ha estado molestando.

La hermana Theresa vio que la joven esbozaba una sonrisa de suficiencia.

—Señor Farrow, lo que su médico ha descrito como un «estómago hiperactivo» no es más que una intolerancia a los lácteos. Su hijo tiene todos los síntomas clásicos. Es medio hawaiano, si no me equivoco, y últimamente he observado que los nativos tienen aversión a cualquier cosa que esté elaborada con leche. Creo que si intentara…

No se dio cuenta de que la hermana Verónica se le había unido hasta que oyó que la institutriz decía:

—¿Lo ve, señor Farrow? Tiene que poner una valla para mantener alejada a esta gente.

—No tengo intención de poner una valla, señorita Carter —replicó el capitán, y dirigiéndose a la hermana Theresa añadió—: Les agradecería que salieran de mi propiedad y dejaran tranquila a mi familia. De lo contrario, me veré obligado a presentar una queja ante el obispo.

Era la Hora del Recreo, entre la cena y Completas (el último servicio del día), antes de la Regla del Silencio de la noche. Mientras las hermanas Margaret y Catherine se sentaban en el salón del convento con sendos cestos de costura en el regazo, la hermana Verónica machacaba hojas de camomila en el mortero, la hermana Frances leía en silencio *Las vidas de los santos padres, mártires y otros santos principales* del padre Alban Butler y la señora Jackson, la gobernanta, acababa de recoger la cocina, Theresa plasmaba los sucesos del día en su diario sentada ante un pequeño escritorio. Había visitado a tres pacientes junto a la hermana Verónica, y ahora se disponía a ordenar sus observaciones, así como los signos vitales de cada uno, su progreso y posible evolución.

Su concentración se vio interrumpida por el sonido inconfundible de unos pasos sobre el suelo de madera pulida; rápidamente reconoció los andares autoritarios de la madre Agnes.

—Hermana Theresa, hay alguien en la entrada que desea hablar con usted. Es un caballero.

Por el tono de su voz era evidente que no estaba contenta.

Preguntándose quién podría ser, Theresa se dirigió hacia el discreto recibidor y se encontró la puerta abierta a una tarde calurosa.

Y, tras ella, al capitán Robert Farrow.

Ocupaba toda la entrada con su estatura y su masculinidad, a tal punto que Theresa se imaginó que un grupo de bárbaros irrumpía en el claustro de un convento de mujeres. Vestía la habitual levita blanca a juego con los pantalones, así como unas botas de caña hasta la rodilla.

Cuando se quitó el sombrero de paja, dejando al descubierto su cabello negro y ondulado, vio que tenía la frente alta y las cejas bien formadas. Sus ojos, sin embargo, a pesar de la luz que iluminaba el porche, seguían siendo tan oscuros y penetrantes como siempre.

Le entregó una tarjeta de visita con su nombre escrito en cursiva.

—Quería disculparme por mi comportamiento —dijo con voz grave—. Cuando se fue estuve pensando en lo que me había explicado. Jamie lleva enfermo bastante tiempo y ninguno de los médicos de la isla lo ha ayudado. Un día llegó uno nuevo y nos recomendó una dieta rica en grasas lácteas, pero desde entonces lo único que ha hecho es empeorar. Y eso me ha llevado a pensar en lo que usted dijo de la intolerancia a la leche y sus derivados.

Carraspeó, y a Theresa le pareció que estaba incómodo. Quizá el capitán Farrow no estaba acostumbrado a pedir disculpas, o a hablar con católicos, o a acudir a casas donde la presencia de hombres no estaba permitida.

—Pedí a la señorita Carter que le retirara toda la leche, la mantequilla y el queso, y que le diera nuevamente fruta —continuó—.

En apenas unas horas ya ha mostrado señales de mejoría. El dolor de abdomen ha desaparecido y ha recuperado el apetito. Parece que tenía usted razón, hermana. Debería haberme dado cuenta, conociendo la dieta de los nativos como la conozco, pero para mí Jamie es un Farrow y los Farrow siempre hemos sido grandes consumidores de cheddar, natillas y nata. Aunque, claro, es medio hawaiano. Intentaré que no se me olvide.

Metió la mano en el bolsillo y se oyó el tintineo de unas monedas.

—Me gustaría pagarle, hermana.

—No aceptamos pagos, pero sí donaciones para nuestra obra de caridad.

—Me ocuparé de ello —intervino la hermana Agnes—. Hermana, ¿sería tan amable de entrar?

Theresa se apartó del capitán Farrow y pasó junto a la madre Agnes, que le arrebató de la mano la tarjeta de visita. Sin mediar palabra le puso el cepillo delante de la cara, y el capitán dejó en él tres monedas de oro.

—Gracias —le espetó la religiosa—. Buenas tardes tenga, señor. Que Dios lo bendiga.

Y le dio con la puerta en las narices.

12

—*Benedicite*, reverenda madre. ¿Me da usted su permiso para acompañar a la hermana Theresa en las visitas a domicilio de hoy?

La madre Agnes apenas se molestó en mirar a la hermana Verónica, que esperaba junto a la puerta. Estaba ocupada haciendo inventario en la cocina con la ayuda de la hermana Catherine, que estaba visiblemente nerviosa. Volvía a faltar manteca, ¡otra vez!

—He acabado de planchar las sábanas —añadió la hermana Verónica.

Su superiora levantó la mirada con una expresión de impaciencia.

—Ya he asignado a la hermana Margaret para que acompañe a Theresa.

—Margaret tiene el período.

—Vaya, entiendo —replicó Agnes, y centró su atención nuevamente en la lata de manteca, que estaba casi vacía. Tenía que decidir si usaban lo poco que quedaba para las pomadas y los ungüentos que tanta falta les hacían o bien para aderezar las patatas de la noche, que estarían mucho más sabrosas—. Sí, sí, por supuesto que puede ir. *Benedicite*.

Cuando la hermana Verónica ya se marchaba oyó la voz de la madre Agnes diciéndole:

—Y no estaría de más que le recordara a los pacientes de hoy que aceptamos donaciones.

La hermana Verónica preparó su bolsa negra lentamente, con la meticulosidad que le era propia, y comprobó hasta tres veces que todo estuviera en orden. Sabía que la suya no era una mente rápida, del mismo modo que sabía que no era guapa. Una vez había oído que su padre decía a su madre: «Ha salido a tu familia. La misma cara de pan, la misma frente baja. Nunca le encontraremos marido, no podremos quitárnosla de encima. Llévasela a la Iglesia, así matamos dos pájaros de un tiro: nos la quitamos de encima y nos ganamos el favor del cielo».

Su familia no quería saber nada de ella, pero Verónica era feliz igualmente. Sus hermanas de la orden cuidaban de ella. Cuando le costaba avanzar en sus tareas podía contar con la ayuda de alguna de sus compañeras. Sobre todo de la hermana Theresa. Theresa era tan guapa… Le gustaba mirarla cuando le cortaba el pelo. Lo tenía fuerte y ondulado, del color rojizo del sol poniente. Qué lástima que hubiera de cortárselo, pero el clima era demasiado húmedo y caluroso para llevarlo largo.

—¿Preparada, hermana? —le dijo Theresa en el salón, y Verónica sintió que el corazón le daba un vuelco de alegría.

La hermana Margaret no tenía el período, Verónica le había suplicado que le dejara ocupar su lugar. No sabía por qué le gustaba tanto pasar tiempo en compañía de Theresa, pero buscaba estar con ella siempre que podía.

Las dos monjas se dispusieron a empezar la soleada jornada que tenían por delante.

—¿Se ha dado cuenta, hermana Verónica —dijo Theresa mientras caminaban por la acera—, de que en Hawái hay muchas más cosas además de las cascadas, las brumas, los arcoíris y la espuma de las olas?

—¿A qué se refiere?

Aunque muchas veces no entendía lo que le decía, a la hermana Verónica le encantaba escuchar su voz y caminar a su lado. «Con Theresa podría estar así para siempre y nunca pediría nada más», pensaba a menudo.

—Es como si por encima de los cielos azules, la lluvia tibia y las flores deslumbrantes operaran poderes superiores —continuó Theresa—. Los nativos que prosperaron en estas cimas volcánicas aisladas del mundo no se consideraban a sí mismos propietarios de las tierras que pisaban, amos de los animales que las habitan ni reyes de las aguas y los peces. Los hawaianos se consideraban parte de la compleja urdimbre que es la naturaleza y que los dioses habían creado al comienzo de los tiempos. Lo cual hace que me pregunte si todavía existen esas mismas fuerzas invisibles, a pesar de la llegada del hombre blanco con sus pistolas y sus imprentas y sus carreteras pavimentadas.

—Se rumorea —dijo la hermana Verónica— que las viejas costumbres no han sido erradicadas por completo. La danza *hula* ha sido declarada ilegal, pero la gente dice que se sigue practicando. Nunca la he presenciado, pero cuentan que es lasciva e indecente, peor que cualquiera de las abominaciones que los canaanitas de la Biblia cometieron en el pasado. Por lo visto en las granjas de la periferia, en los barrios más aislados, los isleños se reúnen para bailar y venerar a los antiguos dioses, incluso para tomar parte en prácticas mucho peores.

La hermana Theresa suspiró. Verónica no lo entendía. Durante los cinco meses que habían pasado desde su llegada Theresa había sentido algo mágico a su alrededor, como si un hechizo flotara en el aire, pero no podía hablar de ello con nadie. La madre Agnes, el padre Halloran, el resto de sus hermanas, ninguno de ellos comprendería lo que habría querido explicarles; la acusarían de blasfemia y el padre Halloran le haría rezar diez rosarios cada día.

—Hermana Theresa, ¿qué es eso de ahí delante?

Una multitud se había reunido cerca de los jardines de la residencia real. En una esquina de la enorme extensión de césped que rodeaba el complejo se levantaba el quiosco en el que la banda del rey tocaba todos los domingos por la tarde bajo la prodigiosa batuta de su director, un prusiano de Weimar. Se rumoreaba que el rey Kamehameha III quería emular a las monarquías europeas y que por eso había formado una «banda real» que tocaba marchas militares y amenizaba las visitas de los dignatarios llegados de Gran Bretaña, Francia y Alemania. Los músicos, ataviados con uniformes blancos adornados con brillantes botones metálicos y sombreros altos tocados con grandes plumas, bien podrían pasar por los componentes de cualquier banda estadounidense. Lo único que los diferenciaba eran sus rasgos polinesios.

—Quizá actúe la banda —aventuró la hermana Theresa.

Sin embargo, a medida que se acercaban vio los banderines rojos, blancos y azules que indicaban que posiblemente se celebraría algún tipo de acto político. De pronto una voz imponente se levantó por encima de la silenciosa multitud allí congregada, formada en su mayor parte por europeos, aunque también había nativos, así como algunas mujeres.

Buscaron una mejor posición para observar más de cerca lo que estaba sucediendo, y a la hermana Theresa le sorprendió ver al capitán Robert Farrow subido en una caja de madera. Llevaba la misma levita blanca con los pantalones a juego y el sombrero de ala ancha que protegía del sol sus hermosas facciones. Gesticulaba y se dirigía con gran elocuencia a un público fascinado.

—¡Estamos aislados! —exclamó—. ¡Somos vulnerables! Estamos a merced del resto del mundo. Por eso debemos establecer fuertes lazos con el continente, y resulta que América es el continente más cercano. No tiene sentido unirnos a un país distante como Inglaterra o Francia, cuyos barcos no podrían zarpar de inmediato en nuestra ayuda si los necesitáramos. Precisamos aliados poderosos. Aliados cercanos.

—A usted solo le interesa anexionar Hawái a Estados Unidos —protestó una voz desde la multitud.

—No, anexionar no. Yo hablo de una alianza entre nuestro reino y la república. Hawái se gobernaría a sí misma. No busco amos, busco amigos, pero los vínculos que nos unan a ellos han de ser estrechos... y deben ser rápidos. Un aliado que no puede acudir en nuestra ayuda en semanas no es un aliado conveniente.

A la hermana Theresa le interesaba más Robert Farrow en sí que lo que contara. Tal como el padre Halloran le había dicho, todos los mediodías podía verse al capitán Farrow en la galería de la segunda planta de su casa mirando hacia el mar a través de un catalejo de latón. Parecía ser un ritual privado, puesto que siempre estaba solo. ¿En qué pensaba, se preguntaba Theresa, mientras sujetaba el catalejo a la altura de sus ojos? ¿Qué esperaba ver? ¿O era quizá su forma de surcar las aguas de su querido océano a bordo de un barco imaginario?

Centró su atención en su discurso. Era un orador cuando menos convincente. Su dicción era puro arte. A cada palabra le daba una importancia demoledora. Si su discurso versara sobre la conveniencia de beber agua, sería como si «beber» fuera un concepto nuevo y revolucionario en el que nadie había pensado hasta entonces.

El capitán miró por encima de las cabezas de los presentes y, cuando la vio, se detuvo un instante y levantó una mano. La hermana Theresa miró hacia atrás para ver a quién se dirigía, pero no había nadie más. Cuando lo miró de nuevo, él esbozó una leve sonrisa y retomó el discurso.

—¿Por qué ha hecho eso? —preguntó la hermana Verónica en voz baja.

—No tengo ni idea. Quizá quiere hablar conmigo. Esperemos a que termine.

Detrás de la tarima desde la que hablaba el capitán Farrow se extendían los jardines de la residencia del monarca, de un verde esmeralda. El palacio real recibía el nombre de *Hale Ali'i* (Residencia del Jefe). El edificio guardaba cierta similitud con las mansiones señoriales que podían verse en Estados Unidos, pero había sido construido como una residencia *ali'i* tradicional, por lo cual no había dormitorios, solo espacios ceremoniales. Contaba con una sala del trono, una estancia para las recepciones y un comedor. Era la casa más espectacular de la ciudad, y sus funciones eran básicamente la recepción de dignatarios extranjeros y la realización de tareas de gobierno. El joven rey, Kamehameha IV, prefería vivir en una cabaña de ramaje en los jardines del palacio.

Una vez concluido el discurso, que fue recibido con aplausos entusiastas, el capitán Farrow se bajó de la caja y fue rodeado de inmediato por los que parecían ser sus partidarios, hombres del comercio y de la industria, pensó Theresa, ataviados todos ellos con levitas negras y sombreros de copa, de vientres enormes como barriles de vino y puros entre los labios, que recibieron a su héroe con palmadas en la espalda y palabras de admiración. «Nos ha gustado lo que ha dicho, Robert —le decían—, nos gustan su energía y su visión.»

El señor Farrow aceptó reunirse con algunos, acordó fechas y concretó citas, y prometió tratar de ocuparse de los temas que le presentaban. Finalmente consiguió abrirse paso a través de la multitud, sin dejar de estrechar manos a diestro y siniestro, y se detuvo frente a la pareja de monjas.

—Gracias por esperar, hermana. Sé que está muy ocupada y que su tiempo es muy limitado, pero me preguntaba si tendría un momento libre para visitar a Jamie. Hoy no se encuentra demasiado bien.

—¿Es por la intolerancia a la lactosa?

—No ha bebido ni un sorbo de leche desde que usted nos aconsejó que dejara de hacerlo. No, hermana, esto es algo más traicionero.

Ella respondió que por supuesto que visitaría al niño, al que apenas había visto un puñado de veces en las últimas semanas en el jardín de su casa y acompañado de su institutriz.

—Mi hijo era un niño robusto y lleno de energía. Nunca estaba quieto, le encantaba correr y subirse a cualquier sitio. Hasta que, de pronto, hace cuatro años, empezó a enfermar, perdió peso, y perdió el apetito y las ganas de salir de casa. Lo han visitado todos los médicos de Honolulú y ninguno sabe qué le ocurre, como le expliqué. Esta mañana la institutriz no ha conseguido convencerlo para que saliera de su dormitorio. Y allí sigue, tumbado en la cama, inmóvil. Estoy preocupado, hermana.

—¿Y el doctor Edgeware no sabe qué le ocurre?

Había oído hablar del doctor de la familia Farrow, un hombre de gran reputación y muy querido en las islas.

—El doctor Edgeware está en Hilo y no volverá hasta dentro de unas semanas.

Cuando llegaron a la casa de los Farrow Theresa pidió a la hermana Verónica que continuara sin ella y le prometió que enseguida se reunirían.

Verónica dudó un instante, miró a su compañera, luego al capitán y después otra vez a Theresa. Finalmente aceptó de mala gana y se alejó calle arriba.

El capitán Farrow escoltó a la hermana Theresa hacia el interior de la casa. Era la primera vez que estaba allí. La entrada, espaciosa y llena de luz, se abría hacia la escalera y las habitaciones que se alienaban a ambos lados. El suelo era de madera pulida, muy brillante, y del techo colgaban lámparas con velas y decoraciones de cristal. Se parecía al hogar de su familia en San Francisco y a las mansiones en las que sus padres y ella habían asistido a grandes fiestas.

En todo excepto en el hecho de que la casa del capitán Farrow, según vio Theresa cuando pasaron frente a las puertas del salón y de la biblioteca, estaba llena de rarezas de todo tipo, curiosos armarios chinos lacados en negro, farolillos rojos o estatuas de lo que parecían ser dioses chinos tallados en jade rosa y verde. El suelo estaba cubierto con pieles de tigre y de las paredes colgaban cabezas disecadas de leones y antílopes.

Cuando vio el tótem que se levantaba a los pies de la escalera no pudo evitar sentirse atraída hacia él.

—Es tlingit, de Alaska —dijo el capitán Farrow.

Theresa se acercó más para inspeccionar las tallas. El tótem estaba compuesto por cuatro figuras humanas, cada una aposentada sobre la inmediatamente inferior. Tenían los ojos grandes y redondos, y enseñaban los dientes con gesto fiero. Los cuatro tenían pico de ave y alas. El más alto de todos llevaba un sombrero con forma de cono sobre la cabeza.

—Cuando tenía diez años y vivía en Oregón —dijo—, mi padre nos mandó a buscar para que nos reuniéramos con él en California. Viajamos en carreta hasta el río Willamette, allí cogimos un pequeño barco de vapor hasta la costa y luego el Pacific Mail hasta San Francisco. En el muelle donde atracaban los barcos había dos tótems como este. Eran más pequeños, pero parecidos. Los habían tallado los indios chinook, pero nadie sabía qué significaban. A mí me parecen preciosos...

—Por desgracia, son cada vez más escasos porque los misioneros convencen a los indios del noroeste para que se conviertan al cristianismo y dejen de tallar efigies, incluso consiguen que destruyan los tótems que ya tienen. Supongo que algún día este, que conseguí de una tribu tlingit de Alaska, será muy valioso. —Hizo una pausa—. Iba a donarlo a un museo, pero acabé trayéndolo conmigo en mi último viaje. Cuando volví a Hawái me enteré de que mi padre había muerto y tuve que hacerme cargo del negocio. Este tótem es un recuerdo de mis días en alta mar.

Al darse la vuelta para subir la escalera Theresa miró a través de una de las puertas que estaba abierta y vio un cuadro sobre la chimenea. Era el retrato de una mujer joven ataviada con un vestido muy moderno, con un niño de unos cinco años a su lado. Lo que más le llamó la atención fue su belleza. Era morena, de mirada dulce y larga cabellera negra recogida en dos gruesas trenzas. La combinación de aquellos rasgos tan exóticos con la indumentaria de corte europeo bastaba para captar no solo la atención del espectador, sino también su imaginación.

—Mi difunta esposa —dijo el capitán Farrow—. Se llamaba Leilani.

El niño del cuadro era Jamie. Tenía unos ojos preciosos, grandes y redondos, con el párpado inferior ligeramente abultado, lo cual le confería una mirada melancólica, rasgo que había heredado de su madre. Cuando se lo comentó, el capitán explicó que era tradición en las islas moldear al bebé acabado de nacer. Tan pronto como salía del cuerpo materno, la comadrona le apretaba las comisuras de los ojos y moldeaba otras partes de su cuerpo hasta que estaba perfectamente formado.

—Lo hacen para conseguir el ideal de belleza de la isla —dijo sin dejar de mirar el cuadro. Tras unos segundos de silencio, suspiró y añadió—: Jamie nació en el mes de *Welo* bajo la luna *Ku-pau*, un tiempo de mareas bajas y vientos suaves. Se supone que eso le confiere un carácter dulce y cálido. —Se volvió para mirar a Theresa y advirtió preocupación en sus ojos—. La llevaré con él.

Subieron hasta lo alto de la escalera, donde había una puerta abierta que permitía ver el interior del dormitorio. Jamie estaba tumbado sobre la colcha, totalmente vestido, y su institutriz sentada en una silla a su lado.

—Señorita Carter —dijo el capitán Farrow—, he pedido a la hermana Theresa que eche un vistazo a Jamie.

La joven se levantó de la silla, muy tiesa, con las manos unidas a la altura de la cintura.

—Por supuesto, señor Farrow.

A pesar de que Theresa era más alta que ella, la institutriz parecía mirarla desde lo alto. Se preguntó qué había hecho para ofenderla tan gravemente.

Con el capitán apostado a los pies de la cama, Theresa examinó a Jamie con el estetoscopio (el corazón le latía agitado como el de un pájaro atrapado), le miró la lengua (blanquecina) y finalmente los ojos (faltos de color también). Le hizo unas cuantas preguntas y luego le pidió que le apretara la mano tan fuerte como pudiera. Apenas notó el apretón.

Al verle la alianza en la mano izquierda Jamie le preguntó si estaba casada.

—Sí, lo estoy —respondió ella.

—¿Dónde vive su marido?

—Bueno, digamos que está en el cielo.

—Entonces ¿es usted viuda, como la abuela Emily?

Antes de que pudiera explicarse los interrumpió una mujer a la que Theresa confundió con el ama de llaves y que guardaba un gran parecido con la señorita Carter (madre e hija, dedujo Theresa), que informó al señor Farrow de que tenían visitas. El capitán se disculpó y la dejó a solas con Jamie y la institutriz.

La señorita Carter regresó a su silla y se preocupó de que la hermana Theresa supiera, valiéndose únicamente de su postura vigilante, que no se fiaba de ella. Era una mujer joven y atractiva, con el rostro en forma de corazón y enmarcado por tirabuzones cobrizos. Su vestido era sencillo, de color gris, pero llevaba una crinolina a la última moda y el corpiño le hacía un talle fino y delicado. Theresa se preguntó por qué no estaba casada.

Interrogó a Jamie sobre sus hábitos de sueño, acerca de qué comía, si tenía días buenos y días malos. El niño era muy guapo, con una cara preciosa, redonda y exótica, en la que destacaban los expresivos ojos de los polinesios que podían verse por toda la isla. Sus labios eran gruesos y su piel, de un hermoso tono oliváceo, muestras todas ellas del apuesto hombre en que acabaría convirtiéndose.

Pero antes debían descubrir el origen de su misteriosa enfermedad.

De pronto se le ocurrió algo.

—Señorita Carter, ¿puedo hablar un momento con usted?

La institutriz frunció el ceño. Luego se levantó y ambas se dirigieron hacia la ventana, que estaba abierta para que entrara el aire, donde Jamie no podría escuchar lo que dijeran.

—Señorita Carter, ¿cuándo murió la madre del niño?

Ella se puso tensa y frunció los labios. Para ser tan joven, pensó Theresa, parecía increíblemente vieja.

—No es un tema del que se hable en esta casa.

—Me pregunto si la raíz de los problemas de Jamie está en el dolor que siente por la muerte de su madre.

La señorita Carter levantó la barbilla.

—Creía que era usted experta en enfermedades.

—Simplemente le estaba preguntando...

—Es la hora de su tentempié de la tarde —la interrumpió y, cuando la brisa levantó los velos de su interlocutora, la señorita Carter retrocedió como si el simple roce con su ropa bastara para envenenarla—. Ahora mismo vuelvo —dijo. Dio media vuelta y se marchó.

Theresa permaneció junto a la ventana, preguntándose por qué aquella mujer parecía ver a un adversario en una sencilla monja católica. Sus pensamientos no tardaron en concentrarse de nuevo en el niño que yacía en la cama. Reflexionaba acerca de qué le pasaba y cómo ayudarlo cuando, de pronto, una voz muy fina interrumpió sus cavilaciones.

—¿Usted qué es?

Un niño de unos diez años acababa de entrar en la estancia. Vestía un pequeño traje de tweed con pantalones que se recogían bajo la rodilla y un bombín de paja en la cabeza.

Jamie se incorporó en la cama apoyándose en los codos.

—¡Reese! —exclamó con una sonrisa—. ¡Has venido!

El visitante se acercó lentamente sin apartar los ojos de Theresa.

—Hola, Jamie —dijo cuando llegó junto a la cama—. ¿Estás bien?

—Estoy bien —respondió Jamie—. Hermana Theresa, este es mi primo Reese.

—¿Cómo estás? —preguntó ella.

El pequeño frunció el ceño mientras señalaba el velo de la monja.

—¿Qué es todo eso?

—Es la vestimenta de las hermanas religiosas.

—¿Le hace daño?

Theresa supuso que se refería a la cofia y a la toca, que le presionaban la cara. Apretaban, pero no era doloroso. Negó con la cabeza.

El interés del recién llegado se desvaneció por completo cuando se volvió hacia su primo y le dijo:

—¿Cuándo podrás venir al rancho? Tenemos seis potrillos nuevos. ¡Y el río debe de tener al menos mil quinientos metros de profundidad!

Theresa recordó que el padre Halloran le había comentado algo sobre Peter Farrow y su hijo Reese. Los primos no se parecían mucho. Theresa supuso que era así porque Reese no tenía sangre hawaiana.

—¡No te corresponde a ti tomar esa decisión, Robert!

El grito la sorprendió y, cuando se volvió hacia la ventana, oyó que Reese decía:

—Vaya, ya están otra vez, Jamie. Ojalá no se pelearan.

Theresa se acercó a la ventana y vio a dos hombres alejándose de la casa por el jardín trasero. Uno era el capitán Farrow, el otro era menos alto y más corpulento, y caminaba cojeando y apoyándose en un bastón. Theresa supuso que era el hermano del capitán, de quien se decía que tenía más de cien cabezas de ganado en su rancho de Waialua.

El viento arrastraba sus voces y, mientras los dos primos se ponían al día, no pudo evitar escuchar a los hermanos.

—¡No pienso hablar de ello, Robert! —exclamó Peter Farrow—. ¡Era tu esposa! Si quieres seguir conmemorando su cumpleaños, adelante, pero yo no quiero tener nada que ver con eso.

—Por el amor de Dios, Peter, ¿por qué nunca dices su nombre? ¿Por qué te niegas a honrar la memoria de Leilani al menos pronunciando su nombre en voz alta?

Peter se negó a responder y el capitán Farrow miró a su alrededor.

—¿Dónde está madre, Peter? Pensaba que la traerías para que viera a Jamie.

—Anoche se escapó de su dormitorio. No sé cómo consiguió abrir la puerta, pero la cuestión es que la encontré vagando por la playa bajo la luz de la luna vestida únicamente con un camisón.

Esta mañana ha amanecido con un resfriado. La he obligado a quedarse en casa, aunque ha protestado y de qué manera.

El capitán Farrow se quitó el sombrero, se pasó la mano por el pelo y luego se lo puso de nuevo.

—Últimamente estaba bien. ¿Qué le ha ocurrido?

—No tengo ni idea. El último ataque lo tuvo hace meses. Desde entonces ha estado tranquila. Y entonces, de pronto, otro ataque violento. —Peter cogió a su hermano del brazo—. Robert, no podemos cuidar más de ella. Charlotte está embarazada y no quiere que madre esté cerca del bebé. Tendrá que venir aquí y vivir contigo.

—¿Charlotte está embarazada otra vez? ¿Es que has perdido la cabeza?

—Robert, yo no soy como tú. Me niego a permitir que el miedo gobierne mi vida.

—¡Es una jugada demasiado arriesgada, Peter!

—A ti no te impidió tener un hijo.

—¡Una decisión de la que ahora me arrepiento, créeme!

Al oír tan horribles palabras Theresa miró hacia la cama, pero por suerte Jamie estaba tan emocionado escuchando a Reese, que hablaba del rancho, que no había oído a su padre. Pero ¿lo sabía igualmente? ¿Cómo podía un padre arrepentirse de haber tenido a su hijo? ¿Era ese quizá el origen de la enfermedad del pequeño?

—Robert —dijo Peter desde el jardín—, Charlotte se ha retirado a su cama y amenaza con quedarse allí el tiempo que dure el embarazo si madre no abandona la casa.

Se dio la vuelta, retrocedió unos pasos apoyado en el bastón y, colocando una mano junto a la boca, gritó en dirección a la ventana tras la que estaba Theresa:

—¡Reese! ¡Baja ya, hijo! ¡Es hora de irse!

—Caramba —protestó Reese junto a la cama—, supongo que tengo que irme ya. Espero que te pongas mejor y que vengas unos días al rancho.

Tras la partida de Reese la hermana Theresa regresó junto a

Jamie, que había cerrado los ojos. Sentía simpatía por él. A su edad los niños deberían estar encaramándose a árboles y persiguiendo conejos. Le puso una mano sobre la frente y se prometió a sí misma que lo sacaría de aquel misterioso letargo.

Mientras recogía su bolsa de mano oyó el sonido inconfundible de unos pasos. Alguien subía por la escalera, se dijo, y se preparó para ver aparecer al capitán Farrow por la puerta. Sin embargo, no pudo evitar abrir los ojos de par en par al descubrir que quien entraba era la mujer más corpulenta que había visto en toda su vida.

Ataviada con un *muumuu* de color amarillo chillón que la cubría por completo desde el cuello hasta los tobillos y las muñecas, no solo era alta sino también entrada en carnes. Tenía la piel morena, y el cabello, largo y rizado, le caía sobre los hombros. Pasó junto a Theresa y se inclinó sobre el pequeño.

—Está durmiendo —dijo Theresa, que no dejaba de preguntarse quién era aquella mujer.

Una sirvienta, seguro, puesto que era hawaiana y hablaba en la lengua nativa al niño. Sin embargo, Theresa se sorprendió aún más cuando Jamie abrió los ojos y sonrió.

—¡Tutu!

La mujer cogió el pequeño cuerpo del niño entre sus enormes brazos y se lo llevó al pecho.

—¡Mi pequeño Pinau! —exclamó, acunándolo.

—Esta es la hermana Theresa —dijo Jamie—. Ha venido a ayudarme. Hermana Theresa, esta es mi *Kapuna-wahine*. Tutu Mahina, mi abuela.

La mujer dejó a su nieto sobre la cama y se volvió hacia Theresa. Era como si ocupara toda la estancia, pero no solo físicamente, también emanaba de ella una marcada personalidad.

—¿Ha venido ayudar a pequeño Pinau? —preguntó. Su voz era muy suave, casi melódica—. Hace tres, cuatro años, corría como *pinau*, como libélula. Iba aquí, iba allí —explicó agitando sus enormes brazos de un lado a otro—. ¡Imposible atrapar, como *pinau*!

Pero ahora… —Bajó la mirada con una expresión de tristeza en el rostro—. Pobre niñito. Enfermo. El hijo de mi hija…

Así que aquella mujer era la suegra del capitán Farrow, madre de la hermosa Leilani del cuadro, cuyo nombre Peter Farrow se negaba a pronunciar.

Pidió a Theresa que repitiera su nombre y esta esperó mientras su interlocutora se peleaba con él.

—¡Kika Keleka! —exclamó Mahina finalmente, y sonrió orgullosa.

Le costó mucho más comprender el misterio de la vestimenta de la hermana, que examinó con un descaro absoluto, levantando velos, tirando del peto almidonado y agitándole las faldas. El rosario le llamó la atención.

—Ah, ¿cree en Kirito? —preguntó observando de cerca el crucifijo.

—Sí, creo en Jesucristo.

—¿Cree en Akua?

—Sí, creo en Dios.

Mahina frunció el ceño.

—No como Kapena Pallo.

—No, el capitán Farrow y yo somos un poco diferentes, pero aun así los dos somos cristianos.

—¡Ah! —exclamó, y obsequió a Theresa con un abrazo totalmente inesperado. La montaña de carne que era Mahina la rodeó por completo y pudo sentir la calidez que desprendía su pecho enorme a través de las capas de ropa—. *Aloha! Aloha*.

La forma en que Mahina decía *aloha* era casi como una nana. Alargaba la segunda sílaba y bajaba la voz, como si cantara. Era un bálsamo para los oídos. Ponía tanto aire en aquella sencilla palabra que Theresa sabía que aquello no era solo un saludo. Le estaba ofreciendo su amor.

—Pequeño Pinau, él enfermo porque malos espíritus en esta *hale* —dijo Mahina—. Demonios en su sangre. Espantar a demonios. Padre y tío tienen horrible pelea. —Agitó los puños en alto, golpeando el aire—. Tío, él cae por escalera. —Hizo rodar las manos delante de ella—. Romper pierna. *Auwe!* Ahora mala sangre, Kika Keleka. Niño enfermo por su culpa. Necesitan *ho'oponopono* pero no quieren.

Theresa no sabía qué era un *ho'oponopono*, pero conocía la superstición de los nativos con respecto a las casas que podían provocar enfermedades. Mientras hablaba, se fijó en que Mahina no dejaba de rascarse el brazo. Le pidió que se subiera la manga y lo que vio fue un sarpullido bastante feo. Las heridas iban del hombro al codo y estaban abultadas. Se había rascado hasta levantarse la piel en algunas zonas, por lo que también sangraban ligeramente.

Se ofreció a tratarle la herida. Mahina la miró con recelo. No obstante, enseguida asintió, y la hermana le pidió que se sentara y se sujetara la manga subida.

Las hermanas cultivaban su propia equinácea en el jardín del convento (principalmente, *Echinacea purpurea* y *Ratibida pinnata*) a partir de la cual elaboraban extractos, tinturas y ungüentos. La equinácea era un remedio fantástico, además de universal, para muchas enfermedades, por lo que siempre la llevaban en sus bolsas de mano junto con el resto de los suministros que constituían su botiquín médico.

Sacó la lata donde guardaba el ungüento, lo aplicó con cuidado en la herida y luego la cubrió con una venda, tras lo cual le ordenó a Mahina que no se quitara el apósito ni lo mojara durante al menos siete días, momento en que volvería a examinarle el brazo.

—Quizá es usted alérgica a algo —le dijo—. Ahora sabemos que algunas de las cosas que los europeos han introducido en las islas no son adecuadas para los hawaianos. Quizá es algo que ha comido.

Mahina negó con la cabeza.

—Hay maldición sobre mí.

—¿Por qué dice eso?

La mujer miró largamente a Theresa, recorriendo con sus ojos castaños los velos y la falda de la monja antes de posarlos sobre el rosario. Al parecer, había llegado a una conclusión; Theresa sintió que la mujer había estado valorando si podía hacerle una confidencia especial.

—Hace mucho tiempo, cuando era joven, yo voy con mi madre a Vagina de Pele. Entrar es *kapu*. Mi madre dice que yo quede fuera. Pero entro. Diosa Pele lleva a mi madre, y yo entro en Vagina de Pele. —Mahina guardó silencio un instante y Theresa esperó. Vio que recorría con sus grandes ojos redondos el dormitorio de Jamie—. Yo entro y como es *kapu*, Pele maldice. Kika Keleka, ¿cómo puedo levantar maldición de mí? Yo intento *ho'oponopono* pero no funciona.

—¿En qué consiste la maldición?

Mahina alzó la mirada.

—¡Mahina no sabe! Muchos años atrás Pele maldice a mí, y espero durante años dioses me fulminen, pero ellos no hacen aún y yo no sé razón. —Se levantó de la silla y se acercó a la cama para inclinarse sobre Jamie, que seguía dormido—. Pobre pequeño Pinau. Puede que esto es maldición de Mahina. Los dioses ponen niño enfermo porque Mahina rompe *kapu*.

Theresa consultó la hora en el pequeño reloj que llevaba colgado del hábito y vio que se había quedado demasiado rato. Tenía que reunirse con la hermana Verónica.

Dejó a Mahina con su nieto y encontró al capitán Farrow en una terraza cubierta al fondo de la casa, con el ceño fruncido frente a los grandes ventanales que daban al jardín.

Theresa carraspeó y el capitán se dio la vuelta. Sus ojos transmitían una suerte de oscura melancolía, la mirada de quien se encuentra perdido. Theresa pensó que sobre aquella casa se cernía una extraña tristeza. El niño solitario. El padre, un hombre de pasiones y visiones.

Era como si un secreto los mantuviera prisioneros en ella. Por lo pronto, sospechaba que la enfermedad del pequeño era algo más que una mera afección física. Los problemas del alma eran los que realmente aquejaban a aquella familia.

Cuando se disponía a hablarle de la situación de Jamie, de pronto apareció la señorita Carter con una taza y un plato entre las manos. Al ver a Theresa se detuvo en seco y una mirada de hastío ensombreció su rostro.

—Su refrigerio, señor Farrow —dijo, y él indicó con un gesto que lo dejara en la mesa.

La institutriz obedeció y, antes de darse la vuelta para marcharse, echó una mirada a la hermana que hablaba por sí sola: no se mostraba posesiva con el hijo, sino con el padre.

—¿Qué me puede decir de Jamie, hermana? —preguntó el capitán.

—Creo que sufre de anemia.

—Eso mismo lo han dicho ya otros médicos. He intentado distintos tónicos, pero ninguno funciona. —Se retorció las manos—. Quiero a mi hijo más de lo que puedo expresar con palabras. Cuando me arrebataron a mi esposa el dolor casi me hizo enloquecer. No puedo perder a Jamie, hermana, no puedo.

—Creo que necesita hierro —dijo ella, un tanto atónita por la repentina muestra de emociones—. Que la cocinera le prepare caldo de verduras con un clavo oxidado en la olla. Que hierva durante una hora. Saque el clavo, deje que el caldo se enfríe y luego déselo a su hijo. Hágalo las veces que sea necesario. Si eso no funciona, mis hermanas y yo fabricamos algunos tónicos que podrían serle de ayuda.

El capitán le dedicó una de sus miradas largas y pensativas antes de sorprenderla con otra afirmación.

—Es usted muy joven.

—Pero mis remedios son muy antiguos. Y probados —añadió con una sonrisa.

El capitán la sorprendió nuevamente al devolverle la sonrisa y, mientras pensaba que estaba muy atractivo con aquella expresión en el rostro, sintió que el corazón le daba un vuelco.

—Buenos días tenga, capitán.

Él la siguió con la mirada mientras se dirigía hacia la salida, una curiosa figura blanca y negra. Se dijo que la hermana Theresa era muy bella. Tenía el rostro ovalado, la nariz pequeña y la boca delicada, además de unos grandes ojos castaños que transmitían calidez. No podía verle el cabello, pero sus cejas eran del color del bronce, lo que le hizo imaginar unas trenzas rebeldes bajo el velo negro. A pesar del hábito religioso que la cubría por completo, era muy femenina, pensó, y sus manos, cuando las enseñaba, eran como palomas en pleno vuelo, pálidas y finas mientras revoloteaban sobre los frascos de medicinas y las vendas. Su tacto cuando aplicaba un bálsamo debía de ser delicado como un beso.

—¿Capitán Farrow? —dijo el ama de llaves desde la puerta de la estancia—. El señorito Jamie pregunta por usted.

Farrow atravesó la casa hasta la escalera, y había subido la mitad del recorrido cuando, de pronto, se detuvo en seco. El día, que había empezado con una promesa, se había nublado. La visita de Peter, la discusión con su hermano, la noticia de que su madre, Emily, había tenido una recaída, el embarazo de Charlotte…

Se agarró al pasamanos y trató de dominar sus emociones. Intentó actuar racionalmente, como lo hacía cuando estaba en las oficinas de la empresa o en una reunión de la Asamblea Legislativa. Pero aquello era demasiado. El niño que descansaba en la cama de su dormitorio…

El hijo cuyo nacimiento nunca debería haber permitido.

El hijo al que le tenía miedo.

Robert Farrow, descendiente de un capitán de barco y una misionera, no podía enfrentarse a lo que sabía que hallaría en la habitación del pequeño. Con un suspiro de agotamiento, dio media vuelta y bajó por donde había subido.

13

La casa que había a las afueras de la ciudad, en la carretera al valle de Nu'uanu, construida en madera con un tejado inclinado de hojalata y una galería adornada con buganvillas, pertenecía a una mujer irlandesa de nombre señora McCleary que vivía allí con sus cinco «hijas adoptivas».

La señora McCleary era conocida por aceptar «viajeros», pero solo a los mejores, caballeros limpios y educados. Servía jerez y vino de Burdeos en su salón mientras un irlandés corpulento, que no tenía ninguna relación con ella, hacía las veces de guardaespaldas y tocaba el piano. Sus cinco «hijas», todas jóvenes hawaianas, se ocupaban de entretener a los invitados de la señora McCleary «conversando» con ellos. Dichas conversaciones tenían lugar en pequeños dormitorios y con la puerta cerrada.

Cuando el doctor Edgeware hubo terminado con lo que él mismo llamaba sus «negocios sucios» detrás de una de esas puertas, atravesó otra para disfrutar del baño caliente que lo esperaba.

La señora McCleary cobraba un precio considerable a sus clientes, no a cambio de los servicios, sino de su silencio. El doctor Simon Edgeware, que había llegado de Londres hacía ya dos años y que tenía ambiciones políticas, sabía que podía contar con su discreción. Y siempre le procuraba un baño caliente para después, un servicio en el que el escrupuloso doctor insistía mucho porque le gustaba frotarse con jabón hasta ponerse roja la piel antes de regresar a su habitación del American Hotel.

Tras el baño se vestía con sumo cuidado. Simon era un hombre de cuarenta años alto y de huesos largos, con el rostro estrecho y la nariz larga. Las canas prematuras y las patillas plateadas hacían que pareciese mayor de lo que realmente era. Tenía los ojos azules, muy claros, y la piel pálida, tanto que para los hawaianos era un fantasma, un auténtico *haole*.

Lo que hacía con las chicas en aquella casa no era por placer, sino por necesidad. Simon Edgeware despreciaba sus propios instintos carnales, intentaba obviarlos durante meses hasta que un día, de madrugada, sentía la urgencia de visitar a la señora McCleary.

Las mujeres no podían evitar ser como eran, se decía a sí mismo mientras se ataba el pañuelo con las notas de *La balada de Annie Lisle* sonando al piano desde el salón. Vivían dominadas por su útero y no eran dueñas de sus propias acciones. Los hombres, en cambio, superiores a las mujeres, racionales y educados, ¿deberían ser capaces de imponerse a sus instintos más primitivos? Cada vez que abandonaba la casa de la señora McCleary se juraba que aquella había sido la última vez, pero el deseo siempre se apoderaba de él hasta convertirse en un tumor. Tenía que extirparlo. La liberación que obtenía allí era como reventar un forúnculo: solo cabía esperar que el pus no volviera a reproducirse.

Tras pagar a la señora McCleary, que aguardaba sentada en la galería como una araña junto a su red, pensó Edgeware, se montó a lomos de su yegua y regresó al hotel. Se estaba haciendo de día. Después de cambiarse de ropa y dedicar unos minutos a tomarse un chocolate caliente con tostadas acudiría a pie a la cita que tenía en el palacio real.

La Cámara del Consejo era el corazón de la gran *Hale Ali'i* y había sido diseñada por un arquitecto alemán con la intención de que se pareciera a los palacios europeos, con enormes lámparas de araña de cristal, suelos de mármol, columnas dóricas y muebles elegantes tapizados en seda y satén. Las paredes estaban cubiertas de retratos a tamaño real de distintos monarcas europeos, regalados al rey de Hawái, suponía Edgeware, como símbolo de la estima existente entre la realeza del mundo entero. Del mismo modo, suponía que los gobernantes de Occidente también habían recibido a su vez retratos de Kamehameha y de su esposa, la reina Emma, aunque de lo que no estaba seguro era de cuántos de ellos habían visto la luz en sus países de destino. A ambos lados de aquella cámara central estaba el salón de recepciones, donde Kamehameha daba audiencia todos los días, y la gran biblioteca, donde el ambiente era mucho más íntimo.

Simon Edgeware fue escoltado a esta última con gran pompa y allí se encontró a un reducido grupo de caballeros con quienes había entablado relación no hacía mucho, británicos y norteamericanos todos ellos, comerciantes y abogados, que habían ido escalando puestos en el gobierno para poder ganarse la estima del rey y el derecho a susurrarle al oído. Lo recibieron el ministro de Relaciones Exteriores, el del Interior, el de Finanzas y el de Educación; en otras palabras, el Gabinete del rey Kamehameha al completo, del que el doctor Edgeware esperaba formar parte en breve.

Aquella mañana tenía una propuesta que hacer. «Por el bien de los nativos hawaianos», esas eran las palabras que había preparado para ganarse el favor del rey. Estaba convencido de que necesitaban un ministro de Sanidad y creía ser el hombre indicado para el puesto.

El rey Kamehameha IV vestía una levita negra hasta las rodillas y un chaleco blanco sobre una camisa del mismo color. Podría haber pasado por un caballero cualquiera recién llegado de París o de Berlín si no fuera por el rostro anguloso, los ojos redondos, la piel oscura y la boca de mujer. Edgeware sabía que algunos consideraban apuesto al joven soberano. No era su caso.

El monarca y su Gabinete Ministerial ocupaban sillas tapizadas en brocado de oro y tomaban té en tazas de porcelana mientras la luz matutina entraba a raudales por las ventanas. Kamehameha hablaba un inglés excelente, con un leve acento que denotaba los años que había pasado bajo la tutela de los misioneros calvinistas norteamericanos (aunque de todos era sabido que él no quería establecer lazos con Estados Unidos y, en cambio, los fomentaba con británicos y franceses). Era un hombre cultivado, según había podido comprobar Edgeware: tocaba la flauta y el piano, y le gustaban el canto, el teatro y el críquet. Era más cosmopolita que sus antecesores, y es que había viajado por América y Europa y conocía a muchos jefes de Estado.

Edgeware saludó Kamehameha con una reverencia, disimulando el desprecio que en realidad sentía por aquel hombre primitivo que presumía de estar al mismo nivel que la realeza europea. «Crees que los reyes de Europa te respetan —dijo en silencio—. Apuesto a que, cuando visitas sus majestuosos palacios, te consideran una rareza y todos los aristócratas acuden a ver con sus propios ojos al mono que viste de *gentleman*, porque así es como os ven. Bichos raros, majestad, en un circo ambulante que nadie se toma en serio. Hace sesenta años ibais por ahí desnudos, realizando sacrificios humanos y adorando a los árboles. Y tienes la desfachatez de considerarte igual que los reyes cuyos ancestros se remontan a la época de los césares.»

—Gracias por concederme esta audiencia, majestad —dijo el doctor Edgeware con una sinceridad totalmente convincente, mientras por dentro esbozaba una mueca y pensaba: «Lo que no sabes es que todos estos que te llaman "amigo" cuando no estás prefieren usar la palabra "negro". Crees que quieren ser amigos tuyos, pero en realidad lo que ambicionan son las riquezas de tus tierras y la localización estratégica y militar de tus islas. Ni siquiera te has dado cuenta de que no han venido a apoyarte, sino a robarte lo que es tuyo. Y, cuando lo consigan, cuando lo consigamos, no serás consciente de ello siquiera».

No obstante, tampoco subestimaba por completo al joven rey. Kamehameha no ignoraba que para ciertos países su reino era un botín muy preciado.

Tomó asiento, aceptó la taza de té que le ofrecía el mayordomo, de librea amarilla y guantes blancos, y sonrió para sus adentros. Había necesitado meses de campaña, de halagos, de proporcionar su consejo médico a cambio de nada, para remontar la estrecha y transitada escalera de la élite de Honolulú hasta conseguir una audiencia con el rey, aunque no tan privada como le habría gustado. Aquel iba a ser el primer paso de un más que seguro ascenso estelar hasta la cúspide del poder.

Simon Edgeware había crecido en una pequeña aldea en la que el único hombre ilustrado era el médico del pueblo. En varios kilómetros a la redonda la gente dependía por completo de él. Cuando el hombre recorría las calles, los granjeros se quitaban la gorra para saludarlo. Cuando entraba en una casa, las mujeres guardaban silencio y se volvían dóciles. La palabra del doctor era la ley, nadie la cuestionaba. Podía decir que el cielo era rojo si le venía en gana y todos asentirían sin dudarlo. Simon Edgeware fue consciente de aquella realidad cuando apenas contaba doce años y vivía solo con su madre, una mujer malhumorada y dominante. Decidió entonces que quería convertirse en aquel hombre.

Con la ayuda de un médico de la zona que lo aceptó como aprendiz, Edgeware trabajó muy duro y consiguió una plaza en una escuela de medicina de Londres. Por desgracia, cuando ingresó ya sabía que no le gustaba la ciencia y mucho menos los enfermos. Ese era el problema de la profesión y no había tardado en descubrirlo. Disfrutaba del poder que le otorgaba su posición, pero detestaba las obligaciones que se le presuponían. Investigó cualquier vía que le permitiera mejorar su estatus y, al mismo tiempo, distanciarse de los aspectos menos agradables de la medicina. Un puesto en la administración de un hospital, tal vez, pero el problema era que Inglaterra estaba dominada por un sistema de castas en el que los puestos importantes eran para los hijos de aquellos que los ocupaban. El heredero de un sastre empobrecido tenía pocas posibilidades de trepar por la codiciada escala.

No tardó en dirigir la mirada hacia el otro lado del Atlántico y preguntarse si quizá le iría mejor en Estados Unidos, donde el sistema era mucho más igualitario y un pobre podía llegar a la cima si se lo proponía. Luego alguien le habló de las oportunidades que encontraría en las islas del Pacífico donde, literalmente, un don nadie podía convertirse en un prohombre. Por lo que le dijeron, allí hasta los granujas se labraban una fortuna y un nombre.

La noche antes de partir desde Southampton un mensajero de su aldea natal se presentó en el hotel de Londres en el que se hospedaba para informarle de la muerte de su madre. «Hasta nunca», dijo Simon Edgeware, y nunca volvió la vista atrás.

Sin embargo, tras unos meses en Honolulú se dio cuenta de que algunos pacientes, sobre todo los más adinerados o aquellos que tenían acceso al rey, como los hijos de los primeros misioneros (los Farrow, por ejemplo, una variante de la realeza en sí mismos), podían ser su vía de acceso al poder más inmediata.

—Y bien, Edgeware —dijo el ministro de Finanzas, un hombre particularmente pomposo, hijo de una familia de congregacionalistas que habían llegado a las islas treinta años atrás—, explique a Su Majestad la propuesta que me comentó por encima el otro día. Creo que no es descabellada.

Los protestantes adinerados de la ciudad estaban presionando al rey para que hiciera algo con el sórdido barrio de prostitución que se había desarrollado en los aledaños del puerto, donde cualquier intento por cerrar los burdeles era el equivalente a contener la marea con una escoba. Cada vez que las autoridades asaltaban un prostíbulo y lo cerraban aparecían dos más.

—Todos sabemos, majestad —dijo Edgeware—, que hay que hacer algo con la prostitución, que no deja de propagarse por la ciudad. Debe ser eliminada por completo, y creo que tengo la solución. En lugar de limitarnos a ilegalizarla, en lugar de erradicarla haciendo uso de leyes morales, sugiero que subordinemos dichas leyes al dominio de la salud pública. Majestad, corremos el riesgo de sufrir una epidemia de enfermedades venéreas. ¿Acaso no tenemos suficiente con el impacto devastador que el sarampión y la gripe están teniendo en la población nativa? ¿Debemos sumar otra enfermedad del hombre blanco a las estadísticas, ya de por sí alarmantes? Tal vez si nombrarais un nuevo cargo en vuestro Gabinete, un ministro de Salud Pública, por ejemplo, contaríamos con la autoridad suficiente para cerrar esos establecimientos de una vez por todas.

«Y mataría dos pájaros de un tiro», pensó Edgeware satisfecho. Si la tentación desapareciera, si dejara de existir la casa de la señora McCleary, podría enfrentarse a sus instintos más bajos porque no tendría ningún lugar en el que sucumbir a ellos.

—Espera —le susurró Mahina al oído mientras le acariciaba la espalda, el espeso cabello, el trasero firme y moldeado.

Llevaban horas haciendo el amor. Mahina lo había llevado muchas veces al borde del éxtasis para luego detenerse, como una marea cálida que avanzaba y retrocedía, tocando, acariciando, pellizcando. Él había dejado su ardiente aliento hasta en el último pliegue de su cuerpo, y ella había saboreado cada gota de sudor que había desprendido el de él.

Su amante tenía veinte años y estaba dominado por la impaciencia propia de la juventud. Mahina, que tenía treinta y tres más que él, debía instruirlo en la práctica de las artes amatorias, una tradición de la que su pueblo llevaba generaciones disfrutando y que los dioses habían ideado para las relaciones entre hombres y mujeres.

Había llegado la hora. Con los potentes músculos internos de su *'amo hulu* le apretó el *piko ma'i* hasta que soltó un alarido y tembló entre los rollizos brazos de su maestra, que también se dejó llevar por la misma oleada de placer, cálida como un arcoíris.

Descansaron tumbados sobre la esterilla, fatigados y cubiertos de sudor, pero también revitalizados. Acababan de llevar a cabo un ritual sagrado y sabían que los dioses estaban sonriendo. Él susurró «*Aloha, Tutu*», y abandonó la cabaña. Mahina esperó un poco más, deleitándose en la sensación que aún le recorría el cuerpo. Luego se puso su *muumuu* y fue al exterior, donde brillaba el sol de la mañana.

Estaba hambrienta, siempre lo estaba tras una noche de sexo enérgico. Lástima que los *haole* no disfrutaran del placer como ellos. Había convivido con el hombre blanco desde que tenía trece años y Mika Emily y Mika Kalono habían llegado a Hilo a bordo de su barco, pero seguía sin entenderlos. Los *haole* decían que el sexo era malo. Habían prohibido que las chicas nadaran hasta las embarcaciones donde los marineros las recibían con los brazos abiertos y, en lugar de eso, habían construido pequeñas casas, sucias y malolientes, a las que los hombres blancos acudían por la noche y pagaban por lo que antes podían tener gratis.

Miró a su alrededor, a su gente, yendo de aquí para allá y ocupándose de sus asuntos como antes lo habían hecho sus ancestros. Era una buena señal. Hacía años que nadie enfermaba, no como en Honolulú o en otras aldeas de la costa que el hombre blanco visitaba más asiduamente. Aquel lugar a los pies del Pali donde empezaba el valle de Un'uanu se llamaba Wailaka, y la aldea, un puñado de cabañas y pabellones con su propio *heiau* sagrado, tenía cientos de años. Su tío, Kekoa, hermano de su madre, era el jefe. Entre los dos, tío y sobrina, se ocupaban de que los suyos vivieran siguiendo las tradiciones y no se dejaran seducir por las costumbres de los *haole*.

Mahina decidió recoger hierbas con las que preparar un tónico para el pequeño Pinau, su nieto *hapa-haole* que estaba enfermo.

Mientras arrastraba su cuerpo agotado por la aldea, saludando a sus amigos, sonriendo, ofreciendo *alohas*, pensó en Jamie y en todos los *kanaka* que morían todos los años por culpa de las enfermedades de los blancos, y luego recordó que una vez, cuando era pequeña, su madre, Pua, le dijo que su gente no solía enfermar. La gran jefa atribuía la buena salud de los suyos al Pene de Lono, que había permanecido durante generaciones en el altar del *heiau* sagrado, pero que la propia Pua había escondido en la Vagina de Pele, cuya localización nadie conocía.

De pronto se detuvo al llegar al pabellón donde se confeccionaba la tela *kapa*. Allí las mujeres trabajaban golpeando la corteza de la morera, para luego cortarla en tiras y extenderla al sol hasta que pudieran tejerla. Tres muchachas ayudaban a las mayores. Eran amigas íntimas, de quince años las tres, y siempre iban juntas a todas partes. Lo que detuvo a Mahina tan repentinamente fue ver a las tres jóvenes con la cabeza cubierta por un sombrero. Eran de ala pequeña, pero uno era de paja y los otros dos de tela, y todos adornados con lazos y cintas.

La visión le produjo un escalofrío que le recorrió el cuerpo.

Frunció los labios, se rascó un hombro, se frotó la nariz y dedicó unos minutos a meditar sobre la situación.

Al final, se dirigió hacia la entrada del pabellón, que no era más que un tejado sostenido bien alto sobre postes, y llamó a las tres jóvenes.

Cuando se acercaron, sonrientes y ataviadas con sus coloridos *muumuus*, Mahina trató de escoger las palabras con sumo cuidado. Ella misma había aceptado el *muumuu* hacía ya mucho tiempo, cuando tendría la edad de aquellas tres muchachas y Mika Emily les había dejado, a ella y a su amiga, sus parasoles, sus guantes y sus bolsos para que se los probaran. Querían quedárselo todo. Con el tiempo, el vestido *haole* se había convertido en una forma de vida y Mahina era consciente de que no podían volver otra vez al pareo. Sin embargo, los sombreros no eran solo algo que ponerse en la cabeza, eran un anzuelo. Los *haole* solían lanzar señuelos y, cuando los *kanaka* lo mordían, tiraban de ellos como si fueran peces.

—Bonitos sombreros —les dijo fingiendo admiración—. ¿De dónde los habéis sacado?

Las muchachas se miraron entre ellas y se removieron nerviosas.

—En el pueblo —respondió una.

Mahina sonrió.

—¿En la iglesia *haole*?

—Había unas mujeres en la entrada regalando ropa. ¡Gratis, Tutu Mahina, sin dinero de por medio!

—¿Entrasteis en la iglesia?

No querían responder, pero tampoco tenían más remedio.

—Dicen que su dios es muy poderoso —replicó una de ellas, a la defensiva.

—Ah —asintió Mahina—. ¿Y lo visteis en la iglesia?

—Es invisible. Como los viejos dioses *kanaka*.

Mahina sabía que lo que las movía a hablarle así era la inocencia y no la falta de respeto, de modo que se mostró paciente con ellas. Arqueó las cejas y las miró con una expresión de sorpresa en el rostro.

—¿Creéis que los dioses *kanaka* son invisibles? ¿Nunca habéis visto uno? *Auwe!*

Las jóvenes se miraron otra vez las unas a las otras.

—Tutu, ¿tú has visto algún dios?

—¡Mejor aún! He visto a una diosa. ¿Os gustaría verla?

Una de ellas le dedicó una mirada cargada de escepticismo.

—¿Es un ídolo de madera?

—No, no, me refiero a una diosa de verdad, con pelo, ojos y una sonrisa. Os llevaré a verla.

La siguieron hacia el bosque, con las manos sujetando sus preciosos sombreros para que las ramas y los arbustos no se los hicieran caer.

Llegaron a una laguna en la que el agua, inmóvil, era un remanso liso como un espejo. Las muchachas miraron a su alrededor con los ojos muy abiertos.

—¿Está aquí la diosa, Tutu?

—Aquí, más cerca del agua. Vive ahí.

Cuando llegaron a la orilla cubierta de hierba les dijo que se arrodillaran.

—Ahora mirad.

Obedecieron y, mientras observaban su propio reflejo sobre la laguna, Mahina dijo: «*I ka wa mamua…*», que significaba «Hace mucho tiempo…». Y empezó a contarles la historia de las canoas de doble casco que habían llegado hacía mil años de la legendaria

Kahiki. Les contó la historia de Papio, la diosa tiburón. Les recordó la leyenda de los *menehune*, el Pueblo Enano que vivía en lo más profundo del bosque. Habló sobre la época en que el viejo jefe Puna fue capturado por la malvada diosa Dragón. Mahina recordó a los héroes legendarios del pasado, sus batallas, sus romances, los hechos de sus vidas, incomprensibles para un humano. Con su voz suave y melódica, casi como si cantara, Mahina hiló una narración tras otra sobre las tranquilas aguas de la laguna mientras las tres muchachas contenían la respiración y contemplaban su reflejo.

Por fin, cuando hubo tejido todos sus relatos con tanta habilidad que saltaba a la vista la maravillosa tela que era la noble historia de las islas, dijo:

—Lo que veis, hijas mías, son diosas de verdad. No son invisibles. Tampoco son de madera o de piedra. Están hechas de vida. Llenas de poder, de *mana*.

Una vez que terminó y las muchachas dejaron de mirar atentamente a las tres hermosas diosas cuyas imágenes flotaban sobre las aguas de la laguna, las tres se quitaron los sombreros de la cabeza y, con los ojos llenos de lágrimas, abrazaron a su querida y oronda Tutu, le pidieron que las perdonara y le prometieron que nunca volverían a entrar en una iglesia *haole*.

Mahina las observó con el corazón compungido mientras corrían de vuelta a la aldea.

Ese día había conseguido salvar a aquellas chicas, pero ¿y los venideros? Su gente estaba siendo seducida lentamente. Querían sombreros *haole*. Querían guantes *haole*, y sombrillas y zapatos. Mahina no podía estar en todas partes. Poco a poco, todos aquellos objetos irían llegando a su aldea; todas las mujeres, fueran jóvenes o ancianas, tendrían un sombrero, un par de guantes, zapatos y una sombrilla propios. Debía estar atenta para mantener las costumbres de siempre vivas pero en secreto. Tenía que recordarlas, del mismo modo que había ayudado a las tres muchachas a hacerlo. Por desgracia, llegaría el día en que ella ya no estaría allí, y su gente se desviaría del camino y ya no podría regresar a él nunca más.

Debía hacer algo para salvar a sus dioses y proteger su cultura. Pero ¿qué?

Levantó la mirada hacia los verdes acantilados que abrazaban aquella laguna oculta. Cubiertos de una vegetación exuberante, se levantaban en línea recta desde el agua como guerreros en guardia, vigilantes. Los *haole* tenían la extraña necesidad de medirlo todo; al llegar a aquellas paredes las habían escalado, las habían mesurado y habían anunciado que esos picos tenían casi setecientos metros de altura. En muchas ocasiones sus cimas no eran visibles, cuando las brumas descendían y cubrían las cúspides, como si no quisieran que los hombres las vieran.

Ese día no había niebla. Las abruptas cimas de las montañas se elevaban majestuosas hacia un cielo azul intenso, señal de que los dioses no estaban allí arriba.

Mahina contempló la laguna, aquella extensión de agua verde azulada rodeada de bosques y de flores. Allí moraban los dioses.

De pronto levantó los brazos y entonó un cántico sagrado en el que enumeraba los nombres de los espíritus, los alababa, les prometía que nunca serían olvidados. Movió las manos y pisoteó la tierra. Sus enormes caderas se contoneaban con la fuerza de un terremoto. Aun así, sus movimientos resultaban elegantes, ligeros. Contó con las manos historias de dioses y de ancestros, y mientras entonaba el cántico sagrado elevó una plegaria silenciosa al cielo: «Nuestras costumbres desaparecen, nuestro pueblo codicia cosas *haole*. Decidme qué he de hacer».

Y desde muy lejos, quizá tan lejos como la legendaria Kahiki, llegó la respuesta en forma de susurro: «Los *haole* os han impuesto sus costumbres desde hace demasiado tiempo; ha llegado la hora de resistirse».

La danza llegó a su final y Mahina se quedó allí sola, de pie, con el ceño fruncido.

—Pero ¿cómo? —preguntó a la laguna, desierta y silenciosa—. ¿Cómo puede resistirse Mahina?

14

Los gritos se oían desde la calle.

—Virgen santa —susurró la hermana Verónica mientras se santiguaba.

—Pobre señora Farrow —dijo la hermana Theresa, que miraba hacia la ventana de la galería superior de la casa de los Farrow—. Está teniendo uno de sus días difíciles.

Otros viandantes también dirigían la vista hacia la casa de la esquina de King Street. Theresa advirtió compasión en sus rostros. Honolulú era una ciudad pequeña en la que todos se conocían. Desde que la madre del capitán Farrow había ido a vivir con él los rumores se habían propagado como la pólvora: Emily Farrow estaba loca de atar, y su hijo la mantenía atada en la buhardilla. Se decía que los Farrow ya habían contratado los servicios sucesivos de tres «enfermeras» particulares, mujeres fornidas cuya función era mantener a la señora Farrow encerrada en su habitación y, a juzgar por los gritos y el estallido de objetos contra el suelo, la hermana Theresa sospechaba que la número cuatro no tardaría en presentar su renuncia.

Cuando las dos hermanas se disponían a seguir su camino el capitán Farrow surgió de repente de una calle colindante galopando a lomos de una yegua de pelaje castaño. Los mozos aparecieron a la carrera desde los establos y cogieron al animal por las riendas en cuanto su dueño saltó al suelo.

—Será mejor que preguntemos si podemos hacer algo —dijo Theresa a la hermana Verónica al ver que el capitán se dirigía raudo hacia su casa.

—Pero la señorita Miller nos está esperando.

—Pues adelántese, hermana. No hace falta que estemos las dos para cambiar el vendaje a la señorita Miller. Me reuniré con usted en cuanto pueda.

Con una expresión de duda en el rostro Verónica siguió su camino y Theresa tomó el que llevaba a casa de los Farrow.

Nadie le abrió la puerta, así que entró y llamó a quien pudiera atenderla. Sin embargo, la conmoción en la planta superior era tal que nadie la oyó. Se tomó la libertad de cerrar la puerta tras de sí y se dirigió hacia el pie de la escalera, desde donde alcanzó a oír un intercambio acalorado que provenía de arriba.

—Se niega a tomar la medicina, señor. Creo que debería mantenerla atada.

—No pienso hacerlo. No voy a atar a mi madre como si fuera un animal.

—Esta vez ha provocado muchos daños en la habitación, señor. Ha roto cosas, las ha hecho añicos contra el suelo. Podría hacerse daño a sí misma la próxima ocasión.

—Encerrarla en su dormitorio es más que suficiente, señora Brown. Ahora, por favor, vaya a hacer compañía a mi madre. Y vuelva a intentar que se tome la medicina. Dígale que son órdenes del doctor Edgeware.

Theresa oyó el tintineo de unas llaves en un aro de hierro, una puerta abriéndose y cerrándose y, un instante después, los pasos del capitán Farrow, que bajaba por la escalera con una expresión sombría en el rostro.

—Hermana… —Se detuvo antes de bajar todos los escalones, en cuanto vio a Theresa—. ¿Qué puedo hacer por usted?

—He pensado que quizá soy yo la que podría hacer algo por usted.

—Ah —dijo él—. Ha oído los gritos.

Suspiró y descendió hasta el penúltimo de los peldaños, donde se detuvo. Theresa tuvo que levantar la mirada.

—Supongo que todo Honolulú los ha oído. ¿Puedo ayudar de algún modo, señor Farrow?

—Todos los médicos de la ciudad han visitado a mi madre… y todos coinciden en lo mismo: que le demos láudano. —Se quitó el sombrero y bajó el último escalón—. Pero solo sirve para ayudarla a dormir. No es una cura.

Parecía cansado. Tenía ojeras y arrugas nuevas alrededor de los labios.

Theresa lo siguió hasta el salón, donde el retrato de la hermosa Leilani lucía sobre la chimenea. La espaciosa estancia estaba decorada con divanes y sillas chinas, lacados en un negro muy brillante, con incrustaciones de madreperla y cubiertos con cojines y almohadones de seda.

—¿Qué le ocurre, si no es mucho preguntar?

El capitán Farrow cruzó la estancia y abrió las puertas cristaleras para que entrara la suave brisa.

—Sufre un desorden nervioso que los médicos no saben identificar y mucho menos curar. De hecho, comenzó hace treinta años. —Volvió la cabeza para mirarla—. Yo tenía siete años y mi hermano cinco. Mi madre estaba sola con nosotros porque nuestro padre se encontraba en alta mar. Algo ocurrió aquel verano, no tengo la menor idea de qué fue. Mamá se negó a hablar de ello entonces, y sigue sin querer hacerlo. Mi padre interrogó a los vecinos, a los nativos, pero nadie supo decirle qué era lo que había pasado. No sé qué es lo que experimentó o presenció, pero lo que quiera que fuese mermó su salud enseguida y aún hoy le provoca pesadillas.

Oyeron gritos procedentes de la planta de arriba, el sonido de alguien pateando el suelo con rabia.

—Debe de ser difícil para su hijo —dijo Theresa.

—Jamie se encuentra en Waialua con su primo Reese. No puedo permitir que esté cerca de mi madre.

—¿Podría llegar a hacerle daño?

Robert Farrow se dirigió hacia un aparador de madera de caoba en el que había varias botellas y copas de cristal. Se sirvió una del decantador, que contenía un líquido marrón.

—No lo sabemos —respondió antes de dar un buen trago—, pero no podemos arriesgarnos. Hermana Theresa, cuando aún vivíamos en Hilo y mi padre estaba en casa entre viaje y viaje, una noche se despertó y descubrió que mi madre había salido. De esto hace ya once años. Yo no estaba en casa, pero Peter sí. Mi padre se levantó de la cama, salió a buscarla y la encontró en los acantilados que dan al mar. Se encaramó a las rocas para ayudarla a bajar, tropezó y se precipitó al vacío. Mi madre no lo recuerda. A día de hoy, sigue creyendo que ha salido a navegar y que todavía no ha regresado.

—No sabe cuánto lo siento.

—No sé qué hacer, hermana. Mi madre no puede vivir en Waialua porque en breve nacerá el bebé de mi hermano, pero si se queda aquí, Jamie ha de seguir alejado de esta casa. —Suspiró—. Y echo de menos a mi hijo.

—Capitán Farrow, ¿qué provoca los episodios de su madre?

—No sabría decírselo. A veces pasa semanas enteras comportándose con normalidad. Lee la Biblia, borda, va a misa. Y de repente se despierta una noche y ya no puede volver a dormir. Al final el insomnio afecta su mente.

—¿Sabe qué se lo provoca?

—Asegura que los fantasmas se reúnen alrededor de su cama —respondió Farrow con la mirada fija en la copa que sostenía—. Dice que la mantienen despierta con sus gritos, así que ella también grita para ahuyentarlos.

—¿Y se niega a tomar láudano?

—Mi madre es una firme defensora de la abstinencia, así que se niega a ingerir todo aquello que lleve alcohol. Ni bebidas ni drogas, lo cual nos deja sin posibilidades. —Frunció el ceño sin alzar los ojos de su bebida, como si de algún modo esta lo hubiera ofendido—. Lo que de verdad me preocupa, hermana —continuó, bajando la voz—, es que una persona sana no pierde la cabeza de la noche a la mañana, ¿verdad? Tiene que haber algo previamente en ella, ¿no cree? Mi madre estaba predestinada a ver mermadas sus facultades, aunque se hubiera quedado en New Haven. Y si hay un brote de locura en la familia, quizá mi hijo lo ha heredado. He oído que las enfermedades mentales se saltan una generación. Peter y yo de momento parecemos cuerdos, así que…

De pronto Theresa comprendió cuál era el origen de aquel aire de tragedia que parecía envolver la casa y a la familia. También entendió el comentario que Robert Farrow había hecho a su hermano hacía ya algunas semanas sobre arrepentirse de haber tenido un hijo. Entonces la había considerado una afirmación cruel, pero ahora la veía desde otra óptica.

—No puedo responderle a eso, señor Farrow, pero me gustaría ayudar a su madre. Hay una hierba, la valeriana, que tiene un efecto sedante moderado y ayuda al paciente a dormir.

—¿Valeriana? Nunca he oído hablar de ella.

—No se encuentra en Hawái. Mi hermanas y yo la cultivamos en nuestro huerto con las semillas que trajimos de casa. Preparamos una infusión muy efectiva con la raíz.

Él la miró fijamente.

—Lo sé —dijo Theresa sonriendo al sentir la inquietante mirada del capitán fija en ella—, soy muy joven.

Farrow esbozó una sonrisa y pareció que se relajaba un poco.

—Me gustaría conocer a su madre.

La hermana Theresa sentía curiosidad por la extraña enfermedad de la señora Farrow. ¿El insomnio había llegado primero y, con él, las alucinaciones o había sido al revés? Quizá si conseguía prevenir la falta de sueño, los brotes de inestabilidad mental desaparecerían y el ciclo se rompería.

—No creo que sea prudente. —El capitán elevó la mirada hacia el techo—. Creo que la señora Brown ha logrado calmarla. A veces ocurre. Los ataques se producen casi siempre de noche.

Hoy se ha producido porque la señora Brown ha intentado darle el láudano. Quizá deberíamos esperar hasta que el episodio haya remitido.

—Pero es posible que pueda ayudarla ya.

—Debo advertirle que su reacción al verla será de extrañeza. Dudo que mi madre haya visto una monja antes. Había muy pocos católicos en New Haven cuando vivía allí y aquí ni siquiera se había construido la primera iglesia católica cuando estaba en sus cabales. Así pues, si la mira fijamente o hace un comentario desagradable…

—Estoy acostumbrada —replicó Theresa con una sonrisa.

Farrow dejó la copa sobre el aparador.

—Seguro que sí. Muy bien, pues si le parece podemos subir ahora.

Cuando llegaron a la puerta oyeron gritos ahogados al otro lado, una voz suplicando, otra furiosa.

—Supongo que la señora Brown aún no tiene la situación bajo control —dijo el capitán.

—Aun así, me gustaría conocer a su madre, capitán.

—Tendrá que ser breve —dijo él mientras llamaba con los nudillos.

Se oyó el tintineo de unas llaves, y acto seguido asomó la señora Brown. Tenía las mejillas coloradas y el cabello revuelto bajo la cofia.

—Me temo que no es un buen momento, señor —dijo, pero el capitán Farrow insistió y la enfermera no tuvo más remedio que hacerse a un lado.

Emily Farrow estaba al otro lado de la estancia blandiendo un atizador de la chimenea. De no haber sido por su mirada amenazadora, a Theresa le habría parecido una mujer bastante normal. Delgada y con el cabello canoso, llevaba un vestido verde de manga larga y cuello alto, y un camafeo en él.

—Robert —exclamó la señora Farrow—, ¿te importa decir a esta criatura exasperante que deje de intentar obligarme a beber su endemoniado alcohol…? —De pronto sus ojos se posaron en Theresa y la observó en silencio con los labios entreabiertos—. ¿Y usted qué es?

—La hermana Theresa es monja, madre.

La señora Farrow arrugó la nariz.

—Seguro que no es de los nuestros.

—La hermana Theresa es católica.

—Ah, eso lo explica todo. Gente curiosa, los católicos.

—Quería conocerla, madre.

—¿Por qué? —le espetó ella, aún blandiendo el atizador.

Theresa habló, sin olvidar en ningún momento tres datos importantes sobre aquella mujer: era una devota cristiana, había ido a Hawái como misionera y, por encima de todo, era una dama.

—Hace poco que he llegado a esta isla como misionera, señora Farrow, y me encantaría escuchar su historia. He pensado que sería agradable conversar con usted mientras tomamos una taza de té.

Emily permaneció inmóvil, indecisa, mientras los sonidos que ascendían desde la calle (los crujidos de las ruedas de los carros, el clop clop de las patas de los caballos, los gritos de los niños) se colaban en la estancia a través de la ventana.

—Ahora mismo agradecería una buena taza de té, la verdad —dijo de pronto, y bajó el atizador.

—Primero la medicina —intervino la señora Brown, y se dirigió hacia ella con el frasco en una mano y una cuchara en la otra, lo cual provocó la inmediata elevación del atizador.

—¿Le importaría ocuparse de que suban el té? —pidió la hermana Theresa al capitán Farrow volviéndose hacia él—. Agua caliente en una tetera, dos tazas. Un plato de galletas, si tienen.

Robert se ocupó de trasladar la petición a la enfermera, quien dejó el frasco de láudano y abandonó la estancia refunfuñando.

—Permítame, madre —dijo el capitán. Le quitó de la mano el atizador y la acompañó hasta la mecedora que había junto a las puertas abiertas que daban a la galería—. Está agotada. Necesita descansar.

Emily levantó la mirada hacia su hijo con los ojos colmados de tristeza.

—No puedo dormir, Robert. Me mantienen despierta. Me persiguen para que me vuelva loca.

Theresa cogió una silla sin que nadie la invitara a tomar asiento y la arrastró hasta estar justo delante de la señora Farrow, que no parecía molesta por la cercanía. Miró a su alrededor, los objetos rotos, el desorden, y se preguntó cómo serían los «fantasmas» que le provocaban semejantes ataques.

—¿Sabe, jovencita? —dijo Emily con la mirada dirigida hacia los árboles del jardín—. Cuando me marché de New Haven tenía tantos sueños y el corazón tan lleno de amor hacia el Señor que pensé que podría volar hasta aquí yo sola. Pero el viaje fue muy duro. Las tormentas y las corrientes nos retenían, y tuvimos que hacer varios intentos antes de conseguir rodear el cabo de Hornos. Tres miembros de la tripulación cayeron por la borda. Pensé que íbamos a morir. Y entonces, cuando llegamos aquí y los marineros nos llevaron a tierra, lo que encontré fueron salvajes desnudos que parloteaban en una lengua incoherente. De pronto sentí que me invadía el miedo y me pregunté por qué Dios nos había traído a un sitio tan terrible. Quizá por eso el Señor está castigándome, por haber tenido en el pasado tan poca fe. —Miró a Theresa con los ojos llenos de dolor—. No se deje engañar por sus sonrisas, por sus vestiduras europeas o por los nombres cristianos que adoptan cuando acuden a misa el domingo. Las viejas costumbres siguen vivas. Las supersticiones, los fantasmas, el demonio. Están a nuestro alrededor, el poder de Satanás sigue presente en estas islas. Yo lo intenté con todas mis fuerzas hace cuarenta años, Dios sabe que lo intenté…

Llegó el té, que la señora Brown dejó sobre una pequeña mesa. Theresa abrió su bolsa de mano y no tardó en sacar un paquete de valeriana.

—Es un té especial que preparamos en el convento —explicó mientras vertía unas cucharadas en la tetera y dejaba que hirviera—. Tiene un olor y un sabor muy intensos, pero es muy sano y reconstituyente.

Emily sonrió y ofreció una galleta a su invitada. Cogió una para ella y siguió hablando de su juventud, de las semanas que pasaba sin ver a otra mujer blanca mientras el reverendo Stone, su esposo, viajaba por la isla de Hawái predicando y bautizando a los nativos. El capitán Farrow se había retirado a una esquina y observaba la escena en silencio. Cuando la infusión estuvo lista, la señora Farrow sirvió dos tazas y ofreció una a Theresa.

Le temblaban las manos y tenía los ojos inyectados en sangre. Theresa se preguntó si eran precisamente aquellos días del pasado los que le provocaban ahora las noches sin descanso. Recordó que Mahina le había contado que estaba maldita por algo que le había ocurrido hacía treinta años y pensó que quizá había alguna conexión entre los dos sucesos.

Observó a la señora Farrow mientras esta se llevaba la taza a los labios. La raíz de la valeriana tenía un aroma muy intenso y un sabor un tanto desagradable, pero no podía hacer nada para remediarlo salvo añadirle una cucharada de azúcar, cosa que hizo. Emily tomó un sorbo y se detuvo. Frunció el ceño, se llevó la taza a la nariz y la olió.

Theresa miró al capitán Farrow, quien inmediatamente se puso en estado de alerta. Le hizo una pregunta con la mirada que ella interpretó como: «¿Tienen algo más en su jardín que cure el insomnio?». Por desgracia, no. Al igual que los médicos de Honolulú, las hermanas administraban tinturas de opio para el insomnio y otras enfermedades. La raíz de la valeriana era su única esperanza.

—Este té desprende un olor horrible —dijo la señora Farrow arrugando la nariz.

—Es una infusión vigorizante —replicó Theresa.

Emily se volvió hacia su invitada y la miró visiblemente molesta, y la joven monja temió que en cualquier momento le lanzara la taza. Sin embargo, su rostro se iluminó de pronto.

—¿Por qué me resulta tan familiar? ¡Ah, sí! Sin duda se trata de raíz de valeriana. Mi madre solía beberla todas las noches. Lo había olvidado. Me pregunto si me ayudará con el insomnio. —Dio un buen trago y luego otro. Cuando ya había tomado la mitad de la taza, añadió—: ¡Esto me recuerda a casa! Mi abuela cultivaba plantas aromáticas. Me encantaba ayudarla a plantar las semillas en primavera...

Volvió a llenarse la taza y siguió hablando con nostalgia de la vida tan feliz que había conocido en New Haven, hacía cuarenta años, y luego avanzó hacia el presente y dijo algo sobre una cometa roja y una preciosa caracola de un tono blanco rosado. Cuando se terminó el té agradeció su visita a la monja y anunció que quizá intentaría dormir la siesta. Theresa se despidió de ella y salió de la estancia en compañía del capitán Farrow.

—A veces hace falta beber la infusión de valeriana durante varios días antes de notar sus efectos. Le dejo este paquete. Asegúrese de que toma una taza todas las tardes antes de retirarse a su dormitorio.

Robert le cogió una mano, lo cual sorprendió a Theresa, y la miró fijamente a los ojos.

—No sé cómo darle las gracias, hermana. El suyo ha sido un enfoque nuevo.

—En ocasiones una palabra amable da mejor resultado que la intimidación.

—Lo que más me sorprende es la facilidad con la que ha aceptado su presencia. Creía que no toleraría la compañía de un católico.

—Estaba convencida de que su educación haría prevalecer los modales por encima de los prejuicios. Esperemos que funcione. Mientras tanto, capitán Farrow, mis hermanas y yo incluiremos a su madre en nuestras plegarias.

—¿Volverá?

Estaba muy cerca de ella y Theresa sentía que el espacio a su alrededor era cada vez más cálido e íntimo. Quiso responder que lo más adecuado sería que el doctor Edgeware visitara a su madre, que ella misma enviaría a alguna de sus hermanas o que la señora Brown estaba más preparada para cuidar de ella. Sin embargo, sus propias palabras la traicionaron.

—Por supuesto que volveré.

Theresa estaba a solas, puesto que la hermana Verónica tenía anginas. La madre Agnes le había permitido salir, aunque de mala gana. No le gustaba que abandonaran el convento solas, pero la señora Liddell necesitaba su medicina con urgencia y Theresa prometió a su superiora que únicamente transitaría por calles seguras, una de ellas King Street, lo cual la llevó, a su regreso de casa de los Liddell, a la propiedad de los Farrow.

Había dos mujeres en el jardín: la señora Farrow, que bordaba sentada en una silla de respaldo alto, y Mahina, confeccionando en el suelo un *lei* con las flores que iba cogiendo de varias cestas. La hermana Theresa no pudo evitar compararlas. Emily Farrow, delgada y menuda, con un delicado gorrito de encaje sobre su pelo blanco. Había llevado una nueva religión a las islas, otra moral, unas tradiciones completamente distintas. Y Mahina, de piel oscura, voluptuosa, llena de vida, custodia de los dioses y la cultura de Hawái, con los pies descalzos tan arraigados al suelo volcánico del archipiélago que al verla era imposible no evocar a Gaia, la diosa de la Tierra para los antiguos griegos. No podían existir dos mujeres más diferentes entre sí y, a pesar de todo, ambas eran abuelas de Jamie Farrow.

Theresa las saludó mientras atravesaba el césped. Mahina se levantó del suelo y la recibió entre sus brazos generosos y la señora Farrow se limitó a decirle:

—Hola, querida.

La madre del capitán Farrow estaba mejorando. Tras la visita de la hermana Theresa había seguido tomando la infusión de raíz de valeriana y en cuestión de días había empezado a disfrutar de un sueño más reparador. Por desgracia, le advirtió el capitán Farrow, era cuestión de tiempo que algo la alterara y tuvieran que encerrarla de nuevo en su dormitorio.

Theresa se acercó para ver el bordado en el que estaba trabajando la señora Farrow y para el que usaba un bastidor de pie. Era un paisaje con árboles, flores y un hermoso cielo azul.

—Es precioso —dijo.

—Al demonio le gustan las manos ociosas, querida.

A pesar del aire de fragilidad que transmitía, la mano que clavaba la aguja en la tela del bastidor, que tiraba de ella y luego volvía a clavarla rebosaba energía. Por un momento la hermana Theresa creyó ver a la Emily Farrow del pasado, a la joven que había ayudado a llevar la civilización a aquellas costas tan lejanas, y pensó en su propia madre, que se había ocupado ella sola de la granja de Oregón y que se entregaba con la misma energía a todo cuanto hacía.

Mahina intentó ponerle una guirnalda de flores rojizas y aromáticas alrededor del cuello, pero ella se echó a reír, le dio las gracias y le dijo que no podía aceptarla. Los *leis* de Mahina eran famosos en todas las islas y, a pesar de que, si quisiera, podría venderlos a cambio de dinero, ella prefería regalarlos.

Cerca de allí, a la sombra de un tamarindo, la señorita Carter daba una lección de historia al pequeño Jamie. Al ver a Theresa, el niño sonrió, la saludó con la mano y también de viva voz. Se estaba recuperando, sin duda gracias al clavo oxidado puesto a hervir en el caldo de verduras, pensó Theresa. Aun así, seguía siendo un niño frágil, por lo que se preguntó qué podría hacer para que creciera más fuerte.

—¡Buenas tardes, hermana!

Theresa se dio la vuelta y, protegiéndose los ojos del sol con una mano, levantó la mirada hasta que vio al capitán Farrow con su catalejo, lo cual le recordó que era la hora entre el mediodía y la una de la tarde, y que se encontraba, por tanto, en plena ronda.

—¡Suba! La vista es maravillosa desde aquí arriba.

—¡Suba, Kika! —repitió Mahina al ver que la monja no se

decidía—. Allí ver muchos barcos. Mucha agua. Puede que Mano. Con suerte, ver a Mano.

Se excusó ante la señora Farrow y Mahina y, mientras se dirigía hacia la casa, se percató de la mirada venenosa que afeaba el rostro de la señorita Carter y, una vez más, se preguntó por qué aquella mujer parecía odiarla tanto.

Cuando salió a la galería de la primera planta dos cosas le sorprendieron: la belleza de las vistas y el viento. Podía ver el puerto, los muelles y los mástiles de los barcos, y más allá, el océano. Sin embargo, fue aquel viento lo que le cautivó el alma. Le acarició el rostro, y ella lo recibió con los ojos cerrados. Imaginó cómo sería notar su contacto en el pelo y, por un instante, deseó poder deshacerse de los pesados velos que le cubrían la cabeza y sentir la caricia refrescante de la brisa.

—¿A qué debemos su visita, hermana? —le preguntó el capitán Farrow.

Parecía estar de buen humor, pues sonreía mientras fumaba un cigarro largo y fino.

—Pasaba por aquí. Por lo que he visto, su madre está mucho mejor.

—Hace días que no sufre un ataque. Y me alegro de tener a Jamie en casa. ¿Alguna vez ha mirado a través de un catalejo, hermana? Es como ver un mundo completamente nuevo.

Se apartó y con un gesto la invitó a probarlo. Theresa dejó su bolsa de mano en el suelo y se inclinó para acercar un ojo a la altura de la mira.

—Ese es uno de nuestros barcos, que acaba de regresar —le explicó el capitán Farrow mientras ella oteaba el horizonte—. El *Krestel*, en honor al barco de mi padre que fue barrenado hace diez años.

Theresa observó el majestuoso clíper deslizándose sobre la superficie del mar.

—Mi padre se inició en el comercio marítimo hace sesenta años. Comerciaba con los nativos de Alaska y les llevaba enseres de metal a cambio de pieles, luego recalaba en Hawái para cargar en las bodegas sándalo y desde aquí lo llevaba todo a la provincia de Cantón, en China, donde esa madera era muy apreciada. —Dio una calada al cigarro y el aroma masculino del humo flotó hacia Theresa—. Hacia finales de la década de los veinte los bosques prácticamente habían desaparecido y mi padre tuvo que buscar otras mercancías para transportar, como azúcar, café y carne de res. Hizo construir más barcos, amplió las rutas y diversificó las mercancías, de modo que mi familia no tardó en prosperar. —Otra calada al cigarro, más humo flotando hacia ella. De pronto Theresa se dio cuenta de que llevaría el olor impregnado en la ropa cuando regresara al convento—. Estoy muy orgulloso de la flota Farrow tal como está, pero ahora quiero conectar Hawái con el resto del mundo. Para ello preciso una flota más eficiente. Los viajes de tres o cuatro semanas son cosa del pasado, hermana Theresa. La era del vapor ha llegado y, con ella, las semanas de viaje de antaño se reducen a apenas diez días. ¿No le parece asombroso?

—Maravilloso —replicó ella, apartándose del catalejo—, sobre todo para alguien como yo que sufrió lo indecible durante el trayecto desde San Francisco.

—Ahora mismo, hermana, Hawái está demasiado lejos para el viajero o el hombre de negocios común, pero una línea de barcos de vapor supondría la llegada masiva de norteamericanos, que traerían consigo su capital, sus empresas y, en definitiva, prosperidad. Y luego ya nos ocuparemos de que Hawái se convierta en un reino merecedor de su título.

Las vistas desde allí arriba eran espectaculares. Theresa podía ver la playa por encima de los tejados de las casas y a los hawaianos sobre sus increíbles tablas de madera surcando las olas.

—Es evidente que adora el mar, señor Farrow.

—La primera vez que embarqué tenía once años. Por entonces ya sabía leer, escribir y hacer sumas. Mi padre me llevó con él en el que sería mi viaje iniciático como grumete, pero no crea que estuve ocioso. Era un hombre muy culto, y se enorgullecía de la biblioteca de su barco. Me dio libros: Platón, Aristóteles, Voltaire… Se ocupó de que también yo me convirtiera en un hombre culto y, además, me enseñó a interpretar las estrellas y a gobernar una embarcación. Recibí el bastón de capitán a los veintidós años. —Negó con la cabeza y dirigió la mirada hacia el puerto, que bullía de actividad—. Por desgracia, Hawái se encuentra al borde de una depresión económica, pero estoy seguro de que tengo las respuestas. El problema es conseguir que la gente me preste atención.

Theresa ya había leído en los periódicos locales que el señor Farrow había iniciado una campaña para construir barcos más rápidos y seguros, y que buscaba inversores.

—Mucha gente estaría dispuesta a venir a las islas si el viaje fuera más breve y un poco más llevadero —dijo—. Además, una travesía que durase menos tiempo también posibilitaría conectar adecuadamente a los habitantes de las islas con su hogar. Piense en el correo, señor Farrow. Una carta tarda semanas en llegar a destino a bordo de un clíper y apenas unos días en un barco de vapor. Muchos de los que viven aquí echan de menos sus hogares. Están impacientes por recibir noticias de sus familias.

El capitán Farrow le dedicó una de sus miradas, largas e introspectivas, y a continuación sus labios se curvaron hasta dibujar una leve sonrisa, como si acabara de tener una idea.

De pronto oyeron risas en el jardín y vieron que Mahina hacía cosquillas a Jamie, que se retorcía encantado. A Theresa la escena le recordó a un oso son su cría.

—¿Y qué hay del abuelo hawaiano de Jamie? —preguntó—. ¿Viene a menudo?

—Hace dieciocho años el esposo de Mahina y dos de sus hijos tuvieron la mala suerte de encontrarse en el puerto con una patrulla de reclutamiento que buscaba a quien echar el guante. Por aquel entonces era un problema muy grave. Cada año recalaban en Honolulú casi mil balleneros. En invierno las aguas se llenaban de ballenas que venían a criar, y cazarlas era sencillo. Los balleneros solo tenían que esperar. Con el tiempo las ballenas desaparecieron de las aguas de Hawái y los barcos tuvieron que desplazarse hacia el norte, hasta el Ártico. Como consecuencia, la vida de los marineros se volvió tan dura que en cuanto los barcos echaban el ancla y las tripulaciones desembarcaban en tierra, muchos hombres desaparecían en los bosques. Los capitanes tenían que reclutar a la fuerza a todo el que se cruzara en su camino.

—¿Y Mahina no ha vuelto a saber nada de ellos desde entonces?

Farrow negó con la cabeza y Theresa bajó la mirada hacia Jamie, que no dejaba de reír.

—Es una lástima que su hijo no pueda ver a su primo más a menudo —se lamentó, pensando que un niño tan pequeño debería tener amigos con los que jugar.

Al oír aquello la actitud del capitán cambió por completo y la expresión de su rostro se ensombreció. Theresa supuso que estaría pensando en el distanciamiento que había entre su hermano y él, una ruptura de la que todo Honolulú estaba al corriente, aunque la hermana Theresa desconocía el porqué.

—¿Mahina tiene más familia?

—Su hija, Leilani, que fue mi esposa, murió durante una epidemia de varicela. Otro de sus hijos vive en una granja familiar. Su tío, Kekoa, es el jefe de una aldea en Wailaka, en el valle de Nu'uanu, a unos cinco kilómetros de aquí.

La risa melódica de Mahina llegó hasta la galería.

—La historia de estas gentes me resulta fascinante, capitán Farrow. ¿Cree que podría hacerles unas preguntas?

—A los ancianos no les importará compartir sus conocimientos siempre que sea respetuosa y no le vean intención de ofender. Algo me dice, de todos modos, que usted sería incapaz de ofender a nadie.

—Saciaré mi curiosidad, pero con sumo tacto. Creo, señor Farrow, que si puedo aprender más de la historia y la cultura de los nativos encontraré una manera mejor de cuidar de ellos. —Pensó en silencio durante un instante y luego añadió—: La curiosidad me ha premiado con la vida que llevo ahora. Si no me hubiera interesado por la religiosa que vi en una botica, si no la hubiera seguido y no hubiera querido ver el interior del hospital en el que trabajaba, nunca me habría sido revelado que esta es la vida que debo llevar.

El capitán la miró de arriba abajo, aunque no de una forma descortés, sino más bien objetiva.

—Parece una vida difícil —dijo—. Perdóneme, hermana, pero me resulta un tanto… antinatural.

—Las recompensas superan con creces los sacrificios, señor Farrow. Cuidar de los enfermos es lo que siempre he querido hacer.

—Aun así, es usted muy joven para renunciar a tantas cosas.

—Ya he cumplido veinte años —lo interrumpió ella con orgullo.

Farrow bajó la mirada y, para sorpresa de Theresa, le sujetó la mano izquierda y la levantó para examinar el anillo que llevaba en el dedo anular.

—Podría pasar por una alianza de boda —murmuró—. Sobre todo porque la lleva en la mano izquierda.

Theresa sintió que le ardía la cara. El señor Farrow estaba inquietantemente cerca y, a pesar de la brisa que soplaba en el balcón, su cuerpo desprendía los aromas propios de un hombre: jabón de afeitar, tabaco, whisky. Deberían resultarle irritantes y, sin embargo, los encontraba embriagadores.

—Es una alianza de boda —dijo prácticamente sin aliento—. Cuando tomamos los votos finales, nos convertimos en «esposas de Cristo». El anillo es un símbolo de nuestra unión con el Salvador, un signo de que le dedicamos nuestra virtud y nuestra castidad a Él.

—¿Es eso cierto? —preguntó el capitán Farrow con un hilo de voz, sin soltarle la mano y con los ojos clavados en los de ella con tanta intensidad que Theresa sintió que se quedaba sin respiración.

Por un instante fue como si no hubiera nadie más en todo el planeta, solo ellos dos. Se perdió por completo en el magnetismo de Robert Farrow hasta que, de repente, este la soltó y dirigió su atención nuevamente hacia la vista que se abría frente a ellos: la exuberante vegetación, las palmeras y, a lo lejos, el volcán dormido al que llamaban Cabeza de Diamante.

Theresa podía sentir el nerviosismo que transmitía el capitán Farrow. Era como si, en su presencia, la impaciencia se apoderara de él sin que ella supiera por qué.

—Una mujer puede dedicarse a Dios y aun así llevar una vida normal —le dijo dándole la espalda. Dio media vuelta y volvió a mirarla fijamente—. Tan joven y ya ha renunciado a la posibilidad de tener esposo y descendencia. Eso no está bien. Mi madre sirvió a Dios del modo más sacrificado posible y eso no le impidió casarse y tener dos hijos.

—Mi vocación es cuidar de los enfermos, señor Farrow —replicó ella con voz queda—. Las Hermanas de la Buena Esperanza fueron las que me abrieron esa puerta. Y tiene razón, la nuestra no es una vida natural, pero tan solo es un pequeño sacrificio a cambio del privilegio que supone asistir a aquellos que lo necesitan.

El capitán la miró largamente y dijo:

—Perdóneme, hermana. No pretendía criticarla o menospreciar su forma de vida. —Bajó la mirada hacia el jardín—. Siempre he admirado a mi madre por venir hasta aquí, a lo desconocido, enfrentándose a situaciones de una dureza extrema. Y también la admiro a usted. Es muy valiente, hermana. Apuesto a que no le tiene miedo a nada.

Theresa recogió su bolsa de mano del suelo y se colocó el velo.

—Debo irme. Gracias por enseñarme las vistas. Ahora entiendo por qué sube aquí todos los días.

—Supongo que la ciudad al completo sabe de mi pausa matutina. En cierto modo he de decir que es un lujo, pero también es la forma de controlar los barcos del puerto.

—Diría que es un ritual para refrescar el alma, señor Farrow.

Él la miró sorprendido.

—No soy hombre de rituales, hermana.

—Todos lo somos. Los rituales nos mantienen anclados a la vida, nos conceden tiempo para reflexionar. Tienen la habilidad de hacer que el tiempo se detenga y que de pronto seamos conscientes de todo lo que nos rodea. Nuestra vida en el convento es una sucesión de rituales; mi favorito es la hora de silencio que paso todos los días en el huerto de las hierbas medicinales. Es entonces cuando puedo escuchar la sinfonía que es Hawái.

Farrow la miró con una expresión extraña.

—He oído describir Hawái de todas las formas posibles, desde el paraíso hasta el infierno, ¡pero nunca como una sinfonía!

—La música de las brumas me llena el corazón de alegría, señor Farrow. Me deleito escuchando las canciones de las flores. Hasta los pájaros mientras vuelan crean su propia melodía. —Theresa sonrió, un tanto avergonzada—. Cuando vivíamos en Oregón tenía un sitio especial al que acudía todos los días para sentarme y disfrutar del sol. Para mí, la naturaleza era música en estado puro.

Él susurró:

—«Uno necesita tan solo permanecer quieto en un lugar del bosque suficientemente atractivo para que los habitantes del bosque acudan sin excepción a exhibirse por turno». —Al ver la confusión en el rostro de la monja, añadió—: Es una cita de *Walden*, de un tipo llamado Thoreau. ¿Lo ha leído? Se publicó hace unos siete años.

Theresa respondió que no con la cabeza.

—Venga, hermana, la acompañaré hasta la puerta.

Al llegar al recibidor Farrow se detuvo y entró en su estudio. Cuando salió le entregó un pequeño libro.

—Puede quedárselo el tiempo que le parezca.

En la portada ponía: «*Walden* por Henry David Thoreau». Theresa sabía que no debería aceptarlo, pero a pesar de ello se guardó el libro en la bolsa de mano y le dio las gracias.

Abandonó la casa de los Farrow con la idea de preguntar a la madre Agnes si les estaba permitido leer, pero al pasar bajo la sombra de unos tamarindos sintió que el libro la llamaba.

Llegó a la enorme explanada de hierba que se extendía frente al palacio real. Allí había bancos para los caminantes cansados o sencillamente para aquellos que quisieran hacer tiempo mientras veían desfilar al grueso de la sociedad de Honolulú. Se sentó y sacó el libro de la bolsa. Tenía aspecto de haber sido leído varias veces. Un libro sin duda muy querido. En el interior de la cubierta podía leerse: «De la biblioteca de Robert Gideon Farrow».

Theresa deslizó los dedos sobre el nombre. Robert Gideon. Sonaba tan imponente… Empezó a leer: «Cuando escribí las páginas que siguen, o más bien la mayoría de ellas, vivía solo en los bosques».

No tardó en perderse en la narrativa. «Seamos primero tan simples y armoniosos como la Naturaleza misma […]. Preferiría sentarme sobre una calabaza y disponer enteramente de ella que apretujarme sobre un cojín de terciopelo […]. Un lago es uno de los rasgos más bellos y expresivos de un paisaje.»

Le costó mucho cerrar el libro. El señor Thoreau la había transportado de vuelta a su adorado Oregón, pero se estaba haciendo tarde y tenía que regresar al convento.

La madre Agnes la recibió en el salón con una mirada airada.

—Siento llegar tarde, reverenda madre, pero…

—La han visto, hermana. —La superiora temblaba de ira—. A solas en compañía de un hombre. Mirando a través de un catalejo con él. Y, por lo que me han dicho, ¡se estaba riendo!

Theresa bajó la cabeza y admitió que todo era verdad.

—Perdóneme, reverenda madre. El capitán Farrow me ha invitado a mirar a través de su catalejo y no he visto mal alguno en ello.

—El problema es que sigue siendo demasiado terrenal, hermana. Debe trabajar más duro para mantener la mente ocupada en cuestiones espirituales. Y también ha de aprender a controlar su curiosidad. Al mostrar interés por los demás se está abriendo a asuntos mundanos… y arriesgándose a perder el camino religioso y terminar en el carnal. —Se llevó las manos a la cintura, se irguió cuan alta era y añadió—: No volverá a casa de los Farrow. No pondrá el pie en dicha propiedad bajo ningún concepto ni tendrá nada que ver con esa familia.

—Sí, reverenda madre —respondió la hermana Theresa.

Y enseguida tuvo claro que su nuevo libro sería un secreto.

15

—Oh, hermana —dijo Verónica con un suspiro—, mire estos colores. ¿Alguna vez había visto un púrpura como este? Aquí dice que este año están de moda el malva, el púrpura y el magenta. Las crinolinas son más ahuecadas que nunca y con forma de campana.

La hermana Verónica explayó la vista con las ilustraciones a color de la revista femenina que hacía poco había llegado desde Estados Unidos.

Estaba con la hermana Theresa en Klausner's Emporium, en Merchant Street, una tienda enorme en la que podía comprarse de todo, desde alfileres hasta artilugios para lavar la ropa accionados a mano mediante una manivela. Mientras las dos mujeres devoraban los últimos ejemplares de las revistas femeninas de moda, el dependiente, un joven pálido recién llegado de Nueva York que había desembarcado en las islas con la esperanza de encontrar una oportunidad, las observaba con el ceño visiblemente fruncido. Iban una vez a la semana para leer los periódicos y las revistas, y siempre se marchaban sin comprar nada. Lo que no sabía era que a las dos jóvenes religiosas nada les gustaría más que poder comprarle un jabón de lavanda, unas chocolatinas o unos pañuelos de lino. Se habrían conformado incluso con un poco de manteca para la cocina, unas agujas para coser o algo tan prosaico como un lápiz. Sin embargo, no tenían dinero. Su pequeño convento pasaba por serios apuros y hasta el precio de un caramelo era excesivo para ellas.

—¡La de metros y metros de encaje y la cantidad de lazos que lleva este vestido! —Verónica mostró la ilustración a Theresa—. Estaría usted muy guapa con él, hermana. ¡Sería la mujer más bella del baile!

Theresa miró el dibujo a color de aquel vestido y sonrió con modestia. No le interesaba la moda, por la que Verónica parecía sentir una auténtica pasión. Ella prefería los periódicos, los más recientes, pero no los importados desde Estados Unidos o Inglaterra que llegaban con meses de retraso, sino los que traían noticias de la isla, el *Honolulu Star*, el *Polynesian* o el *O'ahu Herald*, y tampoco le interesaba cualquier historia que contaran. Su interés era muy concreto.

Las noticias locales siempre mencionaban a Robert Farrow, puesto que era políticamente muy activo y crítico con el gobierno. Desde que le habían prohibido regresar a casa de los Farrow sentía la necesidad de mantener el nexo de unión con la familia por otras vías, aunque no sabía por qué.

—Mire esta capa, hermana —le dijo Verónica, y le mostró otra ilustración—. Estaría usted espectacular con esto.

Theresa se echó a reír.

—¡Hermana, si es escarlata!

Verónica apoyó una mano en el hombro de su compañera y la miró a los ojos.

—Es usted preciosa, hermana, debería vestir ropa bonita.

Antes de que Theresa pudiera recomendar a la hermana Verónica que controlara su entusiasmo por las cosas materiales, se abrieron las puertas de la tienda y una voz conocida exclamó:

—¡Ah, aquí están, hermanas!

El padre Halloran entró secándose el sudor de la cara, como de costumbre. La sotana, negra y larga, no era la prenda más indicada para el clima de la isla, aunque tanto él como los clérigos franceses vestían el atuendo estrecho y hasta los pies de sus respectivas Iglesias.

—La madre Agnes me ha dicho que probablemente las encontraría aquí.

—¿Qué podemos hacer por usted, padre? —preguntó Theresa mientras devolvía los periódicos a su sitio.

—Salgo en breve en una de mis rutas evangelizadoras, algo que intento hacer cada pocos meses sin demasiado éxito, y cuando ya me disponía a partir hacia mi destino se me ha ocurrido que posiblemente obtendría mejores resultados si llevara conmigo a dos monjas enfermeras como ustedes. Quizá ofreciéndoles tratamiento médico gratuito podremos abrir una vía de acceso al pozo de pecado en el que viven.

Las dos hermanas lo miraron sorprendidas.

—Padre —dijo la hermana Verónica—, ¿a qué pozo de pecado se refiere?

—Vengan conmigo, hermanas. Visitaremos las casas de mala reputación del puerto.

Habían pasado varias semanas desde que los espíritus de la laguna se habían dirigido a Mahina para ordenarle que resistiera, pero en todo ese tiempo ella no había sido capaz de comprender el significado de sus palabras.

Mientras se adentraba en el bosque, cargada con una cesta en busca de las flores más perfectas para sus *leis*, supo que no sería capaz de descifrar ella sola los mandatos de los dioses. Necesitaba nuevamente su ayuda, pero esa vez no se limitaría a pedirla: les haría un regalo.

—Ah —susurró Mahina al tiempo que se abría paso entre los árboles hasta llegar a un grupo de orquídeas del bambú que crecían en una zona soleada.

Allí crecían salvajes, lejos de la mano del hombre, así que sabía que eran muy especiales. Sonrió al examinar las flores de color rosa que coronaban el extremo de cada tallo. Algunas le llegaban a la cintura, otras eran más altas que ella, y todas habían sido ben-

decidas con un corazón de color rosa que asomaba entre un puñado de pétalos blancos. Acababan de florecer y estaban repletas
de *mana*. Eran perfectas.

Arrancó las orquídeas una a una, con sumo cuidado, y las fue
depositando en la cesta. Cuando tuvo suficientes entonó una plegaria de agradecimiento a los espíritus del lugar, dijo *mahalo* y se
abrió paso de nuevo entre la espesura hasta la laguna. Una vez allí
se sentó al sol y dedicó una hora entera a confeccionar un *lei* con
las frágiles flores.

Cantaba mientras hacía la guirnalda, y sus pensamientos retor-
naron a su infancia, cuando el primer *haole* había llegado a Hilo.
Recordó los sermones en la iglesia, las lecciones en la escuela, las
clases de costura en casa de Mika Emily, y se dio cuenta de que ni
Mika Kalono ni su esposa habían sido especialmente autoritarios.
Los seducían, al igual que los *haole* de ahora con sus sombreritos
de misa para las muchachas.

«Nos ofrecen algo y esperan que lo aceptemos», pensó mientras
hacía pasar el hilo de pescar por el extremo del tallo de cada orquídea y luego tiraba de él. Era como cazar pájaros *palila* con semillas
verdes de *mamane*, flores y bayas *naio*. Solo había que dejar el cebo
sobre la rama de un árbol y, cuando los pajaritos amarillos se acercaban a comer, dejar caer la red. Los pobres *palilas* no tenían esca-
patoria, como tampoco la tenían los *kanaka* cuando se trataba de
los *haole*.

Se detuvo un instante para contemplar con los ojos entornados
la superficie de la laguna bañada por el sol. Dos libélulas rojas la
sobrevolaron a gran velocidad en busca de comida; iban de aquí
para allá sin cesar, como su nieto Jamie, su pequeño Pinau.

«Quizá sin forzar —susurró el espíritu de la laguna—. Quizá…
enseñando…»

Mahina sonrió. Pasó la última orquídea por el hilo, hizo un
nudo, levantó la mole que era su cuerpo del suelo y, de pie junto
a la orilla, entonó una plegaria de agradecimiento y alabanza antes
de lanzar el *lei* al agua. Mientras observaba las ondas expandiéndo-

se por la superficie, señal de que los dioses de aquel lugar le agradecían el regalo, se sintió aliviada. Los espíritus ancestrales le habían indicado qué tenía que hacer.

Ahora solo faltaba que le dijeran a quién debía enseñar.

—Las mujeres de estos establecimientos están muy necesitadas de guía espiritual —explicó el padre Halloran mientras avanzaban por el puerto—. El gobierno trata de cerrar los locales donde trabajan, pero aun así no dejan de proliferar. Por lo que me cuentan, muchas de estas chicas sufren enfermedades que les contagian los marineros y además son víctimas de intentos de abortos con veneno e instrumental rudimentario.

—Virgen santa —susurró la hermana Verónica mientras recorrían la orilla cubierta de tablones de una calle plagada de salones y barberías que anunciaban baños calientes por cinco centavos.

Otras tiendas vendían suministros para barcos, uniformes de marinero, cartas náuticas, tabaco y periódicos. Todos los edificios tenían dos o tres plantas y estaban construidos en madera. Tras ellos se erguían grandes almacenes, y sobre sus tejados planos se elevaba el bullicio de aquel puerto que nunca dormía.

A esa hora de la tarde las tabernas de grog aún estaban tranquilas, aunque los marineros no dejaban de entrar y salir y, de vez en cuando, se oía el sonido distante de un piano en el que alguien aporreaba una melodía. En los «hoteles solo para hombres», como eran conocidos, había poca actividad, pero el padre Halloran había visitado por la noche aquella calle en la que mujeres pintarrajeadas, con escotes pronunciados y las medias al aire, mostraban la mercancía delante de los locales, iluminadas por la luz que salía por las ventanas, y las tabernas estaban llenas de clientes. Era un sitio peligroso en el que cualquiera tenía que vigilarse los bolsillos y la espalda si no quería acabar en un callejón con un chichón en la cabeza y sin un centavo o, peor aún, en un barco a millas de distancia de la costa, obligado a trabajar como grumete hasta llegar al siguiente puerto extranjero.

La hermana Theresa pensó que de noche, con las luces, la música y la algarabía, aquel debía de ser otro mundo completamente distinto, puede que incluso fascinante. Sin embargo, bajo el sol de mediodía solo veía edificios anodinos con entradas oscuras y un tanto tétricas. Los clientes iban y venían de los comercios, pero el olor a vómito y a orina, a cerveza rancia y a ron era inconfundible.

La primera parada fue en una sastrería que ofrecía descuentos a «oficiales de las armadas norteamericana y británica». La fachada era sencilla, una estructura de tres plantas con un rótulo donde podía leerse: «Hotel» (uno de tantos a lo largo de la calle, comprobó la hermana Theresa), pero junto a él colgaba un farol de cristal rojo. El padre Halloran tiró de la campanilla y unos segundos después la puerta se abrió un par de dedos y al otro lado apareció un ojo inyectado en sangre.

—Aún no hemos abierto —anunció una voz ronca de mujer.

—No estamos aquí como clientes, mi querida señora, hemos venido a traer el mensaje de Jesucristo y de la salvación a través de Su nombre.

La puerta se abrió del todo y una mujer de cabello cano, corpulenta y ataviada con un quimono, levantó la mirada hacia el sacerdote alto y joven que esperaba al otro lado.

—Ya se lo he dicho, aquí no necesitamos sus sermones. ¡Cuando no son los malditos calvinistas son ustedes! ¿Por qué no nos dejan en paz de una vez?

El padre Halloran se mantuvo impasible, sin perder en ningún momento la sonrisa.

—Permítame que le presente a estas dos religiosas que… —La mujer empezó a cerrar la puerta, pero él la detuvo con una mano y dijo—: Las hermanas Theresa y Verónica son profesionales de la medicina, formadas en todo tipo de enfermedades y tratamientos. Siguen los pasos del Señor, que obró curas milagrosas en Galilea muchos siglos atrás. Son especialistas en problemas femeninos

—añadió recalcando las palabras, y la mujer dirigió la mirada hacia las dos monjas y las observó con curiosidad.

Las hermanas Theresa y Verónica vieron que la mujer, que parecía ser la encargada del «hotel», consideraba lo que acababa de decirle el padre Halloran, sopesando si valía la pena aceptar los servicios de las religiosas si luego tenía que tragarse los sermones del cura a cambio.

—¿Tienen nébeda? —preguntó.

El padre Halloran frunció el ceño.

—¿Qué clase de pregunta es esa?

Pero antes de que la mujer pudiera contestar fueron interrumpidos por la llegada de tres hombres que apartaron al padre Halloran y se colocaron frente a la puerta.

—Señora, soy el doctor Edgeware —se presentó con voz autoritaria uno de los intrusos— y he venido a llevar a cabo una inspección de sanidad.

Los dos hombres que lo acompañaban eran soldados de los Fusileros de Honolulú, un cuerpo de policía creado por Kamehameha IV.

La hermana Theresa observó al doctor Edgeware, un hombre alto y ataviado con una levita negra. Debía de medir alrededor de un metro ochenta, era delgado y huesudo, y tenía los brazos tan largos como laxos. Caminaba tan erguido que incluso se inclinaba un poco hacia atrás. Lucía generosas patillas que enmarcaban un rostro estrecho y una nariz pronunciada. Así que aquel hombre era el médico que estaba tratando a Emily y a Jamie. Había oído mencionar su nombre por toda la isla y ahora, por fin, podía ponerle rostro.

El doctor Edgeware miró al padre Halloran con una suficiencia más que evidente, pero cuando sus ojos se posaron en las hermanas, la suficiencia se transformó en repugnancia, como si, pensó la hermana Theresa, Verónica y ella fueran algo que acababa de limpiarse de la suela de los zapatos.

Se volvió de nuevo hacia la mujer de la puerta y le entregó un documento.

—Tengo una orden firmada por el rey. Me otorga el derecho a realizar inspecciones de sanidad a cualquiera de los residentes de este establecimiento.

—No hay nadie de momento.

—¿Y hay alguna mujer ahora mismo, además de usted?

—Solo mis criadas.

—Criadas, por supuesto. También las examinaré a ellas.

—Están durmiendo.

—¿De veras? ¿A estas horas? ¿No deberían estar ocupándose de sus faenas? Le sugiero que las despierte.

A un gesto del doctor, los dos hombres que lo acompañaban apartaron a la mujer e irrumpieron en el edificio. Edgeware se volvió hacia el padre Halloran y las dos monjas. Se detuvo para dedicarles una mirada de desdén y agitó la mano como si pretendiera ahuyentarlos.

—Tendrán que irse. No puedo permitir que interfieran en mis obligaciones gubernamentales.

—Escuche —protestó el padre Halloran—, tengo el mismo derecho que usted a estar aquí. Esto es un establecimiento público. Un hotel, señor.

—Que ahora está bajo mi jurisdicción, así que váyanse o me veré obligado a usar la fuerza.

El padre Halloran clavó la mirada en el doctor, que era un poco más alto que él, y luego la dirigió hacia el interior del local, donde los dos soldados uniformados de rojo esperaban con los mosquetes preparados.

—Que tenga usted buen día, señora —dijo finalmente dirigiéndose a la mujer—. Volveremos, se lo prometo.

—¡No se moleste! —le gritó ella mientras el sacerdote se retiraba—. No lo queremos aquí.

—¿Por qué ha sido tan grosero con nosotros ese caballero? —preguntó la hermana Theresa mientras se dirigían hacia el siguiente «hotel».

—Simon Edgeware es un hombre pagado de sí mismo a quien

le gusta que todos sepan cuánto odia a los católicos. Se cree muy importante —explicó el padre Halloran.

La hermana Theresa volvió la vista y un escalofrío le recorrió la espalda al descubrir que Edgeware la miraba fijamente. Algo le decía que el odio de aquel hombre no era en exclusiva para los católicos.

El padre Halloran y las dos monjas dedicaron el resto del día a recibir un portazo en las narices detrás de otro. También oyeron algún que otro juramento, a cuál más colorido, pero el sacerdote se negaba a darse por vencido.

—La próxima vez —les dijo— vendremos armados con libros y se los dejaremos a las patronas. Y quizá ustedes, hermanas, podrían preparar pequeñas muestras de algunas de las medicinas que elaboran para regalárselas.

La hermana Theresa no las tenía todas consigo. Ya les estaba costando lo suyo preparar remedios para los pacientes que sí los necesitaban.

—Ya veremos, padre —replicó.

Se alegró de que el sacerdote no mencionara la extraña pregunta sobre la nébeda. Le habría dado vergüenza explicar que la nébeda estimulaba las contracciones de útero y que la encargada del hotel solo podía quererla para una cosa.

Cuando abandonaron aquel barrio la hermana Theresa se percató de que Simon Edgeware aún seguía con su ronda de inspecciones, abriéndose paso a través de todas las puertas a las que llamaba.

—El doctor Edgeware está teniendo más éxito que nosotros, padre —dijo—. Supongo que es porque lo respalda el poder del rey.

—Anímese, hermana. Puede que él tenga al rey, pero nosotros tenemos a Dios.

16

La hermana Theresa necesitaba regresar a casa de los Farrow. Debía devolver al capitán el libro que le había prestado, aunque hacerlo supusiera desobedecer a la madre Agnes.

Pero no tenía más remedio que hacerlo.

El libro estaba en su poder desde hacía meses. Cada vez que abría *Walden* por cualquier página, siempre a escondidas, y leía las palabras de Thoreau podía oír la voz del señor Farrow dentro de su cabeza. También lo imaginaba y, de pronto, las manos que sujetaban el libro ya no eran las suyas sino las del capitán. Adoraba las palabras de Thoreau, pero no sabía si era sensato seguir leyéndolas puesto que le hacían pensar en Robert Farrow más a menudo de lo que era correcto.

Podría haber pedido a la señora Jackson, la gobernanta, que se lo devolviera ella, o también a Rodrigo, el mozo que se ocupaba del mantenimiento de la casa, pero habría sido muy poco agradecido por su parte. Había disfrutado tanto del libro que no retornarlo en persona se le antojaba una falta de respeto imperdonable. Y, de todos modos, su intención era llamar a la puerta y entregárselo a la señora Carter, el ama de llaves, nada más. Tenía la excusa perfecta para hacerlo. Le tocaba acudir a la botica de Merchant Street para proveerse de suministros y de camino tenía que pasar por la residencia de los Farrow.

Mientras caminaba por King Street estaba tan absorta en el

azul del cielo y en la suave brisa que le acariciaba el velo que al principio no se percató de todos los carruajes que se alienaban frente a la casa de los Farrow. Entonces oyó la música y las risas, y comprendió que se estaba celebrando una recepción vespertina en el jardín.

Sabía que el capitán Farrow era famoso por sus actos sociales. Ser invitado a su casa bastaba para convertir a cualquiera en alguien en las islas. Tomó el camino que llevaba al jardín trasero, donde vio a un centenar de personas, ataviadas todas con sus mejores galas y disfrutando de las flores, del sol y de la agradable brisa. Los rodeó, manteniendo una distancia prudencial, al tiempo que buscaba al anfitrión entre la multitud.

Los músicos tocaban el violín bajo las palmeras mecidas por el viento, mientras un grupo de jóvenes hawaianas, sonrientes y vestidas con *muumuus* largos y blancos, se movían entre los presentes cargadas con bandejas de plata llenas de exquisiteces o de copas de vino. Los atuendos de los invitados eran tan elegantes que Theresa supo al instante que aquellas personas eran la flor y nata de la isla: jueces, abogados, banqueros y legisladores. Muchos habían traído consigo a sus esposas desde Estados Unidos e Inglaterra, pero otros, los menos, se habían casado con hawaianas, mujeres de piel exótica ataviadas con largos vestidos ahuecados, zapatos, guantes y sombrillas para protegerse del sol.

Los invitados ocupaban mesas cubiertas con manteles blancos o permanecían de pie, formando pequeños grupos bajo los pandanus y los mangos. Theresa vio a Emily Farrow sentada a la sombra, flanqueada por dos doncellas que llevaban uniforme negro y delantal blanco.

Al parecer presidía la fiesta como lo haría la viuda de un noble, recibiendo cordialmente a los invitados entre sonrisas y comentarios personales, mientras hombres y mujeres hacían cola para presentarle sus respetos a aquella dama que, a su manera, formaba parte de la realeza de las islas. El doctor Edgeware estaba detrás de Emily, de pie, como si ostentara alguna clase de poder secreto sobre el trono de los Farrow. De pronto se inclinó sobre ella y le susurró algo al oído, a lo que la señora respondió con un gesto de impaciencia.

—Deje de atosigarme, joven —oyó Theresa que le decía.

Mientras cruzaba el jardín para presentar sus respetos también ella a la señora Farrow, oyó retazos de algunas de las conversaciones. Todos hablaban de la guerra que había estallado en Estados Unidos. Las hostilidades habían comenzado en abril, con el ataque de los confederados contra Fort Sumter. El presidente Lincoln había pedido a los estados que reclutaran tropas para recuperar el fuerte; como consecuencia, cuatro estados esclavistas más se habían unido a la Confederación. La mayoría de los norteamericanos que residían en Hawái apoyaban fervientemente a Lincoln y a la Unión (algunas familias incluso habían enviado a sus hijos para que se unieran a las filas del ejército del Norte).

Theresa se sumó a la fila de convidados que aguardaban para saludar a Emily y, cuando por fin le llegó su turno, ella la recibió con una sonrisa radiante.

—¡Bienvenida, querida! —exclamó—. Me alegro de que Robert la haya invitado. Hace siglos que no la vemos. ¿Se encuentra bien?

Theresa sonrió.

—Debería ser yo quien le hiciera esa pregunta a usted. Es una fiesta maravillosa.

—Ha sido necesario el poder del Señor para vestir a estas gentes —dijo Emily señalando a las hawaianas que se habían puesto atuendos modernos—, pero al final Su voluntad ha prevalecido. —Se echó a reír—. ¡Y resulta que lo único que necesitábamos era una sombrilla y un par de guantes!

—He venido a hablar un segundo con su hijo. ¿Sabe dónde está?

—Encaramado a alguna tarima, como siempre —respondió Emily sin poder contener la risa, y Theresa se alegró de ver a la madre de Robert Farrow de tan buen humor.

Al darse la vuelta para buscar al capitán se percató de que algunos invitados apartaban rápidamente la mirada. La habían estado observando. Theresa ya estaba acostumbrada. Por suerte, entre tanta curiosidad, tanto ceño fruncido y tanta descortesía, alguien la recibió con una sonrisa.

—Vaya, vaya… —Un desconocido se dirigía hacia ella—. ¡No tengo el placer de conocerla! He oído hablar de su congregación, cómo no, ¡lo que hacen es admirable!

Hablaba en inglés con un acento muy marcado que Theresa estimó prusiano. Era un caballero de aspecto próspero, con la cadena de oro de un reloj rodeándole un vientre más que generoso. Debía de tener alrededor de cincuenta años. Le escaseaba el cabello, completamente cano, y tenía el rostro rubicundo y las mejillas caídas. Sin embargo, fueron sus ojos los que llamaron la atención a Theresa; eran azules, muy brillantes, y transmitían felicidad tras unas gafas sin montura.

—Frederich Klausner —se presentó, y esbozó una reverencia—. A su servicio.

—Encantada —respondió ella, un tanto desconcertada ante el comportamiento de aquel desconocido.

—En Alemania también tenemos religiosas que trabajan en los hospitales —trató de explicarse el señor Klausner—. Grandes mujeres, sin duda. ¡Tan devotas! Sé que ahora mismo se siente fuera de lugar, pero le aseguro que a los que venimos de Europa su presencia no nos sorprende lo más mínimo.

Theresa sonrió. Frederich Klausner era a todas luces luterano, se dijo; había oído hablar de las órdenes de hermanas enfermeras de su país. Además, su forma de dirigirse a ella hizo que se sintiera más cómoda en aquel entorno tan elegante al que no pertenecía.

—¿De qué conoce al capitán?

—Traté a su hijo hace ya algunos meses. Y usted, ¿de qué lo conoce?

—Soy uno de sus socios capitalistas. ¡No sabe las ganas que tengo de ver el primer servicio de transporte a vapor entre Hawái y el resto del mundo! El progreso es importante si queremos prosperar, ¿no cree?

—Klausner —murmuró Theresa, pensativa—. Hay un Klausner's Emporium en Merchant Street.

Él sonrió orgulloso e hizo un amago de reverencia, a pesar de lo abultado de su cintura.

—Ese honor es todo mío, sí. Verá, querida hermana, nunca aprendí a leer ni a escribir, así que el único trabajo que encontré fue el de barrer las oficinas de un periódico en Augsburgo, en Alemania. Cuando el editor descubrió que era analfabeto me despidió. ¡No podía tener empleado en su periódico a un iletrado, me dijo! Por suerte, mi hermano y yo habíamos oído hablar del oro de California. Reunimos todo el dinero que teníamos y partimos hacia San Francisco. En poco tiempo bateamos el suficiente metal dorado para enviarme a mí a Hawái, mientras que él prefirió quedarse en California. Al llegar abrí un pequeño estanco en Merchant Street, y me fue tan bien que pude expandir el negocio. Empecé a vender caramelos, enaguas, tirantes. Al poco tiempo ya estaba vendiendo sombreros y botas, así que abrí otra tienda justo al lado del estanco y comencé a importar telas, agujas e hilo, lanas para tejer… Cualquier cosa que necesitaran mis clientes, yo se la conseguía. Me expandí también por el otro lado y abrí una tienda dedicada a los libros. Ahora poseo el comercio más grande de todo Honolulú. Si necesita una máquina de coser, venga a verme. ¡Soy el único proveedor en Hawái de las nuevas máquinas de hilo único con función de pespunte! Tengo de todo, desde bombones alemanes hasta bastones irlandeses.

Theresa felicitó al señor Klausner por el éxito de sus negocios.

—Imagine hasta dónde podría llegar si además supiera leer y escribir —le dijo.

—*Mein Gott!* —exclamó él—. ¡Seguiría barriendo el suelo en el *Allgemeine Zeitung*!

Theresa sonrió, encantada de haber entablado conversación con aquel afable hombre de negocios.

—He venido a ver al señor Farrow, pero no consigo dar con él. Supongo que estará muy ocupado atendiendo a sus invitados. ¿Le importaría decirle que he estado aquí?

Se dio la vuelta, pero el señor Klausner, que estaba disfrutando de la conversación tanto como ella, se negó a dejarla marchar.

—El anfitrión está dentro, recaudando más dinero para sus planes de futuro. Vaya al estudio. ¡Allí lo encontrará!

Theresa, persuadida por la insistencia del señor Klausner, entró en la casa y oyó un coro de voces masculinas. Las siguió hasta el estudio, donde el capitán conversaba con algunos caballeros prominentes de Hawái. Sobre el enorme escritorio vio largas tiras de papel en las que creyó reconocer algún tipo de proyecto, quizá el bosquejo de un edificio, aunque no estaba segura. Al oír al capitán Farrow decir: «¡Les presento mi nuevo modelo de motor!», de pronto supo que lo que estaba enseñando a sus invitados eran los planos de su nuevo barco de vapor.

—La gente no quiere esperar semanas para tener noticias de sus seres queridos que se han quedado en casa —les estaba diciendo—. ¡Imaginen con qué rapidez las recibirían!

Theresa sonrió. El capitán Farrow estaba repitiendo lo mismo que ella le había dicho unos meses atrás, casi palabra por palabra.

—¡Y no me refiero solo al correo, caballeros! —continuó. Se dirigió hacia la vitrina en la que guardaba varios licores y un juego de copas de cristal. Se había quitado el sombrero, pero su atuendo era formal, de lino blanco. Theresa no pudo evitar fijarse en que sacaba una cabeza a cualquiera de los presentes y que, de todos, era el que poseía la figura más esbelta—. ¡También debemos pensar en cifras de pasajeros! Hemos de atraer a más gente, conseguir que los viajes por mar sean más agradables, incluso placenteros. Mi nuevo barco tendrá un motor de «arpa», colocado en horizontal para que quede por debajo de la línea de flotación. Este tipo de motor ocupa menos, lo cual deja más espacio libre para los pasajeros.

—Es una inversión muy importante, Farrow —dijo uno de los

presentes, el presidente del Banco de Honolulú, si Theresa no estaba equivocada.

Robert Farrow regresó junto al escritorio con el decantador y varias copas.

—Sé perfectamente quiénes son mis oponentes…

—¡Lo mismo digo! —declaró uno de los presentes al ver a la hermana Theresa en la puerta.

—¡Santo Dios! —exclamó otro al darse la vuelta.

Sin embargo, cuando el capitán Farrow la vio una sonrisa irresistible se materializó en su rostro, y a Theresa el corazón le dio un vuelco. Se apartó de sus invitados y se dirigió hacia ella con las manos extendidas, olvidando que las de Theresa estaban ocultas bajo las mangas del hábito.

—¿Dónde se había metido, hermana? ¡La hemos echado de menos!

—El Señor nos ha bendecido con mucho trabajo —respondió ella, aunque el trabajo al que se refería era cuidar del huerto de plantas medicinales y preparar lociones, tónicos y polvos. Tras la primera oleada, hacía ya algunos meses, el número de pacientes había disminuido notablemente. De hecho, el convento tenía problemas para mantenerse.

—¿A qué debemos el honor de su visita?

—He venido a devolverle su libro. Me temo que lo he tenido demasiado tiempo.

Uno de los caballeros carraspeó, quizá con demasiada fuerza, pensó Theresa. El capitán Farrow la sujetó por el brazo y se inclinó hacia ella.

—Me vendría bien tomar un poco el aire —le dijo, y la guió hacia las puertas francesas que daban al jardín.

En el año escaso que llevaba en Honolulú Theresa había descubierto que el capitán Farrow era lo que se llamaba «un soltero codiciado» y que hasta la última viuda, solterona o madre con hijas en edad casadera le había echado el ojo (incluso algunas casadas, por lo que se decía). La señorita Carter, la institutriz, seguía mirándolo con ojos de cervatillo, pero en las últimas semanas su actitud hacia Theresa se había calmado, quizá porque ya se había dado cuenta de que una religiosa no suponía un peligro.

Robert cogió dos copas de ponche de la bandeja de uno de los camareros, le dio una a ella y luego la llevó hasta el otro extremo del jardín, donde se refugiaron a la sombra de un baniano.

—¿Quiere que le traiga algo para comer? —le preguntó—. La cocinera se ha superado a sí misma con un asado delicioso de ternera. ¿Le apetece más un postre?

A Theresa le habría encantado servirse ella misma un plato del delicioso bufet. Cada vez que el viento traía consigo algún olor no podía evitar que le rugiera el estómago. Por desgracia, dada la escasez de recursos del convento sus hermanas se acostarían esa misma noche sin cenar... ¿Cómo iba ella a probar un solo bocado?

—No tengo hambre, gracias —respondió.

—¿Qué noticias tiene de su familia? —preguntó el capitán, que estaba apoyado en el tronco del árbol y disfrutaba de aquel respiro tras pasar varias horas desempeñando el papel de anfitrión.

—Mi hermana pequeña no deja de crecer, está sana y, según mi madre, es muy bonita, y mi hermano Eli está a punto de ir a la universidad. Mi padre no se conformará con ninguna que no sea la de Harvard, aunque a mi madre le preocupan los cinco mil kilómetros de distancia y el hecho de que haya estallado la guerra. Eli ha expresado su deseo de alistarse en el ejército de la Unión, pero mi padre se lo ha impedido. ¿Y su hijo, capitán Farrow? ¿Cómo está?

—Jamie ha ido a pasar unos días a Waialua, al rancho de Peter. Su salud siempre mejora cuando visita a su primo Reese. Creo que es por la influencia de los nativos. A mi hermano le gusta rodearse de los isleños y suele contratarlos. Jamie y Reese, y Peter también, pasan mucho tiempo en la aldea.

De pronto apareció Mahina cruzando el jardín con sus extraños andares, ataviada con un *muumuu* amarillo. Saludó con un *aloha!* a Theresa al tiempo que la rodeaba con sus enormes brazos.

—¿Dónde estado tú? —le preguntó—. ¡Mahina hace muchos meses que no ve pequeña Keleka! —Antes de que Theresa pudiera responder, añadió—: ¿Dónde tu *hale*? ¿Dónde tu casa? Keleka no viene, ¡Mahina va a *hale* de Keleka!

—Nuestra casa está en la esquina de Fort Street con Beretrania.

Mahina frunció el ceño.

—¿Nuestra? ¿Tú tiene marido?

—No en el sentido que usted cree. Vivo con mis hermanas.

—Yo voy. Tú enseña.

—¿Ahora?

El capitán Farrow sonrió.

—Mahina es muy impulsiva. Y cuando un *ali'i* es impulsivo no se le puede llevar la contraria. Quédese el libro, hermana, y reléalo. La segunda vez es casi mejor que la primera. Y recuerde: no sea una extranjera entre nosotros.

Mientras acompañaba a Mahina hacia la calle se dio la vuelta para despedirse de Emily Farrow y se descubrió nuevamente objeto de una de las miradas directas y un tanto tétricas del doctor Simon Edgeware.

Mahina no dejó de hablar un segundo mientras avanzaban por King Street. La gente saludaba con respeto a la nativa y a Theresa le dedicaban una mirada de extrañeza. Formaban una pareja curiosa: una monja católica con un hábito blanco y negro junto a una conocida sabia hawaiana ataviada con un estridente *muumuu* amarillo.

Al llegar al convento llevó a Mahina al pequeño salón, donde la señora Jackson enceraba el suelo. La pobre se puso colorada al ver a la recién llegada y la recibió con mucha humildad.

—¿Quién vive aquí? —preguntó Mahina mirando a su alrededor.

—Solo las hermanas.

La hawaiana enarcó las cejas.

—¿No hombres?

—Los hombres tienen prohibida la entrada.

—*Kapu?*

—Supongo que podríamos llamarlo así.

Mahina sonrió mientras asentía.

—Casa de hombres y casa de mujeres.

Al parecer aquella división por sexos le pareció bien. Tenía edad suficiente para recordar los días en que había que respetar las leyes *kapu* y la población adoraba ídolos de piedra. Theresa se preguntó si quizá en la aldea de su tío, en Wailaka, seguían practicando las viejas costumbres.

—Enséñame iglesia.

Theresa la guió calle abajo hasta la puerta principal de la catedral. No había misa a aquella hora. Dentro no hacía tanto calor y los colores de las vidrieras se proyectaban sobre el suelo de mármol.

Los ojos redondos de Mahina no perdían detalle.

—No como otra iglesia *haole*. Allí no flores, no fuego, no dioses.

—El «fuego» es en realidad incienso y aquellas figuras de allí no son dioses, Mahina, son solo estatuas. Aquella es la Virgen María, la madre de Jesucristo. Y aquel es José...

—¿Virgen y madre? —casi gritó Mahina, y su voz se propagó por toda la catedral—. ¿Cómo ser posible?

Theresa intentó explicárselo, pero Mahina ya se había fijado en el crucifijo que había sobre el altar.

—¡Pobre hombre sangrando que cuelga de madero! ¿Cree en sacrificio humano como *kanaka*?

—Esto es distinto, Mahina. Jesucristo se sacrificó por propia voluntad.

Justo en aquel momento vio al padre Halloran observándolas desde la puerta de la sacristía y, ante la expresión de su rostro, se preguntó si estaba enfadado porque había llevado allí a Mahina y si estaba a punto de recibir una reprimenda.

Mahina le dio las gracias por mostrarle dónde hacía su vida y se marchó. Cuando aún no había salido de la catedral Theresa vio que el padre Halloran se dirigía hacia ella por el pasillo central con el semblante serio.

—Puedo explicárselo… —balbuceó, pero el sacerdote levantó una mano y la interrumpió.

—Desde que llegué a las islas, hermana Theresa, he rezado por las almas perdidas de los nativos que no aceptan a Jesucristo como su Señor y Salvador. Es algo que siempre me ha afectado mucho, un problema para el que de momento no he encontrado solución. ¿Cómo podemos, como buenos católicos, vivir nuestra vida y ser felices mientras a escasos cinco kilómetros de aquí hay una guarida de adoradores del demonio, un bosque oscuro y repleto de promiscuidad y de pecados inimaginables? El jefe Kekoa ostenta el poder sobre las familias que viven en esa aldea y las obliga a vivir según las prácticas satánicas del pasado. ¡No sabe el dolor que me ha provocado todo este tiempo saber de su existencia y no poder hacer nada para ayudarlos! Pero ahora, hermana Theresa, usted me ha traído la solución hasta la puerta de nuestra casa.

—¿De veras?

—Mahina es muy influyente entre los hawaianos no cristianizados. Y el jefe Kekoa es su tío. Es posible que usted sea su salvación, hermana Theresa, puede guiarlos hacia la luz del Señor.

—Pero…

—La escucharán porque es amiga de la familia del nieto de Mahina, Jamie Farrow. Y sé que el capitán, su padre, le está muy agradecido por haber curado al niño de la inflamación de estómago que sufría. La animo a que cultive esa relación, hermana. Visite la casa de los Farrow. Hágase amiga de Mahina y háblele del Evangelio.

No creía que aquella táctica tuviera éxito; aun así, prometió al padre Halloran que haría todo lo que estuviera en su mano mientras por dentro estaba encantada porque podría visitar de nuevo la casa de los Farrow.

A la hermana Theresa le sorprendió recibir una nota del señor Klausner, a quien había conocido en la fiesta en el jardín de los Farrow, en la que le rogaba que visitara a su esposa.

Una vez conseguido el permiso de la madre Agnes para salir del convento, la hermana Verónica se reunió con ella en el salón y le preguntó si podía acompañarla. Ahora que por fin la gente se había acostumbrado a su presencia, la regla de ir de dos en dos ya no era estricta.

—Me encantaría ver cómo viven los Klausner —dijo Verónica con su habitual entusiasmo—. Son tan ricos que seguro que tienen cosas preciosas en casa. Y la señora Klausner debe de vestir a la última.

—Pero no sé para qué necesitan de mi presencia, hermana. Para tomar el té seguro que no.

Verónica cogió a su compañera de la mano y se la apretó.

—Por favor… Debo ir con usted sea como sea.

La madre Agnes les dio permiso, así que partieron enseguida a pie. La hermana Verónica no dejó de hablar en todo el trayecto. La residencia de los Klausner era una hermosa casa de dos plantas de Nu'uanu Road, frente a cuya puerta el señor Klausner las recibió muy alterado.

—Gracias por venir, hermanas. Mi esposa está gravemente enferma, no sabemos qué le ocurre. Por favor, ayúdenla. Ya sé que no son médicos, pero ¡es que mi Gretchen los echa a todos! —Podían oír los alaridos de dolor de la pobre mujer desde la planta de arriba—. Está histérica —dijo el señor Klausner retorciéndose las manos—. Tiene, ¿cómo se dice? Tiene bulto enorme en el bajo vientre… y ahora ha empezado a sangrar. Está tan asustada que ha echado a tres doctores. No permite que la toquen. Está decidida a morirse. Mi hijo, el que vive en Hilo, ha venido con su esposa. Estamos todos muy preocupados. No sabíamos qué hacer hasta que me he acordado de las buenas hermanas. Quizá Gretchen sí les haga caso a ustedes.

—¿Qué edad tiene su esposa, señor Klausner?

—Le falta poco para cumplir sesenta años, pero siempre ha tenido una salud de hierro, hasta ayer. ¡De repente, los dolores y la sangre!

—Pero ¿no ha visto a nadie por ese bulto?

—Mi esposa es, ¿cómo se dice?, muy rolliza.

—Entiendo —replicó la hermana Theresa—. Será mejor que vayamos a verla. Le sugiero a usted y a su familia que dediquen este rato a rezar.

Mientras subían la escalera la hermana Verónica miró a su compañera, visiblemente afectada.

—Si es cierto que tiene un bulto en el bajo vientre, no hay nada que nosotras podamos hacer —dijo en voz baja—, sobre todo si, como parece, sangra. Eso es señal de que el tumor está muy extendido y que probablemente se está muriendo.

—En ese caso, le daremos algo para el dolor y rezaremos con ella.

Encontraron a la señora Klausner en la cama, gritando a las dos doncellas que intentaban alisar las sábanas arrugadas sobre las que descansaba. Tal como su esposo había dicho, era una mujer bastante corpulenta. Tenía el rostro colorado y cubierto de sudor, y el cabello, ya cano, le asomaba por debajo del gorro de dormir.

Theresa y Verónica se acercaron a la cama y, para su sorpresa, su sola presencia bastó para calmar a la señora Klausner.

—Ustedes son las nuevas hermanas —consiguió decir entre jadeos— de la iglesia católica. He oído hablar de ustedes. Por favor, ayúdenme.

—Hágalo usted, hermana Theresa —susurró Verónica—. Se le da mucho mejor que a mí.

La señora Klausner estaba muy gorda, pero Theresa le palpó el vientre y enseguida encontró el bulto. Se disponía a anunciar que lo único que podían hacer era ayudarla a que estuviera más cómoda cuando, de pronto, notó que algo se movía en la barriga de la mujer. Sacó el estetoscopio, se lo puso sobre el vientre y escuchó. Al detectar un segundo latido, este más débil pero acelerado, se volvió hacia su compañera.

—La señora Klausner no tiene un tumor —susurró a Verónica—, ¡está de parto!

Nada más oír que estaba embarazada la señora Klausner abrió desmesuradamente los ojos.

—¿Un bebé? Soy demasiado mayor, ¿no? Cuando dejé de tener el período pensé que ya se había terminado.

—No se preocupe, querida —dijo Theresa—, le buscaremos un buen doctor. Todo irá bien.

—No, no —protestó ella, y se cogió a su mano con una fuerza sorprendente—. Por favor, son sirvientas de Dios. Sé que Él está aquí porque ustedes están aquí.

—En ese caso, haremos lo que podamos.

La hermana Verónica estaba preocupada.

—Hermana, ¿qué vamos a hacer? Nadie nos ha enseñado a traer un bebé al mundo.

—Rezaremos y pediremos al Señor que guíe nuestras manos.

—¡Rápido! —exclamó la señora Klausner.

Se recogieron los velos a toda prisa, se protegieron las mangas del hábito y por último se pusieron los delantales blancos. Entre muecas de dolor, la señora Klausner les dijo que pidieran a la cocinera que pusiera bastante agua a hervir.

—Necesitarán toallas, hilo, tijeras. ¡Y yo necesito un buen trago de *schnapps*!

Enviaron a la doncella a buscar todo lo que precisaban y luego se lavaron las manos con jabón carbólico.

La señora Klausner gritó con todas sus fuerzas y, antes de que pudieran prepararse debidamente, una nueva vida llegó al mundo, la gloria de Dios hecha carne y hueso ante sus propios ojos. Theresa y Verónica lloraron de emoción y rieron con la señora Klausner, que también lloraba y reía, todo al mismo tiempo. Acababa de ser madre de una niña y era inmensamente feliz.

—¡No lo sabía! —exclamó mientras sus lágrimas caían en la cabeza de la recién nacida como agua bautismal—. Mis hijos ya son mayores y apenas los veo, pero ahora tengo a este angelito. No saben cómo se lo agradezco, hermanas. —Levantó la mirada hacia ellas—. Les hablaré a todas mis amigas de ustedes. Son como yo, no les gustan los médicos que no entienden los achaques femeninos. Son ustedes un regalo divino.

La dejaron sola para que pudiera descansar y fueron a la planta baja, donde un emocionado señor Klausner las abrazó, alabó sus nombres y su trabajo, y les aseguró que hablaría de sus servicios tanto a sus amigos como a sus clientes. Les entregó un puñado de monedas de oro y les prometió que, a partir de aquel día, disfrutarían de descuentos especiales en su tienda.

Mientras se despedían frente a la puerta principal vieron que se acercaba un caballero con sombrero de copa y un maletín negro en la mano. Era el doctor Edgeware.

—*Mein Gott!* —exclamó el señor Klausner al verlo—. Mi hijo insistió en traer a otro médico, al mejor de todo Honolulú, dijo. Ya no necesitamos sus servicios, *herr* doctor —informó al recién llegado—. La hermana Theresa ha hecho un trabajo maravilloso. ¡A partir de ahora ella se ocupará de mi Gretchen!

Al cruzarse con el doctor en el camino de piedra que llevaba a la casa, Theresa lo saludó con una sonrisa y él le devolvió una mirada tan cargada de repugnancia y odio que un escalofrío le recorrió el cuerpo. Recordó la que le había dedicado en el jardín del capitán Farrow y supo que sus hermanas y ella acababan de granjearse su primer enemigo en las islas.

Era octubre, el mes al que los nativos llamaban *'ikuwa* y que marcaba el fin del verano en las islas y el inicio del invierno. Los hawaianos celebraban el *Makahiki* y, a pesar de que muchos de los rituales asociados con aquel momento de transición habían sido prohibidos, otras costumbres, como los festines, deslizarse sobre las olas sobre las tablas y la algarabía en general, seguían vigentes. Mahina invitó a la hermana Theresa a la celebración que iba a tener lugar cerca de la aldea de Wailaka, a los pies de las montañas cubiertas de niebla. La madre Agnes le dio permiso para ir, no sin antes dejar bien claro que aquello era idea del padre Halloran, no suya. El sacerdote quería que Theresa asistiera para contarle luego todo lo que había visto.

—Así sabremos a qué nos enfrentamos —le dijo—. Si queremos convencer a la obstinada familia del jefe Kekoa para que acepte la palabra del Señor, antes tendremos que aprender sus costumbres y, acto seguido, dar con el mejor método para combatirlas.

El capitán Robert estaba unido a la familia del jefe Kekoa a través de su difunta esposa, por lo que también había sido invitado. Así pues, recorrió con Theresa los escasos cinco kilómetros que los separaban de la aldea, él llevando las riendas del coche de caballos y ella sentada a su lado.

Siguieron la amplia carretera que salía de la ciudad y ascendía por el valle de Nu'uanu hacia las montañas, y se maravillaron con el colorido espectáculo que el sol proyectaba sobre las cimas y el verde intenso del valle en el que la lluvia, el sol y los arcoíris se alternaban continuamente.

—¿Ha oído hablar del telégrafo, hermana? —preguntó el capitán Farrow para romper el silencio—. ¡Hace apenas unas semanas que se ha completado el primer sistema intercontinental! Abarca toda Norteamérica y conecta el este de Estados Unidos con California a través de Salt Lake City. El primer telegrama lo ha enviado Brigham Young, el gobernador de Utah, y decía: «Utah no se ha separado de la Federación, sino que sigue siendo fiel a la Constitución y a las leyes de este nuestro país, que un día fue feliz». ¿Se lo imagina, hermana? ¡En cuestión de minutos, una noticia puede recorrer hasta tres mil kilómetros! —Estaban acercándose al punto en el que la carretera de Nu'uanu se convertía en el camino que llevaba hasta la aldea de Mahina—. El palacio de verano de la reina Emma está allí arriba, cerca del paso.

—Cuántos arcoíris —dijo Theresa empapándose de verdes desfiladeros y las montañas coronadas por la bruma—. ¡Mire, hay tres al mismo tiempo en el valle!

—Es posible ver arcoíris en la luna, ¿lo sabía? En las noches de luna llena, puede contemplarla a través de un arcoíris.

—Vaya, me encantaría verlo.

—También debería subir al Pali. No hay mejores vistas en todo el mundo.

—¿Qué es el Pali?

—Es un paso de montaña que conecta los dos lados de la isla. Desde aquí no es visible, pero está repleto de historias y leyendas. Dicen que hay una *mo'o wahine*, una mujer lagarto, que merodea por allí y adopta la forma de una hermosa fémina que atrae a los hombres hacia los acantilados.

Theresa contempló la niebla siempre en movimiento, subiendo, bajando y colgando de lo alto de los desfiladeros y sobre las simas. Un arcoíris unía dos despeñaderos muy profundos y otro desplegaba sus colores bastante cerca de ellos.

—En el Nu'uanu Pali se produjo la batalla más famosa de toda la historia de Hawái. Era 1795 y Kamehameha el Grande había partido desde Hawái, su isla natal, con un ejército de diez mil hombres para conquistar Oahu. Más arriba, en el valle de Nu'uanu, los defensores de Oahu no tuvieron más remedio que retroceder hacia el valle y acabaron atrapados por encima del Pali. El ejército de Kamehameha lanzó a cientos de ellos desde lo alto de los despeñaderos.

Theresa intentó no imaginar aquel fatídico día de 1795 y cambió de tema.

—¿Cómo está su madre, capitán Farrow? En la fiesta la vi muy recuperada.

Robert la miró.

—La valeriana ha dejado de funcionar, vuelve a sufrir de insomnio. El doctor Edgeware le está dando unos polvos para dormir, pero me gustaría conocer también su opinión, hermana. Estoy seguro de que al doctor no le importará que visite usted a mi madre para ir comprobando su estado.

Theresa sabía que a Simon Edgeware su presencia no solo le resultaría molesta, sino incluso ofensiva, pero a ella lo único que le preocupaba era la salud de la señora Farrow. Estaba convencida de que podían encontrar un equilibrio más llevadero entre los períodos de histeria y los de sosiego, lo cual siempre era una opción mejor que recurrir a las drogas.

Finalmente llegaron a una vasta extensión cubierta de campos de ñame. Mientras la atravesaban Theresa vio la aldea, una agrupación de cabañas de ramaje con fuegos *imu* en el centro, grandes ídolos en forma de criaturas terribles y pabellones que no eran más que unos cuantos palos sosteniendo un tejado de hierba.

El capitán Farrow detuvo la carreta y observó el pequeño asentamiento, que parecía desierto.

—Mi esposa, Leilani, nació en esta aldea —dijo—, así que toda esta gente que era su familia, lo que queda de ella, es también la mía. —Guardó silencio un instante, luego se volvió hacia Theresa y le explicó—: Muchos murieron de varicela, como Leilani. Procuro hacer todo lo que puedo por ellos. —Sonrió—. Pero el jefe Kekoa es un hombre orgulloso y se niega a aceptar caridad. —Mientras el caballo mordisqueaba la hierba del suelo el capitán permaneció inmóvil, con las riendas en la mano—. Está solo. Su esposa y sus hijos fallecieron durante la epidemia.

»Cuando estalló el brote las autoridades reunieron a los infectados y los pusieron en cuarentena en un pabellón improvisado en Playa Kuhio, pero ignoraban que nadar es uno de los métodos curativos más tradicionales entre los nativos. Aquí es costumbre llevar a los enfermos hasta las lagunas para tratarlos con sus aguas. Las autoridades hicieron caso omiso del tormento de la fiebre y los picores de la varicela. No sospecharon siquiera que, en cuanto se hacía de noche, la gente se adentraba en el mar para aliviar los síntomas de la enfermedad y curarla. Tampoco tuvieron en cuenta que se había formado una tormenta y que las aguas estaban turbias. Había olas de más de cuatro metros y fuertes corrientes submarinas. Leilani no tenía la varicela, estaba conmigo en casa. Jamie tenía cinco años. Pero nada más saber que los suyos estaban en cuarentena fue a cuidar de ellos. Cuando entraron en el agua ella corrió tras ellos, ella y muchos otros, para intentar rescatarlos. Más de mil personas murieron aquella noche, incluida mi esposa.

Theresa no sabía qué decir ante aquella historia tan terrible.

—Lo siento —fue lo único que acertó a murmurar.

No entraron en la aldea, sino que siguieron adelante hasta que el camino se acabó bruscamente frente a un muro de árboles. Se apearon del carruaje y recorrieron el resto del trayecto a pie.

—Confío en que será usted discreta, hermana —le dijo el capitán—. Lo que va a presenciar esta noche está prohibido por ley. En su afán por demostrar al resto del mundo que los hawaianos ya no son salvajes, la familia real ha ilegalizado ciertos rituales. Las autoridades están deseando descubrir a qué se dedica el jefe Kekoa y, sobre todo, dónde. El lugar al que la llevo es un secreto muy bien guardado. Si la policía lo descubriera, se presentarían aquí, se llevarían a Kekoa encadenado y lo meterían en la cárcel.

—No tenía ni idea —dijo ella, emocionada y asustada a partes iguales, a pesar de lo cual dio su palabra al capitán Farrow de que no comentaría con nadie lo que presenciara aquella noche.

Era la primera vez que pisaba aquella zona tan frondosa de Honolulú, pero a menudo se preguntaba qué misterios se ocultaban allí. Avanzó con sumo cuidado sobre aquel suelo cubierto de hierba alta, musgo y plantas enredaderas. Los árboles eran tan frondosos que no se veía el cielo. El capitán aguantaba las ramas con su cuerpo para que ella pudiera pasar sin rasgarse el velo y, por primera vez, Theresa comprendió por qué era más práctico llevar poca ropa en aquel entorno tan hostil.

Antes de llegar a su destino percibió el olor de un cerdo asado y supo que el animal había sido enterrado hacía horas y que en breve lo sacarían para darse un buen festín a su costa. También oyó risas y vio, a través de los árboles, las llamas parpadeantes de las antorchas. La noche se acercaba y, cuando cayera sobre ellos, los engulliría una oscuridad absoluta.

Nunca se había alejado tanto de la civilización, ni siquiera en Oregón, donde jamás perdía de vista la cabaña.

Cuando llegaron al claro la gente de Mahina ya estaba reunida y muy emocionada ante la celebración.

—Esta arboleda está dedicada a Laka, la diosa del *hula* —le explicó el capitán Farrow—. El manantial es sagrado y solo se puede beber su agua durante ciertos rituales. De lo contrario, es *kapu*.

Una joven se acercó a ellos, los recibió con un *aloha* y pasó un *lei* alrededor del cuello de Theresa, que no se lo quitó para no ofenderla. También intentó no mirar fijamente a la muchacha, que solo vestía un pareo de *tapa* alrededor de la cintura. La mayoría de las mujeres tenían los pechos al aire, aunque las de mayor edad, incluida Mahina, se cubrían con *muumuus*.

La llevaron a conocer a su líder del que tanto había oído hablar, el legendario jefe Kekoa, tío de Mahina. Era un hombre muy alto y corpulento, como su padre, el jefe Holokai, quien años atrás se había hecho amigo del reverendo Stone y de su esposa Emily; un noble de aspecto imponente con el cabello, blanco y muy corto, decorado con hojas de *ti*. Alrededor del grueso cuello lucía una gargantilla vegetal, y en las muñecas y los tobillos, pulseras a juego. Sobre su pecho desnudo Theresa vio un collar de dientes de tiburón. Se cubría con un pareo de *tapa* marrón y portaba un bastón alto rematado en una flor. Un cordón tejido con plumas amarillas le rodeaba la cintura, símbolo de su gran autoridad. Tenía la piel oscura y brillante como el bronce a la luz de las antorchas, la frente despejada y una mirada penetrante.

Durante el trayecto el capitán Farrow le había explicado que Kekoa era un *ali'i* de los linajes más puros de la isla y, además, un *kahuna kilo 'ouli*, un intérprete de personalidades.

—Fue instruido desde muy pequeño en el arte de «leer» a la gente. Le puede parecer que solo la está mirando, pero sus ojos se fijan en miles de detalles, los analizan, deciden cuáles son importantes y cuáles no, luego extrae conclusiones sobre usted y, al final, resume su personalidad a la perfección. Se le da muy bien.

Theresa esperó en silencio mientras el jefe la escudriñaba de arriba abajo. Se preguntó qué se suponía que podía ver en ella cuando la única parte de su cuerpo visible era su cara.

Observó la arboleda que se extendía a su alrededor, los hombres con sus exiguos taparrabos y las mujeres con los pechos desnudos, y luego dirigió la mirada hacia el altar, una enorme piedra plana dispuesta sobre tres tocones. Estaba cubierto de hojas verdes y, sobre ellas, se erigía una piedra con forma de falo envuelta con collares de conchas y *leis* recién hechos. Theresa pensó en los hawaianos que había visto en la fiesta del capitán Farrow, en la gente que se había casado con norteamericanos o con ingleses, que sabían qué tenedor usar para la carne o para el pescado, que se habían convertido al cristianismo y habían aceptado aquel mundo nuevo con la forma de vida que implicaba. En cambio, para el jefe Kekoa y los suyos era como si el tiempo se hubiera detenido. Seguían anclados en 1777 y el capitán Cook aún no había traído consigo el mundo occidental hasta el archipiélago.

El jefe Kekoa la sacó de sus ensoñaciones con una pregunta que el capitán Farrow tradujo.

—Quiere saber en qué mes nació.

Theresa respondió, y Robert volvió a hacer de intérprete. El jefe Kekoa le hacía otra pregunta:

—¿Cómo era la casa en la que nació?

Tras esta formuló algunas más, a cuál más desconcertante, hasta que Robert dijo:

—Quiere saber si su dios le habla.

Theresa dudó un instante. No sabía qué responder.

De pronto el jefe sonrió de oreja a oreja, cogió a la monja por los hombros y acercó su rostro, ancho y oscuro, al de ella para luego apretarle la nariz con la suya, primero a un lado, luego al otro.

—*Aloha* —dijo con la misma intensidad que Mahina, no como un simple formalismo sino como un deseo que nacía en su corazón, una palabra pronunciada desde lo más hondo, arrastrando la sílaba central, cargándola de emoción.

—Ha impresionado al viejo Kekoa —le dijo Robert mientras

se dirigían a su sitio—. La ha nombrado *kama'aina*, que significa «hija de la tierra».

Al pasar por el centro del claro Theresa vio en el suelo la piedra grande, lisa y repleta de grabados que lo cubría.

—Se llaman petroglifos —le explicó el capitán—. Son tan antiguos que nadie sabe quién los hizo, pero son sagrados para los hawaianos, por lo que los encargados de cuidar esta arboleda se aseguran de que esta vieja placa de lava siempre esté libre de hierbas y de suciedad.

—¿Qué representan?

Theresa se inclinó para observarlos con más detenimiento; para ella no tenían sentido alguno, lo único que veía era una maraña de líneas y círculos.

—Será mejor que no los mire —dijo el capitán Farrow, y la cogió del brazo.

Pero justo cuando Theresa iba a darse la vuelta las imágenes cobraron sentido. Eran seres humanos, representados de una forma muy primitiva, sí, pero no por ello menos reconocibles. Siguió observando las marcas y empezó a diferenciar a los hombres de las mujeres hasta que, de repente...

Ahogó una exclamación de sorpresa y se incorporó. El capitán Farrow carraspeó, visiblemente incómodo, y la alejó de aquellas imágenes que solo podían ser representaciones gráficas de actos sexuales. Se distinguían a la perfección los miembros erectos de las figuras masculinas y las piernas abiertas de las mujeres. ¿Qué clase de arboleda era aquella?

Y ¿qué clase de ritual estaba a punto de dar comienzo?

Los presentes tomaron asiento, separados por sexos, alrededor del claro formando un círculo. Theresa ocupó un puesto junto a Mahina y, mientras las otras mujeres se sentaban directamente en el suelo, a ella le dieron un tronco para que estuviera más cómoda. Un cuenco de coco lleno de zumo de *ti* fermentado fue pasando de mano en mano para que todos pudieran beber de él. Apenas dieron un trago cada uno, por lo que Theresa imaginó que era como el vino de la comunión, pensado para evidenciar el carácter sagrado del ritual. A fin de mostrar respeto por sus anfitriones, tomó un sorbo y tuvo que reprimir un acceso de tos.

Mientras esperaban pensó en el fenómeno del que el capitán Farrow le había hablado, los arcoíris en la luna, y deseó con todas sus fuerzas poder ver aquel espectáculo con sus propios ojos. Sin embargo, a pesar de que el viento arrastraba la niebla de las montañas y la noche era cálida y húmeda, cuando levantó la vista al cielo no vio ningún arcoíris nocturno. La luna era un círculo blanco e imperturbable.

Miró a Robert, frente a ella, riéndose con los nativos que tenía a ambos lados. Era un hombre muy atractivo, un occidental ataviado con levita y camisa blancas, pantalones de lino y botas. El contraste con aquellos isleños que iban prácticamente desnudos resultaba evidente. No obstante, a Theresa no le molestaba la ausencia de ropa de los nativos, puesto que su atuendo parecía el más natural en aquel paraíso en el que Adán y Eva se habrían sentido como en casa. De hecho, por un momento envidió a aquellas gentes de espíritu libre que se encontraban cómodos en su desnudez, se reían a carcajadas cuando les apetecía y comían y bebían sin tener que preocuparse por si la taza repiqueteaba sobre su plato. ¡Ojalá pudiera quitarse los zapatos y correr descalza como ellos!

Tenía ganas de presenciar el espectáculo. Al saber que Mahina la había invitado, el capitán Farrow le había advertido que quizá lo que viera no sería de su agrado, pero Theresa ya había presenciado un *hula* antes. Cuando la ley lo permitía (siempre como un divertimento, nunca por motivos religiosos), había disfrutado de aquella danza que las jóvenes llevaban a cabo ataviadas con sus *muumuus* y había aplaudido la delicadeza con la que movían las manos y los brazos.

Por fin la multitud guardó silencio. Un cantante levantó su voz mientras golpeaba una calabaza doble llamada *ipu heke* y las muchachas aparecieron desde un extremo del claro. Vestían faldas de hierba seca, muy cortas, y llevaban el pecho al descubierto. Por la forma en que movían las caderas y separaban las rodillas, aquel no era un *hula* normal.

—Mahina, ¿qué clase de ceremonia es esta? —preguntó Theresa.

—Para pedir dioses que bendigan a nosotros.

—¿Eso es todo?

—No, no. Bailamos para hacer bebés.

Theresa la miró fijamente.

—¿Es un ritual de fertilidad?

Mahina asintió con vehemencia.

—Tú mira. Hombres y mujeres hacen bebés esta noche.

—Pero no puedo…

No tuvo tiempo de marcharse, tal como era su obligación, ya que la otra mitad de los bailarines emergió de entre los árboles y la sorprendieron de tal manera que se quedó petrificada.

Hombres jóvenes, viriles y fuertes, sus cuerpos musculosos brillando bajo la luz de las antorchas, irrumpieron en el claro entre chillidos, saltando y pateando el suelo. Gritaban al unísono y se golpeaban el pecho y los brazos. En el rostro se habían pintado muecas aterradoras, y llevaban el resto del cuerpo cubierto de violentos trazos de color que se extendían por la espalda y el abdomen. La precisión de sus movimientos era impresionante, y ejecutaban cada paso con una sincronía casi perfecta. Realizaron acrobacias espectaculares, saltaban por el aire y se tiraban al suelo para luego levantarse sobre un pie o una mano, los músculos y las venas hinchados, la piel tensa, el sudor corriendo por sus cuerpos.

Cuando el tempo del tambor se fue acelerando y, con él, los cánticos, los hombres se tumbaron boca arriba en el suelo e hicieron subir y bajar la pelvis al ritmo de la música. Las muchachas se incorporaron de nuevo a la danza. Cada una escogió a un hombre, se colocó encima de él a horcajas y dobló las rodillas de modo que los bajos de la falda acariciaran la pelvis de su compañero. Las parejas hicieron rotar la cadera al unísono hasta crear la ilusión de que estaban sexualmente unidos.

Theresa sintió el ritmo de la percusión en la sangre, percibió el olor a tierra del bosque y sintió que el aire, cálido y húmedo, la envolvía. De pronto lo que estaba presenciando ya no se le antojó impactante, ni siquiera vio motivo para escandalizarse. Mientras observaba a los bailarines contoneándose frente a un fondo de árboles, protegidos por un dosel de ramas y hojas, bajo la luna y las estrellas, pensó que eran hijos de la naturaleza.

«Al igual que yo hace ya mucho tiempo…»

Un segundo después le faltaba el aire. Nunca había presenciado un acto tan primitivo como aquel. Se dijo a sí misma que no era más que una mera observadora, que no participaba del ritual. Sin embargo, el ritmo del tambor y los movimientos de los danzantes la llenaron de un extraño dolor, un anhelo que le era desconocido, y aquello la alarmó. Al otro lado del círculo los ojos del capitán Farrow estaban fijos en ella. Theresa notó un calor insoportable. Quería quitarse el velo y sentir la brisa nocturna sobre la piel. Era como si en cualquier momento fuera a hervirle la sangre.

De pronto los bailarines desaparecieron en el bosque, corriendo de dos en dos entre gritos y risas, para culminar el ritual en privado. El cerdo fue desenterrado, cortado en porciones y repartido entre los presentes sobre grandes hojas verdes.

Cuando Mahina le entregó su porción de carne Theresa no supo si aceptarla o no. Estaba hambrienta, tenía el estómago vacío, pero en el convento estaban pasando apreturas otra vez y las hermanas solo comían pan y sopa de nabo.

—¿No hambre? —preguntó Mahina al ver el modo en que miraba la carne que tenía entre las manos; la boca se le hacía agua—. Tú demasiado flaca. Come, Kika Keleka.

—Estoy bien, gracias —respondió Theresa, y se preguntó si sería una grosería guardarse la comida en los bolsillos y llevársela a sus hermanas.

Las gotas de sudor le resbalaban por la espalda. El latido de las islas retumbaba en su vientre mientras imaginaba a los antiguos dioses y diosas, a sus ancestrales guardianes, los *'amakua*, a los espíritus del bosque reuniéndose alrededor del claro para mirar. De repente tuvo miedo, no del bosque o de los nativos, sino de sí misma. De la debilidad de la carne.

Robert la acompañó hasta la puerta del convento y esperó hasta que estuvo dentro. Las hermanas la rodearon inmediatamente.

—¡Estábamos muy preocupadas! Hemos rezado por usted, querida hermana.

Verónica no pudo contenerse y la abrazó.

—¡Yo nunca tendría el valor de adentrarme en la jungla y presenciar un rito salvaje!

Consciente de que las hermanas olerían enseguida el aroma del cerdo asado del banquete, impregnado en su hábito, Theresa metió las manos en los profundos bolsillos y sacó dos bultos envueltos con hojas grandes y verdes. En uno de ellos llevaba un trozo de cerdo; en el otro, un puñado de patatas asadas. Se las entregó a la madre Agnes, quien observó largamente el ofrecimiento antes de decir:

—Lo dividiré por la mañana.

—Háblenos del banquete —dijo Verónica cogida del brazo de Theresa—. Háblenos de todo lo que ha visto.

Pero la madre Agnes levantó una mano en alto.

—No vamos a escuchar historias de rituales paganos. Me basta con saber que los nativos se atiborran mientras otros pasan hambre.

—Pero eso no es… —protestó Theresa.

—¿Esta comida se la han dado los nativos para que nos la dé? —preguntó Agnes—. ¿Es un regalo de su parte o la ha traído escondida en los bolsillos?

—Lo siento, reverenda madre —se disculpó Theresa—. Pensé que le parecería bien.

—Ya nos las apañaremos —replicó Agnes con un suspiro.

—¿Qué es eso? —dijo de pronto la hermana Margaret mientras se dirigía hacia la ventana.

Oyeron voces y ruido de cascos de caballos que provenían de la calle.

—Es una carreta —dijo Margaret—. Se han detenido aquí delante. Y también hay nativos a caballo… ¡Están subiendo la escalera de la entrada!

La madre Agnes abrió la puerta y lo que vio la dejó boquiabierta. Unos cuantos hombres descargaban cestas de la carreta, se las entregaban a las mujeres y estas las subían por la escalera hasta la entrada.

—¿Qué es todo esto? —preguntó Agnes.

Mahina se les acercó y sonrió.

—Esto para ti. ¿Llevamos adentro?

Perpleja, la madre Agnes se apartó para dejar entrar a las nativas, los ojos como platos al ver los boniatos y los plátanos, los huevos frescos, las pilas de pescado salado y los generosos trozos de cerdo asado. Traían incluso una cesta de mimbre con varias gallinas vivas, que cacareaban en señal de protesta.

—Tenemos mucha comida. Vosotras mucha hambre. Demasiado flacas.

Las hermanas observaron en silencio, conmocionadas, mientras las nativas entraban más y más cestas hasta llenar el recibidor con más comida de la que habían visto en años. Batatas y piñas, naranjas y mangos. Incluso tres crías de cerdo.

Las mujeres subieron la última cesta y regresaron junto a la carreta, pero Mahina permaneció junto a la puerta.

—¿Necesitar más comida? Tú dice a Mahina.

—Le damos las gracias por estos regalos —respondió la madre Agnes, la voz a punto de quebrársele—. *Mahalo…* Y que Dios la bendiga.

Mahina bajó la escalera con una sonrisa en los labios y, con la ayuda de tres hombres fornidos, se montó también en la carreta. El de ese día había sido un festín perfecto, pensó. Muchos hombres y mujeres haciendo niños. Muchas bendiciones de los dioses.

Y algo más, algo sorprendente que la hizo sonreír durante todo el trayecto de vuelta a la aldea. Últimamente se había estado planteando a quién podía enseñar las costumbres de los *kanaka*, a quién podía confiar los secretos de los hawaianos.

Aquella noche, por fin, los dioses habían hablado. El jefe Kekoa había llamado *kama'aina* a Kika Keleka: hija de la tierra. La hermana Theresa era la escogida.

Tras pasar la noche dando vueltas en la cama entre sueños inquietantes Theresa se despertó más confusa que nunca.

Se sentía distinta, cambiada, pero no sabía por qué. Se bañó, se vistió con el hábito y rezó en la capilla con las demás hermanas. Con todo, había algo que ya no era lo mismo.

«El hula de la fertilidad…»

Seguía fascinada por el poder hipnótico de aquella danza. La energía de los bailarines. La pasión que el cantante ponía en cada nota. La alegría de los espectadores.

Pero había algo más. El jefe Kekoa, el intérprete de personalidades, haciéndole todo tipo de preguntas. Las había respondido todas menos una. Kekoa le había preguntado si su Dios hablaba con ella, y no le había contestado porque, sinceramente, no sabía la respuesta.

Mientras esperaba arrodillada en la capilla a que le tocara el turno en el confesionario, rodeada por los pecados y las faltas susurradas a través de la pesada cortina de terciopelo, meditó sobre la piedad y la devoción de sus hermanas. Todas parecían tener una fe sincera en Dios y en la religión. Ella había rehuido la pregunta de Kekoa que las demás monjas habrían respondido con un sincero «sí». Dios les hablaba. Siempre respondía a sus plegarias, habrían dicho.

¿Realmente creía en Dios o solo recitaba las oraciones que se sabía de memoria, sin sentimiento o pasión alguna? Al fin y al cabo, no eran más que palabras.

Sin embargo, cada vez que Verónica, Margaret y Agnes cantaban en la misa del domingo, uno podía sentir la alegría y el amor al Señor que desprendían sus voces, al igual que los bailarines del claro expresaban su alegría y su fe en los dioses ancestrales de su pueblo.

«No ingresé en la hermandad para servir a Jesús, sino para poder cuidar de los enfermos. Me he limitado a dejarme llevar.»

Por primera vez se sorprendió al pensar lo diferente que era de las otras hermanas. Al ingresar en la orden se había limitado a dar un paso al frente, como quien subía a un escenario, para desempeñar su papel de postulante sin cuestionarse en ningún momento la naturaleza de su fe o los motivos que la habían llevado hasta allí.

Ahora, sin embargo, una pequeña parte de ella sabía que era una intrusa y que siempre lo sería.

Sintió que alguien le tocaba el hombro. Era Verónica, que le indicaba que el confesionario estaba vacío. Theresa entró en el pequeño cubículo, se santiguó y esperó a que el padre Halloran abriera la ventanilla.

—Perdóname, Padre, porque he pecado. Hace una semana desde mi última confesión.

Él reconoció su voz.

—Buenos días, hermana, no sabe las ganas que tengo de oír sus experiencias de ayer por la noche. ¡Y he de decir que conseguir toda esa comida de los nativos es poco menos que un milagro! Alabado sea el Señor.

Debería alabar a Mahina, pensó Theresa mientras se arrodillaba en aquel habitáculo claustrofóbico y asfixiante.

Recitó una lista de pecados y faltas que había cometido últimamente y luego se quedó callada. Era consciente de que tenía que confesar algo mucho más vergonzoso y no sabía por dónde empezar.

—Padre… —Por fin consiguió comenzar—. Siento una atracción indecorosa hacia un hombre. Cuando estoy con él, soy incapaz de controlar mis pensamientos.

—¿Se avergüenza de esos pensamientos?

—Sí, padre.

—¿Promete luchar contra ellos y no dejarse llevar por la tentación?

—Sí —respondió Theresa, y luego preguntó—: ¿Sería mejor si intentara no estar cerca de él?

—Dios siembra nuestro camino de tentaciones para ponernos a prueba —respondió el padre Halloran para su sorpresa—. Al huir de ellas, decepcionamos al Señor puesto que le mostramos la debilidad de nuestro carácter y de nuestra fe. Debe enfrentarse a esa tentación, hija, como si fuera una prueba de Dios.

—Sí, padre.

—¿Qué vio en el ritual de Wailaka?

La pregunta cogió a Theresa por sorpresa. El confesionario parecía un lugar extraño para hablar del tema.

—El *hula*, padre.

No se atrevió a ser más explícita.

—¿Dónde se llevó a cabo el ritual?

No se lo podía decir, el padre Halloran enviaría a las autoridades y ella había prometido al capitán Farrow que guardaría el secreto.

—No sé si sabría encontrarlo —respondió, lo cual no era del todo mentira.

—¿Cómo se llama ese sitio? Los hawaianos ponen nombre a todo. Un emplazamiento ceremonial tan importante como ese seguro que tiene nombre.

—No… no lo recuerdo.

—¿En qué distrito está al menos?

—No… no estoy segura.

—Está bien. Cuando la inviten otra vez, vaya. Memorice la localización, el nombre y cómo se llega. Como penitencia, cinco padrenuestros y cinco avemarías. Y ahora haga un buen acto de contrición.

Theresa juntó las manos y agachó la cabeza.

—Oh, Señor, siento haberte ofendido…

«Y, por favor, perdóname, Señor. La arboleda se llama *Eia ka wai la, he Wai ola, e!*, que significa "Aquí está el Agua de la Vida". Está en el distrito de Wailaka, donde el valle de Nu'uanu se eleva…

»Y te ruego con toda mi alma que no consientas que Robert Farrow vuelva a pedirme que lo acompañe, porque le diré que sí, ay, sí…»

17

La hermana Theresa intentaba luchar contra los pensamientos impúdicos que la acosaban a todas horas.

No podía evitarlo. El capitán Farrow la perseguía en sueños. Se adueñaba de hasta la última de sus horas de vigilia. Cuando rezaba, su corazón caprichoso invocaba su voz, su sonrisa. En la calle, si pasaba junto a un hombre que fumaba los mismos puros que él, el corazón le daba un vuelco. Cada vez que tenía que llevar infusiones y tónicos a su casa sentía el deseo irrefrenable de correr hasta allí y, al mismo tiempo, de huir cuanto antes.

Volvió la vista atrás y recordó el día en que sus hermanas y ella habían esperado en el muelle para subir a bordo del *Syren*. De aquello hacía ya dos años y medio. Entonces Cosette le había preguntado: «¿Cómo lo va a hacer, *chérie*? He oído que las islas Sandwich están llenas de palmeras y de lagunas azules y que siempre brilla el sol. ¡Debe ser muy difícil tener los votos presentes en un paraíso así!».

Y Theresa, en su ingenuidad, le había respondido: «No habrá seducción posible allí. Además, estando en el paraíso seguro que es más fácil no olvidar los votos».

En esa incertidumbre se hallaba inmersa la mañana en que le tocó hacer la compra. Se detuvo antes de tomar King Street y observó el juego de luces y sombras, de brumas y arcoíris que se dibujaban sobre las escarpadas laderas de las montañas. Había pasado un año desde la noche en que había presenciado el ritual de fertilidad en la arboleda secreta de Wailaka, pero el latido y el ritmo de aquella danza aún corría por sus venas. Siguiendo las instrucciones del padre Halloran, continuó tendiendo puentes entre los Farrow y ella. Visitaba a menudo a Jamie y a la señora Farrow y les llevaba medicinas, infusiones y tónicos reconstituyentes. Y, aunque intentaba limitar sus visitas a las horas en las que el capitán Farrow no estaba en casa, lo veía a menudo y él siempre quería sentarse y hablar con ella. Llegó al extremo de obligarse a no pasar por delante de la casa a mediodía porque sabía que a esa hora el capitán Farrow estaría en la galería oteando el horizonte con su catalejo.

Fue precisamente un día que caminaba por el otro lado de la calle para evitar la casa del capitán Farrow cuando, viendo la intensidad con la que miraba a través del catalejo, se percató de la soledad que desprendía su figura. Se preguntó si era la única que había reparado en ello, puesto que la casa de Robert Farrow era un continuo ir y venir de amigos y socios, y rara vez estaba solo. Celebraba fiestas y veladas musicales, las mujeres iban de visita con sus hermanas o sus hijas casaderas y los políticos acudían a discutir las nuevas leyes o a hablar de la guerra en Estados Unidos. Aun así, a pesar de la sempiterna compañía, Theresa había advertido cierta soledad en él, como si compartiera el tiempo con sus visitantes e invitados pero solo en cuerpo, nunca en alma, y es que sus pensamientos y su corazón siempre estaban muy lejos. ¿Pensaba en Leilani? Por la noche, a solas en aquella casa enorme, ¿se servía una copa de whisky y se plantaba ante su retrato para recordar el escaso tiempo que habían pasado juntos? ¿Languidecía por ella? Theresa había oído los rumores que circulaban por Honolulú acerca de por qué no se había casado de nuevo siendo evidente que tenía que hacerlo. No estaba bien que un hombre de su posición y de su fortuna no tuviera una esposa. En cierto modo, resultaba un tanto… sospechoso.

Theresa, en cambio, lo entendía. Sabía que el corazón quería lo que quería y no se conformaba con menos.

Contempló la profunda uve que dibujaba el valle de Nu'uanu,

donde los frondosos bosques ocultaban antiguos secretos. Allí, en las calles de Honolulú, se cerraban transacciones todos los días, el hombre blanco firmaba contratos y se congratulaba de sus éxitos, las campanas de la iglesia llamaban a misa de domingo a los cristianos de Hawái (ataviados con sus mejores galas, sombrillas y sombreros de copa incluidos) mientras no muy lejos de allí, a los pies de las montañas cubiertas de niebla, las transacciones eran de otro tipo, prohibidas, inimaginables. Los misioneros creían que los antiguos dioses habían abandonado las islas hacía cuarenta años. Pero no era cierto.

«Siguen aquí. Observando. Esperando…»

Apartó la mirada del poder y la magnificencia del valle y concentró toda su atención en el recado que tenía entre manos.

Un año atrás las hermanas apenas atendían a pacientes en su domicilio; la comunidad católica era pequeña y no había demanda suficiente para mantener ocupadas a seis monjas enfermeras. Pero entonces el señor Klausner les había pedido que ayudaran a su esposa y esta se había mostrado tan agradecida que hizo correr la voz entre sus amistades. Pronto luteranos y episcopales empezaron a solicitar sus servicios y, cuando los congregacionalistas supieron que Emily Farrow era atendida por las Hermanas de la Buena Esperanza, bueno, les pareció recomendación más que suficiente, en especial a las mujeres porque no les gustaba acudir a los médicos, todos hombres. Así pues, las Hermanas de la Buena Esperanza no podían estar más ocupadas.

Solo había un boticario en Honolulú, un hombre llamado Gahrman, un tipo agradable de Pennsylvania de cuya compañía Theresa solía disfrutar. Cuando entró en la botica Gahrman estaba contando una historia al único cliente que había en ese momento, el doctor Edgeware.

—Así que el hombre acude a mí y resulta que está ciego desde hace veinte años y me pregunta si puedo hacer algo por él. Lo examino y le digo: «Sí, puedo devolverle la visión». Me paga y le doy un colirio que yo mismo preparo y el hombre se va con el ojo tapado e instrucciones de quitarse la venda al cabo de una semana, «y entonces ya verá perfectamente», le digo. Pues verá, doctor, el tipo vuelve a la semana siguiente, entra en la botica como una exhalación y me exige que le devuelva el dinero. No solo eso, sino que quiere volver a ser ciego. Le pregunto qué le pasa, si acaso no está contento ahora que puede ver. Y me grita: «Me gusta volver a ver, sí… Pero ¡nadie me había dicho que mi mujer era tan fea!».

Mientras el boticario se reía a carcajadas de su propio chiste Theresa se acercó al mostrador y carraspeó discretamente para llamar su atención. Tanto él como el doctor la habían visto entrar, sabían que estaba esperando, pero el boticario seguía ignorándola.

—Disculpe, señor Gahrman —dijo—, necesito comprar calomelanos y raíz de ipecacuana.

—Debería haber una ley que prohíba transitar por las calles a ciertos especímenes antinaturales del género femenino —dijo el doctor Edgeware al boticario, de espaldas a Theresa.

—La había, ya sabe —respondió Gahrman. Theresa escuchaba estupefacta los comentarios de ambos—. Hace veintiún años, cuando todos los católicos fueron expulsados de las islas y se les prohibió poner un solo pie en nuestras costas.

El doctor Edgeware limpió una mota de polvo imaginaria del mostrador.

—Esa ley no debería haber desaparecido de los libros.

Theresa estuvo a punto de replicar, pero se mordió la lengua y guardó silencio mientras esperaba a que el señor Gahrman se percatara de su presencia.

El doctor Edgeware era un conocido anticatólico, también famoso por su soltería y su misoginia. Solía mandar cartas a los periódicos de Honolulú en las que no se molestaba en moderar sus opiniones: «Las mujeres son criaturas estúpidas, dadas a la histeria puesto que viven dominadas por su útero. Su único propósito en este mundo es uno: producir hijos. Aquellas que no pueden cumplir con su obligación han de ser tratadas con compasión, pero aquellas que se niegan a cumplirlo van contra la naturaleza y deben ser tratadas con desconfianza».

Edgeware había hecho circular una petición en la que se exigía que las Hermanas de la Buena Esperanza se recluyesen en su convento del mismo modo que las hermanas francesas no salían de su escuela. ¡Uno no se las encontraba rondando por Honolulú como mujeres de moral distraída!

—Disculpe —repitió Theresa, esa vez un poco más alto, aunque nuevamente la ignoraron. Tratando de contener la indignación dejó su bolsa de mano negra sobre el mostrador y dijo—: Señor Gahrman, si no le importa, necesito diez frascos de calomelanos y cinco de raíz de ipecacuana.

—No me quedan —replicó el boticario sin molestarse en levantar la mirada—. Estamos sin existencias.

Su actitud sorprendió a Theresa, porque el señor Gahrman siempre había sido muy amable con ella y con el resto de las hermanas. Lo más probable era que, ahora que el doctor Edgeware formaba parte del círculo próximo al rey Kamehameha, los hombres se vieran obligados a decantarse por un bando u otro, y era evidente que el boticario ya había hecho su elección.

—¿Cuándo volverá a tener?

—No lo sé.

Le dio las gracias y se encaminó a la puerta, pero antes de salir a la calle oyó decir al doctor Edgeware:

—Necesito calomelanos y raíz de ipecacuana.

—¡Por supuesto! Acabo de recibir un envío desde Boston —anunció el señor Gahrman en voz alta—. ¿Cuántos frascos quiere de cada, doctor?

A medida que se acercaba a la casa de los Farrow, la hermana Theresa no pudo evitar buscar al capitán tanto con la mirada como con el corazón mientras en su mente se agolpaban los problemas y las preocupaciones.

Hacía semanas que las hermanas no podían comprar suministros en la botica y ni la madre Agnes ni el padre Halloran habían conseguido recuperar la relación comercial con el señor Gahrman. Recurrir al obispo no sirvió de nada; también él se encontraba en una situación política delicada, intentando encontrar el equilibrio diplomático entre los políticos anticatólicos. Theresa tampoco podía pedir ayuda al capitán Farrow por temor a causarle problemas entre su propia gente.

Pero si el boticario seguía negándose a venderles sus productos, ¿qué podían hacer? Sin medicinas estaban desamparadas. Podían cultivar algunas plantas en el jardín, pero ciertas drogas, como la morfina o el láudano, tenían que ser importadas.

No comprendía aquella resistencia absurda a aceptar su ayuda que se había propagado entre los médicos. La población nativa estaba disminuyendo a un ritmo alarmante. A la llegada del capitán Cook en 1778 se decía que había un millón de hawaianos viviendo en las islas. En 1822 la cifra había bajado hasta los doscientos mil. Hacía nueve años, en 1853, se había realizado un censo oficial y se había descubierto que los nativos eran apenas setenta y tres mil, ¡una cifra que seguía disminuyendo! Los médicos occidentales no tenían motivos para pelearse por Hawái como perros disputándose un hueso. Deberían agradecer la ayuda de Theresa y sus hermanas en lugar de boicotearlas.

Abandonó la calle y tomó el camino que llevaba a la casa de los Farrow, el corazón acelerado como le ocurría siempre que iba allí. La señorita Carter fue quien abrió la puerta. Tenía los ojos enrojecidos e hinchados y llevaba un pañuelo en la mano. Theresa se preguntó si la institutriz había estado llorando. De pronto se asustó. ¿Le ocurría algo a Jamie?

Los tónicos de hierbas del convento lo estaban ayudando y los clavos oxidados en la sopa también. Tenía días de normalidad casi absoluta en los que podía correr y jugar, pero luego recaía de nuevo… y Theresa tenía que cambiar de tratamiento.

La suya era una enfermedad desconcertante. Mahina le había contado que Jamie era un niño enfermizo porque una vez había presenciado una pelea entre su padre y su tío que había terminado a puñetazos y con Peter gravemente herido. Y había añadido: «Mala sangre entre hermanos, Kika Keleka, hace mala sangre en niño».

—No hay nadie en casa —le espetó la institutriz, y le dio con la puerta en las narices.

Al parecer, se había vuelto a granjear la enemistad de la señorita Carter.

Mientras se alejaba de la casa dirigió la mirada hacia el camino por el que los carruajes entraban de la calle y se dirigían a los establos y vio que acababan de llegar Robert, Jamie, la señora Emily, Peter y Reese. Aquello la sorprendió; era difícil verlos a todos juntos. Los observó mientras se apeaban del carruaje y enseguida captó la tensión entre los dos hermanos. No podía oír sus voces, pero sí sentía su ira, la veía en sus ojos, en su forma de moverse tan poco natural. Los hermanos habían protagonizado una pelea por la que Peter había quedado lisiado. Aquella debía de ser la causa de la animadversión que existía entre ambos. Pero ¿qué había provocado el enfrentamiento?

También vio cómo afectaba a Jamie, el abatimiento que se había apoderado de él mientras su abuela se apoyaba en su hombro. Reese tampoco parecía feliz, y en cuanto Theresa pudo oír la conversación no tardó en comprender la razón.

—Ven, nos vamos a casa —dijo Peter a su hijo.

Besó a su madre en la mejilla sin dirigirle una sola palabra a su hermano, y padre e hijo partieron de vuelta a Waialua, al oeste de la isla.

Robert suspiró y ofreció el brazo a su madre.

—¡Hermana Theresa! —exclamó al verla, visiblemente contento.

—¡Hermana! —gritó Jamie también, animándose de inmediato. Se soltó de su abuela y corrió hacia ella. Parecía que tenía más energía; Theresa se preguntó por qué. Enseguida conoció la respuesta—. Hermana —le dijo emocionado—, ¡voy a ir a clase!

Theresa ya no tenía que inclinarse para mirarlo a la cara. Había crecido mucho durante los dos últimos años. Estaba segura de que algún día sería más alto que ella, al igual que su padre.

—¿A la escuela? —repitió.

—¡Al instituto de Oahu! Voy a estudiar lógica y retórica, matemáticas, historia y filosofía. Los chicos juegan a la pelota con bates de *kukui*. Dan paseos, nadan y practican el cróquet. ¡Incluso tienen lucha libre!

—Paso demasiadas horas fuera de casa —dijo el capitán cuando por fin consiguió llegar hasta ella acompañado de su madre—, me necesitan en el puerto y en la oficina de envíos, lo cual deja a Jamie en un hogar en el que solo hay mujeres. Le vendrá bien pasar más tiempo con otros niños.

—Creo que es una decisión excelente. ¿Qué ocurrirá con la señorita Carter?

—Le he encontrado trabajo con una familia de Kona. Se marcha mañana.

Eso explicaba las lágrimas de la institutriz. Sus servicios ya no eran necesarios en casa de los Farrow, y Theresa la compadecía. Sabía perfectamente cómo se sentiría si algún día le dijeran que no volvería a ver al capitán Farrow.

—¿A qué debo el honor de su visita, hermana?

Robert le regaló una de aquellas sonrisas que siempre le aceleraban el corazón.

—Traigo regalos —respondió Theresa, y levantó la bolsa de lona que llevaba en la mano—. Algo para Mahina. —No especificó que era para el estreñimiento—. Algo para el insomnio de su madre y un tónico nuevo para Jamie, aunque no creo que pueda mejorar los efectos de su futuro ingreso en el instituto. También tengo noticias —añadió mientras caminaba junto al capitán—. Mi madre me ha escrito para decirme que mi hermano se ha incorporado al ejército de la Unión, al vigésimo regimiento de Infantería de Voluntarios de Massachusetts, que fue creado en Readville en septiembre pasado. Mi madre se ha metido en la cama y jura que no se levantará hasta que regrese sano y salvo a casa.

Cuando llegaron a la terraza cubierta de la parte trasera de la casa Emily Farrow se soltó del brazo de su hijo y se dirigió a Theresa.

—La guerra es algo terrible, querida mía —le dijo—, pero es necesario que el país permanezca unido. También es necesario si queremos abolir la esclavitud. Ojalá mi esposo Isaac pudiera verlo. Era un abolicionista convencido.

La señorita Carter apareció por la puerta de atrás secándose las manos en el delantal.

—Ya acompaño yo a su madre, señor —dijo mientras sujetaba a Emily por el brazo—. Poco a poco.

La anciana sonrió y le preguntó si podía tomar una taza de té. Cuando desaparecieron camino de la habitación de Emily, Theresa se volvió de nuevo hacia el capitán.

—Parece que su madre tiene un buen día.

—Los paseos por la playa siempre la tranquilizan. Es donde hemos ido hoy —le explicó—. Le gusta rastrear la arena en busca de lo que ella llama «tesoros». ¿Vamos adentro?

El capitán se refería a ir a su estudio y a hacer una rápida visita al aparador de los licores, donde se sirvió un whisky que engulló de un solo trago.

Theresa vio el montón de papeles que cubría el enorme escritorio de Robert. Planos de barcos. Diseños. Contratos.

—Me encuentro inmerso en una carrera contra el tiempo, hermana. Estoy en negociaciones con Pacific Mail. Espero convencerlos para que se unan al proyecto y, una vez que tenga la ruta, solo deberé concentrarme en los barcos de vapor especialmente diseñados para el transporte de pasajeros. Por desgracia, no soy el único interesado en el lucrativo negocio del correo. He tenido que lidiar con algunos sinvergüenzas que ofrecían sobornos y cosas así. No pienso aceptar esa forma de hacer negocios. —Se sirvió otro whisky, pero en esa ocasión se contuvo y no se lo bebió de un trago—. El truco está en no ser necesariamente el primero… pero sí el mejor. Y la forma de lograrlo, hermana, es proporcionando algo más, no solo el pasaje, que es lo que ofertarán todas las navieras. Tengo que conseguir de algún modo que mis barcos sean más atractivos, por ejemplo ofreciendo lujos y comodidades adicionales que los otros no tengan. Algún espectáculo, quizá.

—¡Un espectáculo! ¿En un barco? ¡Eso sí que sería algo diferente!

Robert la miró fijamente con aquellos ojos que parecían perdidos en sus pensamientos.

—Sabe de lo que habla, ¿verdad? Recuerdo que me contó lo mal que lo pasó a bordo del *Syren*. Si tuviera que hacer un viaje y pudiera escoger entre varios barcos, ¿por cuál se decantaría?

—Escogería el que ofreciera más que los demás, algo que me resultara apetecible.

Y mientras decía esas palabras en voz alta de pronto supo cuál era la solución a sus problemas con la botica del señor Gahrman.

Los ciudadanos de Honolulú ansiaban estar al día, y ya esperaban formando cola frente al Klausner's Emporium a que llegaran las ediciones matutinas de los periódicos locales.

Theresa se percató de que había menos clientes que durante los últimos meses. Sabía que el negocio del señor Klausner no atravesaba un buen momento. A causa de la bonanza económica que se vivía en Hawái, gracias en parte a la pujante industria del azúcar, la población había vuelto a crecer y cada día llegaba gente nueva con la esperanza de labrarse un futuro en las islas. Algunos de esos recién llegados eran comerciantes, que no tardaron en abrir tiendas que hacían la competencia al señor Klausner. Theresa vio filas de clientes al otro lado de la calle y en la esquina, donde también se distribuían diarios.

Entró en el enorme Klausner's Emporium y la campanilla que colgaba sobre la puerta repiqueteó. Visitar aquel establecimiento siempre era un placer, con sus montones de mesas y mostradores repletos de todo lo humanamente imaginable, desde bobinas de tela hasta cajas de bombones. Las paredes estaban cubiertas hasta el techo de estanterías, por lo que los dependientes iban de aquí para allá empujando escaleras de mano para poder llegar a la mercancía. A Frederich Klausner le gustaba jactarse de que él vendía «todo lo que alguien puede querer o necesitar en estas islas».

Y habría sido verdad si no fuera por ciertos productos de los que carecía.

El señor Klausner la recibió con su entusiasmo habitual.

—¡Mi querida hermana Theresa! ¡Cuánto me alegro de verla!

En el año que había transcurrido desde el nacimiento de su hija, a la que habían llamado Theresa, la hermana había vuelto a la casa en multitud de ocasiones para visitar a la señora Klausner y también a la pequeña, que cada día estaba más grande. En cada visita la trataban como a la hija pródiga. Gracias a su generosidad y a la comida que la gente de Mahina llevaba periódicamente al convento, las monjas se habían recuperado y disfrutaban de cierta prosperidad.

Theresa y el señor Klausner intercambiaron los comentarios banales de costumbre y luego ella decidió ir al grano. Le preguntó cómo iba la tienda y él esbozó una mueca de tristeza.

—Mi querido señor Klausner —le dijo Theresa—, ¡creo que tengo la solución a su problema! Su comercio ofrece la misma mercancía que sus competidores, por lo que no hay razón alguna para que los clientes lo prefieran a usted antes que a ellos. Lo que tiene que hacer, señor Klausner, es darles algo más, algo que las otras tiendas no tengan.

Él miró a su alrededor, los ojos como platos y las manos extendidas.

—¿Qué más podría ofrecer? ¡Aquí hay de todo!

—No vende medicamentos, señor Klausner, de ningún tipo.

—Pero esa es la especialidad del señor Gahrman.

—¿Y por qué ha de tener el monopolio? Cualquiera puede vender medicinas.

—Pero yo no soy boticario. No sé preparar fármacos.

—Eso no es relevante. Los médicos pueden mezclar ellos mismos sus preparados, y mis hermanas y yo podemos aprender a recetar las fórmulas magistrales. Cualquiera es capaz de encargar productos a una farmacéutica y luego venderlos. Usted también puede, señor Klausner, y como no tendrá que preparar recetas ni fórmulas, sino que solo venderá directamente al público, podrá ofrecer sus productos a un precio más bajo que el señor Gahrman. Mis hermanas y yo solo le compraremos a usted, y cuando extendamos recetas a nuestros pacientes les diremos que vengan a su tienda. Como bien sabe, mucha gente toma medicamentos de por vida, así que el volumen de pacientes para la morfina o los tónicos será constante. Y cuando los clientes vengan a comprar láudano y calomelanos verán también los periódicos, las revistas y los bombones... ¡y puede que hasta le compren una máquina de coser!

El señor Klausner se rascó la calva.

—Ni siquiera me lo había planteado. Pero, mi querida hermana Theresa, ¡no sabría ni qué comprar!

Ella sonrió y abrió la bolsa de mano de cuero negro que siempre llevaba consigo.

—¡Justo traigo una lista!

—¡Hermana Theresa, es usted tan lista...! —exclamó Verónica.

Estaban en el huerto recogiendo hierbas. El sol brillaba con fuerza sobre el pequeño enclave donde crecían las plantas medicinales del convento, y también sobre las dos monjas que con su respectivo velo recogido, las mangas subidas y los bajos remangados, cavaban en la tierra y alababan al Señor por su trabajo.

—A mí jamás se me habría ocurrido una solución tan inteligente al incómodo problema del boticario —añadió Verónica mientras recogía hojas de salvia y las ponía en el cesto. No solo las utilizarían para cocinar, sino que también elaborarían con ellas tónicos con los que curar la diarrea y la tos seca, además de un ungüento para los cortes y las quemaduras—. Es tan lista en todo lo que hace…

—Solo ha sido sentido común. Además, estábamos desesperadas.

Verónica dejó su cesto en el suelo, se llevó las manos a la cintura y sonrió.

—Es usted muy modesta, Theresa. Es la más hermosa de todas nosotras y también la más lista, y aun así es discreta y humilde. ¡Ojalá pudiera parecerme más a usted!

—De verdad, hermana…

—¡Ah, Theresa! —exclamó Verónica. Se acercó a su compañera, la sujetó por los hombros y le dijo—: ¡La amo! —Y la besó en los labios.

Theresa se quedó petrificada y el beso se prolongó hasta que, de pronto, se oyó una voz potente.

—¡Hermanas! ¡Qué está pasando aquí!

Verónica retrocedió y dirigió una mirada de estupor a la madre Agnes, que acababa de salir al jardín justo en aquel preciso instante. Las tres permanecieron en silencio, sin saber qué decir, hasta que Verónica se echó a llorar y Theresa la miró sin entender muy bien qué estaba sucediendo.

—Ay, querida —murmuró la madre Agnes.

Un cuarto de hora más tarde, una vez recuperado el pudor de los hábitos y con las manos limpias de tierra, las dos hermanas esperaban de pie frente a la madre Agnes, que, dominada por el agotamiento, solo podía negar con la cabeza y lamentarse del peso que tenía que cargar sobre sus hombros. Debería haberse dado cuenta antes. La hermana Verónica siempre quería acompañar a Theresa en las visitas a domicilio y la seguía a todas partes.

—Hermana Verónica —dijo sentada detrás de su mesa—, sabe que lo que ha hecho está mal, ¿verdad?

—No… no lo sé —tartamudeó la joven monja.

La madre Agnes se volvió entonces hacia Theresa.

—Sé que es usted inocente en todo esto.

Viendo la perplejidad en su mirada, resultaba evidente que Theresa no tenía ni idea de qué quería decir su superiora con «todo esto». De hecho, ni siquiera Verónica lo tenía claro.

La superiora sentía estima por las dos, había estado a su lado desde que eran postulantes y había cuidado de ellas en esa tierra extraña y salvaje. No quería tomar una decisión tan drástica, pero las normas de la orden eran muy claras al respecto: nada de amistades especiales. La que unía a las dos jóvenes no parecía haber ido muy lejos y por eso lo mejor era cortarla de raíz cuanto antes.

—Hermana Verónica —dijo con todo el tacto que fue capaz de reunir—, voy a mandarla de vuelta a San Francisco.

—¿Qué? ¡No, reverenda madre, se lo suplico!

—Hija mía, es por su propio bien. La enviaron a las islas demasiado pronto, y es evidente que aún no está preparada para un reto como este. La madre Matilda sabrá cuidar de usted y le ofrecerá la formación que necesita. Y quizá algún día, cuando esté lista, pueda regresar con nosotras. Ahora váyase y rece. *Benedicite*.

Estaban reunidas en el salón, zurciendo ropa en silencio y aún bastante afectadas por la triste partida de la hermana Verónica aquella misma mañana, cuando la señora Jackson apareció por la puerta acompañada de un visitante visiblemente alterado. Era un joven hawaiano, vestido con pantalones y camisa, que no dejaba de balbucear palabras inconexas.

—Tranquilo, muchacho —le dijo la madre Agnes—. ¿Hablas inglés?

Él asintió con vehemencia.

—¿Es en lo que estás hablando ahora?

El muchacho respondió una sarta de palabras incomprensibles hasta que la señora Jackson intervino y se dirigió a él en su lengua materna.

—Dice que lo han enviado en busca de la hermana Theresa, que debe llevarla de vuelta a Wailaka. Hay un hombre muy enfermo allí.

La madre Agnes elevó tanto las cejas que se le arrugó la cofia.

—¿Es esa la aldea que visitó el año pasado? —preguntó volviéndose hacia Theresa.

—Sí, madre. El muchacho debe de venir de parte de Mahina.

Observó a su superiora mientras esta meditaba sobre lo que acababa de oír. Ya era tarde, y aquel chico requería la presencia de una de sus hermanas en un reconocido nido de paganismo. Theresa supuso que no le daría permiso para ir, pero, para su sorpresa, la madre Agnes accedió.

—Es una oportunidad excelente, hermana Theresa, para demostrarles cómo somos los cristianos de verdad. Hace meses que ellos nos regalan su comida y hasta el momento no hemos tenido ocasión de devolverles el favor. ¡Y ahora nos invitan a que lo hagamos! Por supuesto que debe ir. Asegúrese de que lleva su bolsa de mano bien aprovisionada con todo lo que pueda cargar.

El muchacho había recorrido los casi cinco kilómetros que lo separaban de Honolulú desde su aldea y regresaron ella. Azuzó al caballo y volaron por Nu'uanu Road, sorprendiendo a los transeúntes con los que se cruzaban. Las calles estaban extrañamente tranquilas y oscuras, y es que la ciudad estaba de luto oficial por el pequeño Príncipe Albert, que había muerto a la edad de cuatro años. El rey y la reina estaban tan afectados por la pérdida que hacía semanas que no aparecían en público.

Por fin llegaron a Wailaka. Una gran multitud se había reunido alrededor de una de las cabañas principales. Theresa oyó el sonido rítmico de un tambor que provenía del interior y una voz masculina entonando un cántico. Entró en la cabaña, apenas iluminada, pero sus ojos no tardaron en habituarse a la penumbra. Vio a un hombre tumbado sobre unas esterillas en el centro de la estancia. Había aldeanos sentados a lo largo de las cuatro paredes, en silencio, vigilantes. Un hombre alto, ataviado con una túnica marrón y una corona de hojas alrededor de la cabeza, permanecía de pie junto al enfermo y sacudía sobre él un manojo de hojas *ti* humedecidas.

Mahina recibió a Theresa visiblemente preocupada.

—*Aloha* —murmuró mientras la abrazaba.

A Theresa le sorprendió ver allí al capitán Farrow, pero cuando supo quién era el hombre que yacía en el suelo comprendió el porqué de su presencia. Era su cuñado, el hijo pequeño de Mahina, Polunu.

—¿Qué le ocurre?

—Tiene *'ana'ana* —dijo Mahina.

—¿Qué es eso?

Robert intervino.

—Es un tipo de conjuro que se utiliza para acabar con la vida de alguien. Una especie de hechizo que mata.

Theresa lo miró fijamente.

—¿Lo dice en serio?

—Muy en serio.

—Así que en realidad no le pasa nada, ¿verdad?

—Solo que se está muriendo.

—Esto no tiene ni pies ni cabeza —murmuró Theresa mientras dejaba su bolsa junto al cuerpo de Polunu—. La gente no se muere porque alguien le lance un hechizo maligno.

Antes de examinar al pequeño se recogió las mangas y el velo, desplegó con cuidado el delantal de trabajo, blanco e impoluto, se lo pasó alrededor del cuello y se lo ató a la espalda. Acto seguido se arrodilló junto a Polunu para ver cómo estaba.

Vio que no tenía las pupilas demasiado dilatadas, si bien las movía de un lado a otro, como si siguiera el vuelo de una mariposa por el interior de la cabaña. Tenía el blanco de los ojos claro, la piel caliente, seca y de su color habitual, y las uñas sonrosadas. El pulso le pareció normal. Le auscultó el pecho y tampoco advirtió nada que le indicara una posible congestión de los pulmones. El latido era fuerte, rítmico, sin irregularidades. Le palpó el abdomen;

no estaba rígido, y no detectó anormalidad alguna. No presentaba sarpullidos, heridas ni marcas de ningún tipo.

Parecía estar perfectamente sano.

Le acercó un frasco de amoníaco a la nariz para que reaccionara, pero no obtuvo respuesta alguna.

—Necesita un sangrado —dijo—, y eso es algo para lo que yo no estoy cualificada.

El capitán Farrow negó despacio con la cabeza.

—El jefe Kekoa no permitirá que un médico se acerque a su sobrino. Usted y yo somos los únicos blancos en los que confía. ¿Está segura de que el sangrado hará que se recupere?

Theresa no tuvo más remedio que responder que no, puesto que ni siquiera sabía qué enfermedad era la que había dejado a Polunu en aquel estado.

—¿Podrían sacarlo al aire libre? Aquí dentro hace mucho calor.

Mahina escogió a cuatro jóvenes fornidos para que llevaran a su hijo hasta el exterior. Lo colocaron sobre una esterilla, y cuando los aldeanos empezaron a reunirse a su alrededor Theresa les pidió que retrocedieran y se arrodilló junto a él para abanicarlo con el delantal.

Su respiración era ahora más dificultosa. Le auscultó por segunda vez el pecho; los pulmones seguían limpios. ¿Por qué le costaba respirar? Tenía el pulso fuerte y constante. El color era normal. ¡Aquel hombre estaba sano y, aun así, la vida se le escapaba por momentos!

Pensó en Jamie Farrow que, según Mahina, tenía «demonios nadando en la sangre». Levantó la mirada hacia el capitán Farrow.

—¿Han intentado curarlo?

—Desde hace tres días —respondió él con gravedad. A juzgar por la barba incipiente que le cubría la mandíbula, él también había pasado allí todo ese tiempo—. Cuando alguien enferma los hawaianos rezan a Kane, dador y restaurador de vidas. Rezan durante días para apaciguar a los dioses antes de tratar el problema físico. Han hecho todo lo que han podido, por eso Mahina la ha mandado llamar. Si los remedios *kanaka* no han funcionado, quizá los *haole* sí lo hagan.

—Capitán Farrow —dijo Theresa en voz baja—, no puedo hacer nada por él, ni yo ni los medicamentos que conozco. Este hombre está bajo la influencia de algún tipo de hechizo.

—Alguien ha entonado una plegaria de muerte en su nombre y ahora cree que se está muriendo de verdad.

—Bobadas —protestó ella, pero no pudo evitar sentir el aguijonazo del miedo.

Había visto morir a muchas personas, les había cogido la mano y había rezado con ellos, pero estaban enfermos, heridos o eran viejos, ¡no hombres de treinta años en la flor de la vida sin un solo rasguño en todo el cuerpo!

El miedo se transformó en rabia. Se volvió hacia Polunu, le golpeó suavemente las mejillas y lo llamó por su nombre. Lo golpeó de nuevo, esta vez más fuerte, y lo llamó otra vez, en voz más alta. Le exigió una respuesta. ¡Le ordenó que no la ignorara! Lo zarandeó por los hombros hasta que las lágrimas que le corrían por las mejillas se precipitaron sobre el pecho desnudo del hombre.

—Por favor, Señor —exclamó—, no permitas que ocurra esto. ¡Virgen María, madre de Dios, ayuda a este pobre hombre! Muéstrale la salida de la oscuridad en la que está sumido, acógelo en la luz cegadora de Tu gracia divina. Toca su alma y ábrele el corazón.

Dibujó la señal de la cruz sobre su frente y luego sobre su pecho. Desató rápidamente el rosario que llevaba a la cintura, lo extendió justo sobre el corazón de Polunu y rezó como nunca antes lo había hecho.

—¡Pele, Pele! —gritó de repente Mahina alzando la voz y los brazos hacia las estrellas—. ¡Manda piedra sagrada a la gente de Pua!

Theresa levantó la mirada y vio el rostro deformado por el dolor, las lágrimas rodando por las mejillas de Mahina.

—¡Mahina siente! —gritó—. Mahina rompe *kapu*. ¡Lleva mí, no lleva hijo de Mahina! ¡Manda otra vez Piedra de Lono!

Theresa se levantó y puso las manos sobre los hombros de Mahina.

—Tranquila —le dijo aguantándose las ganas de llorar—, tenga fe.

—Mahina tiene fe —respondió ella con la voz rota y la barbilla temblando—. ¡Piedra salva mi hijo! Piedra muy poderosa. Gran *mana*. Viene de ancestros, muchos años. ¡De Kahiki!

—¿Dónde está esa piedra, Mahina?

Theresa estaba desesperada. Si bastaba con mirar una piedra para evitar la muerte de un hombre, ¡estaba dispuesta a hacerlo!

—¡Mi madre esconde en Vagina de Pele! ¡Ir es *kapu*! ¡Entrar es *kapu*!

Polunu emitió un quejido ahogado y Theresa corrió a su lado.

—¿Está bien? —le preguntó al tiempo que buscaba cualquier signo de mejoría en su rostro—. ¿Puede oírme? ¡Polunu!

Le buscó el pulso, pero no se lo encontró.

—*Auwe!* —gritó Mahina, y los aldeanos repitieron su lamento, elevándolo hacia el firmamento en un coro de gemidos sobrenatural.

Mahina se desplomó sobre el suelo, de rodillas, gritando y tirándose del pelo. Abrazó el cuerpo inerte de Polunu y lo atrajo hacia su regazo para acunarlo, mientras sus mejillas se cubrían de lágrimas y sus alaridos de dolor rompían el silencio de la noche.

Y Theresa observó a aquella madre que sujetaba el cuerpo de su hijo que, a pesar de estar sano, había muerto sencillamente porque alguien le había dicho que así sería.

«El sol se ha apagado en el cielo. El día ya no tiene luz. Los peces han abandonado el mar. Los árboles se tiñen de amarillo, languidecen. Ya no crece el ñame en los campos. Hawai'i Nui está cubierto de polvo.»

Mahina dejó lo que estaba haciendo para enjugarse las lágrimas, pero en cuanto lo hizo brotaron más y le nublaron la vista.

—*Auwe!* —gritó transida de pena—. *Aloha 'oe, Polunu! A hui hou k'kou! Aloha au la 'oe!* Adiós, hijo mío...

Llevaba tanto tiempo de rodillas que le dolía todo el cuerpo, pero no podía dejarlo. Los regalos para Pu'uwai tenían que ser perfectos.

Los aldeanos observaban a su querida Tutu arrodillada frente a su cabaña, preparando regalos para el dios más antiguo de la isla. Sabían que Mahina tenía el corazón destrozado por la muerte de su hijo, que estaba perdiendo peso, que no dormía por las noches, pero nadie, ni siquiera el *kahuna lapa'au* de la aldea, había sido capaz de ayudarla. Sabían que quería contentar a los dioses y por qué.

Su gente la necesitaba, no podía caer enferma y morir.

Mientras envolvía los regalos (flores, piedras de colores, trozos de piña recién cortados) con grandes hojas verdes y los ataba con tallos secos de enredadera, pensó: «No iré sola a Pu'uwai».

Desde la noche del *hula* de la fertilidad, hacía más de un año, cuando el jefe Kekoa había nombrado a Kika Keleka *kama'aina*, hija de la tierra, Mahina le había estado revelando algunos de los secretos medicinales de la isla. Lo hacía poco a poco, gradualmente, al igual que con Mika Kalono muchos años atrás. Enseñando, iluminando, compartiendo conocimientos ancestrales de los isleños.

Era muy de vez en cuando y donde podía, en ocasiones en casa de los Farrow, también en la aldea, pero nunca con lecciones demasiado evidentes. Le contaba algo, un simple alivio («Raíz machacada del *koali* cura heridas y sana huesos rotos», le decía, por ejemplo), de manera que, con el paso de los meses la mente de Keleka fue atesorando infinidad de remedios *kanaka*.

Ahora había llegado el momento de compartir otro tipo de secretos. Mahina iba a llevar a Keleka a un lugar tan sagrado que ningún *kanaka* podía ir, solo los *ali'i*, un sitio donde la presencia de un *haole* era *kapu*.

Sería una prueba.

En cuanto terminó el trabajo, Mahina levantó la vista del suelo y miró a su alrededor: las cabañas de ramaje, los hornos *imu*, los pabellones de trabajo y un puñado de aldeanos yendo de aquí para allá, ocupados en sus quehaceres cotidianos.

Cada vez eran más las mujeres que vestían *muumuus*. Algunos hombres llevaban pantalones. Mahina vio botellas y periódicos. Las costumbres *haole* iban imponiéndose poco a poco.

Por eso debía romper las leyes *kapu* y llevar a una *haole wahine* a la morada más antigua y sagrada de O'ahu, para que las costumbres de sus ancestros nunca se olvidaran.

Mientras se dirigía a casa de los Farrow, notando el calor del sol a través de la tela negra del velo y deseando poder quitárselo siquiera una sola vez para sentir la brisa marina en el pelo, Theresa se preguntó quién habría requerido su presencia allí.

El mensajero que había acudido al convento la noche anterior, un mozo del establo del capitán Farrow, solo le había dicho que alguien solicitaba sus servicios y que si podía acudir por la mañana. ¿Sería Jamie, que se había saltado el colegio? ¿Acaso Emily habría sufrido una recaída?

Le sorprendió encontrar a Mahina apostada en la entrada del camino que llevaba hasta la casa. Iba ataviada con un hermoso *muumuu* azul y un *lei* de flores lilas. El viento le acariciaba el cabello y jugueteaba con la tela de su vestido, evidenciando, para sorpresa de Theresa, que había perdido mucho peso.

Nadie había superado la muerte de Polunu, tampoco Theresa. No podía dejar de pensar en lo ocurrido. ¿Cómo era posible que unas simples palabras provocaran la muerte de un hombre sano? Había intentado hablar de ello con el padre Halloran y con la madre Agnes, incluso con las hermanas, pero no parecían interesados en las creencias arcanas de los isleños.

Mahina la abrazó con un *aloha*, y Theresa vio la tristeza que destilaban sus enormes ojos castaños, las arrugas que el dolor había hecho aparecer en su cara. Miró a su alrededor y tuvo la sensación de que no había nadie en casa de los Farrow.

—¿Ha sido usted quien me ha hecho venir, Tutu? —le preguntó.

—Vamos —respondió Mahina cogiéndola del brazo.

—¿Adónde?

—Tú ver. Vamos.

Mahina la llevó hasta la playa, en dirección este, lejos del centro de la ciudad, del puerto, de los barcos y los almacenes. Bordearon marismas y pantanos hasta que llegaron a un tramo de costa aislado que muy pocos *kanaka* frecuentaban y al que el hombre blanco ni siquiera se acercaba. La playa estaba desierta e inmaculada, y abrazaba las aguas formando una curva muy pronunciada. Mahina llamó a aquel lugar Waikiki y dijo que era el más sagrado de todo Hawai'i Nui.

A Theresa la playa le pareció muy hermosa, alejada del ruido y del humo de las chimeneas y de los barcos de vapor. La arena era prácticamente blanca y se extendía desde las dunas cubiertas de hierba hasta la orilla, donde el agua era verde lima. Mar adentro se teñía de turquesa y aguamarina.

La hermana Theresa siguió a Mahina hacia un grupo de palmeras entre cuyos troncos florecían hibiscos escarlatas. Era como un paraíso secreto en el que uno se sentía el único habitante del planeta. Se preguntó cómo podía ser que nadie hubiera construido cabañas en un lugar tan bello como aquel.

Y entonces supo por qué.

—Tierra muy sagrada —anunció Mahina con voz solemne—. Lo que enseño, solo *kahuna* ven.

Apartó una mata cuajada de flores blancas y tras ella, justo en el centro, apareció una piedra cubierta de musgo, de forma irregular, que le llegaba a la altura de la cintura. Mahina permaneció en silencio mientras la hermana Theresa observaba la enorme roca. No vio nada especial en ella, ni inscripciones, ni pictogramas ni señales de antiguos sacrificios. Solo era una piedra.

—Este sitio más sagrado de todo Oahu —dijo Mahina—. Hace mucho tiempo, antes de hombre blanco, mi pueblo viene aquí a celebrar a dioses, a dar gracias por vida y fertilidad. Comemos aquí.

Bailamos *hula*. Hacemos juegos. Vamos sobre olas y divertimos a dioses. Volvemos a casa cargados de bendiciones. —Dejó escapar un suspiro teñido de tristeza—. Mi gente empieza a olvidar. Van a iglesia y no aquí. Ahora solo Mahina viene a recordar dioses antiguos.

Al ver que Mahina no decía nada más, Theresa miró a su alrededor y se preguntó por qué aquella roca era tan sagrada. Junto a la playa solo había árboles, hierba y matorrales. Volvió la vista hacia la llanura sobre la que se levantaba Honolulú, con su miríada de casas y de pequeñas construcciones. Allí el terreno era tan plano como en esa playa. Recordó algo que Robert Farrow le había explicado, una teoría según la cual aquellas islas eran las cimas de enormes volcanes que se elevaban desde el fondo del océano. La llanura sobre la que Honolulú había sido construida era el resultado milenario de capas y capas de ceniza volcánica que habían ido acumulándose bajo el mar y del coral que sobre ellas crecía, moría y se descomponía una y otra vez hasta elevarse por encima de la superficie marina. La llanura había dejado de crecer cuando los volcanes de Oahu se habían extinguido. Ahora había una extensión uniforme de unos cinco kilómetros que iba desde el océano hasta el lugar en el que los abruptos riscos, cubiertos de un verde deslumbrante, se alzaban sobre barrancos angostos y cascadas vertiginosas, coronados todos ellos por una niebla perpetua.

Concentró su atención nuevamente en la piedra y, de pronto, se le ocurrió una pregunta: ¿de dónde había salido aquella roca, en una tierra tan llana?

Dirigió la mirada hacia las montañas, tan activas en el pasado, y pensó: «La expulsaron las ardientes entrañas de un volcán». Imaginó la erupción, la trayectoria de la enorme piedra por el aire, su caída sobre la arena de esa playa en la que había pasado cientos de años al cobijo de las palmeras y de la vegetación del lugar.

Mahina estudió el rostro de Theresa y asintió. Había superado la prueba.

—Tú sabes. Kika Keleka entiende. Esto viene de dioses. Esto viene de dentro de dios. Llamamos piedra sagrada, Pu'uwai, «corazón». —Dejó los regalos que había llevado consigo a los pies de la roca y añadió—: Esto es corazón de O'ahu, corazón de Hawai'i Nui. Algún día *kanaka* olvida, pero Kika Keleka no olvida.

—¿Qué quieres decir? ¿Por qué me has traído aquí?

Mahina posó una mano sobre el brazo de Theresa.

—Tío Kekoa dice tú *kama'aina*. Yo enseño secretos *kanaka*.

—No creo que…

Mahina sonrió y asintió.

—Tío Kekoa sabe verdad. Tío Kekoa siempre tiene razón.

Cuando Theresa se disponía a protestar, a decir que aquello tenía que ser un error, sintió que se levantaba una suave brisa que traía consigo el sonido de unas risas lejanas. Se volvió en la dirección de la que provenían y vio a lo lejos, mar adentro, a un grupo de muchachos sentados en sus tablas. Sabía que habían llegado hasta allí remando con los brazos, tumbados boca abajo sobre las planchas. Calculó que se habían adentrado en las aguas al menos ochocientos metros hasta alcanzar las olas. Eran tenaces, pensó.

No podía distinguir quiénes eran; únicamente los veía como pequeñas criaturas acuáticas de piel bronceada arrodilladas sobre aquellas tablas. De pronto se incorporaron sobre una rodilla, aprovechando la suave cresta de una ola, y entre gritos y vítores, se pusieron en pie, con las rodillas flexionadas y los brazos abiertos para no perder el equilibrio. El océano creció y creció hasta formar una gran ola ribeteada de espuma que se deslizaba en paralelo a la costa. Los muchachos se fueron distanciando, poniendo espacio de por medio, mientras una línea blanca se abría paso lentamente hacia la orilla.

Fascinada por la escena, Theresa se apartó del corazón de O'ahu y se abrió paso entre las palmeras, sin dejar de mirar a aquellos jóvenes.

Sus figuras fueron haciéndose más grandes. Reían a carcajadas y se llamaban los unos a los otros mientras realizaban piruetas sobre las tablas y las dirigían sobre la superficie del mar en dirección a la orilla. A Theresa le sorprendió su agilidad, la forma en que zigzagueaban sobre las olas sin perder el equilibrio. Era una carrera, de pronto lo vio muy claro, y unos eran más rápidos que otros. Algunos cayeron al agua. Cada vez eran menos.

Se acercaban a la playa, muchachos ebrios de sol y de viento, de su propia juventud. Reconoció una de las risas. Era el nieto de Mahina, Liho, un chico muy divertido que hacía reír a la gente. Era hijo de Polunu, sobrino del capitán Farrow y primo de Jamie, por tanto.

La hermana Theresa abandonó el cobijo de las palmeras y avanzó por la arena blanca de la playa, todavía con la mirada puesta en aquellos muchachos. Liho movía los brazos para saludarla y gritaba su nombre. Se fijó en él: hacía que su tabla avanzara más rápido sobre las aguas y luego, de repente, cambiaba el rumbo y la dirigía hacia un lado. A Theresa aquella ilusión óptica le pareció muy curiosa. Liho se desplazaba lateralmente mientras la ola seguía avanzando hacia ella.

Sintió la presencia de Mahina a su lado, al borde del agua donde los andarríos correteaban por la arena.

—¿Ves? —dijo—. ¿Entiendes? Muchachos no gobiernan olas… ¡Olas llevan a muchachos! Los dioses del mar están contentos. Comparten alegría. Los dioses de Hawai'i Nui aún vivos.

La hermana Theresa frunció el ceño. En la ciudad se hablaba de prohibir aquella práctica como antes se había prohibido el *hula*. Uno a uno, los distintos aspectos de la cultura hawaiana iban siendo borrados. ¿Qué quedaría al final? ¿Y qué tenía de malo bailar, impulsarse sobre las olas, vivir como antes lo habían hecho sus ancestros?

La espuma del mar empezó a desaparecer. Las olas perdieron la energía de antes, como si estuvieran cansadas de cargar con el peso de todos aquellos muchachos sonrientes. El oleaje remitió y se confundió con las verdes y ondulantes aguas del océano. Liho se lanzó al agua y nadó hasta la orilla.

—¡Kika Keleka! —gritó—. *E he'enalu kakou!*

—¿Qué ha dicho, Mahina?

—Él dice: tú monta olas. Tú vas, Kika. Liho enseña bien.

Theresa respondió que no con la cabeza.

—¿Quién fue la primera persona que se montó en una tabla y surcó las olas?

—Los dioses enseñan *kanaka*. Y ahora *kanaka* enseña *haole*.

Theresa se echó a reír.

—¡No creo que llegue el día en que veas a un hombre blanco montado en una de esas tablas!

Liho se acercó a las dos mujeres, sonriendo y cubierto de sal, gotas de agua y arena. Se cubría con un taparrabos y llevaba un collar de dientes de tiburón al cuello. Le faltaba un incisivo, así que a veces silbaba cuando hablaba y la gente se reía. Dejó la tabla sobre la arena y tendió una mano a la hermana Theresa.

—Ven. Monta tabla con Liho.

Aquello hizo tanta gracia a Theresa que se dobló de la risa. Sin embargo, en lo más profundo de su alma una parte de ella anhelaba decir que ¡sí! «Quiero despojarme de estos velos y estas telas de lino almidonadas, nadar más allá del arrecife y esperar a que la ola perfecta me devuelva a la playa…»

Y, de pronto, la pequeña parte de sí misma que siempre le hacía sentirse una extraña entre sus hermanas se hizo más grande.

Mientras observaban a Liho remando con los brazos hacia aguas más profundas, Theresa cobró conciencia de la importancia del momento. Era todo un honor que Mahina quisiera enseñarle los secretos de los *kanaka*, pero ¿estaría a la altura? Tenía el corazón dividido. «Soy yo la que debería enseñarte a ti. Me ordenaron que te instruyera en el catecismo católico y te convirtiera al cristianismo.»

Con todo, a pesar del conflicto interno en el que se encontraba sumida, no podía ignorar la emoción que crecía en su interior. No solo iba a aprender algo que muy pocos blancos conocían, sino que además entraría a formar parte de una especie de hermandad secreta. Sintió que una extraña forma de amor inundaba su corazón. Amor hacia aquella mujer que confiaba en ella, que no hacía preguntas ni pedía nada a cambio, sino que sencillamente la había elegido para aquella tarea tan especial.

—Enséñeme más, Tutu —dijo volviéndose hacia Mahina.

18

Una vez a la semana una de las hermanas recibía el encargo de llevar una cesta de bollos de azúcar recién horneados a la rectoría, en la misma calle, donde el padre Halloran vivía con otros sacerdotes, la mayoría de ellos franceses. Le tocaba ir a la hermana Theresa, y decidió llevarse también el periódico de aquella misma mañana. La madre Agnes siempre lo leía con atención en busca de alguna noticia de Honolulú que las afectara directamente, como un brote de epidemia, por ejemplo. En una ocasión les habló de un caso de los que los hawaianos llamaban *mai pake*, también conocida como enfermedad china o lepra, para ellas, pero afectó solo a una persona, un hombre que trabajaba en una plantación de azúcar y que fue deportado de vuelta a China.

La hermana dobló el periódico con cuidado y lo guardó en la bolsa. Como siempre, casi todas las noticias hablaban de la guerra en Estados Unidos. El conflicto entre Norte y Sur estaba teniendo consecuencias inesperadas en las islas: como el Sur no podía exportar tejidos, las señoras de Honolulú que querían vestidos nuevos de guinga, muselina o fustán se veían obligadas a confeccionárselos a partir de la ropa vieja que ya no usaban. Como resultado, la demanda de máquinas de coser había aumentado y el señor Klausner recibía tal cantidad de pedidos que apenas daba abasto.

A Theresa las noticias de la guerra le afectaban personalmente. Su madre le había escrito diciéndole que Eli estaba vivo y «luchando por sus ideales»; sin embargo, morían tantos jóvenes en la contienda que rezaba todos los días para que a su hermano no le ocurriera nada.

El resto del periódico hablaba sobre el nuevo rey, Lot, que acababa de suceder a su hermano Kamehameha IV, quien había fallecido recientemente sin dejar herederos. El pobre hombre no había conseguido recuperarse de la pérdida de su hijo de cuatro años, Príncipe Albert, y quince meses después de enterrarlo había muerto él también. Solo tenía veintinueve años.

Todo el mundo se preguntaba si la llegada del nuevo monarca afectaría al equilibrio de poder, pero al final el rey Lot se limitó a adoptar la visión antiamericana y probritánica de su predecesor. De hecho, respetaba tanto a su hermano que, en su honor, el palacio real pasó a llamarse palacio 'Iolani. 'Io era el halcón hawaiano, un pájaro que volaba más alto que cualquier otro, y *lani* significaba celestial, real o elevado.

Varios médicos, todos hombres, hacían campaña para ocupar el cargo de ministro de Salud Pública. Uno de ellos era el doctor Edgeware, que estaba trabajando muy duro para ganarse el favor del nuevo rey, y por eso sus diatribas anticatólicas aparecían casi cada día en la prensa.

Theresa entró en la rectoría a través de la cocina y oyó voces. Se acercó a la puerta y vio que el padre Halloran y otro sacerdote estaban reunidos con cuatro hombres de negocios muy conocidos en Honolulú. No pretendía escuchar a escondidas, pero acabó por hacerlo cuando oyó el nombre de Robert Farrow en boca del padre Halloran.

—Los herejes siguen dominando la Cámara Legislativa —se quejó uno de los presentes, dueño de un periódico y del que Theresa sabía que era católico, rico y de Boston—. Los hombres como Robert Farrow son difíciles de derrocar —protestó—. Tiene mucho dinero y grandes conexiones en política. He oído que ha firmado un contrato con Pacific Mail Steamship. ¡Eso le supondrá el monopolio sobre el transporte! Y qué decir, padre Halloran, de la reunión secreta que se celebró en su casa la semana pasada, a la que acudieron varios inversores. Todo indica que su estructura de socios capitalistas protestantes no hace más que crecer.

La hermana Theresa no daba crédito a lo que estaba oyendo. ¡Ella misma había confiado esa información al padre Halloran en la más estricta confidencialidad!

—¿Qué me dice de la hermana Theresa? ¿Está haciendo progresos con los nativos de Wailaka? Conseguir que el jefe Kekoa se uniera a nuestra congregación no solo significaría sumar cientos de hawaianos a nuestras filas, sino también casi una hectárea y media de tierra fértil. Wailaka sería el lugar ideal para establecer una nueva plantación de azúcar increíblemente lucrativa.

—De momento —respondió el padre Halloran—, la hermana Theresa es la única cristiana que puede entrar en la aldea, por orden del jefe Kekoa. Ella misma me cuenta todo lo que pasa allí.

Theresa contuvo una exclamación de sorpresa. Apoyada en la puerta, temiendo que en cualquier momento le flaquearan las piernas, escuchó cosas terribles que le llegaron a lo más hondo.

—Si conseguimos pillar a Kekoa saltándose una ley… o varias —dijo el bostoniano—, o animando a su gente a hacerlo, podríamos intervenir y encarcelarlo. Sería una forma de confiscarle las tierras. Al fin y al cabo, estaría fomentando la traición.

—Entiendo —intervino una tercera voz masculina— que la sobrina de Kekoa es hija de un gran *kahuna* y tiene sangre noble en las venas. También entiendo que esa mujer tiene una relación estrecha con la hermana Theresa. Contando con la influencia de la monja en nuestro beneficio, tendremos a Kekoa y sus mil doscientas hectáreas.

La sangre le latía con tal fuerza en las sienes que Theresa no oyó la respuesta del padre Halloran. No podía creer lo que estaba escuchando. Los socios comerciales protestantes de Robert Farrow… Las tierras del jefe Kekoa…

¡Eran sus propias palabras!

Se llevó una mano al vientre. Tenía ganas de vomitar. El padre

Halloran, su confesor, el hombre en el que había depositado toda su confianza y con quien había compartido sus pensamientos más personales, la estaba usando como un peón en aquel horrible juego político. La había convertido en su espía.

Le había suplicado que no la empujara por el camino de la tentación. Él sabía lo difícil que era para Theresa ir a casa de los Farrow, que le suponía un problema moral y de conciencia. Le había asegurado que era para salvar almas, ¡cuando en realidad lo que pretendía era hacerse con el control del gobierno! ¿De verdad estaba dispuesto a sacrificar la virtud, la moral, el alma de una hermana en la fe de Cristo para el engrandecimiento de un puñado de codiciosos?

Salió corriendo de la rectoría, dejando caer la cesta de bollos de azúcar que se desparramaron por el suelo.

Robert leyó la carta cuatro veces, de pie junto a su escritorio y con un whisky en la mano, hasta que al final la tiró de malos modos sobre el montón de papeles que había sobre la mesa.

Era de Peter y en ella le pedía un préstamo para invertir en una nueva plantación de azúcar que querían construir cerca del rancho. Robert sabía que su hermano había estado en Honolulú la semana anterior. ¿Por qué no había pasado por su casa o por la oficina para pedirle el dinero? En lugar de eso, prefería enviarle una carta impersonal y fría.

Obviamente, le daría lo que pedía, pero a través del banco de los Farrow. Como si Peter fuera un cliente más.

Contempló los planos de barcos que ocupaban toda la mesa. De aquello sí podía estar satisfecho. Dibujos sobre papel. Aún recordaba el día en que su padre los había llevado a navegar por primera vez en el *Krestel*. Él tenía seis años por aquel entonces y le había gustado a la primera. Las jarcias, el velamen, el enorme timón junto al cual su padre lo había cogido en brazos para que pudiera llegar a las asideras de la rueda. Pero Peter, que solo tenía cuatro años, se había echado a llorar porque quería volver a tierra firme.

Robert dirigió la mirada hacia el cuadro que colgaba sobre el hogar, al otro lado de la estancia. Una escena marina, un imponente barco con las velas completamente desplegadas. El veloz *Krestel* de su padre, del que Robert se había hecho cargo cuando este decidió retirarse del mar para ocuparse del negocio familiar, que prosperaba a marchas forzadas, y también de su esposa, Emily, cuyas crisis nerviosas eran cada vez más frecuentes.

Hasta que un buen día, en 1849, MacKenzie murió cuando Emily sufría un grave episodio de alucinaciones. Robert no lo supo hasta que llegó a puerto y le contaron no solo que su padre había fallecido hacía semanas sino, también, que Peter había abandonado el negocio familiar para trasladarse a Waialua para criar ganado.

Obligando a Robert a renunciar a su gran pasión.

De aquello hacía ya catorce años, catorce largos años encadenado a la mesa de un despacho.

Había otra carta entre el montón de papeles que requería de su inmediata atención. Era del director del instituto de Oahu, un hombre llamado McFarlain que escribía con una caligrafía pulcra y una redacción fluida. «Sueña despierto, señor Farrow —leyó Farrow—. No puedo saber con seguridad qué es lo que le pasa. Jamie tiene ataques, así es como lo describen sus profesores. Se queda en blanco, por decirlo de alguna manera. Saca buenas notas y, cuando presta atención, es un muchacho listo e inteligente, pero su mente siempre tiende a la distracción. Tendrá que sentarse a hablar con él.»

Jamie había vuelto a casa a pasar unos días de vacaciones. Él mismo había le había entregado el informe del señor McFarlain. Robert temía el momento en que tuviera que sentarse a hablar con su hijo. Siempre había mantenido sus miedos en secreto. Jamie ignoraba que a su padre le quitaba el sueño que su único hijo hubiera heredado la enfermedad mental de su abuela. Robert no sabía cuánto tiempo podría seguir ocultando sus peores temores.

La carta seguía hablando de Jamie, pero Farrow se había quedado encallado en la palabra «ataques». Durante el año anterior Emily había sufrido multitud de ataques, si bien la mayoría de ellos era menos intensos que antes gracias a las infusiones relajantes de la hermana Theresa. La monja tenía la capacidad de tranquilizarla solo con su presencia, pero su madre necesitaba supervisión constante, y Robert temía que la inestabilidad mental empezara a manifestarse también en su hijo.

¿Los ataques del niño acabarían convirtiéndose en arrebatos violentos? Apuró el whisky que quedaba en el vaso y cogió la botella.

No era justo para Jamie. Robert siempre había sabido que no debía tener descendencia, no cuando el riesgo de heredar la demencia de su madre a través de la sangre era tan elevado. Sin embargo, Leilani quería tener hijos y él era incapaz de decirle que no a nada.

Leilani. Ya había empezado a convertirse en un sueño lejano. Habían dejado de visitar su tumba (Peter, cómo no, desde el primer momento) y ahora ya no ocupaba los pensamientos de Robert tan a menudo como antes. En su lugar, se sorprendía a sí mismo en multitud de ocasiones (mientras montaba a caballo por la isla, inspeccionaba uno de sus barcos o trabajaba en la oficina) pensando en la hermana Theresa. Hacía cualquier cosa que no tuviera la menor relación con ella y, de pronto, allí estaba, monopolizando sus pensamientos con su belleza, su voz tranquila y suave, su sabiduría y sus conocimientos.

Tras la muerte de Leilani estaba seguro de que nunca más volvería a enamorarse, pero la hermana le hechizaba de un modo que le resultaba preocupante. Ninguna mujer era más inalcanzable para un hombre que una religiosa. No era lógico que tuviera ciertos pensamientos con respecto a ella, que se preguntara de qué color tenía el cabello o qué sentiría al besarla. Robert Farrow siempre se había enorgullecido de ser una persona racional, pero, al parecer, las cuestiones del corazón eran harina de otro costal.

—¿Señor Farrow?

Se dio la vuelta y vio al ama de llaves en la puerta.

—¿Sí? —dijo, dejando el decantador y el vaso vacío sobre la mesa.

—Ha llegado un mensaje urgente para usted.

«¿Y ahora qué?», se preguntó mientras cogía la chaqueta.

Habían pasado tres días desde que la hermana Theresa escuchara la conversación en la rectoría y aún seguía dolida. Nunca antes se había sentido tan traicionada.

Por primera vez desde que vivía allí trabajar en el jardín del convento no serenaba su alma atormentada. La madre Agnes y las hermanas habían salido a hacer recados y la señora Jackson estaba en el mercado. Había llovido durante la noche y los surcos recién cavados se habían encharcado, así que Theresa se había recogido los bajos del hábito y los había sujetado en alto ayudándose del cinturón. Luego se había quitado los zapatos y las medias para no destrozarlos andando por el barro. Tenía que rescatar los pequeños brotes que ya habían nacido, de modo que también se había remangado y el sol le acariciaba la piel desnuda de los brazos.

Tenía la cabeza tan llena de pensamientos sobre el padre Halloran, ¡sobre la confianza sagrada que había traicionado!, que pasaron varios minutos antes de que se diera cuenta de que ya no estaba sola.

Robert Farrow la observaba, en medio del jardín como si acabara de surgir de la tierra, alto y maravilloso, con su traje de lino blanco impoluto y el sombrero de ala ancha que proyectaba sombras sobre su rostro. Aun así, Theresa podía ver la sonrisa en sus labios, los dientes perfectos.

—Lo siento —se disculpó—. No pretendía asustarla.

De pronto Theresa recordó que llevaba los brazos y las piernas al descubierto, y que tenía las manos y los pies llenos de barro. ¡Lo que debía de parecer!

—He llamado varias veces, pero nadie contestaba.

—No puede estar aquí —fue todo lo que se le ocurrió decir.

Estaba encantada de verlo. Tras la desilusión que se había llevado con el padre Halloran agradecía la compañía de alguien de quien sí pudiera fiarse. De pronto, al pensar en el sacerdote, se sintió fatal por haberle confiado los secretos del capitán que luego él había compartido con medio Honolulú.

—Voy de camino a Wailaka y Mahina me ha pedido que me pare a recoger un ungüento para su sarpullido. Me ha dicho que usted sabría de qué se trata.

—Ahora mismo se lo traigo.

—Voy a asistir a una ceremonia *ho'oponopono* por su nieto, el hijo de Polunu.

Theresa lo miró, visiblemente alarmada.

—¿Liho? Dígame que no es otro hechizo mortal.

—No, no, el chico está enfermo y no saben qué le pasa. Esperan curarlo con el *ho'oponopono*.

Mahina había seguido enseñando a Theresa costumbres y secretos curativos de Hawái, pero la hermana todavía no había presenciado un *ho'oponopono*.

—Capitán Farrow, ¿cree que podría ir con usted? Siento una gran estima por Liho y me gustaría estar cerca en caso de que mis habilidades fueran necesarias.

Robert se mostró sorprendido y luego encantado.

—La esperaré en la entrada.

Cuando por fin terminó de lavarse y volvió a estar presentable, la señora Jackson ya había regresado. Theresa le pidió que comunicara a la madre Agnes adónde había ido y que le dijera que seguramente llegaría tarde.

La temperatura era agradable y el viento traía consigo el aroma de mil flores.

—Está muy callada esta noche —dijo Robert cuando ya habían recorrido la mitad del camino que llevaba a Wailaka y la luna ascendía por encima de las copas de los árboles para teñir el paisaje con su luz ambarina.

Theresa le contó lo que había escuchado en la rectoría y lo preocupada que estaba por las palabras del padre Halloran.

—Le interesa más que haya católicos en ciertos puestos de poder que salvar almas.

—Así que está desilusionada.

No podía contarle toda la verdad, sus conversaciones con el sacerdote, cómo le había pedido que no la obligara a ir a casa de los Farrow porque empezaba a sentir algo por el capitán, de manera que le explicó solo una parte.

—El padre Halloran me envió… a ciertas casas a las que yo creía que no debía ir. Me… me ordenó que hablara con gente a la que yo prefería evitar. Me obligó, me dijo que estaba salvando almas en nombre de Jesucristo, ¡y ahora me doy cuenta de que lo que quiere en realidad es convertir solo a aquellos que tienen dinero o poder para cambiar las tornas en el gobierno de las islas!

—No se diferencia en nada de los demás.

—Pero le conté cosas privadas sobre usted y él las explicó alegremente. ¿No está furioso con él? ¿Y no está enfadado conmigo?

Robert Farrow sonrió bajo la luz de la luna.

—Hermana Theresa, en primer lugar, jamás podría enfadarme con usted. Y en segundo lugar, hasta el último hombre en esta isla es un espía.

Llegaron a la aldea y, tras dejar la carreta en el camino, se dirigieron hacia la cabaña principal donde los aldeanos se habían reunido para celebrar la vigilia.

Theresa sabía que, antes de tratar a un enfermo, los hawaianos siempre rezaban. Y no era algo precisamente sencillo. Se necesitaban horas, a veces incluso días, para purificar una zona y conseguir una armonía absoluta. Había que echar a los malos espíritus y deshacerse de las energías negativas y de la mala suerte, mientras los dioses y los ancestros familiares eran invocados. Se rociaba agua sagrada por todas partes. Los aldeanos entonaban cánticos, recitaban conjuros de buena suerte y repartían objetos repletos de *mana* por las inmediaciones.

Cuando llegaron a la gran cabaña donde se celebraría el *ho'opo-nopono* los preparativos espirituales y religiosos se habían completado. El sacerdote encargado de «limpiar» se había marchado y el *kahuna* que haría de intermediario ya estaba con el enfermo. Sería él quien realizara el ritual que, según tenía entendido Theresa, podía ser extremadamente doloroso, emotivo y, en ocasiones, agotador.

También había oído hablar de los milagros que se obraban durante los *ho'oponopono* y se preguntaba si tendría la suerte de presenciar uno aquella misma noche. Ojalá fuera así, porque Liho era un muchacho adorable.

La cabaña estaba repleta de nativos, todos sentados sobre esterillas y en silencio, desde los más jóvenes hasta los más ancianos. Por lo que Theresa sabía de la ceremonia, cada aldeano tenía que buscar en su interior cualquier cosa que pudiera haber contribuido al problema de la familia y, por tanto, a la enfermedad del niño. El jefe Kekoa, con su capa de *tapa* y su bastón de mano, ocupaba el puesto de honor, muy serio y circunspecto. Mahina los recibió con un *aloha* y luego añadió: «*O ka huku ka mea e ola 'ole ai*», que quería decir: «La ira es aquello que quita la vida».

Mahina había perdido aún más peso, pero seguía siendo una mujer alta y robusta. La melena, antes salpicada de canas, era ahora completamente blanca y le llegaba hasta la cintura. Su esposo, sus hijos y su única hija habían fallecido. Solo le quedaban sus nietos: Jamie y Liho.

—¿Qué le pasa, Tutu? —preguntó Theresa.

—Tú mira, Kika.

Theresa se arrodilló junto al muchacho y vio que ciertamente estaba enfermo. Le ardía la frente y estaba cubierto de sudor. Se sujetaba el vientre con ambas manos y no dejaba de gemir. Cuando se disponía a abrir su bolsa de mano notó una mano sobre el hombro. Alzó la mirada y vio que Robert le decía que no con la cabeza.

—El *kahuna lapa'au* ya lo ha visitado y lo ha declarado enfermo de espíritu —le explicó mientras la ayudaba a levantarse del suelo—. La familia está sufriendo, ha perdido la armonía, algo no funciona bien… y esa herida se está manifestando en el chico. La única medicina que puede funcionar ahora es el *ho'oponopono*, el acto de arreglar las cosas.

Theresa sabía que aquel ritual era básicamente una reunión familiar. Todos los miembros se juntaban para decirse aquello que habían ido guardando con el paso del tiempo, admitían algunas cosas, confesaban rencores y envidias, y a veces admitían castigos secretos que habían infligido a otros. Luego todos pedían ser perdonados y, por turnos, perdonaban a los demás. En esencia, pues, era una forma de aclararlo todo y empezar de cero.

No había sillas, de modo que buscaron un hueco sobre las esterillas. Theresa se sentó con toda la modestia que fue capaz de reunir en aquella postura tan poco femenina, y Robert se acomodó a su lado.

Había un alga marina a la que los hawaianos llamaban *kala*, que quería decir «perdonar». Mahina repartió trozos de *kala* entre los miembros de la familia y, mientras la masticaban, rezaron. Enseguida empezaron a hablar y pronto fue evidente que parte de la ausencia de armonía era por culpa del enfrentamiento entre las mujeres mayores y una de las jóvenes. Se burlaban de ella por tener demasiados hijos y demasiado seguidos.

—Todos *waha ko'u* hablan de ella. Mucha vergüenza.

Theresa sabía que los *waha ko'u* eran los chismes que corrían por la aldea; la palabra significaba literalmente «boca cacareante» y con razón, puesto que las lenguas de algunos podían ser realmente crueles.

Otro miembro de la familia intervino para decir que había prometido a Liho que lo ayudaría a reparar una canoa y que, en lugar de eso, se había ido a disfrutar de las olas con su tabla.

Una a una, las confesiones fueron puestas en común. Todo se hablaba en hawaiano, así que Robert iba traduciendo en voz baja para Theresa.

Estuvieron cuatro horas allí sentados, escuchando. De vez en cuando alguien perdía los papeles o se intercambiaban acusaciones. El jefe Kekoa intervenía y pedía a los interesados que salieran de la cabaña. Tras unos minutos tomando el aire, entraban de nuevo y retomaban el ritual con más tranquilidad que antes.

A medida que pasaban las horas el ambiente se fue volviendo cada vez más húmedo y caluroso. Los cánticos eran rítmicos y cadenciosos. Theresa sintió que se quedaba dormida. Se inclinó hacia Robert y él le pasó un brazo alrededor de los hombros, pero ella no cerró los ojos. Se negaba a apartar la mirada del chico que, tendido de espaldas, ocupaba el centro de la cabaña. De pronto se dio cuenta de que ya no gemía. Lo observó con atención mientras se sucedían las confesiones: un hombre se disculpaba con la mujer de otro por haberse propasado con ella; un muchacho pedía perdón por haber robado la tabla a un amigo para ir al mar; una esposa rogaba a su marido que la perdonara por la mordacidad de su lengua. Uno a uno fueron aireando pecados, ofensas, transgresiones, envidias y celos que los espíritus se encargaban de hacer desaparecer. Luego venían los lloros, las lágrimas y las promesas de ser mejor hermano, esposa, hija, tía o primo y, por último, las risas y el alivio más que evidente. Theresa vio que Liho ya no sudaba. La fiebre había remitido y respiraba con normalidad.

Mientras el *kahuna* levantaba los brazos y entonaba una plegaria Mahina ayudó a su nieto a incorporarse (hacía días que era incapaz de levantarse, comer o beber) y le dio una calabaza con agua de la que el joven bebió con avidez. Acto seguido miró a su alrededor, a los presentes, con una sonrisa en los labios.

Todos los miembros de la familia se arrodillaron para abrazarlo y a cada uno le susurró: «*Aloha nui loa*», que quería decir: «Te quiero mucho».

Theresa se abrazó a él, a aquella criatura marina que quería llevarla con él sobre su tabla. Por un momento había temido que muriera como su padre, pero el perdón le había salvado la vida.

Regresaron a la oscuridad del camino, dejando atrás las luces y las risas de la cabaña. Robert le ofreció una mano para ayudarla a subir a la carreta y, cuando Theresa deslizó los dedos entre los del capitán, se detuvo y lo miró a los ojos.

Faltaba poco para el amanecer. Las estrellas empezaban a desvanecerse en el cielo nocturno y la luna colgaba sobre la línea del horizonte, proyectando un camino de plata en las aguas. El viento era frío, revitalizante, pero Theresa estaba agotada. No solo físicamente, sino también emocionalmente.

—Robert —susurró levantando la mirada hacia el apuesto rostro del capitán, fantasmagórico bajo la tenue luz—. No puedo perdonarle. No puedo perdonar al padre Halloran lo que ha hecho. Esta gente posee una fe tan poderosa… Tienen el poder necesario para perdonar. Yo no.

Él la miró en silencio, buscando las palabras. Vio el dolor en sus ojos, lo percibió también en su voz. Robert Farrow acababa de cumplir treinta y nueve años y en ese tiempo había aprendido que los seres humanos podían proteger o traicionar, ser fiables o falsos. Había aprendido a no confiar ciegamente en nadie, una lección que la hermana Theresa acababa de experimentar en sus propias carnes.

—¡El pueblo de Mahina posee una fe tan poderosa! —repitió. La brisa le levantó el velo, que acabó cayéndole sobre la cara. Robert lo apartó y rozó la suave mejilla de Theresa—. Les ha bastado con el poder de sus creencias para traer de vuelta al joven Liho. ¿Dónde ha visto usted una fe como esa, Robert? Yo antes tenía fe en el padre Halloran y ahora… no tengo nada.

El capitán Farrow la sujetó por los hombros y se acercó a ella. Hacía meses que monopolizaba sus pensamientos y en ese momento la tenía allí, en el amanecer de un nuevo día, cubierta aún por la semipenumbra, vestida con aquel ridículo hábito.

—¿Por qué se hizo monja? —le preguntó, decidido a averiguar el motivo por el cual se había condenado a llevar aquella vida tan antinatural.

—Porque quería ser enfermera, quería ayudar a la gente. No

fue una decisión basada en la religión como la de mis hermanas, que sí tienen fe. Yo nunca sentí la llamada del Señor, jamás sentí una vocación verdadera. Supongo que por eso la traición del padre Halloran me resulta tan dolorosa. Busqué en él orientación y fuerza espiritual, pero ahora que todo se ha hecho añicos no tengo nada a lo que aferrarme. Robert, me molestan las campanas y las restricciones de mi vida en el convento, me fastidian las normas monásticas. Y cada día me resulta más difícil.

El viento cambió de dirección y trajo consigo el perfume embriagador de un arbusto cercano cubierto de gardenias en flor. Theresa se acercó al capitán y le puso una mano en el pecho.

—Robert, ¿es que no lo ve? Si la hermandad renunciara a cuidar a los enfermos, si la casa madre decidiera cambiar de misión, ellas seguirían teniendo la devoción que sienten por Dios, pero yo de eso no sé nada.

Las manos del capitán se tensaron.

—Pues abandone la orden.

—Y ¿qué haría? ¿Adónde iría?

Robert quiso gritar al cielo, maldecir a los antiguos dioses y también a los nuevos. ¡Qué injusto era todo! Nunca se había sentido tan indefenso. El capitán Robert Farrow, que era dueño de una flota de barcos, que debatía sobre política en la Cámara Legislativa del reino, no encontraba las palabras que mitigaran el dolor de Theresa. ¿Cómo convencerla para que abandonara la situación en la que ella misma se había metido sin nada que ofrecerle a cambio? Theresa no era libre, pero él tampoco.

Pensó en la carta de la escuela de Jamie. Los ataques… El director del instituto de Oahu le había escrito: «Se queda en blanco»…

Al igual que Theresa, Robert estaba atrapado por unas circunstancias que escapaban de su control.

—¡Oh, Robert, estoy tan perdida…! Vuelvo la mirada hacia atrás, a cuando tenía quince años, me llamaba Anna Barnett y tenía la cabeza llena de sueños e ideales, y me doy cuenta de que por aquel entonces convertirme al catolicismo era casi como un juego.

Fue como si interpretara un papel. En cierto modo, mentí y no es algo de lo que esté orgullosa. Imité a mis hermanas. Memoricé las plegarias y luego me limité a recitarlas. Utilicé la religión para conseguir algo. Mis votos no eran más que palabras vacías y siento que debo enmendar mis errores. Ahora más que nunca he de ser fiel a esos votos porque, si no lo hago, ¿qué dirá eso de mi carácter, de mi integridad?

—Tiene carácter e integridad, créame, her… Santo Dios, ¡no sabe cómo odio llamarla hermana!, porque no lo es. Cuando la miro, veo a una mujer muy atractiva. Permítame que la llame Theresa. O mejor, Anna, ya que ese es su verdadero nombre.

Ella le devolvió la mirada, notó la fuerza de las manos que la sujetaban y vio el fuego que ardía en sus ojos. No solo era fuego, también confusión, puesto que aquello era nuevo para los dos. En el caso del capitán, eran aguas extrañas y desconocidas.

—Ojalá fuera tan fácil —dijo Theresa, y se le escapó un sollozo.

El cielo había empezado a clarear por el este, el viento ganaba fuerza y los pájaros entonaban sus trinos ocultos entre las copas de los árboles. Theresa sintió que sus emociones se agudizaban, como si el *ho'oponopono* la hubiera cambiado para siempre, del mismo modo que a Liho le había salvado la vida.

«Como si la fe de todos los que estaban en la cabaña me hubiera llegado al alma. Ayer por la mañana me conformaba con llevar bollos y pastelillos a la rectoría. Ahora querría lanzarme a los brazos de un hombre al que no debo amar.»

—Anna —susurró Robert inclinando la cabeza.

Ella esperó un instante, inmóvil, la cara levantada hacia él. De pronto se apartó, retrocedió para que el frío viento creara una barrera entre los dos.

—Lléveme a casa —dijo finalmente, y las palabras le sonaron huecas. Porque ¿dónde estaba realmente su casa?

19

Robert estaba preocupado. Llevaba tres días esperando una carta de Jamie que, de momento, no había llegado. Mientras trabajaba en su despacho no podía evitar dirigir la mirada hacia la ventana, esperando ver al cartero con la misiva de su hijo.

Naviera Farrow tenía sus oficinas en el puerto, donde el trasiego de personas era constante: capitanes, importadores y exportadores, gente con cartas y paquetes para enviar a casa, comerciantes, granjeros, viajeros en busca de pasaje o simplemente haciendo preguntas.

La compañía de Robert Farrow era dueña de treinta barcos que recorrían los mares cargados de mercancías, personas y noticias hasta los lugares más recónditos de la tierra. Él mismo dirigía un imperio marítimo que contrataba los servicios de capitanes, oficiales, marineros, estibadores, armadores y, en las oficinas principales, daba trabajo a un equipo de veinte personas que se ocupaban de controlar la flota, llevar la contabilidad, comprobar las listas de mercancías y las facturas, y gestionar los archivos de pasajeros. Eran hombres jóvenes que trabajaban en mesas altas, sentados en taburetes, escribiendo con pluma y tinta y soñando con que algún día harían fortuna en las islas.

Robert tenía un mapamundi enorme que cubría toda una pared de la oficina y en el que marcaban las localizaciones conocidas y las aproximadas de todos los barcos de la compañía. Estaba orgulloso de la reputación que se había ganado transportando mercancías y pasajeros por todo el mundo con seguridad y puntualidad. La oficina estaba llena de recuerdos de su vida en alta mar. Acababa de cumplir cuarenta años, y una de sus posesiones más preciadas era una réplica en miniatura, un tanto rudimentaria, del barco de vapor de John Fitch, el primero en llevar el comercio fluvial al río Delaware. La había construido su padre con sus propias manos y se la había regalado a Robert en su décimo cumpleaños.

Le hizo pensar en su propio hijo. Echaba de menos a Jamie, que estaba pasando el verano con la familia de Peter en el rancho de Waialua. Le había escrito explicándole lo bien que se lo estaba pasando. Su primo y él nadaban en el río Anahulu y montaban potros salvajes en el corral. Les gustaba trabajar en el huerto, donde crecían uvas, higos, guayabas y cocos. Se columpiaban en las ramas de los *kukui*, delante de la casa, o echaban una mano en las labores de la propiedad. A veces jugaban con los vecinos, hijos de familias misioneras. Y, cuando hacía calor, pasaban las horas entre cañas de azúcar, masticando los tallos y riendo a carcajadas.

La salud de Jamie mejoraba cada vez que iba al rancho de su tío Peter y pasaba tiempo con Reese. A Robert le habría gustado que viviera allí indefinidamente, pero el sitio de un hijo estaba al lado de su padre. Así pues, cada vez que el pequeño regresaba a Honolulú reaparecía su extraña enfermedad.

La hermana Theresa, Anna, hacía todo lo que podía, elaboraba tónicos nuevos y llevaba a Jamie distintas hierbas medicinales para preparar infusiones o buscaba en los archivos de la orden remedios en los que quizá no había reparado. La labor de las hermanas se remontaba en el tiempo, quinientos años ni más ni menos, y cada generación de monjas añadía sus experiencias a un archivo ya de por sí impresionante que acumulaba la sabiduría, los conocimientos en plantas y las prácticas curativas de varios siglos (aunque Anna se quejaba de que muchas recetas eran inservibles, a pesar de lo cual la madre Agnes insistía en que siguieran aplicándolas simplemente porque «siempre se había hecho así»).

Anna…

Otra razón por la que Robert Farrow prefería tener a Jamie en Honolulú. Así la veía más a menudo.

Ninguno de los dos había vuelto a mencionar el momento compartido junto a la aldea de Wailaka, antes del alba, la noche en que Liho se había curado gracias al *ho'oponopono*. Sin embargo, Robert sabía que Anna tenía aquella conversación muy presente porque, cada vez que la veía, él tampoco podía sacársela de la cabeza. Se trataban con corrección, casi con cautela. Cuando había más gente presente él la llamaba «hermana», pero cuando se quedaban a solas, y en su corazón, era simplemente Anna.

La campana que colgaba sobre la puerta repiqueteó y, al darse la vuelta, Robert vio por fin al cartero. Traía consigo una montaña de cartas para Naviera Farrow y ni una sola para él.

—Lo siento, señor Farrow —se disculpó el hombre con un gesto compungido—. El capitán de la línea de la costa acaba de informarme de que hay problemas en Waialua. Por eso no llega el correo.

—¿Problemas? —repitió alarmado Robert—. ¿Qué clase de problemas?

Cuando conoció la respuesta sintió que palidecía.

Las hermanas Theresa y Catherine machacaban hojas en el pequeño taller que había detrás del convento mientras las hermanas Margaret y Frances hacían la ronda por la ciudad visitando pacientes y la madre Agnes estaba reunida con el obispo.

—Mi hermano, Eli —contaba Theresa a su compañera—, sobrevivió a la batalla de Gettysburg, pero lo último que sabemos de su regimiento, el vigésimo de Infantería de Massachusetts, es que fue derrotado estrepitosamente en Cold Harbor. Desde entonces, nada. Mi padre dice en sus cartas que mi madre está hecha un manojo de nervios.

Como todas las madres del país, incluso las que vivían en las islas, añadió para sus adentros. No eran pocas las familias que habían enviado a sus hijos a luchar por la Unión, y todo el mundo ansiaba recibir noticias de la guerra o de su hogar, se recordó a sí misma.

Estaban separados por más de tres mil doscientos kilómetros, pero el corazón nada sabía de distancias. En septiembre de 1862 los norteamericanos que residían en Hawái habían aplaudido la Proclamación de Emancipación del presidente Lincoln, que habría de suponer la abolición de la esclavitud. Y los que vivían en Honolulú habían recibido la noticia con entusiasmo cuando el pueblo lo había reelegido como presidente.

Mientras trabajaba en el banco, Theresa levantó la mirada hacia el jardín y recordó la tarde, hacía ya un año, en que Robert se había presentado en el convento para decirle que iba camino de un ritual de *ho'oponopono*.

La cura había sido milagrosa. Liho volvía a ser un joven lleno de vida que se pasaba el día tallando canoas y disfrutando con las olas sobre su tabla. Theresa no tenía explicación para lo que había sucedido aquella noche. La curación a través de la fe no era nada nuevo, así que suponía que la fe del muchacho en el poder de la confesión familiar había bastado para devolverle la salud.

No pasaba un solo día en que, mientras recorría caminos y senderos angostos por toda la isla, no se encontrara con una nueva contradicción. Los hawaianos parecían ejercer un poder notable sobre la carne (las palabras bastaban para acabar literalmente con la vida de un hombre, mientras que las confesiones familiares curaban enfermedades), pero al mismo tiempo la población nativa no dejaba de menguar. Morían por culpa de las dolencias del hombre blanco, contra las que, al parecer, nada podían hacer.

Ni ellos ni los médicos *haole*. Cada vez llegaban más a las islas, pero no traían ninguna cura para el sarampión, la gripe o la varicela. Y, aunque el doctor Edgeware, ahora ministro de Salud Pública, había implementado leyes sanitarias e higiénicas en todo Oahu, el número de nativos no dejaba de menguar.

Aparecieron más casos de *mai pake,* la enfermedad china. Las autoridades pidieron a los ciudadanos que informaran a los oficiales del ministerio de cualquier caso que sospecharan que pudiera ser lepra para poder actuar inmediatamente y deportar a los enfermos.

Theresa oyó el timbre de la puerta principal y, poco después, la señora Jackson anunció al capitán Farrow.

Se limpió rápidamente la falda, se quitó el delantal, se alisó el velo y consiguió contenerse y no echar a correr hacia el salón. Allí esperaba encontrar la sonrisa encantadora del capitán, pero se quedó de piedra al descubrir en sus ojos una mirada que no había visto hasta entonces y que solo podía calificar de carente de emoción.

—¿Ocurre algo? —preguntó, pues de inmediato había pensado en Emily y en Jamie.

—Ha estallado una epidemia de escarlatina en Waialua. La gente se muere.

La carretera que iba de Honolulú a Waialua era estrecha y en muchos tramos consistía en una simple pista de tierra con dos surcos para las carretas, pero cruzaba la isla en línea recta, de norte a sur, atravesando el valle Central, con las montañas Ko'ollau a la derecha y Wai'anae a la izquierda. Aquellas eran tierras altas, de clima más templado, cubiertas de bosques de *ohi'a* y *koa* y de helechos *kupuku-pu.* Se decía que allí era donde nacían los arcoíris de Oahu, y ciertamente Theresa vio unos cuantos mientras el capitán Farrow llevaba las riendas. Por el camino pasaron junto a algunos grupos de cabañas de ramaje y, muy de vez en cuando, vieron las paredes de madera clara de las casas de las familias *haole*, con sus parcelas cultivadas aquí y allá, pero por lo demás aquella era una zona virgen.

Las noticias que llegaban desde Waialua eran alarmantes. La escarlatina amenazaba con extenderse como la pólvora entre la población nativa. Ni siquiera sabían si la familia de Peter se había contagiado. A Theresa no le preocupaban los hombres más fuertes de la casa, pero no sabía si, llegado el caso, Jamie sería capaz de superar la enfermedad.

¡Y Charlotte estaba encinta! Aquel era su séptimo embarazo. De los seis anteriores, solo Reese y su hermana de tres años habían sobrevivido, por lo que tenía que aislarse de la enfermedad, por ella y por el niño que llevaba en el vientre.

De pronto se levantó un viento helador que la obligó a sujetarse el velo mientras Robert se aguantaba el sombrero con una mano y con la otra sostenía las riendas.

—Hay una tormenta sobre el mar, lejos de la costa, pero podría dirigirse a tierra —dijo él al observar los nubarrones que se cernían hacia el oeste. Apenas había terminado la frase cuando empezaron a caer las primeras gotas—. No es más que un chaparrón —añadió levantando la voz por encima del viento—. No durará.

Ataron el caballo y la carreta a unas ramas y se refugiaron al cobijo de una acacia *koa*.

Había algo íntimo en el acto de guarecerse en él mientras la lluvia descargaba a su alrededor. Theresa era perfectamente consciente del brazo de Robert junto al suyo, de lo alto que era a su lado, de la solidez y la fuerza que transmitía, como el árbol bajo el que se habían resguardado. El anhelo que tantas veces sentía cuando estaba con él apareció de nuevo y agradeció la protección que el hábito le confería. Había días en que los velos y el lino almidonado le resultaban incómodos, una carga, pero en otras ocasiones esa prenda negra que la oprimía era también su armadura.

Sintió la mirada de Robert y levantó la cabeza. La expresión de su rostro le resultó impenetrable. Le pareció que retrocedía cuatro años hasta el día en que, tras bajar del *Syren*, se había alejado de sus compañeros y había terminado sufriendo el acoso de unos marineros con ganas de juerga. Un desconocido la ayudó a librarse de ellos y le advirtió de los peligros que acechaban en el puerto. ¿Recordaría Robert aquel encuentro como lo hacía ella?

Y entonces volvió a su mente la intimidad que habían compartido ese otro día, justo antes del alba, mientras ella le confesaba sus preocupaciones. Recordó las manos del capitán en sus brazos, la cercanía de su cuerpo, su cabeza inclinada sobre la de ella…

Aquel día había deseado dejarse llevar como nunca antes y ahora sentía lo mismo. El momento exigía comunicación, pero ambos se habían quedado sin palabras. Había algo extraño entre los dos, algo raro que parecía parte del viento o de la lluvia. Vio dolor en los ojos de Robert, la misma mirada que había visto otras veces cuando él no era consciente de que lo observaba.

Él separó los labios y se inclinó ligeramente hacia ella, un movimiento casi imperceptible y vacilante que hizo que a Theresa le diera un vuelco el corazón. Asustada, apartó la mirada y buscó desesperadamente otro punto en el que fijar la atención. De pronto, a través de la lluvia, divisó una peculiar colección de piedras, de grandes dimensiones y formas caprichosas, que sobresalían de la tierra. Vio los petroglifos grabados sobre su superficie y los regalos que la gente de la zona había dejado a sus pies para los espíritus que moraban en aquel lugar y, con el poco aliento que fue capaz de reunir, preguntó a Robert cuál era la historia de aquel bosque.

—Antes era un *heiau* —respondió él, con la voz tensa, mientras observaba las rocas a través de la lluvia con los ojos entornados, como si estuviera librando una batalla interior consigo mismo—. Un recinto sagrado. Esas son piedras de alumbramiento en las que las mujeres de la realeza y la nobleza hawaianas han dado a luz durante generaciones. Cuando a una mujer de alto rango le llegaba la hora, toda la familia venía hasta aquí y realizaba una compleja sucesión de ritos sagrados y rituales de purificación. Se prolongaban durante días y mientras tanto las *kahuna* atendían a la parturienta. Los jefes y otros *ali'i* formaban un círculo a su alrededor, ataviados con sus mejores galas, y los aldeanos humildes se mantenían a cierta distancia como muestra de respeto, sin duda impresionados ante la llegada de un nuevo dios al mundo. Porque creían que los reyes eran dioses, ¿lo sabía?

Theresa intentó imaginarse al gran jefe o al rey con su enorme tocado de plumas amarillas y la capa del mismo color, símbolos ambos de su cargo supremo; a las mujeres ataviadas con pareos y con las largas melenas cubiertas de flores, y las guirnaldas de mil colores sobre el pecho; los bailarines de *hula* y los percusionistas, los cánticos y las complicadas ceremonias que debían seguirse al dedillo, paso a paso. El ritual debía de convertir el acto de nacer en un acontecimiento realmente especial, demostrar que los dioses estaban presentes. La pompa, el boato, todo lo que rodeaba al acto en sí tenía que hacerse de una manera concreta, al igual que las monjas celebraban la misa o las campanas del convento tañían.

Cuando por fin dejó de llover preguntó a Robert si podía acercarse a las rocas y él le dijo que sí, siempre que no dañara ni moviera nada.

Ahora que las tenía más cerca, vio que las piedras tenían pequeñas depresiones en la superficie y los bordes acanalados, seguramente por el efecto de la erosión pero también por la acción del hombre. Podía ver dónde debía colocarse la mujer, dónde podía apoyar las manos, dónde tenía que situarse la matrona *kahuna* para coger al recién nacido.

—Imagine todas las vidas que tuvieron su punto de partida en este lugar, todas las generaciones de reyes...

—Si le soy sincero, nunca lo había pensado —replicó Robert mientras observaba las rocas como si las viera por primera vez—, y eso que vengo a menudo a Waialua y paso siempre por aquí. Pero tiene razón, es increíble.

Theresa apoyó las manos en una de las piedras y cerró los ojos. Podía sentir el poder que emanaba de ella.

—Espíritus que moráis en este lugar sagrado —susurró—, espíritus de vida, humildemente os rogamos que uséis vuestros poderes benefactores sobre la gente de Waialua que está enferma y sufriendo.

El rancho Farrow ocupaba cientos de hectáreas y abarcaba prados y corrales, establos y graneros. La casa, pintada de blanco, tenía dos plantas, estaba rodeada por un amplio porche y tenía un huerto, flores, arbustos y árboles. Se hallaba en lo alto de una loma, así que desde allí Theresa podía ver el mar, a más de un kilómetro y medio de distancia. Estaba plomizo y agitado.

Soplaba el viento y hacía frío. Cuando Peter salió a recibirlos, las nubes, grises y pesadas, habían cubierto por completo el cielo. Caminaba con la ayuda de un bastón y su cojera era más pronunciada; Theresa se preguntó si el hueso que no se le había soldado bien era susceptible a los cambios de tiempo. Iba en mangas de camisa y con los tirantes a la vista, y parecía que no había dormido en días.

—El primer caso se produjo hace una semana —explicó—. Enviamos un mensaje urgente a Honolulú para el doctor Edgeware, que vino en persona con el primer barco. Ahora ya hay más de cien contagiados. Edgeware los ha puesto en cuarentena, todos encerrados en un mismo sitio.

—¿Y Charlotte y tú? ¿Y Lucy y los chicos? —preguntó Robert, incapaz de disimular su ansiedad.

—Estamos todos bien, gracias a Dios, pero me preocupa mi gente.

Peter Farrow siempre había sentido una afinidad especial por los nativos y contrataba a muchos de ellos para que trabajaran en su rancho. A cambio, era un hombre muy querido entre los *kanaka*, tanto que habitualmente lo invitaban a sus celebraciones. Los hawaianos lo trataban con el respeto propio de un padre.

—Entrad —dijo—, no me gusta la pinta que tiene el cielo.

La esposa de Peter los recibió con té caliente y un plato de bollitos recién horneados. Tenía la casa muy limpia y ordenada, algo que dejó maravillada a Theresa puesto que Charlotte estaba embarazada de ocho meses y tenía que ocuparse de una niña de tres años y de dos muchachos de catorce años vivarachos e inquietos. Se habían conocido antes, durante una de las raras ocasiones en que ella había visitado Honolulú. Era una mujer callada, con una fe inquebrantable y el espíritu de sacrificio imprescindible para vivir en un rancho con tanta actividad como aquel.

—¿Qué podemos hacer ahora que ya estamos aquí? —preguntó Robert.

—Me preocupan sobre todo las familias que viven al otro lado del río —respondió Peter mientras alimentaba la chimenea—. Los hombres que trabajan para mí. Hace días que no sabemos nada de ellos.

—En ese caso, será mejor que no perdamos el tiempo. —Robert se levantó y miró a Theresa—. ¿Hermana?

—Yo puedo ayudar al doctor Edgeware. Seguro que ha traído la medicación necesaria desde Honolulú. De todos modos, traigo más por si acaso. —Se volvió hacia Charlotte—. ¿No será mejor que descanse un poco? Podemos arreglárnoslas solos.

—Voy a llamar a los chicos para que vengan a comer. Encontrará al doctor Edgeware en la playa. Está cerca de aquí, no tiene pérdida.

Mientras tomaba el sendero que bajaba hasta la orilla Theresa se preguntó qué hacía el doctor Edgeware paseando tranquilamente cuando, según Peter, había más de cien pacientes en cuarentena que necesitaban atención. Levantó la mirada y contempló las nubes amenazadoras que encapotaban el mar. La tormenta empujaba las olas hacia Waialua. Eran enormes y, al romper sobre la superficie del océano enfurecido, estallaban con la violencia de un trueno. Con unas aguas tan agitadas como esas, seguro que había corrientes submarinas. Por suerte ningún nativo había decidido desafiar el oleaje.

Había cruzado la mitad de las dunas, peleándose con los velos y la falda del hábito, cuando de pronto recibió una fuerte impresión.

El doctor Edgeware había instalado un pabellón en la playa, levantado sobre postes hundidos en la arena y cubierto con hojas de palmera atadas con cuerda. Bajo aquella estructura tan frágil se agolpaban un número indefinido de hombres, mujeres y niños, todos hawaianos. Estaban tumbados sobre esterillas o sentados de cuclillas junto al lecho de un amigo o un ser querido. Los bebés lloraban, los niños gritaban y los adultos gemían y se lamentaban.

Era el peor hospital al aire libre que podía imaginar, asistido tan solo por un médico y un puñado de mujeres que parecían visiblemente superadas por todo el trabajo del que debían ocuparse.

Corrió tan rápido como pudo y, cuando el viento cambió de dirección, le llegó el hedor a vómitos, orina y heces. Aquella gente no debería estar allí, en semejantes condiciones, sino en su casa, atendida por sus familiares.

El doctor Edgeware estaba al fondo del pabellón, sentado a una mesa escribiendo en un libro. A juzgar por la levita negra e impoluta, los pantalones grises y el sombrero de copa, parecía que se encontrara en el salón de su casa.

Mientras se abría paso entre los enfermos Theresa descubrió en ellos los síntomas típicos de la escarlatina: glándulas del cuello inflamadas, sarpullido de aspecto granulado sobre el pecho y las axilas, marcas rojas en la cara con zonas blancas alrededor de la boca. Sabía que si examinaba a alguno le encontraría la lengua roja y brillante. También sufrían dolores, náuseas, vómitos y falta de apetito. Aquella era una enfermedad muy dañina para un blanco, pero mortal para un hawaiano.

Se dirigió hacia el fondo del pabellón, sin perder de vista las olas que rompían sobre la arena. Parecía que el tiempo iba a empeorar todavía más.

—Doctor Edgeware —dijo a modo de saludo.

Él alzó la cabeza, y al instante apareció en su semblante la mueca de desprecio que Theresa ya había sufrido con anterioridad. No era un hombre atractivo, pero la sempiterna costumbre de mirar a los demás por encima del hombro, de darse aires y levantar la barbilla como si fuese un ser superior lo hacían aún menos atractivo. Aun así, había sacrificado la tranquilidad de su casa en Honolulú para ocuparse de aquella pobre gente, y eso Theresa tenía que reconocérselo (aunque su lado más escéptico sospechaba que se trataba de una maniobra política y no de una actitud compasiva).

La despachó con un gesto de la mano.

—No la necesitamos para nada. Por suerte, ya contamos con la ayuda de un grupo de buenas cristianas.

Theresa volvió la mirada hacia aquellas mujeres blancas que hacían las veces de enfermeras. Parecían exhaustas, a punto de rendirse, con el delantal sucio y la espalda encorvada mientras se ocupaban de las necesidades de los enfermos.

—Yo diría que sí necesita mi ayuda, y urgentemente, pero primero permítame que le diga que es de vital importancia que traslade a estos pacientes a algún lugar interior. Si insiste en mantenerlos en cuarentena a todos juntos, le pido por favor que busque algún sitio, un pabellón o…

De pronto el doctor se puso en pie de un salto, tirando la silla al suelo.

—¡Le he dicho que se vaya! Tengo la suerte de contar con la ayuda de algunas personas, buenos cristianos que han venido a rezar con nosotros y que estarán encantados de agarrarla por los brazos y echarla de aquí.

—Doctor Edgeware, los hawaianos creen que el mar puede curarlos. No se quedarán aquí. ¡Se meterán en el agua!

Él chascó los dedos y dos de los nativos se acercaron a la mesa.

—¡Llevaos a esta criatura de aquí! —gritó—. ¡Es una abominación!

Theresa abandonó el pabellón y corrió hacia las dunas. Confiaba en que Robert y Peter tuvieran suficiente autoridad para sacar de allí a los enfermos y llevarlos a un lugar seguro, pero cuando llegó a la casa de los Farrow, Charlotte la recibió muy alterada.

—¡Reese tiene fiebre! ¡Está ardiendo!

—¿Dónde están Robert y Peter?

—Han ido a Hale'iwa, que es donde viven muchas de las familias *kanaka*. El río los aísla de nosotros. Por favor, hermana, venga a ver a Reese.

—Charlotte, escúcheme bien. No entre en el dormitorio de Reese. Y mantenga a Jamie y a su hija pequeña alejados de allí. ¿Lo ha entendido? Esta enfermedad es muy contagiosa. Y Charlotte, en cuanto Peter y Robert regresen, avíseme. Necesito que vean algo de inmediato.

Su madre no se equivocaba, el chico estaba enfermo. Theresa lo ayudó a hacer gárgaras con un colutorio de menta para aliviarle el dolor de garganta y luego diluyó extracto de corteza de sauce en un vaso de agua para hacerle bajar la fiebre. Por último le aplicó un bálsamo de eucalipto sobre el sarpullido del pecho. Una vez que comprobó que estaba mejor, fue a la planta baja para ver cómo estaba Charlotte.

Había puesto a la pequeña sobre una manta, en el suelo, así que las dos mujeres compartieron un momento de tranquilidad, aunque la mente de Theresa no descansaba, buscando la manera de convencer a Edgeware para que trasladara a los pacientes.

—No podemos perder a Reese —dijo Charlotte acariciándose la barriga—. Ya he perdido a cuatro. No sé si podría soportar el dolor. —Levantó la mirada y observó a Theresa—. ¿Sabía que Peter presenció la muerte de su propio padre?

»Los periódicos dijeron que MacKenzie resbaló en las rocas y se precipitó al mar, esa parte es verdad, pero lo que no dijeron fue que murió intentando que Emily no se lanzara al vacío. —Miró a su alrededor y, a pesar de que estaban solas, bajó la voz y añadió—: Ya sabe que la señora Farrow tiene problemas mentales. No conozco los detalles, pero al parecer le ocurrió algo hace treinta años que le hizo perder la cabeza. Durante uno de sus ataques, salió de casa en camisón y MacKenzie fue tras ella. Por aquel entonces Peter tenía veinticuatro años y vivía con sus padres. Me contó que se despertó en medio de la noche y oyó gritos. Siguió a su padre hasta el acantilado y vio a su madre balanceándose al borde del precipicio. MacKenzie consiguió llegar junto a ella, pero Emily lo esquivó y su padre se precipitó al vacío. Peter lo presenció todo.

Charlotte removió su taza de té con aire ausente.

—Luego Robert regresó de alta mar y Peter le dijo que abandonaba el negocio familiar. Nunca había llevado los barcos y el mar en la sangre. Quería tener su propio rancho. Así pues, Robert tuvo que quedarse en tierra para dirigir el negocio. Conoció a Leilani y se casaron. Bueno, ya sabe el resto de la historia: la varicela, Jamie. Pero los dos hermanos... —Negó con la cabeza—. Nunca estuvieron muy unidos y ahora son enemigos. Es una situación muy triste.

Oyeron que Reese llamaba a su madre desde la planta superior.

—Voy yo —dijo Theresa.

Ayudó al muchacho a hacer gárgaras de nuevo para aliviarle el dolor de garganta y le dio otra dosis de extracto de corteza de sauce para la fiebre, pero tenía la piel tan caliente que le retiró la manta y le dijo que no se tapara porque su cuerpo necesitaba enfriarse.

Se sentó a su lado hasta que cayó rendido y luego fue a ver a Jamie, que estaba leyendo un libro a la luz de una lámpara de aceite. Según él, se encontraba bien. Aun así, Theresa le miró la lengua y le tomó la temperatura, pero cuando oyó que la puerta trasera de la casa se abría y el sonido de unas pisadas de botas en el interior corrió escalera abajo. Se había hecho de noche, Charlotte estaba encendiendo las lámparas y Robert parecía agotado.

—Peter está guardando los caballos —dijo—. ¿Cómo están los chicos?

—Capitán Farrow, debe bajar cuanto antes a la playa para hablar con el doctor Edgeware.

—¿Por qué?

—Ha instalado el pabellón para la cuarentena en la arena.

—¿Qué? —Cogió una linterna y, cuando ya salía de la casa a toda prisa, le dijo a Charlotte—: En cuanto entre Peter envíalo a la playa.

Theresa cogió otra linterna y lo siguió, pero no necesitaron luz para saber que habían llegado demasiado tarde. Mientras la luna se ocultaba entre las nubes y volvía a aparecer, tiñendo la costa con su luz fantasmagórica, vieron que muchos de los nativos se adentraban en el mar. El doctor Edgeware les gritaba que se detuvieran.

Hombres y mujeres, cargando a sus niños y a sus bebés en brazos, gritando atemorizados y al borde del delirio, recitando los nombres de dioses ancestrales, arrodillándose, tropezando, desapareciendo bajo las aguas. Las olas los engullían y luego se los llevaban con ellas. Theresa se quedó petrificada ante el horror de la escena que se estaba produciendo ante sus ojos.

Robert dejó caer la linterna sobre la arena, se quitó la levita y las botas y se zambulló en el mar. Edgeware, tras despojarse de la chaqueta y el sombrero, lo siguió y corrió hacia las olas, gritando a la gente que regresara a la arena. Theresa vio que Peter se lanzaba al agua y se alejaba a nado. Y, de pronto, también ella estaba quitándose el velo, el hábito, la toca, hasta quedarse únicamente en ropa interior y con la cofia cubriéndole el cabello.

La marea era muy traicionera. Vio sobre las aguas los cuerpos sin vida de los bebés que antes lloraban en el pabellón. Un niño chocó con ella, flotando boca abajo como un pequeño bote que se hubiera soltado de su amarre. Robert se zambulló bajo una ola y salió con las manos vacías. Peter desapareció varias veces bajo el agua. El doctor Edgeware le decía algo a voz en cuello, pero Theresa no logró entenderlo. Vio a un hawaiano salir del mar rodeando con el brazo a una mujer que respiraba con dificultad, pero, antes de que alcanzaran la orilla, las olas la arrastraron y la voltearon, hasta que desapareció bajo las aguas profiriendo chillidos.

Y entonces Theresa sintió que la corriente tiraba de ella. Se hundió y todo empezó a girar a su alrededor. Le faltaba el aire. Aquellos eran los últimos instantes de su vida, pero, de pronto, unos brazos la sujetaron por la cintura y sintió que subía y subía. Cuando llegó a la superficie los pulmones no le respondían. Tenía la garganta bloqueada.

—¡Otra vez no! —exclamó Robert—. ¡No permitiré que me pase lo mismo de nuevo!

Posó la boca sobre la de Theresa y le insufló aire. Theresa sintió que se le expandía la garganta, intentó respirar y vomitó el agua que había tragado.

—¡Tranquilícese! —le gritó Robert—. ¡No luche contra la corriente!

Se sujetó a él con todas sus fuerzas mientras Robert nadaba hacia la orilla sujetándola con un brazo y avanzaba con las piernas tan rápido como podía. Theresa estaba boca arriba, mirando las estrellas. Buscó la luna y la halló. Quizá hoy sí vería un arcoíris.

Las olas les pasaban por encima. Tosieron y escupieron el agua salada, pero Robert siguió nadando hasta que tocó fondo con los pies y Theresa sintió que los talones se le hundían en la arena. Se arrastraron hasta la orilla, él tirando de ella, y se desplomaron uno encima del otro, con los brazos entrelazados, sin aliento, sollozando de pura frustración. Robert se incorporó y le retiró la arena de la cara, le secó la frente y las mejillas e intentó quitarle la cofia, pero la llevaba tan ceñida que no pudo.

—No se mueva de aquí —le dijo—. Tengo que volver al agua.

Theresa estaba demasiado débil para ir con él, así que se quedó en la playa temblando de frío, la ropa interior empapada y pegada al cuerpo, mientras seguía con la mirada a un grupo de hombres (Robert, el doctor Edgeware y los pocos que estaban en condiciones de moverse) que se adentraban en el mar e iban sacando gente. De pronto comprendió el significado de lo que Robert había dicho en el agua. «Otra vez no.» Así había muerto Leilani durante la epidemia de varicela. Rescatando a los suyos del oleaje.

Theresa continuó sentada en la playa observando el horror que se desplegaba ante sus ojos, los cuerpos sobre la arena, los supervivientes buscando a sus seres queridos y desplomándose entre sollozos, las súplicas y los gritos de ayuda mientras la corriente seguía arrastrando a la gente mar adentro. Vio a Robert sacando cuerpos de niños y de bebés del agua. La luna brillaba sobre el océano; levantó la mirada y, aunque la tormenta aún no se había disipado y las nubes y la niebla flotaban a poca altura sobre la superficie, tampoco esa vez pudo ver un arcoíris en la luna.

A medianoche ya no quedaban nativos por encontrar y algunos de los que descansaban sobre la arena estaban muertos. Theresa se cubrió con una manta y, sujetando una linterna, siguió a Robert mientras este caminaba entre las hileras de cuerpos, contándolos.

Cuando por fin todo terminó, ya estaba amaneciendo y la gente de las granjas y las casas cercanas, que había oído lo ocurrido, escuchaba en silencio al doctor Edgeware mientras este anunciaba la terrible pérdida de cuarenta y ocho vidas. A continuación añadió que el centro de cuarentena se trasladaba a la iglesia congregacionalista y pidió a todos los presentes que llevaran hasta allí ropa de cama, comida y agua. Regresó al pabellón para recoger sus plumas, los libros y el maletín médico, se puso la levita sobre la camisa mojada y el sombrero de copa y, cuando ya se alejaba, seguido de una trágica procesión de personas que apenas podían andar, volvió la vista atrás por encima del hombro y miró a Theresa. Esa vez, más que nunca, ella fue consciente de que se había ganado un enemigo.

Regresaron agotados a la casa del rancho y dieron la terrible noticia a Charlotte, que lloró con el rostro oculto bajo el delantal mientras Theresa procuraba secarse las ropas junto a la chimenea. Tras tomar varias tazas de café y comer unas rebanadas de pan a fin de recuperar la energía, Robert y Peter partieron de nuevo para ver si podían echar una mano en la iglesia.

Charlotte preparó una cama para Theresa en el salón y ella subió a acostarse con su hija, pero solo la pequeña consiguió dormir.

A la mañana siguiente la fiebre de Reese seguía sin remitir. Theresa repitió el tratamiento de gárgaras y corteza de sauce, y luego bajó con los demás. Las caras alrededor de la mesa lo decían todo; apenas tocaron el pan, el queso y las tostadas con mermelada que Charlotte había preparado.

—Nuestra mayor preocupación en este momento —dijo la

hermana Theresa— es Jamie. Lleva sangre hawaiana y su salud ahora mismo no es todo lo fuerte que debería ser. Sé que los chicos están muy unidos, pero tenemos que asegurarnos de que no entra en el dormitorio de su primo.

—Nos turnaremos para cuidar de Reese —propuso Charlotte—. No debería recaer todo el trabajo sobre la hermana Theresa.

—El principal problema es controlarle la fiebre —explicó Theresa—, que es precisamente lo que acaba provocando la muerte en los casos de escarlatina. Tendremos que bañarlo en agua fría con alcohol y abanicarlo hasta que le baje la temperatura.

—Yo me ocupo de él —se ofreció Peter con el semblante muy serio. Tenía los ojos inyectados en sangre e iba sin afeitar—. Es mi chico… —Se le quebró la voz—. Fui yo quien lo trajo al mundo, así que es cosa mía asegurarme de que siga aquí.

Theresa se levantó de la mesa para ir a ver a Reese justo en el momento en que Jamie entraba en la cocina. Tenía el pelo alborotado y parecía que no había pegado ojo.

—Hermana Theresa —le dijo—. Por favor, no deje morir a Reese.

—Haré todo lo que pueda, cariño —respondió ella al tiempo que le ponía una mano en el hombro para consolarlo.

Mientras preparaba el extracto de corteza de sauce, el colutorio de menta y también un ungüento más fuerte para el sarpullido, que empezaba a extenderse, Peter se quedó junto a la cama de su hijo. Robert se acercó al muelle para comprar alcohol en una taberna, puesto que su hermano no tenía ni una sola botella en el rancho. De regreso a casa pasó por la iglesia y lo que vio lo dejó horrorizado. Amigos y familiares de los pacientes que descansaban en el interior del edificio habían acampado a sus puertas, llorando y clamando a los dioses, arañándose la cara y arrancándose el cabello. Edgeware, visiblemente superado por la situación, hacía lo que podía por los enfermos y los moribundos, pero era evidente que estaba perdiendo la batalla.

Robert no pudo evitar que un escalofrío le recorriera la espalda. ¿Y si Jamie seguía el mismo camino que aquella gente?

Al llegar al hogar de su hermano halló a este y a Theresa con Reese. El muchacho había caído en un profundo sueño del que no despertaba. Tenía la cara muy roja y la respiración entrecortada. Charlotte esperaba en el pasillo, retorciéndose las manos, mientras Jamie estaba confinado en el salón, tan lejos del contagio como fuera posible.

Robert le entregó la botella de alcohol a Theresa, quien procedió a aplicárselo a Reese por toda la piel con la ayuda de una esponja.

—Hijo —dijo Peter. Se había sentado en la cama y sostenía las manos de Reese entre las suyas—. Hijo, no me dejes. Venga, muchacho, Annabel no tardará en querer montar los potros y necesitaré tu ayuda.

Theresa levantó los párpados del pequeño para comprobar el estado de sus pupilas. Abrió su bolsa de mano, sacó el estetoscopio y escuchó, mientras Robert y Peter la observaban trabajar en silencio.

—¿Qué? —preguntó Peter al ver la expresión en el rostro de la hermana—. ¿Qué ocurre?

—Es el corazón, está muy débil.

—¡Reese! —gritó y, sujetando a su hijo por los hombros, lo zarandeó suavemente—. ¡Reese! ¡Puedes salir de esta!

La respiración del joven se volvió más superficial y rápida. Las gotas de sudor le corrían por la cara. Relajó la tensión de la mandíbula y empezó a jadear.

—Oh, Dios —susurró Robert.

—Señor Farrow… —empezó a decir Theresa.

De pronto se oyó un extraño estertor que surgía de la garganta de Reese. Resolló una última vez y su pecho dejó de moverse.

—¿Reese? —le llamó Peter—. ¿Hijo?

—Señor Farrow, lo siento.

—¡No! —Cogió a su hijo en brazos y le acarició la cabeza, la cara, lo zarandeó con cuidado—. Despierta, hijo. Puedes hacerlo. ¿Cómo voy a vivir sin ti?

Robert no pudo contener las lágrimas; tenía un nudo en la garganta. La hermana Theresa se santiguó y susurró una plegaria.

Cuando Robert se acercó a la cama e intentó consolar a su hermano este se apartó de él sin soltar el cuerpo inerte de Reese.

—Yo he perdido a mi hijo, pero el tuyo sigue vivo —le espetó con un odio visceral en la mirada—. Es otra vez Leilani. Te odiaré para siempre por esto.

Llegó la hora de marcharse.

Robert enganchó el caballo a la carreta y cargó su equipaje y el de Theresa en la parte de atrás. Ella había salido un poco antes, después de despedirse de Charlotte y de Peter. Robert le dijo a Jamie, que ya esperaba fuera, que volvería enseguida y se dirigió hacia el estrecho camino que se abría paso entre las dunas hasta la orilla del mar.

Sabía que la encontraría allí.

La playa estaba desierta bajo un cielo plomizo, encapotado. Los *kanaka* habían pasado varios días en la playa, llorando y lamentándose, pero ya habían regresado a casa para rehacer su vida cuanto antes. No vio el menor rastro del hospital provisional. Por orden de Edgeware, toda la ropa de cama y los enseres personales, incluso los postes sobre los que se levantaba la estructura, se habían quemado para evitar que la epidemia se propagara. La marea se había ocupado de limpiar las cenizas de la arena.

Theresa estaba sola, de pie frente al mar, una figura vestida de negro con la mirada perdida en el horizonte. A pesar de que la bahía estaba rodeada de verdes acantilados y las olas rompían, majestuosas, cerca de la orilla, Robert sabía que no estaba admirando el paisaje.

No conseguía borrar la pasada noche de su memoria, la forma en que Anna se había despojado del hábito, esa prenda que la confinaba, que le restaba feminidad, que se había convertido en una jaula antinatural de la que era prisionera. Por fin había visto la clase de mujer que era en realidad, valiente y generosa. Aquello supondría su liberación, estaba convencido. Anna tenía que encontrar la forma de deshacerse del hábito para siempre y encontrar su lugar en el mundo.

Pero ¿cómo decirle todo aquello cuando también él estaba atrapado, cuando era incapaz de encontrar la solución a sus propios quebraderos de cabeza? ¿Qué derecho tenía a decirle cómo vivir su vida, cuando él mismo vivía la suya sepultado bajo el peso de la enfermedad mental de su madre y del miedo a que su hijo acabara igual?

Se acercó a ella. Tenía el rostro sorprendentemente pálido.

—Ya podemos marcharnos —le dijo en voz baja.

Theresa no podía hablar. Seguía viendo las caras. Los gritos retumbaban dentro de su cabeza. No podía dejar de pensar en las personas que no habían podido salvar, las que se habían adentrado en el mar poseídas por la fiebre y el delirio. Intentó recitar un padrenuestro y un avemaría, pero no eran más que palabras vacías sin significado.

—Ha sido horrible, Robert. Da igual lo que nosotras hagamos... —Guardó silencio e intentó contener las lágrimas—. No disponemos de los medicamentos necesarios. Nuestros conocimientos son limitados. ¿Cómo vamos a ser buenas enfermeras si lo ignoramos todo de la enfermedad y de la condición humana?

—No fue culpa suya, Anna.

—Tenemos estetoscopios y escalpelos y suturas y vendas y ungüentos y tónicos, ¡y nada de lo que hicimos salvó la vida a esas pobres almas!

Ni siquiera las enseñanzas de Mahina (las propiedades curativas de la planta del *kauna'oa,* cómo extraer zumo de *noni*, con su efecto purificador, o cuál era el mejor momento para recolectar los frutos del *kukui*) habrían servido de algo.

Lo miró a la cara y vio el agotamiento y la tristeza grabados en su hermoso rostro. No alcanzaba a imaginar la magnitud del dolor que le oprimía el corazón. Jamie había perdido a su mejor amigo, ya nunca volvería a pasar las vacaciones en el rancho. La brecha que separaba a los dos hermanos era tan grande que parecía insalvable. Y ¿qué había querido decir Peter con «Es otra vez Leilani»? ¿Por qué había sido incapaz de pronunciar su nombre el día en que Theresa los había oído discutir en el jardín? Se preguntó si la difunta esposa de Robert había sido el inicio, no sabía cómo, del distanciamiento entre él y Peter.

Quería consolarlo. Acariciarle suavemente el rostro para aliviarle el sufrimiento. Pero todo aquello le estaba prohibido. Robert no era un paciente al que tuviera que tocar. Era un hombre… Mucho más que eso: era el hombre con el que quería estar.

«Tenías razón, Cosette, es difícil recordar los votos cuando se vive en el paraíso», pensó.

Theresa sabía que, a partir de aquel día, mantenerse fiel a esos votos le resultaría cada vez más difícil.

20

Ya había pasado un año desde la terrible tragedia de Waialua, pero la sensación de impotencia que había sentido aquella noche aún atormentaba a Theresa. Y ahora sentía la misma indefensión sentada junto a la cama de Jamie Farrow, derrotada por una enfermedad cuyo nombre desconocía.

Nadie sabía qué le pasaba. Cada vez que un médico nuevo desembarcaba en Honolulú el capitán Farrow requería sus servicios. El recién llegado realizaba el mismo examen que tantos otros habían llevado a cabo antes que él y, una vez terminado, pronunciaba las palabras de siempre: «No sé qué mal sufre su hijo».

Aquella mañana en concreto Jamie no se encontraba bien. El ama de llaves había hecho llamar a la hermana Theresa y esta, a su vez, había requerido la presencia del capitán Farrow, que estaba en las oficinas de la empresa. Jamie sufría unos terribles dolores estomacales que lo tenían postrado en la cama. Theresa le administró una infusión especial que las hermanas preparaban para los cólicos infantiles, con la esperanza de que la mezcla de camomila, regaliz y menta le aliviara los espasmos.

Le acarició el cabello mientras él descansaba de costado, en posición fetal. Jamie tenía quince años, pero no aparentaba físicamente esa edad. No se le habían desarrollado los músculos y, aunque en ocasiones se le agudizaba el tono de voz, por el momento tampoco parecía que fuera a crecerle la barba. Nunca había sido un muchacho fuerte, pero desde la muerte de Reese su estado había empeorado. El capitán Farrow creía que su hijo echaba de menos a su primo y que quizá ese era el origen de su recaída. De hecho, todo el mundo decía que la salud de Jamie había iniciado un declive tras la pérdida de su madre.

Sin embargo, aquel no era el único problema que el fallecimiento de Reese había traído consigo, y es que Peter y Robert se habían distanciado aún más y no se dirigían la palabra desde el día de la tragedia.

—¿Cómo está?

Theresa se dio la vuelta y vio al capitán Farrow de pie junto a la puerta. Desde la muerte de su sobrino había envejecido visiblemente. Tenía arrugas nuevas alrededor de la boca y una expresión triste en los ojos. Seguía luchando por sus principios y por su visión de futuro con respecto a Hawái, pero Theresa sentía que había perdido parte de su vitalidad de antaño.

Dejaron a Jamie solo para que pudiera dormir y bajaron al salón.

—Anna… —dijo Robert.

Ella aún no se había acostumbrado a su antiguo nombre. Le gustaba oírlo en boca de Robert, pero al mismo tiempo lo detestaba porque no hacía más que empeorar el conflicto interno en el que vivía sumida. Ninguno de los dos había pronunciado la palabra «amor», pero Theresa sabía que estaba ahí, sabía que Robert sentía lo mismo que ella. Por desgracia, la suya era una relación condenada desde el primer momento puesto que no iba a ninguna parte y solo podía acabar en tragedia. Así pues, ambos representaban el papel que le había tocado y vivían tras una fachada de mentiras.

—Anna —repitió—, he sido invitado al baile real que tendrá lugar dentro de tres días. Será la celebración del cumpleaños del monarca, promete ser el evento del año. Puedo llevar a alguien conmigo. ¿Ha estado alguna vez en el palacio?

Ella no podía creer lo que estaba oyendo.

—No, nunca.

—En ese caso, ¿me haría el honor de acompañarme? Créame, en mi estado actual preferiría no ir, pero políticamente no me convendría. Seré capaz de hacer de tripas corazón si usted está conmigo.

—Tengo que pedir permiso.

Sabía que el padre Halloran no se opondría, pero la madre Agnes seguramente sí. De todos modos, no pudo evitar que se le acelerara el pulso. Le apetecía asistir de nuevo a un baile. Hacía más de nueve años que no iba a uno, desde antes de ingresar en la orden. No podría bailar, obviamente, pero sí mirar y escuchar la música.

Y en compañía del apuesto capitán Farrow.

La señora Carter entró en el estudio para anunciar la llegada de la señorita Alexandra Huntington.

—Por favor, dígale que pase —dijo Robert, y Theresa se fijó en cómo se pasaba los dedos por el pelo y se ponía bien la corbata.

La señorita Huntington había llegado a Hawái hacía seis meses en compañía de su padre, un abogado adinerado de Maryland que acababa de ser nombrado juez por el rey Kamehameha V. Rondaba la edad de Theresa, veinticinco, y parecía no importarle que el capitán Farrow tuviera cuarenta y uno.

—¡Robert, querido!

La señorita Huntington no caminaba, se deslizaba sobre el suelo con la gracia y el aplomo que le confería el puesto que ocupaba en el mundo. Tenía un cabello extraordinariamente bonito, de un rubio tan claro que recibía el calificativo de «platino» y atraía las miradas de admiración de la gente.

El padre de la señorita Huntington había invertido en Naviera Farrow y también era dueño de una plantación de café, así que su hija era una joven bien posicionada. Theresa procuraba apartar de su corazón los celos y la envidia, pero no podía evitar sentirse dolida al verla disfrutando de la compañía de Robert, riéndose sin reservas y, de vez en cuando, tocándolo a través de los guantes que siempre llevaba.

Mientras el capitán Farrow y la señorita Huntington hablaban del tiempo y de las amistades que compartían, y Theresa daba a la señora Carter un frasco de tónico que había traído consigo y las instrucciones para administrárselo a Jamie, Emily Farrow hizo su aparición en el salón, tan cortés y educada como siempre. Al parecer, tenía uno de sus días buenos en los que parecía llena de vigor y muy lúcida. El manojo de llaves que le colgaba del cinturón era la prueba más evidente de que ese día era la señora de la casa y no la inválida que solía ser.

—Buenos días, querida —dijo a Alexandra Huntington, quien, a su vez, se dirigió a ella como «mamá Farrow»—. Theresa, querida, ¿puedo abusar de su compañía un momento? Necesito que me ayude con una cosa.

—Madre —intervino Robert—, ¿no le parece que no debería hacer esfuerzos?

—Por favor, no te preocupes por mí, hijo. Llevo haciendo esfuerzos desde antes de que tú nacieras. No olvides que llegué a estas islas sin mapa y sin ayuda, solo con la pericia propia de una yanqui. Me gustaría ver a los jóvenes de hoy haciendo todo lo que Isaac y yo hicimos hace cuarenta y cinco años. Venga, Theresa. Acompáñeme arriba.

El dormitorio de la señora Farrow incluía una sala de estar privada, primorosamente decorada con los muebles Chippendale que la familia había traído desde el continente en 1820. Una alfombra verde cubría el suelo. La estancia, en la que no había ni rastro de la cultura de Hawái o de los trópicos, era el espacio vital de aquella viuda típica de Nueva Inglaterra.

Lo que sí contenía era una curiosa colección de recuerdos recogidos en la playa y que Emily creía que le habían sido enviados por su familia, entre ellos una caracola nácar rosado y un erizo de mar.

Theresa visitaba a la señora Farrow con regularidad. Físicamente estaba débil y a veces necesitaba detenerse y recuperar el aliento, pero por lo demás no precisaba demasiados cuidados. Las crisis estaban bajo control y ya solo se manifestaban en forma de pesadillas, sin los paseos y los terrores nocturnos. Aun así, a veces un oído agradecido era la mejor medicina para Emily. Le encantaba hablar con Theresa sobre el pasado, sobre su vida en New Haven antes de casarse con Isaac y partir hacia las islas Sandwich, como seguía llamándolas. Le contaba cómo habían sido sus primeros años en Hilo, cómo enseñaba a las nativas a coser o cómo les explicaba que ir medio desnudas por el mundo era pecado.

Sobre todo le gustaba recordar las temporadas que el capitán MacKenzie pasaba en tierra, ya fuera de camino a China o a Alaska, y que hacía que su propia vida le resultara más llevadera mientras el reverendo Stone, su primer esposo, recorría la isla en busca de nuevos fieles.

—Aprendí muchísimo del capitán MacKenzie —dijo a Theresa al tiempo que la conducía hacia un enorme baúl que alguien había bajado de la buhardilla—. Una vez me llevó a ver un río de lava. ¿Alguna vez ha visto uno, querida? La roca fundida fluye junto a tus pies y se desliza hacia el mar, lo hace hervir literalmente, levantando enormes columnas de vapor. Es una visión tan terrible como hermosa.

»MacKenzie me habló de las costumbres de los nativos. ¿Sabe por qué los hawaianos no se besan en los labios, sino que se frotan la nariz? Dicen que es tabú robar a alguien el aliento o dejar que te lo roben. Y al acto sexual lo llaman «hacer arcoíris», ¿no es adorable? Ya está —anunció mientras levantaba la tapa del baúl.

Estaba lleno de paja. Emily introdujo una mano y buscó en su interior hasta encontrar una tetera deslucida.

—Esto es obra del mismísimo Paul Revere, encargado por mi padre como regalo para mi madre. Es una auténtica obra de arte, ¿no cree?

Fue cogiendo una a una las piezas que conformaban el juego, les quitó la paja y les pasó un paño: la tetera, en su soporte, para el agua caliente; la cajita para el té, con su tapa, para contener las hojas, así como la cucharita para medir la cantidad a infusionar; la jarra para la leche y el azucarero con sus pinzas; las cucharillas para el té, las de postre para las tartas y, finalmente, el colador.

—Es precioso —dijo Theresa, e imaginó el brillo que debían de tener esos objetos, ahora sin lustre, hacía años.

—Y muy valioso también. El señor Revere creaba sus exquisitas piezas de orfebrería con monedas de plata, las fundía y convertía el metal líquido en objetos funcionales. En caso de necesidad, el dueño podía venderlos por el mismo valor de las monedas. Mi madre me regaló este juego de té cuando me casé con Isaac Stone. —Guardó silencio un instante y una arruga diminuta frunció su delicado ceño—. Isaac murió… —Parpadeó y contempló los platitos que sostenía entre las manos como si no supiera de dónde habían salido—. MacKenzie también murió, en un viaje a Santiago. Una tormenta en alta mar, según tengo entendido… —Negó con la cabeza antes de continuar—. Es una de mis posesiones más preciadas. Solo lo sacaba en los días especiales y cuando MacKenzie y yo teníamos invitados. Lo guardé cuando falleció porque verlo me resultaba demasiado doloroso, pero ahora ellos podrán darle un mejor uso.

—¿Espera alguna visita especial?

Emily colocó las piezas de plata sobre la mesa redonda que descansaba junto a la ventana.

—No, querida, es mi regalo de boda para Robert y la señorita Huntington. Tengo que revisar todas las piezas, aunque siempre lo traté con sumo cuidado.

Theresa hubo de apoyarse en el respaldo de una silla.

—¿Regalo de boda? —se oyó decir a sí misma—. No sabía…

Emily le lanzó una sonrisa cómplice.

—Aún no han decidido la fecha, pero será pronto. Tendría que haber un juego de porcelana aquí en el fondo —continuó mientras sacaba puñados de paja—. Importado de Inglaterra. Quiero que Robert y la señorita Huntington puedan recibir a las visitas como Dios manda.

Theresa necesitaba aire fresco. Se acercó a la ventana, la abrió y vio a Robert en el jardín; acompañaba a la señorita Huntington hasta su carruaje. Antes de subirse con la ayuda del lacayo, la joven besó en la mejilla al capitán Farrow y le dijo algo que le hizo reír a carcajadas.

Robert esperó mientras se alejaba, dio media vuelta, se detuvo un instante y levantó la mirada. Theresa supo que la había visto en la ventana porque no se movió hasta que ella le dio la espalda.

Sabía que no debía albergar sentimientos, pero bajo la oscura tela del hábito latía el corazón de una mujer que amaba al hombre que jamás podría tener. Pronto haría cinco años que había desembarcado en las islas, cinco años desde el día en que un desconocido, un caballero alto y apuesto, había acudido en su ayuda. Era una efeméride agridulce. Estaba haciendo el trabajo para el que había nacido, era feliz con las labores diarias y estaba orgullosa de poder ayudar a los demás, pero cada vez que iba a casa de los Farrow sentía una puñalada más en el corazón.

Y ahora la señorita Huntington había entrado en su vida para echarle sal en la herida.

A pesar de que el palacio 'Iolani no estaba lejos del convento, Robert insistió en ir a recoger a la hermana Theresa en su carruaje. Según sus propias palabras, tenían que llegar «con estilo». El capitán iba muy elegante, con una levita y unos pantalones negros, una camisa almidonada y un pañuelo al cuello, ambos blancos. Cubriéndole la cabeza, un sombrero de copa negro. Comentó que, por una vez, iban los dos conjuntados. Theresa intentó sonreír, pero el peso que le oprimía el corazón era demasiado grande.

—Está muy callada, Anna —dijo Robert mientras el carruaje se adentraba en el denso tráfico de King Street, donde otros carruajes, además de carretas y jinetes, competían por el mismo espacio—. ¿Va todo bien?

—Sí, desde luego —respondió ella.

Había tenido tres días para hacerse a la idea de que Robert iba a casarse con la señorita Huntington. Sabía que era cuestión de tiempo que se acostumbrara a verlo como algo inevitable e incluso normal, y esperaba sinceramente que llegara el día en que se alegrara por él.

Se unieron al desfile de carruajes que se dirigían al palacio. Al llegar a la entrada los recibió un grupo de muchachas vestidas con *muumuus* blancos que enseguida les pusieron al cuello *leis* de flores recién cogidas. Dentro la orquesta tocaba un vals vienés y las parejas se deslizaban sobre el brillante suelo del palacio como nenúfares que flotaran sobre las aguas de la laguna.

Robert acompañó a Theresa hasta una pequeña mesa y le preguntó qué le apetecía beber. Cualquier ponche de frutas que no llevara alcohol, respondió ella, aunque no tenía apetito ni sed. Por primera vez en su vida iba a pasar la velada en compañía del hombre al que amaba, una ocasión que sabía que no volvería a repetirse.

Se dejó llevar por el glamour del baile, por la belleza de las mujeres y el atractivo de los caballeros. Tres hombres, ataviados con levita negra y camisa blanca, interceptaron a Robert por el camino, lo sujetaron por el brazo e iniciaron una animada conversación de la que él parecía incapaz de librarse. La miró, indefenso, y ella sonrió y lo saludó con la mano. El ponche de frutas podía esperar.

Recibió algunas miradas de extrañeza, también unas cuantas abiertamente hostiles, pero en su conjunto los invitados parecían más interesados en disfrutar de la velada, así que ignoraron la presencia de una monja católica. Sin embargo, sí había un hombre que no se molestaba en disimular la contrariedad que le provocaba. Era el doctor Simon Edgeware, que compartía mesa al otro lado del salón con el ministro de Finanzas, su esposa y dos importantes congregacionalistas con mucha influencia en la Asamblea Legislativa, o eso creía Theresa.

Decidió ignorar las miradas del doctor Edgeware y dirigió toda su atención hacia la puerta del salón, donde la señorita Huntington acababa de llegar cogida del brazo de su padre. La luz de las lámparas de araña bañó sus cabellos dorados y muchas cabezas se volvieron para admirarla.

Las conversaciones de los presentes versaban en su mayoría sobre la guerra en Estados Unidos. Theresa apenas tenía noticias de su hermano Eli. En febrero su regimiento había participado en la batalla de Hatcher's Run y en marzo había tomado parte en la toma de Petersburg. Lo último que su familia y ella sabían era que el vigésimo de Massachusetts se había unido a la persecución de los confederados en dirección a Appomattox.

Cuando por fin el rey hizo su gran entrada la orquesta tocó el himno nacional de Hawái, que compartía melodía con el *Dios salve a la reina*.

Kamehameha V tenía treinta y tres años pero aparentaba cincuenta. Tenía el rostro ancho y rotundo y la piel oscura de los polinesios; el cabello, negro y tupido, un bigote no demasiado poblado y un cuerpo de apostura imperial, alto tirando a corpulento. No estaba casado, por lo que, en caso de que muriera sin descendencia y sin nombrar a un sucesor, la corona podría recaer en el príncipe Lunalilo o bien en David Kalakaua, el chambelán del rey. Ambos procedían de grandes linajes. Lunalilo tenía la sangre más real del reino, incluso más que la de Kamehameha V, mientras que la familia de Kalakaua se remontaba directamente a los antiguos monarcas de Hawái.

Ambos descendían del legendario rey Umi, un honor que Mahina también compartía, y es que su madre, Pua, había ocupado el decimotercer puesto en la línea de sucesión de Umi, un derecho que nadie más poseía.

Mientras Kamehameha se dirigía con paso imperial hacia su trono los invitados dejaron de bailar o se levantaron de sus sillas. Lucía un frac negro de corte impecable, con una banda de seda atravesándole el pecho en diagonal y guarnecida con cintas y una gran cantidad de medallas. A su lado iba la reina Emma, su cuñada, rodeada por sus asistentes y vestida de luto, sencilla pero elegante. A su paso los caballeros se inclinaban en una reverencia y las damas los recibían con una genuflexión. Alguien que estaba cerca de Theresa y a quien no reconoció le dijo a su compañero de mesa: «¡Nunca pensé que llegaría el día en que un blanco se postrara de esta manera ante alguien de color!».

Cuando la pareja real ocupó su lugar en el estrado que presidía la sala, la música volvió a sonar y los invitados siguieron bailando o conversando, coqueteando o discutiendo sobre política. Robert regresó a la mesa con una copa de ponche de mango en la mano.

—He visto un caviar en el bufet que tiene una pinta excelente —dijo.

Theresa le prometió que no tardaría en ir a escoger entre los distintos platos que se ofrecían. De momento la escena que acababa de presenciar la había dejado sin aliento. Ciertamente la atmósfera resultaba embriagadora. Los Barnett solían celebrar recepciones como aquella en su mansión de San Francisco, y Theresa sentía el dolor agridulce de la nostalgia al recordar aquellos días. ¡Cuánto le gustaba vestir sus mejores galas y dejarse llevar por la pista de baile del brazo de algún joven apuesto! Sin embargo, ya no era aquella muchacha de antaño y tampoco formaba parte de aquel festejo al que había asistido, no como los demás. Era como si estuviera asomada a una ventana y mirara hacia el interior.

Se levantó de la silla y comentó algo sobre el bufet. Robert se disponía a acompañarla cuando un murmullo recorrió de repente el salón. Provenía de la entrada principal; atravesó las puertas dobles, que aún permanecían abiertas, y se propagó por la estancia como una ola. Todos guardaron silencio o dejaron de bailar y dirigieron la mirada hacia la entrada; hasta la orquesta enmudeció. Theresa y Robert se sorprendieron ante una visión que no esperaban.

Era Mahina, inmóvil como una estatua, que explayaba la mirada por el salón hasta detenerse en el hombre que lo presidía desde su trono. Llevaba un animado pareo alrededor de la cadera, ancha y generosa, y nada más. Sus pechos estaban ocultos bajo varias capas de *leis* de todos los colores del arcoíris. Sobre la cabeza, una corona de flores. Las muñecas y los tobillos cubiertos con pulseras florales; los pies descalzos. La melena, larga y totalmente blanca, le caía espalda abajo como una cascada hasta más allá de la cintura. Tras un instante en el que no se oyó entre los allí congregados ni el menor sonido, Mahina reanudó el paso, la vista fija a lo lejos, el semblante solemne y decidido.

Los invitados pudieron ver al hombre que caminaba detrás de ella, el imponente jefe Kekoa con el atuendo formal de su cargo y una corona de hojas de *ti* sobre la cabeza de pelo cano. Portaba el bastón de mando, un *kahili* adornado con plumas, emblema de su poder. Detrás de él avanzaban cuatro sacerdotes nativos cargados con haces de hojas de *ti*.

Nadie osó decir una sola palabra mientras la procesión avanzaba lentamente hacia el estrado. La expresión del rey era indescifrable, pero Theresa vio muchas miradas de estupefacción, en especial en el rostro de las mujeres blancas. Podía palparse la tensión, y es que todos se preguntaban qué hacía Mahina allí y qué planeaba.

Cuando llegó al trono alzó las manos y gritó con voz estridente palabras en hawaiano cuyo significado ninguno de los presentes entendió. Kekoa se unió al cántico al tiempo que los sacerdotes agitaban las hojas de *ti* en todas direcciones. Mahina movió los brazos, chilló, se llevó las palmas a ambos lados de la boca y soltó una ristra de palabras mientras el monarca permanecía impasible. El eco de su voz se extendió por toda la sala durante varios minutos más hasta que por fin calló y los presentes, expectantes, aguardaron en silencio.

—¿Qué está haciendo? —susurró Theresa.

Robert sonrió.

—Está bendiciendo al rey, por su cumpleaños.

Justo en aquel preciso instante la multitud, paralizada, vio que Kamehameha sonreía y la reina Emma también, y el alivio se hizo palpable en el ambiente. Los presentes dejaron de contener la respiración, relajaron los hombros, se volvieron hacia sus compañeros y comentaron lo sucedido entre susurros. Poco después el Kekoa y los sacerdotes se hicieron a un lado para que la gran *ali'i* Mahina pasara y luego la siguieron hacia la entrada.

Mahina mantuvo la mirada al frente, sin reconocer a ninguno de los trescientos invitados, excepto a dos: cuando pasó junto a Robert y Theresa, se detuvo y los abrazó con grandes aspavientos, apretando la nariz contra la de ellos y diciéndoles *aloha* a su manera, tan intensa y cargada de significado. Acto seguido la extraña procesión reemprendió su camino, y Theresa se dio cuenta de que todos en el salón, incluidos el rey y la reina, la miraban fijamente.

La música sonó de nuevo, la gente retomó lo que estaba haciendo antes de la interrupción y la celebración continuó.

—Eso ha sido muy astuto por su parte —dijo Robert.

—¿A qué se refiere?

—¿Se ha dado cuenta de que Mahina ha eclipsado al mismísimo monarca? Siempre he sabido que tenía un don para el teatro. Se la trae al pairo el cumpleaños de Kamehameha. Sencillamente ha elegido este acto para recordarnos a todos, *haole* y *kanaka* por igual, y en especial al rey y a sus ministros *haole*, que esto sigue siendo Hawái y que las antiguas costumbres no pueden olvidarse con tanta facilidad. Apuesto a que Mahina sería una política excelente.

—Creo que iré a echar un vistazo al bufet —anunció Theresa, y añadió—: No sé si se ha percatado de la llegada de la señorita Huntington y de su padre.

—Los he visto entrar.

—Supongo que preferirá su compañía a la de una religiosa —bromeó, tratando de restar importancia al peso que le oprimía el pecho.

—¿Y por qué iba a preferir su compañía?

—Su madre me ha contado la noticia de su inminente boda con la señorita Huntington.

Robert se mostró sorprendido.

—Así que eso es lo que le ha dicho mi madre, ¿eh? Es una de

sus fantasías. Le gustaría que me casara con la señorita Huntington, pero lo cierto es que no me interesa lo más mínimo.

Theresa sintió que el corazón le daba un vuelco.

—Pero es una mujer muy hermosa…

—Sí, supongo que lo es, después de pasarse dos horas delante de un espejo. A Alexandra lo único que le interesa es su apariencia, y si un caballero olvida hacerle un cumplido o pasan, no sé, cinco minutos sin que nadie le recuerde que es la mujer más bella del lugar se pone de mal humor. Ningún hombre es capaz de estar a la altura de sus exigencias aunque, como puede ver, no le faltan pretendientes. —Y entonces Robert le dedicó una de sus miradas, largas e intensas, y dijo—: Además, la señorita Huntington nunca será como nosotros, Anna. Nunca será hawaiana.

—Yo no soy hawaiana.

Él sonrió y bajó la voz hasta que el salón de baile y todos sus ocupantes desaparecieron y solo quedaron ellos dos en el mundo.

—Es usted más hawaiana de lo que cree. El jefe Kekoa dijo que es una *kama 'aina*, Anna. Es hija de esta isla.

De pronto Theresa sintió un calor muy intenso. Necesitaba tomar el aire, así que murmuró algo sobre la cena y huyó de la compañía de Robert. Cuando llegó a las interminables mesas del bufet, cubiertas con más comida de la que había visto en toda su vida, esquivó la fila y se dirigió hacia el vestíbulo de mármol y cristal, reluciente bajo la luz de las lámparas de araña del techo.

«¡No se casa!»

Se llevó la mano a la frente y rozó al hacerlo el borde almidonado de la toca.

—¿Se encuentra bien, querida?

Theresa dio media vuelta y se encontró con una mujer pelirroja, ataviada con un precioso vestido lavanda, que le sonreía. Llevaba unos guantes largos y plumas de garcilla en el pelo.

—Es que… necesitaba alejarme de la multitud.

—Sé a qué se refiere —replicó la mujer entre risas—. A veces estas cosas pueden ser un poco abrumadoras. —Abrió su diminuto bolso—. ¿Le vendrían bien unas sales aromáticas?

—No… gracias. Ya pasó.

—Siempre las llevo encima, por si acaso. —Extendió una mano y se la tendió—. Eva Yates —se presentó, y Theresa se la estrechó—. Y usted es la hermana…

—Theresa. De las Hermanas de la Buena Esperanza.

—Sí, lo sé. Estoy familiarizada con el maravilloso trabajo que hacen. Solo llevo un par de semanas en Honolulú, pero he de decirle que he oído hablar, y muy bien, de su hermandad. Esperaba poder conocerlas. Yo también soy enfermera, ¿sabe?, y obviamente voy a necesitar ayuda para adaptarme a las islas. Su grupo lleva aquí cinco años, ¿verdad?

Theresa la miró fijamente.

—¿Es usted enfermera?

—¿Le sorprende? —exclamó Eva Yates—. Hawái está aislada del mundo y las noticias tardan mucho en llegar hasta aquí, ¿verdad? Formé parte de la primera promoción de la nueva escuela Nightingale de Londres. ¿No ha oído hablar de ella?

Theresa respondió que no con la cabeza, demasiado extrañada para hablar.

—Pero ha oído hablar de la guerra de Crimea, ¿verdad?

—Sí, creo que sí.

La guerra de Crimea había tenido lugar en la década anterior, cuando Theresa era una adolescente que carecía de interés por las noticias del mundo, y mucho menos por las campañas militares.

La voz de Eva Yates parecía llegarle desde muy lejos mientras le hablaba de una mujer inglesa llamada Florence Nightingale que, al conocer las terribles condiciones en las que vivían los soldados ingleses heridos durante aquel conflicto en un lugar llamado Scutari, en el Imperio otomano, había reunido a un grupo de voluntarias y las había formado para ser enfermeras. La señorita Nightingale viajó en barco hasta Scutari con treinta y ocho enfermeras y quince monjas católicas. Una vez allí descubrieron la deplorable situación del hospital y el personal médico, claramente superado, que atendía a los pacientes.

La historia era, cuando menos, heroica, pero mientras la señora Yates le contaba los detalles más épicos, Theresa solo podía pensar en una cosa, y era que, de pronto, la de enfermera era una profesión honorable, abierta a cualquier mujer respetable con la experiencia necesaria, una moral noble y dedicación.

—Me gustaría trabajar en el hospital de la Reina Emma —dijo la señora Yates—, pero con dos niños pequeños debo quedarme en casa. Mi esposo tiene el consultorio allí. Yo lo ayudo con los pacientes hospitalizados y lo acompaño en las visitas a domicilio.

—Su esposo… —se oyó repetir Theresa; y también tenía dos hijos pequeños.

—Sí, está dentro, aprovechando para hacer contactos. Es médico y hemos venido a Hawái para instalarnos.

Theresa se había quedado sin habla; tan hierática como si le hubiera caído un rayo encima. Cuando consiguió interiorizar las palabras de la señora Yates sintió que volvía a faltarle el aire.

Tiene esposo e hijos, lleva vestidos y bebe champán, y aun así asiste a los enfermos…

Pensó en el precio que ella había pagado a cambio del privilegio de ser enfermera. Había renunciado a la posibilidad de ser esposa y madre, de conocer el amor de un hombre, al igual que Emily Farrow, antes que ella, había sacrificado la compañía de los suyos para poder predicar entre los nativos. A cambio, ¿qué había recibido la señora Farrow? Soledad, quizá la responsable de su desequilibrio. «¿He hecho lo mismo que ella?», se preguntó Theresa. Si hubiera esperado un año o dos, habría oído hablar de las enfermeras de Florence Nightingale… Pero tenía prisa, no podía aguardar ni un minuto más, así que renunció a la felicidad más absoluta y ahora se debía a unos votos que nunca tendría que haber pronunciado.

Jamás conocería el amor de Robert. ¡No podría ser su esposa ni la madre de sus hijos!

«¿Qué he hecho? Dios mío, ¿qué he hecho?»

21

—El superintendente del hospital de la Reina ha venido a verle, señor.

—Gracias, Milford. Hágalo entrar.

Simon Edgeware estaba en su oficina del edifico del Capitolio donde se reunía la Asamblea Legislativa, frente al palacio 'Iolani. Era una estancia espaciosa, muy bien amueblada y con dos retratos colgando de la pared, del rey Kamehameha V y de la reina Victoria, ambos realizados según la nueva técnica fotográfica. Mientras esperaba a que su asistente hiciera entrar a su visitante observó la calle a través de la ventana.

Se había convertido en un hombre poderoso; dentro de muy poco, gracias a sus inversiones en la creciente industria del azúcar, también sería rico. No estaba nada mal para el hijo bastardo de una modista pobre que culpaba a su hijo no deseado de todos sus males. Dominante y aficionada a la bebida, Molly Edgeware solía regañar a Simon y le decía que no valía para nada, que le había arruinado la vida. Él intentaba hacerle ver que en realidad el culpable había sido su padre, pero ella le propinaba un guantazo con el dorso de la mano y lo enviaba al otro lado de la estancia.

Edgeware había hecho muchas cosas en los seis años que llevaba en las islas: había limpiado pueblos enteros, mejorado las medidas sanitarias, supervisado el aislamiento de los enfermos en casos de epidemia y sometido a cuarentena a los barcos en caso necesario. El siguiente punto de la lista era convencer al monarca para que expulsara del reino a las monjas católicas. No al catolicismo ni a los sacerdotes, y eso no lo conseguiría jamás, y tampoco los temía. Las hermanas, en cambio, eran otra historia. Se metían en las casas de la gente, y cuando cuidaban a las mujeres que estaban enfermas, vulnerables por tanto, además de medicinas les administraban rosarios y las adoctrinaban. Para Edgeware llevaban pues mucho más que infusiones y tónicos a las casas de los enfermos; llevaban propaganda.

Lo cual las convertía en un peligro potencial.

Edgeware estaba trabajando en un plan para convencer a Kamehameha de que, mientras que el catolicismo era un mal necesario que había que tolerar, aquellas mujeres debían ser expulsadas cuanto antes.

Y en concreto despreciaba a la hermana Theresa, que se había atrevido a humillarlo en Waialua. Le había gritado delante de todo el mundo que se equivocaba al trasladar a los contagiados de escarlatina a la playa. Por si fuera poco, se demostró que la monja tenía razón cuando los enfermos decidieron adentrarse en el mar embravecido. Nunca se lo perdonaría.

Con todo, el odio de Simon Edgeware hacia las Hermanas de la Buena Esperanza, y en concreto hacia Theresa, tenía otras motivaciones de índole más personal, pero eran tan desagradables que ni siquiera él era consciente de su existencia. A veces, mientras dormía, asediaban su mente. En esas ocasiones el cerebro lo atormentaba con imágenes de Theresa y su hábito negro, y el doctor se despertaba sexualmente excitado. Afortunadamente bastaba con una buena jarra de agua fría para ahuyentar los recuerdos que pudiera conservar de aquellos sueños tan insultantes.

Apenas era consciente de la incomodidad que le provocaba estar en compañía de mujeres poderosas. Eso incluía a cualquiera que ostentara un poder real, como Mahina, que era una leyenda viviente, pero también existían otros tipos de poder. A Edgeware no le gustaba coincidir con mujeres embarazadas. Representaban el poder femenino más primario, y por ello no era capaz de definir el temor que le inspiraban. Era toda la parte sexual, el misterio que las rodeaba, lo que le provocaba rechazo. Sentía que, si algún día decidían unirse y rebelarse contra la opresión, el mundo sería suyo y los hombres no podrían hacer nada para detenerlas.

Por suerte sí tenía el poder necesario para detener a la hermana Theresa y a sus compañeras. Todo sería legítimo y perfectamente legal, sin fisuras ni resquicios que les permitieran escabullirse. Tarde o temprano violarían la ley o cometerían un delito, y Simon Edgeware estaría allí con sus soldados para llevarlas ante un juez, donde no habría recurso para ellas ni para su Iglesia.

Suspiró y se apartó de la ventana. Entendía la razón por la que el Señor había creado a las mujeres, pero ¿no podría haberles insuflado un carácter más dócil?

El ungüento que Theresa había utilizado para la urticaria de Mahina el día en que se habían conocido, hacía ya cinco años, se había hecho muy popular en la aldea de la *ali'i*. Los hawaianos eran dados a sufrir alteraciones en la piel y el bálsamo que Theresa y sus hermanas elaboraban en el jardín del convento era mano de santo con la mayoría de aquellos sarpullidos.

Theresa estaba sentada frente a la cabaña de Tutu Nalani cambiándole el vendaje de una dermatitis que le había salido en el brazo izquierdo. Nalani, cuyo nombre significaba «cielos tranquilos», era una anciana de cabello blanco, pariente lejana de Mahina y del jefe Kekoa. Las dos estaban en el epicentro de la actividad de la aldea, rodeadas de niños y perros que corrían a sus anchas, mujeres sentadas frente a sus casas confeccionando *leis* o cosiendo *muumuus* entre risas y conversaciones, y hombres ocupándose de los trabajos más diversos entre las numerosas cabañas y pabellones del pueblo.

Theresa sonreía mientras trabajaba, pero por dentro estaba sufriendo. Tras conocer a la enfermera Yates en el baile real había pasado toda la semana apesadumbrada por una única cuestión. ¡Se había equivocado tanto…! ¡Hasta qué punto se había precipitado! «Abandone la orden», le había pedido Robert hacía dos años, y Theresa había respondido: «¿Qué haría? ¿Adónde iría?».

¡Ahora tenía opciones! Podía trabajar de enfermera, quizá en el hospital de la Reina, o con pacientes privados.

Y podría casarse con Robert…

Pero no se veía capaz de dejar el convento. Estaba en deuda con sus hermanas, que la habían aceptado en su seno y le habían proporcionado una educación muy valiosa. Y ahora la necesitaban. La población blanca de Honolulú crecía de manera imparable, pero la hermandad no. Solo eran ellas seis y no daban abasto.

Mientras cubría el brazo de Nalani con un vendaje limpio recitó una plegaria hawaiana que Mahina le había enseñado. Había descubierto que los *kanaka* cuidaban mejor de sus heridas si creían que estaban protegidas por un hechizo sagrado.

Siempre había cuestionado la eficacia de los cánticos en la elaboración de remedios medicinales hasta que una tarde Mahina le había abierto los ojos. Le estaba explicando cómo debía machacar los frutos del *noni* para preparar con ellos una cataplasma para las quemaduras, cantando durante todo el proceso, y Theresa le preguntó si las palabras tenían algún efecto real. Mahina se detuvo a pensar un instante, luego metió una mano en la bolsa de mano de Theresa y sacó un frasco lleno de agua.

—¿Qué es esto? —le preguntó.

—Eso es agua bendita —respondió Theresa.

—¿Por qué bendita?

—Un sacerdote la bendice con sus plegarias.

Desde entonces había memorizado algunos cánticos y su pronunciación exacta. También había aprendido unos cuantos pasos del *hula* y había descubierto la sensación de libertad que experimentaba cada vez que se subía las mangas y agitaba los brazos. Por supuesto era algo mínimo, no la danza seductora y sensual que la imponente Mahina representaba, pero a Theresa le recordaba la noche de la escarlatina en la que se había quitado el hábito para zambullirse en el mar. A pesar de lo trágico de los acontecimientos, se había sentido libre de un modo indescriptible, y vivía con la esperanza de sentirse así de nuevo.

Algo le tapó la luz solar y una voz dijo:

—¡*Aloha*, Keleka!

Levantó la mirada y vio la silueta de un joven alto y enjuto recortada frente al sol. No le veía la cara, pero sabía que era Liho, el nieto de Mahina, que se había curado gracias a un *ho'oponopono*. Se alegró de verlo.

—Traigo mango para Keleka —anunció Liho, y le entregó un trozo de *tapa* anudado y lleno de frutos.

—Gracias, Liho. Déjalo aquí, por favor.

Tras hacer lo que Theresa le había pedido, se sentó junto a ella en cuclillas para ver cómo terminaba de vendar el brazo de Nalani.

Al darse la vuelta para coger las tijeras de su bolsa de mano Theresa vio el pie izquierdo de Liho. Iba descalzo y tenía una herida bastante fea en el pulgar. Había dejado de sangrar y ya cicatrizaba. Aun así, tenía que limpiársela y aplicarle un ungüento para evitar que se le infectara.

Cuando terminó con Nalani se concentró en Liho, quien empezó a contarle la exitosa expedición de pesca de la que justo acababa de regresar.

—Muchos *mahi-mahi* —anunció orgulloso.

Theresa se inclinó para examinarle el pie. Se lo levantó del suelo para verlo mejor, convencida de que Liho se quejaría del dolor, pero no reaccionó.

—¿Te duele? —le preguntó.

—¿Qué? —dijo él y, al bajar la mirada, le sorprendió verse la herida.

Theresa la tocó con la yema de un dedo.

—Esto. ¿Te duele?

—No siente, Keleka.

Pensó en ello un instante y luego apretó con más fuerza, pero Liho tampoco reaccionó. Alzó la vista hacia él y vio que tenía una especie de arañazo en la punta de la nariz.

—¿Eso te duele? —le preguntó.

Liho la miró desconcertado, y Theresa le tocó la nariz. Esa vez tampoco sintió nada.

Le examinó la cara más de cerca, y sintió un nudo en el estómago. Ahora podía ver algo sobre su piel bronceada en lo que no había reparado hasta ese momento: varias placas ligeramente menos pigmentadas que el resto de la piel. Le pidió que cerrara los ojos, sacó una aguja de suturar y se la clavó en una de las lesiones.

—¿Sientes esto? —le preguntó, sabiendo lo que iba a responder porque no se había inmutado.

—No, Keleka.

Presa del pánico, le examinó las manos y le clavó la aguja en la yema de los dedos. Liho había perdido la sensibilidad en las manos.

—Santo Dios —susurró.

Estaba segura. Solo existía una enfermedad que presentara aquellos síntomas en la fase inicial. Hasta entonces, únicamente se conocían veinticinco casos documentados y controlados, pero las sospechas apuntaban a que muchos no se denunciaban por el miedo de las familias a lo que pudiera ocurrir.

Sabía qué futuro aguardaba a Liho. La lepra no tenía cura y mutilaba a sus víctimas por fases, lentamente. Se quedaría ciego, se le deformaría el rostro, le fallarían los riñones y también los nervios, que le provocarían una peligrosa pérdida de tacto. Una de las complicaciones más terribles de la lepra era la debilidad en los músculos que convertía las manos en garras.

—Liho —le dijo al muchacho con una sonrisa—, ¿dónde está Tutu Mahina?

Él señaló hacia el otro extremo de la aldea, donde Theresa sabía que estaba el pabellón en el que las mujeres tejían el *tapa*.

Mientras se dirigía hacia allí vio a Mahina y a sus compañeras trabajando en las distintas fases del proceso: pelando la corteza de los tallos de morera, humedeciendo las tiras y luego machacándolas. Usaban conchas afiladas y piedras lisas en la confección de aquella suerte de tela. Al verla llegar todas levantaron la mirada y la saludaron con una sonrisa en los labios.

—¡Keleka! —exclamó Mahina, y alzó la mole que era su cuerpo de la esterilla sobre la que estaba sentada para rodearla con uno de sus famosos abrazos.

Había vuelto a ganar el peso que perdió al morir Polunu, su hijo. La alegría tras salvar a Liho gracias al *ho'oponopono* le había devuelto el apetito y las ganas de vivir. Era más generosa que nunca, una visión familiar en las calles de Honolulú por las que solía caminar sola, repartiendo *alohas* y coloridos *leis* entre los transeúntes.

Sin embargo, esa vez Theresa tenía malas noticias y no sabía cómo dárselas.

Estaba obligada por ley a denunciar la enfermedad de Liho a las autoridades sanitarias. El doctor Edgeware iría a Wailaka acompañado de sus soldados y haría que su personal examinara a todos los nativos. Llegado el caso, podría declarar la cuarentena y quemar la aldea. Liho sería trasladado al campo de aislamiento que acababan de construir en una zona apartada de la isla. Sus familiares tendrían que pedir un permiso especial si querían visitarlo, además de someterse ellos también a revisiones frecuentes, pero todas esas medidas eran necesarias dada la naturaleza altamente contagiosa de la enfermedad.

—Mahina, tengo que hablar con usted.

Esta perdió la sonrisa.

—Keleka parece preocupada. ¿Qué preocupa Keleka?

Theresa dirigió la mirada hacia los presentes.

—En privado, por favor.

—¿Mi Pinau… está bien? —preguntó alarmada, y es que Mahina siempre estaba preocupada por su nieto Jamie.

Se dirigieron hacia el margen de un campo de boniatos en el que no trabajaba nadie, y Theresa le explicó la revisión que había hecho a Liho y cuál era su diagnóstico.

Al principio Mahina la miró fijamente, sin acabar de creérselo, pero enseguida clamó al cielo.

—*Auwe!* No verdad, Keleka. ¡Decirme que no verdad!

Theresa miró a Liho, que estaba entre las cabañas lanzando un palo a un cachorro y riendo a carcajadas cuando el perrito se lo traía de vuelta. Últimamente se había hablado mucho de la posibilidad, auspiciada por el doctor Edgeware, de crear una colonia de leprosos en otra isla. Aquello destrozaría a las familias afectadas.

—Mahina, escúcheme. —La sujetó por los brazos—. Liho no mejorará. Los médicos blancos no pueden ayudarlo y tampoco el *kahuna lapa'au*. Ni siquiera un *ho'oponopono*. Su enfermedad no hará más que empeorar y, por si fuera poco, se la contagiará a los demás. ¿Lo entiende? Tiene que llevarse a su nieto al bosque, lejos de la gente, y tenerlo allí escondido. Ahora es *kapu* para los demás, ¿entiende?

—¿Dónde ir? —preguntó Mahina entre sollozos.

—Encuentre un lugar adecuado. Y no le permita regresar a la aldea. No deje que baje a la playa.

Al oír aquello la nativa abrió mucho los ojos.

—¿No pescar? ¿No hacer canoas? ¿No navegar olas?

Santo Dios, pensó Theresa. Para Liho se habían terminado los días de surcar las olas del mar sobre una tabla.

—Explique a los demás que esto no deben saberlo los *haole*.

Sabía que necesitaría ayuda de su familia, que seguramente tendría que contarles lo que le había sucedido a Liho.

Mahina asintió, visiblemente afectada.

—¿Tú dice Kapena?

—Sí, yo me ocupo de contárselo al capitán Farrow. Mahina, Liho debe esconderse en el bosque —insistió Theresa con un nudo en la garganta— y no salir de él nunca más.

22

«Por favor —le había dicho la enfermera Yates la noche del baile—, venga a vernos cuando quiera. Me gustaría que me hablara de sus experiencias y, quién sabe, quizá hasta podría darme algún consejo. Todo esto es nuevo para mí.»

Así pues, allí estaba Theresa, al final del camino de acceso a la casa de madera de dos plantas en cuya entrada colgaba un cartel que decía: Steven Yates, Médico y Cirujano - Enfermera Disponible.

«Enfermera…» Sonaba elegante. Respetable incluso.

El porche estaba ocupado por varios bancos colocados en fila. Al parecer, allí era donde aguardaban los pacientes. Cuando le llegaba el turno al que estaba más cerca de la puerta, todos los demás avanzaban un puesto y los recién llegados se ponían a la cola.

Cuando Theresa llegó solo había una persona esperando, un hombre de origen chino que había acudido a la consulta solo. Iba vestido con unos pantalones anchos y una chaqueta acolchada, ambos azules. Llevaba el pelo recogido en una larga trenza que le caía sobre la espalda y se cubría la cabeza con un pequeño casquete ceñido. Theresa sabía que, con la proliferación de plantaciones de azúcar, cada vez llegaban más trabajadores desde China. Se preguntó dónde trabajaría aquel hombre. Llevaba el brazo derecho envuelto con un vendaje sucio.

Le sonrió y se sentó frente a él. Pasaron los minutos hasta que se abrió la puerta y salieron un niño y una mujer que no dejaba de dar las gracias a la señora Yates por «descongestionarle el pecho a Jenny».

—Hermana Theresa —exclamó la señora Yates—. ¡Qué sorpresa tan agradable! Por favor, entre. —Se volvió hacia el paciente chino y le dijo—: Señor Chen, entre, por favor.

El hombre asintió y las siguió con una sonrisa.

Accedieron a un recibidor. Las puertas de la izquierda estaban cerradas. Más adelante una escalera conducía a la planta superior y, a la derecha, unas puertas dobles daban acceso a una estancia diáfana y llena de luz que Theresa identificó con el antiguo salón o la biblioteca de la casa, que los Yates habían transformado en una consulta médica. Había libros en las estanterías, representaciones anatómicas en las paredes, un esqueleto colgando de un gancho, armarios, una mesa y varias sillas.

—Mi esposo está en el hospital —dijo Eva Yates al tiempo que indicaba al señor Chen que tomara asiento—. Lamentará haberse perdido su visita.

La hermana Theresa no pudo evitar pensar que la señora Yates parecía una mujer cualquiera recibiendo a unos conocidos. Llevaba un bonito vestido de seda verde pálido con el cuello y los puños de encaje, y se había recogido el pelo bajo una pequeña cofia también de encaje.

Empezó a retirar las vendas que cubrían el brazo del señor Chen, y Theresa pensó: «Hace exactamente lo mismo que yo y, aun así, trabaja sin trabas. Y está casada».

—El señor Chen vino la semana pasada con un amigo que nos contó que se había hecho daño mientras cargaba cajas en una carreta. El doctor Yates necesitó casi una hora para sacarle todas las astillas del brazo y luego suturar las heridas.

Algo se escurrió entre las vendas y cayó al suelo. Theresa lo recogió. Era un objeto redondo y plano, de una pulgada más o menos de diámetro, hecho de metal y cubierto de símbolos. Se lo entregó a la señora Yates, quien dijo:

—El amigo que trajo al señor Chen me contó que es una moneda de la buena suerte y que es para la salud. Esta está especialmente diseñada para alejar algo llamado «enfermedad *chi*». Se llama moneda *Tian Yi* porque *Tian Yi* significa «doctor del cielo».

Theresa observó con gran interés a la señora Yates mientras retiraba los puntos de seda negra del brazo del paciente con unas pinzas y unas pequeñas tijeras. Era casi hipnótico, la concentración con la que trabajaba, la precisión de sus movimientos. El señor Chen no se quejó ni una sola vez. Theresa sintió envidia: a sus hermanas y a ella no les estaba permitido retirar los puntos de sutura.

Finalmente la señora Yates vendó otra vez el brazo, asegurándose de introducir la moneda amarilla de la suerte entre las gasas, justo sobre la herida.

Theresa se disponía a hacer una pregunta a su colega cuando se vio interrumpida por un niño de unos seis años y una niña de alrededor de tres que entraron corriendo en la sala entre gritos y risas. La señora Yates los abrazó.

—¡Mis pequeñajos! ¿Cuántas veces os he dicho que no interrumpáis a mamá cuando está trabajando? Volved con Nanny, ángeles míos. Venga, marchaos. En un rato os preparo galletas y leche.

El señor Chen se inclinó en una reverencia, dijo algo en chino y luego se marchó.

—Permítame que limpie todo esto —dijo la señora Yates—. Después podemos ir al salón a tomar el té. No sabe cuánto me alegro de que haya aceptado mi invitación. ¡Tengo tantas preguntas!

—Yo también tengo algunas —dijo Theresa mientras miraba a su alrededor. Cuando llegó al armario con la puerta de cristal preguntó—: Por ejemplo, ¿qué es esto? —Señaló un cilindro de cristal con un émbolo en un extremo y una aguja en el otro.

—Es un invento muy reciente —explicó la señora Yates—. Se llama jeringa hipodérmica y se usa para la inyección subcutánea de medicamentos. En algunos casos es más efectivo que administrar la medicina por vía oral. También se utiliza para la anestesia local de las heridas.

—¿Y ese instrumento tan extraño que hay al lado?

—Se llama microscopio. Aumenta las imágenes muchas veces. Mi esposo lo utiliza para investigar. Cree que buena parte de las enfermedades son causadas por unos organismos llamados «gérmenes» que no se perciben a simple vista.

La hermana Theresa contempló maravillada los instrumentos e inventos modernos que había repartidos por toda la estancia. Igualmente impresionante era la cantidad de medicamentos que se alineaban en las estanterías, desde aceite de castor o cocaína hasta sales para el hígado y tratamientos para los juanetes. Había un remedio para cada enfermedad. Ojalá las hermanas y ella pudieran permitirse semejantes lujos.

Durante la agradable conversación que compartieron mientras tomaban té con tartaletas de mango Theresa habló a Eva Yates de muchas de las costumbres y los misterios de Hawái y, a cambio, averiguó más sobre cómo Florence Nightingale, en compañía de una norteamericana llamada Clara Barton que se dedicaba a preparar enfermeras para ocuparse de los soldados heridos en la Guerra Entre los Estados, libró a la profesión del estigma que equiparaba enfermeras a prostitutas y la convirtió en una honorable vocación a la que mujeres respetables de cualquier procedencia podían aspirar. Se habían abierto las primeras escuelas, los hospitales contrataban a las nuevas enfermeras y los médicos requerían de sus servicios para que los ayudaran con los niños y las mujeres. Era el comienzo de una nueva era. Y Theresa se lo estaba perdiendo.

Cuando ya se iba, la señora Yates le entregó unos libros: los manuales y los libros de texto con los que había estudiado.

—Tómese su tiempo, hermana. Encontrará algunas ideas innovadoras que quizá usted y sus hermanas puedan usar. Y recuerde, aquí hallará la puerta siempre abierta.

Theresa planchaba la ropa de toda la semana cuando la madre Agnes la hizo llamar a su despacho. Parecía cansada, pensó al verla, como si no estuviera descansando lo suficiente.

—Hermana Theresa, es evidente que tiene usted dudas espirituales, que su conciencia está inquieta. No lo está dando todo en su trabajo y me temo que tiende hacia lo secular y no hacia lo religioso. Es por ello que he decidido enviarla de vuelta a San Francisco, donde vivirá aislada del mundo exterior. Tengo el convencimiento de que servirá mejor al Señor desde la seguridad del convento.

Liho estaba sentado frente a su cabaña, solo, el corazón rebosante de pena.

Tenía una esterilla para dormir, mantas para taparse, una lanza para pescar en el arroyo, un cuchillo para cortar las frutas de los árboles y una talla de Kane, el creador de vida, para que le hiciera compañía.

No era suficiente. Liho echaba de menos a sus amigos. Quería impulsarse sobre las olas con su tabla. Pescar. Dormir en familia. Ya nunca oía voces, ni cantos, ni tambores, tampoco risas. A veces se despertaba por la noche y creía que era la única persona en el mundo. Como si, por alguna razón, todos hubieran abandonado las islas. Tenía miedo. No entendía qué había pasado. Había perdido el tacto en algunas partes del cuerpo. No era culpa suya. ¿Por qué lo castigaban de aquella manera? Intentó recordar. ¿Había ofendido a algún espíritu? Desde muy pequeño le habían enseñado a respetar a los espíritus y a los dioses allá por donde iba.

Cuando un *kanaka* se adentraba en el bosque no era para dar un paseo, como solían hacer los *haole*, sino para seguir el camino donde todo había sido tocado por los dioses y bendecido con su magia. Había que cantar al lugar por el que se pasaba y al destino al que se esperaba llegar. El viajero debía estar atento a la presencia de flores, piedras, de cualquier cosa que tocara. Incluso el aire era sagrado. Todo merecía ser respetado y reconocido. Los *kanaka* siempre tenían una oración en los labios o un dicho con el que protegerse de los malos espíritus.

Claro que los jóvenes a veces eran olvidadizos. Liho buscó en su memoria. Si pudiera recordar dónde había ocurrido, a qué espíritu había ofendido, podría entonar un cántico para pedirle disculpas y hacer propósito de enmienda. Si supiera dónde y a qué espíritu, regresaría al sitio en cuestión, pediría perdón y dejaría regalos, y a cambio los espíritus lo curarían. ¿Por qué no podía sanarlo el *kahuna lapa'au*?

Había sido desterrado de la familia. Ningún *kanaka* vivía solo. Incluso aquellos ancianos que habían perdido a todos sus familiares y amigos eran acogidos en otra familia y tratados como si fueran un miembro más. Liho había vivido desde que era un bebé rodeado de gente. Así lo hacían los *kanaka*.

Sin embargo, Tutu Mahina le había dicho que tendría que quedarse allí el resto de su vida y que nunca volvería a ver a su familia ni a sus amigos.

«Me escaparé —decidió—. Nadaré mar adentro y montaré a hombros del *nai'a*. Me uniré a Mano en su reino submarino y desde allí abajo veré a mis hermanos montados en sus tablas sobre las olas.»

Levantó la mirada hacia los árboles. Había oído un crujido. ¡Alguien se acercaba! Seguramente sería Tutu Mahina. Era la única que iba a verlo. Le llevaba comida y palabras de consuelo, pero nunca se quedaba demasiado tiempo. No podía, aunque eso era precisamente lo que Liho quería: vivir para siempre con su abuela.

Al ver la figura que emergió de entre los árboles abrió los ojos enormemente sorprendido. Un gigante de piel morena ataviado con una falda de hojas *ti* y una corona a juego sobre la cabeza. ¡Su tío Kekoa!

La sorpresa se convirtió en desconcierto. El jefe de la aldea llevaba una tabla bajo el brazo.

No abrió la boca, la colocó encima de tres rocas y se montó en ella como si quisiera impulsarse sobre las olas. Extendió los brazos, gruesos y carnosos, dobló las rodillas y se balanceó de un lado a otro, moviendo las extremidades hasta caerse de bruces de una forma bastante cómica.

Liho sonrió. Cuando su tío se cayó de la tabla por segunda vez la sonrisa se convirtió en una risa disimulada. A la tercera caída se le escapó una carcajada. Cuando Kekoa se cayó por cuarta vez de la tabla y aterrizó en el suelo, boca arriba, con las piernas en alto y emitiendo un extraño «uf», Liho ya no pudo contenerse más. Su tío se levantó del suelo y, al inclinarse para poner recta la tabla, soltó una ventosidad tan sonora que esa vez su sobrino acabó revolcándose por el suelo de la risa. Entonces puso cara de asco, se pinzó la nariz con dos dedos y agitó una mano detrás de él. Cuando vio que el joven Liho reía con tantas ganas que le rodaban las lágrimas por las mejillas, corrió a su lado y lo abrazó con todas sus fuerzas.

—Mi niño adorado —exclamó llorando sobre la cabeza de su sobrino—. ¡Mi pobre niño enfermo! Biznieto de mi querida hermana Pua. *Auwe!* —Lo meció entre sus brazos durante varios minutos hasta que, de pronto, se separó, le enjugó las lágrimas y dijo—: ¡Vamos, tenemos que montar las olas!

Colocó de nuevo la tabla sobre las piedras y dijo a su sobrino que subiera. Mientras el muchacho extendía los brazos y mantenía el equilibrio, Kekoa se arrodilló en el suelo y movió la tabla hacia un lado y hacia el otro, arriba y abajo. Al tiempo que Liho gritaba de alegría su tío, viejo y orgulloso como era, disimulaba los sollozos que le oprimían el pecho.

Theresa avanzaba por la acera repleta de gente con el corazón en un puño. Se dirigía a casa de los Farrow para despedirse.

La población de Honolulú había experimentado un crecimiento espectacular desde su llegada. Ahora había más edificios, más tráfico, más peatones. Todos sacaban algo en positivo de la guerra en Estados Unidos; sobre todo, del fin del conflicto. Hawái aún vivía conmocionada por las noticias, las buenas y las malas. El 9 de abril, el general Lee se rindió ante el general Grant en Appomattox, y cinco días más tarde el presidente Lincoln fue asesinado.

Para Theresa y su familia, las noticias no podían ser mejores. Su hermano Eli había sobrevivido a la guerra. Su regimiento se había reunido por última vez en Readville, donde los soldados recibirían la paga final y podrían regresar a sus casas. Theresa no sabía qué haría su hermano a partir de entonces, si volvería a Harvard o iría a San Francisco con su familia. Lo que sí sabía era que los cuatro años de sufrimiento que su madre había pasado por fin habían terminado.

También era consciente de que debería alegrarse de poder regresar a casa y ver de nuevo a los suyos, pero allí tenía a su otra familia y, con el aumento incesante de los casos de lepra y la campaña del doctor Edgeware para desacreditar la ayuda a los enfermos, se sentía como si estuviera abandonando a Mahina y a su gente.

—Hizo usted lo correcto, Anna —le había dicho Robert cuando le contó lo sucedido con Liho—. Al menos de momento. Eso nos da tiempo para pensar, para diseñar un plan. Si Edgeware lo descubriera, se presentaría en la aldea, arrastraría a Liho y a quien fuera hasta los campos de cuarentena y prendería fuego a las cabañas. —Luego añadió en un tono de voz más grave—: Anna, todavía no se ha hecho público, lo estamos debatiendo en la Asamblea Legislativa, pero los miembros de ambas cámaras se han puesto de acuerdo para aprobar una ley que cortará de raíz la propagación de la lepra. Consiste en crear un asentamiento para leprosos en la isla de Molokai.

Theresa le rogó que no lo permitiera. Las víctimas necesitaban el apoyo y los cuidados de su familia. Aislar a los afectados en una isla remota supondría condenarlos a morir en vida.

—Yo solo soy un voto, Anna —había afirmado Robert—, pero tengo una voz potente. Lucharé hasta el final, se lo prometo.

—Y yo lucharé a su lado —había dicho ella.

Pero ahora la enviaban de vuelta a casa.

Frente a la reja de los Farrow esperaba un calesín de un solo caballo que Theresa reconoció enseguida. Era del doctor Steven Yates. La señora Carter le abrió la puerta y la invitó a subir a la primera planta, donde se encontraba el dormitorio de Jamie. En él, el doctor Yates examinaba al muchacho y el capitán Farrow observaba en silencio.

Mientras esperaba a que el doctor terminara el reconocimiento Theresa pensó en uno de los libros que Eva Yates le había prestado: *Notas sobre enfermería*, de Florence Nightingale. Había leído en él la siguiente recomendación: «La labor de una enfermera consiste en utilizar el entorno del paciente para que lo ayude a recuperarse». Pensó en ello mientras recorría con la mirada la habitación de Jamie. ¿Podría ser que algo en su entorno estuviera causándole daño? Siempre parecía mucho más recuperado cuando visitaba el rancho de Waialua. ¿O quizá estaba pasando por alto algo del entorno de Jamie que podría contribuir a su curación?

—Su hijo precisa de una dieta rica en lácteos —dijo finalmente el doctor Yates tras dejar el estetoscopio a un lado—. Dele leche, queso y mantequilla muy a menudo.

—Eso ya lo intentamos —replicó Robert—. Jamie no tolera los lácteos. Su madre era hawaiana.

—Ah, sí, algo había oído. Bueno, pues en ese caso intentemos…

Mientras hablaban la voz de Mahina resonó en la mente de Theresa. Pero no conseguía entender sus palabras.

—Capitán Farrow —dijo el doctor Yates—, ¿su hijo nació así?

—No, doctor, eso es lo más exasperante de todo. Hasta hace unos años era un muchacho fuerte y lleno de energía. Nunca estaba quieto.

—¿Y qué pasó para que cambiara tanto? ¿Una enfermedad grave, quizá?

—Lo único que sé es que Jamie empezó a debilitarse tras la muerte de su madre. La echaba muchísimo de menos, y creo que eso fue lo que desencadenó la enfermedad.

Theresa ya lo sabía, Robert se lo había contado, y siempre había pensado que quizá aquel había sido el desencadenante para que Jamie se convirtiera en un niño enfermizo. Por si fuera poco, la muerte de Reese no había hecho más que empeorarlo todo.

Prestó atención a la voz susurrante de Mahina en su cabeza y entonces las palabras de Robert cobraron otro significado. De repente recordó lo que la *ali'i* había dicho de su nieto Liho: «Él no *haole*. Medicina *haole* no buena. Necesita medicina *kanaka*».

Mientras Robert informaba al doctor de todas las particularidades del historial médico de su hijo Theresa pensó: «Jamie es medio hawaiano. ¿Y si su enfermedad no fuera de origen emocional o físico, sino espiritual? ¿Y si la debilidad no empezó con la muerte de su madre, sino cuando Robert y Peter se pelearon y este último acabó rompiéndose la pierna al caer por la escalera? ¿Y si Jamie estuviera sufriendo por culpa del enfrentamiento que existía entre su padre y su tío?

—Capitán Farrow —dijo de repente—, creo que he encontrado la solución. —Los dos hombres se volvieron hacia ella—. ¿Y si Jamie necesitara un *ho'oponopono*? Como el que presenciamos hace dos años para curar a Liho.

—¿*Hopo*… qué? —preguntó el doctor Yates.

—Capitán Farrow, usted y su hermano, ¿cuándo se enf…? —Guardó silencio y miró al doctor Yates, recién llegado a Honolulú—. ¿Cuándo se rompió la pierna Peter?

—Hace ocho años.

—¿Jamie lo presenció?

—Sí, entonces tenía siete años. —Robert la miró fijamente y, de pronto, supo por la expresión de su rostro que sabía por dónde iba—. Fue unos meses después de la muerte de Leilani. Y ahora que pienso en ello… Jamie estuvo bien durante una temporada.

Lloraba y estaba triste, pero su salud estaba intacta. Hasta que Peter y yo discutimos.

—Creo que necesita medicina *kanaka* —advirtió ella, y al ver que Robert dudaba, añadió—: Una vez Mahina me dijo: «*O ka huhu ka mea e ola 'ole ai*», o lo que es lo mismo: «La ira es aquello que no da vida». Capitán Farrow, es posible que Jamie sufra por ese sentimiento negativo que emponzoña esta casa.

—¿Puedo decir algo? —intervino el doctor Yates—. Durante mi formación como médico estudié varias especialidades menores como, por ejemplo, la que se ocupa de las enfermedades mentales, también llamada psiquiatría. Observé algunos casos en los que el paciente se convencía a sí mismo de que estaba enfermo, a pesar de no sufrir ninguna patología. Es lo que en términos científicos llamamos «somatización». Muchos expertos empiezan a creer que existe una relación directa entre el cuerpo y la mente, una relación que puede manifestarse en forma de síntomas palpables. He de confesarle, capitán Farrow, que no puedo diagnosticar qué tiene su hijo ni prescribirle un tratamiento. Si dicen que es medio hawaiano y los hawaianos tienen su propia forma de medicina, le sugiero que al menos lo intente.

Robert no se lo pensó dos veces.

—Enviaré una nota a Peter de inmediato. —Se detuvo junto a la puerta—. ¿Debería pedir a nuestra madre que participe?

—No creo que esté en condiciones —dijo Theresa, pensando en los ataques de fatiga extrema que Emily había sufrido últimamente y en la leve coloración azul que le teñía los labios y las uñas—. Creo que la señora Farrow sufre de insuficiencia cardíaca.

—Estoy de acuerdo con usted —convino el doctor Yates, y Theresa le sonrió agradecida; era el primer médico que la trataba con respeto.

Pero claro, su esposa era enfermera.

Robert estaba tan alterado que, por el momento, Theresa prefirió no contarle que se marchaba de Hawái. Así pues, se entregó de lleno a los preparativos del ritual. Fue al mercado local y compró el alga *kala*. También se proveyó de hojas de *ti*, afiladas y de un verde espectacular, además de sagradas para Lono.

Ya era tarde cuando Peter llegó, cansado y de mal humor.

—En la nota decías que era urgente. ¡Espero que no sea ese maldito barco otra vez!

Robert había comprado un barco de guerra de la Unión, con un desplazamiento de más de doscientas toneladas y uno de los cascos más resistentes que existían. Lo acondicionarían con todo tipo de comodidades para sesenta pasajeros y literas para otros cuarenta más, hasta convertirlo en una embarcación confortable y rápida, el siguiente paso en la evolución de la navegación. Sin embargo, Robert necesitaba que alguien de confianza viajara a Estados Unidos y cerrara la compra en su nombre. Se lo había pedido a Peter, pero este se había negado.

—Es Jamie. Está muy enfermo. Puede que no aguante ni dos días más.

Entraron en el salón, en el que Theresa había encendido velas e incienso. Peter tenía un aspecto horrible. Hacía un año que no lo veía, pero saltaba a la vista que aquellos doce meses habían sido un calvario para él. El dolor le había hecho adelgazar, le había teñido la piel de un tono ceniciento, le había clareado el cabello. Nunca había sido un hombre especialmente apuesto, pensó Theresa, pero ahora no se parecía en nada a su hermano Robert, mucho más atractivo y corpulento. La cojera había empeorado, lo cual suponía todo un recordatorio de por qué estaban allí: para resolver los problemas.

Al verla Peter arrugó el ceño.

—¿Qué demonios hace ella aquí?

Theresa sabía que, en cierto modo, la culpaba de la muerte de Reese.

—Vamos a celebrar un *ho'oponopono* por Jamie. La hermana Theresa hará de mediadora.

Peter frunció los labios, pensativo, aunque Theresa creyó ver un destello de curiosidad en sus ojos. Sabía de la amistad que lo unía a los nativos que trabajaban en su rancho y que en ocasiones acudía a sus rituales, así que seguramente había presenciado más de un *ho'oponopono*.

—Supongo que daño no nos hará. Y, al fin y al cabo, su madre era hawaiana.

—Capitán Farrow —dijo Theresa—, ¿le importaría traer a Jamie? Explíquele lo que vamos a hacer. Recuerde que se trata de creer, del poder de la mente sobre el cuerpo, como afirma el doctor Yates. Si es capaz de convencer a Jamie de que puede curarse si usted y Peter participan en un *ho'oponopono*, mejorará, seguro.

Pensó en la señora Klausner, quien durante el alumbramiento de su hija habría estado mejor atendida por un médico experimentado que por dos monjas sin experiencia alguna, pero ella creía que, con su presencia, habían traído a Dios consigo, lo cual convirtió un parto potencialmente complicado en algo sencillo.

Peter paseaba por el salón, mirando a Theresa de vez en cuando con una expresión de escepticismo. Le habría gustado tener a Mahina allí, con ella, pero no podía estar presente. Algunos aldeanos habían desarrollado los síntomas de la lepra y se habían trasladado a vivir con Liho en su morada secreta en el bosque. Mahina era su único nexo con el mundo exterior.

Robert apareció con su hijo en brazos, un muchacho de quince años que parecía un niño. Lo acomodaron sobre un diván tapizado con satén y, cuando estuvo bien instalado, Theresa se acercó a él y se sentó a su lado.

—Jamie —le dijo—, ¿sabes lo que es un *ho'oponopono*? Has visto los rituales en la aldea de Tutu Mahina.

Él asintió. La palidez de la piel se había acentuado visiblemente, hasta los labios tenía blancos. Intentó levantar un brazo, pero lo bajó de inmediato.

—Esta noche vamos a celebrar un *ho'oponopono* —continuó

Theresa— para que mejores. —Al ver que entendía lo que le decía, añadió—: Mira, ¿lo ves? Está aquí tu tío.

Los ojos de Jamie se iluminaron al ver a Peter en la estancia, y Theresa supo al instante que el ritual tenía posibilidades de triunfar.

—Hola, hijo —le dijo Peter con la voz tensa, cojeando y apoyándose en el bastón—. Siento no haber venido a verte últimamente, pero…

—No pasa nada, tío Peter —le interrumpió Jamie con una voz que sonaba liviana como una pluma—. Sé que estás muy triste.

—Es cierto, hijo, es cierto, pero escucha, el ritual que vamos a hacer ayudará a que te recuperes. Por algo tienes sangre *kanaka*.

Robert dirigió la plegaria, primero a Dios y a Jesucristo y luego a los dioses y a los espíritus ancestrales de las islas. Theresa repartió el alga, crujiente y salada, que tenía un sabor agrio y peculiar. Mientras masticaban, entonó la canción que había aprendido de Mahina: «*Aloha mai no, aloha aku… o ka huhu ka mea e ola 'ole ai… E h'oi, e Pele, i ke kuahiwi, ua na ko lili… ko inaina…*».

Sacó un frasco de agua bendita de su bolsa de mano y la vertió sobre el manojo de hojas *ti*, que luego agitó hacia los cuatro puntos cardinales, por las esquinas y en las zonas en penumbra de la estancia, en la ventana y en el hogar, así como también por encima de Jamie.

—Empecemos —anunció por fin—. Cualquier rastro de infelicidad que alberguen en sus corazones, muéstrenla inmediatamente. Expongan el dolor que sienten para que por fin pueda levantar el vuelo. —Al ver que ninguno de los hermanos hablaba, continuó—: Los problemas de Jamie comenzaron a raíz de una pelea, ¿es así?

Peter cruzó los brazos y estiró la espalda contra el respaldo de la silla.

—No tengo nada que comentar al respecto —afirmó—. Que se lo cuente Robert.

—Fue una discusión absurda —intervino su hermano—. Un malentendido.

—¿Un «malentendido»? Supongo que quieres decir por mi parte. Tú tenías razón, por supuesto. La discusión fue por mi culpa. —Peter se volvió hacia Theresa—. Acusé a mi hermano de algo y él me espetó que estaba equivocado.

—¿Y de qué lo acusó? —preguntó Theresa, y miró a Jamie, que observaba la escena desde el diván.

—Peter, ya te dije entonces… —empezó Robert, pero no pudo terminar la frase.

—¡Mataste a la persona que más quería! Y durante todos estos años has sido perfectamente consciente de que fue culpa tuya.

Robert dio un paso hacia Peter con las manos extendidas, como si intentara detener la cascada de acusaciones.

—Tienes que escucharme…

—¡La dejaste ir! —le gritó Peter poniéndose en pie de un salto—. ¡Ni siquiera intentaste detenerla! ¡Te quedaste allí, sin hacer nada, mientras Leilani bajaba a la playa para ahogarse en el mar con los enfermos que estaban en cuarentena! —Se le puso la cara roja de la rabia—. ¿Por qué no la detuviste? ¡Dios mío…!

—Peter —dijo Robert—, por supuesto que intenté detenerla. Y ya entonces, hace ocho años, traté de contártelo, pero no quisiste escucharme. —Se volvió hacia Theresa para explicarse—. Leilani insistía en que quería bajar al pabellón de cuarentena, en la playa, para ayudar a cuidar a las víctimas de la epidemia. Una semana después de enterrarla Peter me acusó de dejarla ir a una muerte segura.

Theresa comenzaba a comprender lo sucedido: Peter había estado enamorado de su cuñada.

—¿Por qué no le cuentas a la hermana, para empezar, por qué te casaste con Leilani? —exclamó Peter—. Explícale que siempre me has odiado porque, tras la muerte de nuestro padre, no quise quedarme en Honolulú y dirigir la empresa. Deseaba cumplir mi sueño de tener un rancho de ganado. Nunca fui como tú o como papá. ¡Me importaba un comino el mar! Pero me marché a Waialua y tú tuviste que guardar tus cuadernos de bitácora y tus catalejos y ocuparte de la compañía desde el puerto. Por eso sedujiste a Leilani. Me la robaste a propósito. Fue tu forma de castigarme.

Robert sacudió la cabeza.

—Eso no fue así.

—Entonces ¿cómo fue? ¿Tienes alguna otra explicación de por qué se casó contigo y no conmigo? —Peter esperó una respuesta que no llegó—. ¿Lo ves? ¡Ahí lo tienes! Cuando te lo pregunté la otra vez tampoco tenías respuesta… ¡Y sigues sin tenerla!

—Dejémoslo, esto no va a funcionar. Peter, siento haberte hecho venir.

Pero Theresa presentía que Robert no estaba siendo sincero, que se guardaba algo que seguramente había callado durante mucho tiempo.

—Capitán Farrow —le dijo con un hilo de voz—, cuente a Peter lo que mantiene oculto en su corazón.

—No oculto nada —replicó él—. Lo que ocurrió fue que intenté detener a Leilani, intenté que no bajara a la playa. Ella me dijo que su gente la necesitaba, eso es todo. Mi hermano y yo discutimos, forcejeamos en lo alto de la escalera y él cayó. Siento que te rompieras la pierna, Peter, de verdad que lo siento.

—Una confesión a medias no es una confesión —le espetó él—. Reconoce que me robaste a Leilani porque querías vengarte de mí por no poder volver a navegar. Me odiabas por haberme ido a Waialua. La convenciste para que se casara contigo. ¡No habrá paz en esta familia hasta que admitas la verdad!

Cogió el sombrero y el bastón y se dispuso a marcharse.

—Espera —intervino Jamie con la poca voz que le quedaba—. Tío, no te vayas…

Peter se detuvo y miró a su sobrino con los ojos llenos de dolor.

—Lo siento, Jamie, pero tu padre no está cumpliendo su parte del *ho'oponopono*.

Theresa miró a Robert y vio que estaba sufriendo. Algo lo atormentaba, un secreto que guardaba en lo más profundo de su corazón. ¿Por qué no lo confesaba? Había accedido de buena gana a participar en el ritual, pero ahora se negaba a colaborar.

—Robert —le dijo poniéndole una mano en el brazo—. Sea lo que sea, por favor, por el bien de Jamie, compártalo con su hermano.

Él miró a Jamie y luego a Peter; sus ojos transmitían la agonía por la que estaba pasando. Era evidente que padecía. ¿De qué se trataba? ¿De un dilema moral? ¿De algo de lo que se avergonzaba? Finalmente suspiró y relajó los hombros.

—Hermano —dijo—, lo cierto es que Leilani nunca estuvo enamorada de ti.

Peter lo miró fijamente.

—Eso es mentira —le espetó—. ¡Es mentira y lo sabes!

—No, Peter. Me lo contó ella misma. Leilani no te amaba, nunca tuvo intención de casarse contigo. Si no te lo he dicho hasta ahora es porque no quería hacerte daño.

—¡Me niego a creerlo! Me la robaste para vengarte de mí, porque tenías que quedarte en Honolulú cuando lo que ansiabas era navegar.

—Reconozco, Peter, que te odié por ello. Yo amaba el mar y, cuando murió papá, anunciaste que no ibas a ocupar su lugar, que no te harías cargo de la empresa. Querías tener tu propio rancho, así que te marchaste a Waialua y compraste las cabezas de ganado ¡mientras yo guardaba los aparejos y me resignaba a pasar el resto de mis días en una oficina! Pero Leilani no te quería. Cuando nos encontraste juntos en el jardín… Peter, fue ella la que vino a mí. Me dijo que me amaba. Le respondí que tenía que volver contigo, pero ella repuso que no iba a casarse contigo.

—¡No te creo! ¡Estás mintiendo!

Peter se abalanzó sobre Robert con los puños en alto y le atizó en la mandíbula, pero cuando se disponía a pegarle de nuevo se oyó la voz de Jamie.

—¡No, tío Peter! ¡Detente!

Peter miró a su sobrino y acto seguido contempló sus propios puños como si ignorara de quién eran. Se desplomó sobre una silla y se cubrió el rostro con las manos.

—Todos estos años… preferiste que te odiara a herir mis sentimientos con la verdad. Dejaste que creyera que me la habías robado, cuando era ella la que no me quiso desde el principio.

—Era consciente de que te hundirías, Peter. Era mejor que me odiaras a mí que a Leilani.

Peter levantó la mirada, vacía de todo sentimiento.

—Habría sido incapaz de odiarla.

—Eso es lo que crees ahora, pero no podemos saberlo. Si te hubiera rechazado abiertamente, ¿cómo sabes que no habrías acabado odiándola con el tiempo? Lo mejor era que el objetivo de tu rencor fuera yo.

Afuera se había levantado una ventisca que empujaba las ramas de los *kukui* contra las ventanas como si fueran fantasmas que intentaban entrar. A través de los resquicios se colaba una suave corriente que hacía parpadear la llama de las velas y las lámparas y proyectaba sombras espectrales en las paredes de la estancia. Theresa sentía que debía esperar.

Faltaba algo por confesar.

—Peter —dijo Robert por fin, como si el viento susurrante y las sombras lo obligaran a hacer una última confesión—, sobre la muerte de papá…

—Sé lo que has pensado todos estos años —le interrumpió su hermano. Se puso en pie otra vez y miró a su alrededor, quizá en busca de una vía de escape o tal vez de una explicación de por qué estaba allí—. Nunca lo dijiste, Robert, pero lo vi en tus ojos. ¡Dios mío…! ¿Crees que no lo habría impedido si hubiese podido? Pero ¡llegué demasiado tarde!

—Peter… —Robert se le acercó y le apretó un brazo—, nunca he creído que habrías podido evitarlo. Nunca, de verdad. Y no sabes cuánto siento que tuvieras que pasar por ello tú solo, que presenciaras una escena tan horrible. —Se volvió hacia Theresa y dijo—: La noche en que murió mi padre al ir a los acantilados a intentar salvar a mi madre… Peter vio cómo tropezaba y se precipitaba al mar. Nunca encontramos su cuerpo.

Se le quebró la voz y Peter tomó el relevo.

—Vi a mi padre caer —explicó a Theresa—, pero no porque tropezara. Ese ha sido nuestro secreto durante todos estos años. Lo cierto es que nuestra madre tiró a nuestro padre por el acantilado.

—Santo Dios —susurró Theresa mientras se santiguaba.

—Nunca he pensado que fuera culpa tuya, Peter. Sé que no pudiste hacer nada para evitarlo. Mamá había perdido la cabeza, no sabía lo que hacía. —Robert se volvió hacia Theresa—. Dijimos que había tropezado, que había sido un accidente. Como comprenderá, no podíamos contar a nadie que nuestra madre había matado a su esposo.

Theresa asintió. Una tristeza inabarcable se había apoderado de ella, un dolor infinito por aquellos dos hermanos que habían guardado un terrible secreto que los había perseguido durante tantos años.

—¡Lo siento, tío Peter! —gritó de pronto Jamie desde el diván—. ¡Siento que Reese muriera y yo no!

Todos se volvieron hacia él. Tenía el rostro deformado por el dolor y no dejaba de sollozar.

—¿Qué? —dijo Peter.

—¡Siento no haber sido yo quien muriera! ¡Ojalá el de la tumba fuera yo y no Reese!

—¡Oh, Dios! —Peter corrió junto a Jamie y lo abrazó—. No lo decía de verdad, Jamie. ¡Era el dolor el que hablaba! ¡Oh, Dios, si tú también hubieras muerto, no lo habría soportado!

Tío y sobrino se abrazaron y lloraron desconsoladamente mientras Theresa observaba la escena junto a Robert, pensando en todo cuanto habían dicho, en las dos verdades que habían aflorado a la superficie. Pensó en las familias y en los secretos y, por primera vez, se preguntó si la suya guardaba secretos en el cajón de alguna cómoda olvidada. Su madre, en la cabaña de Oregón, llorando amargamente y maldiciendo el nombre de su padre, que estaba lejos de casa, en los campos de oro. Su padre, inventándose una mentira sobre un hombre llamado Barney Northcote a quien unas cajas habían aplastado las piernas y que luego había sido tratado por unas monjas enfermeras, y todo para no renunciar a su orgullo y permitir que su hija ingresara en el convento.

Claro que quizá algunas mentiras no eran tan malas, como la que Robert había contado a su hermano para ahorrarle el dolor de saber que Leilani nunca había sentido nada por él. A veces, pensó Theresa, los secretos y las mentiras mantenían unidas a las familias.

Peter dejó a Jamie sobre los cojines; el muchacho se había quedado dormido. Se levantó del diván y miró a su hermano. Parecía exangüe. Theresa no ignoraba cómo sería la relación de ambos a partir de esa noche, si el *ho'oponopono* había funcionado o no, si Peter y Robert podrían llegar a ser amigos algún día, si serían capaces de pedirse perdón mutuamente. Quizá todo eso llegara más adelante, con la curación que solo podía traer el paso del tiempo.

—Sobre el barco de guerra —dijo Peter—. Ve a Boston, Robert. Yo me ocupo de la empresa mientras tú no estés. Me aseguraré de que todo vaya como la seda. Ve a Boston, y tráete el barco de pasajeros más rápido y más seguro que haya surcado los mares.

No era exactamente una reconciliación, pero sí un buen comienzo.

Peter se quedó con Jamie en el salón para vigilarlo y Robert y Theresa salieron a la terraza a tomar el aire.

—Creo que a partir de ahora todo irá bien —dijo el capitán entre el intenso aroma de las flores—. Creo que, con el tiempo, Peter y yo volveremos a ser hermanos. Y espero que lo que hemos hecho hoy sirva para ayudar a Jamie. Le doy las gracias por ello, Anna.

Estaba a su lado, muy cerca, el hombre de sus sueños, al que amaría el resto de sus días y del que debía despedirse para siempre.

—Partiré inmediatamente hacia Estados Unidos —continuó—, pero un pensamiento me consuela: el viaje de ida durará semanas, pero el de vuelta apenas unos días.

—Robert, yo también me voy.

—¿Qué? ¿Adónde? ¿Por qué? —Cuando le contó lo sucedido, él exclamó—: ¡No lo permitiré! Iré a hablar con el obispo.

—¡No depende del obispo! Debo obedecer a la madre Agnes. Robert, por favor… Se lo suplico, deje que me vaya, olvídese de mí.

Él la sujetó por los hombros.

—Quítese estas ropas absurdas, Anna, y vuelva a ser una mujer, tal como Dios la creó. Déjeme enseñarle el mundo. La llevaré a ver los fiordos de Noruega, las verdes islas del Mediterráneo. Le mostraré a la gente del este que reza a colosales esculturas de Buda y le cubriré el cabello de flores de cerezo.

—¡Robert! —protestó Theresa—. ¡No puedo!

—¡Quédese conmigo, Anna! Recorra los mares a mi lado. ¡Déjeme enseñarle el mundo! —insistió—. Ah, los sitios a los que podríamos ir, las aventuras que viviríamos juntos, y yo la amaría cada segundo de cada hora de cada milla que navegáramos.

—Por favor —suplicó ella, pero Robert la sujetó con más fuerza.

—Desde que tengo uso de razón, mi madre siempre me ha repetido que mi hogar está en Nueva Inglaterra, pero gracias a usted ahora sé que mi hogar está en Hawái. Y qué suerte tengo de vivir en un lugar tan hermoso, tan especial. Una vez me dijo que Hawái es una sinfonía. Vi la magia de las Piedras de Alumbramiento gracias a usted. He visto Hawái a través de sus ojos ¡y solo ahora sé valorarlo! Maldita sea, Anna, estoy enamorado de usted.

—Robert, los votos son sagrados. Estoy en deuda con la hermandad. Por favor —susurró de nuevo mientras las lágrimas le rodaban por las mejillas—, sea fuerte por mí porque yo no puedo serlo por mí misma.

Se miraron a los ojos, en silencio, mientras los vientos alisios mecían el velo de Theresa y los ojos de Robert reflejaban la luna. La batalla en la mente del capitán eran tan cruenta que todo su cuerpo temblaba.

De pronto la soltó, dio un paso atrás y dejó caer las manos.

—A pesar del dolor, respetaré su honor y sus votos, pero no dejaré de amarla y lucharé… Lucharé de nuevo por usted.

Los secretos se habían convertido en una carga demasiado pesada, casi tanto como el hábito de monja. Sentía deseos carnales por un hombre. Había permitido que varios leprosos se ocultaran en los bosques y no se lo había dicho a nadie. Había organizado un ritual pagano prohibido por la ley. Y no había confesado ni una sola de todas esas faltas a su confesor ni a su superiora. Quizá sería mejor volver a California y empezar de cero.

Era lo que se decía a sí misma mientras recogía sus escasas posesiones e intentaba hallar un resquicio de alegría en su corazón ante la inminente partida de Hawái. Al fin y al cabo, volvería a ver a su madre y a su padre, a su hermana pequeña y seguramente a Eli, pero también dejaría atrás a Robert y ese dolor pesaba más que cualquier otro sentimiento.

Sabía que su vida nunca sería igual. Amaría a Robert Farrow el resto de sus días. Su corazón permanecería allí, entre las palmeras, los arcoíris y el pueblo de Mahina. Quizá Robert tenía razón y se había convertido en una *kama'aina*, en una hija de la tierra.

La madre Agnes entró en el dormitorio mientras Theresa acababa de recoger sus cosas. Ella misma la acompañaría al puerto.

—Hermana Theresa, la semana pasada fue a casa de los Farrow a llevar un tónico para el chico, Jamie. ¿Qué más hizo?

Theresa estaba preparada para aquel momento.

—Rezamos —respondió, lo cual no distaba demasiado de la verdad—. Animé al capitán Farrow y a su hermano a que hicieran las paces. Les expliqué que la confesión es buena para el alma y que, a veces, el perdón es la mejor medicina.

—Ya veo.

—¿Por qué me lo pregunta, reverenda madre?

—Ha llegado a mis oídos que el muchacho se está recuperando tan rápidamente que la gente se refiere a ello como un milagro. Parece que los pilares de la fe católica, la confesión y la contrición, han tenido éxito donde todo lo demás había fracasado. Eso me lleva a pensar que quizá aún haya esperanza y podamos traer a esa familia a nuestra fe y, con ellos, a la abuela hawaiana del muchacho y a los nativos de Wailaka que tan reacios se muestran. El padre Halloran está de acuerdo conmigo. Es por eso que hemos decidido que su trabajo aquí, hermana Theresa, es admirable. Es usted de mucha utilidad para la orden. Deshaga las maletas. Se queda en Hawái.

23

Era un gran día para los ciudadanos de Honolulú.

El primer barco de vapor dedicado en exclusiva al transporte de pasajeros iba a llegar al puerto de la ciudad tras partir desde San Francisco apenas diez días antes. Era el *SS Leilani*, insignia de las Líneas Farrow, y todo el mundo había acudido al muelle para verlo arribar, deslizándose majestuosamente sobre las aguas.

Varias semanas antes Robert había enviado el prototipo del anuncio que aparecería en periódicos y revistas y que colgaría de todas las farolas y los muros de la ciudad, para promocionar el viaje inaugural del *SS Leilani*: «¡Llegue al paraíso en cuestión de DÍAS! Disfrute del lujo y de las comodidades a bordo del único barco de vapor exclusivo para pasajeros y comprometido con USTED, su seguridad y su placer. Los servicios incluyen un salón de cartas para los caballeros donde pueden jugar al póquer o al *cribagge* mientras se toman un whisky y se fuman un buen puro, y otro salón aparte para las señoras donde tomar el té, leer y escribir cartas. Disfrute de una deliciosa cena amenizada por un pianista y una cantante de temas populares. Camarotes solo para señoras, disponibles».

Los billetes para el viaje de inauguración desde San Francisco se habían vendido en cuestión de días.

Robert había conseguido el contrato con Pacific Mail para operar la lucrativa línea entre la costa Oeste y Hawái. La histórica llegada del *SS Leilani* marcaría una nueva era en las comunicaciones, que a partir de ese momento serían mucho más rápidas y directas. Los hombres y las mujeres que se agolpaban en el muelle esperaban ansiosos las cartas que venían desde el continente y que iban repletas de noticias recientes y no con varias semanas de retraso. Los periódicos que traía el barco a bordo ni siquiera llegarían a la ciudad, serían interceptados por los más impacientes que querían saber lo que pasaba en Estados Unidos.

Podía palparse la emoción en el ambiente. Dentro del arrecife el majestuoso *California* y otro barco de guerra norteamericano estaban amarrados junto a un clíper inglés. Dos goletas se alejaban del puerto mientras que el vapor que comunicaba las islas, el *Puahe'a*, con la cubierta llena de nativos, se dirigía hacia su amarre. Alrededor, un número indefinido de canoas impulsadas por isleños iba de aquí para allá. Todos los ojos estaban puestos en la bocana, en el océano que se extendía más allá del arrecife, impacientes por ver la arribada del *SS Leilani*. Y tanto el espacio libre del puerto como el de las carreteras colindantes estaba repleto de ciudadanos que deseaban ser testigos del inicio de una nueva era.

La antigua institutriz de Jamie se hallaba entre los presentes. Había ido a Honolulú a visitar a su madre, la señora Carter, que seguía trabajando como ama de llaves en casa de los Farrow. La hermana Theresa no la veía desde que se había marchado a Kona, hacía ya cuatro años. Le sonrió al reconocerla entre la multitud; parecía feliz. Ya no era la señorita Carter, sino la señora de Freedman, y es que se había casado con el dueño de una próspera plantación de café.

El señor Gahrman, el boticario, tampoco quería perderse el gran acontecimiento, pero él no sonrió al ver a Theresa. Su relación con la monja no había sido muy cordial desde que esta había propuesto al señor Klausner que vendiera medicamentos en su tienda, negocio que por cierto iba muy bien, mientras que el señor Gahrman apenas subsistía.

Los Klausner también estaban allí, cómo no, y saludaron a la hermana Theresa con entusiasmo. La pequeña Theresa, que ya tenía cinco años, era la luz que iluminaba sus días. Era una niña sana y vivaracha que la llamaba «Tita Theresa».

La señorita Alexandra Huntington, la hija del juez, iba cogida del brazo de un caballero que, por lo poco que Theresa sabía, poseía varios molinos en Nueva Inglaterra y estaba de visita en Hawái por motivos empresariales. Alexandra la miró, pero no pareció reconocerla.

El doctor y la señora Yates también estaban entre los presentes con sus dos hijos.

El rey Kamehameha y la reina Emma presidían la escena con porte regio, protegidos bajo un baldaquín mientras la banda real interpretaba una sonora marcha. Theresa ocupaba un puesto de honor junto a Peter y Jamie Farrow. Jamie ya había cumplido dieciséis años y estaba más fuerte que nunca; había empezado a practicar deportes como la vela y el piragüismo, y también se impulsaba sobre las olas montado en una tabla como los nativos. A resultas de ello, su aspecto era mucho más hawaiano, más sano, y Theresa era consciente de cómo lo miraban las jovencitas.

Se había convertido en un muchacho ambicioso. El *ho'oponopono* no solo le había devuelto la fuerza física, sino también la intelectual, y ahora quería hacer un millón de cosas. Su máxima aspiración era estudiar derecho y participar en la política de Hawái, como su padre. Jamie estaba convencido de que, al ser blanco y hawaiano, podría aportar el equilibrio perfecto y la perspectiva necesaria para dirigir con éxito el futuro de Hawái.

Por desgracia, la salud de Emily Farrow era delicada y no había podido asistir a la llegada del *SS Leilani*. Estaba en casa, al cuidado de la señora Carter.

Mahina estaba invitada, pero no había ido. Tampoco el jefe Kekoa ni uno solo de los aldeanos de Wailaka. Theresa sospechaba que no querían llamar la atención del doctor Edgeware. Todo Honolulú estaba al corriente de los esfuerzos que el ministro de Salud Pública llevaba a cabo para sacar a los leprosos de Oahu y recluirlos en una colonia lejos de la isla.

«¡Allí viene!», exclamó alguien, y la banda real tocó los acordes de *América*, el himno de Estados Unidos (que, curiosamente, compartía melodía con el hawaiano y el *Dios salve a la reina* de los británicos). La multitud estalló en vítores al ver que el impresionante barco entraba en el puerto. Las canoas lo recibieron con flores y *leis* que lanzaban a su paso como si quisieran perfumarle el avance. Vieron a los pasajeros en las cubiertas, saludando y llamando a los que esperaban en tierra firme. La visión resultaba inspiradora, tan diferente del puñado de monjas asustadas y mareadas por el vaivén del mar que había llegado a bordo de un clíper junto con el padre Halloran hacía ya seis años.

El *SS Leilani* era un barco elegante de tres mástiles con un bauprés prominente, pero ahora navegaba con las velas plegadas, impulsado únicamente por la fuerza del vapor. Desde el centro de la embarcación se elevaba una columna de humo negro que salía por la chimenea y que era un símbolo de progreso y de la era moderna. Theresa buscó a Robert entre los pasajeros, pero fue en vano porque estaba gobernando el timón. Hacía meses que no lo veía.

Una vez amarrados los cabos y extendida la pasarela, Robert emergió del puente de mando ataviado con una chaqueta de color azul marino con botones de latón y unos pantalones blancos, además del sombrero blanco de capitán en la cabeza. Se colocó junto a la rampa y fue saludando a los pasajeros uno a uno a medida que iban desembarcando para ser recibidos en tierra firme por un grupo de jóvenes de las islas que les ponían *leis* alrededor del cuello.

Theresa oyó que un caballero comentaba a su compañero: «Es posible que no hayan de pasar muchos años para que se produzca la anexión del archipiélago a Estados Unidos». Dirigió la mirada hacia los barcos que copaban el puerto y se dio cuenta de que, entre todas las banderas que ondeaban sobre cada una de las grandes embarcaciones, tres eran británicas, dos francesas, una alemana y las cuarenta restantes americanas. La del *SS Leilani* era la número cuarenta y uno.

Aquella disparidad en los números la sorprendió, y no pudo evitar preguntarse si Robert era consciente de que, con su aportación, Hawái estaba más cerca de aquello a lo que él se oponía.

—Venga con nosotros, hermana —dijo Jamie—. ¡Tiene que venir!

Jamie había crecido tanto que Theresa tuvo que alzar la frente para mirarlo a los ojos.

—Pero es una salida familiar —protestó, aunque estaba encantada de que la invitaran.

Desde que Emily Farrow había vuelto a la casa de los Farrow habían retomado la costumbre de bajar de vez en cuando a la playa. Robert decía que a su madre le encantaba caminar por la orilla del mar. Al parecer, le aclaraba la mente y le devolvía la energía.

—La mujer que salva la vida de mi hijo para mí forma parte de mi familia —dijo Robert.

—Al fin y al cabo —intervino Peter—, ya la llamamos «hermana».

En el año que había pasado desde el *ho'oponopono* entre ambos y su posterior reconciliación, Theresa había visto a Peter más a menudo en Honolulú, sobre todo después de que Robert viajara a Estados Unidos para cerrar la compra del barco.

Acababan de regresar de la fiesta que se había organizado en el palacio 'Iolani con motivo de la arribada del *SS Leilani*. Toda la sociedad de Honolulú estaba allí, incluso el padre Halloran. Entre los primeros pasajeros de la nueva línea viajaba un periodista de Sacramento. Conocía San Francisco, y Theresa tuvo la oportunidad de mantener una agradable conversación con él. El hombre le explicó que tenía intención de quedarse seis meses en Hawái para escribir una serie de artículos para su periódico. Ella conocía su trabajo. Se llamaba Samuel Clemens, aunque escribía bajo el sobrenombre de Mark Twain. Theresa le dijo lo mucho que le había gustado su historia de la rana saltarina.

Hacía calor, pero aun así echó un mantón de lana fina sobre los hombros a Emily Farrow. Atravesaba uno de sus momentos «buenos», en los cuales podía salir de casa y pasear con la ayuda de Robert. Cada día se la veía más frágil, aunque su fe y su espíritu permanecían intactos. Iba a misa todos los domingos y algunas tardes participaba en un grupo de plegaria con sus amigos.

La playa no estaba lejos, pero fueron en carruaje. Cuando llegaron a Waikiki, Robert y Peter ayudaron a bajar a su madre.

—Voy a buscar conchas —anunció Jamie—. Me he propuesto empezar una colección.

—Te ayudamos —dijo su padre.

—Ah, creo que prefiero ser yo quien las encuentre.

Theresa y Robert compartieron una sonrisa cómplice. Últimamente Jamie hablaba a menudo de una chica de su escuela llamada Claire. Por la frecuencia con que la mencionaba y la forma en que comentaba «Claire dice esto, Claire dice lo otro», sospechaban que estaba enamorado y que quería las conchas para regalárselas a Claire y no para coleccionarlas.

—¿Sabes qué, Robert? —dijo Emily mientras la acompañaban hasta la arena—. Una vez tu padre hizo volar una cometa enorme para mí en esta misma playa. Fue antes de que nacieras, claro está.

—Eso fue en Hilo, madre.

—Cierto, pero aun así…

Theresa sabía por qué aquellas excursiones siempre tenían un efecto tan positivo en el cuerpo y el alma de Emily: le recordaban a aquellos tiempos.

—Cuando era pequeña, en New Haven, nos encantaba ir a la playa y buscar tesoros. Solíamos encontrar fragmentos de cristal, madera y conchas. Jamie, a ver si encuentras algo por aquí que venga de casa. Algo que haya viajado miles de millas desde Nueva Inglaterra hasta las islas Sandwich.

En cuanto a Theresa, estaba muy animada. Había recibido una carta de su madre en la que le explicaba que Eli había vuelto a San Francisco e iba a empezar a trabajar en el negocio familiar con su padre. También había recibido otra misiva, llegada a bordo del *SS Leilani*, en la que la madre Matilda le contaba que, a pesar de lo trágica que había sido la Guerra Entre los Estados, algo bueno había surgido de ella: «Las hermanas enfermeras de Gran Bretaña y Europa recibieron la llamada y vinieron a nuestras costas para cuidar de los soldados heridos, tanto del ejército de la Unión como del de los confederados. Ahora mismo hay miles de hermanas en Estados Unidos y cada vez son más las jóvenes que deciden ingresar en la orden. Ya no somos una rareza, la gente no nos mira por la calle, y confío en que sigamos creciendo y sirviendo al Señor como mejor sabemos».

Theresa se planteó enviarle los manuales de enfermería de Eva Yates y se preguntó cuál sería su reacción. La de la madre Agnes había sido negativa.

—Las Hermanas de la Buena Esperanza —le había dicho frunciendo los labios— ofrecemos un cuidado excelente a nuestros pacientes desde la Edad Media. Nuestras prácticas se basan en siglos y siglos de aprendizaje y de mejoras de las enseñanzas de aquellas que nos precedieron. No necesitamos las teorías de recién llegados y advenedizos. Devuelva esos libros, hermana.

Pero Theresa no podía olvidar lo que había leído en ellos. Florence Nightingale hablaba del entorno, de la reforma de la salud. Pensó, por ejemplo, en la costumbre de las hermanas de cerrar ventanas y correr cortinas para que la luz y el aire fresco no entraran en la habitación del enfermo. Empezaba a sospechar que lo que funcionaba en la Europa más fría y húmeda no tenía los mismos resultados allí en el trópico. Además, Florence Nightingale abogaba por el aire fresco y la luz del sol.

También recomendaba que los conocimientos y habilidades de la profesión fueran públicos, no que estuvieran solo al alcance de enfermeras y doctores, para que las personas pudieran ayudarse entre ellas si no tenían acceso a un profesional. Quizá la madre Matilda desde San Francisco vería la sabiduría que implicaba seguir aquellos preceptos.

El día era cálido, sin una sola nube en el cielo, y los cinco gozaron de una vista espectacular sobre Diamond Head mientras paseaban por la playa. El viento mecía las palmeras, que parecían susurrar: «Disfruta del día...».

Theresa y los Farrow no eran los únicos blancos en la playa. Mucha gente había «descubierto» aquel lugar aislado, no muy lejos de la piedra cubierta de musgo llamada Pu'uwai, el corazón de O'ahu. Un grupo de mujeres disfrutaba del agua, ataviadas con trajes de baño que, gracias a las innovaciones en ropa femenina de Amelia Bloomer y sus antecesoras, cubrían hasta el último centímetro de piel. Tocadas con sombreros de ala ancha y bombachos bajo vestidos con corte de chaqueta y hechos de tupida franela, podían estar seguras de que el sol no rozaría ni un poro de sus pálidas pieles. Allí donde las aguas eran poco profundas las mujeres se desnudaban en una suerte de casetas con ruedas. Y luego podían salir del agua sin ser vistas gracias a las cortinas que rodeaban la zona de playa de dichas casetas.

No pasaría mucho tiempo, pensó Theresa con una punzada de tristeza, antes de que Waikiki se convirtiera en una playa para blancos y Pu'uwai fuera retirada a fin de construir un hotel para turistas.

Dirigió la mirada hacia el mar, donde los nativos disfrutaban entre las olas. Les envidiaba la libertad de poder nadar desnudos en lugar de tener que conformarse con darse breves chapuzones como las mujeres blancas. Los hawaianos se zambullían en el mar todos los días y pasaban horas en remojo; también la gente de Mahina, que vivía a casi cinco kilómetros del océano: ellos tenían las lagunas del interior creadas por cascadas y riachuelos. En público usaban taparrabos, incluso las mujeres, pero como las autoridades las obligaban a cubrirse los pechos buscaban grutas ocultas donde poder nadar como los dioses: desnudas.

Theresa solo había sentido algo parecido una vez y deseaba quitarse el hábito y adentrase en el mar. Y de pronto sintió un impulso incontrolable. Pensó: «¿Por qué no?». La idea era muy tentadora. ¡No podía resistirse! Se quitó los zapatos y las medias, se recogió la falda y entró en el agua. Cuando las olas le cubrieron los pies hasta los tobillos cerró los ojos. La espuma del mar y la tierra humedecida la devolvió a su infancia, al arroyo en el que solía pasar sus días cuando vivía con su familia en Oregón.

Volvió la vista y vio que los Farrow la miraban con los ojos muy abiertos. Pensó que quizá había ido demasiado lejos hasta que reparó en que Robert se agachaba, se quitaba los zapatos y los calcetines, se arremangaba los pantalones y se unía a ella.

—¡Hacía siglos que no disfrutaba de esto! —exclamó entre risas—. ¡Por Dios, qué placer!

Mientras caminaba a su lado bajo los cegadores rayos del sol tropical Theresa recordó las palabras que Robert le había dicho hacía un año: «¡Quédese conmigo, Anna! Recorra los mares a mi lado. ¡Déjeme enseñarle el mundo! Ah, los sitios a los que podríamos ir, las aventuras que viviríamos juntos, y yo la amaría cada segundo de cada hora de cada milla que navegáramos».

Cuánto le habría gustado gritar con todas sus fuerzas: «¡Sí, iré contigo hasta el fin del mundo!».

Pero había pronunciado unos votos y tenía obligaciones y deudas a las que se debía. Su vida no le pertenecía y eso siempre sería así, pero a pesar de ello lo amaría, al igual que él le había prometido amarla, con una pasión silenciosa, secreta, que ambos sabían que estaba condenada desde el primer instante.

Theresa se dijo que haría bien en contentarse con momentos como aquel, compartidos con Robert, aunque solo fuera caminar por la orilla y buscar conchas en la arena. «Saborearé cada minuto y no esperaré nada más.»

Los cinco siguieron caminando por la arena, ahuyentando a los pájaros que revoloteaban sobre ellos. Buscaron entre las algas y los maderos podridos, y un grupo de nativos, que estaban haciendo canoas y tablas, los saludaron desde sus cabañas. Vieron a los más jóvenes encaramándose por los troncos finos y curvos de las palmeras para hacer caer los cocos. A Peter le costaba andar porque el bastón se hundía en la arena, pero de vez en cuando conseguía agacharse, coger algo del suelo, examinarlo y lanzarlo de nuevo.

Al cabo de un rato Emily dijo que estaba cansada, así que dieron la vuelta, a pesar de que Jamie aún no había encontrado un regalo para Claire. Se montaron en el carruaje, Robert y Theresa se pusieron las medias y los zapatos e iniciaron el camino de vuelta a casa, pero al pasar junto al puerto vieron un gran revuelo en la zona de los muelles.

—¿Qué ocurre? —preguntó Emily.

Robert detuvo el carruaje y se protegió los ojos con la mano. Theresa solo veía edificios de madera, grandes barcos con sus mástiles y una muchedumbre que parecía indignada.

—Esperad aquí —dijo Robert, y se apeó de un salto del carruaje.

Theresa lo siguió con la mirada mientras se abría paso entre una confusión de caballos, carretas y gente con los puños alzados. Se detuvo al llegar junto a unos soldados que le cerraron el paso con sus armas. Habían levantado barricadas de madera para impedir que la multitud invadiera el puerto. Un poco más allá Theresa se fijó en un grupo de personas aterrorizadas —hombres, mujeres y niños— que sujetaban sus posesiones contra el pecho. Estaban rodeados de soldados.

De pronto vio que el doctor Edgeware salía de una pequeña oficina en uno de los edificios. Decidió bajarse del carruaje y reunirse con Robert. Atravesó la aglomeración entre empujones y zarandeos y, al llegar a su lado, tuvo que cogerse a su brazo para no ser arrastrada de nuevo.

—¿Qué ocurre? —preguntó—. ¿Qué está pasando?

—Son leprosos —dijo el doctor Edgeware a Robert, ignorando la presencia de Theresa—. Los enviamos a una colonia aislada en Molokai.

Desde allí pudo ver el penoso estado en que se encontraba aquel grupo de unas cien personas, que se cogían los unos a los otros, atemorizados. Eran una mezcla de chinos y hawaianos, y no había ni un solo blanco entre ellos. También distinguió las emociones que dividían a la muchedumbre: algunos gritaban a favor de la nueva ley de aislamiento y exigían que las autoridades se llevaran a los enfermos de la isla lo antes posible; otros, en cambio, protestaban por el trato brutal al que se sometía a aquellos seres humanos, que lo que necesitaban era un hospital. Entre los gritos y las voces también se oían lamentos y *Auwe!* con los que los hawaianos suplicaban a Edgeware que les permitiera llevarse a sus familiares a casa.

Theresa y Robert contemplaron con impotencia a los soldados que guiaban la fila de leprosos hasta el barco que los esperaba. Todo el mundo sabía dónde los abandonarían: en una franja estrecha de tierra prácticamente rodeada por un mar siempre rizado, con una pared rocosa de sesenta metros de altura a sus espaldas. Allí no había médicos, ni enfermeras ni sacerdotes. El aislamiento sería absoluto.

—Lo siento, Anna, no lo sabía —le dijo Robert muy circunspecto cuando regresaron al carruaje—. Solo llevo unos días aquí y no he tenido oportunidad de ponerme al corriente con las cuestiones del gobierno. El rey Kamehameha ha aprobado la ley de aislamiento mientras yo estaba fuera. Me he opuesto a ella durante dos años y habría vuelto a hacerlo otra vez, pero cuando partí hacia Estados Unidos Edgeware vio su oportunidad. Anna, Edgeware dijo que no abandonaría su cacería de leprosos hasta que no hubiera registrado hasta el último rincón de la isla.

Antes de ayudarla a subir al carruaje sus ojos se encontraron y el mismo pensamiento afloró en sus mentes: el asentamiento secreto de enfermos de lepra que había al norte de Wailaka.

Viajaban en silencio, el corazón compungido por los leprosos que habían visto el día anterior.

La carreta iba repleta de suministros: mantas, ropa, alimentos. Especialmente importantes eran los zapatos y los guantes, aunque sabían que tendrían que convencer a los aldeanos para que se los pusieran. Theresa también llevaba unos ungüentos; aunque quizá no iban a serles de mucha ayuda, al menos tenía que intentarlo.

Lo que antes había sido el escondite de un muchacho solitario se había convertido en un refugio secreto para más de treinta afectados de lepra.

Robert y Theresa pasaron cerca de la aldea, donde vieron antorchas y oyeron voces y tambores, pero ni una sola risa. El capitán Farrow detuvo la carreta y miró hacia atrás para asegurarse de que nadie los seguía. El doctor Edgeware había intensificado la persecución y sus soldados estaban por todas partes. Esa vez no vio a ninguno, así que continuaron avanzando.

Pasaron junto al sendero que llevaba hasta la arboleda secreta de la fertilidad y siguieron por un camino tan lleno de baches que la carreta crujía continuamente e incluso se quedaba atascada en algunos puntos. Cuando ya no pudieron avanzar más Robert se llevó las manos a ambos lados de la boca y gritó. Esperaron hasta que un grupo emergió de entre los árboles como fantasmas salidos del bosque, criaturas débiles y tambaleantes que caminaban como si se avergonzasen de su propia existencia. Mahina iba con ellos, se elevaba sobre sus compañeros porque no estaba enferma. A su lado iba Liho, muy desmejorado y cojeando. Había perdido los dedos del pie derecho.

El muchacho que se impulsaba sobre las olas del océano como un joven dios inmortal, que se había curado gracias a un *ho'opo-nopono*, se estaba muriendo y esa vez no había cura posible.

—Asegúrese de buscar todos los días lesiones nuevas —recomendó Theresa a Mahina al entregarle los ungüentos—. Ya no tienen sensibilidad. Extienda esto sobre las heridas para prevenir las infecciones. E intente que lleven siempre zapatos y guantes; los dedos de los pies y de las manos son los primeros en resultar dañados. —Cogió la linterna de aceite de la carreta y la levantó junto a la cara de Mahina. Tenía la piel limpia, sin ninguna marca. Le tocó la nariz—. ¿Siente esto?

—Sí.

Le examinó los dedos y se los apretó; no había perdido el tacto. Por el momento, Mahina no tenía la lepra, pero transmitía una gran melancolía. La alegría que la caracterizaba había desaparecido.

—La noche que Pele lleva mi madre fue noche que empezó maldición —dijo Mahina—. No queda esperanza, Keleka. Los dioses han abandonado nosotros. Durante mil años, y otros mil después, piedra sanadora de Kahiki cuida de la salud de mi gente. No enfermamos. Y entonces Pele lleva piedra y ahora morimos todos. Mañana no más *kanaka*.

—Mahina, ¿por qué se sacrificó tu madre a la montaña?

Theresa necesitaba saberlo, quería entender qué era aquello que devoraba sus almas, que les provocaba la muerte en cifras tan alarmantes.

—Mahina no sabe, Mahina nunca sabe. La noche que mi madre camina a fuego de Pele ella dice que sacrifica para liberar de maldición, pero no funciona. Maldición sigue presente. Antes de entrar en fuego de Pele mi madre dice que llega día en que bebés son arrancados de brazos de sus madres. Maridos y mujeres son separados. Hermano y hermana, hija de padre. ¡Cruzan el agua y no vemos nunca más! *Auwe!* Ese es final de Hawai'i Nui. Eso es cuando Pele destruye a toda la gente. Ahora Mahina sabe. La colonia de leprosos. Es profecía de mi madre. —Inclinó la cabeza y la movió de lado a lado—. Mi madre, gran *kahuna lapa'au*, gran jefa, descendiente de gran Umi. Ella ve futuro. Ella ve fin de *kanaka*.

Dio media vuelta y, mientras los demás aceptaban las provisiones, bendijo a Robert y a Theresa. Luego volvió a desaparecer en la oscuridad de la noche.

24

Robert envió un mensaje al convento: Emily Farrow había empeorado repentinamente. La madre Agnes dio permiso a la hermana Theresa para que acudiera a verla.

Mahina le abrió la puerta de casa de los Farrow, y le explicó que Jamie estaba en el rancho de Waialua y que no había tiempo para hacerlos venir a él y a Peter desde tan lejos.

Mientras esperaban a que el doctor Yates y Robert bajaran, Mahina le preguntó por los médicos occidentales. ¿Cómo los escogían? ¿Cómo aprendían medicina?

—En Estados Unidos los hombres que quieren ser médicos van a la escuela —respondió Theresa—. Toman clases, leen libros, practican en hospitales. Después pueden trabajar como aprendices con un doctor que ya ejerza para adquirir más experiencia o abrir su propia consulta.

—¿Cuánto tiempo en escuela?

—Seis meses, un año. Depende de la escuela.

—¿Y qué edad tienen cuando empiezan?

—Alrededor de veinte años.

Mahina frunció el ceño al oír aquello y se mordió los labios.

—¿Y *wahine*? —preguntó—. ¿Mismo para *wahine*?

—Las mujeres no podemos ser médicos.

—¿Por qué?

—No lo sé. Sencillamente no podemos.

Mahina guardó silencio de nuevo mientras pensaba.

—En Hawái sanadores son hombres y mujeres. Pero ellos no eligen. Es *kahuna kilo 'ouli*, intérprete de personalidad como tío Kekoa, quien elige. Viene a cabaña de familia y se sienta con niños. Bebe *'awa* y canta mientras coge hojas sagradas de *ti* en mano. Pregunta muchas veces cada niño, qué mes y día y hora nace, qué profecía en momento de nacimiento, qué sueños tiene, qué son sus símbolos de buena suerte. Pregunta toda la noche. Cuando la familia cansa el *kahuna kilo 'ouli* señala con hoja *ti* sagrada y dice: «Este niño construye canoa. Este niño cura huesos. Esta niña es *kahuna lapa 'au*». Como fue Pua, mi madre. Él dice que ella gran jefa y aprende antiguo arte de sanar.

Ambas levantaron la mirada al oír voces en el piso de arriba. Theresa se preguntó si era muy serio.

—Pua siete años entonces —continuó Mahina—, deja familia para vivir con *kahuna lapa 'au* supremo en Puna. Allí ella aprende *kapu*, leyes sobre qué hablar, qué no hablar, qué comer, qué no comer, qué plegaria especial decir, qué dioses contentar. Pua aprende todo que maestro enseña. Aprende magia y curación de islas, todos los secretos de magia mala y espíritus malvados y cómo ahuyentar. Ella estudia partes del cuerpo y tesoros del mar. Vive con maestra muchos años, y cuando dios dice que Pua preparada celebran gran ceremonia y mi familia ve Pua otra vez. El ritual dura días y *kapu* debe ser respetada. Si Pua come comida equivocada, si pisa esterilla equivocada, es desterrada y nadie mira otra vez. En ritual, ella entra en *heiau* y ve piedra sagrada de Lono. Nadie, solo *kahuna* sanador puede mirar Pene de Lono. Si alguien mira, muere.

»Pero mi madre ahora *kahuna lapa 'au*. Ella puede tocar piedra sagrada de Lono, puede poner *lei* y rezar. —De pronto sonrió—. Así es como *kanaka* hacen médico.

Theresa se levantó de la silla y empezó a pasear de un lado a otro de la estancia. El doctor Yates era un hombre joven y muy agradable, pero ¿era competente? Justo acababa de hablar de los estudios de medicina, pero lo cierto era que cualquiera podía hacerse llamar «médico» e ir por ahí con un maletín negro. No existían unas normas oficiales, ningún organismo gubernamental que se ocupara de regular el ejercicio profesional de aquellos hombres que tenían la vida y la muerte en sus manos. ¿Por qué sería?

Cada vez había más médicos occidentales en Hawái y, sin embargo, la población nativa no dejaba de disminuir. La colonia secreta de leprosos de Wailaka había recibido nueve casos más. Por mucha ciencia y muchos conocimientos que tuvieran, los médicos de Occidente no podían hacer nada frente a tanta muerte. Mahina le había contado que, antes de la llegada del hombre blanco, los *kanaka* apenas enfermaban. Theresa se preguntaba si sería verdad o si esa supuesta buena salud era más atribuible a sus creencias que a su forma de vida. Mahina le había hablado de la piedra sagrada que su madre había escondido en algún lugar cerca del volcán Kilauea, hacía ya treinta y seis años. Sabía que una piedra era eso, una piedra, pero en ese caso lo importante era lo que pensaran los hawaianos. Si creían que una piedra tenía el poder de mantenerlos sanos, quizá lo tenía de verdad. Polunu, el hijo de Mahina, había creído que unas palabras bastaban para matarlo, y así había sido.

Robert y el médico bajaron al salón.

—Le he dado arsénico —dijo el doctor Yates—. En las próximas horas recuperará el color y tendrá más energía, pero es una medida temporal. Me temo que no puede hacerse nada por su madre.

Subieron al dormitorio de Emily, que estaba descansando en su cama. Entre las sábanas blancas, el camisón blanco y el gorro blanco costaba distinguir su silueta.

Pidió a Mahina que se acercara.

—Necesito que me perdone.

—¿Por qué? —preguntó Mahina, sorprendida, con una sonrisa—. Tú no hace daño a Mahina.

Pero Emily Farrow estaba inquieta. Theresa pensó que quizá era el efecto de la medicina.

—Antes de someterme al juicio del Todopoderoso —dijo con voz áspera— he de reparar los desagravios que dejo aquí en la tierra. Sé que cree en el perdón, Mahina. *Ho'oponopono*. Es lo que necesito antes de reunirme con el Creador. No puedo presentarme ante el Señor como una pecadora.

Theresa estaba perpleja. Emily Farrow era una mujer pía y temerosa de Dios que seguramente no había cometido ni un solo pecado en toda su vida y, aun así, parecía que necesitaba quitarse un peso de encima.

Cogió aire; le costaba respirar y estaba muy pálida.

—Vinimos a las islas con la mejor de las intenciones y nuestros logros son irrefutables. En menos de cuarenta años enseñamos a toda una raza a leer y a escribir. Les dimos un alfabeto y una gramática. Levantamos escuelas. Les enseñamos a coser, a plantar, a ser autosuficientes. Cuando los encontramos, eran una nación de salvajes semidesnudos que vivían entre el mar y la jungla, comían pescado crudo, luchaban entre ellos, eran esclavos de señores feudales y vivían en el pecado y la carnalidad.

Hizo una pausa y su pecho permaneció inmóvil un instante hasta que abrió la boca en busca de una bocanada de aire.

—Ahora van vestidos como gente decente, reconocen las leyes y la santidad del matrimonio, conocen la aritmética y un poco de contabilidad. Van a la escuela y a la iglesia. Los más prominentes ocupan puestos en la judicatura y en el gobierno, además de en las magistraturas locales.

Otra pausa para respirar.

—Toda mi vida —continuó—, desde que era una niña, siempre he querido servir a Dios, así que cuando supe de la existencia de unos salvajes que no conocían la palabra de Jesús ni el Evangelio sentí el deseo incontrolable de llevarles aquello que para mí siempre había sido tan importante. Pero las mujeres solteras no podían ser misioneras y los hombres solteros tampoco. Me casé con un primo lejano, Isaac, pero nunca lo quise. Luego conocí a MacKenzie Farrow y mi corazón se rindió por completo.

Se agarró a las sábanas con manos temblorosas.

—Tenéis que entender… ¡la soledad de aquellos años! Yo era la única mujer blanca en varios kilómetros a la redonda y vivía entre mujeres extrañas y salvajes cuyas costumbres era incapaz de comprender. Me sentía tan sola que ni siquiera podía comer. Se me cerró la garganta y el estómago se me endureció.

—Madre —la interrumpió Robert, que se había sentado al borde de la cama—, no se agote. Tiene que descansar.

—No, hijo, antes necesito hablar. —Sus ojos no buscaban los de Robert, vagaban por encima de él, como si estuviera hablando al techo—. Isaac se iba durante varios días, a veces semanas, y yo tenía que soportar el paso de las horas y una cama vacía. Intentaba mantenerme ocupada con las clases de costura, de inglés, de escritura y de lectura. Todos los días reunía a las mujeres, a las que encontraba o a aquellas que disfrutaban de mi compañía, y me sentaba con ellas para leerles la Biblia y hablarles de Jesús y de Dios. Mientras lo hacía desviaba la mirada por encima de sus rostros morenos, más allá de las cabañas entre las que los niños y los perros corrían salvajes, observaba el camino que emergía de entre los árboles y por el que mi esposo regresaría a casa. El anhelo era insoportable… no por Isaac, pues nunca me sentí así con él, sino por el capitán MacKenzie Farrow. Salía a pasear todas las tardes para acercarme a los acantilados y contemplar el mar en busca de barcos, rezando para que las velas que aparecían por el horizonte fueran las suyas…

Cerró los ojos y sus pulmones lucharon de nuevo por respirar.

—No sabía que tanta felicidad fuera posible —dijo con una sonrisa en los labios—. No sabía que tanto amor fuera posible. MacKenzie era mi aliento, mi alma. Sin él no estaba completa. Por eso cuando la junta del comité dijo que si me casaba con un capitán sería expulsada de la misión, ¡lo escogí a él! Renuncié a mi primer amor para estar con el segundo. Di la espalda a Dios por motivos carnales. Y por esa razón me castigó. Esa fue la causa de lo que ocurrió en el verano de 1830, ¿por qué iba a ser si no?

—Madre, por favor…

—Ya están aquí, Robert —se quejó Emily—. Han venido a buscarme. ¡No dejes que me lleven! ¡Tengo mucho miedo!

—Madre, aquí no hay nadie, solo la hermana Theresa, Mahina y yo.

—Los fantasmas… fantasmas atormentados que no pueden descansar. Quieren que diga la verdad. Nunca se lo conté a nadie, ni siquiera a MacKenzie, pero ya no puedo callármelo más. Aquella noche del verano de 1830 hacía mucho calor y la humedad era insufrible, y el volcán expulsaba lava y gases mientras la tierra temblaba bajo nuestros pies. Aquella noche yo estaba ardiendo de fiebre. Tenía el pecho muy congestionado. No podía respirar. Estaba en las últimas, iba a morir por una gripe. Y entonces oí el trueno. Me dolía la cabeza. Tenía que encontrarlo, conseguir como fuera que callara.

Los tres escuchaban en silencio la sorprendente narración de Emily Farrow. Robert estaba pálido; Theresa, con un nudo en la garganta, se debatía entre la tristeza y la simpatía; Mahina temblaba bajo el *muumuu*. La brisa se colaba a través de la ventana y los tres imaginaban el espectáculo de aquella noche asfixiante de hacía treinta y seis años…

Emily estaba ardiendo, con el camisón empapado. Tenía escalofríos, sudaba copiosamente y le dolían los músculos. A pesar de que se sentía muy débil por culpa de la tos que sufría desde hacía días, tenía que encontrar el origen de aquellos truenos. Fue a ver a Robert y a Peter y vio que dormían como dos angelitos. Salió. Las casas de los otros misioneros estaban en silencio, a oscuras; al parecer, seguían durmiendo a pesar del ruido. Se dirigió hacia la aldea de los nativos, tambaleándose, y la encontró desierta. Nunca la había visto así; se preguntó dónde estaba la gente. Consiguió abrirse paso por un camino enlodado entre dos huertos de ñame hasta que llegó al borde de un frondoso bosque. Se adentró en él, apartando ramas y matorrales hasta que por fin llegó al claro. Allí estaba toda la gente de la aldea.

Bajo la luna llena e iluminados por la luz de las antorchas los nativos se habían entregado a la práctica de aquella danza lasciva a la que llamaban *hula*. Emily conocía a algunas de las mujeres. Eran asiduas de la iglesia. El propio Isaac las había bautizado. Se hacían llamar cristianas pero estaban desnudas y realizaban movimientos lujuriosos al ritmo de los tambores. Sintió asco al ver sus pechos desnudos y oscilantes, los pezones grandes y prominentes; los hombres de cuerpos musculosos y cubiertos de sudor, los genitales apenas cubiertos, golpeándose el pecho y los muslos, pateaban el suelo mientras emitían sonidos guturales y masculinos. «Animales —pensó Emily horrorizada—. No son mejores que las bestias.»

Pero no podía moverse. Se sintió embargada por un remolino de emociones intensas, desconocidas, de dolores que nada tenían que ver con la enfermedad que padecía, sensaciones primitivas. Como Eva antes de ser expulsada del Paraíso. Esa sensación que la quemaba por dentro era deseo, apetito sexual, lujuria. Quería arrancarse el camisón y unirse a la danza.

Llena de asco y repugnancia hacia sí misma, corrió hasta el círculo de luz y les gritó que detuvieran aquella locura. Fue de un tambor a otro, golpeando a quienes los tocaban, derribando a patadas los instrumentos, hasta que los danzantes se detuvieron y el silenció envolvió la noche.

No dio crédito a sus ojos cuando, de pronto, descubrió lo que había en el altar. Lo había visto antes, el día que se había asomado al *heiau*. Era la Piedra de Lono, una abominación. Creía que había corrido la misma suerte que muchos otros ídolos y había sido destruida, pero allí estaba, cubierta de flores. Les gritó que habían dado la espalda a Jesús, pero Pua sonrió. «No, esto no tiene que ver con Jesús. Hacemos nuevos bebés», le dijo.

Nunca había presenciado una escena más depravada y degenerada que aquella. Mujeres bailando desnudas alrededor de una piedra tallada con la forma del miembro masculino.

Perdió el control. Perdió la cabeza; la razón y la cordura. ¿Qué clase de tierra maldita era aquella en la que las mujeres danzaban sin ropa alrededor de piedras obscenas?

Cogió una lanza y corrió hacia el altar, decidida a destruir la estatua. La golpeó, pero en el estado en el que estaba apenas consiguió que se tambaleara y cayera al suelo, sobre la hierba. Les gritó que arderían en los fuegos eternos del infierno por lo que estaban haciendo.

Vestida con su camisón blanco, se volvió para mirarlos a todos a los ojos, a aquellos hombres y mujeres con los que había compartido su comida, que se sentaban a su lado en la iglesia durante el oficio del sábado. «¡Yo quería ser amiga vuestra! Quería que esto fuera una aventura. Quería ser valiente… Pero vosotros hacéis que me sienta débil y cobarde. Me recordáis constantemente que mi lugar no está aquí, que soy una mujer de Nueva Inglaterra y siempre lo seré. Os odio por ello. Me habéis robado mi único sueño y luego me habéis tirado mis propios defectos a la cara.»

Los señaló uno a uno mientras gritaba: «¡Ya no sois cristianos! ¡Jesús os odia! No quiere vuestras almas en su reino. Os las devuelve porque no sois merecedores del amor de Dios». Los nativos la miraban en silencio, sorprendidos. «Jesucristo os maldice… ¡a todos!», les escupió.

Los guerreros de la aldea corrieron hacia ella. Giró con la lanza en alto, tan deprisa que se mareó y a punto estuvo de desplomarse sobre la hierba. De repente se oyó un grito agudo y todo a su alrededor se detuvo. Se hizo el silencio en la arboleda. Vio a Pua delante de ella con los brazos en alto, la piel brillando bajo la luz de las llamas, recitando palabras que Emily no entendía hasta que, en cuestión de segundos, todo el mundo huyó. Desaparecieron en el bosque ante la mirada atónita de Emily, dejándola a solas con las lanzas, los tambores y un altar satánico dedicado al ídolo obsceno caído sobre la hierba…

—Unos amigos me encontraron a la mañana siguiente —dijo Emily a Robert, Mahina y Theresa—, vagando por los alrededores del bosque. Al parecer, pasé tres días ardiendo de fiebre, delirando, gritando en un idioma que nadie entendía. Cuando por fin me recuperé de la gripe y ya estaba lista para borrar de mi mente la pesadilla del ritual del *hula*, los nativos de la zona empezaron a enfermar. Uno a uno, todos los que estaban presentes aquella noche en el claro, todos a los que yo había dicho que Jesús renunciaba a sus almas, fueron enfermando de una dolencia que nadie era capaz de diagnosticar. Trajimos a un médico de Honolulú que hizo todo lo que pudo, y él y las esposas de los misioneros, así como las que vinieron desde Kona, trabajaron día y noche cuidando a los nativos.

Guardó silencio mientras las lágrimas rodaban por sus mejillas.

—No se salvó ni uno... —continuó—. Todos los que estaban aquella noche en el claro murieron sin que pudiera hacerse nada por ellos. Más de cien hombres y mujeres, gimiendo de dolor mientras sus familiares rezaban y lloraban desconsolados. Tras los entierros, la gran jefa Pua vino a casa y me dijo que mi maldición había acabado con la vida de su pueblo. Nada podía curarlos porque sabían que Jesús los había condenado a muerte. Dio media vuelta... y aquella fue la última vez que la vi.

Se quedó callada. Nadie se movió, nadie dijo nada.

—Robert... —Miró a su hijo y le apretó la mano—. Yo era consciente del poder que los hawaianos otorgan a la palabra, sabía cuán susceptibles pueden ser a lo que se les dice. Fui una irresponsable. No tendría que haber dicho lo que dije, pero llevaba diez años acumulando resentimiento. Los culpaba por hacerme ver mis errores, cuando la única culpable era yo.

—Madre...

—Les eché la culpa, Robert, y los odié por exponer mis debilidades. Ellos no tenían la culpa. Me pasé diez años enterrando mis sentimientos, pero la fiebre hizo que perdiera el control. En aquel momento los odié por no haber cumplido mi sueño. Conocía perfectamente el poder de mis palabras. Fue como si me hubiera plantado en aquel claro con una pistola y les hubiera disparado. Yo maté a toda aquella gente. —Se volvió hacia Mahina y le dijo—: Perdóneme, yo soy la razón por la que su madre se sacrificó a Pele. Fui yo quien la envió a la lava.

Mahina se golpeó el pecho.

—*Auwe!*

Theresa observó con impotencia a la hawaiana mientras esta chillaba y se mesaba los cabellos. La historia que acababa de conocer era un secreto que escapaba a toda comprensión. No había estado allí durante aquel verano de hacía treinta y seis años cuando Emily, poseída por la fiebre y la soledad, había cometido el error más grande de su vida. Hasta ese momento Mahina ignoraba el motivo por el que su madre se había sacrificado en el fuego de Pele, pero ahora ya lo sabía y era peor de lo que había imaginado.

—Fue entonces cuando los fantasmas empezaron a atormentarme —continuó Emily, que luchaba por cada bocanada de aire—. Fue una tortura interminable. Quisieron matarme. Uno de ellos, un espíritu especialmente fuerte, me persiguió una noche hasta los acantilados y trató de lanzarme al vacío, pero yo lo golpeé y se precipitó al mar.

Theresa miró a Robert, quien le devolvió una mirada sorprendida. Lo que durante tanto tiempo había creído un acto asesino no lo era. Los dos hermanos habían vivido con la horrible certeza de que Emily había empujado a MacKenzie Farrow a propósito, cuando en realidad ella, en su delirio, había confundido a su esposo con un fantasma.

Emily habló de nuevo; su energía se estaba apagando.

—¿Creéis que se puede perdonar al autor de un crimen tan monstruoso?

—Si se pide perdón, sí —dijo la hermana Theresa.

Emily miró a Mahina, cuyo rostro era la imagen del dolor.

—Querida, no sabe cuánto siento lo que hice. No estaba preparada para la vida que había elegido. No era fuerte. Necesito que me perdone antes de enfrentarme al juicio del Señor.

Robert y Theresa observaron a la corpulenta hawaiana, con su larga melena blanca en contraste con el color cobrizo de su piel. Pensaron en los leprosos de los que estaba cuidando en el refugio secreto, en cómo estaba sacrificando su vida para que la de ellos fuera más cómoda. Pensaron en todos los seres queridos que había perdido (su madre, su esposo, sus hijos, su hija) y les pareció increíble que hubiera conservado un corazón tan generoso y rebosante de amor.

Robert contuvo un sollozo. Sabía que Mahina había estado presente la noche de su nacimiento, cuando Pua lo había dejado sobre el altar de Lono, con apenas unos minutos de vida, para que recibiera la bendición de los dioses.

—Por favor —dijo Emily al ver que Mahina no respondía—, recuerde que si vine a estas islas fue por amor. Vine por *aloha*, pero me equivoqué de camino. El perdón me devolverá a la senda correcta.

Mahina se acercó lentamente a la cama y bajó la mirada. Se llevaban pocos años, pero Emily parecía mucho mayor.

—Tú mata mi madre —dijo Mahina en voz baja—. Tú mata mi gente. Tú quitas piedra sanadora a mi pueblo.

No había nada más estremecedor que el lamento de dolor de un hawaiano. Mahina levantó los brazos y emitió un alarido tan potente que Theresa temió que despertara a todo el vecindario.

De pronto Emily rompió a llorar con unos sollozos profundos e intensos que su cuerpo, frágil y vulnerable, parecía incapaz de producir. Robert miró a su madre con una expresión desconsolada en el rostro.

Mahina salió corriendo de la habitación, llevándose sus alaridos con ella. Oyeron sus pisadas tronando escalera abajo hasta desaparecer por la puerta.

Theresa se quedó junto a Robert mientras este acunaba el cuerpo de su madre entre los brazos. Emily no habló más. Cerró los ojos. Su respiración se tornó irregular. Le costaba respirar. Bajo los párpados, sus ojos se movían rápidamente de un lado a otro. No estaba en paz. ¿Estaría viendo a sus demonios invisibles?, se preguntó Theresa.

Robert rompió a llorar y sus lágrimas cayeron sobre el gorro blanco de su madre. Emily había dejado de moverse.

—Lo siento —susurró Theresa al comprobar que no tenía pulso.

Él alzó la mirada, el semblante lleno de angustia, se levantó de la cama y, sin mediar palabra, se abrazó a ella. Se asió a Theresa con fuerza, el rostro enterrado en su velo negro y el cuerpo sacudido por terribles sollozos. Lloraron juntos.

Emily Farrow falleció a la edad de sesenta y seis años, y con ella desapareció una era como el mundo no volvería a ver otra jamás.

Sin embargo, de aquella noche también surgió algo bueno. Theresa cogió el rostro angustiado de Robert entre las manos y le dijo:

—Su madre no estaba loca. Los ataques que sufría eran fruto de aquella noche. Eran pesadillas provocadas por el sentimiento de culpabilidad que la atormentaba. Recuérdelo, Robert. Guarde esa idea en el corazón. Emily deliraba a causa de la fiebre. No sabía lo que hacía. Y, desde entonces, su mente creó esos fantasmas que la perseguían. Pero eso era todo, Robert. Imaginaciones suyas provocadas por el insomnio. Su madre no estaba loca —repitió.

Él asintió en silencio. Entendió lo que Theresa trataba de decirle y se lo agradeció. Entre la oscuridad de la pena y el dolor, Robert vio un rayo de esperanza. Si, después de todo, su madre no estaba loca, entonces Jamie no corría peligro.

25

Una multitud inquieta se había reunido frente al juzgado, y la palabra «Kilauea» estaba en boca de todos.

Había tanta gente que la hermana Theresa no pudo subir los escalones que llevaban a la entrada del edificio. No había un solo hombre que no tuviera un periódico en la mano y leyera en voz alta los muchos artículos que hablaban de la asediada isla de Hawái donde, seis días atrás, Pele había despertado de su letargo para recordar a los isleños que seguía siendo tan temible como siempre. Las erupciones llegaron acompañadas de terremotos, un maremoto que provocó una gran destrucción y una extraña fluctuación en el nivel del mar. Todo el mundo repetía que era un mal augurio que presagiaba un desastre, una señal que marcaría el final de la dinastía de los Kamehameha. La gente estaba preocupada. Muchos tenían amigos y familiares en la isla de Hawái.

—¡He oído que la tierra llegó a temblar más de cien veces en una sola noche!

—¿Por dónde sale la lava?

—¡Se han abierto fallas nuevas por todas partes!

—Dicen que los daños más importantes están en Kau. Una avalancha sepultó una aldea entera, con treinta y una personas y quinientas cabezas de ganado.

—He oído que se ha abierto una nueva boca cerca de la que produjo la erupción de 1830.

—¡Theresa!

Se dio la vuelta y vio a Robert abriéndose paso a través de la multitud.

—Siento llegar tarde. La gente me detiene por la calle para preguntarme qué piensa hacer el gobierno con los terremotos. —Negó con la cabeza—. ¡Como si pudiéramos controlarlos! Venga, entraremos por detrás. Solo los miembros de la Asamblea Legislativa pueden acceder por la puerta principal.

Tras meses de cruzada en favor de los leprosos, de escribir cartas a los periódicos, al rey y a los ministros, de suplicar al obispo, de hablar con cualquiera que estuviera dispuesto a escucharla; después de hacer todo lo que estaba en su mano, dentro de sus limitaciones, para crear una colonia de leprosos en la isla de Oahu y traerlos de vuelta de Molokai, Theresa había pedido ayuda a Robert y este se había comprometido a exponer su caso frente a los miembros de la Asamblea Legislativa y proponer la redacción de nuevas leyes para controlar la enfermedad, que cada día se cobraba más vidas.

La Asamblea se reunía todos los días de once de la mañana a cuatro de la tarde. Las sesiones se celebraban en la Corte Suprema, una gran sala cuya majestuosidad nada tenía que envidiar a sus homólogas de Estados Unidos o Europa, con banderas, retratos reales, enrormes ventanales que proyectaban la luz del sol sobre la estancia forrada en madera, con un estrado para el juez, un púlpito para el ponente, filas de asientos y mesas para los miembros y una barandilla de madera que separaba a los legisladores de la galería para los visitantes, desde donde Theresa presenciaría la sesión.

No había separación entre la Cámara de los Nobles y la Cámara de los Representantes. Se sentaban todos juntos, unos cuarenta o cincuenta hombres (los nativos superaban en número a los blancos). Los ministros del rey —ingleses, norteamericanos y un francés—, su Gabinete, ocupaban sillas con aspecto de trono junto a la pared izquierda de la sala. Theresa vio a Robert sentado a su mesa, de espaldas a ella. Encontró un asiento libre entre los espectadores, todos hombres, *kanaka* y *haole*, que no dejaban de hablar y fumar.

El capellán abrió la sesión con una plegaria al Señor, primero en inglés y luego en hawaiano. Pasaron lista; por razones obvias, los representantes de los distritos de Kau, Puna y Hilo no estaban presentes, y solo había uno de Kona en nombre de toda la Gran Isla. Una vez hechas las comprobaciones de rutina, tal como Robert había explicado a Theresa, los representantes se levantaron por turnos para proponer leyes nuevas, impugnar algún punto con el que no estuvieran de acuerdo, someter a discusión debates ya existentes, proponer votaciones, interrogar a otros miembros, oponerse a alguna resolución, quejarse de su sueldo o discutir medidas, todo con tanto desorden que Theresa se preguntó si los funcionarios y los periodistas eran capaces de seguir el hilo de la sesión.

Todo se desarrollaba en un ambiente muy ruidoso, casi caótico. Los miembros de las cámaras discutían entre ellos o dormitaban con la cabeza apoyada en la mesa; todos fumaban (pipas, puros, cigarrillos), escupían tabaco, mordisqueaban tentempiés de queso y galletas saladas o pelaban naranjas mientras ignoraban a los distintos oradores. Un representante de Maui «pidió la palabra» y esta le fue concedida. Era un nativo ataviado con un traje occidental y solicitaba un ayudante para el alguacil de la isla, con un sueldo de mil dólares. Los miembros discutieron la propuesta, la aprobaron y la maza atestiguó su validez.

Theresa esperaba nerviosa el momento en que Robert encontrara una oportunidad para hablar. Todos sus planes, todas sus esperanzas dependían de lo que él dijera ante la Asamblea.

Había pasado un año y medio desde la muerte de Emily, y Theresa apenas había tenido ocasión de ir al hogar de los Farrow. Jamie había cumplido dieciocho años y era casi tan alto como su padre, así que se había quedado sin pacientes a los que visitar en esa casa, pero tampoco había perdido el contacto con él. La madre Agnes le permitía seguir yendo a Wailaka, la aldea de Mahina, y allí solía coincidir con el muchacho cuando este iba a ver a sus parientes hawaianos. También era allí donde solía citarse con Robert para ir en carreta hasta la colonia secreta de leprosos a llevarles suministros y procurar aliviarles el dolor, en la medida de lo posible.

No habían vuelto a hablar de lo que sentían el uno por el otro desde la noche del *ho'oponopono* de Jamie, pero cuando Robert la miraba, Theresa entreveía el deseo que lo consumía por dentro, el impulso de enfrentarse a todo y olvidarse de los votos y el honor. Por suerte, sentía un profundo respeto por ella y se contenía, al igual que la propia Theresa.

En ese instante, desde la galería de visitantes, deseaba más que nunca poder estar con él.

Justo cuando empezaba a preguntarse cuándo pediría la palabra Robert, vio que se ponía en pie y pedía ser escuchado por la cámara. Era más joven y más alto que los hombres que tenía a su alrededor, iba mejor vestido y tenía un porte más digno, o al menos así lo veía ella.

El presidente de la Asamblea cedió la palabra «al representante de Honolulú, distrito tercero».

Theresa nunca dejaría de asombrarse, y emocionarse, ante la increíble habilidad de Robert para la oratoria. Casi todos los representantes habían murmurado, tosido, roncado y masticado ruidosamente durante los discursos de sus compañeros, pero en cuanto Robert se puso en pie se hizo el silencio en la gran sala. Todos querían oír al capitán Farrow.

Sin embargo, en cuanto abordó el problema de la colonia para leprosos una corriente de murmullos y quejas atravesó la cámara.

—Sí, al principio —dijo Robert con su imponente voz— el Departamento de Salud se ocupó de proveer a los enfermos de comida y otros suministros, pero no tenía suficientes recursos para ofrecerles los cuidados necesarios. No hay nadie en las islas que no sepa que la colonia se ha convertido en un lugar miserable y abandonado y que, con semejantes condiciones de vida, los leprosos solo pueden gritar «'*Aole kanawai m keia wahi*», «Aquí Dios no existe».

El doctor Edgeware, ministro de Salud Pública, se levantó de su silla y, aclarándose la garganta, dijo:

—Todo el mundo sabe que estamos dando todos los pasos necesarios para garantizar la seguridad de los leprosos.

Alto, delgado y huesudo como siempre, Theresa pensó que todo en él parecía estrecho, incluida su concepción de la política.

—Todo el mundo sabe que es exactamente al contrario —le espetó Robert.

—Capitán Farrow, se presenta aquí con un tema que ha sido debatido, examinado, estudiado y votado ampliamente en esta cámara, y que ya se ha convertido en ley. Le ruego que no nos haga perder el tiempo con un problema que ya ha sido resuelto.

—En mi opinión, este es un problema que sigue sin solución, señor Edgeware. ¡El trato inhumano que reciben las víctimas de la lepra es abominable y una vergüenza para el Reino de Hawái! Ni siquiera permitimos que los visitantes naveguen cerca de la isla de Molokai por temor a que descubran nuestro secreto más oscuro.

—¡Está usted fuera de lugar, capitán Farrow!

—¡Y usted deshonra con su ineficacia el cargo de ministro de Salud Pública!

El presidente de la Asamblea hizo sonar su maza varias veces y, de repente, se produjo en la sala una algarabía de gritos e insultos.

—Distinguidos caballeros y colegas —dijo Edgeware cuando el presidente consiguió recuperar el control—, votemos cuanto antes y...

Theresa no pudo permanecer en silencio ni un segundo más. Se acercó a la barandilla de madera que separaba a los miembros de la Asamblea de los visitantes y alzó la voz.

—Por favor, señores, escuchen nuestra súplica. Hablamos en nombre de aquellos que no tienen voz.

Edgeware le dedicó una mirada gélida.

—¿Y por qué no va a ayudarlos, si tanto se preocupa por ellos?

Aquel era un tema que ya había sido ampliamente debatido en el seno del convento. El obispo de Honolulú creía que los leprosos necesitaban la asistencia de un sacerdote católico, pero al mismo tiempo era consciente de que enviar a alguien allí equivalía a condenarlo a muerte. Por ello había anunciado que no nombraría a nadie, sino que confiaba en que alguien se presentara voluntario. De momento nadie había dado un paso al frente, y la madre Agnes no quería que las hermanas se involucraran.

—Crear una colonia aquí, en Oahu, bastaría para aliviar el terrible sufrimiento y el aislamiento de esos pobres leprosos —respondió Theresa.

—Creo que ya hay una colonia en Oahu, ¿no es así? —replicó Edgeware enfatizando sus palabras.

De repente se hizo el silencio en la cámara. Todos esperaban una respuesta.

—Adelante, mujer. Sabemos que hay un asentamiento secreto al que se retiran los leprosos de la isla. Le ordeno que nos dé la localización exacta.

Como religiosa que era, Theresa no estaba acostumbrada a hablar en público, pero esa vez pensó en el sufrimiento de los leprosos que vivían al norte de Wailaka y encontró el valor necesario para responder.

—¿Por qué todo el mundo finge no conocer las terribles condiciones en las que se vive en Molokai? No hay servicios de ningún tipo en la zona, ni un edificio o construcción donde cobijarse, ni siquiera agua corriente. La gente vive en cuevas o en chozas rudimentarias construidas con cañas y ramaje. A los que llegan en barco se les ordena que salten por la borda y naden si quieren salvar la vida. Algunos se ahogan, otros son atacados por los tiburones. Los marineros lanzan las provisiones al mar y esperan que la corriente las lleve hasta la costa. Las mujeres que llegan solas son asaltadas en cuanto pisan tierra y forzadas.

—Rumores y mentiras —dijo Edgeware visiblemente nervioso—. Le ordeno de nuevo, joven, que nos dé la localización de los leprosos renegados.

—Lo que dice la hermana es cierto —intervino Robert—. Los oficiales de mi flota han presenciado lo que ocurre a bordo de los barcos que los transportan hasta allí. No puede seguir ignorándolo, señor Edgeware. Y permítame que le haga una pregunta, señor ministro de Salud Pública —añadió, esa vez levantando la voz—. ¿Cuándo fue la última vez que llevó a cabo, personalmente, una inspección de la colonia de Molokai? Mejor dicho: ¿ha estado allí alguna vez?

Un estallido de voces recorrió la sala y fue imposible restablecer el orden hasta pasados unos minutos.

—Doctor Edgeware, por favor… —suplicó Theresa agarrándose a la barandilla—. La raza hawaiana desaparece a pasos agigantados. Según el último censo, solo quedan cuarenta y nueve mil nativos en el archipiélago y, si no se detiene la sangría, ¡en veinticinco años no quedará ni uno solo!

—Y supongo que usted tiene una cura milagrosa que atajará el problema.

—Sí. Levante la prohibición que pesa sobre las prácticas de los nativos, como el *hula* o los cánticos a los viejos dioses.

Un clamor estalló en la sala y el presidente tuvo que hacer sonar su maza varias veces para acallar el escándalo.

—No lo dice en serio. —Edgeware se echó a reír—. Ni siquiera un católico condenaría la supresión de tales prácticas satánicas.

—La medicina occidental no está salvando a los hawaianos —dijo Theresa, y sus palabras fueron recibidas en la galería de los visitantes con vítores y aplausos—. El único recurso que les queda es acudir a los métodos tradicionales.

Edgeware agitó una mano con desdén.

—Los hawaianos quieren continuar evolucionando, entrar en la era moderna y ser reconocidos entre las potencias mundiales como iguales. Lo que usted pretende es que volvamos al pasado.

Deje de malgastar el tiempo de esta augusta concurrencia y díganos dónde está el campo de leprosos.

—Señor Edgeware, ¿cómo puede usted, que es médico, criminalizar una enfermedad de esta manera? Ha convertido la lepra en un delito cuya condena es la muerte en vida.

—¡Señorita, si no me dice dónde está el campamento, haré que la arresten y la metan en la cárcel si es necesario!

Uno de los funcionarios de la cámara se acercó al doctor Edgeware y le susurró algo al oído.

—Señoría —dijo Edgeware dirigiéndose al presidente—, ¿podemos hacer un receso de cinco minutos?

—Su petición es inadmisible, señor Edgeware.

—Se trata de un asunto de la máxima urgencia.

Algunos de los representantes exigieron que siguiera el debate, otros se mostraron partidarios del receso. Theresa salió de la sala para tomar el aire y allí se encontró con la madre Agnes que, muy nerviosa, le comunicó que el padre Halloran y el obispo le ordenaban que revelara la localización del campo de leprosos.

¿Cómo podían saber lo que estaba debatiéndose allí dentro? Theresa no tenía la menor idea, pero explicó a la madre Agnes que no iba a revelar esa información, entre otras cosas porque, si lo hacía, acabaría en la cárcel. La madre Agnes apeló a la autoridad del capitán Farrow, que se había reunido con ellas, pero él se mostró inflexible.

—Estoy de acuerdo con la hermana Theresa.

La religiosa buscó la forma de convencer a Theresa, pero Robert Farrow parecía tener todo el poder. Tres años atrás, después de decir a la hermana que debía regresar a San Francisco, Jamie Farrow se había curado milagrosamente de la misteriosa enfermedad que padecía. Al día siguiente la madre Agnes recibió la visita sorpresa del padre Halloran para informarle de que Robert Farrow había acudido a verlo muy alterado porque le había llegado el rumor de que la hermana Theresa tenía que volver al continente. «Se ha ofrecido a donar una cantidad considerable de dinero a la

Iglesia —le explicó el sacerdote— y se ha comprometido a defender los intereses católicos frente a la Asamblea Legislativa a cambio de mi intervención en la deportación de Theresa.»

La madre Agnes quería enviar a su subordinada a casa, pero el padre Halloran le dijo que parte del dinero sería para el convento, y ella estaba cansada de hacer malabares para subsistir. Una de las condiciones era que Theresa nunca supiera de la intervención del capitán.

Se reanudó la sesión. Theresa estaba mentalizada para seguir presionando con la colonia para los leprosos en Oahu, pero el doctor Edgeware la sorprendió.

—Ya no la necesitamos para interrogarla, joven —le dijo con una sonrisa maliciosa—. Hemos encontrado el campamento secreto cerca de Wailaka. Han rodeado a sus habitantes y ahora mismo están trayéndolos a los muelles.

Robert y Theresa salieron sin perder un segundo, sorprendiendo a los transeúntes y a los conductores de carruajes en su carrera desesperada por King Street hacia el puerto. Vieron soldados formando un cordón alrededor de un grupo de nativos asustados. Eran todos del campamento de Wailaka. Theresa reconoció al pobre Liho, a Tutu Nalani y a los demás. A quien no vio fue al jefe Kekoa.

Pero Mahina sí estaba con ellos. Theresa corrió hacia ella, atravesó la barrera uniformada y se lanzó a sus brazos.

Los soldados intentaron interceptarla, pero Robert les ordenó que retrocedieran. Obedecieron al capitán, conocedores de la autoridad que representaba como miembro de la Asamblea Legislativa.

Theresa miró a su alrededor, histérica. Una multitud se había reunido en el puerto. Muchos eran nativos de la aldea de Wailaka que lloraban y se lamentaban. No paraba de llegar gente, a medida que se extendía la noticia de que Mahina, la hija de la gran jefa

Pua y una de los últimos *ali'i*, había sido apresada junto con los leprosos.

—¿Quién está al mando? —gritó Theresa—. Esta mujer no está enferma.

—No, no, Kika —protestó Mahina—. Yo voy. Estoy con familia.

—Pero Mahina, usted no tiene lepra.

Mahina no podía expresar con palabras los sentimientos de responsabilidad y deber por los que se sentía obligada a acompañar a los suyos. Como siempre había gozado de mucha influencia entre los *kanaka*, incluso entre los conversos, les había dicho que no trabajaran para los *haole* en sus plantaciones para no acabar siendo explotados y por eso los dueños habían tenido que importar mano de obra del exterior. Así había comenzado la llegada de chinos a las islas en 1852 y con ellos la lepra. Mahina creía que tenía la culpa de que la plaga se hubiera extendido entre su pueblo.

—Mahina va a cuidar de ellos —dijo—. ¿Quién cuida de Liho?

El pobre muchacho había empeorado desde la aparición de los primeros síntomas. Había perdido varios dedos de las manos y de los pies, también la punta de la nariz; su rostro empezaba a deformarse.

Theresa buscó entre las caras de aquella gente por la que sentía tanto cariño y dio gracias al cielo al ver que Jamie no estaba entre ellos. Por suerte aquel día no había visitado a su familia hawaiana y estaba a salvo en el instituto de Oahu, en Punahou.

—No llora, Kika Keleka. Esto tenía que pasar. Hawai'i Nui llega a su fin.

Theresa no podía contener las lágrimas. Se le rompía el corazón al verlos tan asustados, abrazándose los unos a los otros, conscientes de que los enviaban a una tumba a cielo abierto.

—¿Qué quiere decir?

—Gran Isla tiembla. Gran Isla cae al mar. Pele furiosa. Pele destruye todas las islas. Jefa Pua dice esto hace muchos años. Ella ve. Cuando vamos a Molokai, Pele despierta y destruye Hawai'i.

—¡Mahina, no puede rendirse!

—Pobre Kika Keleka… —Mahina le acarició la cara—. Tan triste… Tú buen corazón. Tú buen *aloha*. No llora por Mahina.

Theresa se volvió hacia Robert.

—¡Si esta gente cree que su sangre morirá con ellos, se dejarán morir y será su fin de verdad! Les pasará lo mismo que a Polunu o a los nativos que fallecieron después de que su madre les dijera que Jesús los había maldecido. Debemos impedir que cumplan la profecía de Pua. ¿Cómo podemos convencerlos de que esto no es el fin de su pueblo?

—No tengo ni idea. Quizá con un ritual de *ho'oponopono*…

—¡La piedra sanadora! —exclamó Theresa—. ¡Si la recuperan, creerán en la salvación! —Se volvió hacia Mahina—. Tenemos que encontrar la piedra sanadora y traerla de vuelta. ¿Dónde está?

—¡No, no, Kika! *Kapu!* ¡Dioses castigan a ti!

—Tampoco notaré mucho la diferencia si los dioses acaban destruyendo Hawái. ¡Piense! ¿Dónde la escondió su madre?

Mahina frunció el ceño.

—Hace mucho tiempo. Mahina muy asustada. Pele furiosa.

—¿El tío Kekoa lo sabrá?

Mahina reflexionó un instante y luego asintió.

—Tío Kekoa sabe dónde está Vagina de Pele. Tú encuentra piedra. Tú trae a Wailaka. Cuida salud de aldea. Piedra de Lono aleja enfermedad de pueblo de Kekoa.

El doctor Edgeware llegó con una escolta militar.

—¿Qué hace esta gente aquí? ¿Por qué no están en el campamento de cuarentena? —le gritó Theresa—. No pensará enviarlos a Molokai hoy mismo, ¿verdad?

—Ya llevan suficiente tiempo en cuarentena —respondió él con indiferencia.

—¡Por el amor de Dios, Edgeware! —exclamó Robert—. Los trata como a animales.

—¿Por el amor de Dios? —repitió Edgeware con frialdad—. Lo hago pensando en el bien de los ciudadanos de Honolulú. Cuanto antes los saquemos de la isla, más seguros estaremos de que no contagian a nadie.

Hizo una señal al capitán del vapor, y los soldados empujaron a Mahina y a su gente hacia la pasarela. Los gritos y los lamentos se intensificaron; algunos intentaron resistirse, pero los soldados los redujeron y los obligaron a subir a bordo del barco.

—Robert, ¿no podemos hacer nada?

Él movió de lado a lado la cabeza con gravedad.

—En este asunto Edgeware posee la autoridad absoluta. Él tiene razón. Por ahora hemos de pensar en la población sana. Pero no permitiré que se olviden de la colonia de Oahu. Los convenceré, se lo prometo. Encontraremos unas tierras lo suficientemente aisladas para contener la enfermedad pero con acceso para la familia y los amigos. Lucharemos por ello, se lo prometo.

Las lágrimas rodaban por las mejillas de Theresa mientras veía a Mahina, la larga cabellera al viento y su forma imponente envuelta en un *muumuu* rojo, cruzando la pasarela digna y orgullosa. Le susurró *aloha* y le prometió en silencio que la traería de vuelta a Oahu, a ella y a su gente.

El doctor Edgeware se volvió hacia el teniente que lo acompañaba.

—Arreste a esa mujer —dijo señalando a Theresa—. Está acusada de dar asilo a leprosos.

Un soldado la cogió por el brazo, pero Robert se interpuso, sujetó al hombre por el otro brazo y lo obligó a volverse.

—¡Suéltela! —le ordenó y, cuando el soldado se negó a obedecer, cerró el puño y le propinó un derechazo en la mandíbula que le hizo retroceder. Miró a Theresa—. Tenemos que salir de aquí.

—Robert, lléveme a Wailaka.

Edgeware se interpuso en su camino y Robert lo amenazó con el puño aún cerrado.

—Apártese o usted también recibirá.

El doctor sonrió y se hizo a un lado.

—En menos de una hora tendré preparada una orden de arresto para esa monja.

Corrieron hacia la fila de coches de punto y se montaron en el primero libre.

La aldea estaba desierta.

—Están todos en el puerto —dijo Robert—. Acamparán en la playa y esperarán toda la noche.

—El jefe Kekoa no estaba con ellos.

Fueron de cabaña en cabaña. Theresa buscó en la zona de las mujeres mientras Robert hacía lo propio en la de los hombres. Se habían llevado hasta los perros. Lo único que quedaba en Wailaka era un puñado de gallinas.

—La vivienda de Kekoa está vacía. Quiero decir que no hay nada. Sus ropas ceremoniales, el casco, el *kahili*, todos sus objetos personales.

—No creo que haya bajado al puerto cargado con todo eso.

—No, yo tampoco lo creo.

Robert miró a su alrededor, hacia las cabañas deshabitadas, donde las fogatas aún ardían. La aldea parecía abandonada, y Theresa se preguntaba si sus habitantes regresarían. La lepra había llegado hasta allí y había convivido con las viejas tradiciones. Quizá, ahora que Mahina ya no estaba, los nativos se unirían al resto de los *kanaka* y abrazarían la cultura occidental.

—Puede que aún estén por aquí —dijo Robert—. Quizá se escondieron al ver llegar a los soldados. Tenemos que encontrarlos.

No fue una tarea fácil. El sol se ponía y apenas veían por dónde caminaban, así que tras una hora de búsqueda infructuosa se rindieron. Habían avanzado hacia el norte, hasta el pie de las colinas que se elevaban gradualmente hacia el Pali.

—Espere —dijo Theresa al llegar a un pequeño claro que resultó ser el lugar donde había presenciado el *hula* de la fertilidad.

Reconoció la piedra lisa cubierta de petroglifos que representaban actos sexuales entre humanos—. ¿Qué es ese sonido?

Robert se detuvo y prestó atención dándose la vuelta lentamente.

—Lo oigo, pero…

—¿Es un pájaro?

Él dirigió la mirada hacia lo lejos, por encima de las copas de los árboles, hasta un afloramiento escarpado que se elevaba a unos trescientos metros por encima de ellos.

—¡Allí! —exclamó.

Theresa alzó la mirada y vio, recortada contra la pálida luz del atardecer, la figura de un hombre. Tenía los brazos extendidos y cantaba, muy alto y con un tono agudo. Su cántico transmitía una tristeza tan absoluta que pensó que era uno de los sonidos más hermosos que había oído en toda su vida.

—Es Kekoa —dijo Robert.

Theresa vio la capa de plumas amarillas y el casco alto y curvado. Había clavado el *kahili* sagrado en el suelo. Su voz se propagaba con el viento, rebotaba en los escarpados acantilados y sobrevolaba los árboles *koa* y *ohia*, asustando a los pájaros, que levantaban el vuelo y se refugiaban en un cielo cada vez más oscuro.

Era un cántico largo y solitario, ancestral. Theresa imaginó los miles de personas que habían escuchado a su gran jefe desde aquel valle cubierto de bosques, que habían recibido su bendición y la de los dioses. Ahora los únicos que presenciaban esa escena eran dos *haole*.

De pronto Kekoa dejó de cantar, bajó los brazos y se quedó inmóvil.

—Dios mío —murmuró Robert—. Kekoa está en el sitio exacto en el que luchó junto a Kamehameha el Grande durante la batalla de Oahu.

—¿Deberíamos subir a reunirnos con él? —preguntó Theresa.

Pero antes de que Robert pudiera responder, Kekoa se inclinó hacia delante y se lanzó al vacío. Horrorizados, lo vieron rebotar en las rocas y luego seguir cayendo, rodando, desmadejado como un muñeco roto. Su cabeza salió despedida y su cuerpo se precipitó al fondo de aquel desfiladero de más de trescientos metros de profundidad.

Theresa gritó y se cubrió la cara. Robert la atrajo hacia su pecho.

—¡No puede ser! —exclamó—. ¡Todo está mal! —Retrocedió, se arrancó el rosario del cinturón y lo lanzó al suelo—. ¡Esto no significa nada! —Se arrancó el velo del hábito y luego tiró de las mangas. Quería librarse de todos los símbolos sin sentido de aquel mundo que la había traicionado—. ¡Todo está mal! ¡Todo está al revés y boca arriba! ¿Qué hacemos aquí? Dios mío, ¿qué hemos hecho? ¿Qué he hecho?

Robert la sujetó por los hombros y le dijo:

—Ha hecho cosas maravillosas, Anna. Ha salvado vidas. Ha dado esperanza a la gente. Me ha devuelto a mi hijo. Y ha hecho que me diera cuenta de que mi madre no estaba loca. —La apretó con fuerza—. Anna, ¡escúcheme! —Pero ella se negaba a reaccionar, intentaba resistirse—. ¡Anna! —le gritó cogiéndola por las muñecas—. Mire.

Levantó un dedo hacia el cielo y Theresa lo siguió. Allí arriba, sobre la pulida superficie de la luna, brillaba un arcoíris de colores asombrosos. Parpadeó con fuerza, sorprendida, y se enjugó las lágrimas de la cara. Y, mientras contemplaba aquella visión milagrosa, pensó: «Mahina ya no está. Y ahora Kekoa tampoco. Los últimos de su linaje están *alaheo pau'ole*: se han ido para siempre».

Y supo con una certeza absoluta que aquello de allí arriba era el espíritu del jefe Kekoa enviándoles una señal.

Apartó la mirada del arcoíris y la fijó en algo aún más milagroso: el hermoso rostro de Robert Farrow. No volvería a verlo jamás.

Quería decirle adiós sin que él se percatara de sus intenciones porque, si lo intuía, haría todo lo posible por impedir que se marchara.

De pronto comprendió algo sobre las revelaciones de aquella

noche: antes de saber quién era ella o qué debía hacer, tenía que empezar de nuevo. Era necesario que volviera a nacer. No como una monja o una enfermera, sino como una mujer.

Levantó la barbilla y él bajó la cabeza hasta que sus labios se encontraron.

No le costó deshacerse de los velos y las faldas, y luego del lino almidonado y de la toca. Se sentía vulnerable, aunque estaba ardiendo, en aquel edén plagado de helechos y de flores.

—¿Cómo lo haces? ¿Cómo lo haces? —preguntó Robert con el rostro de su amada entre las manos—. ¿Cómo lo haces para entrar en las cabañas de los leprosos a limpiarles las heridas? ¿Cómo compones los huesos rotos y acabas con la enfermedad, y ves una faceta de la vida que nadie, excepto quienes la sufren, ve? ¿Cómo puedes presenciar las tragedias y las injusticias de la vida y permanecer intacta, ingenua, llena de esperanza?

Las lágrimas de Theresa le resbalaron por los dedos. Y luego fueron las suyas las que brotaron y se precipitaron por sus mejillas mientras se abrazaban en silencio y maldecían el destino que les había sido asignado en el momento de su nacimiento. Porque Theresa sabía que no podía escapar con el hombre al que amaría con todo su corazón durante el resto de sus días.

Se tumbaron sobre la hierba y unieron sus cuerpos en aquel claro del bosque bajo la tenue luz de la luna teñida con los colores del arcoíris.

La noche traía consigo el fértil aroma de la isla. La brisa tropical mecía en sus tallos los hibiscos gigantes, escarlatas y amarillos brillantes, así como las hojas salpicadas de rocío.

Robert era incapaz de tocarla, ahora que Theresa se había desprendido del incómodo hábito y por fin podía verla como era en realidad: una muñeca de porcelana con la piel marfileña.

—Dios mío —susurró—, eres tan frágil, tan pálida…

Todavía llevaba la cofia que le aprisionaba la cabeza. Robert se la quitó y descubrió una hermosa melena cobriza y ondulada que le llegaba hasta los hombros.

Theresa cerró los ojos y suspiró al notar las caricias de Robert. «Solo una vez, amor mío —pensó—, y luego desapareceré de tu vida para siempre.»

Nunca había conocido un deseo como aquel, un martirio tan dulce. El mundo y todo lo que había en él dejaron de existir. El dolor que había sentido al presenciar la muerte del jefe Kekoa fue sustituido por aquella pasión nueva y emocionante. Le tocó el pecho. Se aferró con fuerza a sus brazos.

Robert inclinó la cabeza y le besó el cuello. Theresa gimió. Contuvo el aliento cuando le acarició el pecho, arqueó la espalda y se abrió para acogerlo en su cuerpo.

—Dios mío… No sabes cuánto te quiero. Te amo desde el primer día que vi.

«Y yo a ti», pensó Theresa.

La noche era un coro de aves nocturnas. Cerca de allí un arroyo danzaba sobre las piedras. La sinfonía de Hawái. Theresa hundió los dedos en el pelo de Robert y atrajo hacia sí su rostro. Cuando sus labios se encontraron, por un momento pensó que los fuegos de Pele le corrían por las venas. Nunca había sentido un calor como aquel, un deseo tan irrefrenable. No hacía calor, pero estaba sudando. Oyó gemidos que escapaban de sus propios labios. Ninguna fantasía sexual se acercaba a la realidad.

La lengua de Robert la sorprendió. Aprendía sobre la marcha y él era un maestro paciente. Con cada gesto, con cada nueva sensación, ella vacilaba y luego lo imitaba. Cuando notó su mano deslizándose entre sus piernas, las abrió.

«Es tan perfecto… —pensó—. Es imposible que sea pecado. ¿Cómo puede estar prohibido? Los dioses nos crearon para esto.»

Y cuando Robert entró en ella no se sorprendió, sino que le pareció la sensación más natural y deliciosa del mundo. Él se sostenía sobre los codos, como si temiera romperla, pero Theresa lo atrajo hacia sí para notar sobre el pecho desnudo el roce húmedo de su torso. Sentía su aliento en el cuello. Quería gritar de alegría.

Mientras la penetraba empezó a experimentar una nueva sensación que le hizo levantar las piernas y rodearle con ellas la cintura. Se le escapó un suspiro de placer. «Ah, mi amor —exclamó para sí—. Mi querido Robert…»

Se sintió elevada hacia el cielo por una ola de puro éxtasis, como una de las que rompían en la playa, que la transportó en un viaje tan dulce que por un momento creyó que iba a morir de felicidad.

Se dejaron caer sobre la hierba, exhaustos, entrelazados y cubiertos de sudor, con la brisa de la noche acariciándoles la piel. Theresa se asombró ante el hombre que la sujetaba entre sus brazos, fuerte y poderoso, pero tierno al mismo tiempo. Tenía los ojos cerrados y su respiración era lenta y profunda. Se preguntó si estaba dormido. Era tan apuesto bajo la luz de la luna… Le acarició el cabello suavemente y luego lo besó en los labios.

«Así que esto es lo que se siente al estar casado —pensó—. El lujo de tenerse el uno al otro en la privacidad de la alcoba.»

—Te quiero —le susurró, y cerró los ojos también ella para saborear aquellos últimos instantes a su lado.

Una nube pasó frente a la luna y la niebla descendió sobre la tierra. Robert despertó de su breve duermevela para contemplar a la preciosa y pálida mujer que descansaba entre sus brazos. Parecía tan vulnerable, tan frágil, inocente e indefensa, y, sin embargo, apenas unas horas antes le había plantado cara a uno de los caballeros más poderosos del reino. Se había abierto paso a través de un cerco de soldados y había protestado a gritos. La suya era una fragilidad engañosa. Aquella mujer era más fuerte que muchos hombres que conocía.

—Dondequiera que voy, amor mío —murmuró sobre su cuello—, veo tu rostro en la luna, oigo tu risa en los riachuelos y en los arroyos, descubro tus ojos en el arcoíris. Eres mi brújula y mi ancla, el viento que hincha mis velas. El misterio que te envuelve es profundo como el océano. Eres el faro dorado que me guía en la tormenta. Me llenaste de vida cuando creía que estaba muerto. Me diste fortaleza, esperanza, un objetivo a seguir. ¿Cómo puedo vivir sin ti?

Theresa se movió y abrió los ojos.

—Abrázame. —Se aferró a él como si se ahogara. Y entonces dijo—: Robert, iré a buscar la piedra sanadora. Iré a por ella a la isla de Hawái y la traeré de vuelta.

Él se incorporó sobre un codo y la miró con los ojos colmados de pasión.

—El Kilauea está causando estragos. Es peligroso. Jamie y yo buscaremos la piedra por ti.

Ella le regaló una sonrisa triste.

—Jamie y tú podéis venir conmigo si queréis.

—Cogeremos el vapor de la tarde.

—Sí.

«Pero yo iré en el anterior, que parte a las ocho de la mañana...»

Alzó la mirada hacia la luna, que cruzaba el cielo siguiendo su camino eterno y ancestral, y pensó que sin velos y sin tocas almidonadas, sin campanas, horarios o normas, lo único que quedaba era la verdad. En la claridad de aquel momento, desnuda bajo las estrellas de Hawái como Eva en el Edén, Theresa supo cuál era su misión en la vida.

Debía traer el *ho'oponopono* al pueblo de Mahina. Tenía que arreglar las cosas. Tenía que ir a Hilo ella sola para encontrar la piedra sagrada y llevarla a los leprosos de Molokai.

Era pasada la medianoche cuando entró en el convento a través de la puerta del jardín. La madre Agnes la estaba esperando.

—Ha montado un espectáculo en el puerto, se ha puesto en ridículo... y también a la orden —le dijo—. He tolerado su comportamiento errático durante ocho años, pero se acabó. Esta vez, se lo aseguro, no cambiaré de idea. No me importa el dinero que el capitán Farrow done a la Iglesia, hermana Theresa, sus acciones están atrayendo la atención y el escándalo hacia las Hermanas de la Buena Esperanza. Volverá a San Francisco con el primer barco que zarpe.

—No, reverenda madre —replicó Theresa muy tranquila—. Me voy a la isla de Hawái.

—Le prohíbo que salga de esta casa.

—Madre Agnes, hace treinta y ocho años Emily Farrow sufrió una fiebre muy alta por culpa de la gripe y, en pleno delirio, maldijo a un grupo de hawaianos que se habían convertido al cristianismo. Les dijo que Jesús los odiaba. En los días que siguieron todos ellos murieron y, para aplacar la ira de Pele, una sacerdotisa se adentró en la lava y se inmoló.

—Virgen santa —murmuró la madre Agnes santiguándose.

—Necesito traer de vuelta la piedra sanadora del pueblo de Mahina para que recobren la fe y la esperanza en el futuro.

—Es un suicidio —protestó la madre Agnes—. Llevamos todo el día recibiendo noticias espeluznantes sobre los terremotos y los ríos de lava que recorren la isla. No puedo permitir que se exponga a semejante peligro.

—Iré, quiera o no quiera —anunció Theresa sin perder la calma—. Tengo que hacerlo. Reverenda madre, sabe que últimamente he cuestionado varias veces nuestra efectividad como enfermeras. Quizá deberíamos permitir que los nativos recuperen sus viejos rituales, al menos aquellos que los salvaban de la enfermedad antes de que llegara el hombre blanco. ¿Tenemos derecho a decirles cómo han de vivir su vida? Si la plegaria es una herramienta de curación para los cristianos, ¿no puede ser igual para los hawaianos, pero en forma de ritual *ho'oponopono*?

—No son las plegarias las que curan, es Dios. Y Dios no tiene nada que ver con los rituales paganos. Quienquiera que rece sin dirigir su plegaria a Dios, está rezándole a la nada.

—¿Cómo lo sabe, reverenda madre?

Sus ojos se encontraron en el silencio del convento, de Honolulú, bajo la luz de las estrellas.

—En los últimos ocho años —dijo la madre Agnes— se ha saltado la ley, ha cuestionado la autoridad de sus superiores, ha guardado secretos, ha ocultado casos de lepra, ha ido por su cuenta cuando le ha parecido bien… Incluso ha luchado contra la llamada de la carne y me atrevo a decir que ha sucumbido. Sigue siendo igual de testaruda que el primer día que se puso el velo de postulante. Es usted intratable y, si le soy sincera, un problema. —Cuando Theresa se disponía a defenderse, la madre Agnes levantó una mano—. La envidio. La envidio desde el día en que llegó al convento de San Francisco y pidió la admisión en la orden. Entonces la envidié porque sabía qué quería hacer en la vida: ser enfermera. Y para conseguirlo estaba dispuesta a dejarlo todo. Lo he sabido desde el primer momento, hermana Theresa, los sacrificios que estaba haciendo. Le envidio el valor de seguir sus convicciones pase lo que pase. ¿Sabe? Yo no tengo la misma imaginación que usted, no tengo la visión ni el impulso necesarios. Yo vivo con reglas, horarios, campanas. Necesito que me digan cómo vestirme, qué debo rezar. No sé qué es ser un espíritu libre… como tampoco sé qué se siente al renunciar a la libertad para poder cumplir con el destino. —La miró fijamente y añadió—: Arrodíllese y recemos.

—No tengo tiempo, reverenda madre.

—Hija, me temo que la he decepcionado. Sabía que estaba batallando contra sus votos y su conciencia. Tendría que haberla ayudado más. Debería haberle dado más, guiarla con mano firme por el buen camino. Por favor, perdóneme.

—No podría haber hecho nada por mí. Desde el día en que mi padre me llevó al convento, en San Francisco, hace once años, he sido una forastera. En cierto modo las he deshonrado, a usted y a las hermanas, porque estaba viviendo una mentira. Estoy en deuda con la hermandad. Me aceptaron, me vistieron, me dieron un techo bajo el que cobijarme y un plato de comida todos los días. Me dieron una educación que jamás habría podido recibir fuera de la orden. Y honraré a la hermandad yendo a Molokai a cuidar de los leprosos, en nombre de las Hermanas de la Buena Esperanza.

—¿Qué está diciendo?

—Reverenda madre, me uní a la orden por otros motivos que

no eran el deseo de servir a Dios. Llevo ocho años cargando con ese peso. No puedo seguir llevando los símbolos sagrados de su vocación. Sería hipócrita, y supondría por mi parte una falta de consideración hacia esta orden. Madre Agnes, siento un profundo respeto por usted y por mis hermanas. No traicionaré su confianza con secretos y mentiras.

—¡Piense en lo que está haciendo! —le gritó Agnes mientras Theresa se quitaba el anillo—. Romper los sagrados votos…

—Perdóneme, reverenda madre. Las Hermanas de la Buena Esperanza hacen un trabajo extraordinario, pero puede hacerse mucho más. El libro de Florence Nightingale me ha abierto los ojos. Usted dice que no necesitamos los escritos experimentales de recién llegados y de forasteros, pero yo creo que debemos escuchar lo que tienen que decir. En lo más profundo de mi ser sé que puedo ofrecer mucho más, pero aquí me siento limitada. No puedo dar la espalda a los que me necesitan.

La madre Agnes la observó en silencio, sin saber qué decir, mientras Theresa se quitaba la alianza, el rosario, los velos. Cuando terminó, ya solo quedaba el atuendo blanco que llevaba bajo el hábito, con la melena cobriza alborotada cayéndole sobre los hombros.

—Ya no soy Theresa. No soy merecedora de llevar ese nombre. A partir de ahora seré otra vez Anna.

En el salón había una bolsa llena de ropa donada por los feligreses para ser distribuida entre los pobres. La madre Agnes observó a Anna mientras esta buscaba entre las prendas hasta encontrar un vestido de su talla. Permaneció en silencio, con las manos entrelazadas y escondidas dentro de las mangas del hábito, también mientras Anna se ponía el vestido por la cabeza y se abotonaba el corpiño ajustado desde la cintura hasta el cuello. Le faltaban algunos botones en la parte de arriba.

La madre Agnes no dejaba de llorar. No sabía muy bien por qué, si eran lágrimas de tristeza o de alegría. La transformación de Theresa en Anna había sido demasiado.

—Querida, tenga cuidado —le dijo—. Esta tarde ha venido un

grupo de soldados al convento con una orden para arrestarla. La están buscando.

—Gracias, reverenda madre. Tendré cuidado. Quiero escribir unas cartas antes de partir hacia el puerto. Entre mis cosas encontrará un libro, *Walden*. ¿Puedo pedirle que se ocupe de que sea devuelto a casa de los Farrow?

—Así será —respondió Agnes, la voz temblorosa—. Y rezaré para que regrese sana y salva.

Por primera vez en muchos años la abrazó, y Anna sintió el suave roce de un beso en la mejilla.

La madre superiora subió lentamente la escalera para dirigirse a su dormitorio, y Anna no pudo evitar reflexionar sobre la cadena de acontecimientos iniciada por Emily aquella noche de verano de hacía treinta y ocho años. Si no hubiera tenido fiebre. Si se hubiera quedado en casa. Si no hubiera descubierto el ritual del *hula* y la piedra sagrada…

Muchos hawaianos no habrían perdido la vida por culpa de sus palabras. No la habrían acosado las visiones de los muertos. No habría empujado a MacKenzie por el acantilado. Robert no habría tenido que renunciar al mar y quizá Peter y él habrían sido amigos toda su vida.

Pero, por otro lado, Jamie no habría nacido. Y Anna no habría conocido a Robert.

Nunca dejaría de asombrarse ante el mecanismo inapelable del destino. «Nuestras acciones tienen más consecuencias y efectos a largo plazo de lo que creemos —pensó sentada ante el escritorio del salón—. ¿Y quién me dice a mí que la rueda se detendrá cuando encuentre la piedra de Lono?» Quizá lo que ocurrió en 1830 seguiría reverberando a lo largo de los años y afectaría a las vidas de aquellos que aún no habían nacido.

El puerto bullía con la actividad matutina. Los pasajeros se dirigían hacia el muelle donde un barco los llevaría a sus respectivos destinos, otros habían acudido a recibir a los recién llegados, los estibadores cargaban y descargaban las mercancías, los capitanes gritaban órdenes… Un centro de actividad marítima funcionando a máximo rendimiento.

Anna sabía desde qué muelle partía el vapor que hacía la ruta entre las islas. Había recorrido las calles a primera hora de la mañana con mucho cuidado para que los soldados no la localizaran. Ahora estaba en la entrada del puerto y, desde allí, podía ver casacas rojas por todas partes armados con mosquetes. Por suerte buscaban a una monja, así que estaba segura de que no la reconocerían con las ropas que llevaba ahora.

Cuando encontró el muelle vio a Robert de pie junto a la pasarela, sonriéndole. Llevaba un atuendo informal, con pantalones y chaqueta ancha de franela y un macuto de lona colgando del hombro. La sonrisa se desvaneció cuando la miró de arriba abajo y vio el vestido celeste, con el corpiño ajustado, la falda hasta los pies y el cuello abierto, y se dio cuenta de lo que aquello significaba.

—¿Ha sido por mí?

—No, Robert. Me he despertado de un sueño, uno muy largo. He hecho las paces con Dios. Mi propio *ho'oponopono*.

—Presentía que intentarías hacerlo sola. Voy contigo, Anna, así que será mejor que no protestes. Creo que encontraremos la cueva cerca del flujo de lava de 1830.

—Robert —dijo ella mientras cruzaban la pasarela—, la madre Agnes me ha explicado que diste dinero a la Iglesia para que me quedara en Hawái. ¿Es cierto?

—No tendría que habértelo contado, pero sí, es verdad. Estaba dispuesto a mover cielo y tierra para que no te fueras de aquí. Y ahora sugiero que nos demos prisa. Conozco la isla de Hawái muy bien, la exploré a menudo cuando era joven. Sé dónde están los límites de la erupción de 1830, pero con toda la actividad sísmica que ha habido últimamente y los ríos de lava nuevos es posible que la cueva ya ni exista. Podría haberse derrumbado o estar cubierta de lava.

—¡Esperemos que siga intacta!

Cruzaron la pasarela de la mano, pero cuando acababan de pisar la cubierta del vapor oyeron una voz autoritaria elevándose sobre la barahúnda del puerto.

—¡Deténganse ahora mismo! —Era el doctor Edgeware, que se abría paso entre la multitud seguido de varios casacas rojas—. ¡Usted! —Señaló a Anna—. Estaba seguro de que intentaría huir, pero ya debería saber, joven, que tengo ojos por todas partes. Baje ahora mismo, está detenida.

Anna no se movió de donde estaba. Permaneció en la cubierta del barco con Robert a su lado y mirando al ministro de Salud Pública con una expresión decidida en el semblante.

Edgeware le devolvió la mirada y frunció el ceño al percatarse del cambio en su indumentaria. Trató de imaginar qué había ocurrido, qué ocurría aún.

La cubierta del barco estaba repleta de nativos que viajaban a las otras islas. Estaban sentados entre sus posesiones, rodeados de cerdos, perros y jaulas con gallinas. Un hombre de uniforme se abrió paso entre el desorden y preguntó:

—¿Qué está pasando aquí? Tenemos que zarpar cuanto antes. Hemos de cumplir unos horarios.

—Puede zarpar cuando quiera —le dijo Robert.

—¡Eso lo veremos! —gritó Edgeware rojo de ira—. Tengo una orden de arresto para esa mujer.

Sin embargo, Anna permaneció inmóvil, desafiante, elevándose por encima de él como un ángel vengador, la melena cobriza flotando al viento y creando un halo divino alrededor de su cabeza.

Edgeware se removió inquieto. Miró a izquierda y derecha y luego de nuevo a Anna. El corpiño delineaba la forma de sus pechos, la delgadez de su cintura, desde donde la falda caía hasta los pies. Ya no era una monja sumisa y servicial, sino una mujer.

Edgeware se quedó sin palabras.

Los trabajadores del puerto retiraron la pasarela mientras los marineros soltaban amarras y con una señal indicaban al capitán que podía iniciar las maniobras. Los motores cobraron vida, la chimenea escupió humo y las enormes palas empezaron a girar.

Robert y Anna dejaron a Edgeware en el muelle, mudo y perplejo, haciéndose más y más pequeño a medida que el barco se adentraba en el mar.

26

—Dios mío —exclamó Robert desde la proa del *SS Bird of Paradise*, rodeado de pasajeros.

Maui ya había quedado atrás y la Gran Isla se acercaba lentamente. Todos contemplaron en silencio la enorme nube de vapor que se elevaba del mar en el punto en el que la lava se precipitaba por los acantilados y hacía hervir las aguas del océano. El cielo estaba cubierto de humo y gases volcánicos, y por toda la costa ardían aldeas enteras.

Entraron en la bahía de Hilo entre el traqueteo del motor y el oleaje, y vieron a una multitud de hombres, mujeres y niños que aguardaban en el muelle, cargados con fardos y cajas, cerdos, perros y gallinas, gritando que querían salir de la isla.

El vapor se acercó al muelle y los trabajadores del puerto se apresuraron a atrapar las amarras que les lanzaban desde cubierta. Anna vio a un hombre, de aspecto corpulento y en mangas de camisa, encaramado en lo alto de una caja y dirigiéndose a una multitud aterrorizada. Un grupo de marineros de aspecto aguerrido contenían la marea de gente.

—Ese es Clarkson —dijo Robert—. Es el agente portuario. Su abuelo ya lo era cuando mi madre llegó a la isla.

—¡Ah del barco! —gritó Clarkson levantando la vista hacia la cubierta del *SS Bird of Paradise*—. ¿Cuántos podéis llevar?

El primer oficial echó un vistazo a la atestada cubierta antes de responder.

—¡Seis y sin animales!

Los trabajadores del puerto colocaron la pasarela y la muchedumbre se abalanzó hacia ella. Clarkson apuntó una pistola hacia el cielo y disparó; el estruendo fue tal que la multitud se detuvo al instante.

—¡Solo los que puedan pagar! —gritó—. ¡Y únicamente aceptamos dinero!

—Malnacido —gruñó Robert mientras Anna y él desembarcaban—. Aprovechándose del miedo del prójimo... Lo que esos pobres diablos no saben es que tendrán que pagar de nuevo cuando suban a bordo.

La gente gritaba y suplicaba. Las madres mostraban en alto a sus bebés, esperando que eso les concediera algún tipo de prioridad. Un anciano que caminaba con muletas suplicó a Clarkson que lo dejara embarcar, pero el agente portuario solo permitió pasar a aquellos que se acercaron con las manos llenas de monedas y las dejaron caer en sus grasientas manos.

Los seis afortunados subieron a bordo, dos hombres y cuatro mujeres, todos *kanaka*, abrazados a sus posesiones. La muchedumbre intentó romper el cordón humano que los contenía, amenazando con invadir el barco, así que retiraron la pasarela y el vapor hizo sonar la sirena. Las palas empezaron a girar y la embarcación se separó del muelle. El capitán ya había advertido a Robert que, al igual que en Kona, la escala sería lo más breve posible porque todo el mundo estaba desesperado por salir de la isla. El *SS Bird of Paradise* recalaría al sur de la isla, mucho menos poblado, a fin de abastecerse de agua y madera para los motores.

—Hacía dieciocho años que no venía —dijo Robert mientras se abrían paso entre la multitud hacia el agente portuario, que estaba contando su dinero—. Fue cuando murió mi padre y trasladé la sede de la empresa a Honolulú. Esto está muy cambiado. Clarkson sabrá dónde conseguir caballos.

El agente abrió los ojos al verlo llegar.

—¡Vaya, vaya, si es el capitán Farrow! ¡Ha pasado mucho tiempo desde la última vez, señor!

—Necesitamos caballos, y rápido.

Clarkson se rascó la descuidada barba.

—Yo probaría con Jorgensen. Si sigue la carretera encontrará su establo, si es que continúa en pie. Cuando empezaron los temblores muchos caballos huyeron asustados. Se escaparon. Los propietarios no saben dónde están. ¿Adónde planea ir? —preguntó al tiempo que observaba a Anna con una curiosidad evidente.

—Hacia el sur, al bosque de Kahauale.

Clarkson soltó un largo silbido.

—Esa zona es muy peligrosa. Demasiado cerca de la caldera. ¿Van a rescatar a alguien?

—Algo así.

—No se lo recomiendo. La actividad es intensa allí. Aparecen bocas nuevas por todas partes, enormes. Lo más probable es que acaben engullidos por la tierra.

El pueblo estaba sumido en el más absoluto caos. Sus habitantes iban de un lado a otro, aterrorizados, buscando a sus seres queridos y preguntando por los animales que se les habían escapado. Muchas de las casas de madera se habían desplomado y ahora eran montañas de escombros. La gente se sentaba frente a lo que quedaba de sus hogares, envueltos en mantas y con la mirada perdida. En el centro de la población, frente al pequeño ayuntamiento y las oficinas gubernamentales, se levantaba un improvisado campamento donde los misioneros ofrecían camastros y repartían comida y ropa entre aquellos que no tenía adónde ir.

El establo de Jorgensen seguía en pie, aunque su propietario, un inmigrante de casi setenta años, estaba tan nervioso que Robert necesitó tiempo y paciencia hasta que consiguió hacerse entender.

—¿Caballos? —repitió el hombre, visiblemente desconcertado—. Solo me queda uno. Los demás salieron de estampida después del primer terremoto. Gracias a Dios que mi esposa está en

Oahu visitando a su hermana. ¡Dicen que la isla va a hundirse en el mar!

—Un caballo, por favor, tenemos prisa.

—Sí, por supuesto.

Jorgensen se dispuso a preparar a la yegua. Buscó entre todos los arreos que se habían caído de las paredes y las vigas; parecía que un tornado había arrasado el establo. Por fin encontró unas bridas y se las entregó a Robert.

—Empezó en plena noche —explicó el hombre, que aún buscaba entre un amasijo de correas, riendas y pesos—. La lava empezó a brotar del suelo en Kahuku y avanzó rápidamente hacia el mar. Dicen que se ha abierto una falla de alrededor un kilómetro y medio de largo que escupe chorros de lava al aire y que arrasa los bosques a su alrededor.

Por fin encontró el peto. Se lo entregó a Anna, quien ayudó a Robert a preparar al caballo.

—Por lo que he oído —continuó Jorgensen—, el flujo de lava se dividió en varios ríos paralelos al llegar a las planicies, mientras que el principal siguió hacia el mar e hizo que las olas hirvieran con una violencia nunca vista. La lava destruyó un rancho con treinta cabezas de ganado, pero la familia que vivía en él consiguió escapar en camisón. Fue entonces cuando empezaron los terremotos…

De pronto la tierra tembló.

—¡Otra vez no! —exclamó Jorgensen.

—Tenemos que darnos prisa —dijo Robert, y ayudó al anciano a asegurar la silla.

Cuando el caballo estuvo listo Robert colgó el petate del pomo, montó y se inclinó para ayudar a Anna. Ella se cogió con fuerza a su cintura y se alejaron del pueblo al galope.

Cabalgaron a toda velocidad entre casas de madera y cabañas de ramaje siguiendo un estrecho sendero que se abría entre campos de cultivo. La vegetación se hizo más densa, más verde, y ya no había viviendas. Hilo había quedado atrás. A la derecha, más allá del bosque, enormes columnas de humo y gases ascendían hacia el cielo mientras que a la izquierda, un poco más adelante, vieron gigantescas nubes de vapor elevándose sobre las olas donde la lava se precipitaba al mar.

—La Vagina de Pele está por allí —dijo Robert. Detuvo la montura y señaló hacia una zona de vegetación tan espesa que Anna pensó que era una pared de vegetación sólida—. Según la descripción de Mahina, la cueva está en los límites de la erupción de 1830. —Negó con la cabeza y añadió—: Pero hay muchos campos de lava por ahí.

El suelo tembló de nuevo y Anna vio una bandada de pájaros rojos y azules, un centenar quizá, levantar el vuelo sobre las copas de los árboles y dirigirse hacia el mar.

—¡Agárrate fuerte! —gritó Robert, y se adentraron en el bosque.

Anna pegó la cara a la espalda de Robert mientras cabalgaban a toda velocidad entre ramas, hojas afiladas y enredaderas que caían de los árboles. A través de estos vio zonas de tierra desnuda, lava brillante y ancestral, partida allí donde los helechos *ama'u* se habían abierto paso entre las grietas. Galoparon a través de claros donde los cascos de la yegua repiqueteaban sobre la lava solidificada, las plantas florecían y la frágil superficie de la lava endurecida se deshacía hasta transformarse en tierra. Llegaron a otro espacio abierto donde Anna vio más vegetación, brotes y enredaderas que eran el inicio de un bosque joven y que cubría lo que antes era un desolado campo de lava. Vio los helechos y los matorrales *'ohelo* repletos de frutos que eran sagrados para Pele y pensó: «La lava, antes destructiva, ha dado vida a un bosque nuevo».

De pronto la tierra se elevó bajo sus pies y volvió a desplomarse como las olas del mar durante una tempestad. A su alrededor llovieron piedras y las rocas se partieron por la mitad.

—¡Mira! —gritó Anna.

Una manada de jabalíes había emergido de entre los árboles entre chillidos aterrorizados. Robert tuvo que controlar a la yegua mientras las bestias, enormes y dotadas de terribles colmillos, pasaban por delante de ellos.

Siguieron avanzando, ahora más despacio. Robert tenía que encontrar espacios por los que pasar entre el tupido bosque de árboles *ohia*, cuyas flores, rojas y con espinas, arañaban los brazos de Anna.

El suelo volvió a temblar y la yegua se levantó sobre las patas traseras con tanta energía que estuvo a punto de tirarlos al suelo.

—¡Tenemos que soltarla! —gritó Robert levantando la voz por encima del ruido ensordecedor del terremoto. La ayudó a bajar de la montura, soltó el macuto, dirigió el animal hacia Hilo y lo vio alejarse al galope—. No le costará encontrar el camino de vuelta a casa —dijo.

Siguieron a pie, ascendiendo lentamente por la pendiente cubierta de musgo mientras la tierra bajo sus pies no dejaba de temblar y los árboles se desplomaban a su alrededor, como arrancados por la fuerza de un viento huracanado. De pronto se oyó una explosión y vieron, a través de los árboles, a menos de cien metros de allí, un enorme surtidor de lava que brotaba del suelo y escupía rocas hacia el cielo. Robert y Anna se cobijaron bajo un baniano enorme y aguardaron. Desde allí podían ver el océano. Horrorizados, advirtieron que la marea se retiraba de la orilla y desaparecía aguas adentro, dejando tras de sí un lecho de arena húmeda. Unos segundos más tarde una ola enorme se levantó a unos mil quinientos metros de la costa, avanzó hacia la isla, rebasó los acantilados y anegó la tierra, barriendo todo a su paso.

Robert y Anna echaron a correr entre los helechos húmedos y las enredaderas, las gruesas ramas de los árboles y las hojas cubiertas de rocío. Un bosque de niebla y verdor. El suelo se movía bajo sus pies. Temblaba, retumbaba sin cesar.

Anna perdió el equilibrio y cayó.

Casi sin detenerse, Robert la levantó y la mantuvo sujeta por el brazo.

El suelo cubierto de musgo sobre el que corrían vibraba y se estremecía. Oyeron otra explosión, muy cerca de donde estaban, y notaron el olor acre del azufre. Los temblores ganaron en intensidad. Apenas podían mantenerse en pie, como si una fuerza invisible quisiera hacerlos caer de rodillas.

Y de pronto lo vieron, a escasos metros de distancia, el río líquido que brotaba de una grieta en la tierra con un caudal tremendo. Ante sus ojos aterrorizados cuatro gigantescas fuentes de lava escupieron el rojo líquido con auténtica virulencia, lanzando rocas enormes hacia el cielo. Los dos acabaron en el suelo. El calor era tan intenso que las plantas que había a su alrededor se volvieron marrones antes de marchitarse. Oyeron gritos a lo lejos, por detrás de ellos, y el violento silbido del mar que hervía sin cesar. Siguieron avanzando, esquivando las grandes gotas de lava escupidas por el volcán.

—¡No creo que lo consigamos! —gritó Robert, y en aquel preciso instante la tierra volvió a temblar y un árbol *lehua* gigante se partió por la base y se desplomó a escasa distancia de donde estaban—. ¡No podemos rodearlo!

Anna levantó la mirada hacia el cielo, hasta las oscuras nubes de gases volcánicos. El olor a azufre era tan intenso que tuvo que contener una arcada. Podía sentir el calor de la ira de Pele sobre la piel. Y, de pronto, recordó algo...

—¡Tenemos que encontrar la forma de seguir avanzando! —dijo Robert mientras buscaba en el petate, sacaba un cuchillo de caza y golpeaba las ramas con él como si fuera un machete.

Anna bajó la mirada al suelo, al musgo que lo cubría, a los helechos, a las hojas que se agitaban con cada sacudida.

Pensó: «Este es el hogar de Pele, una isla vieja como el tiempo. No sabe nada del mundo moderno. Exige ser honrada según las viejas tradiciones».

Pero ¿qué era...? Intentó recordar. Algo que Mahina le había enseñado.

¡Sí! ¡Eso era!

Extendió los brazos e inclinó la cabeza hacia atrás como si fuera a ejecutar el salto del ángel. Con la cara dirigida hacia el cielo y los ojos cerrados empezó a cantar en voz alta:

—*Aloha mai no, aloha aku… o ka huhu ka mea e ola 'ole ai… E h'oi, e Pele, i ke kuahiwi, ua na ko lili… ko inaina…*

Robert se dio la vuelta y la miró. Conocía aquel cántico y la postura de un ritual que había visto realizar a Mahina muchas veces.

Anna levantó la voz para hacerse oír por encima del rugido de la tierra.

—*Aloha mai no, aloha aku…*

Bajó los brazos lentamente mientras las palabras seguían brotando de su boca. Empezó a hacer gestos, a enfatizar las frases con golpes rápidos y precisos y puñaladas que acometía con las manos.

De pronto se agachó y, con los ojos cerrados, movió las palmas sobre el suelo rocoso.

—*E h'oi, e Pele! I ke kuahiwi, ua na ko lili… ko inaina!*

Robert la observó extasiado. Había visto y oído a muchos danzantes y cantantes nativos expertos a lo largo de su vida, y Anna los imitaba a la perfección. ¿Acaso Mahina había estado enseñándola en secreto? Su cántico era perfecto, con pausas glotales y vocales alargadas en los sitios exactos, y las manos realizaban su propia danza mientras los dedos ondeaban sobre la lava, acariciando la roca dura.

De pronto su voz se apagó. Se levantó lentamente del suelo y abrió los ojos. Los dos miraron a su alrededor y se dieron cuenta de que los temblores habían cesado.

—¡Rápido! —Robert la cogió de la mano—. Ahora podemos escalar por estas ramas rotas.

Se abrieron paso a través de ellas y de las hojas afiladas y, cuando emergieron al otro lado, Robert señaló hacia delante.

—¡Mira!

Anna observó el paisaje maravillada. Parecía imposible que, en el corazón de aquel enorme y denso bosque tropical hubiera un campo de lava negro y desértico de varios kilómetros de anchura.

Nunca había visto un paisaje tan desolador como aquel. No había ni un solo árbol, ni un matorral, ni siquiera una brizna de hierba en todo aquel mar interminable de lava solidificada. Imaginó cómo había sido en el pasado, un río rojo y sinuoso que desprendía un calor inimaginable.

—Tiene que ser de la erupción de 1830 —dijo Robert—. Seguro.

El lugar en el que Pua se había adentrado en el fuego de Pele y se había sacrificado inmolándose.

—La cueva ha de estar dentro de este perímetro. Por aquí.

Avanzaron entre los árboles, con el campo de lava a la izquierda. El viento había cambiado de dirección y traía consigo el humo y los gases de varias chimeneas volcánicas no muy lejanas. Anna se preguntó si habría alguna cerca, si al traspasar la siguiente hilera de árboles se encontrarían con un río ardiente. Mientras Robert abría un sendero con el cuchillo y sujetaba las ramas para que pudiera pasar, Anna no apartaba la mirada de la extensión yerma que se extendía a su izquierda. De vez en cuando veía retazos de hierba y vegetación allí donde la lava de 1830 se había bifurcado para rodear una zona de bosque, que permanecía intacta.

¿Sería eso lo que les pasaría a Robert y a ella? «¿Acaso encontraremos un río de lava frente a nosotros y, al darnos la vuelta, descubriremos que nos ha rodeado, que estamos atrapados?»

Llegaron a un pequeño claro cubierto de musgo y de helechos de un color esmeralda tan espectacular que parecían sacados de un cuento de hadas. Al otro lado, un curioso montículo cubierto de hierba despuntaba entre los árboles.

—Eso podría ser una antigua chimenea —dijo Robert.

Anna observó aquella roca tan extraña que se elevaba del suelo del bosque sin que hubiera ninguna otra colina cerca. Estaba cubierta de helechos, de flores y de enredaderas. Robert retiró la vegetación hasta dejar al descubierto un agujero negro en la tierra.

—¿Será aquí? —preguntó Anna.

—Se corresponde con la descripción de Mahina. Una cueva lo suficientemente grande para que una persona pueda entrar sin tener que agacharse. Espero que sea estable.

—Los temblores han cesado.

Robert prestó atención al silencio reinante y luego sonrió.

—No sé qué has hecho, pero Pele parece satisfecha. Por el momento… Será mejor que nos demos prisa antes de que despierte de nuevo.

Se quitó el petate de la espalda, sacó una linterna y, tras prender la llama, entró lentamente en la cueva.

Necesitaron unos segundos hasta que sus ojos se acostumbraron a la falta de luz. La cueva, además de oscura, era muy húmeda, pero era alta y su anchura bastaba para que ambos caminaran uno al lado del otro.

—Según la descripción de Mahina —dijo Anna—, la Piedra de Lono es grande, y está tallada en una roca de lava solidificada que fue pulida hasta hacerla brillar. Es muy explícita en la forma y lo que significa.

Robert acercó la linterna a las paredes rocosas de la caverna y encontró la figura ritual sobre una repisa natural.

—Sigue aquí —anunció.

—Mahina me contó que había algo más en la cueva, algo *kapu* que no debería haber mirado.

Robert alumbró con la linterna las paredes, el techo y el suelo.

—No veo nada.

—Espera —lo interrumpió Anna—. ¿Qué era eso? Un poco más atrás… ¡Ahí!

—¿Dónde? No veo nada —repitió.

Se adentraron en la caverna hasta llegar a una grieta que se abría en la pared.

—Es esto —susurró Anna—. Esto es lo que vio Mahina cuando entró en la cueva. El *kapu* más prohibido de todos.

Robert enfocó con la linterna el interior de la grieta y la llama iluminó unos huesos y los objetos enterrados con ellos. Los restos de una capa con plumas amarillas. Un casco alto y arqueado. Lanzas. Una talla en madera de un dios.

El cráneo. Los largos huesos…

—Santo Dios —susurró Robert—, ¿es…?

—El jefe Kekoa fue uno de los jóvenes que partió con el cuerpo de Kamehameha para enterrarlo en algún lugar secreto donde nadie pudiera encontrarlo y robarle el *mana*.

—*Ka iwi kapu*, los huesos sagrados —murmuró Robert, estupefacto ante la certeza de que se encontraban en presencia del símbolo supremo de Hawái: el héroe legendario en persona, Kamehameha el Grande.

Y, de pronto, Pele despertó.

Un terrible temblor sacudió la zona, y del techo de la cueva se desprendieron rocas y piedras. Robert y Anna echaron a correr. De repente la cubierta cedió por completo y se desmoronó en una lluvia de rocas y pedruscos. Cuando la tierra dejó de moverse y el polvo se aposentó, vieron que la salida estaba bloqueada y que no entraba ni un triste rayo de sol.

—Anna, estás sangrando.

Robert levantó la linterna para examinarle la frente.

—Estoy bien —replicó ella—. Un simple corte. Parece más grave de lo que es. —Se arrancó los puños de encaje del vestido, hizo una bola con ellos y se la aplicó en la frente—. ¿Cómo vamos a salir de aquí? ¡No podremos mover esas rocas!

Robert iluminó la pared de rocas que les cerraba el paso. Empujó aquí y allá en busca de algún punto débil. Luego retrocedió y la contempló en su conjunto.

—Solo se me ocurre una forma de salir. —Señaló la piedra más grande—. Hagámosla rodar y reptemos a través del agujero que deje. —Se frotó la cara, cubierta de polvo y sudor—. El problema es que no cede. —Reflexionó un instante y exclamó—: ¡Arquímedes!

—¿Cómo?

—Un griego de la Antigüedad que dijo: «Dadme un punto de apoyo y moveré el mundo». —Volvió a recorrer las paredes con la linterna—. Una palanca amplifica la fuerza que se aplica a un objeto para desplazarlo, así que lo único que necesitamos es…

—¿Qué estás haciendo?

Robert había introducido una mano en la grieta de la pared y rebuscaba entre las cosas que había en ella. Cuando la sacó, sujetaba una vara larga y gruesa.

—La vieja lanza de Kamehameha. En muy buen estado, por cierto. Si los hawaianos no se equivocan y el *mana* de una persona reside también en sus posesiones, el poder del gran rey obrará en nuestro favor. Ahora necesitamos un punto de apoyo. No creo que me cueste encontrarlo.

El suelo tembló, como si Kamehameha protestara por el uso tan vulgar que hacían de sus objetos reales. O quizá, pensó Anna, expresaba su aprobación al saber que iban a utilizar su lanza en un reto tan valeroso. La Piedra de Lono estaba al otro lado de los escombros. Si no conseguían salir de allí no podrían devolverla al pueblo de Kamehameha.

Robert dejó la linterna en el suelo, movió una piedra, encajó la lanza, movió otra vez la piedra y volvió a encajar la lanza. Repitió el mismo proceso hasta que por fin anunció que aquella sería su única oportunidad de salir de allí. Introdujo la punta de la lanza bajo la roca y descargó toda su fuerza en el otro extremo.

No pasó nada.

Volvió a intentarlo, con tanto ímpetu que se le hincharon las venas del cuello, pero sin éxito.

Anna corrió a ayudarlo y se situó delante de él. Robert contó hasta tres, y los dos empujaron hacia abajo al mismo tiempo. Temían romper la lanza, pero aun así ella apoyó todo el peso de su cuerpo mientras él, detrás, se esforzaba tanto en tirar que se le escapó un gemido.

De pronto la piedra cedió y, con un último empujón, rodó

hasta caer al suelo, dejando tras de sí una abertura lo suficientemente grande para reptar a través de ella.

Sin embargo, cuando pasaron al otro lado no encontraron la Piedra de Lono. Había quedado sepultada tras el desprendimiento del techo.

El suelo empezó a moverse de nuevo, y esa vez los temblores eran tan violentos que parecía que se hallaran en un temporal en medio del mar. Robert y Anna se quedaron donde estaban y siguieron excavando frenéticamente con las manos, a pesar del polvo y la tierra que les caía encima.

—¡La tengo! —exclamó Robert—. ¡Y está intacta!

Anna acabó de apartar las últimas piedras mientras él tiraba con cuidado del falo de lava solidificada desde abajo.

El terremoto aumentó de magnitud.

—¡Corre! —gritó Robert con la Piedra de Lono sujeta contra el pecho.

El suelo tembló de tal modo que a punto estuvo de caerse de bruces, pero consiguió salir de la cueva justo detrás de Anna, apenas unos segundos antes de que se derrumbara.

Con un ruido ensordecedor y una explosión de rocas y polvo, la caverna de lava se desplomó por completo, sellando la Vagina de Pele para siempre.

Anna aguardaba en la galería superior de la casa. Estaba junto al telescopio de Robert, pero no miraba el mar. Observaba la carretera que venía del palacio 'Iolani, donde Robert había pasado los últimos cuatro días deliberando a puerta cerrada con el rey y los pocos *ali'i* que quedaban en las islas.

Habían salido de Hilo a bordo de un vapor repleto de viajeros. Durante el trayecto intentaron no relacionarse con nadie; tenían que proteger el tesoro que portaban, de un valor incalculable. Apenas se dijeron nada. Estaban exhaustos, y la experiencia del volcán los había dejado agotados mentalmente.

Al llegar a Honolulú Robert había insistido en que Anna se quedara en su casa (¿adónde más podía ir?), pero desde entonces casi no lo había visto.

Ahora lo esperaba en la galería, nerviosa y con muchas dudas acerca del futuro.

Allí estaba, acercándose calle abajo. El ala del sombrero le tapaba la cara, así que no pudo adivinar sus emociones. Robert se había reunido en privado con la realeza y los nobles de Hawái para determinar el destino de la Piedra de Lono. Quería que la custodiaran los leprosos de Molokai, pero había quienes pretendían exponerla en palacio.

Anna bajó la escalera a toda prisa, sujetándose la falda de aquel vestido que la señora Carter le había prestado hasta que decidiera qué quería hacer, y se reunió con Robert, que acababa de entrar por la puerta.

—¿Y bien? —le preguntó.

Él la miró con una expresión circunspecta. Acto seguido se quitó el sombrero y le sonrió.

—¡Han aceptado llevar la piedra a Molokai!

—¡Oh, Robert, qué gran noticia!

—Sí, lo es —dijo él sin apartar los ojos de ella.

Anna sintió que algo se removía en su interior y que se le aceleraba el pulso al saberse tan cerca de Robert Farrow. Todavía no habían hablado de la noche que habían pasado a los pies del Pali, después de que el jefe Kekoa muriera. Entonces creía que aquella sería la única vez que estaría entre sus brazos, estaba convencida de que nunca más volvería a verlo, pero allí estaban…

—Anna —dijo Robert cogiéndola de la mano—, ven conmigo. Quiero decirte algo.

La llevó hasta su despacho y de allí a la terraza cubierta, repleta de flores de colores deslumbrantes y donde el viento traía consigo la fragancia tropical de la isla.

—Mi querida Anna… No sé cómo expresar los sentimientos tan profundos que mi corazón alberga. Decir que te amo no basta. No hay palabras para describir lo que siento por ti.

—Sí que hay una —afirmó ella—. *Aloha!* —Y la dijo como Mahina o Kekoa, casi suspirando, arrastrando la «o» hasta convertir esa palabra en la expresión máxima del amor.

—*Aloha* —susurró Robert. Y de pronto la sorprendió hincando una rodilla, tomándola de la mano y diciéndole con pasión—: Anna Barnett, eres el gran amor de mi vida y sé que moriría ahora mismo si supiera que no podré vivir contigo a mi lado. Por favor, cásate conmigo. Sé la señora Anna Farrow y comparte tu vida conmigo. Prometo hacerte tan feliz como me sea posible.

Anna sonrió.

—Sí, mi querido Robert, por supuesto que me casaré contigo.

Él se puso en pie y la atrajo hacia sí para darle un beso, tras el cual se apartó con una sonrisa enorme y los ojos brillantes.

—¡Soy el hombre más feliz del mundo! —declaró—. ¡Oh, Anna, las cosas que haremos juntos, los lugares que visitaremos! El mundo nos espera.

Ella tembló de la emoción al imaginar su futuro.

—Pero antes tenemos que ir a Molokai.

Una multitud los despidió en el puerto de Honolulú, partidarios todos de que la piedra sanadora de Lono fuera llevada a la isla de los leprosos.

Habían decidido no revelar el otro secreto que habían descubierto en la cueva, la tumba del héroe más famoso de Hawái; así preservarían el *mana* de Kamehameha el Grande.

Robert, Anna y Jamie se acercaban ya a la zona este de la península de Kalaupapa, en la costa norte de Molokai, una bahía en la que ningún barco soltaba anclas, donde no había muelle, ni aduana, ni siquiera un triste bote de remos. La playa, desierta y desolada, y el pequeño valle que se abría detrás estaban rodeados por escarpados acantilados y picos cubiertos de bruma perpetua.

Los tres estaban en cubierta, observando a la gente que salía de chozas y refugios rudimentarios y se reunía en la orilla en espera de que las olas arrastraran hasta la arena las cajas de suministros.

Cuando soltaron amarras Robert, su hijo y Anna subieron a un bote, repleto ya de alimentos y otros enseres, y los marineros ocuparon sus puestos a los remos. Desde la cubierta arriaron la pequeña embarcación para transportarlos a tierra.

Los marineros llevaron el bote hasta la playa y empezaron a descargar los suministros mientras una multitud silenciosa observaba la escena. La enfermedad no los había afectado a todos por igual; algunos estaban ya terriblemente desfigurados, pero otros aún tenían buen aspecto. Muchos se cubrían los dedos de las manos y de los pies con trozos de tela, y los había que incluso se tapaban la cara. Había ancianos y niñas. Algunas de las mujeres sujetaban en brazos a sus bebés.

—Qué lugar tan horrible —dijo Anna con lágrimas en los ojos mientras una racha de viento soplaba desde lo alto de los acantilados.

La gente que se había reunido en la playa se apartó y apareció una mujer robusta cubierta con un *muumuu* azul claro que flotaba a su alrededor.

—*Aloha!* —exclamó con los brazos alzados.

Mahina abrazó a su yerno y a su nieto, y se echó a llorar de emoción. Pero la sorpresa que reflejó su rostro fue aún mayor cuando se volvió hacia Anna.

—¡Keleka! —gritó.

—Ya no soy Theresa. Soy Anna.

Mahina sonrió.

—¡Anna! Suena nombre hawaiano. Tienes pelo. Muy bonita.

No le dijeron que Kekoa había muerto. Ya tenía suficiente dolor con el que lidiar.

Robert observó a la multitud, que vigilaba las cajas que estaban apiladas en la playa. Luego miró a Mahina.

—¿Cómo va, madre?

Ella sonrió.

—Antes todo muy mal. Nos tiran por la borda. Tiran comida al mar. Antes de venir Mahina a Molokai muchas peleas por comida. Cuando cajas llegan a tierra solo hombres grandes y fuertes comen. Todos los otros pasan hambre. Pero ahora me escuchan porque soy *ali'i*. Ahora hay paz.

—Madre —dijo Robert—, voy a enviar suministros para construir casas de verdad. Recibiréis ropa y medicinas de forma regular. Cuando llegue gente nueva nadie la lanzará por la borda. No se verán obligados a nadar hasta la orilla; los acercarán en barca. Tengo un regalo para ti —añadió, y le entregó el macuto de lona que había traído desde el barco.

Mahina lo abrió y sus ojos se agrandaron al ver lo que contenía. Cuando miró a Robert, su rostro mostraba una alegría y una gratitud tan sinceras que él se sintió conmovido.

—Tú encuentras —susurró Mahina—. Tú vas a cueva de Pele y encuentras Piedra de Lono. Ahora mi gente puede curar.

Robert se volvió hacia los marineros, que se habían refugiado en la seguridad del bote y desde allí, visiblemente nerviosos, vigilaban a los leprosos.

—¡Eh, vosotros! Abrid las cajas.

Pero no se movieron. Mahina puso una mano en el brazo de su yerno.

—Ellos no acercan a enfermos. Ve, hijo. Tú y Anna y Pinau. No acerques a nosotros. Mahina abre cajas y reparte comida y ropa.

Robert observó los rostros sin expresión, algunos con lesiones terribles, otros sin apenas marcas, mujeres hermosas y jóvenes apuestos, pero también lisiados y ancianos con las manos tan deformadas que parecían garras.

—Madre —dijo Robert—, ¿por qué no vuelves con nosotros?

Mahina negó con la cabeza.

—Hace muchos años Mika Kalono y Mika Emily vienen a Hilo, mi madre Pua quiere ser amiga de *haole*. Ella aprende a leer y escribir. Ella escucha historias de Jesús. Ella dice a Mika Kalono que ella reza a Jesús. Pero él dice solo a Jesús. Solo dios *haole*. Mi madre dice nosotros tenemos Pele y Lono, tenemos Kane y Laka. Tenemos diosa de nacimiento y dios de guerra, diosa de leche y dios de trueno, diosa de luna y dios de viento. Nosotros tenemos diosa lagarto y dios tiburón. Tenemos *'aumakua*, espíritus de ancestros. ¿Adónde van? ¿No rezamos a ellos, no damos regalos y sacrificios y canciones sagradas? Así que guardamos, pero también rezamos a Jesús. —Movió la cabeza con tristeza—. Mika Kalono dice solo Jesús, solo dios *haole*. Entonces Mahina queda con su gente y recuerda a gente tradiciones antiguas, y ahora con poder de Lono, gente cura. Mahina crea *heiau* sagrado y gente de Mahina empieza a curar.

Guardó silencio un instante mientras contemplaba la piedra pulida que atesoraba entre las manos. Luego miró a Robert y dijo:

—Recuerdo Mika Emily día que llega a Hilo hace muchos años. Ella muy bonita. Mi madre Pua acaricia y besa y quiere ser amiga. Mi madre Pua trae a ti al mundo, hijo mío, y lleva a altar de Lono para que bendiga. Siento Mika Emily. Siento que ella hace morir mi gente. —El enorme pecho de Mahina tembló de la emoción. Pero añadió—: Yo perdono. —Se rodeó la cintura como si los abrazara—. *Mahalo* por regalo de Lono. Sacrificio de Pua no olvida nadie. Mahina explica a gente para que Pua una a leyendas de la isla. Y ahora con piedra sanadora Hawai'i Nui no desaparece. *Kanaka* viven muchas generaciones.

Mahina estrechó entre sus brazos a Jamie y lo llamó su «pequeño Pinau». Luego se volvió hacia Anna.

—Tú marcha ya, vuelve a casa, a Honolulú, y ayuda mi gente. Y tus *haole* también.

Mientras el barco levaba anclas, el motor despertaba y las palas empezaban a girar, Jamie preguntó a su padre y a Anna:

—¿De verdad creéis que la piedra de Lono los curará?

—Si no los cura —respondió ella—, al menos les dará esperanza.

Los tres estaban en la cubierta del barco, con la vista perdida en el océano, sintiendo el sol y el viento en la cara. El futuro, como siempre, era un misterio, pero ahora sabían que en buena medida dependía de ellos: Robert Farrow, hijo de una valiente misionera y de un capitán con una gran visión y unas convicciones de hierro; Jamie, con la sangre de los antiguos reyes y guerreros de Hawái mezclada con la de los fornidos marineros de Nueva Inglaterra; y Anna, hija a su vez de pioneros que habían atravesado un continente plagado de peligros para establecerse en el Oeste americano.

A Jamie le esperaba un futuro prometedor en la abogacía y en la política de las islas, en la que haría de nexo entre los *kanaka* y los *haole*.

Robert dirigió la mirada hacia el horizonte y pensó en las innovaciones que estaban por llegar al archipiélago: el telégrafo, la tecnología del vapor, barcos más rápidos y más seguros, hoteles para turistas. Sin embargo, el progreso no era lo único que le interesaba, ya no. Le ilusionaban también otros proyectos, gracias a Anna. Trabajaría para introducir nuevas leyes que protegieran los derechos de los nativos. Quería hacer una campaña para retirar la prohibición del *hula* y otros rituales. También había trazado un plan para echar a Edgeware del gobierno por negligencia y por no preocuparse del bienestar de los nativos.

Pero, por encima de todo, a Robert Farrow le esperaba un futuro emocionante al lado de su futura esposa, Anna Barnett, la mujer que había traído la magia y el amor de vuelta a su vida y que le recordaba quién era él en realidad.

Anna también tenía planes. Por fin era libre para desarrollarse como enfermera. Quería abrir una escuela de enfermería para las jóvenes hawaianas, donde no se limitaría a enseñar lo que había aprendido con las Hermanas de la Buena Esperanza. También recurriría a los programas progresivos de Florence Nightingale. Y aún había más: Mahina le había dado los nombres de los *kahuna* sanadores de Oahu y de la Gran Isla. Los visitaría, se ganaría su confianza y seguiría ampliando y dando a conocer sus conocimientos sobre los secretos de la medicina *kanaka*. Su escuela de enfermería combinaría ambos sistemas.

Se dio la vuelta y dirigió la mirada hacia la isla esmeralda donde la niebla creaba arcoíris y la luz del sol brillaba con destellos de oro sobre las aguas, y admiró la capacidad de Mahina para perdonar a Emily Farrow.

Deslizó la mano en la de Robert y sintió un escalofrío de emoción. Estaba ansiosa de que empezara su nueva vida.

Nota de la autora

Después de 1868 tres soberanos más ocuparon el trono de Hawái hasta que, en 1893, un poderoso y adinerado hombre de negocios que controlaba la Asamblea Legislativa encabezó el derrocamiento de la monarquía, sin que se produjera derramamiento de sangre. La reina Liliuokalani, última monarca del reino, se sometió a las presiones políticas. El Gobierno Provisional declaró la República de Hawái, que se mantuvo hasta 1898 cuando las islas se anexionaron a Estados Unidos. En 1959 Hawái se convirtió en su estado número cincuenta.

En la actualidad, el Movimiento por la Soberanía de Hawái, que considera que la anexión del archipiélago fue ilegal, está presionando para conseguir el derecho a la autodeterminación y al autogobierno para Hawái como nación independiente.

La colonia para leprosos de Molokai ya no existe más que como centro de interés histórico y lugar de peregrinación religiosa.

En 1873 el padre Damien, un sacerdote belga, fue el primero en trabajar de forma voluntaria con los leprosos de Molokai, donde hizo construir una iglesia en la que atender las necesidades espirituales de los afectados, pero también levantó casas, trató a los enfermos, hizo ataúdes y cavó tumbas hasta que él mismo murió a causa de la lepra en 1889, a la edad de cuarenta y nueve años. Poco antes de fallecer, el padre Damien recibió la ayuda de la madre Marian Cope y de dos monjas más de la Tercera Orden Regular Franciscana, que continuaron con su labor de ayuda a los leprosos.

Tanto Damien como Cope han sido canonizados por la Iglesia católica, que reconoce así la importancia de Molokai. La isla recibe la visita de católicos de todo el mundo y se ha convertido en un lugar de peregrinación.

En 1873 el médico noruego Gerhard Hansen identificó la bacteria que causa la lepra, conocida desde entonces como enfermedad de Hansen. Nadie sabe por qué algunas personas la contraen y otras no (tampoco se conoce la vía de transmisión), pero gracias a los medicamentos modernos se ha conseguido controlarla.

El volcán Kilauea ha entrado en actividad en multitud de ocasiones desde la prehistoria, y muchas de las emisiones y los flujos de lava han podido datarse. La erupción de 1868 tuvo su origen en un terremoto de una magnitud estimada de 7,1 que provocó grandes corrimientos de tierra y tsunamis, y que causó cuantiosas pérdidas tanto materiales como de vidas humanas.

La erupción más reciente empezó en 1983 y aún hoy sigue produciendo lava.

La población nativa no ha dejado de disminuir. Se cree que durante el reinado de Kamehameha el Grande el número de nativos se cifraba entre el medio millón y el millón. Sin embargo, a finales del siglo XIX y principios del XX llegaron más trabajadores extranjeros a las islas: japoneses, filipinos, portugueses. Los matrimonios mixtos que se han ido produciendo desde entonces y el elevado número de muertes por enfermedad han hecho que la población hawaiana considerada pura haya disminuido radicalmente. Se cree que hoy en día quedan menos de ocho mil *kanaka*.

La localización de la tumba de Kamehameha sigue siendo un misterio.

El papel utilizado para la impresión de este libro
ha sido fabricado a partir de madera
procedente de bosques y plantaciones
gestionados con los más altos estándares ambientales,
lo que garantiza una explotación de los recursos
sostenible con el medio ambiente
y beneficiosa para las personas.
Por este motivo, Greenpeace acredita que
este libro cumple los requisitos ambientales y sociales
necesarios para ser considerado
un libro «amigo de los bosques».
El proyecto «Libros amigos de los bosques» promueve
la conservación y el uso sostenible de los bosques,
en especial de los Bosques Primarios,
los últimos bosques vírgenes del planeta.

Papel certificado por el Forest Stewardship Council®